MIRA®

Der Preis dieses Bandes versteht sich einschließlich
der gesetzlichen Mehrwertsteuer.

Umwelthinweis:
Dieses Buch wurde auf chlor- und säurefreiem Papier gedruckt.

Die Erben von Rochester

MIRA®

MIRA® TASCHENBUCH
Band 20012
1. Auflage: August 2010

MIRA® TASCHENBÜCHER
erscheinen in der Cora Verlag GmbH & Co. KG,
Valentinskamp 24, 20350 Hamburg
Deutsche Taschenbucherstausgabe

Titel der nordamerikanischen Originalausgaben:
Her Master and Commander / Her Officer and Gentleman

erschienen bei: Avon Books, New York
Published by arrangement with Avon,
an imprint of HarperCollins Publishers, LLC

Konzeption/Reihengestaltung: fredebold&partner gmbh, Köln
Umschlaggestaltung: pecher und soiron, Köln
Redaktion: Bettina Steinhage
Titelabbildung: Gordon Crabb bei Thomas Schlueck GmbH, Garbsen;
Getty Images, München; Harlequin Enterprises S.A., Schweiz
Autorenfoto: © by Michael Cairns
Satz: Buch-Werkstatt GmbH, Bad Aibling
Druck und Bindearbeiten: CPI – Ebner & Spiegel, Ulm
Printed in Germany
Dieses Buch wurde auf FSC-zertifiziertem Papier gedruckt.
ISBN 978-3-89941-747-0

www.mira-taschenbuch.de

Karen Hawkins

Korsar und Kavalier

Roman

Aus dem Amerikanischen von
Petra Lingsminat

MIRA®

LEITFADEN
FÜR DEN VOLLKOMMENEN BUTLER
UND KAMMERHERRN

von Richard Robert Reeves

Nach Vollendung meines dreißigsten Dienstjahres in einem hochherrschaftlichen Haushalt halte ich nun inne und blicke zurück auf mein Leben. Neben meinem persönlichen Geheimrezept für Stiefelwichse (unverzichtbares Handwerkszeug eines jeden Kammerherrn) und der unfehlbaren Methode, Weinflecken aus Samt zu entfernen (was gemeinhin als unmöglich gilt – ein weitverbreiteter Irrtum), enthalten meine Erinnerungen auch einige wenige weise Erkenntnisse, ein paar leidvolle Erfahrungen und viele interessante Geschichten.

Zu meinem Bedauern war ich meinem Beruf, ja, meiner Berufung, in einem solchen Maß ergeben, dass ich keine Nachkommen besitze, in deren Hände ich mein gesammeltes Lebenswerk legen könnte. Daher habe ich mich entschlossen, mein Wissen niederzuschreiben und das Ergebnis meiner Bemühungen all jenen jungen Männern zu widmen, die sich in einem vornehmen Haus zu verdingen gedenken. In vielerlei Hinsicht handelt es sich bei ihnen um meine Söhne.

Und so greife ich zur Feder …

PROLOG

Ein Dienstbote sollte niemals die Grenzen seines Berufs überschreiten, es sei denn in höchster Not. Selbst dann sollte er sich größter Vorsicht befleißigen. Wenn ein Dienstbote willkürlich gegen die althergebrachten Sitten verstößt, so habe ich die Erfahrung gemacht, dass ihn die Gesellschaft – oder die ihr innewohnenden Kräfte – rasch an seinen ursprünglichen Platz zurückverweist.

Leitfaden für den vollkommenen Butler und Kammerherrn von Richard Robert Reeves

White Thistle Inn
Yorkshire, England, 1781

Er kommt bestimmt." Müde lehnte der zehnjährige Tristan Llevanth die Stirn an die kühle Fensterscheibe. Jenseits des Innenhofs verlief die Straße nach London, ein langes, schmales Band, das sich durch die raue und leider auch völlig menschenleere Landschaft wand. „Bestimmt", flüsterte er. Die Scheibe beschlug unter dem Hauch. „Unser Vater hat noch nie gelogen."

„Woher willst du das wissen?", fragte Christian und verzog angeekelt die Lippen. „Der Earl redet doch nie mit uns. Er betrachtet uns nicht einmal als seine Kinder."

Tristan wandte sich zu seinem Bruder um. „Der Earl of Rochester ist ein viel beschäftigter Mann. Und außerdem betrachtet er uns sehr wohl als seine Kinder, schließlich gibt er Mutter Geld, um für unseren Unterhalt zu sorgen und den Hauslehrer zu bezahlen."

Christian schien das nicht zu beeindrucken. „Wenn wir seine ehelichen Kinder und Erben wären, wäre er bestimmt nicht zu beschäftigt, um uns zu sehen. Und er würde uns nie an einem so langweiligen und kalten Ort sitzen lassen."

Ehelich. Das Wort brannte sich in Tristans Seele, und er biss die Zähne zusammen, um nicht zu weinen. „Er kommt bestimmt, um uns zu helfen. Er muss kommen."

Christian sah Tristan lange an. Seine Miene war skeptisch. Man sah den Brüdern nicht an, dass sie Zwillinge waren: Tristan war blond und eher kräftig, Christian schwarzhaarig und schmal, wenn auch ebenso groß wie sein Bruder.

Das Einzige, was die Zwillinge gemeinsam hatten, war die Farbe ihrer Augen, ein ungewöhnlich helles, faszinierendes Grün, das an frische Blätter erinnerte. „Feengrün" hatte es eines der Zimmermädchen genannt.

Das gefiel Tristan irgendwie. Vielleicht konnte er ja wirklich zaubern, und wenn er sich nur genug anstrengte, würde ihr Vater durch den Nebel angeritten kommen und sie alle retten. Vor allem Mutter, die mehr als alle anderen der Rettung bedurfte.

Beim Gedanken an seine Mutter, die ganz allein in einem feuchten Gefängnis eingesperrt war, wurde Tristans Brust vor Schmerz ganz eng. Er kannte das Gefühl – es war Angst. Und wenn er den Schmerz übermächtig werden ließ, wäre er bald nicht mehr in der Lage, Entscheidungen zu treffen und einen Ausweg aus ihrer misslichen Lage zu finden. Und trotz seines bemüht ungerührten Gehabes hatte Christian bestimmt genauso viel Angst wie er selbst.

Im Schankzimmer unter ihnen erklangen laute Stimmen und hallten im Treppenhaus wider. Tristans Angst verstärkte sich.

Christian blickte unruhig zur Tür. „Wir sollten verschwinden. Hier sind wir nicht sicher."

„Das geht nicht", erklärte Tristan streng. „Wir haben Vater geschrieben, dass wir hier auf ihn warten würden."

„Tris, Brooks hat gesagt, dass er gar nicht vorgelassen wurde. Die Dienstboten des Earls haben den Brief entgegengenommen und Brooks weggeschickt."

„Vater ist ein Earl, ein sehr wichtiger Mann. Sobald er Zeit hatte, unseren Brief zu lesen …"

„Er wollte doch noch nicht mal Brooks empfangen. Wie kommst du da auf die Idee, dass er unseren Brief gelesen haben könnte?"

Verzweifelt schüttelte Tristan den Kopf. „*Nein.* Du irrst dich. Vater kommt *bestimmt.* Er *muss,* Chris! Er *muss* einfach!"

Christian runzelte die Stirn. „Du wirst doch nicht anfangen zu weinen, oder?"

Tristan riss sich zusammen und schluckte die Tränen hinunter, die ihn zu ersticken drohten. Abgehackt stieß er hervor: „Ich weine nicht."

Christian sah ihm direkt in die Augen. „Ich auch nicht." Doch nach einer Weile ließ er die Schultern hängen und wandte sich zum Fenster. Blicklos starrte er hinaus in die Abenddämmerung.

Tristan ballte die Hände zu Fäusten und sagte leise: „Wenn Vater uns nicht hilft, werden sie Mutter ..." Er schluckte.

Christian rieb sich die Stirn. „Das weiß Brooks. Deswegen benimmt er sich in letzter Zeit so seltsam. Er ... er hat Angst."

Tristan wusste, dass ihr Hauslehrer nur deswegen bei ihm und Christian ausharrte, weil er glaubte, dass ihre Mutter ihn nach ihrer Freilassung für diesen treuen Dienst belohnen würde. Anfangs hatte sich der Hauslehrer ihnen gegenüber durchaus wohlwollend verhalten. Doch als die Zeit ins Land ging und es immer unwahrscheinlicher schien, dass Mutter je zu ihnen zurückkehrte, hatte Brooks' Stimmung sich gewandelt.

Als ihn letzte Woche auch noch der Earl abgewiesen hatte, war Brooks deutlich mürrischer und ärgerlicher geworden. Er trank viel und bemühte sich nicht mehr, sich seinen Zöglingen gegenüber höflich zu verhalten. Manchmal konnte man schon vom Gegenteil sprechen. Tristan ließ die Schultern kreisen und zuckte zusammen, als er den blauen Fleck spürte, den Brooks' Stock dort hinterlassen hatte – nur weil er zu fragen gewagt hatte, ob sie Vater nicht noch einen weiteren Brief schreiben sollten.

„Tut es noch weh?", fragte Christian ruhig.

„Es ist bloß ein bisschen steif. Ich habe es schon fast vergessen."

Einen Moment loderte in Christians Blick Wut auf. Unbändige, reine Wut, bei deren Anblick Tristan vor Staunen den Mund aufriss. Doch gleich darauf hatte sich diese Gefühlsregung schon wieder verflüchtigt, und Christian sah erneut zum Fenster hinaus.

So war Christian eben: Er wusste seine Gefühle zu verbergen. Mutter sagte immer, er sei wie ein See – eine spiegelglatte Oberfläche, unter der sich eine gefährliche Strömung verbarg. Tristan hingegen sei wie das Meer – seine Gefühle sprühten und schäumten auf der Oberfläche, rollten und brachen sich wie Wellen, in jeder Situation. Auch in dieser. Vor allem in dieser.

Von unten drang eine Salve betrunkenen Gelächters herauf. Christian und Tristan drehten sich gleichzeitig zur Tür. Das brüllende Gelächter verklang ein wenig, doch der allgemeine Lärmpegel hatte sich erhöht. Irgendwo in diesem Gebrüll befand sich auch Mr. Brooks und vertrank und verspielte das letzte bisschen Geld, das ihnen noch geblieben war.

Tristan lehnte die Stirn an die Scheibe. „Ich hasse es."

Christian sah seinen älteren Bruder an. Er liebte Tristan, sah zu ihm auf, doch manchmal schien sich sein Zwilling an Hoffnungen zu klammern, die es gar nicht gab. „Wir können nicht hierbleiben."

„Müssen wir doch. Wir müssen auf Vater warten." Tristan seufzte, und das Glas beschlug. „Vielleicht kann Mr. Brooks ja an Vaters Verwalter schreiben und so herausfinden, warum Vater uns nicht geantwortet hat ..."

„Mr. Brooks hat schon genug getan", erklärte Christian harscher als beabsichtigt. Verletzt presste sein Bruder die Lippen aufeinander. Schuldbewusst verschränkte Christian die Hände im Rücken. Er krallte die Finger so fest ineinander, dass sie schmerzten. Niemand sollte sehen, wie sehr seine Hände zitterten. Als er letzte Nacht oben auf der Stiege gesessen hatte, hatte er mehr belauscht, als er Tristan gesagt hatte. Mr. Brooks hatte mit einem Mann in langem Mantel gesprochen. Der Hauslehrer schuldete dem Mann Geld – eine Menge Geld. Brooks hatte schon alles Wertvolle verkauft. Alles, was ihm jetzt noch blieb, waren ...

Jetzt presste auch Christian die Lippen aufeinander. Er wollte nicht mehr daran denken. Später, wenn Tristan schlief, würde ihm schon einfallen, wie sie beide entkommen könnten, bevor der Hauslehrer beschloss, das Letzte zu verkaufen, was ihm noch blieb. Er und Tris würden davonlaufen, vielleicht nach London gehen und einen von Mutters Freunden aufsuchen. Vielleicht könnten sie sogar jemand finden, der ihr half. Jemand, dem sie mehr am Herzen lag als ihrem Vater.

Der Gedanke an den Earl grub sich glühend in seinen Magen. Er hasste seinen Vater. Hasste ihn so sehr, dass es ihm nicht einmal gereicht hätte, den alten Mann tot zu sehen. Eines Tages würde er seinen Vater umbringen für all das, was er ihm und Tristan angetan hatte. Und für das, was er für Mutter *nicht* getan hatte. Da saß der alte Mann inmitten seiner Privilegien, seiner Güter, seines Vermögens und wollte sich nicht die Mühe machen, sich um jemanden zu kümmern, der nicht unmittelbar in seiner Gunst stand. Nicht einmal um Mutter, die doch einmal so furchtbar verliebt in den Mann gewesen war.

Der Gedanke an seine Mutter weckte neue Schatten. Es lag nun fast ein halbes Jahr zurück, dass sie mitten in der Nacht aus dem Bett geholt und ohne Erklärung ins Gefängnis geworfen worden war. Wochenlang wollte ihnen niemand sagen, warum man sie verhaftet hatte. Als Christian schließlich mithörte, wie der Butler der Haushälterin erklärte, dass Mutter des Verrats angeklagt war, hatte er gedacht, er hätte sich verhört. Doch dem war nicht so.

Selbst jetzt kam ihm dieser Tag wie ein furchtbarer Albtraum vor. Mrs. Felts, die Haushälterin, hatte geweint, und Butler Melton hatte bleich und grimmig ausgesehen. Die Knaben hatten es natürlich nicht verstanden. Sie wussten nur das, was Mr. Brooks ihnen erzählte: dass ihre Mutter weg sei, eines Tages aber zurückkommen werde. Dass man die Anklage anfechten, Einwände erheben könne. Doch die Zeit ging ins Land, und die Knaben hörten immer seltener diese tröstenden Worte. Mittlerweile wurde darüber überhaupt nicht mehr gesprochen.

Direkt nach der Verhaftung ihrer Mutter stellte der Earl die Zahlungen ein. Sie erhielten keinen einzigen Penny mehr. Die Dienstboten waren einer nach dem anderen gegangen, bis am Ende nur noch Mr. Brooks übrig geblieben war.

Eines Tages war ein ernster stämmiger Mann zu ihnen gekommen und hatte ein Schild über die Tür genagelt, auf dem zu lesen stand, dass das Anwesen wegen Zahlungsrückständen an die Bank rückübereignet werde.

Christian wusste nicht genau, was „rückübereignen“ bedeutete, doch kurz darauf packte Brooks alles Silber im Haus auf einen Karren, und dann machten sie sich auf den Weg. Das Familiensilber hielt nicht lange vor. Im Lauf der Wochen sank ihre Lebensqualität immer weiter ab. Sie stiegen nicht mehr in den Gasthöfen in der Mitte des Ortes ab, sondern am Rand. Dort, wo es feucht und schmutzig war und man mit einem Strohsack vorliebnehmen musste. Oder mit dem blanken Boden.

Inzwischen waren sie bei den letzten beiden Silberleuchtern angelangt. Christian fragte sich, was werden sollte, wenn auch die verkauft waren. Was sollten sie dann tun? Noch wichtiger, was würde Brooks tun?

Eine Hand legte sich auf seine Schulter. „Schau nicht so“, sagte Tristan. „Mir fällt schon etwas ein.“

Christian wandte sich zu seinem Bruder um. „Hoffentlich.“

Tristan drückte ihm die Schulter, fest entschlossen, alles in Ordnung zu bringen. „Wir kommen schon zurecht. Wart nur mal ab.“

Christian schob sich das Haar aus den Augen. Das Licht fiel auf sein Gesicht, die schmutzige Spitze an seinem Hals und den abgetragenen Samtrock. „Tristan, es gibt da etwas, was du wissen solltest. Gestern auf der Stiege hab ich belauscht, wie Brooks mit einem Mann sprach. Über uns.“

Tristans Herz begann vor Aufregung schneller zu schlagen. „Was hat er gesagt?“

„Brooks schuldet dem Mann eine Menge Geld. Der Mann wollte wissen, ob wir kräftig sind. Tristan, er hat gesagt …“, Christian schluckte und riss sich dann sichtlich zusammen, „… er hat gesagt, die letzten beiden Matrosen, die er in den Dienst gepresst hat, sind noch vor dem ersten Landgang gestorben!“

Tristans Brust brannte. Er bekam kaum noch Luft. Das Leben auf See war hart und gefährlich, deswegen schickten die Schiffe oft Presspatrouillen an Land, die kräftige Männer überwältigten und an Bord schaffen sollten, damit sie dort als Matrosen dienen konnten.

Tristan wurde die Kehle eng. Hoffentlich blieben ihnen ein paar Tage, um einen Ausweg zu finden. Vielleicht könnten sie die Kerzenhalter an sich nehmen und Brooks entwischen. Ja, genau das sollten sie wohl tun …

Tristan versteifte sich. Neben dem Lärm aus der Schankstube glaubte er noch ein anderes Geräusch vernommen zu haben. Da … da war es wieder. Brooks kam die Stiege heraufgeschlichen, und er war nicht allein. Ihnen blieb keine Zeit mehr. „Christian! Schnell! Aus dem Fenster!“

„Was …?“ Sein Bruder riss die Augen auf, als er Brooks’ Stimme vernahm. Christian fuhr zum Fenster herum und begann aufgeregt am Riegel zu zerren.

Tristan griff zum einzigen und noch dazu wackligen Stuhl im Raum und schob ihn unter den Türknauf. Mehr konnte er nicht tun.

Laut knarrend gab der Fensterriegel nach. Christian schob das Fenster nach oben und beugte sich hinaus. „Tris, da geht es aber ganz schön weit runter …"

Die Tür klapperte. Brooks' Stimme erhob sich vor Zorn. „Verdammt! Aufmachen!"

Tristan lief zum Bett und zog ein kleines rotes Bündel hervor. Die Kerzenleuchter klapperten. Noch lauter klapperte die Tür. Am lautesten war Brooks' Stimme. „Macht die verdammte Tür auf, sonst prügele ich euch windelweich!"

Eine andere Stimme sagte leise etwas, und Brooks stimmte zu: „Das könnte gehen."

Tristan packte das Bündel und rannte zu Christian. „Hier." Er drückte es seinem Bruder in die Hand. „Nimm."

„Tris, wir sind im ersten Stock."

„Uns bleibt nichts anderes übrig. Ich komm gleich nach …"

Die Tür flog auf. Mr. Brooks stürmte herein, mit zerknitterter Krawatte und wildem Blick. Hinter ihm stand ein großer ausgemergelter Kerl mit alkoholgeröteten Augen.

Panik überkam Tristan. Ohne nachzudenken, wirbelte er herum und schubste seinen Bruder aus dem Fenster. Der umklammerte im Fallen krampfhaft die Kerzenständer. Ein Schrei hallte durch die Nacht.

„Mein Gott!", rief Brooks und machte einen Satz nach vorn. Sein Gesicht war bleich.

Tristan wollte ebenfalls zum Fenster hinaus, doch Brooks' Begleiter war schneller. „Du verflixtes Balg!", schrie der Mann. Er ergriff Tristan und zog ihn grob ins Zimmer zurück.

Tristan schlug um sich, erwischte den Mann am Schienbein.

„Du … du … das lässt Jack Danter sich von *keinem* gefallen!"

Der Mann packte Tristan noch fester, bis der beinah keine Luft mehr bekam.

„Vorsichtig, Danter!", rief Brooks. Er sah ganz krank aus. „Du … du hast versprochen, dass ihnen nichts passiert."

„Hör auf zu jammern, und hol mir den anderen!", fuhr Danter ihn an und fletschte die gelben Zähne. „Um den da kümmer ich mich schon."

Der Hauslehrer schluckte. „Ich glaube nicht, dass ich …"

„Dann gib mir das Moos, das du mir schuldest!" Danter machte schmale Augen und verstärkte nochmals den Griff um Tristans Mitte.

Der Junge rang nach Atem. Seine Brust brannte, sein Blick war verschwommen. Lauf, Christian! Bring dich in Sicherheit, dachte er immer wieder beschwörend.

Brooks sah Tristan an. In seinen Augen lag ein unsagbar trauriger Ausdruck. Einen Moment glaubte Tristan schon, sein Hauslehrer käme ihm doch noch zu Hilfe. Aber stattdessen sank der Mann in sich zusammen, wandte sich ab und stahl sich zur Tür hinaus.

Heller Zorn loderte in Tristan auf. Er atmete tief durch und riss sich von Danter los. „*Christian! LAUF!*"

Danter packte Tristan an der Kehle und holte mit der Faust aus. Sein Gesicht war wutverzerrt.

Wie im Traum sah Tristan die Faust auf sich zukommen. Er konnte nichts tun. Er war verloren. Er konnte nur noch hoffen, dass Christian es geschafft hatte, dass sein einziger Bruder nicht in den Tod gestürzt war, als er ihn aus dem Fenster gestoßen hatte.

Dies war sein letzter Gedanke, ehe die Faust an seine Schläfe krachte und alles um ihn in Dunkelheit versank.

1. KAPITEL

Ein Butler trachtet zuvorderst danach, seinem Dienstherrn treu und diskret zu dienen. Dazu gehören Tatkraft, Entschiedenheit, möglicherweise eine gehörige Portion Langmut und in jedem Fall ein sehr, sehr schlechtes Gedächtnis.

Leitfaden für den vollkommenen Butler und Kammerherrn von Richard Robert Reeves

Rochester House
Somerset, England, 1806

Herrlich und hell glänzend wand sich der Fluss durch die sorgfältig gepflegten Wälder, flirtete hier und da mit einem Kiesweg, bevor er sich sanft in einen großen, klaren Teich ergoss. Im tiefblauen Wasser spiegelte sich die makellose Silhouette einer eleganten Rotunde mit Säulen und einem Brunnen aus rosa Marmor. Der Pavillon diente Lord und Lady, Fürst und Bettelmann schon seit Jahren als Treffpunkt für Stelldicheins.

Über diesem erstaunlich effektvoll angelegten idyllischen Fleckchen erhob sich ein sanfter Hügel. Darauf thronte wie eine Krone auf einem Samtkissen ein majestätisches Herrenhaus aus goldgelbem Ziegelstein, dessen Fenster in der späten Nachmittagssonne einladend blitzten.

Rochester House galt allgemein als Inbegriff vornehmer Kultiviertheit. Der König höchstpersönlich hatte das Haus und seine Einrichtung beifällig als „das feinste in ganz England“ bezeichnet.

Das lag nun beinah ein halbes Jahrhundert zurück. Damals hatte der Earl das Kompliment einfach mit einem Kopfnicken entgegengenommen. Insgeheim war er natürlich hocherfreut, aber es wäre ungehobelt gewesen, dies auch zu zeigen. Und ein Rochester war niemals ungehobelt.

Wenn er allein war, kostete er das königliche Kompliment jedoch weidlich aus. Jede Nacht, wenn er zu Bett ging, dachte er an die Worte und an die Miene des Königs. Es half Rochester beim Einschlafen, und oft bescherte es ihm ganz entzückende Träume.

Jetzt natürlich nicht mehr. Jetzt war er vollauf von der enervierenden Aufgabe in Atem gehalten, in Würde zu sterben.

Das Sterben fand er dabei noch relativ einfach. Die Würde war es, die ihm Schwierigkeiten bereitete. Doch im Leben gab es nichts umsonst, diese Lektion hatte er schon vor Langem gelernt.

Eigentlich hätte es Rochester nicht überraschen dürfen, dass es ans Sterben ging. Schließlich war er über siebzig, ein Umstand, den er vor seinen Zeitgenossen zu verbergen gesucht hatte, indem er sich so lang wie möglich an gepuderte Perücken hielt, an Rouge und eine wahrhaft prächtige Garderobe, die von den schlaffen Wangen und der zerfurchten Stirn ablenkte.

Um die Illusion von Jugend noch zu verstärken, hatte er eine Frau geheiratet, die mindestens ein halbes Jahrhundert jünger war als er. Angeblich hatte er die hübsche, aber fade Miss Leticia allein deswegen geheiratet, um seinen Haushalt mit einer schönen Frau zu schmücken – genauso wie man zur Dekoration der Dinnertafel Orchideen kaufte.

Doch in Wirklichkeit wollte Rochester unbedingt einen Erben. Er hatte gedacht, er würde heiraten und einen Sohn zeugen und auf die Art seine Ländereien, sein Vermögen und seinen Titel sichern. Selbst jetzt noch schauderte ihn ob dieser Geschmacklosigkeit. Der Geschlechtsakt war wie ein Kunstwerk, wenn man ihn zum Vergnügen ausübte. Wenn es aber darum ging, ein greinendes Kind in die Welt zu setzen … Rochester verzog die Lippen.

Er hätte nie gedacht, dass er Schwierigkeiten haben könnte, ein Kind zustande zu bringen. Schließlich hatte er schon *vor* der Ehe ein paar Bastarde gezeugt, wieso sollte er also jetzt Probleme bekommen? Das war auch der Grund, warum er so lange gewartet hatte, ehe er sich an irgendein albernes, forderndes Gänschen band, dem man zweimal sagen musste, dass man tagsüber keine Diamanten trug. Doch sosehr ihm die Vorstellung auch missfiel, er kannte seine Pflichten, und so hatte er widerstrebend geheiratet.

Leider zeigte das Schicksal einen höchst grausamen Sinn für Humor. Und so stand er jetzt da, mit einem Bein im Grab, verheiratet mit einem Gänschen, das mehr Haare als Verstand besaß, und weit und breit kein ehelicher Sohn, der sein Vermögen oder den Titel erben könnte. Der Titel, auf den er ebenso viel Mühe verwandt hatte wie auf sein Haus, sollte mit ihm aussterben.

Unwillkürlich krampfte er die Finger um das Blatt Papier, das er in der Hand hielt. Das Rascheln erregte seine Aufmerksamkeit. Ah ja, die Liste. Er lächelte erleichtert. Es gab doch noch eine Hoffnung.

All seine Fehler würde er wieder in Ordnung bringen. Selbst aus dem Grab heraus würde er noch die Würde des Namens Rochester in Ehren und das Haus in der Familie halten. Es war ein kühner Plan. Aber er war ja auch ein kühner Mann.

Er lächelte, zuckte dann zusammen, als ihm ein scharfer Schmerz durch die Schultern fuhr. Verdammt, ihm blieb nur noch wenig Zeit. Warum hatte er nur so lange gewartet?

Die schwere Mahagonitür zu seinem Schlafzimmer öffnete sich, und ein großer gepflegter Mann trat ein. Wie es einem Butler anstand, trug er Tiefschwarz und war von einer Aura der Würde und Ruhe umgeben. Er hielt ein Silbertablett in der Hand, das mit einem Leinentuch bedeckt war.

Rochester verlangte von seinen Dienstboten stets höchste Eleganz. Doch selbst er musste zugeben, dass sein Butler, der unentbehrliche Reeves, ein veritables Kleinod war. Er strahlte eine erstaunliche Autorität aus, war schlank und distinguiert, und sein dunkles Haar wies über beiden Ohren eine graue Strähne auf. Sein formvollendetes Auftreten war sogar schon Beau Brummel aufgefallen.

Rochester hatte den weltbesten Butler, und das war dem gesamten *ton* bekannt. Allein in den letzten zwei Monaten hatte man viermal den Versuch gemacht, Reeves abzuwerben, doch Rochester wusste genau, was der Mann wert war, und zahlte ihm ein Vermögen.

Der Butler stellte das Tablett auf dem Nachttisch ab. Er hob die silberne Haube hoch, worauf ein mit einer bernsteinfarbenen Flüssigkeit gefülltes Glas zum Vorschein kam.

Rochesters Hoffnungen stiegen. „Brandy?"

„In der Tat, Mylord."

„Aber Letty hat doch behauptet, sie hätte meinen Brandy zum Fenster hinausgeschüttet!"

„Wenn ich geahnt hätte, was Ihre Ladyschaft zu tun beabsichtigte, hätte ich sie vielleicht zu einer vernünftigeren Herangehensweise überreden können, zum Beispiel, den Brandy auf Ihren Sommersitz zu schicken. Leider kam ich zu spät."

„Zum Teufel mit ihr, was mischt sie sich da ein?"

„Lady Rochester war bekümmert, weil Sie dem Rat des Arztes nicht Folge leisten und lieber weiterhin dem Alkohol frönen wollen."

„Ich mag ja krank sein, aber noch bin ich nicht tot!"

„Nein, wahrhaftig nicht, Mylord. Glücklicherweise fiel mir vorhin ein, dass ich eine überzählige Flasche Brandy im Keller versteckt hatte, für den Fall, dass sich unsere Schwierigkeiten mit Frankreich verschlimmern und unser Vorrat zur Neige geht."

„Sie schickt wirklich der Himmel, Reeves", erklärte Rochester mit ehrlicher Begeisterung, leckte sich die trockenen Lippen und versuchte sich im Bett aufzusetzen.

Reeves half ihm, schüttelte das Kissen auf und strich die Laken glatt, all die kleinen Verrichtungen, die ihn so unentbehrlich machten.

Rochester brauchte eine Weile, bis er nach all den Anstrengungen wieder Luft bekam. Unterdessen zog der Butler diskret eine kleine Phiole aus der Tasche und hielt sie über den Brandy. Ein paar Tropfen fielen ins Glas.

„He, Moment!", keuchte Rochester entsetzt. „Was machen Sie denn da?"

„Ich gebe Ihr Stärkungsmittel ins Glas, Mylord."

„Ich will das verflixte Zeug aber nicht."

Ruhig nahm Reeves den Löffel zur Hand und rührte vorsichtig um. „Sie wollen Ihren Brandy nicht, Mylord? Wirklich nicht?"

„Zum Henker, den Brandy will ich schon. Aber nicht dieses ekelhafte Stärkungsmittel!"

„Dessen bin ich mir bewusst, Mylord. Genau wie der Arzt, den Sie vom Lakaien hinauswerfen ließen."

Das war doch ein wenig unverschämt von ihm gewesen, wurde Rochester klar, obwohl der Scharlatan nichts Besseres verdient hatte. „Ich brauche keine Stärkungsmittel."

Reeves sah auf die Hand des Earls.

Rochester bemerkte, dass er sich die Brust rieb, um den andauernden Druck ein wenig zu lindern. Er ließ die Hand sinken. „Nehmen Sie das Gesöff weg. Jetzt will ich es auch nicht mehr."

Reeves legte den Löffel aufs Tablett und ließ den Brandy unter dem silbernen Deckel verschwinden. „Sehr wohl, Mylord." Er nahm das Tablett auf. „Ist das alles? Möchten Sie vielleicht ein wenig Sherry?"

Rochester warf seinem Butler einen säuerlichen Blick zu. „Sherry ist nichts als Pferdepisse und Wasser. Gehen Sie einfach. Mein Kammerdiener Miller bringt mir bestimmt ein Glas Brandy."

„Das würde Ihr Kammerdiener sicher tun ... wenn er denn wüsste, wo er den Brandy finden kann." Gemessen schritt Reeves zur Tür. „Was er aber nicht weiß."

„Sie haben gesagt, dass Sie die Flasche im Weinkeller entdeckt hätten. Ich lasse ihn dort danach suchen", erwiderte der Earl gereizt.

Reeves blieb an der Tür stehen. „Sie *war* dort, Mylord. Jetzt nicht mehr."

Rochester fluchte, laut und ausdauernd.

Die ausdruckslose Miene des Butlers änderte sich nicht. Doch sobald der Earl sich ausgetobt hatte, erklärte Reeves: „Ich sage Miller, dass er Ihnen ein Glas lauwarme Milch bringt, das beruhigt die Verdauung."

„Meiner Verdauung geht es bestens, und das wissen Sie genau! Ach, zum Teufel mit Ihnen, nun geben Sie mir schon diesen verflixten Brandy. Ich hoffe nur, dass Sie ihn mit Ihrem Stärkungszeug nicht völlig ruiniert haben."

Im nächsten Augenblick hatte Rochester das Glas auch schon in der Hand. Misstrauisch roch er daran und nahm einen Schluck. Ein warmes Prickeln breitete sich in seiner Brust aus. „Ah!"

Reeves lächelte. „Dann hat das Stärkungsmittel den Geschmack nicht nachteilig beeinflusst?"

Man konnte das bittere Mittel kaum herausschmecken. Es ging jedoch nicht an, dass er Reeves in seiner Selbstherrlichkeit auch noch bestärkte. Dazu war Rochester zu sehr auf ihn angewiesen. Vor allem jetzt. Statt also zuzustimmen, erklärte der Earl gereizt: „Es geht schon."

Rochester nahm noch einen Schluck, senkte das Glas und sah seinen Butler an. „Gut, dass Sie hier sind, Reeves, denn ich habe eine Bitte an Sie."

Bedächtig legte Reeves den Morgenmantel Seiner Lordschaft zusammen und räumte ihn in den großen vergoldeten Schrank. „Ja, Mylord, Sie wünschen?"

„Sie sind der höchstbezahlte Butler in ganz England."

„Ja, Mylord. Ich bin auch jeden Penny wert."

Da hat er nicht unrecht, dachte Rochester mürrisch. „Ich will damit nicht sagen, dass Sie Ihr Geld nicht wert wären. Ich meine nur, dass Sie gut bezahlt werden."

„Wie freundlich von Ihnen, mir den Unterschied zu erklären", meinte Reeves.

Rochester musterte ihn scharf. „Das klang jetzt aber verdächtig nach Sarkasmus."

Reeves lächelte leise. „Sarkasmus ist doch auch etwas wert, finden Sie nicht? Vielleicht sollte ich um eine Lohnerhöhung nachkommen, weil ich über einen so großartigen Sinn für Humor verfüge."

Der Earl starrte ihn an. „Ich soll Sie für Ihren Sarkasmus entlohnen?"

„Ich betrachte es lieber als Ausgleich dafür, dass ich den Ihren ertrage, Mylord."

Das brachte Rochester trotz seiner Schmerzen im Brustkorb zum Lachen. „Zum Teufel mit Ihnen, Reeves! Ich sollte Sie für Ihre Frechheiten auspeitschen lassen!"

„Ah, aber nur ich weiß, wo die letzte Flasche Brandy versteckt ist."

Medizin und Brandy taten allmählich ihre Wirkung: Der Druck in Rochesters Brust ließ nach, und ein sanftes Glühen breitete sich in ihm aus, als er das leere Glas auf dem Nachttisch abstellte. „Reeves. Ich muss mit Ihnen reden. Es geht darum, was mit all dem hier ...", er machte eine Geste, die seinen gesamten Besitz umfasste, „... nach meinem Tod passieren soll."

„Soll ich Mylady holen ..."

„Du liebe Güte, nein! Warum das denn? Auf das Theater kann ich verzichten ... wenn ich doch nur nicht geheiratet hätte. Nicht, dass ich etwas gegen Letty hätte, das nicht. Es ist nur so, da es keine Erben gibt, hätte ich diese Ehe gar nicht schließen müssen." Der Earl rang sich ein Lächeln ab. „Aber das ist jetzt nicht mehr wichtig. Reeves, seit dem Tag Ihrer Ankunft haben Sie weit mehr getan als nur Ihre Pflicht."

„Danke, Mylord. Es war mir stets eine Ehre."

„Deswegen möchte ich jetzt, dass Sie unverzüglich meinen Nachfolger ausfindig machen."

Reeves, der gerade das Laken Seiner Lordschaft glatt strich, hielt in der Bewegung inne. „Mylord?"

„Verdammt, ich liege im Sterben! Ich habe keine Zeit mehr, hier Volksreden zu halten."

Um Reeves' Lippen zuckte es. „Mylord, auch wenn Ihnen für Reden keine Zeit mehr bleibt, brauche ich doch etwas mehr Informationen, als Sie mir bisher offenbart haben."

Aus irgendeinem Grund schnürte es Rochester bei dem freundlichen Ton die Kehle zu. „Es ist ganz einfach. Ich möchte, dass Sie meinen Erben finden und dafür sorgen, dass er dem Namen Rochester keine Schande bereitet."

„Ihren Erben, Mylord?"

Der Earl griff nach dem gefalteten Bogen Papier, den er zuvor beiseitegelegt hatte. Er klappte den Bogen auf und zog die darauf gekritzelte Liste zurate. „Ich war zwar nicht in der Lage, ein eheliches Kind zu zeugen, außerehelich war ich hingegen reichlich gesegnet."

Reeves hob die Brauen. „Mylord?"

„Der älteste meiner Bastarde – aber das wird er nicht für immer bleiben – wird der nächste Earl."

„Aber ... Verzeihung, Mylord, nun bin ich doch ein wenig verwirrt."

Der Earl atmete tief durch. „Reeves, mir ist eben eingefallen, dass ich schon einmal verheiratet war."

Rochester beobachtete den Butler genau, ob er irgendwelche Anzeichen von Überraschung zeigte, Reeves sagte jedoch nur: „Ah!"

Der Earl winkte matt mit der Hand. „Es war eine ... eine ziemlich geheime Heirat, aber mein Anwalt hat die Details alle parat. Der Pfarrer, der uns damals getraut hat, konnte gefunden und dazu gebracht werden, sich an die Eheschließung zu *erinnern.* Wir haben sogar das Kirchenregister gefunden, in dem die Ehe verzeichnet ist – aber die Einzelheiten brauchen Sie ja nicht. Sie brauchen nur zu wissen, dass man sich um alles gekümmert hat."

„Verstehe. Wie, äh, günstig für Ihren Sohn. Glauben Sie, dass die Gesellschaft diese Geschichte akzeptiert?"

„Wohl oder übel. Der Pfarrer ist inzwischen der Erzbischof von Canterbury." Rochester lachte. „Er ist ziemlich jähzornig veranlagt. Wenn einer meiner entfernten Verwandten bei ihm antanzt und versucht, ihm die Sache wieder auszureden, wird er ihn nur hochkant aus der Kirche werfen.“ Der Earl grinste. „Verdammt! Da wäre ich einfach zu gern dabei! Ich wünschte mir fast, dass ich nicht im Sterben läge!“

„Vielleicht freut sich Ihr Sohn ja an Ihrer statt an dem Anblick.“

„Nicht Sohn – Söhne! Es waren Zwillinge. Der ältere heißt Tristan Paul Llevanth.“

„Llevanth“, sagte Reeves nachdenklich. „Der Name kommt mir bekannt vor.“

Der Earl verzog das Gesicht. „Ich weiß, verdammt. Muss der verflixte Kerl hingehen und berühmt werden. Verdammt ungehörig. Aber daran kann ich jetzt auch nichts mehr ändern.“

„Nein, Mylord“, stimmte Reeves zu.

Missmutig verzog Rochester das Gesicht. „Ich habe Pauline wirklich geliebt, und wenn ich sie hätte retten können – man hatte sie wegen Verrats angeklagt, aber sie war unschuldig. Das kommt eben von einer unkonventionellen Erziehung. Ihr Vater hing unhaltbaren politischen Ideen an und ermutigte sie, allen möglichen Blödsinn zu lesen.“

„Blödsinn, Mylord?“

„Jede Menge politische Narreteien. Er starb, bevor ich sie kennenlernte, zum Glück. Sie neigte zu sehr extremen Ansichten, die nicht immer im Einklang mit ihrer Schönheit standen.“

„Ja“, erwiderte Reeves, „Überzeugungen können wirklich unkleidsam sein.“

Reeves warf seinem Butler einen scharfen Blick zu. „Was soll das heißen?“

„Nichts, Mylord. Gar nichts.“

„Pah! Pauline und ich haben uns irgendwann voneinander getrennt, aber ich habe ihr immer Geld für die Knaben geschickt.“ Der Earl runzelte die Stirn. „Verdammt, warum konnte Letty nicht … aber nein. Das spielt nun keine Rolle mehr.“ Er sah Reeves bedauernd an. „Möglich, dass ich meine unehelichen Kinder nicht so oft besucht habe, wie ich es hätte tun sollen.“ Der Earl ließ sich das eine Weile durch den Kopf gehen und seufzte dann schwer. „Das lässt sich jetzt auch nicht mehr ändern. Alles lief wie gesagt bestens, bis man Pauline des Verrats anklagte. Das war eine schlimme Sache.“

Reeves schüttelte das Kissen seiner Lordschaft auf. „Gewiss haben Sie getan, was in Ihren Kräften stand, Mylord."

„Ich war gar nicht da, um ihr zu helfen. Wenn ich nicht im Ausland gewesen wäre ..." Rochester verstummte. Die Brust war ihm eng geworden.

„Mylord?" Reeves Stimme klang besorgt.

„Ich war in Italien. Die Rückreise hat Wochen gedauert. Sobald ich an Land ging, habe ich um eine Audienz beim König nachgesucht, aber ... es war zu spät. Sie war in der Woche davor im Gefängnis gestorben, und die Knaben waren verschwunden. Einfach weg! Ich habe nach ihnen gesucht, konnte indes keine Spur finden. Bis ..." Rochester presste die Lippen aufeinander.

„Bis?", hakte Reeves nach.

„Bis ich Tristans Namen in der Zeitung las. Ich kann Ihnen gar nicht sagen, wie entsetzt ich war – mein eigen Fleisch und Blut in der Zeitung, als wäre er ein gewöhnlicher Bürgerlicher."

„Ja, Mylord."

Der Earl versuchte ein Bild von seinen Söhnen heraufzubeschwören, brachte aber nur eine blasse Erinnerung zustande. „Ich glaube mich zu erinnern, dass es hübsche Jungen waren. Sie sahen sich kein bisschen ähnlich."

„Wenn sie nach Ihnen gerieten, waren sie gewiss sehr gut aussehend."

„Alle meine Kinder sehen sehr gut aus", erklärte Rochester streng. Er hoffte, dass es stimmte.

„Alle Ihre Kinder, Mylord?"

Rochester blickte auf die Liste in seinen Händen. Auf seine Wangen war eine feine Röte getreten. „Der Tod ist so verdammt ungerecht! Hier liege ich, ein tonangebendes Mitglied der Gesellschaft, ein Freund des Prinzen, und was passiert?" Zornig deutete er auf seine ausgemergelte Gestalt. „Das hier! Ich hätte nie gedacht, dass es einmal so weit kommen könnte."

„Jawohl, Mylord. Auf gut gekleidete Menschen ist der Tod einfach verschwendet."

Rochester kniff die Augen zusammen. „Spotten Sie etwa über mich?"

„Niemals, Mylord. Ich finde es nur etwas beunruhigend, dass Sie anscheinend dachten, Sie würden nie sterben. Wir müssen *alle* sterben, Mylord. Alles andere wäre unnatürlich."

Der Earl ließ die Schultern hängen. „Ich weiß, ich weiß. Ich bin bloß ... verdammt, ich bin einfach noch nicht so weit. Ich wollte noch einen Ball zu Lettys Geburtstag abhalten, der Prinz hat versprochen zu kommen, das wäre der Triumph der Saison geworden ... aber für all das ist es jetzt zu spät, verdammt." Der Earl of Rochester reichte Reeves die Liste. „Hier. Das sind meine Kinder. Ich wollte selbst nach ihnen suchen, aber ... nun, es hat wohl nicht sein sollen."

„Eine der Ironien des Lebens liegt wohl darin, dass man nie damit fertig wird. Egal, wie viel Zeit man zur Verfügung hat, sie wird gefüllt, immer wieder gefüllt." Reeves nahm das Papier. „Ich glaube nicht, dass es jemals genug Zeit geben kann. Für keinen."

„Nein, wohl nicht."

„Allerdings ..." Reeves blickte auf die Liste. „Vielleicht sollte man manchen Angelegenheiten mehr Aufmerksamkeit schenken als anderen. Sie hatten uneheliche Kinder und haben Sie in all der Zeit, die ich Ihnen nun schon diene, kein einziges Mal erwähnt."

Rochester errötete. „Der Duke of Richmond hat angeblich zwölf illegitime Kinder. So viel sind neun doch gar nicht."

„Hmm. Ist das derselbe, den Sie immer als den König der Hinterlist bezeichnen?"

Düster beäugte Rochester seinen Butler. „Sie haben ein verflixt gutes Gedächtnis, was?"

„Eben noch haben Sie mein Gedächtnis gepriesen, als Sie den Brandy getrunken haben."

Der Earl unterdrückte ein Lächeln. „Bitte versuchen Sie jetzt nicht abzulenken. Ich habe meinen Anwalt Mr. Dunstead gebeten, die Kinder zu suchen. Ich will jedem von ihnen etwas hinterlassen, vorausgesetzt, sie erweisen sich des Namens Rochester für würdig." Der Earl atmete tief durch. „Hier kommen Sie ins Spiel. Dunstead soll sie finden, aber Sie sollen kultivierte Menschen aus ihnen machen."

„Kultivierte Menschen aus ihnen machen? Aber Mylord, das kann ich doch nicht ..."

„Reeves, es ist wichtig." Unruhig rutschte Rochester im Bett herum. „Meine Kinder müssen gefügig gemacht werden. Sehen Sie,

Tristan Paul Llevanth, der nächste Earl of Rochester, war früher mal Pirat."

Reeves blinzelte. Der Earl konnte sich daran erfreuen, seinen Butler zum ersten Mal in zwanzig Dienstjahren schockiert zu haben. „Ein Pirat?"

„Nun, jetzt nicht mehr. Jetzt ist er nur ein Kapitän."

Reeves hob die Brauen. „Llevanth! Natürlich kenne ich den Namen, ganz England kennt ihn. Vor einem Jahr segelte Captain Tristan Llevanth noch mit Nelson bei Trafalgar auf der *Victory*. Sein Name stand in der Morning Post und …"

„Erinnern Sie mich nur nicht daran, dass er eine Figur des öffentlichen Lebens geworden ist. Das war äußerst ungehobelt von ihm."

„Mylord, er ist ein Held! Ich weiß, man munkelt, dass er früher Freibeuter gewesen sein soll …"

„Pirat. Beschönigen Sie es nicht."

„Dann also Pirat, Mylord. Aber Nelson hat dafür gesorgt, dass Llevanth begnadigt wurde, damit er bei Trafalgar kämpfen konnte. Das sagt doch einiges über seinen Charakter!"

„Der Narr ist Kapitän", erwiderte der Earl giftig, „das ist für mich nicht viel besser als ein gewöhnlicher Pirat. Es würde mich nicht überraschen, wenn der nächste Earl bei Tisch in den Zähnen herumstochern würde und sich nie badete."

„Kennen Sie denn viele Kapitäne, Mylord?"

„Dieser Kerl, Nelson. Der war mal auf einer Soiree eingeladen. Ein kleiner, ungehobelter Mann, wenn ich mich recht erinnere. Und ohne jedes Gefühl für Stil."

„Vermutlich ist Ihr Kapitän attraktiver. Die Rochesters sind ja bekannt für ihre körperliche Schönheit."

„Ja, aber wenn Dunstead recht behält, ist der nächste Earl auch verletzt." Verflixt, sollte er denn überhaupt kein Glück haben? Ein Kapitän mit irgendeiner unvorteilhaften Verletzung. Der Earl konnte nur hoffen, dass sein Sohn nicht auch noch schlimme Narben davongetragen hatte. Das wäre dann wirklich zu viel.

„Darüber habe ich auch etwas gelesen", erklärte Reeves. Der Butler wirkte immer noch verblüfft. „Ich kenne die genauen Ausmaße der Beeinträchtigung nicht, aber sie war doch so schlimm, dass er seinen Abschied einreichen musste. Admiral Nelson soll das angeblich sehr bedauert haben, denn er hielt große Stücke auf Captain Llevanth."

„Pah. Nun, ich kann nur hoffen, dass er Vernunft annimmt und meine Bedingungen für die Erbschaft akzeptiert."

„Verzeihen Sie, Mylord, aber das klingt ja, als hätten Sie erst kürzlich mit ihm gesprochen?"

Der Earl zupfte an der Bettdecke.

„Mylord?"

„Ja, ja! Hab schon gehört. Ich habe dem Burschen geschrieben. Ich dachte, das wäre das Mindeste, was ich tun könnte, nachdem ich diese Krankheit ja wohl nicht mehr überlebe und ich bisher noch nicht viel Kontakt zu ihm hatte."

„Darf ich fragen, wie er reagiert hat?"

„Nein."

„Verstehe. Was genau haben Sie ihm denn geschrieben?"

„Dass ich hoffte, er wüsste, was von ihm erwartet würde, wenn er erst einmal im Besitz des Titels sei. Seine Antwort war sehr unverschämt."

Reeves seufzte. „Mylord, dies ist eine ziemlich anspruchsvolle Aufgabe."

„Was soll daran so schwer sein?", fragte Rochester gereizt. Plötzlich fühlte er sich sehr müde. „Suchen Sie Llevanth auf, und überreden Sie ihn dazu, die Earlswürde anzunehmen. Und dann bringen Sie ihm das Nötige bei, damit er den Titel mit demselben Stil und derselben Ernsthaftigkeit ausfüllt wie ich."

„Aber ... wenn er doch ein Kapitän ist ..."

„Wenn Sie sich nicht durchsetzen, ist er verloren. Titel und Besitz werden in jedem Fall auf ihn übergehen, aber das Vermögen bekommt sein Bruder, allerdings nur, wenn er sich als zivilisiert erweist. Man muss ihn dazu zwingen, seine Pflichten anzunehmen. Ich lasse es nicht zu, dass all meine Mühen binnen einer Generation verloren gehen."

„Ja, Mylord."

Der Earl lehnte sich zurück. Der Druck in seiner Brust ließ ein wenig nach. „Danke, Reeves. Ich wusste, dass Sie mich nicht im Stich lassen. Wenn ich erst einmal tot bin, wird Ihr Lohn verdoppelt. Sobald Sie den älteren in einen echten Rochester verwandelt haben, gehen Sie bitte zu Christian, dem jüngeren Bruder, und tun bei ihm dasselbe. Es dürfte nicht allzu schwierig sein. Meine Kinder haben gewiss einen überlegenen Verstand mitbekommen."

Reeves legte die Liste ordentlich zusammen. „Hat Mr. Dunstead sie schon gefunden?"

„Noch nicht." Der Earl gähnte. „Ich befürchte, dass sich mein jüngerer Sohn irgendwo versteckt. Wir haben gewisse Hinweise, dass er eine, sagen wir, noch denkwürdigere Persönlichkeit ist als sein Bruder."

„Noch denkwürdiger? Denkwürdiger als der Held einer Seeschlacht?"

„Leider ja." Der Earl presste die Lippen aufeinander. „Das soll Dunstead Ihnen erklären."

„Mylord, ich frage es nicht gern, aber ... äh ... neigt einer Ihrer Söhne vielleicht zu Gewalt? Natürlich möchte ich Ihnen nicht zu nahe treten, aber ich bin doch um meine persönliche Sicherheit besorgt."

„Wenn sie je gewalttätig geworden sein sollten, dann mit gutem Grund, darauf können Sie sich verlassen. Meine Söhne wissen vielleicht nicht, wie man sich kleidet, aber es sind trotzdem noch meine Söhne. Kein Rochester war je in irgendwelche Gewaltverbrechen verwickelt."

„Vielen Dank. Das ist überaus beruhigend", erwiderte Reeves trocken.

Der Earl gähnte noch einmal, dann fielen ihm die Augen zu. „Es liegt immer im Blut."

„Ja, Mylord." Reeves steckte die Liste ein und begann die Vorhänge vor dem massiven goldenen Bett zuzuziehen. „Sie müssen sich jetzt ausruhen, Mylord."

„Danke, Reeves. Ich werde gut schlafen, weil ich weiß, dass Sie sich um die verlorenen Rochester-Erben bemühen werden." Mühsam schlug der Earl ein weiteres Mal die Augen auf. „Ach ja. Beinah hätte ich es vergessen. Zusätzlich zu Ihrem Lohn werde ich Sie mit einem großzügigen Wechsel versorgen, damit Sie erwerben können, was immer Sie für nötig halten. Vielleicht möchten Sie auch ein paar der anderen mitnehmen."

„Welche anderen, Mylord?"

„Ich kann mir nicht vorstellen, dass ein Kapitän über einen ordentlichen Kammerdiener oder Koch verfügt."

„Vielleicht hat er dennoch beides." Reeves drehte langsam die Lampe herunter.

Rochester bemerkte es kaum. Das Stärkungsmittel und der Brandy hatten ihre Wirkung getan, er dämmerte bereits ein. Er hatte alles so gut gerichtet, wie es ihm eben möglich war, und er war zuversichtlich, dass Reeves den Rest erledigen würde.

Wie immer.

2. KAPITEL

Ein Kammerherr widerstehe der Versuchung, seinem Dienstherrn im Gegenzug für eine echte oder auch eingebildete Kränkung die Krawattentücher zu steif zu stärken oder die Stiefel zu beschmutzen. Wenn man glaubt, sich in irgendeiner Weise dazu äußern zu müssen, möge man es tun, wenn der Gentleman bei Tische sitzt. Dann wird er in ausgeglichener Verfassung sein, und hin und wieder wird er auch den Mund voll haben. Für einen listigen Dienstboten könnte dies genau das Richtige sein.

Leitfaden für den vollkommenen Butler und Kammerherrn von Richard Robert Reeves

Gewaltig schlugen die Wellen gegen die Klippen, donnerten voll Zorn an die zerklüfteten Felsen. Oben auf den Felsen, weit über dem Meer, stand ein geräumiges Cottage. Erbaut aus demselben schwarzen Felsen, der auch die Küstenlinie kennzeichnete, hätte man es unmöglich erkennen können, wenn nicht aus allen drei Schornsteinen dicker Rauch gequollen wäre.

Captain Tristan Paul Llevanth stand vor dem Cottage und starrte auf das tosende dunkle Wasser hinaus, wie immer fasziniert von der ungestüm brausenden Wildheit. Der Wind peitschte ihm den schweren nassen Umhang um die Beine. Ein dumpfer Schmerz stieg zu seinem Knie auf, und er packte den Messingknauf seines verhassten Stocks fester. „Verdammt, sogar das Stehen tut weh“, knurrte er und wünschte sein verwundetes Bein zum Teufel.

Er atmete tief durch, sog die feuchte Meeresluft tief in die Lungen. Die Kühle erfrischte ihn und weckte seine Lebensgeister. Der Wind zauste den Baum, der oben auf der Klippe stand, und wehte ein paar braune Blätter zu Boden.

Hinter ihm schlug eine Tür. Im nächsten Moment würde einer seiner Männer zu ihm stoßen und ihm irgendeine gewollt harmlose Frage stellen. Seit seiner Verletzung hatte es sich seine Mannschaft – seine eigene Mannschaft – angewöhnt, ihn wie einen Leichtmatrosen zu behandeln, einen grünen Jungen, der noch nicht trocken hinter den Ohren ist.

Es war empörend. Außerdem erinnerte es ihn an seine Anfangszeit, als er nur eine Landratte gewesen war: ohne Schwielen und völlig ahnungslos, was das Leben auf hoher See anging. Zuerst hatte er sich gewehrt. Hatte mit aller Kraft gegen sein Schicksal angekämpft. Er war traurig und verängstigt gewesen und krank vor Sorge um Christian …

Nein. Er wollte sich nicht daran erinnern. Er dachte lieber an die Zeit danach. Als er endlich Frieden mit der See und dem Leben an Bord geschlossen hatte.

Auch wenn er seinen ersten Kapitän hasste, einen harten, ungerechten Mann, der seine Matrosen beim geringsten Vergehen auspeitschen ließ, liebte er doch das Leben auf dem Meer, genoss plötzlich die Wildheit der tosenden Wellen, die ihm zuerst solche Angst gemacht hatten.

Obwohl er Captain Reynolds wahrhaftig nicht ins Herz geschlossen hatte – die Mannschaft war unvergleichlich. Viele Männer von damals waren immer noch bei Tristan. Gemeinsam hatten sie Stürme überstanden, der tobenden See ins Auge gesehen und gegen die Furcht angekämpft, weit draußen auf dem Ozean von einer Windstille überrascht zu werden. Die Männer waren tapfere und aufrechte Burschen und hatten ihm im Kampf gegen alle Arten von Plünderern treu zur Seite gestanden.

Ein leises Lächeln umspielte seine Lippen. Viele verwünschten die Piraten, und sicher gab es unter ihnen auch unwürdige Kreaturen. Doch Tristan war vom sicheren Land weggezerrt und auf See in den Dienst eines harschen Kapitäns gepresst worden, der seine Leute regelmäßig prügelte, wenn er ihnen nicht noch Schlimmeres antat. Und so brachte er der Freibeuterei nicht mehr den Schrecken und die Abscheu entgegen, die er unter anderen Umständen vielleicht empfunden hätte.

Als sein erstes Schiff in einer blutigen Schlacht bezwungen worden war, der Kapitän getötet und seine Kameraden gefangen, war er auf weitaus großzügigeres Benehmen gestoßen als unter Captain Reynolds.

Der Kapitän des Piratenschiffs, Captain Ballaliet, ein ehemaliger französischer Marineoffizier, der auf die Freibeuterei verfallen war, um seine Spielschulden zu begleichen, hatte die englische Mannschaft eingeladen, bei ihm mitzutun. Die Aussicht auf Beute, besseres Essen und einen wohlwollenden Kapitän war ein Angebot, das man unmöglich ausschlagen konnte. Und so verwandelte sich Tristan ohne Probleme von einem englischen Matrosen in einen vagabundierenden Piraten.

Tristan sah blicklos auf den weiten Ozean hinaus. Er war kein Heiliger und hatte Dinge getan, die er jetzt bedauerte. Obwohl sein Piratenleben nicht sehr moralisch gewesen war, trug es reiche Früchte: Irgendwann eroberte Captain Ballaliet ein Schiff und übergab es Tristan. Von da an segelten sie gemeinsam und waren kaum aufzuhalten. Wenn Captain Ballaliet nicht bei einem besonders schwierigen Entergang von einem Querschläger in die Brust getroffen worden wäre, würde Tristan vielleicht heute noch die Meere befahren und nach verlockenden Fregatten Ausschau halten.

Doch nach Ballaliets Tod hatte Tristan jeden Kampfgeist verloren. Eine Weile war er ziellos herumgekreuzt. Die Mannschaft war darüber nicht glücklich, schließlich wurden sie nur bezahlt, wenn sie dicke Beute machten. Wenn er nicht vor Gibraltar ein ganz bestimmtes Schiff überholt hätte und Admiral Nelson begegnet wäre – Tristans Leben wäre sicher anders verlaufen. Nelson hatte in Tristan etwas gesehen, was ihm der Rettung wert schien. Im Gegenzug hatte Tristan sein Schiff und seine Männer in den Dienst des Admirals gestellt, und so kämpften sie bei der Schlacht von Trafalgar. Sie errangen einen überwältigenden Sieg, doch zu welchem Preis? Nelson war tot, gefallen durch die Kugel eines Scharfschützen, während zahllose andere Männer starben oder verstümmelt wurden.

Der Wind fuhr in Tristans Haar und versuchte es aus dem Band zu lösen. Tristan schloss die Augen und gab sich der feuchten Luft hin. Wenn er ganz stillhielt, fühlte es sich beinah so an, als ob der Boden schlingerte wie ein Schiff auf nahezu glatter See. Fast konnte er das Knarren und Ächzen der Takelage hören, Pech und Teer eines frisch geschrubbten Decks riechen. Nachdenklich wippte er auf den Fersen …

Ein heißer Schmerz fuhr ihm erneut durch das Bein. „Verdammt und zugenäht!“

„Käpt'n!" Der Erste Offizier Stevens packte Tristan am Arm.

Tristan schüttelte den Mann ab. „Zum Henker, Stevens. Ich brauche kein Kindermädchen."

„Ich weiß, Käpt'n. Ich wollte nur nicht, dass Sie wie 'n leeres Fass über Bord gehen. Da runter ist es ganz schön weit."

Mit zusammengebissenen Zähnen stellte Tristan den Fuß auf, wobei er sich schwer auf seinen Stock stützen musste. „Es besteht keineswegs Gefahr, dass ich die Klippe runterfalle, Sie verfluchter Esel. Mag sein, dass ich meinen verkrüppelten Fuß nicht mehr fest auf Deck eines seetüchtigen Schiffes stellen kann, aber an Land komme ich immer noch gut allein zurecht."

Sein Ausbruch stieß auf Schweigen. Tristan wusste, auch ohne hinzusehen, dass sein ehemaliger Erster Offizier ein ebenso langes Gesicht zog, wie das Meer weit war. Verdammt, er hatte den Mann wirklich nicht verletzen wollen. Im Stillen verfluchte er sein jähzorniges Gemüt: Beim geringsten Anlass explodierte er wie eine geladene Kanone.

„Tut mir leid, dass ich störe, Käpt'n", meinte Stevens kleinlaut. „Ich wollte nicht ..."

„Haben Sie auch nicht", unterbrach Tristan ihn, während er den Schmerz in seinem Bein zu unterdrücken suchte. „Das liegt einzig und allein an mir. Ich bin einfach in übler Stimmung. Das Wetter ..." Er presste die Hand an den Oberschenkel.

Stevens nickte. „Allerdings, Käpt'n. Kanonier Thurwell sagt auch, dass ihm der Arm heute Morgen ganz schön wehtut."

„Thurwell beklagt sich doch dauernd über seinen verletzten Arm, selbst wenn der Arzt nichts feststellen konnte."

„Ist mir auch schon aufgefallen." Stevens sah aufs Meer hinaus. Beim Anblick der hohen Wellen hellte sich seine Miene ein wenig auf. Er atmete tief ein. „Riecht nach Nordwestwind."

„Aye. Wenn mich nicht alles täuscht, kriegen wir Sturm." Tristan sah zu dem kleinen Mann und grinste ihn schief an. „An Tagen wie diesen vermisse ich die See. Sie hätte sich unter uns aufgebäumt und uns ein hübsches Tänzchen aufgeführt."

„Aye, allerdings, Käpt'n", stimmte Stevens sehnsüchtig zu. „Die anderen und ich, uns geht es auch nicht mehr so wie früher, als wir noch Seeleute waren." Der Erste Offizier lehnte sich an einen Baum und zupfte traurig an der Strickmütze herum, die sein strähniges weißes Haar bedeckte. „Ich hatte ja keine Ahnung, wie viel es mir bedeutet hat, Erster Offizier zu sein, bevor es vorbei war. An einem Tag ist man noch Matrose, am nächsten ...“, er breitete die Hände aus, und die schwieligen Finger zitterten kaum merklich, „... ist man nichts, gar nichts mehr, so fühlt es sich an.“

Tristan biss die Zähne zusammen. Irgendetwas geschah mit einem, wenn man als Seemann gezwungen war, dem Meer den Rücken zu kehren und wie alle Landratten auf festem Boden herumzuhumpeln. Irgendwie fühlte man sich leer. Nutzlos. Wie Strandgut, das ans Ufer gespült worden war und nun langsam verrottete. Das war auch der Grund, warum er kaum noch schlief. Er war sich sicher, dass er in Einsamkeit sterben würde.

Frieden fand er nur an dem Ort, an dem er jetzt stand, auf der Klippe vor dem Cottage über dem Meer, wo er den Wind und die Gischt spüren konnte. Wenn er die Augen schloss und sich vom Gefühl und den Geräuschen tragen ließ, konnte er fast meinen, er wäre wieder auf hoher See.

Sein Bein zwickte, als er es aus Versehen belastete. Einen Augenblick war er froh um den vertrauten Schmerz. Er füllte die Leere in seiner Seele, lenkte ihn von den unausgefüllten Tagen ab, die vor ihm lagen.

„Kreuzwetter, Käpt’n!“, rief Stevens aus. „Machen Sie die Luken dicht, eine Kriegsfregatte hält direkt auf uns zu. Schaut aus, als könnte sie jeden Augenblick die Kanonen abfeuern.“

Tristan sah in die Richtung, in die Stevens blickte. Dort auf dem steilen Pfad kam eine wohlvertraute Gestalt heranmarschiert. Sie war eher klein, einen Kopf kleiner noch als Stevens, außerdem war sie eine Frau. Ohne auf den Pfad vor sich zu blicken, kam sie unbeirrt näher – sie hatte diesen Gang schon sehr oft unternommen.

Als sie das Gartentor erreicht hatte, schob sie den Riegel auf, betrat den Garten und schloss das Tor hinter sich. Der Wind zerrte an ihrem blauen Mantel, blähte ihn auf und zauste ihr streng frisiertes Haar.

Tristan blickte Stevens an. „Ich dachte, wir wollten ein Schloss am Gartentor anbringen.“

„Steht schon auf meiner Liste, Käpt’n.“

Tristan warf seinem Ersten Offizier einen empörten Blick zu.

„Wollte sagen", fügte Stevens hastig hinzu, „dass ich mich gleich heute Nachmittag darum kümmere."

Tristan nickte. Als er das Cottage oben auf den Klippen gekauft hatte, waren er und seine Männer die einzigen Einwohner weit und breit gewesen. Tatsächlich gab es mit Ausnahme eines brombeerüberwucherten verlassenen Hauses, das eine halbe Meile von den Klippen entfernt lag, im ganzen Umkreis keinerlei Gebäude.

Tristan hatte die Einsamkeit genossen und düstere Vorahnungen gehegt, als er eines Tages zufällig beobachtete, wie jemand von der Vorderseite des Hauses die Brombeerranken entfernte. Jemand schickte sich an, sein Paradies zu entern. Vor drei Monaten hatte dann ein schwer beladener Karren vor dem Haus gehalten, und zwei Frauen und ihre Dienstboten waren ausgestiegen. Seitdem hatte sich Tristans Leben zum Schlechteren gewendet. „Ich weiß nicht, warum sie immer wieder herkommt."

Stevens spitzte die Lippen. „Vielleicht gefallen Sie ihr."

„Und sie glaubt, sie würde mich für sich einnehmen, indem sie mein Schaf stiehlt und mich mit Vorwürfen überschüttet? Wohl kaum."

„Da haben Sie vermutlich recht", stimmte Stevens zu und sah dem Besuch mit offenkundigem Interesse entgegen. „Es heißt, dass der junge Doktor bei ihr vor Anker gehen will."

Stevens stellte sich auf die Zehenspitzen, weil ihre Besucherin einen Augenblick hinter einer großen Eibe verschwand. „Angeblich ist der Doktor ganz verrückt nach ihr und will die Witwe heiraten – die jüngere, nicht die Mutter."

Tristan warf Stevens einen strengen Blick zu. „Sie haben wirklich ein unheimliches Talent dafür, nichtiges Geschwätz aufzuspüren. Schade, dass wir Sie nicht als Spion zu den Franzosen geschickt haben. Ihre Bemühungen hätten den Krieg bestimmt abgekürzt."

„Gehört zu meinen vielen Vorzügen", erklärte Stevens heiter. „Ah, da ist sie ja. In voller Takelung über den Hügelkamm, genau auf Kurs." Er schüttelte den Kopf. „Meine Güte, Käpt'n, Mrs. Thistlewaite ist ja wirklich auf hundertachtzig Knoten. Es wird wohl wieder das verflixte Schaf gewesen sein."

Tristan sah zu der Frau, die sich mittlerweile gegen den Wind stemmte, während sie den letzten Anstieg hinter sich brachte. Trotz ihres energischen Auftretens wirkte sie ziemlich verloren. Um ihr herzförmiges Gesicht bauschten sich ein paar Kringellöckchen, obwohl sie das Haar energisch nach hinten gekämmt und zu einem straffen Knoten aufgesteckt hatte.

Ihre Figur kannte er nicht, da er sie noch nie ohne ihren voluminösen Mantel gesehen hatte. Aus ihrem zarten Gesicht und den schmalen Händen konnte man jedoch schließen, dass sie gertenschlank war.

Nicht, dass Tristan das interessiert hätte. Er war vollkommen zufrieden mit seinem Junggesellendasein, und hin und wieder stillte er seine Lust durch einen Ausflug in das Städtchen, das am Fuß der Klippe lag. Im Gasthaus gab es zwei üppige Schankmädchen, die man sich aufs Zimmer kommen lassen konnte, wenn man über das nötige Bargeld verfügte.

Außerdem sah er schon von Weitem, wes Geistes Kind diese Frau war. Sie war ernst und streng, die Art Frau, die man heiratete, wenn einem an gut ausgeklopften Teppichen, heißen Mahlzeiten und endlosem Gerede am Esstisch gelegen war. Tristan nahm sein Essen am liebsten schweigend ein. Und was seine Teppiche anging, so lagen sie ohnehin auf dem Boden, was kümmerte ihn da, ob sie sauber waren?

Inzwischen hatte sie ihr Ziel erreicht und baute sich vor ihm auf. Ihre Gesichtszüge, ihre ganze Haltung kündeten von heftigem Zorn.

Stevens nickte vergnügt. Seine scharfen blauen Augen tränten im böigen Wind. „Ahoi, Mrs. Thistlewaite! Was führt Sie an einem solch stürmischen Tag zu uns?“

„Ich habe mit dem Captain zu reden.“

Tristan sah Stevens an. „Kümmern Sie sich darum.“

„Kommt ja nicht infrage!“ Ihr Besuch verschränkte die Arme vor der Brust. „Captain Llevanth, ich bin gekommen, um mit Ihnen zu reden, mit niemandem sonst.“

„Das habe ich befürchtet.“

Ihr Blick wurde womöglich noch ein bisschen strenger. Trotz seines Ärgers ertappte Tristan sich dabei, wie er ihre Augen betrachtete. Sie waren groß und leicht schräg gestellt und von einem bemerkenswert satten Braun, gesäumt von dichten Wimpern, darüber anmutig nach oben geschwungene Augenbrauen. Die Miene der Dame verfinsterte sich weiter. „Sie wissen, warum ich mit Ihnen reden möchte.“

Stevens beugte sich vor, um Tristan, wie er meinte, verschwörerisch zuzuraunen, doch seine Stimme war nicht leiser als sonst: „Käpt'n, ich meine fast, es ist wieder mal ein Schaf. Eins von ihnen hat, scheint's, eine Vorliebe für den Garten der Dame, oder nicht?"

Tristan zuckte mit den Schultern. „Was erwartet sie denn von mir? Ein Schaf kann man nicht anbinden, sonst erwischt es der Wolf."

Stevens ließ sich das durch den Kopf gehen. „Stimmt. Eigentlich gibt's überhaupt keine richtige Methode, ein Schaf anzubinden. Ein Seil würde es fressen. Und anketten kann man es auch nicht, weil man befürchten müsste, es könnte sich die zarten Beinchen aufreiben. Wir müssen ihr einfach sagen, dass wir nicht ..."

„Oh!" Empört warf die Dame die Hände in die Luft. „Nun reden Sie doch nicht so, als wäre ich gar nicht da!"

Stevens blickte auf ihren Besuch und dann auf den Kapitän. „Käpt'n, finden Sie, wir hätten geredet, als wäre Mrs. Thistlewaite gar nicht da?"

Tristan gab vor, darüber nachzudenken. Ihm war bewusst, dass die Dame von Minute zu Minute zorniger wurde. Nur um sie weiter aufzubringen, ließ er den Blick an ihr auf und ab wandern, wobei er an gewissen Stellen innehielt, als könnte er ihre Figur unter dem voluminösen Mantel erkennen. „Nein", erklärte er schließlich, „ich finde nicht, dass wir reden, als wäre sie gar nicht da, denn wenn sie nicht hier wäre, würden wir gar nicht erst über sie – oder mit ihr – reden."

„*Oh!*" Sie stemmte die Hände in die Hüften. „Captain, wenn Sie möchten, dass ich die Angelegenheit vor den Konstabler bringe, brauchen Sie es nur zu sagen!"

Tristan seufzte. „Also schön, Mrs. Thistlewaite." Er holte seine Pfeife aus der Tasche. „Erzählen Sie mir, was das freche Schaf verbrochen hat. Hoffentlich hat es nicht zum Brandy gegriffen. Trunkenheit in der Öffentlichkeit kann ich bei meinen Schafen nicht dulden."

„Ach, nun seien Sie nicht albern!" Missbilligend betrachtete sie seine Pfeife. „Muss das sein?"

„Ja." Er stopfte die Pfeife und steckte den Tabaksbeutel wieder ein.

Ihre Lippen wurden schmal. „Captain Llevanth, ich bin hierhergezogen, um ein Seminar für junge Damen einzurichten. Meine Mutter und ich arbeiten hart, um alles fertig zu bekommen. Dazu gehört auch, im Garten Trittsteine zu legen, um einen Weg zu gestalten. Das können wir aber nicht, wenn dieses Schaf immer wieder vorbeitrampelt, unsere Kräuter frisst und unsere Haushälterin in den Wahnsinn treibt."

Tristan steckte seine Pfeife an, wobei er die Schwefelhölzchen vom Wind abschirmte. Gleich darauf stieg würziger Rauch auf, der sofort vom Wind hinweggefegt wurde. „Wissen Sie, was ich täte, wenn meine Haushälterin von einem Schaf in den Wahnsinn getrieben würde? Ich würde mich von der Haushälterin trennen. Offensichtlich ist sie für ihren Posten ungeeignet. Schade, dass Sie sich nicht an Bord eines Schiffes befinden, denn dann hätten Sie die Gute einfach kielholen können. Das hätte ihr die überspannten Anwandlungen schon ausgetrieben."

„Captain Llevanth, für leichtfertige Scherze ist jetzt wirklich nicht der geeignete Zeitpunkt."

Er hob die Brauen. „Mrs. Thistlewaite, ich will nicht, dass Sie hier sind, habe es nie gewollt. Deswegen wünsche ich Ihnen auch keinerlei Erfolg bei Ihrem Unterfangen, noch mehr weibliche Ablenkungen in diesen friedlichen Winkel zu bringen."

Die Witwe hob das Kinn. „Haben Sie deswegen das Schaf in unseren Garten geschafft? Damit wir aufgeben und wegziehen?"

„Ich will zwar nicht, dass Sie hier sind, aber so wichtig ist mir die Sache nun auch wieder nicht, dass ich mir die Mühe machen würde, deswegen Schafe durch die Gegend zu transportieren. Meine Schafe sind gekennzeichnet und dürfen sich hier im Bezirk frei bewegen. Sie können gehen, wohin sie wollen."

Die Frau versteifte sich. „Irgendjemand *muss* das Schaf aber in unseren Garten gelassen haben. Es kann das Tor schließlich nicht selbst öffnen."

Er warf ihr einen Blick zu, sah die stolzen Züge und deren reine Form. Wirklich schade, dass sich seine Schafe nicht zu benehmen wussten. Er hatte sie nur gekauft, damit seine Männer eine Beschäftigung hatten.

Tristan hatte nicht erwartet, auch dann noch für seine Mannschaft Verantwortung tragen zu müssen, wenn diese das Schiff verlassen hatte. Aber nachdem er mit Stevens auf das Cottage oben auf der Klippe gezogen war, war der Rest seiner Männer nach und nach eingetrudelt. Zuerst lief alles gut, doch jeder Kapitän wusste um die Gefahren des Müßiggangs. Um mögliche Probleme gar nicht erst aufkommen zu lassen, hatte Tristan seinen Männern Pflichten zugeteilt. Sie mussten sich um die Schafe kümmern, die Kombüse putzen, das kleine Cottage von oben bis unten schrubben – oder was ihm und Stevens eben sonst so einfiel.

Zur Beruhigung zog Tristan an seiner Pfeife. „Madam, vielleicht ist es Ihnen ja nicht bewusst, aber ich bin Kapitän. Ein Kapitän befasst sich nicht mit Schafen."

„Wer denn dann?"

„Stevens!"

Der Erste Offizier trat eifrig vor. „Aye, Sir?"

„Hören Sie der Frau an meiner Stelle zu. Wiegen Sie sie in dem Glauben, dass Sie ihr aufmerksam zuhören. Ich gehe inzwischen nach drinnen, da ist es wärmer." Tristan stützte sich auf seinen Stock und ging zum Haus zurück.

Ein blauer Blitz ließ ihn innehalten. Wieder einmal stand Mrs. Thistlewaite in ihrem blauen Mantel vor ihm, nur dass sie jetzt die Arme ausbreitete, wie um ihm den Weg zu versperren. Tristan schüttelte hilflos den Kopf. Wirklich, die Frau war ja noch hartnäckiger als … nun ja, als alles, was er kannte. Außerdem war sie sehr hübsch anzusehen, wenn man den Umstand ignorierte, dass sie immer eine finstere Miene zu ziehen schien.

Sie richtete ihre großen braunen Augen auf ihn, und er sah, dass sie zornig funkelten. Bei diesem Anblick schmolz merkwürdigerweise seine eigene schlechte Laune dahin.

„Captain Llevanth, ich möchte nicht mit Ihrem Butler sprechen. Ich spreche ja schon andauernd mit ihm, passieren tut allerdings nie etwas."

„Seien Sie doch froh, dass nichts passiert."

„Captain Llevanth, ich verliere allmählich die Geduld."

„Ihre Geduld geht mich nichts an."

„Oh! Sie … Sie … Sie …!"

„Na, das ist mir ja ein brillantes Abwehrfeuer. Beinah so wirksam wie der Einsatz von Schrotkugeln gegen Kanonen. Ihnen fällt doch bestimmt noch etwas Besseres ein, oder?" Tristan war sich nicht sicher, warum er die lebhafte Witwe so gnadenlos provozierte, doch …

auf seinem Gesicht malte sich ein leichtes Lächeln. Es war auf alle Fälle ein amüsanter Zeitvertreib. Sicher sagte es einiges aus über seine traurige Verfassung, dass er die Dispute mit seiner Nachbarin ebenso genoss, wie er sie verabscheute.

Sie ließ die Arme sinken, obwohl ihre Haltung nach wie vor erbitterten Zorn verriet. „Ich bin nicht hergekommen, um nett mit Ihrem Ersten Offizier zu plaudern oder mich über Kanonenfutter zu unterhalten."

„Feuer. Kanonenfeuer."

„Wie auch immer."

„Madam, wie ich schon öfter gesagt habe: Es ist nicht mein Problem. Schließen Sie Ihr verflixtes Gartentor, und zwar ordentlich. Sehen Sie? Schon ist die Sache aus der Welt geschafft."

Sie stampfte mit dem Fuß auf, wobei sie in einer Pfütze landete und den Saum ihres moosgrünen Rocks, der unter dem blauen Mantel hervorlugte, mit Schlamm bespritzte. „Captain, das Tor war verschlossen. Und zwar *ordentlich.*"

„Dann springt mein Schaf also in Ihren Garten?"

„Genau. Das weiße mit dem schwarzen Gesicht."

Tristan blickte über die Schulter. „Stevens, habe ich ein weißes Schaf mit schwarzem Gesicht?"

Stevens kratzte sich am Kinn und runzelte die Stirn. „Hmm. Mir scheint, dass ich ein solches vor nicht allzu langer Zeit gesehen habe."

„Ist es möglich, dass dieses spezielle Schaf über einen Zaun springen kann, der so hoch ist wie der um Mrs. Thistlewaites Garten?"

„Nie im Leben!", erklärte der Erste Offizier, den schon die bloße Vorstellung zum Lachen brachte.

Sie runzelte die Stirn, was ihre Brauen noch feenhafter wirken ließ. Bevor sie etwas sagen konnte, fuhr Tristan fort: „Stevens, können Schafe eigentlich fliegen?"

Stevens prustete.

„Oder kriechen? Könnten sie *unter* einem Tor hindurchkriechen?"

„Meine Güte, nein! Dazu sind sie viel zu aufgeplustert. Sie kommen doch schon im Stehen kaum durchs Tor, selbst wenn es offen ist."

Mrs. Thistlewaite kniff die vollen Lippen zusammen. „Captain, ich weiß nicht, wie Ihr Schaf in meinen Garten kommt, aber es gelingt ihm. Und dann geht es wie eine Sense durch mein Beete, frisst all meine Kräuter und …"

„Stevens?"

„Aye, Käpt'n?"

„Haben wir denn einen Garten?"

Stevens blickte sich um und blinzelte. „Aber ja. Sie stehen doch mittendrin."

Tristan zog an seiner Pfeife und betrachtete die Pflänzchen, die den Gartenweg säumten. „Sind das Kräuter?"

„Aye, Sir. Manche."

„Klettern unsere Schafe über den Zaun, um die Kräuter hier zu fressen?"

„Natürlich nicht, Käpt'n. Ich kann mich an keinen einzigen Fall erinnern."

„Hmm." Tristan bemerkte, dass der Witwe die Röte ins Gesicht stieg. Vielleicht machte es ihm deswegen so viel Freude, sie aufzuziehen, weil sie so überaus ordentlich und makellos aussah, ihr Haar so streng frisiert und ihr Mantel bis zum Hals zugeknöpft war. Und weil sie die Lippen so entschlossen zusammenpresste, dass es schon fast eine Herausforderung war, sie zu berühren. Zu kosten. Sie zu küssen.

Er ertappte sich dabei, wie er auf ihren Mund starrte. Die Unterlippe war voller als die obere und sanft geschwungen. Er fragte sich, ob die Unterlippe wohl so sinnlich war, wie sie aussah, und was passieren würde, wenn er sie küsste und dann sanft …

Selbst erschrocken angesichts der Richtung, die seine Gedanken genommen hatten, versuchte er, sich wieder auf die augenblickliche Situation zu konzentrieren. „Mrs. Thistlewaite, Schafe springen nicht über Zäune, und sie fliegen auch nicht durch die Luft und landen inmitten eines Gartens. Ich habe auch einen Garten, und die Schafe beachten ihn nicht. Ich finde, dass Ihre Klagen jeglicher Grundlage entbehren. Sie werden sich selbst um Ihr Schafproblem kümmern müssen."

„Captain", entgegnete Mrs. Thistlewaite frostig, „ich sehe, dass ich hier meine Zeit verschwende."

„Sie verschwenden nicht nur Ihre Zeit, Sie machen sich auch unbeliebt. Wenn Sie nicht aufhören, mich zu belästigen, werde ich meine

Hunde darauf abrichten, dass sie all die albernen Schafe in Ihren Garten hetzen, jeden Morgen. Dann haben Sie wirklich Grund zur Klage."

„Oh! Ich kann es nicht fassen – wie können Sie es wagen?" Sie richtete sich kerzengerade auf. Ihre Augen funkelten. „Sie, Sir, sind kein Gentleman!"

Kein Gentleman. Die Worte zogen eine Flammenspur durch sein Herz. Sein Vater war ein Gentleman gewesen. „Ich wollte auch nie ein Gentleman sein. Jetzt nicht und auch nicht früher. Ein Gentleman ist meiner Meinung nach keine lohnende Bekanntschaft."

„Ich nehme an, dass Sie jede Menge Gentlemen kennen."

„Mehr, als mir angenehm ist", fuhr er sie an. Allmählich verlor er die Beherrschung. „Aber was ist denn mit Ihnen? Wenn ich kein Gentleman bin, sind Sie dann eine Dame? Wo ist Ihr Gefühl für Schicklichkeit? Wie kommen Sie dazu, einen Junggesellen aufzusuchen, und weit und breit ist keine Anstandsdame in Sicht?"

Etwas glomm in ihren Augen auf, ein Funken ... war sie etwa gekränkt? Sofort bedauerte Tristan seine hässlichen Worte, denn er war nur auf das Wortgefecht aus, er wollte sie nicht verletzen. Doch bevor er noch etwas sagen konnte, hatte sie sich bereits abgewandt und rauschte davon. Ihre Röcke bauschten sich um ihre Knöchel, und der Wind zerrte an ihrem Haar, als sie hastig den Pfad hinunterlief, dem Tor und ihrem sicheren Heim entgegen.

Der Erste Offizier sah ihr nach. „Das ist aber mal ein temperamentvolles Weib! Stürmisch wie die See und genauso unberechenbar."

In der Stimme des Mannes lag Bewunderung. Tristan musste einräumen, dass er den Kampfgeist der jungen Dame ebenfalls bewunderte. Und dieser Mund ... so süß gerundet, so voll und zart. Er fragte sich, wie sie wohl aussehen mochte, wenn sie endlich einmal den voluminösen Mantel ablegen würde. Wie sie sich anfühlen würde ...

Warum hatte sie nur so heftig auf seine provokanten Äußerungen reagiert? Irgendetwas hatte der Witwe und ihrem rechtschaffenen Zorn jedenfalls den Wind aus den Segeln genommen. Allerdings konnte er sich nicht erklären, was es gewesen sein mochte. Er runzelte die Stirn. Ein Rätsel. Eines, das er zu lösen gedachte.

„Käpt'n?" Stevens beugte sich weiter über die Felsen und blickte hinab zu der Straße, die sich vom Dorf heraufwand.

„Aye?“, erwiderte Tristan abwesend, in Gedanken immer noch bei der Witwe. Welche Geheimnisse verbargen sich hinter diesen Augen?

„Sie sollten lieber mal kommen und sich das anschauen.“

Tristan seufzte und hinkte hinüber zu seinem Ersten Offizier. Unterwegs hielt er kurz inne, um die Pfeife auszuklopfen. „Was gibt es denn?“

„Da unten, Sir. Zwei Kutschen und drei Karren, voll beladen und alle unterwegs zu uns herauf.“

Tristans Stirnrunzeln vertiefte sich. Wer, zum Teufel, sollte ihn an einem solchen Tag besuchen kommen? Wer sollte ihn überhaupt derart bepackt besuchen kommen? Die erste Kutsche war riesig. Ein Gespann von sechs Pferden mühte sich keuchend ab, das schwere Gefährt über die kurvenreiche Straße nach oben zu ziehen. Es war eine erstklassige Equipage, auf der sich Taschen und Kästen türmten.

Soeben kämpfte sich die schwerfällige Kutsche die Straße am Felsabhang empor. Während er sich noch fragte, wem sie wohl gehören mochte, leuchtete das Wappen am Wagenschlag im fahlen Licht auf, das durch den bewölkten Himmel drang.

Tristans Herz schien zu erstarren. Er kannte nur einen Menschen, der so herrliche Kutschen und Pferde besaß. Nur einen Menschen, der unangemeldet auftauchen und den gesamten Haushalt mitbringen würde, damit all seine Bedürfnisse befriedigt werden konnten. Aber dieser Mensch wäre der letzte, der Tristan aufsuchen würde.

Oder? Mit einem dumpfen Gefühl in der Magengrube richtete Tristan sich auf und kehrte ins Cottage zurück. „Wer es auch sein mag, er wird mindestens noch eine Stunde brauchen, ehe er bei uns aufläuft. Da bleibt uns genug Zeit, uns bei einem herzhaften Imbiss ein wenig aufzuwärmen.“

Stevens grinste und ließ seine Zahnlücken aufleuchten. „Ein Glas vom besten Hausgebrauten?“

„Oder auch zwei.“ Tristan beschleunigte seine Schritte, so gut es ihm mit seiner Beinverletzung möglich war. Der Wind fuhr unter die Schulterkragen seines Mantels. Die Kälte drang ihm allmählich ins Bein und verstärkte seine Schmerzen. Wer ihn auch besuchte, er würde auf den Empfang stoßen, den er allen bereitete – keinen.

Außer den Leuten, die die See bereits bei ihm ausgespuckt hatte, brauchte er niemanden mehr. Seine Leute verstand er. Er konnte ihnen auch helfen. Was die anderen betraf … er wollte einfach in Ruhe gelassen werden.

Er konnte nur hoffen, dass der Insasse der Kutsche nicht von ihm erwartete, dass man ihn willkommen hieß, denn das würde nicht geschehen, ob er nun ein Earl war oder nicht. Tristan zumindest würde den Mistkerl nicht begrüßen. Nie im Leben.

3. KAPITEL

Es obliegt dem Butler, dass sein Dienstherr der Welt ein stets makelloses und stilvolles Bild präsentiert. Ein guter Butler ruht und rastet nicht, ehe der letzte Löffel an seinem Platz liegt, die Tischwäsche ordentlich gestärkt und gebügelt ist, die Böden glänzen und der Brandy in Karaffen gefüllt ist. Unermüdlichkeit wird stets den Sieg davontragen.

Leitfaden für den vollkommenen Butler und Kammerherrn von Richard Robert Reeves

Prudence marschierte nach Hause, wobei ihre schweren Stiefel laut auf dem steinübersäten Weg klapperten. Zum Henker mit dem Mann! Er war unmöglich, unverschämt, arrogant, lästig und noch Schlimmeres. Und dabei hatte sie ihn doch nur gebeten, sein blödes Schaf von ihrem Land fernzuhalten. Warum konnte er ihr diese kleine Bitte nicht einfach erfüllen?

Schlimmer noch, ihn schien ihre Forderung überhaupt nicht zu beeindrucken. Vielleicht stimmte ja tatsächlich, was er behauptete, und Schafe mussten nicht eingepfercht werden. Was natürlich das Dümmste wäre, was sie je gehört hatte. Allerdings hatte sie durch das Leben auf dem Lande schon einiges gelernt, nicht zuletzt, wie einfallslos manche Gesetze sein konnten.

Sie bog von der Straße auf den Gartenpfad ab. In der frischen Luft lag der würzige Duft von Minze. Der Wind fuhr durch die vertrockneten braunen Blätter.

Prudence ging zur Eingangstür. Sie war rot gestrichen, spiegelte ihre momentane Gefühlslage also perfekt wider. Mit finsterer Miene ergriff sie den kalten Messingknauf und drehte ihn energisch. Knarrend ging die Tür auf. Als sie eintrat, riss ihr der Wind die Tür aus der Hand und warf sie hinter ihr ins Schloss. Der Lärm hallte im ganzen Haus wider.

„Prudence?“ Ihre Mutter kam aus dem Salon geeilt, mit gerunzelter Stirn und besorgtem Blick. Mit ihren zweiundfünfzig Jahren war sie immer noch eine attraktive Frau. Sie hatte sanfte grüne Augen, und ihr weiches Haar war nur an den Schläfen grau meliert. „Prudence! Warum hast du die Tür zugeschlagen?"

Prudence band ihren Schutenhut auf und legte ihn auf dem Tischchen unter dem Haken ab, an dem sie ihren Schal aufhängte. „Der Wind hat mir die Tür aus der Hand gerissen. Hoffentlich habe ich dich nicht erschreckt."

Ihre Mutter lächelte und strich sich den Rock glatt. Die Anspannung war aus ihrem Gesicht gewichen. „Aber nein! Ich dachte nur, dass du dich vielleicht über irgendetwas aufgeregt hast."

„Ich? Über etwas aufgeregt? Ich bitte dich!" Nicht, dass ihr *nicht* danach gewesen wäre, die Tür zuzuknallen – es hätte ihr durchaus Genugtuung verschafft. Doch sie wollte sich ihrem bloßen Ärger nicht hingeben: Das unverschämte Benehmen des Captains verlangte nach einem weitaus subtileren und raffinierteren Vorgehen. Sie musste einen großartigen Plan aushecken, der ihn ein für alle Mal vernichtete.

Die Vorstellung besänftigte sie ein wenig. Sie hängte den Mantel über den Haken und rang sich ein Lächeln ab. „Und wie war dein Vormittag, Mutter?" Prudence ging an ihrer Mutter vorbei und betrat den Salon. „Hast du den Riss im Kleid fertig …"

Der Mann, der in der Mitte des Raums stand, wandte sich um. Er war mittelgroß, hatte braunes Haar und blaue Augen und wirkte auf stille Art attraktiv.

Widerstrebend sank Prudence in einen Knicks. „Dr. Barrow. Was für eine nette Überraschung." Sie warf ihrer Mutter einen scharfen Blick zu. Mrs. Crumpton errötete, behielt ihre unschuldige Miene aber hartnäckig bei.

„Mrs. Thistlewaite", erklärte der Arzt und schluckte geräuschvoll. „W…wie nett, Sie zu sehen. Ich bin nur kurz vorbeigekommen, um Sie, ähm … ich wollte fragen, ob … also, ich habe mich gefragt …" Er warf Mrs. Crumpton einen aufgewühlten Blick zu.

„Prudence", begann ihre Mutter ein wenig zu munter. „Dr. Barrow möchte sich erkundigen, ob du Zeit hättest, mit ihm in seiner neuen Kutsche auszufahren."

Das Letzte, was Prudence wollte, war, mit einem Mann auszufahren, der keine zwei Sätze artikulieren konnte, ohne zu erröten. Dr. Barrow war zwar ein sehr freundlicher und sanfter Mann, doch empfand sie bei ihm längst nicht die tiefe Verbundenheit, die sie mit Phillip geteilt hatte.

Phillip. Sie sah auf ihre verschränkten Hände. Auch jetzt noch vermisste sie ihren Ehemann, drei volle Jahre nach seinem Tod. Nicht mehr so stark wie früher – es hatte Wochen, sogar Monate gegeben, in denen sie sich gefragt hatte, ob sie je wieder lächeln würde. Natürlich hatte sie wieder damit angefangen. Es hatte einfach eine gewisse Zeit gebraucht. Sehr viel Zeit. Doch jetzt konnte sie sogar an Phillip denken und sich über die Zeit freuen, die sie mit ihm hatte verbringen dürfen.

Binnen sechs atemlosen Monaten hatten sie sich kennengelernt und einander geheiratet. Sie war damals erst achtzehn gewesen und Phillip nicht viel älter, sie waren also gewissermaßen miteinander erwachsen geworden. Vielleicht war das die Grundlage ihrer Freundschaft, ihrer Liebe. Was es auch gewesen war, sie vermisste diese Nähe. Es war so herrlich, beim Frühstück über den Tisch auf die Person gegenüber zu blicken und zu wissen, dass sie sich genau am richtigen Platz befand.

Ihre Mutter wies zu dem Teetablett am Feuer. „Prudence, du kommst gerade richtig. Mrs. Fieldings hat uns vor einer Minute den Tee gebracht."

Mrs. Fieldings war ihre Haushälterin, und eine strengere, mürrischere Frau konnte man sich nicht vorstellen. Doch beim Backen konnte ihr niemand das Wasser reichen, was der Teller neben der Teekanne eindrucksvoll unter Beweis stellte. Jedes Gebäckstück war goldbraun und locker und mit glänzendem Zuckerguss überzogen. Im Zimmer duftete es verlockend nach warmer Butter und frischer Hefe.

Prudence rang sich schließlich ein Lächeln ab. „Tee ist jetzt genau das Richtige. Ich bin wirklich ausgesprochen hungrig." Fragend sah sie den Arzt an. „Möchten Sie zum Tee bleiben?"

Er wurde noch röter und sah wild von einer Frau zur anderen. „Ich … ähm … ich muss mich jetzt wirklich auf den Weg machen."

Prudence fragte sich, ob der Captain sich je so viel aus anderen Menschen machen würde, um zu erröten. Sie versuchte sich vorzustellen, wie er stotterte, doch es gelang ihr nicht. Aber schließlich konnte sie sich auch nicht vorstellen, dass er je höflich war.

Der Mann war ein grober Klotz. Zum einen lag es an seiner Größe: Er überragte alle, und seine Schultern waren so breit, dass sie aussahen, als könnte er ein Schiff ebenso leicht tragen, wie er es kommandieren konnte. Sein Beruf zeigte sich in jedem geknurrten Befehl, in jeder unhöflichen Äußerung.

Am meisten störte sie aber der Umstand, dass er so gleichgültig wirkte. Er war vollkommen zufrieden mit sich und seinen ungehobelten Manieren. Ihr fiel ein, wie er sie angesehen hatte, als sie zu ihm in den Garten getreten war – er hatte sie von Kopf bis Fuß gemustert und seinen Blick auf beunruhigende Weise auf ihr ruhen lassen. Unbehaglich rutschte sie auf dem Stuhl herum. Ihre Haut prickelte, als hätte er sie wirklich berührt.

„Ähm, Mrs. Thistlewaite, darf ich sagen, dass Sie heute gut aussehen?"

Normalerweise fand Prudence die unzusammenhängenden und faden Äußerungen des Arztes ziemlich enervierend, doch nach zwanzig Minuten in Gesellschaft eines Rüpels wie dem Captain entschied sie, dass sie die harmlose Gegenwart des Arztes durchaus zu schätzen wusste. „Sie sind zu freundlich. Hoffentlich können Sie zum Tee bleiben. Es ist so kalt draußen."

Bedauernd blickte er zur Uhr auf dem Kaminsims und schüttelte den Kopf. „Gerade habe ich zu Ihrer Mutter gesagt, dass ich keinen Augenblick länger bleiben kann. Ich wünschte, ich könnte, aber … die Patienten, Sie wissen schon."

Ihre Mutter startete einen Überredungsversuch. „Das würden sie doch sicher verstehen! Ich dachte, Sie würden wenigstens bis zum Tee bleiben. Ein einziges Tässchen, ja?"

„Vielleicht nächstes Mal." Er verbeugte sich vor Prudence und sah sie verständnisheischend an.

Sofort lächelte sie. „Natürlich müssen Sie sich auf den Weg machen. Vielleicht besuchen Sie uns wieder einmal und können dann länger bleiben."

Sein Lächeln blendete sie beinah. „Das wäre wunderbar. Mrs. Crumpton, Mrs. Thistlewaite." Er verbeugte sich vor den beiden Damen. „Es war mir ein Vergnügen."

„Mir auch." Prudence machte einen Knicks und warf einen sehnsüchtigen Blick zum Teetablett. Ihr Magen knurrte so laut, dass es der Doktor sicher gehört hatte.

Es schien ihm jedoch nicht weiter aufgefallen zu sein, denn er verneigte sich erneut vor ihr und nahm dann kurz die Hand ihrer Mutter, bevor er den Raum verließ.

„Na!“, meinte ihre Mutter, als sich die Tür hinter ihm schloss.

„Allerdings.“ Prudence stand schon vor dem Tablett. „Mrs. Fieldings hat sich wieder einmal selbst übertroffen.“ Sie trug das Tablett zum Sofa und goss zwei Tassen Tee ein. „Was den Doktor wohl hergeführt haben mag?“

„Kann ich mir wirklich nicht vorstellen“, erwiderte ihre Mutter, lud Gebäck auf zwei Teller und reichte einen davon Prudence. Ihr aufmerksamer Blick ruhte auf ihrer Tochter. „Du hättest den Doktor zumindest zum Dinner bitten können.“

Prudence biss von ihrem Gebäckstück ab. „Ich wollte aber nicht, dass er zum Essen kommt. Er ist immer so unsicher, das gestaltet die Konversation ziemlich schwierig.“

„Er ist Arzt. Das zählt doch sicher auch etwas.“

„Gewiss. Wenn ich zu viel von diesen köstlichen kleinen Kuchen esse, werde ich ihn sofort aufsuchen.“

Ihre Mutter seufzte. „Ich weiß wirklich nicht, was ich mit dir noch anfangen soll.“

„Nichts.“ Prudence aß ihr Gebäckstück auf und wischte sich die Hände an der Serviette ab. „Ich komme durchaus selbst zurecht, vielen Dank.“

„Das sehe ich.“ Ihre Mutter nahm einen Schluck Tee. „Wie lief dein Besuch beim Captain?“

„Es war schrecklich. Es hätte nur noch gefehlt, dass er mich hinauswirft.“ Und wenn es nach dem Captain gegangen wäre, wäre sie sicher auf einem ganz besonderen Körperteil gelandet.

Ihre Mutter machte ein langes Gesicht. „Das ist ja schade. Ich hatte gehofft …“ Stirnrunzelnd sah sie ihre Tochter an. „Warst du auch höflich?“

„Natürlich! Wie kannst du das nur fragen?“

„Mir ist aufgefallen, dass manchmal – nur manchmal, wohlgemerkt – das Temperament mit dir durchgeht und du jede Vernunft vergisst.“

„Mutter!“

„Tut mir leid, aber so ist es nun einmal.“

„Ich war sehr höflich. Der Captain war derjenige, der jegliche Manieren vermissen ließ. Tatsächlich ist er derart gegen alle Frauen eingenommen, dass er gesagt hat, er hoffe, wir scheitern mit unserem Vorhaben, ein Seminar einzurichten. Der Mann ist ein ganz übler, selbstsüchtiger Kerl."

„Vielleicht hast du ihn nur in einem ungünstigen Moment erwischt", meinte ihre Mutter vorsichtig. „Er ist schließlich ein Kriegsheld. Lucy hat mit einem seiner Männer gesprochen."

„Mutter, du solltest nicht mit den Dienstboten klatschen."

„Aber sie weiß doch alles über den Captain. Wie hätte ich denn sonst herausbringen sollen, dass er ein Kriegsheld ist?"

„Wir wissen doch gar nicht, ob das stimmt. Wir wissen nur, dass einer seiner Männer Lucy *erzählt* hat, dass der Mann ein Kriegsheld ist. Das ist durchaus nicht dasselbe."

Ihre Mutter seufzte. „Du bist viel zu jung, um derart zynisch zu sein."

„Und du bist viel zu alt, um so naiv zu sein, obwohl ich sagen muss, dass du nicht älter als vierzig aussiehst. Ich hoffe, dass ich auch einmal so anmutig altere."

Ihre Mutter strahlte wie die Sonne über dem Meer. „Meinst du wirklich, dass ich aussehe wie vierzig?"

„Allmählich glaube ich, dass Dr. Barrow nur kommt, um dich zu besuchen, nicht mich."

Das trug ihr ein lautes Kichern ein. Mrs. Crumpton machte sich daran, ihren Tee zu genießen.

Prudence nahm ihren zweiten Kuchen in Angriff. Als sie beim Captain aufbrach, war sie außer sich vor Zorn gewesen, doch als sie jetzt so vor dem Feuer saß und eine schöne Tasse Tee mit viel Zucker und einer Extraportion Sahne genoss, verrauchte ihre Wut allmählich.

Mit einem Gefühl tiefster Zufriedenheit sah sie sich in ihrem Cottage um. Hier im Salon war es warm und gemütlich, Sofa und Vorhänge waren von einem entzückenden Rot. Kissen mit Blumenmuster, ein dicker Aubussonteppich und eine Garnitur Kirschholzstühle erfüllten den Raum mit Wärme und Farbe. „Phillip hätte dieser Raum gefallen."

Ihre Mutter, die gerade einen Schluck Tee nehmen wollte, hielt inne, und ihr Blick verdüsterte sich. „Ach Prudence. Das tut mir so leid. Wie kommst du denn jetzt auf ihn?"

„Ich denke immer an ihn", erklärte Prudence und seufzte.

„Ich weiß." Die Augen ihrer Mutter füllten sich mit Tränen, und sie streckte den Arm aus und tätschelte Prudences Hand. „Ach, ich wollte manchmal, dass … ach, nicht so wichtig."

„Was? Du wolltest, dass ich nicht an Phillip denke?"

„Aber nein, mein Liebes, das nicht, niemals. Ich würde mir nur für dich wünschen, dass du einen anderen findest. Du hättest es verdient, glücklich zu werden."

Prudence trank von ihrem Tee. „Ich bin doch glücklich. Sehr sogar. Bis auf die Sache mit dem Schaf."

„Das ist wirklich ärgerlich", erwiderte Mrs. Crumpton und warf ihrer Tochter einen verstohlenen Blick zu. „Ich frage mich nur, wie es immer wieder in den Garten kommt."

„Wie es das Schaf auch anstellt, der Captain weigert sich rundweg, seine Tiere einzupferchen. Der Mann ist die reinste Nervensäge."

„Findest du wirklich?"

Prudence stellte die Tasse so heftig ab, dass sie in der Untertasse klirrte. „Mutter, der Mann weigert sich nicht nur, seine Schafe einzupferchen, er droht auch, seine Hunde so abzurichten, dass sie die elenden Biester auf unseren Grund und Boden hetzen, wenn wir nicht aufhören, ihn mit dieser Angelegenheit zu *belästigen.*"

„Meine Güte", sagte ihre Mutter. Sie wirkte recht elend. „Dein Gespräch ist anscheinend gar nicht gut gelaufen."

„Nein, nicht im Mindesten. Aber ich bin noch nicht fertig mit dem Captain."

Die Miene ihrer Mutter hellte sich auf. „Nicht?"

„Nein. Irgendwie bringe ich ihn schon dazu, auf uns zu hören. Du wirst schon sehen."

Mrs. Crumpton wedelte mit einem Gebäckstück herum. Ihre Augen funkelten entrüstet. „Dieses alberne Schaf, bricht einfach durch die neue Hecke und frisst die ganze Minze auf! So eine Unverschämtheit!"

Prudence fingerte am Henkel ihrer Tasse herum. „Wie *kommt* dieses Schaf nur über das Gartentor?"

„Das ist die Frage, nicht wahr? Ob es wohl einen Weg gefunden hat, das Tor zu öffnen?"

„Und hinter sich zu schließen? Das kann ich mir nicht vorstellen." Vielleicht würde sie am nächsten Morgen ins Dorf gehen und sich über die Schafhüteverordnungen kundig machen. Sie wusste genau, wie tief man jeweils vor einer Prinzessin, einer Duchesse, einer

Countess oder einer Viscountess knicksen musste, aber von Viehhaltung hatte sie keine Ahnung.

„Wenn du weiter so finster schaust, bekommst du noch Falten auf der Stirn." Die sanfte Stimme ihrer Mutter hatte einen leicht entnervten Unterton. „Was kann der Mann nur gesagt haben, dass du dich so aufregst?"

Prudence nahm ihre Teetasse und starrte hinein. Eigentlich hatte der Captain nichts gesagt, womit sie nicht gerechnet hätte. Ihre Empörung rührte eher von der Art und Weise her, in der er sie angesehen hatte: Sie war sich ihrer selbst schmerzlich bewusst geworden. Genauso hatte auch Phillip sie angesehen, nur ... der Blick des Captains hatte sie verbrannt, hatte in ihr weitergeglommen. So etwas hatte sie bei Phillip nie gefühlt.

„Prudence?"

Sie sah auf und begegnete dem Blick ihrer Mutter, die sie mit erhobenen Brauen musterte. Ihr stieg die Röte in die Wangen. „Tut mir leid, Mutter. Ich habe gerade an den Captain gedacht. Er war unverschämt, das hat mich zornig gemacht." Das entsprach ja auch voll und ganz der Wahrheit. Vielleicht musste sie sich einfach darauf konzentrieren, wie zornig sie der Mann gemacht hatte. Ja, das war gut. Prudence stellte ihre Tasse aufs Tablett zurück. „Mutter, ich habe genug von Captain Llevanths nachlässiger Art, seine Herde zu beaufsichtigen. Wenn er sich nicht besser um sie kümmert, werde ich es tun. Nur dass ich dazu einen Spieß über einem Feuer und etwas Minzsoße brauche."

„Prudence! Du kannst doch nicht herumgehen und drohen, das Schaf eines anderen zu braten!"

„Mutter, wir sind hier im Hinterland von Devon. Hier gelten Londoner Regeln einfach nicht. Überlass mir die Schafe, du kannst dich dann schon mal um unsere Schule kümmern." Prudence straffte die Schultern. Ja. Sie würde auf ihre Art mit dem Captain fertig werden. „Mutter, hast du etwas von unserer Freundin Lady Margaret gehört? Sie hat uns doch versprochen, dass ihre Tochter unsere erste Schülerin wird."

Mrs. Crumptons Miene verfinsterte sich. „Darüber wollte ich schon mit dir reden ..."

Prudence sank das Herz. „Sie hat Nein gesagt."

„Ich bin mir sicher, dass sie nicht Versprechungen machte, die sie nie halten wollte. Irgendetwas sehr Ernstes muss vorgefallen sein, dass sie – nun ja, lies selbst." Sie steckte die Hand in die Tasche ihres Tageskleids, zog einen kleinen Brief hervor und reichte ihn Prudence.

„Meine Güte, Lady Margaret hat ja wieder gar kein Ende gefunden", meinte Prudence ironisch, als sie das winzige Briefchen entfaltete. „Sie wollte Julia von Anfang an nicht auf unsere Schule schicken, stimmt's?"

„Das glaube ich nicht, sie hatte es bestimmt vor! Lady Chisworths Pensionat ist eben sehr exklusiv. Ich an ihrer Stelle hätte bestimmt dasselbe getan, wenn du dort einen Platz bekommen hättest …"

„Niemals hättest du eine Freundin enttäuscht, die du seit deinem sechsten Lebensjahr kennst, da kann Lady Chisworths Pensionat so exklusiv sein, wie es will."

Die Miene ihrer Mutter wurde wehmütig, und sie seufzte. „Nein, vermutlich nicht."

„Und du würdest auch nicht einfach eine Freundin enttäuschen, die dir jedes Mal geholfen hat, wenn eines deiner Kinder krank wurde. Wenn ich daran denke, wie oft du an Lady Margarets Seite geeilt bist, um ihr bei der Pflege ihrer Gören zu helfen, die sich Gott weiß welche Krankheiten zugezogen hatten …"

„Prudence! Du solltest nicht so reden."

Prudence seufzte. „Du hast recht, es tut mir leid. Es macht mich nur so zornig, wenn die Leute dich ausnutzen. Wir haben das Cottage gekauft, damit du ein Seminar eröffnen kannst. Jetzt brauchen wir nur noch ein paar ausgewählte Schülerinnen, dann wärst du gemacht. Ich habe wirklich geglaubt, deinen Freundinnen wäre es ernst mit ihren Versprechungen, dich zu unterstützen."

Ihre Mutter ließ entmutigt die Schultern hängen. „Ich auch. Mich hat ja nicht nur Lady Margaret im Stich gelassen, sondern auch Lady Caroline. Anscheinend war keine von beiden eine echte Freundin."

Prudence streckte die Hand über das Tischchen und ergriff die Hand ihrer Mutter. „Tut mir leid, dass sich die Dinge nicht so entwickeln, wie wir uns das erhofft hatten."

Mrs. Crumpton rang sich ein Lächeln an. „Ja, nun ja, ich lasse mich davon einfach nicht verdrießen. Wir finden schon einen Weg, unsere Schule einzurichten."

„Da bin ich mir sicher. Wir müssen einfach scharf nachdenken.

Wen kennst du sonst noch, der eine Tochter im Seminaralter hat?"

Stille senkte sich herab, während sie beide in Gedanken ihre Bekannten durchgingen. Es war nicht einfach, da sie während des Niedergangs von Phillips Geschäft und dem anschließenden Skandal so viele angebliche Freunde verloren hatten. Prudences Kehle wurde eng, als sie an diese dunklen Wochen dachte.

Ihre Mutter richtete sich auf. „Prudence! Mir ist etwas eingefallen! Ich glaube, ich werde einen Brief an meine alte Freundin Lady Boswell schreiben."

„Lady Boswell? Die aus Schottland? Die uns jedes Jahr zu Weihnachten diese unsäglich harten Kuchen schickt? Ich hatte gedacht, sie hat keine Kinder?"

„Hat sie auch nicht, aber sie hat über zwanzig Nichten. Ich erinnere mich noch genau, wie sie letztes Jahr beim Frühstück der Daringhams gejammert hat, dass sie für die Erziehung all dieser Nichten aufzukommen beschlossen hat, da ihre Brüder allesamt kaum Geld haben. Man kann von Lady Boswells ungewöhnlichem Vorgehen halten, was man will, aber sie tritt immer sehr entschlossen für die Frauenbildung ein."

„Zwanzig Nichten, Mutter, meinst du …? Vielleicht wenn wir ihr einen Sonderrabatt einräumten …"

„Genau! Sie ist ebenso geizig, wie sie groß ist. Ich glaube, damit könnten wir die ersten fünf Plätze ohne Probleme füllen."

Prudence drückte die Hand ihrer Mutter. „Das ist ja herrlich! Ich hoffe sehr … wir müssen dafür sorgen, dass die Reparaturen am Cottage möglichst rasch ausgeführt werden. Du kannst den Mädchen Anstand, Tanzen und dergleichen beibringen, ich kann sie in Gärtnern, Zeichnen, Philosophie und Griechisch unterrichten …"

„Zuerst jedoch müssen wir die Sache mit dem Schaf lösen. Wir können dieses Tier nicht dauernd durch unseren Garten trampeln lassen. Was wäre denn, wenn es eine Schülerin bisse? Vielleicht solltest du noch einmal mit dem Captain reden. Diesmal solltest du allerdings einen sanfteren Ton anschlagen."

„Er lässt mir doch gar keine andere Wahl. Ich habe ihn mehrfach gebeten, etwas gegen dieses verwünschte Schaf zu unternehmen …"

„Prudence! Ich bitte dich!" In der Stimme ihrer Mutter lag sanfte Zurechtweisung.

„Tut mir leid. Es ist nur so, dass ich ihn immer und immer wieder gebeten habe und er nie etwas anderes unternimmt, als mich wegzuscheuchen wie ein lästiges Insekt."

„Das heißt noch lange nicht, dass du dich auf eine Stufe mit ihm stellen sollst. Wie ich dir schon so oft gesagt habe: Eine Frau wird nicht nur nach ihren Taten beurteilt, sondern auch ..."

„Nach ihrem Benehmen. Ich weiß, ich weiß. Ich will mich ja auch gar nicht unfein benehmen, aber dieser Mann treibt mich zur Weißglut."

„Hmm. Weißt du, Prudence ... vielleicht steckt hinter dieser Weißglut ja mehr."

Prudence warf ihrer Mutter einen misstrauischen Blick zu. „Ach ja?"

„Der Captain muss offenbar irgendetwas an sich haben, dass du derart erzürnt auf ihn reagierst."

„Unsinn. Ich bin oft zornig auf Männer, die ich noch nicht einmal kenne."

„Wann denn?"

„Immer wenn ich die Morning Post lese. Sie hat mehrere Mitarbeiter – alle männlich, möchte ich hinzufügen –, von denen ich überhaupt nichts halte. Sobald sie die Feder in ihr Tintenfass eintauchen, kommt mir der Dampf aus den Ohren. Sie verleihen nur ihrer eigenen Meinung Ausdruck, tun aber, als sprächen sie für die Massen. Eine derart nichtsnutzige Einbildung sagt mir überhaupt nicht zu."

Ihre Mutter lächelte. „Das ist kein Zorn, das ist Missbilligung."

„Na, für mich fühlt es sich aber wie Zorn an."

Mrs. Crumpton drückte ihrer Tochter die Hand und hob dann ihre Teetasse an die Lippen. Sie lächelte Prudence über den Tassenrand hinweg an. „Schau nicht so grimmig, mein Liebes. Das wird schon alles werden. Und wenn nicht, kannst du immer noch den Doktor heiraten."

Das wäre einfach wunderbar, dachte Prudence düster. Eine Ehe mit dem Doktor wäre in etwa so aufregend wie ein Schläfchen während einer Oper.

Was auch geschah, sie würde den Krieg mit dem Captain in jedem Fall gewinnen. Ihn gewinnen und ihrer Mutter dabei helfen, eine erfolgreiche Schule zu gründen. Dann würde man ja sehen, wer zuletzt lachte. Der Captain würde schon noch merken, dass sie noch nicht mal angefangen hatte zu kämpfen.

4. KAPITEL

Die erste Begegnung mit dem zukünftigen Dienstherrn ist von höchster Bedeutung. Denn bei dieser Gelegenheit wird der Grundstein für die spätere Beziehung gelegt. Man muss mit äußerster Vorsicht vorgehen: Zu viel Vertraulichkeit ruft Verachtung hervor, zu große Distanz weckt im Dienstherrn die beunruhigende Neigung, auf seinem Angestellten herumzutrampeln. In wichtigen Angelegenheiten stehe man zu seiner Meinung, doch immer auf so taktvolle Art, dass der Dienstherr seinen Stolz wahren kann. Und man selbst den seinen.

Leitfaden für den vollkommenen Butler und Kammerherrn von Richard Robert Reeves

Tristan lehnte den Kopf an die hohe Rückenlehne seines Lieblingssessels und genoss die beißende Wärme des Brandys. Er bewegte ein wenig die Knie und zuckte zusammen. Sein verdammtes Bein schmerzte ganz schön, als rieben Knochen auf Knochen.

Er zwang sich, an etwas anderes zu denken als den Schmerz, und verfiel auf die Kutschen, die sich die steile Küstenstraße emporarbeiteten.

Sein erster Gedanke war gewesen, dass es sein Vater sein könnte. Doch das war einfach nicht möglich. Der Mann hatte nie den geringsten Versuch unternommen, mit ihm in Kontakt zu treten, warum also sollte der alte Narr jetzt damit anfangen?

Nicht, dass es eine Rolle spielte. Tristan würde den Earl nicht willkommen heißen. Nie im Leben.

Das Wünschen hatte er aufgegeben. Die Zeit, in der er an Ritter in schimmernder Rüstung und glückliche Fügungen geglaubt hatte, war vorbei. Sein Glauben war gestorben, als er damals gewaltsam an Bord jenes verdammten Schiffes verbracht worden war. Dies war die wichtigste Lektion, die das Leben ihm erteilt hatte: Wenn er sich etwas wünschte, musste er es sich selbst verschaffen und nicht darauf warten, es von jemand anderem zu bekommen.

Sein Blick fiel auf die Terrassentüren, die sich an einer Wand hinzogen. Er liebte diesen Raum, hatte versucht, ihn seiner Kabine auf der *Victory* so ähnlich zu machen wie nur irgend möglich. Er war genauso ausgestattet, abgesehen von der Koje. Wenn er nachts schlafen konnte, lag er im großen Eckzimmer im ersten Stock, dem einzigen Raum im Haus, der nicht überquoll von seinen ehemaligen Schiffskameraden.

Er seufzte und blickte in sein Glas. Als er seinerzeit die Verletzung erlitten und erkannt hatte, dass er nicht mehr für die See taugte, hatte er sich hierher zurückgezogen. Um seine Wunden zu lecken und auf den Tod zu warten. Ein anderes Ziel hatte er damals nicht vor Augen gehabt.

Doch etwas war geschehen. Nach seiner Ankunft war Stevens zu ihm gestoßen. Der Erste Offizier war ebenfalls bei Trafalgar verwundet und in der Folge mit einer winzigen Pension an Land gesetzt worden. Er hatte nicht gewusst, wohin er sich wenden sollte.

Also war Stevens zu seinem ehemaligen Kapitän gegangen. Er hatte sich nicht angekündigt, und Tristan, der seinen Kummer seit drei Monaten im Alkohol ertränkte, war nur ein wenig überrascht, aber auch erleichtert gewesen. Zumindest würde er nicht allein sterben müssen.

Stevens war jedoch nur die Vorhut gewesen, die am Cottage am Meer erschien. Einer nach dem anderen kamen die Versehrten zu Besuch … und blieben. Jetzt wohnten in beinah jedem Zimmer im Cottage drei, vier Mann, manchmal noch mehr. Stevens hatte alles wie auf einem Schiff organisiert, sogar zum Essenfassen mussten sie in verschiedenen Schichten antreten, damit die Kombüse nicht zu voll wurde.

Für Tristan war die Gesellschaft seiner ehemaligen Kameraden ein Segen. Sie gaben seinem Leben einen Sinn. Das einzige Problem war seine magere Pension, die nicht ausreichte, um Essen auf den Tisch zu bringen und die Arztrechnungen zu bezahlen. Als er noch zur See gefahren war, hatte er zum Glück hin und wieder ein Sümmchen abzweigen und investieren können. Die Investitionen warfen regelmäßig Geld ab. Doch bei der dauernden finanziellen Belastung war Tristan klar, dass es nur eine Frage der Zeit war, bis er die Türen seines kleinen Cottages schließen musste.

Seine muntere Nachbarin wäre sicher entzückt. Vor allem wenn er seine Schafe mitnahm. Tristan hätte beinah laut gelacht, als ihm die empörte Miene einfiel, die sie aufgesetzt hatte, als er sich sein Pfeifchen ansteckte. Eine impulsive und heißblütige Frau, keine Frage. Feurig und Funken sprühend wie Zunder, an den man ein Schwefelhölzchen hielt. Er hatte die morgendliche Konfrontation ziemlich genossen: Sie hatte ihn belebt, zumindest für den Moment. Er fragte sich, wie sie wohl reagieren würde, wenn er ihr beim nächsten Mal den Mantel auszog.

Ein energisches Klopfen ertönte, und dann steckte Stevens den Kopf durch die Tür. „Käpt'n?"

Tristan, rüde aus seinen angenehmen Tagträumen von einer ihre Reize entfaltenden Nachbarin gerissen, warf seinem Ersten Offizier einen mürrischen Blick zu. „Aye?"

Stevens betrat das Zimmer, die Mütze in der Hand. „Tut mir leid, dass ich störe, aber vielleicht erinnern Sie sich ja an die Kutsche und die anderen Wagen, die wir auf der Küstenstraße gesehen haben?"

Die Kutsche. Es war ihm tatsächlich gelungen, sie zu vergessen, nun jedoch kehrten all die Gedanken von vorhin zurück. Ihm wurde kalt ums Herz. Auch die Wirkung des Brandys verflog, sein Verstand war glasklar. „Sie sind angekommen."

„Aye. Es ist eine ganze Mannschaft, aber zur Tür sind nur zwei gekommen. Ein großer Schlanker und ein kleiner Dicker. Bei dem Großen krieg ich Gänsehaut." Stevens blickte über die Schulter und senkte dann die Stimme. „Der kommandiert einen ziemlich herum."

„Sagen Sie ihm, er soll sich davonscheren", erklärte Tristan harsch.

Stevens knetete seine Mütze. „Wollte ich doch, Käpt'n. Ich hab denen sogar schon gesagt, dass Sie nicht da sind, aber der Große hat mich nur hochnäsig angeschaut und … na ja …" Die Mütze war inzwischen schon so zerknüllt, dass Tristan sich fragte, ob sie je wieder getragen werden würde. „Ich sag es nicht gern", platzte Stevens schließlich heraus, „aber vielleicht sollten Sie den Großen doch empfangen."

„Nein."

Stevens wirkte nicht überzeugt. „Aber …"

„Ich kenne die Leute bereits. Sie arbeiten für den Earl of Rochester, stimmt's?"

„Ja, schon. Gewissermaßen. Aber …"

„Ich will nichts mit ihnen zu tun haben."

„Aber …"

„Das ist ein Befehl, Stevens. Haben Sie mich verstanden?"

„Aye, Sir." Der Erste Offizier seufzte schwer. „Ich hab denen ja schon gesagt, dass Sie sie nicht empfangen würden."

„Dann sagen Sie es ihnen eben noch einmal."

„Aye, aye, Käpt'n." Kopfschüttelnd ging Stevens hinaus.

Tristan hatte zwei Minuten Ruhe, ehe es erneut an die Tür klopfte. Die Tür ging auf, doch statt Stevens trat ein Fremder ein.

Er war groß und dünn, hatte ein edel geformtes Gesicht, blaue Augen und dunkles, mit weißen Strähnen durchzogenes Haar. Außerdem hielt er sich wie ein Herzog. Er musterte Tristan von Kopf bis Fuß.

Tristan blickte finster und blieb sitzen. „Wer, zum Teufel, sind Sie?"

Ein zweiter Mann linste um den ersten herum. Dieser war klein, dick und zerknittert und umklammerte seine Tasche, als befürchtete er, man könnte sie ihm jeden Augenblick entreißen.

Der dünne Mann verneigte sich. „Mylord, gestatten Sie, dass ich mich vorstelle. Ich bin Reeves. Der Butler von …"

„Sparen Sie sich die Mühe. Ich will nichts mit Rochester zu tun haben. Für mich ist der Earl gestorben."

Der Dicke räusperte sich. „Entschuldigung, aber … Mylord, ich bin Mr. Dunstead, der Anwalt, und …"

„Ich bin kein Lord."

„Ah", unterbrach der Mann namens Reeves, „doch, das sind Sie. Ich bin der Butler des *kürzlich verstorbenen* Earl of Rochester. Mylord, leider muss ich Ihnen mitteilen, dass Ihr Vater tot ist."

Tristans Herz erstarrte. Der Earl. Tot. Für alle Zeiten unerreichbar.

Er starrte auf das Glas in seiner Hand, bemerkte kühl, wie das Feuer durch das schwere Bleikristall funkelte. Ihm war immer bewusst gewesen, dass dieser Tag einmal kommen musste, hatte sich immer vorgestellt, mit welcher Erleichterung er auf die Nachricht reagieren würde. Er hatte sich eingeredet, dass er sich darauf freuen würde, dass er dann endlich den Frieden finden könnte, der ihm bisher immer verwehrt geblieben war, das Leben, das ihm geraubt worden war. Vielleicht sogar den verlorenen Bruder.

Bei dem Gedanken an Christian umklammerte er das Glas so fest, dass er sich zwingen musste, den Griff zu lockern. *Nicht daran denken.*

Stattdessen wollte er über den Verlust des Mannes nachdenken, den er nie gekannt hatte. Der Mann, der ihn verlassen hatte, ohne dass er noch etwas tun konnte. Tief in ihm regte sich ein unbestimmtes Gefühl. Es dauerte einen Augenblick, bis er es einordnen konnte – es war Trauer. Eine tiefe, nicht zu unterdrückende Traurigkeit. Nicht wegen des Mannes selbst natürlich, schließlich hatte Tristan ihn kaum gekannt. Aber ein Gefühl des Verlusts, der Trauer um etwas, was er nie gekannt hatte und nun nie mehr kennenlernen würde. Ihm war, als stände ein Teil von ihm noch immer in jener Gastwirtschaft und wartete auf den Vater. Auf ein Zeichen, dass er ihn liebte.

„Mylord?“ Die Worte wurden leise geäußert, voller Respekt. „Es tut uns sehr leid.“

Tristan sah auf und entdeckte, dass ihn die beiden Männer fast mitleidig betrachteten. Krachend stellte er das Glas auf dem Tisch ab. „Sehen Sie mich nicht so an! Warum sind Sie hergekommen? Um mir eine derart wertlose Nachricht zu übermitteln? Den Titel kann ich nicht erben. Der Dreckskerl hat mich nicht mal als seinen Sohn anerkannt. Wie sollte ich da den Titel erben können?“

Der kleine Dicke blinzelte hinter seinen Brillengläsern. „Weil … ach je. Das Ganze ist ziemlich komplex. Ihr Vater …“

„Bezeichnen Sie diesen arroganten Widerling nicht als meinen Vater! Das war er nicht und wird es auch niemals sein.“

Reeves räusperte sich. „Mylord, ich kann verstehen, dass Sie sich aufregen. Aber Sie sollten wissen, dass ich bis zum Ende an der Seite Seiner Lordschaft weilte. Er wollte unbedingt, dass Sie seine Nachfolge antreten.“

„Warum? Weil er keine anderen Söhne hatte?“

Reeves’ Gesicht verzog sich schmerzlich. „Das spielt keine Rolle. Sie sind der neue Earl. Er hat sich wirklich sehr darum bemüht, dass Sie den Titel erben können.“

Tristan sank in seinem Stuhl zurück. „Sie scheinen nicht zu verstehen. Mein Bruder und ich sind beide unehelich geboren. Sosehr ich meine Mutter auch geliebt habe, sie war manchmal etwas zu vertrauensselig. Sie dachte, dass er sie heiraten würde, aber das hat er nicht getan. Also kann ich auch nicht der neue Earl sein."

„Ah, aber allem Anschein nach hatte der Earl auf dem Totenbett eine Erleuchtung. Er erinnerte sich plötzlich daran, dass er Ihre Mutter doch geheiratet hatte. Er hat sogar einen Kirchenmann aufgetrieben, der darauf einen Eid ableisten würde."

Tristans Lachen war freudlos. „Jedenfalls hat er sich nicht deswegen die Mühe gemacht, weil ich ihm etwas bedeutet hätte. Wenn er so erpicht auf einen Erben war, wieso hat er dann nicht einfach geheiratet und einen verdammten Sohn gezeugt?"

„Er hat es versucht", erwiderte Reeves. „Er und seine Frau haben keine Kinder bekommen."

Dunstead nickte eifrig. „Sie sind das älteste Kind. Da ist es nur gerecht, wenn Sie den Platz Ihres Vaters einnehmen."

Tristan lachte bitter auf. „Den Platz meines Vaters – das ist ja wirklich unglaublich amüsant."

Der Butler und der Anwalt tauschten einen Blick. Mr. Dunstead legte die Mappe auf den Tisch. „Wenn Sie sich das Testament vielleicht selbst ansehen möchten. Eigentlich sollte ich es wohl verlesen, aber wenn Sie möchten ..."

„Lassen Sie es da."

„Mylord?"

„Legen Sie es auf den Tisch, und entfernen Sie sich", erklärte Tristan, griff nach seinem Stock und kämpfte sich auf die Beine. „Ich will Sie nicht hier haben."

„A...aber Mylord! Ich muss Ihnen doch die Bedingungen erklären!"

„Die Bedingungen?"

„Ja. Sie haben den Titel geerbt. Um das Vermögen zu erhalten, müssen die Treuhänder Sie jedoch als ... als ..." Hilflos starrte der Anwalt auf Reeves.

Der Butler sah Tristan fest an. „Der verstorbene Earl wollte sicherstellen, dass sein Nachfolger des Hauses Rochester auch würdig ist."

Würdig? Dieser verdammte Schurke hatte sich nie die Mühe gemacht, Tristan als seinen Sohn anzuerkennen, und auf dem Totenbett verlangte er auf einmal, dass Tristan seines Hauses *würdig* war? „Ich will das verdammte Geld nicht. Auf den Titel kann ich auch verzichten. Und sein verdammtes Haus kann er von mir aus mit in die Hölle nehmen."

Reeves seufzte. „Das hätte er sicher getan, wenn ihm das möglich gewesen wäre. Verlassen Sie sich darauf."

„Von diesem leeren, verschrumpelten alten Mann nehme ich keinen Penny an!"

Mr. Dunstead blinzelte. Seine Augen hinter den Brillengläsern waren schrecklich groß. „Nicht, Mylord! Ist Ihnen klar ... wissen Sie eigentlich ... das wäre ja unerhört ..."

„Was Mr. Dunstead Ihnen zu sagen versucht", unterbrach Reeves ihn geschickt, „ist, dass es ziemlich närrisch wäre, zwanzigtausend Pfund im Jahr den Rücken zu kehren."

Tristan wandte den Kopf. „Sagten Sie zwanzig?"

„Tausend." Reeves hob die Brauen. „Dazu Rochester House und das Londoner Stadthaus, beides herrliche Gebäude und sehr elegant eingerichtet."

Dunstead nickte. „Und voll ausgebildete Dienstboten gehören schon dazu. Sie brauchen nur noch einzuziehen." Er machte eine weit ausholende Geste. „Sobald Sie die Zustimmung der Treuhänder erlangt haben, natürlich."

Zwanzigtausend Pfund. Damit konnte man eine Menge anfangen. Er würde aus dem Cottage ausziehen – oder, besser noch, ein paar Häuser für seine Männer errichten lassen. Er könnte einen Arzt engagieren, der ebenfalls bei ihnen wohnen und sie alle versorgen konnte. Und danach könnte er ... was könnte er tun? So viele Möglichkeiten eröffneten sich ihm, so viele Dinge, die er schon immer hatte tun wollen, dass er sich gar nicht entscheiden konnte.

Natürlich musste er erst einmal die Zustimmung der Treuhänder erringen. Er blickte zum Anwalt. „Wer sind diese Treuhänder denn?"

„Bekannte Ihres Vaters. Sie kennen sich aus mit Benehmen, Manieren, Kleidung – eben allem, was ein Gentleman wissen muss."

„Verdammt, ich soll also ein Gimpel werden und mich von einem Trupp lallender Schwachköpfe begutachten lassen?"

Dunstead schob die Brille am Nasenrücken nach oben und trat beunruhigt von einem Fuß auf den anderen. „Ah. Nun ja, wenn Sie es unbedingt in diesem Licht betrachten müssen …"

„Kommt überhaupt nicht infrage!" Es war undenkbar. Selbst noch aus dem Grab versuchte sein Vater, Tristan zu demütigen. Er biss die Zähne zusammen. „Nein, fällt mir nicht ein. Niemals. Und jetzt fort mit Ihnen, alle beide."

Dunstead äußerte sich überrascht und empört und begann seine Papiere zusammenzusuchen, doch Reeves regte sich nicht. Er seufzte nur. „Wie traurig. Dann werden wir wohl Lord Westerville aufsuchen müssen."

„Wer ist das denn?"

„Ihr Bruder Christian."

Tristan hielt inne. Sein Blick klebte am Butler. „Christian?"

„Wenn Sie die an das Vermögen geknüpften Bedingungen nicht erfüllen können, geht alles an Ihren Bruder, Viscount Westerville."

Dunstead schloss seine Mappe. „Das Testament liegt auf Ihrem Tisch, falls Sie es lesen möchten."

„Sie können meinen Bruder auch nicht finden", erklärte Tristan, der den Anwalt vollkommen ignorierte. „Ich habe es jahrelang versucht und konnte nicht einmal eine Spur von ihm entdecken."

„Vielleicht haben Sie nicht an den richtigen Lokalitäten gesucht?"

Hastig trat Tristan einen Schritt vor, wobei er sich schwer auf seinen Stock stützen musste. „Wissen Sie etwa, wo er ist?"

Reeves lächelte. „Sie haben wir ja auch gefunden, nicht wahr?"

Dunstead schob seine Brille nach oben. „Wir müssen uns auf den Weg machen, Mr. Reeves. Es wird schon dunkel, und vor uns liegt noch ein weiter Weg."

Reeves blickte zu den Terrassentüren. „Es ist bereits zu spät, um diese gefährliche Straße mit unseren Kutschen und Wagen zu riskieren. Außerdem sind die Pferde erschöpft, und …" Er warf Tristan einen abschätzenden Blick zu. „Ich frage mich … Mylord, würden Sie uns gestatten, ein, zwei Tage zu bleiben? Wir haben schon eine weite Strecke zurückgelegt und sind ein bisschen müde. Unsere Pferde brauchen Ruhe, vor allem nach der Schwerstarbeit, die sie heute auf der steilen Küstenstraße geleistet haben."

Wenn Reeves wusste, wie er Christian finden konnte, wäre es dumm von Tristan, den Mann aus den Augen zu verlieren. „Bleiben Sie nur. Ich fürchte allerdings, dass ich hier nicht viel Platz habe …"

„Ach, wir geben uns mit der Scheune zufrieden“, erklärte Reeves, als hätte er mit nichts anderem gerechnet.

„Der Scheune?“ Mr. Dunstead blinzelte. „Aber … wie …“

„Wir werden dort sehr gut zurechtkommen“, ergänzte Reeves gelassen. Er verbeugte sich vor Tristan. „Danke für Ihre Rücksichtnahme. Sobald die Pferde sich ausgeruht haben, werden wir uns natürlich auf den Weg machen.“

„Aber …“, begann Dunstead.

Reeves nahm den Anwalt bei den Schultern und drehte ihn in Richtung Tür. „Vielen Dank, Lord Rochester! Ich hoffe, dass ich Gelegenheit bekomme, mich mit Ihnen zu unterhalten, sobald Sie erst einmal Zeit gefunden haben, die Neuigkeiten zu verdauen.“ Damit schob der Butler den Anwalt in den Flur und schloss leise die Tür hinter sich.

Tristan stand lange da und starrte auf die Tür. Er war zu keinem klaren Gedanken fähig. Sein Vater – tot. Sein Bruder – vielleicht schon gefunden. Ein Vermögen, das es zu erringen galt. Und ein Titel. Alles sollte ihm gehören. Lord Tristan Llevanth, Earl of Rochester.

Was für ein schrecklicher, entsetzlicher Witz.

Wenn er das alles verkraften wollte, brauchte er eine ganze Flasche Brandy. Oder auch zehn. Kopfschüttelnd ließ er sich wieder auf seinen Sessel sinken, ergriff sein Glas und nahm einen großen Schluck. Er war ein Earl. Aus irgendeinem Grund fragte er sich, was seine steifröckige Nachbarin davon halten würde. Ob sie wohl beeindruckt wäre? Oder würde sie einfach nur wieder verlangen, dass er sein Schaf aus ihrem Garten heraushielt?

Er hob das Glas in ihre Richtung und brachte ihr im Stillen einen Trinkspruch dar. Sie war nicht nur reizvoll, sondern auch ausnehmend vernünftig – das konnte er fast riechen. Sie gehörte zu den Frauen, um die man einen weiten Bogen machte – nämlich den Frauen, die man heiratete.

Seufzend lehnte er sich zurück. Wenn er ehrlich war, würde er seinen neuen Titel sofort gegen eine Nacht im Bett der Dame eintauschen. Eine lange, leidenschaftliche Nacht, erfüllt von ihrem Parfüm und ihrem seidenweichen Haar …

Bei der Vorstellung begann er unruhig hin und her zu rutschen. Verdammt. Was, zum Teufel, sollte er jetzt tun? Er war ein Earl. Ein verdammter Earl. Ein Earl mit einem schlimmen Bein und einem Cottage voller Seeleute, die alle zusammen nicht einen Penny besaßen. Was half ihm der Titel ohne das Vermögen?

Selbst aus dem Grab heraus hatte sein Vater noch die Macht, ihn zu schikanieren. Mit zusammengebissenen Zähnen versuchte Tristan, sich auf Christian zu konzentrieren. Auf die Hoffnung. Die Gedanken wirbelten durch seinen Kopf, während Tristan langsam, aber stetig die Flasche leerte. Stunden verstrichen. Die Sonne würde über dem Horizont auftauchen, bevor er sich so weit beruhigt hätte, dass er zu Bett gehen konnte. Doch ein Bild hielt sich auch dann noch hinter seinen alkoholschweren Lidern: der Anblick seiner Nachbarin, wie sie tief vor ihm knickste und ihm ihr Dekolleté zu seiner adeligen Begutachtung hinhielt.

Vielleicht wäre es doch nicht so schlimm, Earl zu sein, dachte er, bevor er in tiefen Schlaf sank …

5. KAPITEL

Ein guter Butler oder Kammerherr mischt sich niemals in die persönlichen Belange seines Dienstherrn ein, es sei denn, seine Anstrengungen könnten das Leben seines Dienstherrn um ein Beträchtliches verbessern. Dieser Gedanke kann manchmal eine ziemlich gewaltige Einmischung rechtfertigen.

Leitfaden für den vollkommenen Butler und Kammerherrn von Richard Robert Reeves

Sie, Sir, holen Sie sofort Ihre Schafe aus meinem Garten", forderte Prudence. Ihre Stimme zitterte, als wäre ihr kalt. Sie fand das merkwürdig, gleichzeitig zu frieren und zu träumen.

Der Captain drehte sich um. Anscheinend war ihm nicht bewusst, dass er nur ein Traumgebilde aus Prudences Schlummer war. Wie neulich stand er auf dem Kliff. Der Wind fuhr unter seinen Mantel und offenbarte das dünne weiße Hemd, das am Hals offen stand und seine breite Brust betonte und die schwarzen Breeches, die sich an seine muskulösen Beine schmiegten.

Prudence musste um Atem ringen. Das war der beste Traum, den sie je gehabt hatte. Das offene Hemd war schon skandalös genug, aber der enge Schnitt seiner Breeches war wirklich beunruhigend. Überaus beunruhigend. So beunruhigend, dass ...

Plötzlich stand er vor ihr, und seine Hände lagen warm auf ihren Schultern. Er sah ihr tief in die Augen. „Ich will alles tun, was du möchtest, meine Süße. Solange du mir einen Kuss gewährst."

„Einen Kuss? Aber ich kann doch nicht ..." Nun ja, vermutlich konnte sie schon. Im Traum waren Dinge erlaubt, an die man im wirklichen Leben nicht einmal denken durfte. „Also schön. Einen Kuss. Aber nur einen, also ..."

Er schloss sie in die Arme, bog ihren Oberkörper nach hinten und bedeckte ihre Lippen mit den seinen. Selbst im Traum war er ungeduldig, maskulin, drängend. Prudence erschauerte und zitterte, und dann stöhnte sie, weil ihr unter seinen Berührungen so heiß wurde, weil sich seine Lippen so warm anfühlten, weil seine Zunge gierig in ihren Mund eindrang …

Wie konnte ein einfacher Traum derartige Gefühle in ihr wecken? Wie konnte sie seine Haut spüren, den Duft seiner frisch gewaschenen Wäsche riechen, das Salz auf seinen Lippen schmecken? Wie konnte sie …

Ein hartes Klopfen riss sie aus ihren wirren Träumen. Prudence kniff die Augen noch fester zusammen und zog sich das Kissen über den Kopf. Verzweifelt hielt sie am Bild des Captains fest, wie sich sein attraktives Gesicht über sie beugte, sein Mund nur noch wenige Zoll von dem ihren entfernt …

Wieder klopfte es fordernd, doch diesmal ging die Tür auf, und Mrs. Fieldings sagte auf ihre übliche ausdruckslose Art: „Aufstehen, Madam. Der Hahn hat gekräht."

Prudence stöhnte, während sich das Bildnis des Captains in Luft auflöste. Sie rollte sich auf den Bauch und zog das Kissen noch fester an sich heran.

Mrs. Fieldings riss die Vorhänge auf. Das Sonnenlicht strömte in den Raum.

„Ich wollte, Sie ließen das bleiben", erklärte Prudence und zog sich die Decke über den Kopf. Die Luft war morgendlich frisch und kühl.

In aller Seelenruhe griff Mrs. Fieldings nach der Decke. „Morgenstund hat Gold im Mund."

Prudence hasste diese moralisierenden Sprüche, vor allem vor dem Frühstück. Sie öffnete die Augen zu kleinen Schlitzen. „Ja, schon, aber ohne ausreichend Schlaf wird selbst ein, ähm, Fisch grantig."

Das hatte gesessen. Vielleicht nicht ganz so gut wie Mrs. Fieldings markige Bemerkung, aber ihr reichte es aus.

Die Haushälterin schnaubte. „Das haben Sie doch gerade erfunden."

„Natürlich nicht", erklärte Prudence so hochmütig, wie es ihr nur möglich war. Sie versteckte sich immer noch unter der Decke. „Ich habe es, äh, von den Männern des Captains."

„Diese Nichtsnutze. Zeit zum Aufstehen, junge Dame. Der frühe Vogel fängt den Wurm."

Verflixt und zugenäht. Das hieß Krieg. Prudence verscheuchte die letzten Reste Schlaf und setzte sich kerzengerade auf. „Die Letzten werden die Ersten sein."

Mrs. Fieldings sparsame Miene verdüsterte sich. „Müßiggang ist aller Laster Anfang."

„Der Spatz in der Hand … ach, verflixt!" Prudence schwang die Beine aus dem Bett und reckte sich ausgiebig. Sie murrte: „Ich weiß gar nicht, warum ich mir überhaupt Mühe gebe, Sie schlagen mich ja doch jedes Mal."

Ein selbstgefälliges Lächeln spielte um die Lippen der Haushälterin. „Das Frühstück ist fertig. Ihre Mutter ist bereits im Speisezimmer." Sie goss frisches Wasser in die Porzellanschüssel auf dem Waschstand, legte ein frisches Handtuch daneben und verließ das Zimmer.

Prudence schob die Füße in die Pantoffeln und trat zum Waschstand. Sie wusch sich Gesicht und Hände, rieb sich vor allem die Lippen sauber, die immer noch prickelten, als wäre der Kuss echt gewesen. Beim Blick in den Spiegel entdeckte sie ein Lächeln in ihrem Gesicht. Es war lange her, dass sie von jemand anderem als Phillip geträumt hatte. „Wird ja auch Zeit", sagte sie sich.

Nicht, dass der Captain der richtige Mann für eine Romanze gewesen wäre, natürlich nicht. Er war dunkel, ungebärdig und gefährlich. Doch es war angenehm, von ihm zu träumen. Manche Männer eigneten sich zu nichts anderem.

Während sie über ihren eigenen Unsinn schmunzelte, entledigte sie sich ihres Nachthemds, entflocht ihr Haar, kämmte sich und steckte die langen Locken auf dem Kopf auf. Ihr Haar war altmodisch lang: Die dichten Flechten reichten ihr bis zu den Hüften. Vermutlich hätte sie es längst schneiden sollen, doch aus irgendeinem Grund tat sie es nicht.

Die Sonne lachte ins Zimmer und täuschte über den kalten Wind hinweg, der an den Fensterläden rüttelte. Prudence stand im warmen Sonnenschein und zog sich ein Tageskleid aus rosa Musselin über den Kopf.

Seltsam, dass sie vom Captain geträumt hatte. Sie hatte nicht nur an ihn gedacht, sondern richtig von ihm geträumt … seinen Augen, so merkwürdig grün und durchdringend. Seinen Lippen, als er ihr ein Lächeln geschenkt hatte, bei dem ihr ganz schwindelig geworden war. Wie diese Lippen die ihren bedeckten und ihr den leidenschaftlichsten Kuss gaben, den sie je …

Sie verbarg ihr Gesicht in den Händen und erschauerte. Bisher hatte sie Phillips Küsse immer wunderbar gefunden, sanft und zart, genau wie er. Wenn sie daran dachte, wurde ihr die Brust eng. Wie konnte sie einen geträumten Kuss von einem Mann wie dem Captain – einen Kuss, der weniger bedeutete als ein Papierschnipsel – mit Phillips Küssen vergleichen, Phillip, der ihr Ehemann und bester Freund gewesen war?

Trotzdem ... jetzt, wo sie darüber nachdachte: Phillip hatte ihr nie so einen Kuss gegeben wie in ihrem Traum, so voller Leidenschaft und Intensität. Vermutlich lag es einfach daran, dass der Captain ein ganz anderer Typ Mann war. In seiner Gegenwart hatte sie das Gefühl, dass seine gesamte Energie auf sie gerichtet war und auf nichts sonst. Als gäbe es in diesem Augenblick nur sie und ihn auf der Welt, selbst wenn er sich über ihre Klagen über sein Schaf ärgerte. Bei Phillip hatte sie nie so empfunden, und doch hatte sie Phillip geliebt. Von Herzen.

Das bedeutete, dass sie für den Captain bloße Lust empfand.

Lieber Himmel! Sie verlor den Verstand. Offensichtlich war es nicht ratsam, vor dem Frühstück allzu viel nachzudenken. Der Hunger störte ihre sonst so besonnene Logik. Bevor sie sich mit gewichtigen Gedanken – oder zumindest Gedanken, die irgendwie in Zusammenhang standen mit diesem sehr männlichen, irritierenden Kapitän und seinem ungezogenen Schaf – befasste, wollte sie erst einmal schön frühstücken und Tee trinken. Ja, genau das brauchte sie jetzt.

Und danach ... nun, danach würde sie darauf achten, überhaupt nicht mehr an ihn zu denken. Kein einziges Mal. Ja, genau das würde sie tun. Außerdem hatte sie an diesem Tag ohnehin Dutzende von Dingen zu erledigen. Sie ging aus dem Zimmer und lief leichtfüßig die Treppe hinunter, die Hand auf dem glatten hölzernen Treppengeländer.

Unten war es wärmer. Ihre Mutter saß am Kopfende des Esstisches und zupfte teilnahmslos an ihrer Serviette herum, als Prudence das Zimmer betrat.

„Guten Morgen!“ Prudence beugte sich vor, küsste ihre Mutter auf die Wange und nahm dann neben ihr Platz. „Tut mir leid, dass ich so spät komme. Ich bin heute Morgen gar nicht wach geworden.“

Mrs. Fieldings kam ins Zimmer, trat zur Anrichte und hob von zwei Tellern die Servierhauben. „Wer nicht kommt zur rechten Zeit, der muss nehmen, was übrig bleibt.“

Prudence seufzte einmal tief. „Ich glaube, für heute haben wir genug Sprüche gehört.“

Mrs. Fieldings schnaubte. Sie brachte die Teller an den Tisch und stellte sie mit lautem Klirren vor Prudence und ihrer Mutter ab. Dann marschierte sie aus dem Zimmer.

„Herrje!“, erklärte ihre Mutter und sah der Haushälterin hinterher. „Die ist heute aber auch nicht bester Stimmung.“

Prudence bestrich ihren Toast mit Butter und gab eine ordentliche Portion Orangenmarmelade darauf. „Wir haben heute viel vor. Wir müssen die Vorhänge für die zwei hinteren Schlafzimmer fertigstellen, damit die Zimmer bereit sind für die Schülerinnen.“

„Das wird ein Weilchen in Anspruch nehmen.“

„Wenn wir uns zu zweit daransetzen, können wir die eine Garnitur heute fertig bekommen. Danach müssen wir die Ställe ein bisschen herrichten. Irgendwann werden wir uns neben Elmira noch ein anderes Pferd besorgen müssen.“

„Hoffentlich können wir uns das leisten. Ich sehe es gar nicht gern, wenn wir die arme Elmira vor die Kutsche spannen müssen. Sie wird so schnell müde.“

„Wir werden uns das schon leisten können, da bin ich mir ganz sicher. Mutter, ich habe nachgedacht. Vielleicht sollte sich unsere Schule auf irgendetwas spezialisieren.“

Ihre Mutter goss sich Sahne in den Tee. „Meine Güte, du strömst heute Morgen ja über vor Ideen. Anscheinend hast du hervorragend geschlafen.“

Prudences Traum hatte sie irgendwie belebt. Sie zuckte mit den Schultern. „Ich möchte nur helfen.“

„Oh, das tust du ja auch, mein Liebes! Ohne dich wäre ich verloren! Wie ist das nun mit deiner Idee?“

„Die anderen Mädchenseminare sind alle auf irgendetwas spezialisiert. Mrs. Ashtons exklusives Mädchenpensionat bietet jedes Semester geschmackvolle Theateraufführungen an, weil man dort glaubt, die Schauspielerei verhelfe einem zu mehr Selbstbewusstsein. Lady Barkstows Akademie hat extra einen Pferdetrainer angestellt. Jedes Mädchen bekommt bei der Ankunft ein Pferd gestellt, und die Schule verspricht, dass sie bis zum Abschluss hervorragende Reiterinnen aus ihnen macht.“

„Pferde?“ Ihre Mutter legte die Gabel hin. „Das klingt ziemlich teuer.“

„Ich meine ja nicht, dass wir genau dasselbe anbieten sollen wie die anderen Schulen“, meinte Prudence rasch. „Wir müssen eben unser eigenes besonderes Angebot finden, mit dem wir die guten Familien dazu bringen, dass sie ihre Töchter zu uns und nicht anderswohin schicken. Wir könnten zum Beispiel eine Kombination aus Kunst und gesunden Freiluftaktivitäten bieten. Wir sind auf dem Land, vielleicht können wir das zum Vorteil wenden.“

Ihre Mutter seufzte. „Prudence, ich wollte, wir wären nicht darauf angewiesen. Ich finde die Vorstellung wunderbar, eine Schule einzurichten, aber es ist mir entsetzlich, dass wir es tun *müssen.* Irgendwie nimmt mir das die ganze Freude ...“

Prudence erhob sich vom Tisch. „Mutter, es tut mir so leid wegen Phillip ...“

Ihre Mutter legte die Hand auf die ihrer Tochter. „Hör sofort auf. Er hat seine Angelegenheiten doch nicht absichtlich in einem solchen Wirrwarr hinterlassen.“

„Es ist ja nicht nur das Geld, sondern auch die Demütigung ...“ Prudence presste die Lippen zusammen. „Die Leute haben ihm vertraut. Er hätte sich darüber im Klaren sein müssen, dass er mit seinem Vermögen haftete, er hätte nicht so viele Versprechungen machen dürfen.“

„Er war wohl übertrieben optimistisch. Aber er hat kein Verbrechen begangen. Es hätten ihn nie so viele Leute um Gelder angehen dürfen. Und uns dann auch noch in der Gesellschaft zu schneiden ...“ Ihre Mutter blickte auf ihren Teller. „Ich weiß, wie schwer das für dich gewesen ist.“

„Es war für uns beide schwer. Ich hatte eigentlich geglaubt, ein paar der Frauen seien meine Freundinnen, aber das stellte sich dann als Irrtum heraus.“ Nein, ihre angeblichen „Freundinnen“ hatten lieber die Lügen geglaubt, die in den Zeitungen verbreitet wurden. Dass Phillip das Geld seiner Investoren gestohlen habe, dass sie Männer bezirzt habe, ihr Geld in die Sache zu stecken. Es war schrecklich und auch billig, und auch jetzt noch, drei Jahre später, hinterließ die Geschichte einen schalen Geschmack in ihrem Mund. Phillip hatten diese ekelhaften Gerüchte besonders schlimm belastet. Er wurde bleich und nervös. Und schließlich krank. Es schien ihn vor ihren Augen einfach dahinzuraffen.

Sie nahm einen Schluck Tee, um den Kloß in ihrem Hals hinunterzuschlucken. „Es hat keinen Zweck, in der Vergangenheit zu graben. Außerdem …"

Ein lautes Blöken erfüllte die Luft. Mrs. Crumpton und Prudence sahen sich an. Wieder blökte es, lauter und viel näher diesmal.

Ihre Mutter sprang auf und eilte zum Fenster, wo sie sich beinah die Nase am Glas platt drückte. „Prudence! Schon wieder dieses Schaf! Es frisst unsere ganzen Winterzwiebeln!"

„Jetzt reicht es mir!" Prudence warf ihr Besteck auf den Tisch. „Ich gehe zum Captain, nur dass ich diesmal …" Was konnte sie tun? Ihre Gedanken rasten. Hastig verwarf sie Plan um Plan. Am Ende blieb ihr eine einzige Idee. „Ich weiß jetzt, was ich tun werde. Mutter, ich schaffe dieses alberne Schaf zu ihm! Soll er doch sehen, wie er damit zurechtkommt!"

Ihre Mutter blinzelte. „Aber …"

Prudence war bereits an der Tür. Ihre Mutter lief ihr nach. „Prudence, warte! Geh nicht, solange du dich noch so aufregst! Sonst sagst du noch etwas, was du hinterher bereust. Iss wenigstens dein Frühstück auf." Ihre Mutter nahm sie am Arm und hielt sie auf. „Dann bist du etwas ruhiger. Vielleicht kommst du sogar noch dazu, dein Haar nett zu richten. Und auch wenn mir dieses Kleid gut gefällt, wäre vielleicht das blaue mit den …"

„Nein." Prudence riss sich los, nahm den Mantel vom Haken an der Tür und legte ihn sich über die Schultern. „Es wird Zeit, dass wir es dem Captain mit gleicher Münze zurückzahlen."

„Ach je!"

Prudence wand sich den Schal um den Hals. „Ich werde ihm das Schaf direkt ins Cottage treiben. Mal sehen, wie ihm das gefällt!"

„Prudence, vielleicht wäre es besser, wenn du …"

Doch Prudence war bereits unterwegs. Ihre Miene verriet äußerste Entschlossenheit. „Captain Llevanth", murmelte sie, während sie zur Tür hinauseilte und Kurs nahm auf das Geblöke, „ob es Ihnen nun passt oder nicht, heute Morgen bringe ich Ihnen ein Schäfchen ins Trockene!"

6. KAPITEL

Es ist wichtig, dass der Dienstherr Respekt von seinesgleichen verlangt. Wenn sein Kammerherr ihn dabei unterstützen kann, soll er es tun, auch wenn es eventuell unangenehm ist: Am Ende wird es sich auch für ihn bezahlt machen. So ungerecht es auch sein mag, das Vermögen des Dieners wird anhand des Erscheinungsbildes seines Herrn beurteilt. Ein Soßenfleck auf seiner neuen Weste könnte für den Diener bedeuten, dass er eine Menge an Hochachtung einbüßt.

Leitfaden für den vollkommenen Butler und Kammerherrn von Richard Robert Reeves

Prudence klopfte mehrmals so energisch an die verwitterte Tür, dass ihr die Knöchel durch die Handschuhe hindurch wehtaten. Über ihr schrie eine einsame Möwe. Das Geräusch hallte unheimlich in der Luft wider. Der Wind peitschte noch ein wenig kälter gegen die Tür, fuhr ihr unter die Röcke und blies ihr kalte Luft um die Knöchel. Prudence fuhr zusammen und zog sich den Mantelkragen enger um den Hals.

Wo war dieser verflixte Captain? Zweifellos saß er drinnen gemütlich am Feuer, ließ sich wärmen und trank einen Brandy nach dem anderen. Das taten die Seeleute doch, hatte sie zumindest gehört.

Hinter ihr ertönte ein lautes Blöken. Sie drehte sich zu dem Schaf um, das recht brav hinter ihr stand. Sie hatte es sich mit ihrem roten Schal an der Taille festgebunden. „Still, Mrs. Fieldings!" Aus irgendeinem Grund hatte sie das Schaf taufen wollen, und der Name der Haushälterin schien ihr ziemlich passend. Irgendetwas an der humorlosen Miene des Schafs erinnerte sie lebhaft an Mrs. Fieldings morgendliche Strenge.

Der Wind frischte noch mehr auf. Mrs. Fieldings reckte den Kopf und begann mit gelben Zähnen am roten Schal zu knabbern.

„Hör sofort auf damit!", befahl Prudence dem Tier. „Den hat Mutter für mich gestrickt."

Das beeindruckte Mrs. Fieldings nicht im Mindesten. Eher im Gegenteil. Sie knabberte noch eifriger.

„Heb dir das für die Vorhänge des Captains auf." Die morgendliche Kälte war die einzige Reaktion auf diese Bemerkung. Prudence erschauerte und klopfte noch einmal, noch härter diesmal. Drinnen regte sich nach wie vor nichts, nur der eisige Wind pfiff fröhlich um sie herum. Ihr wurde noch kälter. „Zum Kuckuck", brummte sie und begann mit der Faust gegen die Tür zu hämmern. „Wo sind die denn alle?"

Die Worte waren kaum über ihre Lippen, als die Tür aufgerissen wurde. Doch kein wutentbrannter Captain stand vor ihr und starrte erbost auf sie nieder. Stattdessen starrte ihr Stevens entgegen, blinzelnd, als wäre er gerade erst aufgestanden. Über dem gestreiften Hemd trug er einen Überrock aus schwarzem Baumwollstoff, auf dem Kopf ein geknotetes buntes Tuch. Er sah ziemlich piratenhaft aus. Als er sie erkannte, hielt er mitten im Gähnen inne. „Bei allen Weltmeeren, Madam. Ich dachte schon, ein Geldeintreiber steht vor der Tür, um sich sein Moos abzuholen, aber echt."

Demnach war es um die finanziellen Verhältnisse des Captains nicht zum Besten bestellt. Das hätte sie nicht überraschen sollen. „Ich bin kein Geldeintreiber."

„Nein, natürlich nicht, Mrs. Thistlewaite. Kann ich Ihnen irgendwie helfen?"

„Ich möchte den Captain sprechen."

„Oho, so ist das also! Na, wie auch immer, ich kann Sie nicht reinlassen. Ich bin doch keiner, der ein Frauenzimmer heimlich ins Haus lässt, wenn es nicht eingeladen ist!"

„Ich wurde aber eingeladen."

„Von wem denn, wenn ich fragen darf? Doch nicht vom Käpt'n, der würde hier auch kein Frauenzimmer ..." Das Gesicht des rundlichen kleinen Mannes hellte sich auf. „Ah, jetzt weiß ich, wer Sie eingeladen hat! Das war John Pewter, stimmt's?"

„John ... nein. Ich weiß nicht mal, wer das ist ..."

Stevens streckte die Hand ein gutes Stück über seinen Kopf. „Ungefähr so groß, blondes Haar, das er sich hinten zusammenbindet, leichtes Hinken im rechten Bein?"

„Ich glaube nicht ..."

„Wahrscheinlich hat er nicht daran gedacht, seinen Namen zu sagen, aber egal. Ich habe ihn in die Schenke geschickt, dass er dort ein Mädel aufgabelt, aber wenn er stattdessen Sie gefunden hat …"

„Mich hat noch nie jemand in einer Schenke aufgegabelt!"

Stevens wirkte enttäuscht. „Nein?"

„Nein!"

„Ach, na dann. Schade." Vertraulich senkte er die Stimme. „Die Jungs und ich dachten, der Käpt'n könnte ein bisschen Aufmunterung vertragen, und daher haben wir …" In ihre Miene musste ein gewisser Ausdruck getreten sein, denn er wurde plötzlich rot und trat zur Seite. „Ist ja egal. Kommen Sie rein. Draußen ist es zu kalt, um sich über Einladungen zu kabbeln."

Die Wärme war verlockend. Prudence trat eifrig vor, wurde jedoch von ihrem roten Schal zurückgezerrt. „Ach ja! Moment mal." Sie drehte sich um, stemmte die Fersen in den Boden und zog mit aller Kraft. Stückchen für Stückchen wurde Mrs. Fieldings, das Schaf, über die Schwelle gezerrt. Es hatte den Kopf gesenkt, um sich besser zur Wehr setzen zu können. Sobald es über die Schwelle war, wurde es erneut von Panik erfasst, denn es sah sich mit weit aufgerissenen Augen um, blökte laut und machte eine Kehrtwendung, um eiligst nach draußen zu entweichen.

Prudence umklammerte den Schal mit beiden Händen.

Stevens keuchte auf. „Mich laust der Affe!"

Ein lautes Krachen ertönte, und im nächsten Moment kamen zwei Männer um die Ecke gerannt. Der eine war groß und mit Ausnahme eines weißen Haarkranzes um die Ohren glatzköpfig. Er trug einen goldenen Ohrring, einen schmutzigen Mantel über einem langen weißen Nachthemd und an den Füßen Stiefel. Der andere war klein und dick, er hatte ein rotes Gesicht und einen goldenen Nasenring. Außerdem trug er ein unwahrscheinlich langes schwarzes Hemd und orangefarbene Hosen.

Die Männer beobachteten, wie das Schaf zu fliehen versuchte, und stürzten sich sofort darauf. Dann ertönten Schritte, und drei weitere Männer kamen aus einem anderen Gang gerannt, alle mit ungewöhnlichem Körperschmuck und höchst unorthodox gekleidet.

Das war zu viel für Mrs. Fieldings. Ungeahnte Kräfte strömten ihr zu, und sie setzte ihre Flucht mit neuem Mut fort. Sie riss Prudence den Schal aus den Händen und galoppierte wie wild davon. Der rote

Stoff wehte hinter ihr her.

„Auf sie mit Gebrüll, Männer!", rief Stevens.

Die Männer sahen Prudence an.

Die trat hastig einen Schritt zurück. „Nicht auf mich! Auf das Schaf!"

„Aye!", fuhr Stevens die Männer an. „Das Schaf. Das mit dem roten Schal!"

Sie stürzten los, ein einziges Knäuel an merkwürdigen Kleidungsstücken und gutem Willen, wobei sie sich an der Tür ziemlich ins Gehege kamen und einander heftig verfluchten.

Prudence keuchte auf, als sie sah, dass einer eine Pistole zückte, ein übler Bursche mit Narbengesicht und zerschlissenem blauen Rock.

Anscheinend hatte Stevens es auch gesehen, denn er rief der wilden Jagd nach: „Tut dem armen Vieh bloß nichts an! Es gehört dem Käpt'n, vielleicht will er es ja zu Michaeli servieren!" Er schloss die Tür. „Das war ein Glücksfall, dass Sie das Schaf gebracht haben. Vielen Dank!"

Prudence hielt inne. „Wofür bedanken Sie sich eigentlich bei mir?"

„Na, das wird die Männer für die nächsten Stunden auf Trab halten! Sie meckern und murren doch andauernd, weil es hier nichts zu tun gibt. Jetzt können sie hinter dem Schaf herrennen, bis ihnen die Nase aus dem Gesicht fällt."

Wunderbar. Sie hatte das verflixte Schaf den ganzen Weg von ihrem Haus hergezerrt, und Stevens *freute* sich darüber! Zum Kuckuck! Jetzt konnte sie nur noch hoffen, dass der Captain die Sache aus einem weniger günstigen Blickwinkel betrachtete. „Was meinen Sie, werden die Männer das Schaf fangen?"

„Diese Trantüten? Herr im Himmel, Madam! Natürlich kriegen die das Schaf nicht! Die würden ja nicht mal ein Riff an helllichtem Tag finden, selbst wenn sie einen Stock hätten. Natürlich will ich damit nicht sagen, dass es keine guten Kerle wären, das sind sie schon. Man muss ihnen eben sagen, wo es langgeht. Und ohne mich oder den Käpt'n, na ja … vermutlich werden wir sie die nächsten Stunden nicht zu Gesicht bekommen. Wenn's reicht."

„Hoffentlich tun sie dem armen Schaf nichts, obwohl es kräftiger ist, als es aussieht."

„Ein Wunder, dass Sie das Vieh überhaupt hergebracht haben." Er drehte sich um und ging den schmalen Korridor hinunter. „Kommen Sie mit, Madam. Ich bringe Sie zum Käpt'n."

Prudence hielt inne. Sollte sie wirklich mitgehen? Wenn ja, was sollte sie sagen? Ohne das Schaf war ihre Mission … verloren. Wenn sie nur über ein bisschen Vernunft verfügte, würde sie sich umdrehen und gehen.

Sie blinzelte Stevens nach und betrachtete interessiert das Innere des Cottages. Es war größer als das Cottage, das ihre Mutter und sie gemietet hatten, hatte aber weitaus weniger Fenster. Tatsächlich war es im Inneren ziemlich düster. Zwei Türen führten auf den engen Flur, beide waren geschlossen. Unter einer drang ein dünner Lichtstrahl nach draußen. Sie trat einen Schritt vor, fasziniert von dem hellen Schimmer.

Stevens baute sich vor ihr auf. „Da wollen Sie aber nicht reingehen, Madam."

„Oh. Nein. Natürlich nicht." Sie blickte zu dem Licht. „Was ist da drinnen denn?"

„Da drin liegt der alte Riley Neilson. Dem haben sie beim letzten Scharmützel mit den Franzosen die Hüfte kaputt gemacht. Wir versorgen ihn."

„Im Salon im Erdgeschoss?"

„Er kann keine Treppen mehr steigen. Wir benutzen beide Salons unten als Schlafzimmer. Riley liegt mit Taggart, Lewis und Jacobson backbord, steuerbord schlafen Toggle, Toots, MacGrady und ich."

„Sie schlafen in den Salons?"

„Aye."

Liebe Güte, was war das für ein Haushalt, in dem man Salon und Speisezimmer in Schlafzimmer verwandelte? „Welcher Raum gehört dem Captain?"

Stevens wies auf den dunklen Flur. „Die Bibliothek. Er nennt sie sein Quartier."

Sie hatte schon zwei Schritte in die angegebene Richtung getan, hielt dann aber inne. „Schläft er dort denn auch?"

„Manchmal. Aber normalerweise hat er sein Schlafzimmer im oberen Stockwerk. Bisher brauchen wir es nicht, aber wenn noch mehr kommen …" Traurig schüttelte Stevens den Kopf. „Wir sind voll bis zum Achterdeck."

„Voller … Seeleute?"

„Aye, Madam. Wir alle haben einmal in Diensten der königlichen Marine gestanden. Und unter dem Käpt'n in Trafalgar gedient." Stevens strahlte. „Er ist nämlich ein Kriegsheld. Der Käpt'n sagt, wir sind alle Kriegshelden."

Prudence hatte der Zofe daheim keinen Glauben geschenkt, als sie behauptete, der Captain sei eine Art Kriegsheld – aber wenn sie nun Stevens' stolze Miene betrachtete, entsprach es vielleicht doch der Wahrheit. „Das muss für Sie alle sehr aufregend gewesen sein."

„Aye! Admiral Nelson war auf unserem Schiff, als …" Ein Schatten huschte über das Gesicht des alten Matrosen. Obwohl er sich rasch wieder im Griff hatte, waren seine Augen feucht geworden.

Prudence kam sich schrecklich gemein vor. Sie räusperte sich. „Zu wie vielen hausen Sie denn hier?"

Stevens hakte die Daumen in die Armausschnitte seiner Weste und blickte nachdenklich zur Decke. „Wir sind siebenundzwanzig."

„In diesem einen Haus?"

„Nun ja, manche kommen, andere gehen." Stevens' Miene verdüsterte sich. „Es ist schwer für einen Seemann, irgendwo länger vor Anker zu gehen. In uns steckt eine Rastlosigkeit, die uns schwer auf der Seele liegt."

„Dann ist dies hier ein ziemlich großes Unternehmen."

„Sie wissen ja noch nicht mal die Hälfte. Der Käpt'n gibt uns zu essen und kleidet uns, wissen Sie. Aber er schenkt uns das alles nicht für umsonst, und das ist auch gut so, man hat schließlich seinen Stolz. Die Männer arbeiten, wann immer es irgendetwas zu tun gibt."

Der Captain offenbarte Seiten, die sie nicht an ihm vermutet hätte. Auf den zweiten Blick war mehr an ihm dran, als sie erwartet hätte. Sehr viel mehr. „Das ist ja sehr großzügig von ihm."

„Allerdings." Der Erste Offizier kratzte sich am Kinn und wies dann auf den Flur. „Hier entlang, wenn Sie mit dem Käpt'n reden möchten."

„Ja, bitte." Allmählich erkannte sie, dass hinter der rauen, grimmigen Fassade des Captains doch ein Herz stecken musste. Natürlich war es möglich, dass er die Männer für irgendeinen dunklen Zweck einzusetzen gedachte … aber sie konnte sich beim besten Willen nicht vorstellen, für welchen.

Stevens wischte sich die Nase am Ärmel ab. „Dann kommen Sie mal, Madam. Der Captain ist gerade spazieren, aber Sie können in seinem Quartier auf ihn warten."

„Danke", sagte sie und folgte dem Mann den Gang hinunter.

Er ging zur letzten Tür, riss sie auf und trat dann beiseite. „Rein mit Ihnen!"

Das fahlgraue Licht blendete sie fast, als sie den Raum betrat. An einer Wand zogen sich Terrassentüren hin. Der silbergraue Himmel draußen wurde von dunkelgrünen Vorhängen eingerahmt. Das Licht, wenn auch spärlich vorhanden, strömte ins Zimmer. „Viel besser", lobte sie. „Dieser Raum ist viel heller."

„Aye. Als würde man an Deck eines Schiffes treten, nicht?" Stevens deutete zu dem großen Ohrensessel, von dem aus man Ausblick auf eine kleine Terrasse und die Klippen dahinter hatte. Ein Buch und ein Pfeifenständer erzählten ihre eigene Geschichte. „Der Käpt'n sitzt gern bei Sonnenuntergang hier drin. Ich glaube ja, dass er dann so tut, als würde er noch zur See fahren." In Stevens' Stimme hatte sich ein sehnsüchtiger Ton geschlichen. „Ich vermisse die alten Zeiten."

„Er tut so?" Prudence konnte sich nicht vorstellen, dass der Captain zu derartigen Als-ob-Spielen neigte.

Ein Schatten zog über Stevens' Gesicht, und seine blauen Augen verdunkelten sich. „Manchmal bleibt uns sonst nichts, Madam. Wir können nur so tun als ob."

Prudence dachte daran, wie sehr sie Phillip vermisste und wie sie sich damals, direkt nach seinem Tod, kurzfristig vorgegaukelt hatte, er sei noch am Leben, sei nur kurz verreist. Dass er zurückkehren würde. Natürlich kam er nicht zurück, und manchmal machten diese Selbsttäuschungen sie nur noch trauriger.

Sie dachte an den Captain und an sein Hinken. „Wird der Captain je wieder zur See fahren können?"

„Nein, Madam. Wegen seinem Bein. Er findet an Deck keinen Halt mehr. Manche Kapitäne würden trotzdem weitermachen, würden sich an den Mast binden. Aber der Käpt'n sagt, wenn der Befehlshaber körperlich nicht auf der Höhe ist, versagt er sehr viel öfter. Schon aus Sorge um seine Leute will er nicht zu diesen Versagern gehören. Er denkt eben immer an seine Männer."

„Verstehe. Wo steckt er denn?"

„Wahrscheinlich in der Scheune.“ Auf Stevens’ Gesicht breitete sich ein Lächeln aus. „Wir haben nämlich Besuch. Der Käpt’n hat ihn in der Scheune untergebracht. Ich schau mal, ob ich ihn finde. Vielleicht sollten Sie derweil hier vor Anker gehen.“

Prudence nickte. Der Mann sah sich ein letztes Mal im Zimmer um, als rechne er damit, dass der Captain jeden Augenblick auftauchen könnte, und ging.

Sobald er die Tür hinter sich geschlossen hatte, sah Prudence sich im Zimmer um. An den Wänden hingen große Gemälde, auf denen Schiffe auf rauer See zu sehen waren. Sie ging von Bild zu Bild und betrachtete die Blau-, Grün- und salzigen Grautöne der Meeresdünung.

Nachdenklich verlangsamte sie ihren Schritt und entdeckte auf einem Tisch voll interessanter Objekte ein Messinginstrument. Sie streifte ihre Handschuhe ab, legte sie zusammen mit ihrem Mantel über einen Stuhlrücken und nahm das Instrument auf. Es fühlte sich kühl an.

Sie wusste wirklich kaum etwas über den Captain, nur dass er ein Schaf besaß, das über Zäune klettern konnte. Ein Schaf, das nun wild durch die Gegend lief, ihren roten Schal trug und von einer Bootsladung Matrosen verfolgt wurde.

Ihre Lippen zuckten. Eigentlich könnte das ganz amüsant anzusehen sein. Sie stellte das Messingding – was es auch war – ab und sah sich weiter im Zimmer um. Auf einem Regal neben dem Kamin, etwas über Kopfhöhe, entdeckte sie einen kleinen Pokal, in den etwas eingraviert war. Von ihrem Platz sah es wie „Victory“ aus. Sie kniff die Augen zusammen und stellte sich auf die Zehenspitzen, um den Schriftzug besser entziffern zu können, doch es war zu dunkel.

War es möglich … die *Victory* war das Schiff gewesen, von dem aus Admiral Nelson die Schlacht von Trafalgar befehligt hatte. Captain Llevanth war doch gewiss nicht der Kapitän *dieses* Schiffs gewesen!

Gut möglich, dass sie auf diesem Pokal eine ganze Reihe von Antworten finden würde. Sie trat näher an das Regalbrett heran und reckte sich nach oben, doch sie erreichte das Gefäß gerade einmal mit den Fingerspitzen, es stand viel zu hoch. Sie sah sich um und entdeckte einen Stuhl. Wenn sie sich darauf stellte, könnte sie das Regalbrett nicht nur erreichen, sie könnte sich auch den Pokal näher ansehen und die Gravur lesen.

Zögernd sah sie zur Tür. Im Flur war alles still. Auf dem Holzboden hatte keinerlei Teppich gelegen, und der Captain würde sich kaum anschleichen, vor allem nicht bei seinem Hinken. Sie war sich sicher, dass sie es hören würde, wenn sich jemand näherte.

Prudence rückte den Stuhl unter das Regalbrett, verzog das Gesicht, als die Stuhlbeine über den Boden scharrten. Als der Stuhl an Ort und Stelle stand, schlich sie noch einmal zur Tür und sah hinaus. Nichts. Ihr Atem beruhigte sich ein wenig. Leichtfüßig stieg sie auf den Stuhl und holte den Pokal vom Regal herunter.

Zum Andenken an die Tapferkeit der Victory und Admiral Nelsons letzte Schlacht, für Captain Tristan Llevanth. Obschon im Gefecht verwundet, kämpfte er treu, tapfer und ehrenhaft. In Bewunderung von Seiner Majestät, König George III.

Das war doch etwas! Mit den Fingerspitzen fuhr sie die Gravur nach, die sich ein wenig rau anfühlte. Hatte König George die Auszeichnung persönlich überreicht? Wie merkwürdig die Vorstellung war, dass der König dieses Gefäß an genau derselben Stelle berührt hatte wie sie jetzt.

Sie stellte den Pokal zurück ins Regal. Dann reckte sie sich noch ein wenig und berührte die nächste Auszeichnung. Hierbei handelte es sich um ein großes goldenes Kreuz, eingefasst in blaue Emaille und mit einem einzelnen Edelstein besetzt. Am oberen Ende befand sich eine Öse, durch die ein blaues Band gezogen war. Anscheinend musste man das Kreuz zu irgendeiner Uniform tragen.

Sie runzelte die Stirn. Sie hatte schon vom Christopheruskreuz gehört, das Seeleuten und Soldaten verliehen wurde, die sich in der Schlacht ausgezeichnet hatten. Konnte es das sein? Was es auch war, es war ein wunderbar gearbeitetes Stück und ziemlich eindrucksvoll. Sie fuhr über das kühle Metall und bewunderte die Farben. Danach wandte sie sich den übrigen Auszeichnungen und Medaillen zu.

Was die kriegerischen Aktivitäten anging, war der Captain kein Feigling. Diese Information könnte sich noch als sehr nützlich erweisen. Sie würde darauf achten müssen, dass sie ihn nicht zu sehr angriff. Er würde das nur als Herausforderung verstehen, etwas, was er anscheinend genoss.

Sie spitzte die Lippen. Das konnte sie ihm vermutlich nicht vorwerfen, sie stritt sich schließlich selbst ab und zu ganz gern. Sie stellte sich auf die Zehenspitzen, um das Kreuz zurückzulegen …

„Was machen Sie da?“

Die Worte durchbrachen die Stille wie ein Peitschenhieb. Sie klangen so tief und nah, dass Prudence erschrocken einen Schritt rückwärts machte – immer ein gefährliches Unterfangen, wenn man auf der Sitzfläche eines wackligen Stuhls balancierte. Unwillkürlich umklammerte sie das Kreuz mit beiden Händen, keuchte tief auf und taumelte auf dem Stuhl herum.

Und dann verlor sie das Gleichgewicht, fiel und fiel und fiel … direkt in die Arme des Mannes, den zu besiegen sie ausgezogen war.

7. KAPITEL

Immer recht zu behalten ist eine sehr delikate Angelegenheit, vor allem wenn man es mit einem erstklassigen und, so möchte man hoffen, stolzen Gentleman zu tun hat. Ein guter Butler wird wissen, wie er den Anschein erwecken kann, alle Entscheidungen seien von seinem Dienstherrn getroffen worden – oder zumindest von ganzem Herzen gebilligt, selbst wenn das nicht der Fall ist.

Leitfaden für den vollkommenen Butler und Kammerherrn von Richard Robert Reeves

Wenige Augenblicke bevor Prudence vom Stuhl fiel, hatte Tristan im Hof gestanden und voller Zorn auf die Scheune gestarrt. Dort drinnen waren die Dienstboten seines Vaters, und das fühlte sich irgendwie verkehrt an. An diese dunkle Phase seines Lebens wollte er durch nichts erinnert werden.

Etwas strich an seinem Bein vorüber, und er blickte nach unten. „Ah, Winchester." Der Kater schnurrte laut und rieb seinen orangeweiß getigerten Kopf an Tristans Stiefel. Tristan verlagerte das Gewicht gegen das Tor, hob den Kater hoch und kraulte ihn abwesend hinter dem recht zerfledderten Ohr. „Immer mit der Ruhe", murmelte Tristan dem Kater zu. „Wir bewegen uns auf unbekanntem Terrain, so viel ist sicher. Aber wir haben schon schlimmere Stürme überstanden. Wir kommen klar, du wirst schon sehen."

Winchester zuckte nervös mit dem Ohr, worauf Tristan dem Kater energisch den Kopf kraulte und ihn wieder auf den Boden setzte.

„Da sind Sie ja, Käpt'n!", rief Stevens aus, der eilig auf ihn zukam.

„Aye, hier bin ich", bestätigte Tristan, den Blick fest auf das breite Eichentor der Scheune gerichtet. Von der anderen Seite kamen die verschiedensten Geräusche: Hämmern und Sägen und alles mögliche andere. Was, zum Teufel, trieb dieser Reeves da?

„Käpt'n, Sie werden es nicht glauben, aber ..." Aus der Scheune ertönte ein lauter Schlag, und Stevens wandte den Kopf. „Was ist denn da drinnen los?"

„Keine Ahnung, aber ich werde es herausfinden." Tristan packte seinen Stock fester und richtete sich auf. „Stevens, allmählich glaube ich, dass es ein Fehler war, Reeves und seine Entourage in der Scheune unterzubringen."

„Das hab ich mir auch schon gedacht, Käpt'n. Was meinen Sie denn, was der da drinnen treibt?"

„Ich weiß es nicht. Er hat mich nur um Erlaubnis gebeten, da drinnen ein wenig sauber machen zu dürfen, mehr hat er nicht gesagt. Jetzt allerdings ist es an der Zeit, herauszufinden, was er vorhat." Tristan ging zum Tor. Gerade als er die Hand auf den großen rostigen Eisenring legte, änderte der Wind seine Richtung und wehte einen höchst erstaunlichen Geruch heran.

Stevens reckte die Nase in die Luft und atmete geräuschvoll ein. „Meine Güte, Käpt'n", erklärte er ehrfürchtig, die Augen halb geschlossen, „was ist denn das?"

„Ich weiß es nicht", erwiderte Tristan verwirrt. Er öffnete die Tür und betrat die Scheune. Erstaunt blieb er stehen.

Der gesamte Raum war gesäubert, vom Boden bis zu den Dachsparren geschrubbt worden. Die Heuballen – die wenigen, die übrig waren – waren an der gegenüberliegenden Wand säuberlich aufeinandergestapelt worden. Auch das Zaumzeug befand sich dort; es war ordentlich an neu eingeschlagenen Haken aufgehängt worden. Der Großteil der Scheune stand nun leer – oder hätte leer gestanden, wenn nicht jemand in regelmäßigem Abstand Fässer aufgestellt und über diese Fässer glatte Planken gelegt hätte. Auf diese Weise war eine riesige Tafel entstanden, die sich an der ganzen Wand entlangzog.

Reeves hatte die Scheune in einen Speisesaal verwandelt. Noch beunruhigender allerdings war das Gewimmel der livrierten Dienstboten, die den Eindruck vermittelten, als wäre eine ganze Armee unterwegs.

„Verdammt", sagte Tristan. Was erhoffte Reeves sich bloß von so einem lächerlichen Ding wie einem Speisetisch, an dem dreißig bis vierzig Personen Platz finden konnten?

Stevens versteifte sich. „Käpt'n, schauen Sie mal nach Steuerbord! Da ist ja Toggle, der faule Fuchs!"

An einem der Fässer saß ein großer pausbäckiger Mann, vor sich einen Teller, eine Serviette unter dem Kinn. Über seinem dicken

Bauch spannte sich ein schmutziges weißes Hemd, das von einem über knielangen Gehrock nur unzureichend verdeckt wurde. Sein Ensemble war kaum abgerissener als er selbst, denn sein graues Haar war unsauber um seinen Melonenschädel geschnitten, stand im Nacken kerzengerade nach oben und hätte einmal einen Kamm gebrauchen können.

Er machte große Augen, als er Tristan sah, und kam stolpernd auf die Füße, Messer und Gabel immer noch in den Händen, das Kinn glänzend vor Fett. „Käpt'n! Ich hätte nicht gedacht … ich meine, was machen Sie denn hier draußen?"

Tristan packte seinen Stock fester, während Stevens einwarf: „Toggle, du Dummkopf. Was meinst du, wem die Scheune gehört, in der du da rumsitzt?"

Der ehemalige Bootsmann sah sich mit großen Augen um. „Na, höchstwahrscheinlich dem Käpt'n, wo sie doch auf seinem Hof steht."

„Genau, dem Käpt'n, du Trottel!", rief Stevens mit rotem Gesicht. „Und jetzt leg die Gabel hin, und steh auf wie ein echter Seemann, sonst lass ich dich kielholen und auspeitschen, bis du nicht mehr geradeaus sehen kannst!"

„Master Stevens. Ich … ich … ich hab doch nur …" Toggle merkte, dass er mit der Gabel herumfuchtelte, und legte sie hastig auf dem Tisch ab. „Ich hab Master Reeves' Koch doch nur dabei geholfen, das neue Rezept für …", hoffnungsvoll blickte er an Tristan und Stevens vorbei, „wie heißt das noch mal, Master Reeves?"

„Bœuf à la polonaise." Reeves ging an Tristan und Stevens vorbei und trat zum Fass. Er hob die Servierhaube vom Teller in der Mitte, woraufhin ein köstlicher Duft aufstieg. „Mylord. Master Stevens. Vielleicht möchten Sie das Rezept ebenfalls ausprobieren? Es besteht aus einer wunderbaren Weinsoße mit …"

„Nein, möchten wir nicht." Tristan warf dem Butler einen finsteren Blick zu. „Wie viele Dienstboten haben Sie mitgebracht?"

„Einundzwanzig, Mylord. So vieler bedarf es, wenn man einen neuen Haushalt einrichten will. Wenn ich gewusst hätte, dass Sie bereits über eigenes Gefolge verfügen, hätte ich den einen oder anderen Lakaien zurückgelassen."

„Ich habe Ihnen nicht gestattet, meine gute Scheune in einen Speisesaal zu verwandeln."

„Nein, Mylord. Nachdem Sie aber der Earl of Rochester sind, schien es mir nur passend ...“

„Was?“ Stevens blieb die Luft weg. „Der Käpt’n ist ein Earl?“

Reeves nickte bedächtig. „In der Tat. Er wurde soeben der siebte Earl of Rochester. Außerdem erwartet ihn noch ein beträchtliches Vermögen.“

Stevens trat einen Schritt zurück und presste die Hand ans Herz. „Ein Earl!“

„Nun beruhigen Sie sich wieder“, knurrte Tristan und sah sich um, obwohl nur Toggle und Stevens in Hörweite waren.

Toggle steckte die Serviette fester unters Kinn. „Master Reeves hat mir alles über das Glück des Käpt’n erzählt, dass er jetzt zu den erstklassigen Noblen gehört und sich zu jedem Essen Soße servieren lassen kann, wenn er will, und ...“

„Das reicht!“ Tristan schaute Toggle fest in die leicht glasigen Augen. „Ich will nicht, dass sich das herumspricht. Verstanden?“

Toggle nickte gehorsam, doch seine Aufmerksamkeit driftete bereits zu seinem Teller zurück. „Ich verrat’s keinem, Käpt’n. Keiner Menschenseele. Aber ... darf ich jetzt meine Verpflegung aufessen?“

Verdammt, konnte man denn seine ganze Mannschaft mit etwas so Simplem wie einer schmackhaften Soße auf seine Seite ziehen? Was für Männer waren das denn? „Reeves! Das dulde ich nicht!“

Reeves hob die Brauen. „Was wollen Sie nicht dulden, Mylord? Die Soße? Also schön. Ich sage dem Koch, dass Ihnen nichts an *bœuf à la polonaise* liegt. Allerdings glaube ich, dass es Ihnen durchaus munden könnte, wenn dazu der richtige Wein gereicht ...“

„Ich will überhaupt keine Soße, weder mit noch ohne *bœuf à la polonaise.* Reeves, ich will, dass Sie und Ihre Leute meine Scheune verlassen.“ Tristan warf Toggle einen weiteren finsteren Blick zu. „Sie können Ihre Ration aufessen, aber das war’s dann. Danach machen Sie sich gefälligst wieder an die Arbeit!“

„Aye, Käpt’n!“ Dankbar ließ Toggle sich auf seinen Platz zurücksinken und schaufelte sich das Essen in den Mund, so schnell er konnte.

Reeves seufzte. „Mylord, ich fürchte, Sie verstehen meine Absichten völlig falsch. Ich wollte Ihnen nur einen kleinen Vorgeschmack liefern auf das, was sein könnte.“

„Sie wollten meine Leute auf Ihre Seite ziehen und damit auch mich umstimmen." Tristan glaubte, er könnte den Butler auf diese Weise in Verlegenheit bringen, doch Reeves lächelte nur.

„Vielleicht. Ich nehme an, dass es wohl nicht sein soll. Nun gut, ich sage meinen Leuten, dass sie unsere Sachen packen."

Toggle stieß einen bekümmerten Laut aus, Tristan ignorierte ihn jedoch. „Kümmern Sie sich darum." Stirnrunzelnd sah er sich um. „Wo sind Ihre Pferde?"

„Wir haben uns der Schuppen bedient." Reeves breitete die Hände aus, als wollte er sagen, dass ihm keine andere Wahl geblieben war. „Mir schien es besser, die Tiere aus dem Küchentrakt herauszuhalten."

„Das hier ist eine *Scheune,* Reeves. Eine *Scheune.* Verstehen Sie?"

„Selbstverständlich, Mylord. Was immer Sie auch sagen. Schließlich sind *Sie* der Earl."

Verdammt! „Sehen Sie her, Reeves ..."

Toggle räusperte sich. „Verzeihen Sie, Käpt'n, aber Master Reeves und seine Männer haben die Scheune prima auf Vordermann gebracht. So sauber war's hier noch nie. Er ist verdammt gut im Organisieren. Tät einen prima Ersten Offizier abgeben."

Stevens blieb der Mund offen stehen. „*Was* sagst du da?"

Toggle blinzelte. „Natürlich nicht besser als du. So hab ich das doch gar nicht gemeint, wirklich nicht!"

Reeves verbeugte sich vor Stevens. „Aus Master Toggles Bemerkungen schließe ich, dass Sie mir weitaus überlegen sind." Er warf Tristan einen ruhigen Blick zu. „Bevor ich aufbreche, werde ich Ihnen aufschreiben, was ich über Master Christians Aufenthaltsort in Erfahrung bringen konnte."

Christian. Wie hatte er das nur aus den Augen verlieren können? Tristan nickte kurz. Sein Ärger machte einem Anflug von schlechtem Gewissen Platz. „Das ist sehr großzügig von Ihnen. Ich bedaure, dass ich Sie nicht länger in meiner Scheune wohnen lassen kann. Ich kann derartige Turbulenzen nicht ..."

„Ich bitte Sie, Mylord! Sie brauchen sich doch nicht zu entschuldigen!"

„Also, nun ja ... von mir aus können Sie sich zum Packen noch einen Tag Zeit nehmen, wenn Sie brauchen."

„Na also, Käpt'n", erklärte Stevens und nickte, als hätte er all die Probleme gelöst. „Jetzt sind wir wieder auf Kurs."

Reeves lächelte den Ersten Offizier an. „Master Stevens, ich wage kaum zu fragen, aber möchten Sie ebenfalls einen Bissen essen, ehe wir zu packen anfangen?"

Stevens sah zu Tristan. „Hätten Sie was dagegen, Käpt'n? Ich meine – Mylord?"

„Hören Sie sofort auf damit! In meinem Haus will ich von diesem Mylord-Unsinn nichts hören!"

Stevens runzelte die Stirn. „Ich glaub nicht, dass ich Sie jetzt noch Käpt'n nennen kann. Den Adel nicht zu respektieren ist eine Beleidigung für den König."

Reeves nickte nachdenklich. „Regeln gehören mit gutem Grund zum Leben dazu, nicht wahr, Master Stevens?"

„Allerdings." Stevens wollte fortfahren, doch dann erstarrte er und schlug sich mit der Hand an die Stirn. „Kreuzwetter, Käpt'n! Beinah hätt ich es vergessen! Mrs. Thistlewaite wartet in Ihrem Arbeitszimmer."

Tristan richtete sich auf. „Noch mehr Schafsprobleme?"

„Sie hat eines Ihrer Schafe mitgebracht. Hat behauptet, es wär genau dasselbe, das in ihren Garten eingebrochen ist."

Diese Neuigkeit ließ Tristan einen Augenblick innehalten. „Sie hat ein Schaf mitgebracht?"

„Aye, Käpt'n. Hat ihm ihren Schal umgebunden und es den ganzen Weg von ihrem Cottage hergezerrt."

Das entlockte Tristan ein widerwilliges Lachen.

„Meine Güte", erklärte Reeves mit interessiert blitzenden Augen, „wer ist Mrs. Thistlewaite? Sie klingt nach einer sehr patenten Dame."

„Kreuzwetter, Master Reeves! Das ist die hübscheste kleine Fregatte, die mir je untergekommen ist, unheimlich schlau und blitzsauber! Sie und ihre Mum wollen hier eine Akademie für junge Mädchen aufziehen, wir sind alle schon ganz gespannt. Es sind beides Witwen, und über keine habe ich bis jetzt was Schlechtes gehört."

„Eine Witwe, hmm?"

Tristan warf Reeves einen misstrauischen Blick zu. Ihm gefiel der Ton nicht, in dem der Butler „Witwe" gesagt hatte, als eröffne ihm das ganz neue Perspektiven.

Doch Reeves begegnete seinem Blick vollkommen ausdruckslos, daher fragte Tristan Stevens: „Und wo ist das verflixte Schaf jetzt? Ich hoffe, es wartet nicht auch in meiner Bibliothek."

„Liebe Güte, nein. Allerdings glaube ich, dass Mrs. Thistlewaite genau das vorhatte. Aber sobald sie durch die Eingangstür war, ist das Schaf davongerannt. Ein paar unserer Männer verfolgen es."

„Gut. Hoffentlich erwischen sie es, damit wir es zum Dinner verspeisen können. Reeves, wir reden später weiter über Ihre Aktivitäten in meiner Scheune."

„Sehr wohl, Mylord."

Tristan drehte sich um und hinkte zurück zum Haus. Er betrat die Terrasse, öffnete eine der Türen zum Arbeitszimmer und hielt dann inne. Dort, auf einem Stuhl, balancierte seine Nachbarin und sein Hauptquälgeist. Sie stand auf dem Rand der Sitzfläche und stellte sich auf die Zehenspitzen. Eine Hand ruhte auf dem Regalbrett über ihr, in der anderen hielt sie etwas Glänzendes. Was ihn jedoch am meisten interessierte, war, dass er sie endlich einmal ohne Mantel sah.

Leise schloss Tristan die Tür. Stevens hatte recht – die kleine Witwe bot tatsächlich einen umwerfenden Anblick. Sie streckte sich nach dem Regal, und das Kleid spannte sich über ihren Brüsten. Beim Anblick dieser üppigen Reize überlief es ihn heiß und kalt.

Noch aufreizender fand er die Art, wie das weiche Licht der Flammen von hinten durch ihre Röcke schien, sodass er schemenhaft die Umrisse ihrer Beine und ihres verführerischen Hinterteils erkennen konnte. Sein Körper spannte sich vor Verlangen an, und im nächsten Moment überkam ihn ein Gefühl starken Verdrusses. „Was machen Sie da?"

Sein Gast tat vor Schreck einen unbedachten Schritt zurück, worauf sein Fuß gefährlich nahe an den Rand der Sitzfläche geriet. Im nächsten Augenblick war Tristan bei Prudence, ließ den Stock fallen und stürzte mit ausgestreckten Armen herbei, ohne auf die Schmerzen zu achten. Er konnte sie gerade noch auffangen. Wild um sich schlagend, fiel sie ihm in die Arme.

Sie erwischte ihn mit dem Ellbogen am Kinn. Er blinzelte, vor seinen Augen tanzten weiße Sternchen, während er sie, ohne nachzudenken, an sich zog und festhielt. Einen erschreckenden Augenblick schwankte er, versuchte sich auf seinem steifen Bein aufrecht zu halten, während sie sich in seinem Griff wand. „Nun halten Sie doch still, Sie Dummkopf!"

Anscheinend drang sein harscher Ton trotz ihrer Panik zu ihr durch, denn sie beruhigte sich und sah mit großen Augen zu ihm auf. Sie hat wunderschöne braune Augen, dachte Tristan, wieder einmal fasziniert von ihren schräg ansteigenden Brauen und den beinah exotischen Zügen. Ihm gefielen auch die leichten Lachfältchen in ihren Augenwinkeln. Am liebsten hätte er versucht, ihr ein Lachen abzugewinnen.

Ihr Blick wurde misstrauisch. „Warum lächeln Sie?"

„Habe ich gelächelt?", fragte er, drehte sich auf seinem gesunden Bein um und setzte sich auf den Stuhl, von dem sie eben heruntergefallen war. Er zog sie auf seinen Schoß. Ihr Duft kitzelte ihn in der Nase. Sie roch nach frischen Zitronen und noch etwas ... nach Kuchen?

„Captain Llevanth, Sie dürfen mich jetzt loslassen."

„Das könnte ich natürlich", stimmte er zu, während er ihr Haar betrachtete, das im Licht glänzte. Sie war ein kompaktes Persönchen, schlank und gleichzeitig wohlgerundet. Ihm gefiel, wie sie sich in seinen Armen anfühlte.

„Captain Llevanth!"

Er hob die Brauen.

„Lassen Sie mich sofort los, sonst ..."

Er wartete.

„Sonst ..."

Der Zorn in ihrer Miene wich einem Ausdruck der Gereiztheit. „Lassen Sie mich sofort runter!"

Er war sich natürlich bewusst, dass er tun sollte, was sie verlangte. Doch es fühlte sich so verdammt gut an, wie sie ihm den Schoß wärmte, während ihn ihr zitronenfrischer Duft in der Nase kitzelte, dass er es schlichtweg nicht fertigbrachte. Er konnte sie einfach nicht absetzen. Konnte sie nicht loslassen, weder für tausend Pfund noch für die Earlswürde. „Ich lasse Sie dann runter, wenn ich will, keinen Augenblick früher."

Ihr blieb der Mund offen stehen, ganz prüde Überraschung. „Wie bitte?"

Tristan konnte einfach nicht anders: Mrs. Thistlewaite hatte etwas unwiderstehlich Verführerisches an sich. „Sie dürfen bitten, so viel Sie wollen, meine Süße. Ich werde Sie nicht daran hindern."

Ihre Augen verengten sich zu schmalen Schlitzen. „Captain Llevanth, ich lasse mich von Ihnen doch nicht ..."

Er küsste sie. Er hatte das nicht geplant, aber irgendwie schien es das nächstliegende Mittel, sie vom Zetern abzuhalten. Er war auf ihren Zorn vorbereitet. Womit er nicht gerechnet hatte, war seine eigene Reaktion auf diese doch eigentlich recht simple Berührung.

In dem Moment, da sich seine Lippen auf die ihren pressten, änderte sich etwas. Bis zu diesem Augenblick hatte er sie auf amüsante Art anziehend gefunden, doch auf einmal loderten in ihm abertausend Flammen. Er hielt inne, öffnete die Augen. Er begegnete ihrem Blick, sah in ihm dieselbe schockierte Leidenschaft, die auch er empfand.

Tristan ließ ihr keine Zeit zum Nachdenken, sondern küsste sie erneut, intensiver diesmal, fuhr ihr mit den Händen am Rücken entlang, drückte sie eng an sich.

Nach kurzem Zögern gab sie sich dem Kuss hin. Sie schlang ihm die Arme um den Hals und bot ihm ihren Mund. Die Zeit stand still, während sich Tristans Atem mit dem ihren vermischte, sein Herz wie das ihre Trommelwirbel schlug und sie ihn mit ihrem heiseren Stöhnen noch weiter aufstachelte.

Tristan hörte das Geräusch als Erster, das unmissverständliche Knarren der Haustür, das durch den Flur hereindrang. Irgendwo in seinem lustentflammten Hirn sagte ihm eine Stimme, dass wohl bald jemand hereinkommen würde. Leider war der Teil seines Verstands, der hätte erfassen können, was diese Unterbrechung zu bedeuten hatte, nicht in der Lage, die tiefen, fest verschlossenen, im Augenblick mit weitaus Sinnlicherem beschäftigten Winkel seines Gehirns zu durchdringen. So konnte es geschehen, dass Tristan nicht weiter überrascht war, als Stevens nach kurzem Anklopfen in die Bibliothek trat, sondern eher verwundert, dass er nicht aufgehört hatte, seine schöne Nachbarin zu küssen.

Prudence hingegen schien die Tür gar nicht gehört zu haben, denn sie keuchte auf, als sie Stevens' ziemlich entsetztes „Kreuzwetter!" durch den Raum hallen hörte.

„Oh Gott!" Sofort versuchte sie sich aus Tristans Griff zu befreien, aus dem sie sich zu winden begann, doch er hielt nichts von diesem albernen Vorhaben. Ihm gefiel es, wenn sie auf seinem Schoß saß. Er wollte, dass sie dort saß. Wollte es mehr als alles, was er sich seit Langem gewünscht hatte.

„Captain Llevanth!“, zischte sie leise.

Er bemerkte, dass sich eine Locke aus ihrem Nackenknoten gelöst hatte. „Ich finde, Sie sollten mich Tristan nennen.“

„Fällt mir ja nicht ein!“

„Und ich nenne Sie ...“ Er runzelte die Stirn. „Ich weiß gar nicht, wie Sie heißen.“

Stevens räusperte sich. „Sie heißt Prudence, Mylord.“

Prudence warf dem Ersten Offizier einen erbosten Blick zu, worauf dieser errötete und von einem Fuß auf den anderen trat. Dem breiten Grinsen auf seinem Gesicht tat es allerdings keinen Abbruch. „Tut mir leid, Madam“, erklärte Stevens. „Ihre Kammerzofe ist eine rechte Plaudertasche.“

„Und Ihr Dienstherr ist unverschämt. Captain, geben Sie mich frei.“

Tristan blieb wohl wirklich nichts anderes übrig, als klein beizugeben. Er konnte sie schließlich nicht für alle Zeiten auf seinem Schoß festhalten. „Wie Sie wünschen, Madam.“ Seufzend stellte er sie auf die Füße.

Sobald er seinen Griff gelockert hatte, entwischte sie ihm und eilte auf die andere Seite des Raums. Sie hatte so große Eile, dass sich ein Tischchen in ihrem Rock verfing und sie es hinter sich herzog.

Stevens sah mit erhobenen Brauen auf den Tisch. Sein Gesicht war knallrot, und sein Grinsen wurde noch breiter. „Na, ich wollte nicht stören, Käpt’n. Ich meine, Mylord.“

Prudences Gesicht wies in etwa denselben Rotton auf, als sie sich bückte und den Tisch aus ihren Röcken befreite. „Verflixtes Ding!“, brummte sie.

Das Herz donnerte ihr noch in den Ohren und machte jeden vernünftigen Gedanken unmöglich. Sie befürchtete, dass sie irgendwie ein schreckliches Durcheinander anrichtete, nur dass sie nicht wusste, warum. „Ich ... ich gehe jetzt.“

„Unsinn“, erwiderte der Captain charmant. Ihn schien es nicht im Geringsten zu stören, dass er in einer so verfänglichen Situation angetroffen worden war. Prudence wusste gar nicht, wie sie die Umarmung beschreiben sollte – wenn nicht als höchst ungehörig. „Mrs. Thistlewaite, ich hätte da ein paar Fragen an Sie. Sie sind gerade erst gekommen, und doch treffe ich Sie hier an, wie Sie in meinen Sachen herumwühlen. Sagen Sie, benimmt man sich in London so? Wartet man, bis ein Mann aus dem Zimmer ist, und macht sich dann über seine persönlichen Dinge her?"

Prudence wurde unangenehm warm. „Nein! Natürlich nicht. Ich wollte nicht herumschnüffeln, es ist nur so, dass Stevens Trafalgar erwähnte, und ich war so neugierig, und dann ..." Sie biss sich auf die Lippen. „Tut mir leid. Für meine Neugier gibt es keine Entschuldigung."

„Hmm." Der Captain verschränkte die Arme vor der Brust und warf Stevens einen beiläufigen Blick zu. „Was gibt es denn?"

„Es ist wegen Reeves, Käpt'n."

Prudence hörte auf, ihr Kleid glatt zu streichen. „Reeves?" Sie hatte die Frage nicht laut stellen wollen, doch etwas an der Art, wie der Erste Offizier den Namen aussprach, weckte ihr Interesse.

Stevens nickte. „Er ist ein Butler. Aus London! Er ist gekommen, um dem Käpt'n zu dienen."

Erstaunt sah Prudence zum Captain. „Sie haben einen *echten* Butler?"

Stevens nickte noch energischer. „Jetzt ja! Reeves war der Butler des alten Earls, und nun ..." Er unterbrach sich, als Tristan ihm einen Blick zuwarf, der den Ersten Offizier in den Schuhen hätte erstarren lassen müssen.

„Der alte Earl?" Prudence blinzelte. Himmel, was war denn hier los? „Jetzt bin ich verwirrt. Welcher Earl?"

„Der Earl of Rochester", erläuterte Stevens und drehte sich ein Stückchen, sodass er den Captain nicht mehr sehen konnte. „Der alte Earl war der Vater des Käpt'n."

Prudence wandte sich mit offenem Mund an Tristan. „Ihr Vater war ein Earl?"

Die Miene des Captains verfinsterte sich, bevor er mit schwerer Stimme sagte: „Mein Vater war ein fauler, wertloser Geck. Mehr habe ich dazu nicht zu sagen." Erbost sah er zu Stevens. „Was haben Sie denn von Reeves zu berichten? Ich hoffe, er räumt all die Unordnung weg, die er in der Scheune gemacht hat."

„Eigentlich dachte er, Mylord, dass er jetzt, wo Sie ihm noch einen Tag gegeben haben und die Soße ohnehin fertig ist, die Tafel genauso gut noch nutzen könnte. Er hat uns also alle zum Abendessen eingeladen. Sie natürlich auch."

„Was?"

„Aye, Käpt'n! Grade hat er allen aufgetragen, weiße Tücher über die Tische zu legen, die seine Männer gebaut haben, und dann mit dem Porzellan zu decken, das in den Fässern auf dem letzten Karren verstaut war. Jetzt sind alle da drin, machen einen Höllenlärm und ängstigen den armen Winchester zu Tode."

„Winchester?", fragte Prudence. Ihr Atem ging immer noch stoßweise, und sie versuchte nach Kräften, sich von den jüngsten Ereignissen abzulenken.

„Winchester ist ein Kater", erläuterte der Captain und warf ihr einen raschen Seitenblick zu.

Seine hellgrünen Augen sind so ungewöhnlich, so … schön, dachte sie. Er hob die Augenbrauen, und seine Lippen verzogen sich zu einem selbstgefälligen kleinen Lächeln.

Prudence errötete noch ein bisschen tiefer, als ihr klar wurde, dass sie beim bewundernden Starren ertappt worden war. Eilig sagt sie: „Ich muss jetzt wirklich gehen."

„Sie sind doch gerade erst gekommen", wandte der Captain ein.

„Aye, Madam. Unser Winchester würde Ihnen gefallen. Er ist orange getigert und der beste Mauser, den wir je hatten." Stevens lachte leise. „Wir hatten Winchester an Bord der *Victory,* bis zum Ende. In all der Zeit haben wir auf See keine einzige Ratte zu Gesicht bekommen."

Prudence rang sich ein Lächeln ab. „Ist ja fabelhaft. Winchester hört sich nach einem großartigen Kater an." Irgendwie konnte sie sich nicht vorstellen, dass der Captain … nein, der Earl sich um etwas so Profanes wie einen Kater kümmerte.

Sie versuchte sich mit dem Gedanken vertraut zu machen, dass ihr Nachbar nicht ganz der war, für den sie ihn gehalten hatte. Trotzdem, diese Earlgeschichte kaufte sie ihnen nicht ganz ab. Allerdings wirkte der Captain selbst nicht allzu begeistert.

„Captain, wegen der Sache mit dem Earlstitel …"

„Da gibt es keine Sache", erwiderte Tristan genervt.

Stevens wippte auf seinen Fersen zurück. „Ich kann mich noch an eine Ratte erinnern, die war so fett, dass sie das Hauptsegel ganz allein hätte hissen können!"

Prudence ließ sich ablenken. „Ach ja?"

„Ja, Madam", bekräftigte Stevens, der sich für seine Geschichten zu erwärmen begann. „Ein Riesenvieh, ungefähr so groß wie ein Hund!"

Zu Tristans Entzücken stemmte Prudence die Hände in die Hüften. „Und wie sollte eine Ratte ein Segel hissen? Haben Sie ihre Pfötchen an ein Tau gebunden?"

„Natürlich nicht! Das klappt doch nie! Wir haben dem Tier aber ein kleines Geschirr aus Seilen gemacht, und damit hat es das Segel nach oben gezogen, sogar gegen den Wind. War verdammt ... oh, Verzeihung, Madam. Es war ein sehr putziger Anblick."

Prudence maß Stevens von oben bis unten mit Blicken. „Haben Sie getrunken?"

Er blinzelte. „Aber nein, Madam. Es ist doch kaum zehn Uhr. Also, wenn jetzt Mittag wär, dann hätten Sie mich vielleicht erwischt."

„Wenn Sie keinen Rausch haben, was veranlasst Sie dann, mir einen derart haarsträubenden Unsinn aufzutischen? Wie kommen Sie nur auf die Idee, ich könnte Ihnen auf den Leim gehen?" Empört stieß sie die Luft aus. „Segelhissende Ratten! Als Nächstes wollen Sie mir noch weismachen, dass die Ratte auch am Ruder stand!"

„Eigentlich, Madam", erklärte Stevens ernsthaft, „hatten wir eine Ratte, die Johnny Barns' silberne Taschenuhr verschluckt hat und ..."

„Oh! Ich will von Ihnen kein Wort mehr hören!" Sie fuhr zu Tristan herum, ehe der noch sein breites Grinsen verbergen konnte. „Und Sie!"

Das Lächeln verging ihm wie von selbst. „Was ist mit mir?"

„Mir scheint, das Lügen ist allen Seeleuten angeboren!"

„Na hören Sie mal!", protestierte er. „Ich habe Sie doch nicht angelogen und Stevens auch nicht. Wir haben Ihnen nur ein bisschen Seemannsgarn erzählt."

„Wann denn, *Mylord?*" Das letzte Wort kam ziemlich spöttisch heraus.

Tristan zuckte mit den Schultern. „Mir gefällt der Titel ja selbst nicht besonders."

„Immer langsam, Madam", erklärte Stevens. „Der Käpt'n ist wirklich ein echter Earl!"

Ungläubig hob Prudence eine Braue. „Natürlich. Er ist ein Earl. Und ich bin die Duchesse of Devonshire."

Stevens schnappte nach Luft. „Nein! Und das an unserem Ende der Welt! Das ist doch der Gipfel! Dann ist es ja gut, dass Sie mit dem Käpt'n schon ein bisschen warm geworden sind. Ein oder zwei Duchessen könnte er auf seiner Fregatte schon noch brauchen, könnt ich mir vorstellen. Vor allem jetzt, wo er selber von Adel ist."

Prudence richtete sich zu voller Größe auf, auch wenn es damit nicht weit her war, und warf Tristan einen misslaunigen Blick zu. „Sie haben Ihre Leute gut abgerichtet. Sie lügen alle miteinander sehr geschickt."

Tristan verschränkte die Arme vor der Brust und lehnte sich zurück. „Diese spezielle Information ist zufällig wahr. Ich bin tatsächlich ein Earl."

„Natürlich sind Sie das."

„Ich sage nicht, dass ich mir den Titel verdient hätte. Mein Vater war ein Earl, obwohl er sich weigerte, mich anzuerkennen." Er rang sich ein schwaches Lächeln ab. „Ich bin ein Kind der Liebe, wenn Sie verstehen, was ich meine."

Ihre Wangen röteten sich. „Das wusste ich nicht, aber das ist auch völlig einerlei."

„Meinem Vater war es irgendwann nicht mehr einerlei. Als er entdeckte, dass er ohne legitime Erben sterben würde, tat er das, was er am besten konnte – er log und betrog –, und sorgte so dafür, dass sich die Dinge zu seinen Gunsten entwickelten. Und so stehe ich nun vor Ihnen als Träger eines stolzen Titels."

Sie runzelte die Stirn, als dächte sie darüber nach.

Tristan erzählte ihr das nicht gern. Er war sich nicht sicher, warum er sich die Mühe überhaupt gemacht hatte, außer dass er von ihr nicht für einen Angeber gehalten werden wollte, der sich mit falschen Titeln schmückte. „Es ist alles ziemlich verwirrend. Vermögen, Haus- und Grundbesitz erbe ich nur dann, wenn ich mich an Lord Rochesters Vorstellungen von gutem Benehmen halte."

„Und wie sehen die aus?"

„Nichts als Kratzfüße und Speichelleckerei vor dem halben britischen Hochadel."

„Meine Güte, Sie klingen ja ziemlich ernüchtert."

Tristan zog eine finstere Miene. „Ich fange nicht an, nur wegen ein bisschen Moos Samtanzüge zu tragen, ganz egal, wie hoch die Summe ist."

Prudence reckte die Nase in die Luft. „Das ist wirklich sehr edel von Ihnen, ein Vermögen in den Wind zu schlagen, nur damit Sie weiter persönlichen Werten anhängen können, die sich hauptsächlich in schlampiger Kleidung und rüdem Benehmen äußern."

Tristan brach in Gelächter aus. „Ein Mann braucht schließlich Prinzipien."

„In der Tat. Ich habe oft sagen hören, dass ein Mann ohne Prinzipien so ähnlich sei wie ein Schiff ohne Ruder. Was wären Sie schon ohne Ihre mürrische Gemütsart und Ihre unverschämten Ausbrüche? Doch gewiss nicht der raue Kapitän, den wir alle kennen und … erkennen."

„Bitte halten Sie sich meinetwegen nicht zurück."

Sie lächelte süß. „Ah, aber Sie sind verletzt. Ich möchte Sie wirklich nicht beleidigen, wenn Sie nicht ganz auf der Höhe Ihrer Fähigkeiten sind."

Stevens warf die Hände in die Luft. „Genug! Ich glaube, ich gehe jetzt besser. Vielleicht bringe ich ja ein bisschen Tee vorbei, wenn's irgendwo einen gibt." Er eilte aus dem Zimmer, wobei er Prudence noch einen warnenden Blick zuwarf.

Die Frau hatte die Kühnheit zu lächeln. „Ihr Erster Offizier scheint zu glauben, dass ich in Gefahr bin."

Tristan kniff die Augen zusammen. „Sind Sie ja auch, meine Süße." Er beugte sich vor. „Erlauben Sie mir die Bemerkung, dass ich im Vollbesitz all meiner Kräfte bin, trotz meines verletzten Beins. Die Musketenkugel hat das wichtigste Körperteil nicht berührt."

Ihre Wangen glühten. „Das reicht jetzt, vielen Dank."

„Sie waren es doch, die damit angefangen hat, dass ich nicht mit voller Kraft voraussegeln könnte."

„Ja, aber ich habe damit schließlich nicht gemeint … ach, vergessen Sie es. Ich sehe schon, dass Sie mich nur ärgern wollen."

„Vielleicht", stimmte er zu. Voller Bewunderung beobachtete er ihre zitternden Lippen, als sie das Lächeln zu unterdrücken suchte. Er begegnete ihrem Blick, und plötzlich fühlte sich alles ganz richtig an, so richtig, wie es sich schon lange nicht mehr angefühlt hatte. Vielleicht nie.

Er fragte sich, ob er, wenn er den Titel annahm, nicht mehr von solchen Momenten erfahren dürfte – mit einer Frau wie Mrs. Thistlewaite.

„Ich frage mich …" Sie betrachtete ihn, den Kopf nachdenklich zur Seite gelegt. „Was genau müssen Sie …" Sie errötete plötzlich. „Tut mir leid, das geht mich nichts an."

Allerdings nicht. Trotzdem … Tristan warf ihr einen verstohlenen Blick zu. Mrs. Thistlewaite hatte zwar keinen Titel, doch jede ihrer Bewegungen verriet ihre gute Herkunft und Anmut. Irgendwie wirkte sie in seiner einfachen Bibliothek fehl am Platz. Sie bewegte sich wie eine Countess, fand er. Und nachdem er jetzt ein Earl war …

Lieber Gott, wie war er denn jetzt auf *so* etwas verfallen? Er musste sich auf seine finanziellen Mittel konzentrieren, statt albernen Tagträumen nachzuhängen.

Ja, sagte er sich. Denk an das Kapital. Kein Seemann würde in Zukunft hungern müssen oder keinen Lohn erhalten. Er könnte anbauen. Vielleicht einen Extraflügel mit Mannschaftsquartieren, damit er keine Neuankömmlinge mehr abweisen müsste. Im Augenblick war sein Haus vollkommen ausgelastet.

Doch um das Kapital zu gewinnen, musste er die Treuhänder für sich einnehmen, und etwas an Reeves' Miene hatte Tristan den Eindruck vermittelt, dass dies keine leichte Aufgabe war. Wenn er es nun nicht schaffte?

Plötzlich wurde er Prudences wieder gewahr. Sie stand vor ihm, knickste abrupt und sagte: „Ich muss gehen. Ich habe heute Nachmittag einiges zu erledigen, auch wenn ich noch nicht fertig bin mit meiner Mission hier."

„Ah ja. Mein Schaf."

„Das nächste, das ich in meinem Garten finde, wandert in den Suppentopf."

Er hob die Brauen. „Sie können kochen? Wenn ich das gewusst hätte, hätte ich Ihnen ein saftigeres Lämmchen schicken sollen."

Sie runzelte die Stirn und schob anklagend die Unterlippe vor.

Tristan hob die Hand und lachte. „Immer mit der Ruhe, meine Liebe! Ich ziehe Sie doch nur auf! Ich schwöre beim Grab meiner

Mutter, ich wusste nicht, dass schon wieder ein Schaf über Ihr Tor geklettert ist. Ich kann immer noch nicht begreifen, wie das passieren konnte."

Sie straffte die Schultern, blickte aber nicht mehr ganz so misstrauisch. „Wie dem auch sei, es sind trotzdem immer noch *Ihre* Schafe. Es wird allmählich Zeit, dass Sie Verantwortung dafür übernehmen."

„Ich bin Seemann, kein Schäfer. Und was Sie angeht ..." Tristan musterte seine Nachbarin vom glänzenden braunen Lockenscheitel bis zu den verführerischen Zehenspitzen, bevor er in einem Ton sinnlicher Anerkennung raunte: „Für Sie könnte ich es tun."

Sie lief zartrosa an und verneigte sich eilig. „D...danke. Ich ... ich ... Sie ... Sie ..." Sie verzog das Gesicht. „Ach, zum Kuckuck! Halten Sie einfach Ihr verflixtes Schaf im Zaum!" Mit dieser treffsicheren Erklärung drehte sie sich um und verließ eilig den Raum.

8. KAPITEL

Immer recht zu behalten kann eine heikle Angelegenheit sein. Ein kluger Butler wird wissen, wie er diese bittere Pille möglichst schonend verabreicht. Zumindest im entscheidenden Moment.

Leitfaden für den vollkommenen Butler und Kammerherrn von Richard Robert Reeves

Tristan stützte sich am Fensterrahmen ab und blickte hinaus auf die Terrasse. Der Wind zauste die Büsche, und die Hecken streiften den rasch dunkler werdenden Himmel über den Klippen dahinter. Am Rand des Blickfeldes war die Scheune gerade noch zu sehen.

Die Scheune ...

Tristan musterte sie finster. Wenn er auch nur ein bisschen hätte hexen können, hätte er das verdammte Ding samt Inhalt aus seinem Gesichtskreis verbannt – und mit ihm das Dilemma, vor dem er jetzt stand. Er wollte das Kapital. Je mehr er darüber nachdachte, was er mit dem Geld alles bewirken konnte, desto unmöglicher kam es ihm vor, dieser Gelegenheit den Rücken zu kehren.

Das war mal wieder typisch für seinen wunderbaren Vater, das Leben so elend ungerecht zu machen. Darüber lachte er sich vermutlich noch im Grab ins Fäustchen.

Bei dem Gedanken kam ihm die Galle hoch, und er verwünschte die Gebeine seines Vaters. Er wandte sich vom Fenster ab. „Ich würde lieber Kohle schaufeln, als mich vor einer Meute zimperlicher Blaublütiger zu erniedrigen.“ Sie waren vom selben Schlag wie der alte Earl, der Mann, der seiner Mutter vor so vielen Jahren nicht geholfen hatte, der sie in einem feuchten, kalten Gefängnis dahinsiechen ließ. Er wusste noch, wie er vom Tod seiner Mutter erfahren hatte – zwei Jahre nachdem sie gestorben war. Die Wunde war immer noch frisch, der Schmerz noch genauso real.

Zorn überkam ihn. Er hatte schon so viel verloren. Seinen Zwillingsbruder. Dann seine geliebte Mutter. Und jetzt den Vater, den er ohnehin nie gehabt hatte.

Tristan ballte die Hand am Fensterrahmen zur Faust und stützte sich mit der Stirn darauf ab. Zur Hölle mit dem Earl. Er wollte nicht mehr an ihn denken. Es gab wichtigere Themen, zum Beispiel Christian. Tristan hatte so viele Jahre nach seinem Bruder gesucht. Nun hatte er endlich die Möglichkeit, ihn zu finden. Alles, was er brauchte, waren Reeves' Informationen und ein wenig Zeit.

Er rieb sich über das Kinn. Das Kratzen seiner Bartstoppeln kam ihm dabei selbst ziemlich laut vor. Als Prudence hinausgerauscht war, hatte er an ihrem Kinn noch eine gerötete Stelle entdeckt, die weniger mit Verlegenheit als mit seinem Bart zu tun gehabt hatte. Wenn die verführerische Dame ab jetzt häufiger zu Besuch kam, würde er sich wohl öfter rasieren müssen.

Prudence. Auch wenn ihm das Herz schwer war, lächelte er. Der Name passte zu ihr. *Prudentia.* Die Umsichtige. Die Erinnerung an den Kuss blieb, seine Unterlippe kribbelte, als könnte er ihre Berührung noch spüren. Die Umarmung hatte sie ziemlich aus der Bahn geworfen. Er musste einräumen, dass es ihm Spaß machte, sie so aufgescheucht zu erleben.

So von seinen Küssen gezeichnet, sah sie weitaus anziehender aus. Anziehender und ... Er spitzte die Lippen und überlegte, wie genau sie ausgesehen hatte, als er sie endlich freigab. Um ehrlich zu sein, ziemlich liederlich. Diese Frau hatte Feuer im Herzen. Feuer und ein sinnliches Wesen, das nur darauf wartete, befreit zu werden.

Bloß schade, dass sie nun einmal eine Frau zum Heiraten war. Wenn sie zu denen gehört hätte, die mit ihren Reizen freizügiger umgingen, hätte er sich vielleicht eher bemüht, sich mit ihr gut zu stellen. Beziehungsweise gut zu legen.

Prudence war schön, feurig, klug und freimütig. Kurz gesagt, genau die Art Frau, die er mied wie der Teufel das Weihwasser. Die Vorstellung, eine eigene Familie zu gründen, war ihm widerwärtig. Er war ein ruheloser Mann, ein Seemann. Immer nur an einem Ort zu bleiben behagte ihm nicht, deswegen war seine Verletzung ja auch eine so schlimme Prüfung für ihn.

Allein der Gedanke, an ein Haus – ein Heim – gefesselt zu sein, war ihm unangenehm, weswegen er sich auch nicht an der Invasion seiner Männer störte. Er hätte das verflixte Cottage ja kaufen können, doch er betrachtete es nicht als Heim. Seit er an Bord des Schiffes gepresst wurde, war keiner der Orte, an denen er sein Haupt zum Schlaf gebettet hatte, ein Heim für ihn gewesen.

Deswegen konnte eine Beziehung mit einer Frau wie Prudence nur zu Herzeleid führen. Sie war eine Frau, die ein Heim schuf, wo immer sie sich aufhielt. Es wäre ihr nicht recht, von einem Kontinent zum nächsten zu ziehen, was Tristan fest vorhatte, sobald seine Männer versorgt waren. Sie würde ein Haus mit Vorhängen und einem Garten wollen und einen Ehemann, der es genoss, Abend für Abend am Feuer zu sitzen.

Er war nicht im Geringsten interessiert daran, in den Hafen der Ehe einzulaufen. Nicht in diesem Leben. Er hatte schon zu viel um die Ohren, seine Mannschaft versorgen, seinen Bruder finden. Außerdem war er fast sein ganzes Leben lang auf sich gestellt gewesen, und so schlimm war das gar nicht. Eigentlich hatte er seit … Christian niemanden mehr gehabt, der zu ihm gehörte.

Ein merkwürdiger Stich fuhr Tristan durchs Herz. Wie ging es seinem Bruder? Waren die Jahre freundlich zu ihm gewesen? Oder nicht? Diese Fragen hatten ihn so lange gequält, bis er irgendwann einmal aufgehört hatte, sie zu stellen, weil er es nicht mehr ertrug. Er hatte einfach die Suche eingestellt. Die Hoffnung aufgegeben.

Bis Reeves zu ihm gekommen war.

Tristan senkte den Blick. Er hielt seinen Stock so fest umklammert, dass seine Finger wehtaten. Es war schwer, an seinen Bruder zu denken.

Doch gleichzeitig lag damit auch eine neue Herausforderung vor ihm. Unbekannte Fahrwasser, die es zu navigieren galt. Er würde sich der Herausforderung stellen. Er würde Christian finden. Und er würde auch das Kapital von den Treuhändern erringen. Das Leben verlangte manchmal Kompromisse, die anstrengend und schwierig waren.

Er blickte zu seinem Schreibtisch. Dort lag das Testament, fast als wollte es ihn verspotten. Er hatte es gelesen, jedes einzelne Wort, und konnte immer noch nicht glauben, was dort geschrieben stand. Auch nicht, wie viel Geld der alte Earl hinterlassen hatte, nicht nur ihm, sondern auch Christian.

„Verdammt noch mal, wo ist Reeves?“ Tristan blickte zum Fenster. Er brauchte den Butler. Er sollte ihm helfen, Christian zu finden und die Treuhänder zufriedenzustellen.

Im Gegensatz zu anderen Seehelden hatte Tristan die Öffentlichkeit gemieden. Er hasste die Unaufrichtigkeit, all den Samt und die Seide, die die kalten Herzen und selbstsüchtigen Seelen verhüllten. Nach dem, was er von seinem Vater wusste, konnte er sich lebhaft vorstellen, von welchem Schlag diese „Treuhänder" waren. Tristan hätte die *Victory* verwettet, dass es sich dabei um lauter eingebildete, hochtrabende Idioten handelte.

Tristan blickte zur Scheune, sah den anheimelnden Lichtschein, der durch die Ritzen in der Tür nach draußen in den dunkler werdenden Hof quoll. Er war stark in Versuchung, die kurze Strecke zu gehen und nachzusehen, wer von seinen Männern das Essen mit Reeves' Truppe einzunehmen beschlossen hatte. Toggle wäre sicher noch da, der Mann lebte nur für seinen Magen. Und vielleicht noch ein, zwei andere. Vermutlich konnte er es ihnen nicht einmal zum Vorwurf machen, schließlich bekamen sie nicht oft derart köstliches Essen vorgesetzt.

Im Gegenteil, die Kost wurde immer schmaler, die Quartiere wurden immer enger. Wie auf einem Schiff, das weit entfernt vom Festland auf hoher See unterwegs war, wurden bei ihnen auch allmählich die Vorräte knapp. In diesem Moment lagen auf Tristans Schreibtisch ein paar säuberlich in einer Ecke aufgestapelte Rechnungen, deren Bezahlung nicht mehr lange aufgeschoben werden konnte. Seine eigenen Mittel waren schon aufs Äußerste strapaziert, und doch schien es immer noch einen weiteren Seemann zu geben, der aufgenommen werden wollte.

Tristan schüttelte den Kopf. Darüber wollte er ein andermal nachdenken. Jetzt würde er sich erst einmal den Namen der Soße merken, die den Bootsmann so erfreut hatte. Das war doch etwas, was sich zu merken lohnte, befand er, während sein Magen knurrte. Er blickte auf die Uhr auf dem Kaminsims.

Verdammt, es war beinah sechs Uhr. Wo blieb das Dinner, zum Kuckuck? Um diese Uhrzeit hätte der Koch die Rationen normalerweise längst auf den Tisch gebracht.

Tristan hinkte zur Tür und öffnete. „Stevens!" Von draußen kam nur eine merkwürdige Stille. In Tristans Ohren klang es fast so, als wäre er allein im Haus.

Das war merkwürdig. Im ganzen letzten Jahr war das nur höchst selten geschehen. Tristan ging den Flur hinunter. Die seltsame Stille schien noch anzuschwellen. Waren denn all seine Männer in der Scheune? Und was war mit *seinem* Abendessen?

Leise vor sich hin knurrend, nahm er den Mantel vom Haken und zog ihn an. Dann ging er nach draußen. Aus der Scheune drang ohrenbetäubender Lärm.

Tristan öffnete das Tor und blieb stocksteif stehen, als er sah, welcher Anblick sich ihm bot. Der Raum hatte schon zuvor verändert gewirkt, doch nun war er wie verwandelt. Die ganze Scheune war makellos sauber, der lange schmale Tisch in der Mitte von einer schneeweißen Tischdecke bedeckt und mit blinkendem Tafelsilber und blitzendem Porzellan eingedeckt. Große silberne Kerzenhalter und in regelmäßigen Abständen platzierte Suppenterrinen zierten die Mitte.

Was ihn aber mehr erstaunte als alle Herrlichkeiten war der Umstand, dass wirklich all seine Männer hier saßen. Sogar Stevens, der fast wie ein König am Kopfende der Tafel thronte und mit seliger Miene die ausgebreiteten Köstlichkeiten begutachtete.

Teufel noch mal. Seine gesamte Mannschaft hatte das Schiff verlassen. Der Anblick versetzte ihm einen kleinen Stich.

„Mylord?", wurde hinter ihm leise gefragt. Tristan drehte sich um und sah sich Reeves gegenüber, der neben sich einen kleinen Mann mit sehr großem, sehr schwarzem Schnurrbart stehen hatte.

Reeves verbeugte sich. „Mylord, gestatten Sie, dass ich Ihnen den Küchenchef vorstelle, Signor Pietra."

„Pietra? Das ist doch Italienisch."

„In der Tat, Mylord. Ihr Vater ...

„Ich habe Sie gebeten, ihn nicht so zu nennen."

Reeves zögerte. „Wie Sie wünschen, Mylord. Nun, der kürzlich verstorbene Earl engagierte vor Jahren einen französischen Koch. Bald tat es ihm jeder nach. Daher importierte er letztes Jahr Pietra. Der Mann ist ein Genie."

Der winzige Küchenmeister sah einem Frosch mit Kochmütze erstaunlich ähnlich. Er platzte schier vor Entzücken. „Ah, danke, Signor Reeves. Mylord, Reeves ist das Genie. Als ich erst hier komme, ich habe gesagt, dass ich nicht kann kochen in dieser Scheune. Das gebe es ja noch nie! Aber Reeves, er lädt die Wagen aus, und da sehe ich eine Herd, wie ich noch nie eine Herd gesehen habe! Tische, genau wie ich sie brauche! Und meine besten Töpfe. Also es war doch nicht so schwierig."

Reeves wirkte erfreut. Er blickte zu Tristan und flüsterte ihm zu: „Es ist ein neuer Herd von Gunner & Alberston. Ein ganz neues Modell!"

„Verstehe", meinte Tristan, obwohl er offensichtlich keine Ahnung hatte.

Der Koch nickte. „Ich werde für Sie kochen, Mylord!" Er drehte sich auf dem Absatz um und schrie: „Nico! Stelle noch eine Teller für Seine Lordschaft hin, presto!"

Tristan hielt die Hand hoch, um den Mann aufzuhalten, doch es war zu spät. Schon eilten zwei mit Gläsern beladene livrierte Dienstboten zum Tisch.

Reeves lächelte sanft. „Man kann den Lauf der Welt nicht aufhalten."

„Ich versuche ja auch nicht, den Lauf der Welt aufzuhalten, sondern nur den Ihren. Und wenn wir schon beim Thema sind ..." Tristan warf dem Butler einen strengen Blick zu. „Sie wollten mir doch alle Informationen geben, die Sie zu meinem Bruder zusammengetragen haben."

Reeves' Miene wurde augenblicklich nüchtern. „In der Tat. Mr. Dunstead hat mir jedoch geraten, noch abzuwarten. Just an diesem Nachmittag hat er Nachrichten erhalten, die ihn möglicherweise direkt zu Ihrem Bruder führen. Der Anwalt ist heute Nachmittag aufgebrochen, um der Spur nachzugehen. Er plant, in ein, zwei Tagen zurückzukehren."

Tristans Herz tat einen Satz. „In ein, zwei Tagen? Dann ist mein Bruder ganz in der Nähe?"

„Es wäre möglich, Mylord. Ich weiß nicht genau, was Dunstead herausgefunden hat, aber er hat unbedingt darauf bestanden, diesen Informationen sofort nachzugehen. Und das hat er gemacht."

Tristan wusste nicht, was er sagen sollte. Er sah den Butler nur ausdruckslos an, während er innerlich vollkommen in Aufruhr war.

Reeves räusperte sich und wandte diskret den Blick ab. „Ich denke, das Essen wird Ihnen zusagen. Der Duke of Cumberland und die

Duchesse of Berkley haben beide erklärt, sie wollten sich die Dienste Ihres Küchenmeisters sichern. Es gibt kein größeres Kompliment, als wenn andere das begehren, was man besitzt."

„So sagt man." Tristan atmete tief durch. Bei dem köstlichen Duft lief ihm das Wasser im Mund zusammen. Und seine Männer hatte er auch noch nie so ruhig und konzentriert bei der Sache gesehen. Er sah sie genauer an. Irgendetwas war anders ... es lag nicht nur an ihrem Verhalten, obwohl sie so merkwürdig still waren. „Meine Männer ..."

„Ja?"

Tristan richtete sich auf. Wenn er es nicht mit eigenen Augen gesehen hätte, hätte er es nicht geglaubt: Jeder seiner Männer trug einen neuen Rock. Selbst Stevens, der am Kopfende der langen Tafel wichtigtuerisch den Vorsitz führte, prunkte mit einem wunderbaren schwarzen Rock mit roter und goldener Litze.

Reeves strahlte. „Da ich nicht wusste, welche Kapazitäten Ihr Haushalt aufweist, und mir klar war, dass zum Nähen kaum Zeit sein würde, habe ich eine Sammlung alter Livreen mitgebracht. Ich habe Ihren Männern mitgeteilt, dass sie sich einen der Röcke aussuchen müssten, wenn ihnen hier serviert werden sollte."

„Teufel noch mal." Mehr fiel Tristan dazu nicht ein. Er bemerkte natürlich die stillvergnügte gute Laune, die von den vor ihm versammelten Männern ausging. Trotz seiner Vorbehalte musste er selbst lächeln. In letzter Zeit hatten die Männer so wenig Anlass zur Freude gehabt. Das war ein weiterer Grund, warum er versuchen wollte, die Erbschaft zu erringen.

Tristan verschränkte die Arme vor der Brust. Er wusste, was er jetzt sagen musste, doch die Worte steckten ihm in der Kehle fest. „Reeves?"

„Ja, Mylord?"

„Ich habe meine Haltung zur Erbschaft noch einmal überdacht. Es hat sich etwas ergeben, für das ich dringend finanzielle Mittel benötige. Wenn es mir gelingt – also, wenn ich die Treuhänder davon überzeugen kann, dass ich ein würdiger Nachfolger des Earls bin –, dann bekomme ich Zugang zu dem ganzen Vermögen, nicht wahr?"

„Ja."

Tristan blickte auf seine Männer. Ein spontaner Ausbruch von Gelächter am Tisch bestärkte ihn in seiner Entschlossenheit. „Dann mache ich es." Er verzog den Mund. „Ich hatte keine Ahnung, dass der alte Hund so reich war. Dass er wohlhabend war, wusste ich, aber die Summen, von denen im Testament die Rede ist ... ich war wirklich überrascht. Man möchte meinen, dass er ein paar Pennys hätte erübrigen können, als man ihn um Beistand bat." Zum Beispiel damals, als Tristans Mutter im Gefängnis schmachtete.

In Reeves' Miene zeigte sich Verständnis. „Ihr Vater ... Verzeihung, Mylord. Der verstorbene Earl. Er war ein widersprüchlicher Mensch, merkwürdig großzügig jenen gegenüber, die für ihn arbeiteten, seinen eigenen Verwandten gegenüber jedoch ziemlich geizig."

„Er war ein selbstsüchtiger Hund."

„Ja, das war er. Er hat aber auch immer sehr bedauert, dass er Ihnen nicht zu Hilfe kommen konnte, als Sie ihn darum baten."

„Nicht konnte?"

„Er war zu der Zeit außer Landes und bekam die Nachricht von der misslichen Lage Ihrer Mutter erst, als es bereits zu spät war. Der Earl war über die Ereignisse sehr bekümmert."

Tristan biss die Zähne zusammen. „Ich werde Ihnen nicht erzählen, was ich wegen der Geschichte mit meiner Mutter durchgemacht habe. Und wie sehr Christian gelitten hat, weiß ich noch gar nicht, aber das alles hätte überhaupt nicht zu passieren brauchen." Tristan hasste die Bitterkeit in seiner Stimme, nur war er machtlos dagegen. „Mein Vater hat sich kein bisschen um uns gekümmert. Hätte er es getan, dann hätte er rechtzeitig erfahren, dass etwas nicht in Ordnung war."

Glücklicherweise versuchte Reeves ihm nicht einzureden, dass dies nicht stimmte. Der Butler nickte nur. Auf seinem Gesicht zeigte sich Verständnis.

„Doch das soll meiner Bewerbung um das Vermögen nicht im Weg stehen", erklärte Tristan schließlich. Er umfasste seinen Stock fester und stützte sich darauf, als ihm ein dumpfer Schmerz durch das Bein schoss. Er war viel zu viel auf den Beinen, morgen würde er dafür teuer bezahlen müssen. „Wo fangen wir an? Was genau muss ich tun, um die Gunst der Stutzer zu erringen, die mein Vater zu Treuhändern ernannt hat?"

Ein widerstrebendes Lächeln spielte um den Mund des Butlers. „Woher wollen Sie denn wissen, dass es Stutzer sind?"

Tristan sah Reeves an. „Nach dem wenigen, was ich über meinen Vater weiß, war ihm die Mode wichtiger als alles andere auf dieser Welt."

„Ah, ich verstehe, wie Sie darauf kommen, und Sie haben auch recht: Die Treuhänder zeichnen sich nicht unbedingt durch ihre überragende Intelligenz aus. Ihnen wird es mehr um Ihr Benehmen als um Ihren Charakter gehen."

„Habe ich es mir doch gedacht."

Der Butler schürzte die Lippen. „Vielleicht könnten Sie in Erwägung ziehen, ein paar Stunden Benimmunterricht zu nehmen, und eine neue Garderobe würde sich ebenfalls anbieten. Das Übliche eben, was ein Mann braucht, wenn er einen fashionablen Haushalt gründet."

Was für eine Zeitverschwendung. „Schade, dass ich mich nicht in diesem verfluchten Seminar anmelden kann, das Mrs. Thistlewaite gründen möchte. Vermutlich kennt sie sich mit all diesem Unsinn bestens aus!"

Reeves hob langsam die Brauen. „Was sagen Sie da, Mylord?"

„Ich sagte, schade, dass ich mich nicht ..." Tristan entdeckte das Funkeln in den Augen des Butlers. „Nein, daran dürfen Sie nicht einmal denken! Ich habe doch nur Spaß gemacht."

„Mylord, vielleicht verstehen Sie nicht ganz. Uns bleibt nur noch ein Monat Zeit, ehe die Treuhänder kommen, um Sie zu begutachten. Stevens hat mir bereits von Mrs. Thistlewaite und ihren Plänen erzählt. Es könnte genau das Richtige sein ... genau das Richtige."

Die ganze Idee war grotesk. „Mrs. Thistlewaite als Benimmlehrerin zu engagieren ist ja wohl ..."

„Als Benimmlehrerin! Ja, das wäre genau das Richtige. Eine hervorragende Idee!", meinte Reeves und nickte. Seine Miene wurde immer lebhafter. „Mrs. Thistlewaite könnte Ihnen da tatsächlich eine Hilfe sein, gegen ein kleines Honorar natürlich. Für Sie wäre es genau richtig, und ich hätte dann Zeit, mich der Schulung Ihrer Männer zu widmen. Ein Mann steht und fällt mit der Qualität seiner Dienstboten."

Tristan tat schon den Mund auf, um Einwände zu erheben, als ihm ein kleiner, interessanter Gedanke durch den Kopf schoss. Wenn er sich zu dem geplanten Unterricht bereit erklärte, wäre die köstliche Prudence in seinem Haus.

Allein mit ihm.

Stundenlang.

Er grinste über das ganze Gesicht. Vielleicht wäre es doch nicht so unangenehm, zu lernen, sich wie ein Earl zu benehmen, wenn dabei eine so reizende junge Frau in seiner Nähe weilte. Und so konnte er dann auch aus vollem Herzen erklären: „Reeves, Sie sind ein Genie."

Reeves lächelte bereits. „Vielen Dank, Mylord. Ich bemühe mich nach Kräften."

Prudence nahm den Nähkorb auf ihren Schoß und begann nach rotem Stopfgarn zu suchen. Eines Tages würde sie in ihrem Korb einmal gründlich Ordnung schaffen, ganz bestimmt. Würde sie all die Garne nach Farben sortieren und auf Kärtchen wickeln und die lose herumfliegenden Flicken in einem ordentlichen Beutel verstauen. Vielleicht würde sie sogar die Stecknadeln in das dafür vorgesehene Nadelkissen stecken, statt sie in dem unvollendeten Hemdenmodell von letztem Jahr zu belassen.

Sie zog ein paar Wollstrümpfe heraus und betrachtete das Loch im großen Zeh. „Verflixtes Ding", schimpfte sie und fragte sich, ob das violette Stopfgarn einigermaßen zu der roten Sockenwolle passen könnte, nachdem ihr das rote Garn anscheinend abhandengekommen war.

Zwar war es unbefriedigend, sich einen bereits mehrfach gestopften Strumpf noch einmal vorzunehmen, doch ihr blieb keine andere Wahl. Ihre finanziellen Mittel waren bald erschöpft. Wenn sie nicht schnell ein paar Schülerinnen bekamen, würden sie etwas von ihrem kostbaren Mobiliar veräußern müssen.

Seufzend beugte sich Prudence über ihre Arbeit und reparierte den Strumpf, so gut sie konnte.

Die Tür ging auf, und ihre Mutter kam hereingeeilt, eine Hand am Spitzenhäubchen, damit es nicht verloren ging. Ihre Augen leuchteten auf, als sie ihre Tochter entdeckte. „Prudence! Draußen ist ein Mann, der dich besuchen möchte."

Der Captain. Prudence sprang auf, wobei ihr Nähkörbchen zu Boden fiel. „Der Captain ist hier? Jetzt?"

„Nein, nein! Es ist nicht der Captain. Der hier ist älter. Sehr distinguiert." Ihre Mutter reckte den Hals und sah den Flur hinunter, wobei sie in lautem Bühnenflüstern hinzufügte: „Ich frage mich, ob er wohl von Adel ist. Er wirkt so vornehm, aber ich habe ihn noch nie gesehen."

Ein Adeliger? Prudence wurde übel. Sie erinnerte sich noch gut an damals, als die Herren, die in Phillips Unternehmung investiert hatten, sie persönlich zu Hause aufsuchten, einer nach dem anderen. Manche waren zornig gewesen. Andere traurig. Am schlimmstem aber waren die Verzweifelten gewesen. Sie hatten ihr gesamtes Vermögen in Phillips Hände gelegt und wollten nun, dass ihnen jemand – irgendjemand – versicherte, dass sie ihr Geld zurückbekommen würden.

Prudence hatte damals noch unter Schock gestanden wegen Phillips Krankheit. Sie hatte nicht gewusst, wohin sie sich wenden sollte. Die Unterredungen waren quälend gewesen, aber nicht so quälend wie Phillips Tod und der darauf folgende Skandal. Sie schob die unwillkommenen Gedanken beiseite und strich sich mechanisch den Rock glatt.

Ihre Mutter stellte sich neben dem Sofa auf, das Prudences Sessel gegenüberstand.

Mrs. Fieldings betrat das Zimmer, hinter sich den Gentleman. Die Haushälterin wirkte beeindruckt. „Mr. Reeves, Madam."

Der Herr war groß und schlank und trug einen makellosen schwarzen Rock und ein schlichtes Krawattentuch. Seine Augen funkelten lebhaft, und sein dunkles Haar wies über beiden Ohren eine graue Strähne auf. Er verbeugte sich. „Madam, mein Name ist Reeves. Ich bin der Butler des Earl of Rochester."

Prudence verharrte mitten im Knicks. „Des Earl of Rochester?"

„In der Tat."

Prudence wusste nicht, was sie sagen sollte. Mit etwas Verspätung deutete sie auf ihre Mutter. „Das ist meine Mutter, Mrs. Crumpton."

Ihre Mutter knickste. „Mr. Reeves! Butler des Earl of Rochester! Wie aufregend! Ich wusste gar nicht, dass hier in der Gegend ein Earl lebt."

„Mutter, ich glaube, Mr. Reeves bezieht sich auf den Captain."

Mrs. Crumpton riss die Augen auf. „Den Captain? Er ist ein Earl? Ein *echter* Earl?"

Reeves nickte gemessen. „In der Tat, Madam. Er hat den Titel erst diese Woche geerbt. Deswegen bin ich hier." Er wandte sich an Prudence, den Blick auf den Boden bei ihren Füßen gerichtet. „Hoffentlich störe ich Sie nicht beim Nähen."

„Beim ..." Ihr Nähkorb lag vor ihren Füßen. Herrje. Den hatte sie ja vollkommen vergessen. „Ich war gerade fertig." Sie bückte sich und schob eilig den verstreuten Inhalt in den Korb zurück.

Gelassen kam Reeves ihr dabei zu Hilfe. Während sie nach Stopfgarnen suchten, erklärte er: „Madam, mein Besuch ist geschäftlicher Natur." Er hob den Kopf und sah ihr in die Augen. „Der Earl ist in einer Zwangslage. Um Kontrolle über sein Vermögen zu erlangen, muss er von einem Treuhänderausschuss gebilligt werden. Sie werden einen distinguierten, vornehmen Mann erwarten, und wenn ihre Erwartungen nicht erfüllt werden, geben sie die Mittel nicht frei. Sie sind dem Captain begegnet. Er mag sich im Krieg ausgezeichnet haben, doch seine Manieren müssten ein wenig aufpoliert werden. Ich glaube, hier kommen Sie ins Spiel."

„Sie wollen, dass ich diesen ... den Captain unterrichte?"

Er stand auf, half ihr ebenfalls auf die Füße und stellte den Korb auf ein Tischchen. „Ja, Madam."

Ihre Mutter klatschte in die Hände.

Prudence warf ihr einen finsteren Blick zu. Wirklich, der Captain mochte sie doch noch nicht einmal. Nun ja, küssen mochte er sie schon, das zumindest war offensichtlich. Wenn Prudence ehrlich war, hatte sie es ja ebenfalls genossen. Ziemlich sogar. Ihre Wangen wurden heiß. Es wäre keine gute Idee, Zeit mit dem Captain – beziehungsweise dem Earl natürlich – zu verbringen. „Mr. Reeves, ich fürchte, ich kann Ihrer Bitte nicht entsprechen. Ich habe viel zu tun, und ..."

„Unsinn", erklärte ihre Mutter entschieden. Sie sah zum Butler. „Prudence würde Ihnen sehr gern helfen."

„Aber Mutter ..."

„Prudence, der Mann ist ein Earl, meine Güte! Wie kannst du ihm seine Bitte da abschlagen?"

„Ganz leicht. Mr. Reeves, ich fürchte, es ist unmöglich. Ich glaube nicht, dass ich ..."

„Natürlich erhalten Sie für Ihre Mühe eine hübsche Entschädigung."

Mrs. Crumptons Augen glänzten. „Wie viel?"

„Mutter!“

„Du solltest deine Dienste nicht unter Wert verkaufen“, meinte ihre Mutter ruhig. Sie hob die Brauen und blickte den Butler fragend an. „Oder was meinen Sie?“

„Das sollte sie tatsächlich nicht“, stimmte er formvollendet wie immer zu. „Der Earl ist bereit, sich großzügig zu zeigen.“

„Er weiß davon?“, fragte Prudence misstrauisch.

„Es war seine Idee“, erwiderte Reeves sanft.

„Oh.“

„Er ist bereit, für den einen Monat bis zu hundert Pfund zu zahlen.“

Das war ein Vermögen. Prudence räusperte sich. „Also. Das ist wirklich sehr großzügig. Allerdings gibt es da ein kleines Problem … Mr. Reeves, der Captain kann mich nicht leiden.“ Er begehrte sie – und jede andere Frau, die ihm in die Arme fallen würde. Aber von anderen Gefühlen – etwa Zuneigung oder Respekt – war nie die Rede gewesen. Was, so befand sie ein wenig reumütig, doch sehr schade war.

Reeves lächelte entschuldigend. „Mir sind bisher noch nicht viele Menschen über den Weg gelaufen, für die der Captain Zuneigung empfindet.“

„Seine Männer muss er doch mögen, schließlich lässt er sie bei sich wohnen.“

„Sie haben recht, für sie empfindet er tatsächlich etwas. Sehr viel sogar, glaube ich. Aber er zeigt ihnen diese Gefühle nicht. Er ist eben ein reizbarer Mann. Doch sie kennen und lieben ihn, und daher scheinen sie alle ganz glücklich mit dem gegenwärtigen Zustand.“

„Ich wäre das nicht.“

„Nein, Madam. Glücklicherweise geht es bei dem, worum ich Sie bitte, nicht um Zuneigung. Ich möchte Sie nur als Lehrerin für Seine Lordschaft engagieren.“

Prudence presste zwei Finger gegen ihre Stirn. Lehrerin. Für den Captain. Den Mann, bei dem ihr kalte Schauer den Rücken herunterliefen, wenn er ihr nur mit den Fingerspitzen über den Arm strich. „Ich … ich bin mir nicht sicher, ob ich …“

„Ohne Ihre Hilfe wird er das Vermögen verlieren. Und seine Männer werden darunter sehr zu leiden haben“, sagte Reeves ruhig und eindringlich.

Prudence dachte an die Männer, die sie gesehen hatte, viele von ihnen kriegsversehrt und nicht mehr in der Lage, es allein zu schaffen. „Was genau müsste ich denn tun?"

„Sie müssten dem Earl innerhalb von einem Monat die Grundbegriffe der vornehmen Welt vermitteln."

„Einem Monat?"

„Ja. Dann werden die Treuhänder anreisen, um ihr Urteil zu fällen. Er braucht Unterricht in Tanz, Konversation, Benimm ..." Reeves zuckte mit den Schultern. „Stellen Sie sich den Captain einfach als eine etwas zu groß geratene, linkische Debütantin vor."

Trotz ihrer Vorbehalte musste Prudence lachen. „Ich glaube nicht, dass es ihm gefallen würde, wenn sich jemand solche Vorstellungen von ihm macht."

„Nein, Madam. Deswegen verraten wir es ihm auch nicht."

Sie betrachtete den Butler einen Augenblick. „Sie glauben, dass es manchmal notwendig ist, Geheimnisse zu haben?"

„Allerdings, Madam. Sie nicht?"

„Manchmal schon. Aber nicht beim Captain. Wenn ich ihn mir als eine zu groß geratene Debütantin vorstelle, sage ich ihm das auch. Ich persönlich glaube ja, dass seine Arroganz für eine ganze Reihe von Problemen in seinem Leben verantwortlich ist."

„In der Tat, Madam. Allerdings ist sie auch mitverantwortlich, dass er immer noch am Leben ist. Sein Leben war nicht so einfach, wie er Sie glauben machen will."

Das stachelte Prudences Neugier an. Der Captain hinkte, aber ansonsten wirkte er immer so stark, fähig und selbstsicher.

Reeves fügte hinzu: „Es ist durchaus möglich, dass ihm diese Arroganz den Übergang zum Earl erleichtert. Mitglieder des Adels sind nicht gerade berühmt für ihre Demut."

Darüber lächelte sie. „Mr. Reeves, haben Sie die Erfahrung gemacht, dass alle Earls so arrogant sind?"

„Alle samt und sonders."

„Ist das angeboren?"

„Angeborene Arroganz und die feste Überzeugung, dass Gott sie auserwählt hat. Wovon allerdings nur sie und der Schöpfer etwas wissen."

Prudence blickte auf ihre Hände. „Ich weiß nicht. Ich ..."

„Er braucht Ihre Hilfe, Madam. Wenn ich mich nicht sehr täusche, sind seine Männer das Einzige, was ihm am Herzen liegt. Doch es sind so viele, und er kann die Kosten kaum noch tragen."

Ihre Mutter seufzte. „Das ist wahr. Der Doktor hat mir kürzlich erst erzählt, dass ein paar dieser armen Männer verwundet wurden und man sie nicht richtig versorgt hat. Er ist mindestens einmal die Woche dort und sagt, er sollte öfter gehen, will aber die Geldbörse des Captains nicht zu sehr belasten."

„Das ist wirklich zu freundlich von ihm", meinte Prudence trocken. Sie sah zum Butler. „Sie glauben, der Captain will das Geld für seine Männer verwenden?"

„Dessen bin ich mir sicher."

Sie presste die Finger aneinander und überlegte. Sie würde ordentlich verdienen, was für ihre Mutter eine rechte Beruhigung wäre. Sie würde den armen Matrosen helfen, die beim Captain lebten. Beziehungsweise dem *Earl.* Sie würde sich seinen Titel einprägen müssen.

Vielleicht das Beste an der Sache war, dass sie Gelegenheit erhielte, den Earl ein wenig zurechtzubiegen, ihm die Grundlagen guten Benehmens beizubringen und mit anzusehen, wie er unter ihrer Leitung blühte und gedieh.

Einen Augenblick sah sie den Earl vor sich, wie er ihr auf Knien dafür dankte, dass sie ihn von seinem Irrweg abgebracht hatte.

Es war natürlich reines Wunschdenken, aber trotzdem ... die Vorstellung war sehr verführerisch.

Sie nickte einmal. „Ich werde es machen."

Reeves lächelte. „Danke, Madam!"

„Sagen Sie ihm, dass ich morgen Mittag komme. Wenn die Treuhänder uns nur einen einzigen Monat Zeit lassen, müssen wir uns ranhalten!"

9. KAPITEL

Um Weinflecken aus Samt zu entfernen, weiche man das Kleidungsstück in kaltem Wasser ein, dem man einen Schuss Essig beigegeben hat. Es steht nicht zu befürchten, dass der scharfe Essig dem Samt schadet. Obwohl er sich so weich anfühlt, ist Samt widerstandsfähiger, als viele glauben.

Leitfaden für den vollkommenen Butler und Kammerherrn von Richard Robert Reeves

Am nächsten Vormittag ging Prudence langsam zum Cottage des Captains. Nach einer unruhigen Nacht voll unbehaglicher Träume und rastloser Gefühle, die einfach nicht vergehen wollten, obwohl sie in ihren Abendtee einen Teelöffel Laudanum gerührt hatte, war Prudence mit schweren Lidern und in reizbarer Stimmung aufgewacht.

Sie hatte mit Mrs. Fieldings halbherzig ein paar Redensarten ausgetauscht, ihr zweitbestes Tageskleid aus rosa Musselin angelegt und sich dann zu ihrer Mutter zum Frühstück gesellt. Während Prudence vor dem kommenden Tag graute, zeigte sich ihre Mutter enervierend fröhlich. Sie plauderte so lange darüber, wie aufregend es doch sei, einen echten Earl kennenzulernen, bis Prudence es nicht länger ertrug. Abrupt beendete sie ihr Frühstück und verabschiedete sich. In ihren blauen Wollmantel gehüllt, machte sie sich auf den Weg zum Captain.

Nein, sagte sie sich. Nicht zum Captain. Zum Earl. Sie seufzte, worauf sich in der kalten Morgenluft ein Dampfwölkchen bildete. Es würde wohl eine Weile dauern, bis sie sich an den Titel gewöhnt hatte.

Sie war spät dran und wusste es. Trotzdem wollte sie nicht den Eindruck erwecken, als hätte sie es eilig. Seit letzter Nacht verfolgte sie ein Gefühl drückender Vorahnung. Sie konnte den hitzigen Kuss des Captains nicht vergessen, ebenso wenig ihre leidenschaftliche Reaktion. Das war der Grund, warum sie trotz des kalten Windes so schleppend ging: Sie wunderte sich, wie sie auf diese schlichte Umarmung reagiert hatte.

Vielleicht lag es nur daran, dass sie so lang bei keinem Mann mehr gelegen hatte. Mit Phillip hatte sie die körperliche Seite der Liebe sehr genossen. Er war ein zärtlicher und sanfter Liebhaber gewesen, eine Erinnerung, die ihr lieb und teuer war. Er hatte sie ermutigt im Liebesspiel und ihre Reaktionen genossen.

Phillip nahezukommen war einfach gewesen und entspannend; es war beinah unwillkürlich geschehen. Das Zusammensein mit Phillip war vom ersten Moment bis zu seinem Tod … einfach gewesen. Beim Captain war überhaupt nichts einfach. Jeder Moment vibrierte vor Spannung.

Doch dieses Gefühl ist nichts Ernstes, sagte Prudence sich energisch. Sie war doch kein grünes Ding, das erotische Spannung mit wahrer Liebe verwechselte!

Sie hatte die Liebe bereits erfahren, hatte sich in der kurzen Zeit, die ihnen vergönnt war, an Phillips Anbetung gewärmt. Was sie für den Captain empfand, war nichts weiter als körperliche Anziehung, die von allein wieder vergehen würde.

Sie straffte die Schultern. Genug davon. Es wurde Zeit, nach vorn zu sehen. Heute wollte sie möglichst viel über die Fähigkeiten des Earls herausfinden und vielleicht auch ein wenig über seine Vergangenheit. Reeves' Worte gestern hatten ihre Neugier geweckt.

Ein eisiger Windstoß fuhr ihr in die Kleider. Sie senkte den Kopf und eilte weiter. Der Wind war wild und ungebärdig und wurde mit jedem Schritt stärker. Als sie endlich am Cottage ankam, spürte sie ihre Füße nicht mehr. Verflixt, war heute selbst die Natur gegen sie? Im Umgang mit dem Captain brauchte sie all ihre Geistesgegenwart.

Er war eine merkwürdige Mischung aus rauer Gereiztheit und leisem Humor. Unterschwellig spürte sie eine verführerische Sinnlichkeit, die all ihre Sinne zum Klingen brachte. Dennoch – so wenig sie ihn auch kannte, sie fürchtete ihn nicht; trotz seines barschen Geredes brachte der Mann es nicht übers Herz, seine Schafe einzupferchen oder einen verwundeten Seemann abzuweisen. Sie hatte eher den Verdacht, dass die markigen Sprüche des Captains nur verbergen sollten, dass er sehr viel weichherziger war, als er wollte.

Sie sollte ihn in Gedanken wirklich den „Earl" nennen oder „Rochester", so schwer ihr das auch fiel. Captain war er gewesen, als sie ihn kennengelernt hatte, und „Captain" hatte sie ihn auch in Gedanken genannt.

Gerade als Prudence das Haus erreichte, wurde sie von einem Windstoß erfasst, der ihr kalt bis ins wollene Unterhemd fuhr. „Himmel! Vor lauter Träumereien verwandele ich mich hier noch in einen Eisklotz!" Ohne einem weiteren Gedanken nachzuhängen, klopfte sie energisch an die Tür.

Wieder erfasste sie der kalte Wind, der über die Klippe heranpeitschte, durch den Garten pfiff und gegen das Haus und ihre Röcke wirbelte. Prudence zitterte und klopfte noch einmal an. Wo war Stevens? Selbst wenn er ausgegangen sein sollte, war doch sicher jemand anders zu Hause …

Die Tür schwang auf. Doch vor ihr stand nicht Stevens. Stattdessen ragte eine riesige Gestalt im Türrahmen auf, und merkwürdig hellgrüne Augen richteten sich auf sie. „Sie", sagte der Captain, und seine Stimme konnte am ehesten mit einem Knurren verglichen werden.

„Ja, ich", antwortete sie. Ihre Lippen waren vor Kälte so taub, dass sie kaum sprechen konnte. „Hat Reeves Ihnen nicht gesagt, dass ich kommen würde?"

Der Captain – nein, der Earl – stützte sich auf seinen Stock. „Reeves sagte, Sie kämen um zwölf. Jetzt hingegen", der Earl nahm eine Uhr aus der Tasche und ließ sie mit dem Daumen aufspringen, „ist es zwanzig nach."

„Ich hatte heute Morgen ein paar dringende Sachen zu erledigen." Du liebe Güte, war ihr kalt. Ihre Lippen waren wie erstarrt, und ihre Zähne begannen leise zu klappern. „Wo ist Reeves?"

„In der Scheune. Er hat beschlossen, Stevens das Butlern beizubringen."

Prudence fand den Gedanken recht amüsant, obwohl sie vom Wind abgelenkt wurde, der immer noch über sie hinwegfegte, beinah hinwegdonnerte. Er wehte ihre Röcke auf, biss sie eiskalt in die Knöchel und drückte dem Earl das weiße Hemd gegen die Brust.

Er war sehr unpassend gekleidet, fand sie, während sie sich zitternd tiefer in ihrem Mantel versteckte. Er trug schwarze Kniehosen und Stiefel, sein weißes Hemd war oben offen und entblößte den kräftigen Hals. Während er die Hand an den Türrahmen legte, sah er mit unergründlichem Blick auf sie herab.

Prudence biss die Zähne zusammen. „Es wäre h…höflich, wenn Sie mich jetzt nach drinnen bäten."

Er hob die Brauen. „Damit Sie mich unter meinem eigenen Dach beschimpfen?"

„Ich bin d…doch nicht hier, um sie zu b…beschimpfen." Sie presste die Lippen gegen die Zähne, die ernsthaft zu klappern begonnen hatten.

Ungläubig maß er sie von oben bis unten. „Nein?"

„W…warum b…bitten Sie mich nicht endlich herein, dann w… werden Sie ja sehen!", keuchte sie mühsam.

Er fluchte verhalten, hob sie einfach hoch und setzte sie im Flur wieder ab. „Sie dummes Gänschen." Er warf die Tür ins Schloss.

„Ich bin k…kein d…dummes …" Es war zu kalt, um den Satz zu vollenden. Sie senkte das Kinn auf die Brust und versuchte die klappernden Zähne zusammenzubeißen.

Er nahm sie am Ellbogen und führte sie, begleitet vom leisen Klacken des Stocks, den Flur hinunter. „Das behaupten Sie, meine kleine Eisprinzessin. Kommen Sie herein, und tauen Sie auf."

Es war keine besonders gastfreundliche Aufforderung. Doch sie wusste, dass sie mehr nicht bekommen würde, und ihr war so kalt, dass sie nicht einmal eine Einladung vom Beelzebub ausgeschlagen hätte, sich am Höllenfeuer ein bisschen aufzuwärmen. Sie unterdrückte den Wunsch, ihm eine Abfuhr zu erteilen, und ließ sich von ihm in die Bibliothek führen.

Zu ihrer Bestürzung zitterte sie inzwischen am ganzen Körper.

Er blickte sie an. „Meine Güte, Frau! Warum zittern Sie so? So lang haben Sie jetzt auch nicht auf der Schwelle gestanden!"

„E…es w…war ein l…langer W…weg hierher", eröffnete sie zähneklappernd.

„Sie sind zu Fuß gekommen? Den ganzen Weg?"

„S…solche Strecken g…gehe ich d…die g…ganze Zeit!"

Seine Miene verfinsterte sich. „Aber doch nicht bei so einem Wetter. Verdammt! Ich dachte, Sie würden die Kutsche nehmen."

„W…wir haben k…keine."

„Dann werde ich Sie ab sofort abholen lassen. Zum Teufel, wollen Sie sich den Tod holen? Zweifellos würden Sie mir das dann auch wieder zum Vorwurf machen."

„S...sie haben m...mich n...nicht hereing...gebeten, und ...“

Er packte sie an der Schulter und schob sie quer durch den Raum zum fröhlich flackernden Kaminfeuer. „Stellen Sie sich hier hin, und seien Sie still. Ich kann dieses Gestottere nicht mehr ertragen.“

Als sie vor dem Feuer standen, drehte er sie zu sich um. „Nicht bewegen.“

Sie sah zu ihm auf, ohnehin unfähig, etwas zu sagen, so sehr klapperten ihr die Zähne, und nickte.

Er hielt inne, und zu ihrer Überraschung huschte ein Lächeln über sein Gesicht, das seine Züge kurzfristig weicher wirken ließ. Prudence blinzelte. Er war ein attraktiver Mann, doch wenn er lächelte, war sein ganzes Gesicht wie verwandelt. Plötzlich wirkte er umgänglich und sanft, und er sah so anziehend aus, dass ihr die Brust besorgniserregend eng wurde.

Hör sofort auf, mahnte sie sich streng und schlug die Augen nieder. Doch so rückte nur die breite Brust des Earls in ihr Blickfeld. Er war überaus großzügig gebaut, ein Riese gewissermaßen.

Sie zitterte und presste die Arme an sich, um sich zu wärmen. Langsam drang die Wärme des Feuers durch ihre Röcke nach oben. „D...danke.“

Er knurrte. „Sie brauchen noch etwas, um sich aufzuwärmen.“ Er wandte sich ab und hinkte zu einem Tischchen vor den Terrassentüren.

Ein merkwürdiges Gefühl des Verlusts überkam Prudence, was ziemlich albern war, da er ja nur den Raum durchquert hatte. Offenbar zog die Kälte auch ihren Verstand in Mitleidenschaft. Sie legte die Hände auf den Rücken und sog die herrliche Wärme in sich auf. Schon bald zitterte sie nicht mehr so sehr.

Da kam er zurück, in einer Hand einen kleinen Messingtopf. „Sie haben verdammtes Glück, gerade wollte ich Rumpunsch zubereiten. Ich hatte ihn schon zusammengerührt und aufs Feuer gestellt. Ich musste ihn nur vom Feuer nehmen, als ich an die Tür ging.“

Prudence wollte ihm sagen, dass sie keinen Rum trank, doch die Lippen verweigerten ihr den Dienst.

Der Captain warf ihr einen spöttischen Blick zu. „Bemühen Sie sich nicht. Ich bereite den Punsch, ob Sie ihn nun wollen oder nicht.“ Er stellte den Stock beiseite und nahm einen Eisenhaken zur Hand, den er am Topf befestigte. Dann hängte er den Topf über dem Feuer auf. „Ist gleich fertig. Kurz bevor Sie kamen, habe ich das Feuer extra zu diesem Zweck schüren lassen."

Allmählich legte sich das Zittern vollständig. Prudence wandte das Gesicht zum Feuer. Die orangeblau flackernden Flammen vertrieben die Kälte aus ihrem Körper. Stattdessen überkam sie eine gewisse Mattigkeit.

Der Earl rührte den Topf um. Der verführerische Duft nach Zitrone, Nelken und Zimt, mit etwas Schärferem gewürzt, erfüllte die Luft.

Er legte den Deckel wieder auf, griff nach seinem Stock und hinkte zum Tisch, um von dort zwei Gläser zu holen.

Prudence blieb am Feuer zurück. Genießerisch streckte sie die Hände über die Flammen, nahm die Hitze in sich auf und seufzte wohlig.

„Ist Ihnen jetzt wieder warm?"

Die Stimme war so nah, dass sie zusammenfuhr.

Mit einem leisen Lachen ging er an ihr vorbei und stellte die Gläser auf den Tisch. Dann hob er den Deckel des Messingtopfes.

„Das duftet ja herrlich."

„Schmeckt auch herrlich. Und es wird Sie aufwärmen."

Sie sah ihn von der Seite an, doch seine Aufmerksamkeit galt dem Messingtopf. Mithilfe einer Schöpfkelle füllte er einen Glasbecher zur Hälfte, drehte sich um und drückte ihr den Becher in die Hand. „Hier, trinken Sie."

Die bernsteinfarbene Flüssigkeit schimmerte im Glas. In den Tiefen spiegelte sich der Feuerschein wider, und der köstliche Duft umhüllte sie. „Ich glaube nicht, dass ich …"

„Also, ich glaube schon, dass Sie das trinken sollten. Ich bin auf diesem Schiff Herrscher und Kommandant, und außerdem bin ich ein Earl, also trinken Sie schon." Er stellte sich dicht zu ihr, stützte sich mit dem Arm am Kaminsims ab und sah sie amüsiert an. In einer Hand hatte er ebenfalls ein Glas, wobei seines allerdings randvoll war.

Er war so nah. Und so … groß. Die Hitze, die vom Feuer aufstieg, wärmte ihr die Glieder, und sie hob das Glas und nahm einen Schluck. Warm floss der Punsch durch ihre Kehle, weckte das Feuer in ihrem Magen … und erfüllte sie mit alkoholseligem Vergnügen. Sie keuchte auf und sah das Glas überrascht an.

Er grinste und trank ebenfalls. „Gut, nicht wahr?"

Sie presste die Hand an ihre Kehle.

„Nehmen Sie noch einen Schluck."

Voll böser Vorahnungen beäugte sie das Glas. Der Punsch war ebenso stark wie der Mann, der ihn gebraut hatte, und vermutlich genauso gefährlich. „Nein, danke."

Er lachte, und seine grünen Augen funkelten. Herausfordernd trank er einen weiteren Schluck. „Vermutlich haben Sie nie zuvor richtigen Alkohol getrunken."

„Natürlich habe ich schon Wein getrunken. Und Sherry."

„Ach was, nichts als Spülwasser. Das hier ist erstklassiger Rumpunsch."

Sie sah auf das Glas. „Ganz schön stark."

„Ja, allerdings. Deswegen sollen Sie ja auch davon trinken. Versuchen Sie es noch einmal, nur etwas langsamer diesmal. Danach können wir mit dem Unterricht anfangen." In seinen Augen lag ein belustigtes Glitzern. „Ich verspreche, dass ich ein sehr gelehriger Schüler sein werde."

Vermutlich konnte es nicht schaden, wenn sie noch einmal daran nippte. Außerdem war es ihr nach dem ersten Schluck angenehm warm in der Brust geworden. Sie hob das Glas und trank erneut. Diesmal glitt ihr die Flüssigkeit langsam die Kehle hinab, kitzelte sie am Gaumen und liebkoste ihre kalten Glieder.

„Besser?" Er beobachtete sie über den Rand seines Glases hinweg.

„Viel besser", murmelte sie und trank noch ein Schlückchen. Eine merkwürdige Wärme breitete sich in ihr aus, die sie von den Fersen bis zur Schulter aufheizte. Plötzlich nahm sie ihre Umgebung sehr bewusst wahr – den Mann vor sich, die warmen Rottöne im Raum, das gemütlich knisternde Feuer, den Duft des Rumpunsches. „Was für ein hübsches Zimmer."

Er verharrte, das Glas auf halbem Weg zum Mund, und betrachtete sie aufmerksam. „Ja, das finde ich auch. Es gefällt mir von allen am besten."

„Ich weiß. Stevens hat es mir gesagt." Prudence lächelte und trank ihren Rumpunsch aus. „Er spricht gern von Ihnen."

„Seltsam", sagte der Earl und schenkte Prudence ein schiefes

Grinsen, das ihr den Atem raubte. „Mir gegenüber spricht er gern von Ihnen."

„Was sagt er denn?"

„Fragen Sie ihn doch selbst. Er ist in der Scheune. Sie brauchen nur die Tür aufzumachen und nach ihm zu schreien."

Sie hob das Kinn. „Ich schreie doch nicht nach Dienstboten. Vielleicht wäre das ein guter Ansatzpunkt für unsere erste Stunde – wie man mit Dienstboten umgeht."

Er nahm ihr das leere Glas aus der Hand. „Warum nicht?"

„Ein echter Gentleman erhebt niemals die Stimme."

„Das ist eine harte Lektion für einen Seemann." Er füllte duftenden Punsch in ihr Glas und reichte es ihr.

Prudence schloss die Finger um das warme Gefäß. Sie wollte es nicht austrinken, sie wollte es nur in der Hand halten. Sie war schon vom ersten Glas ein wenig beschwipst. Ein zweites wäre zu gefährlich. „Es geht nicht um das, was Sie schon können, sondern um das, was Sie noch lernen müssen."

„Von solchem Unsinn will ich mich nicht beeinträchtigen lassen, aber wie es scheint, habe ich keine andere Wahl."

„Ich finde nicht, dass es einen beeinträchtigt, wenn man sich manierlich benimmt."

„Das hängt davon ab, welche Ziele man im Auge hat, meine Liebe", erklärte der Captain vielsagend.

Sie warf ihm einen scharfen Blick zu. „Was meinen Sie damit?"

Er grinste. „Ach, nichts, meine Schöne. Nehmen Sie doch noch ein wenig Punsch. Damit sehen Sie viel klarer."

„Ich glaube, Sie versuchen mich betrunken zu machen."

„Versuchen? Versucht man zu gehen? Versucht man zu atmen? Nein, entweder tut man es, oder man stirbt."

„Aha! Also versuchen Sie es!"

Er lachte leise. „Sie sind zu schnell für mich."

Sie lächelte triumphierend und hielt das zweite Glas hoch. „Ich habe noch gar nichts davon getrunken. Ich wusste, was Sie vorhaben."

„Ach ja, wirklich?"

„Ja. Und das ist schade, denn mir schmeckt der Punsch, und ich würde ihn gern trinken."

„Dann trinken Sie ihn doch."

„Das geht nicht. Sie würden die Situation ausnutzen."

Er runzelte die Stirn. „So etwas tue ich nie, egal, ob die Frau nüchtern oder beschwipst ist."

„Ah, aber eben gerade sagten Sie noch, Sie wollten sich von guten Manieren nicht beeinträchtigen lassen."

„Und?"

„Ein wahrer Gentleman würde eine solche Situation nicht ausnutzen. Und ich glaube, dass Sie deswegen keine Manieren beigebracht bekommen wollen." Sie wedelte großartig mit der Hand. „Mir kommt das alles völlig einsichtig vor."

Er lachte. „Jetzt bin ich froh, dass Sie das zweite Glas nicht mehr trinken wollen. Madam, seien Sie versichert, dass ich die Situation bei Ihnen nicht ausnützen würde."

Aus irgendeinem Grund machte sich in ihrem Herzen eine Spur Enttäuschung bemerkbar. „Gar nicht?"

„Nein."

„Oh." Sie starrte ins Feuer und ließ sich das durch den Kopf gehen. „Moment mal! Wie wäre es mit einer *Verführung?* Das ist etwas ganz anderes, als die Situation auszunutzen, und Gentlemen tun dergleichen ziemlich oft."

Sein Lachen hüllte sie ein. „Wie wahr. Eine Verführung muss nichts Schlechtes sein. Eigentlich könnte es sogar recht angenehm sein."

Prudence fand den Gedanken faszinierend. Wie es wohl wäre, von einem Mann wie ihm verführt zu werden? Er war so überaus männlich und folgte nicht dem Diktat der Gesellschaft. Was er auch tun würde, es wäre sicher aufregend. Maßlos aufregend. Sie räusperte sich. „Das ist kein passendes Gesprächsthema für uns."

Seine Augen lachten sie an. „Nein?"

„Nein." Wie schade das alles doch war. Es war ihnen nicht nur unmöglich, interessante Gesprächsthemen zu verfolgen, es war auch verboten, die anstößigen Dinge anzusprechen, die zwischen ihnen vorgefallen waren. Sie seufzte, und um den Druck in ihrer Kehle zu verringern, den die Erinnerung an ihren leidenschaftlichen Kuss hervorrief, nahm sie einen Schluck Punsch.

Er erfüllte sie mit wohliger Wärme. „Ach, wer schert sich schon um Anstand und Sitte. Mylord, ich muss mich bei Ihnen entschuldigen."

„Weswegen?"

„Weil ich Sie geküsst habe. Sie müssen verstehen, mein Ehemann ist schon so lange tot, und ich vermisse …“ Vor Verlegenheit röteten sich ihre Wangen. Das hatte sie eigentlich nicht einräumen wollen. Lieber Gott, was tat sie da eigentlich? Erbost starrte sie auf ihr Glas und setzte es mit lautem Knall ab. „Vergessen Sie es. Ich weiß gar nicht, was ich da rede.“

„Ich schon. Sie vermissen die Küsse.“ Er zuckte mit den Schultern, obwohl sein Blick mit einer Intensität auf ihr ruhte, die seine lässige Geste Lügen strafte. „Ich könnte mir vorstellen, dass das ganz normal ist.“

So ausgedrückt, klang es nicht ganz so schlimm.

Er winkte mit seinem Glas. „Manchmal vermisse ich die Küsse auch.“

Ihr Blick wanderte zu seinem Bein. „Ah“, sagte sie leise und staunte selbst, wie groß die Enttäuschung war, die sie ob dieser Enthüllung empfand. „Ihre Verwundung hält Sie von … Beziehungen ab.“

Der Captain zog die Brauen zusammen. „Was? Beziehungen … *nein!* Nein, wirklich nicht! Ich kann Ihnen versichern, dass ich sehr wohl … also, dass dies überhaupt kein Thema ist!“

Sie blinzelte, ziemlich erstaunt über seinen harschen Ton. „Tut mir leid, wenn ich Sie beleidigt habe, ich dachte nur, dass Sie verletzt wurden, deswegen …“

„Mir ist durchaus bewusst, was Sie dachten, Madam. Ich versichere Ihnen, dass Ihre Befürchtungen unbegründet sind. Mein Bein ist erst vom Knie an abwärts verletzt. Wie ich gestern erwähnte, bin ich voll funktionstüchtig.“

„Warum vermissen Sie dann die Küsse?“

„Mitunter ist es schwer, sich auf die Freuden des Lebens zu konzentrieren, wenn so viele Menschen gestorben sind.“ Er senkte den Blick. „Ich kann Ihnen nicht erklären, wie sich das anfühlt.“

Die Düsterkeit in seiner Stimme berührte sie. „Das tut mir leid. Sie … Reeves hatte recht.“

„Reeves?“

„Er sagte, Sie hätten harte Zeiten hinter sich.“

Der Captain trank langsam seinen Punsch aus und goss sich nach. „Wir alle müssen den einen oder anderen Sturm überstehen, ehe wir unser Ziel erreichen.“

Sie ließ sich das kurz durch den Kopf gehen. „Also, ich für meinen Teil kann auf Stürme gut verzichten. Ich werde das schlechte Wetter in meinem Leben einfach umschiffen, vielen Dank auch."

Er lachte. Sein wunderbares schiefes Grinsen brachte ihr Herz zum Flattern.

Bevor er sein Glas abstellte, trank er einen letzten Schluck. „Mrs. Thistlewaite, Sie sind wie ein weicher Nachtwind, die Sorte, die von Osten weht und einen sanft am gewünschten Hafen absetzt. Ich bin froh, dass Sie hier sind und mir helfen wollen, meinem verdammten Vater glühende Kohlen aufs Haupt zu häufen."

Na, wenn das nicht poetisch war! Und es offenbarte eine ganz andere Seite des barschen, unangenehmen Mannes, für den sie den Earl gehalten hatte. Sie wollte einen Schritt tun, doch dann merkte sie, dass sie wie festgenagelt stand. Ungeduldig blickte sie zu Boden und entdeckte, dass ihr Rock sich im Gestell des kleinen Tischchens verfangen hatte, auf dem ihr Glas stand. „Ach, verflixt, ich hänge wieder fest."

Mit leisem Lachen nahm er den Stock auf, um zu ihr herüberzuhinken. Dann lehnte er den Stock ans Sofa und kniete vor ihr nieder, das verletzte Bein zur Seite gestreckt. Sie konnte nicht anders, sie musste die Muskeln an seinen Oberschenkeln bewundern. Mit seinen großen, warmen Händen entwirrte er ihre Röcke. Als er sie befreit hatte, lehnte er sich zurück und sah grinsend zu ihr auf.

In diesem Moment passierte etwas ... später fragte sie sich, ob es eine Erinnerung war an ihren Kuss davor oder ob es auf den Rumpunsch zurückzuführen war, jedenfalls sah der Earl auf einmal so ... liebenswert aus, wie er da mit blitzenden grünen Augen vor ihr saß. Irgendwie fanden ihre Finger den Weg in sein dichtes blondes Haar. Es fühlte sich erstaunlich weich an, elastisch, so als hätte es ein Eigenleben.

Sein Lächeln erlosch, und sein Blick verdunkelte sich.

Tief im Innersten war Prudence klar, dass sie damit aufhören sollte. Sie wusste, dass sie alle Grenzen von Anstand und Sitte überschritt – und dabei war sie doch gekommen, um ihn genau das zu lehren.

Doch dieser Mann hatte etwas an sich, eine gewisse ungezähmte Wildheit, die sie die Linie überschreiten ließ.

Sie wusste, dass sie das, was sie nun tun wollte, hinterher bedauern würde. Aber irgendwie spielte das keine Rolle. Wichtig war jetzt nur, dass sie hier war, hier bei ihm. Dass sie sein wundervolles Haar berührte, dass er zu ihr aufsah, als wäre sie die einzige Frau auf dieser Welt.

Es war ein verrückter, völlig unmöglicher Augenblick. Prudence spürte, wie sie sich ihrem Begehren ergab, in einem gänzlich unwahrscheinlichen Meer der Leidenschaft versank. In diesem Augenblick wusste sie, dass sie verloren war.

10. KAPITEL

Bei der Beurteilung seiner Mitmenschen sollte man unbedingt die Schwächen der menschlichen Natur berücksichtigen. Wie die Umstände auch beschaffen sein mögen, die Auswirkungen von Leidenschaft, Gier und Unersättlichkeit lassen sich nicht verleugnen.

Leitfaden für den vollkommenen Butler und Kammerherrn von Richard Robert Reeves

Sie begehrte ihn. Der Gedanke zitterte auf ihren Lippen, entschlüpfte ihr aber nicht. Sie empfand eine Sehnsucht, dass ihr das Blut in den Ohren rauschte und ihr Atem schneller ging.

Der Augenblick zog sich in die Länge, lockte und quälte sie. Die Augen des Captains wurden noch dunkler. „Prudence …“ Er ergriff ihr Handgelenk und zog ihre Finger an den Mund.

Ein Schauer überlief Prudence, sobald seine Lippen ihre nackte Haut berührten. Etwas an diesem Augenblick war schmerzlich intim: Er kniete vor ihr, sie hatte die Hand in seinem Haar, seine Lippen berührten ihre andere Hand. Zwischen ihnen züngelten die Flammen, zogen sie immer näher zu ihm.

Sie kämpfte an gegen dieses Auflodern der Gefühle. Gegen die schmerzliche innere Leere, die gelindert werden wollte. Sie hatte Phillip geliebt. Doch es war schon so lange her. Merkwürdigerweise schien gerade die Erinnerung an die Wärme in ihrer Beziehung, die geteilte Leidenschaft sie anzustacheln. Ihre Hand glitt von seinem Haar zu seinem Kragen. Und dann zog sie ihn nach oben, auf die Füße … und in ihre Arme.

Er war so groß, dass sie den Kopf in den Nacken legen musste, um ihm nahe zu sein. Der Größenunterschied war ziemlich ungewohnt, aber es gefiel ihr, vor allem als er sie sanft in seinen mächtigen Armen hielt und an seine Brust zog und sie von seinem Duft nach Seife und Sandelholz umhüllt wurde.

Prudence sehnte sich danach, ihn zu küssen. Offensichtlich hatte der letzte Kuss Begehren nach mehr geweckt. Und es war so lange her, dass ein Mann sie richtig in seinen Armen gehalten hatte. Dass ein Mann sie auf diese Weise berührt hatte. Bei Phillip hatte sie stille Leidenschaft erfahren, doch dies hier war anders … heißer, verzweifelter.

Die Lippen des Captains senkten sich auf die ihren. Prudence gab sich ganz und gar dem Augenblick hin, war wie betäubt von Verlangen und auch dem Rumpunsch. Sie krallte sich in sein gestärktes Hemd, zog ihn näher zu sich. Das Leinen war warm – anscheinend brannte er genauso lichterloh wie sie. Mit einem leisen Gefühl der Verzweiflung ergab sie sich schließlich der namenlosen Kraft, die sie magnetisch anzog, und verabschiedete sich von jeder Vernunft. Im nächsten Augenblick schlugen die Wasser des Begehrens über ihr zusammen, und sie ließ sich in seine Umarmung sinken.

Der Kuss wurde länger, leidenschaftlicher. Tristan vertiefte den Kuss, strich mit den Händen an ihren Seiten entlang, die Daumen über ihren Brüsten gespreizt. Stöhnend drängte sie sich gegen ihn.

Die Haustür schlug zu. Im nächsten Moment kamen sie zu sich. Das Türenklappen traf sie wie ein eiskalter Guss nach warmem, tiefem Schlummer. Prudence riss sich von Tristan los und lief hinter das Sofa. Sie hatte nicht etwa Angst, dass er ihr folgen könnte, das Möbel sollte verhindern, dass sie erneut die Arme nach ihm ausstreckte.

„Also“, sagte der Earl und fuhr sich durchs Haar. „Das war … interessant.“

Trotz des ironischen Lächelns, das er diesen Worten folgen ließ, ging sein Atem ebenso schwer wie der von Prudence.

Er nahm seinen Stock und stellte sich neben das Sofa, eine Hand in den Rücken gestützt. „Ich fürchte, ich habe zu viel Punsch getrunken, als dass ich Sie nur küssen könnte, ohne mehr zu wollen. Ich hätte gar nicht erst damit anfangen sollen.“

Sie nickte und berührte mit zitternden Fingern ihre Lippen, wo sein Kuss immer noch brannte wie ein heißes Siegel. „Ich auch nicht. Ich weiß nicht, was ich mir dabei gedacht habe …“

„Sie waren es nicht. Und ich auch nicht. Es war der Rumpunsch.“ Er atmete tief durch und schüttelte den Kopf, wie um ihn freizubekommen. „Sie wollten heute den Unterricht mit mir besprechen, glaube ich.“

„Ja. Natürlich.“ Prudence biss sich verlegen auf die Lippen. „Nun!“

Sie strich ihr Kleid glatt und bemühte sich, ihre Gedanken zu sammeln. „Ich habe schon eine gewisse Vorstellung, aber wir brauchen einen durchdachten Plan, wenn wir die Erwartungen der Treuhänder innerhalb eines kurzen Monats erfüllen wollen."

Seine Lippen verzogen sich zu einem selbstironischen Lächeln. „Bin ich denn so ungehobelt?"

Ihre Wangen röteten sich. „Nein! So habe ich das nicht gemeint ..."

„Doch, natürlich. Und ich stimme zu. Wir müssen uns wirklich anstrengen, wenn wir dieses verdammte Vermögen erlangen wollen."

„Da bin ich anderer Ansicht. Im Großen und Ganzen sind Ihre Manieren vollkommen akzeptabel. Sie brauchen sich nur noch ein paar Benimmregeln anzueignen ... das ist alles."

Er lächelte. „Zum Beispiel, dass man seine Lehrerin nicht küssen darf?"

„Genau." Sie ignorierte die Hitze, die in ihr aufstieg und sich in ihre Wangen ergoss. Eigentlich neigte sie nicht dazu, zu erröten, aber jetzt passierte es ihr laufend – immer dann, wenn der Earl den Blick auf sie richtete. Sie fragte sich, ob sie an einem Fieber litt. Ja. Genau da lag das Problem: Sie hatte eine Krankheit aufgeschnappt, und sie würde genau in dem Moment genesen, da sie dem Mann entronnen war, der sie immer noch beobachtete.

Schade, dass er so unpassend war. Sie hätte beinah das Gesicht verzogen – „unpassend" beschrieb den Earl nicht einmal annähernd. Er war attraktiv und auch zur Fürsorge fähig, was man daran erkannte, wie er sich um seine Männer sorgte. Doch er war gleichzeitig dominant und barsch und besaß einen ruhelosen Geist. Ein Mann wie er nahm sich sein Vergnügen, wann und wo er es fand, und verabschiedete sich dann. Sie wusste genau, dass er jetzt nicht neben ihr stünde, wäre er nicht in der Schlacht verwundet worden.

Der Gedanke war ernüchternd. Sie schob ihn beiseite und rang sich ein Lächeln ab. „Wollen wir anfangen?"

„Tun Sie Ihr Schlimmstes, Madam."

Prudence dachte einen Augenblick nach. Aus dem Augenwinkel sah sie, wie er das Gewicht von einem Fuß auf den anderen verlagerte. „Bestimmt tut Ihnen das lange Stehen nicht gut. Nehmen Sie doch auf dem Sessel Platz, ich setze mich hierher." Sie ließ sich auf der Kante des Sofas nieder. Na also. Eine gute, sichere Distanz.

Er zögerte und ging dann zum Sessel. „Ich bin kein Invalide, wissen Sie."

„Das habe ich auch nicht gesagt. Ich habe nur gesagt, dass Sie es im Sitzen vielleicht bequemer hätten. Ich setze mich jedenfalls lieber hin."

Seine Miene verfinsterte sich kurzzeitig, dann jedoch setzte er sich. Er streckte das steife Bein aus und stellte den Stock an die Seite.

Prudence beobachtete ihn unter den Wimpern hervor. „Am besten fangen wir mit etwas Einfachem an. Titel sind sehr einfach, wenn man sich einmal die Reihenfolge eingeprägt hat. Bei Abendgesellschaften orientiert sich die Sitzordnung am Rang der Gäste ..."

„Warum haben Sie sich bereit erklärt, mir zu helfen?"

Sie hielt inne. „Spielt das eine Rolle?"

„Ja. Sie wissen, warum ich hier sitze, da ist es also nur gerecht, wenn Sie mir Ihre Beweggründe verraten."

Er hatte recht, verflixt. „Die traurige Wahrheit ist die, dass das Leben Geld kostet."

„Geld kann für viele Dinge ein hinreichendes Motiv sein."

„Manchmal ja. Ich bin froh, dass wir in der Lage sind, uns gegenseitig zu helfen. Vielleicht erfüllen sich unsere Wünsche bald, und wir verdienen ein Vermögen."

Er zog eine finstere Miene. „Ich wollte weder das Vermögen noch den Titel. Ich wollte gar nichts, nur in Ruhe gelassen werden."

„Nun kommen Sie! Man hat Ihnen eine wunderbare Gelegenheit eröffnet – ein Vermögen, und alles, was Sie dafür tun müssen, ist, ein bisschen Benimm zu lernen. Und dennoch scheinen Sie sich über diese glückliche Fügung überhaupt nicht zu freuen."

„Aye, ich bekomme ein Vermögen. Das Vermögen eines Mannes, der mir nie der Vater gewesen ist, der er hätte sein sollen. Ein Mann, der sich während meiner ganzen Kindheit kein einziges Mal die Mühe gemacht hat, mich oder meinen Bruder zu besuchen. Ein Mann, der alles unternahm, um legitime Erben in die Welt zu setzen, damit ich keinen Penny von seinem Vermögen sehe, von dem Titel und dem Grundbesitz ganz zu schweigen."

Prudence biss sich auf die Lippen. „Das wusste ich nicht."

Er zuckte mit den Schultern, obwohl seine Züge abweisend blieben. „Mein Vater hat mich und meinen Bruder schon bei unserer Geburt im Stich gelassen, und als meine Mutter verhaftet und fälschlich des Verrats angeklagt wurde, hat er sich auch nicht blicken lassen."

Prudence wusste nicht, was sie sagen sollte.

„Meine Mutter starb in einer feuchten Zelle. Erst später wurde sie von jedem Vorwurf freigesprochen." Er lächelte freudlos. „Ein klassischer Fall von zu spät gekommen und zu wenig gegeben."

Prudence bekam einen Kloß im Hals, als sie daran dachte, wie sehr sie ihre eigene Mutter liebte. „Das tut mir leid. Wie … wie kam es, dass Sie zur See fuhren?"

„Ich wurde zum Dienst gepresst und habe die See für mich entdeckt."

„Wie alt waren Sie damals?"

„Zehn."

Lieber Gott. Noch ein Kind.

Er fasste den Stock und starrte blicklos auf sein ausgestrecktes Bein. „Ich habe das Meer lieben gelernt, aber erst nachdem uns die Piraten überfallen hatten."

Prudence riss die Augen auf. „Piraten? Meine Güte! Das hat Ihnen sicher furchtbar Angst eingeflößt!"

„Die See ist fast immer Angst einflößend." Er musterte sie scharf, als wollte er die Wirkung prüfen, die seine Worte auf sie hatten. „Auch wenn es Piraten waren, sie waren gut zu uns. Besser als unser Kapitän davor. Als sie uns fragten, ob wir bei ihnen bleiben wollten, habe ich Ja gesagt."

Prudence schluckte. „Wie bitte? Sie sind *freiwillig* bei den Piraten geblieben?"

„Ja. Wenn Sie diese Sache da für mich tun – diesen Unterricht –, dann sollen Sie auch alles erfahren. Ich habe Schiffe überfallen und die Ladung geraubt." Seine Miene verfinsterte sich. „Nun schauen Sie nicht so schockiert. Als wir später unter der Flagge des Königs segelten, haben wir nach französischen Fregatten Ausschau gehalten, um sie zu entern und auszuplündern, ohne Rücksicht auf Verluste – so anders als das Piratenleben war das auch nicht."

„Ich … ich verstehe."

„Das möchte ich bezweifeln. Es macht keinen großen Unterschied, ob man zur königlichen Marine gehört oder zu einer Piratenbande. Bei dem einen geht es um Machtgier, beim anderen um Gier nach Gold."

„Mussten Sie jemanden umbringen?"

„Als Pirat habe ich weitaus weniger Menschen getötet. Die Bezahlung war auch besser, und wir wurden besser behandelt – aber das alles hatte auch seinen Preis." Er rutschte auf dem Sessel umher, streckte die Beine anders aus. „Ich wurde steckbrieflich gesucht. Also konnte ich nicht nach Hause. Ich hatte nicht gedacht, dass mich das stören würde, aber das war ein Irrtum."

Die Worte wurden leise geäußert, mit tiefer Stimme. Prudence musste ein paar Tränen fortblinzeln. „Das ist ja schrecklich."

„War es. Acht Jahre lang setzte ich keinen Fuß auf englischen Boden. Dann begegnete ich Admiral Nelson. Während eines schrecklichen Sturms habe ich sein Schiff gekapert. Er war von meinen Fähigkeiten so beeindruckt, dass er mir anbot, eine Begnadigung für mich zu erwirken, wenn ich dafür mit ihm segeln würde. Ich stimmte zu. Er hielt sein Versprechen, und ich konnte wieder nach Hause." Der Earl hob den Stock und tippte sich damit an den Schaftstiefel. „Ich kann mich immer noch daran erinnern, wie herrlich der Augenblick war, als ich zum ersten Mal wieder englischen Boden betrat."

„Kann ich mir vorstellen." Prudence blickte auf das Bein des Captains. „Wie ist das ..."

Er zuckte mit den Schultern. „Ich wurde bei Trafalgar angeschossen, als ich Seite an Seite mit Lord Nelson kämpfte."

„Nelson fiel in dieser Schlacht."

Der Earl biss die Zähne zusammen. „Ich war dabei. Ich habe ihn gehalten, als ..."

Prudence sah, wie seine Augen feucht wurden. Ihr tat das Herz weh, doch sie war so klug, nichts zu sagen.

Nach einem langen Augenblick des Schweigens atmete der Earl tief durch. Seine Augen hatten sich verdunkelt, und sein Mund verriet Anspannung. Ein unbestimmtes Gefühl von Traurigkeit umgab ihn, undurchdringlich wie die morgendlichen Nebel über dem Meer. „Ich kann nicht länger zur See fahren", sagte er. „Mein Leben ist vorbei."

„Unsinn", erklärte Prudence energisch, obwohl sie am liebsten aufgestanden wäre und den Mann vor ihr in die Arme geschlossen hätte. Er schien in seinem Leben so wenig Fürsorge erfahren zu haben, so wenig Sanftheit. „Bisher waren Sie schließlich sehr erfolgreich, trotz aller Schwierigkeiten, mit denen Sie konfrontiert waren."

Er warf ihr einen kurzen Blick zu. Seine grünen Augen waren verhangen und distanziert. „Ich vermisse das Meer, die Freiheit." Ihr Blick fiel auf sein Bein, und er verzog das Gesicht. „Und jetzt das. Lieber würde ich mich noch in mein gesundes Bein schießen lassen, als etwas anzurühren, was meinem Vater gehört hat, bloß habe ich keine andere Wahl."

„Dann nehmen Sie das Geld eben nicht. Suchen Sie einen anderen Weg."

Er sah sie an. „Es besteht kein Bedarf an verkrüppelten Kapitänen. Und einen anderen Beruf, meine liebe kleine naseweise, aber köstliche Nachbarin, habe ich nicht gelernt."

„Wenn Sie Ihren Männern unbedingt helfen wollen, wird Ihnen schon ein Weg einfallen. Ohne das Geld Ihres Vaters anzunehmen."

Er senkte die Lider. „Vielleicht."

Prudence unterdrückte einen Seufzer. Offensichtlich wollte er sich keinen Trost spenden lassen. „Na dann, Captain – oder Lord Rochester, sollte ich wohl sagen –, beginnen wir mit den Grundlagen guten Benehmens."

„Tun Sie Ihr Schlimmstes, meine Liebe." Er lümmelte auf dem Sessel, einen Arm über die Lehne geschlungen.

Prudence ignorierte es. „Captain ... ich meine, Lord Rochester ..."

„Tristan."

„Lord Rochester", fuhr sie fort. „Von jetzt an müssen Sie auf Ihre Sprache achten, damit Ihnen keine Kraftausdrücke entschlüpfen ..."

Seine Augen funkelten humorvoll. „Was für Kraftausdrücke denn?"

„Ich werde sie bestimmt nicht aufzählen, falls Sie es darauf angelegt haben. Stattdessen werde ich jedes Mal husten, wenn Sie einen Kraftausdruck verwenden." Sie legte die Hand vor den Mund und hüstelte dezent hinein. „Dann wissen Sie, dass Sie gerade einen unpassenden Ausdruck verwenden."

Er verschränkte die Arme vor der Brust. Dies und die lässig ausgestreckten Beine ließen ihn gefährlich und viel zu männlich aussehen. „Sonst noch was, meine schöne Lehrerin?"

„Wir werden auch an Ihrer Ausstrahlung arbeiten müssen. Hin und wieder wirken Sie ein wenig mürrisch."

Er riss die Augen auf. „Ich?"

„Ja, Sie", erwiderte sie, wobei sie nur mit Mühe ein Lächeln unterdrücken konnte.

Der Earl grinste. „Reden Sie nicht um den heißen Brei herum. Sagen Sie nur, was Sie wirklich meinen."

„Manchmal benehmen Sie sich wie ein schrecklicher Flegel."

Er lachte, lang und laut. Prudence fand die Lachfältchen um seine Augen unglaublich liebenswert. „Da sehe ich kein Problem. Ich kenne jede Menge angebliche Gentlemen, die sich ebenfalls recht flegelhaft benehmen."

„Ich auch. Aber keiner von ihnen musste sich vor einem Treuhänderausschuss rechtfertigen." Nachdenklich hielt sie inne. „Wissen Sie zufällig, wer diese Herren sind? Vielleicht kenne ich ja einen oder habe zumindest schon von ihm gehört, das könnte uns einen kleinen Vorteil verschaffen."

Er stand auf, hinkte zum Schreibtisch und holte von dort ein paar Papiere. Er blätterte die eng beschriebenen Seiten durch, ehe er sich wieder im Sessel niederließ. „Hier haben wir es ja. ‚In den Treuhandausschuss berufe ich Viscount Southland, den Duke of Eddington, Mr. Poole-Biddly und den Earl of Ware'."

Prudence presste die Hand an die Stirn, als die Namen in ihren Gedanken widerhallten. Southland war außer sich gewesen über den Betrug, den Phillip in seinen Augen an ihm verübt hatte. Und Ware … sie schloss die Augen.

Ware war derjenige gewesen, der behauptet hatte, sie habe mit Phillip gemeinsame Sache gemacht. Dass sie ihre „Reize" eingesetzt habe, um neue Investoren für eine zum Scheitern verurteilte Unternehmung zu finden. Ihre letzte Unterredung war einfach furchtbar gewesen: Viel hätte nicht gefehlt, und er hätte sie als gemeine Dirne beschimpft. Es war einer der demütigendsten und schrecklichsten Augenblicke ihres Lebens gewesen.

„Prudence?"

Die Stimme des Earls riss sie aus ihren Gedanken. Sie atmete tief durch, um sich zu beruhigen. „Tut mir leid. Ich habe nur nachgedacht. Ich kenne ein paar dieser Männer. Sie sind gesellschaftlich wichtig und ziemlich hochnäsig."

„Dann werde ich eben genauso hochnäsig sein."

Wenn es nur so einfach wäre. Die Erinnerung an ihre Demütigung stieg in ihr auf, und sie erhob sich hastig. „Wir sollten einen genauen Plan machen. Wir dürfen keine Zeit verlieren."

Sie ging an ihm vorbei zu seinem Schreibtisch. Dort setzte sie sich, zog ein Blatt Papier heraus und entkorkte das Tintenfass.

Er drehte sich um, sodass er ihr wieder gegenübersaß. „Ich habe das dumpfe Gefühl, dass mir das nicht gefallen wird."

Sie wählte einen Gänsekiel und begutachtete ihn. Zufrieden stellte sie fest, dass er scharf genug zugeschnitten war, um ohne Kleckse zu schreiben, und tauchte ihn in die Tinte. „Ich mache uns einen Plan. Dadurch stellen wir sicher, keine Zeit zu verschwenden."

Keine Liste, so gut ausgedacht oder ausgeführt sie auch war, würde die Anziehungskraft verringern, die dieser Mann auf sie ausübte. Doch sie hegte die vage Hoffnung, dass ein derartiger Plan ihr stets vor Augen halten würde, warum sie sich in die Höhle des Earls gewagt hatte, und sie daraus die nötige Kraft schöpfen könnte, dem Mann zu widerstehen. Das Einzige, worauf sie noch zählen konnte, war ihr Stolz. Und sie beabsichtigte, mit beiden Händen daran festzuhalten, egal, welch wilden Wellen oder Stürme der Leidenschaften er in ihre Richtung ausschickte.

„Sagen Sie mir die Wahrheit, meine liebreizende Prudence ..."

Sie hüstelte.

„Darf ich ‚liebreizend' denn nicht sagen?"

„Nein, und meinen Vornamen dürfen Sie auch nicht benutzen."

„Nicht einmal hier, in meiner eigenen Bibliothek?"

„Sie wären klug beraten, wenn Sie immer und überall gutes Benehmen praktizierten."

„Prudence ...", begann er und ignorierte ihr Hüsteln, „glauben Sie wirklich, dass Sie einen raubeinigen Kapitän innerhalb von vier kurzen Wochen in einen Gentleman verwandeln können?"

„Warum denn nicht?", fragte sie mit einem leisen Lächeln. „Ich bin nur froh, dass die Aufgabe nicht umgekehrt ist."

Das amüsierte ihn. „Vielleicht könnte man das Segeln in so kurzer Zeit lernen. Nicht gut natürlich. Aber es wäre wohl möglich."

„Ein Kapitän muss seine Männer allerdings auch anführen. Er muss kommandieren können. Und die See verstehen. Dazu bräuchte man weitaus mehr Übung."

Leise lachend erhob er sich, nahm seinen Stock und ging zum

Schreibtisch hinüber. Sie versuchte nicht hinzusehen. Aber es gelang ihr nicht. Er trug glatte, beinah hautenge Kniehosen, und unter seinem weißen Hemd zeichnete sich die breite Brust deutlich ab. Seine Kleidung saß so gut, dass sich die Fantasie nicht mit Spekulationen aufzuhalten brauchte, sondern anderweitig betätigen konnte. Die ihre lief bei diesem Anblick völlig aus dem Ruder.

Er stellte sich neben sie und lehnte sich mit der Seite gegen den Schreibtisch. Nun konnte er ihr über die Schulter sehen und mitlesen. Seine Hüfte streifte sie am Arm.

Wenn sie sich ein wenig nach rechts beugte ... Sie blickte in diese Richtung und sah sich fast auf Augenhöhe einem muskulösen Oberschenkel gegenüber. Bei der Vorstellung, sie könnte ihn dort berühren, fuhr ihr ein Hitzestrahl durch den Körper, der so intensiv war, dass es ihr den Atem raubte.

Ihr Magen zog sich zusammen, und ihr wurde heiß. Mit zitternden Fingern strich sie das Papier glatt und versuchte sich zu konzentrieren. „Zuerst müssen wir feststellen, was Sie bereits wissen. Und was Sie nicht wissen."

„Worüber? Über das Idealbild eines Gentleman?"

„Über Benimmregeln im Allgemeinen. Gentlemen haben die Kunst der Höflichkeit vervollkommnet, doch alle Menschen orientieren sich an irgendwelchen Benimmregeln. Wahrscheinlich wissen Sie weitaus mehr, als Ihnen bewusst ist."

Seine Lippen kräuselten sich, nicht ganz zu einem Lächeln, aber beinah. „Ach, über Benimmregeln weiß ich eine ganze Menge, meine Liebste."

Meine Liebste. Sie hüstelte in die Finger und warf ihm einen warnenden Blick zu, der ihr aber nur ein selbstzufriedenes Lächeln eintrug. Rasch blickte sie wieder auf ihr Blatt Papier und fasste den Gänsekiel fester. „Welche Benimmregeln kennen Sie denn?"

Er beugte sich vor, und ihr wurde plötzlich bewusst, dass nicht nur er in ihrer Reichweite war, sondern sie umgekehrt auch in seiner.

Der Earl legte die Hände flach auf den Tisch, ragte aber immer noch hoch über ihr auf. „Meine liebste Prudence ..."

Sie hustete noch einmal und maß ihn mit strengem Blick.

Er grinste. „Meine liebste ..."

Sie hustete lauter.

„Prudence …"

Mittlerweile klang es fast, als hustete sie sich die Lunge aus dem Leib.

Der Earl lachte und warf eine Hand in die Luft. „Bitte tun Sie sich meinetwegen nicht weh!"

Prudence schrieb: *Richtige Anredeform.* „Wissen Sie, wie man einen Earl begrüßt?"

„Wenn es sich dabei um meinen Vater handelte, würde ich …"

„Nicht!"

Er zuckte mit den Schultern. „Ich werde Ihre empfindsamen Ohren nicht beleidigen."

Sie schrieb: *Adelstitel.* „Wie steht es mit Tischgesprächen?"

„Hier? Jetzt?"

„Welche Themen fänden Sie denn passend, wenn Sie mit Ihren Treuhändern zu Abend äßen?" Als der Earl nur eine Augenbraue hob, fragte sie: „Worüber reden Sie und Ihre Männer denn bei den Mahlzeiten?"

„Ach, über vielerlei. Die Flut und Fische, die wir gesichtet haben. Letzte Woche hat Little Petey uns von seiner ersten Frau berichtet und dass sie Babys warf wie eine Hündin ihre Welpen …"

Tischgespräche.

Er runzelte die Stirn, als er das Wort las. Anscheinend war ihm das Lachen vergangen. „Ich weiß, wie man Tischgespräche führt."

„Nicht wenn Sie über Welpen werfende Hündinnen reden." Sie strich sich mit der Feder übers Kinn. „Wir haben keinen Grund, uns wegen des Tanzens Sorgen zu machen. Aber wie steht es damit, eine Dame in einen Raum zu geleiten? Oder ihr in die Kutsche zu helfen? Wie machen Sie das?"

Der Earl blickte auf sie herunter. Er stellte den Stock ab, beugte sich vor, nahm sie in die Arme und hob sie einfach hoch.

„Was machen Sie denn da?", rief sie und baumelte mit den Beinen. Sie hatte den Gänsekiel noch in der Hand, das Papier allerdings hatte sie auf dem Tisch liegen lassen. Durch das Hemd hindurch konnte sie seine Körperwärme spüren. „Lassen Sie mich runter!"

„Ich trage Sie auf Händen. Handelt so nicht der wahre Gentleman?"

„Nein! Und jetzt lassen Sie mich runter!"

Er setzte sie auf ihrem Stuhl ab und lächelte sie dabei an.

„Ach je, ach je, ach je!" *Umgangsformen.* Hoffentlich bemerkte er nicht, dass ihre Hand beim Schreiben zitterte.

Er legte ihr den Handrücken an die Wange und wärmte sie. Bei der einfachen Berührung überlief sie ein wohliger Schauer. Prudence schloss die Augen und lehnte sich gegen die große warme Hand. Die Luft um sie schien förmlich zu vibrieren.

„Prudence."

Seine Stimme klang heiser. Prudence blickte Tristan an, seinen Mund. Er hatte herrliche Lippen, fest und männlich. Hitze wallte in ihr auf, und gleichzeitig erschauerte sie am ganzen Körper.

Tristan erkannte jede Empfindung und jeden Gedanken, der sich in ihrem ausdrucksstarken Gesicht malte. Er sah, wie das Begehren in ihren großen braunen Augen wuchs, konnte die steigende Leidenschaft erkennen, unter der ihre Lippen weich und bereit wurden. Gott, war sie schön, seine feurige Nachbarin.

Auch ihm wurde immer heißer, und er ertappte sich dabei, wie er sich zu ihr hinunterbeugte, zu ihrem Mund, wie eine Kompassnadel, die sich nach Norden richtete.

Tristan wusste, dass er diesen Wahnsinn beenden musste. Prudence gehörte nicht zu den Frauen, die sich für leere Tändeleien hergaben. Er wusste es, wusste auch, wie gefährlich es wäre, seinen stürmischen Kurs weiterzuverfolgen. Doch all die ursprünglichen Gefühle, die er seit seiner Verwundung tief in sich verschlossen hatte, drängten ihn nun vorwärts. Prudence war für ihn unbekanntes Fahrwasser, ein unwägbares Abenteuer. Und seine abenteuerhungrige Seele sehnte sich danach, sie zu berühren, seinen Durst nach Aufregung an ihren verheißungsvollen Gestaden zu löschen. Doch mehr noch, die Frau vor ihm hatte etwas Schamloses an sich, etwas Ungezähmtes und Freies, das direkt zu seiner eigenen rastlosen Seele sprach.

Ihren Lippen entschlüpfte ein leises Seufzen, und mit halb geschlossenen Augen hob sie ihr Gesicht zu ihm empor. Er ließ eine Hand in ihr Haar gleiten und bedeckte ihre Lippen mit den seinen …

„Da sind Sie ja, Mylord." Reeves' Stimme zerriss die Stille wie eine Windbö ein zu straff gespanntes Segel.

Prudence fuhr herum. Tristan richtete sich auf, kurz davor, den Butler aus dem Raum zu schicken, doch ein Blick in Prudences gerötetes Gesicht ließ ihn davon absehen. Vielleicht war es ja ganz gut, dass Reeves den Raum in diesem Augenblick betreten hatte. Um ihr Zeit zu geben, die Fassung wiederzuerlangen, trat er einen Schritt zur Seite, damit der Butler sie nicht mehr im Blickfeld hatte. „Reeves. Wünschen Sie etwas?“

Es war schwer zu beurteilen, was der Butler gesehen hatte, denn seine Miene war vollkommen ausdruckslos. „Mylord, möchten Sie und die junge Dame den Lunch hier in der Bibliothek einnehmen?“

Es raschelte, als Prudence vom Schreibtisch aufstand, Gänsekiel und Papier in der Hand. „Danke, Mr. Reeves, aber ich muss nach Hause. Mir ... mir ist gerade etwas eingefallen, um das ich mich umgehend kümmern muss. Ich werde einen Stundenplan ausarbeiten, und dann können der Earl und ich morgen früh in aller Frische beginnen.“

„Sehr wohl, Madam.“

Prudence wedelte mit dem Papier herum. Zu Tristans Belustigung klang sie immer noch ein bisschen atemlos, und sie sprach so schnell, dass man sie kaum verstehen konnte. „Ich habe gerade eine Liste mit den Fähigkeiten des Earls aufgestellt. Da kommt einiges auf uns zu.“

Reeves hob die Brauen. „Fähigkeiten, Madam?“

Grinsend verschränkte Tristan die Arme vor der Brust. „Genau, Reeves, Fähigkeiten. Mrs. Thistlewaite dachte, dass ich vielleicht schon ein paar Dinge wissen könnte, die sich beim Treffen mit den Treuhändern als wertvoll erweisen würden, doch nachdem sie mich befragt hatte, wurde sie anderen Sinnes.“

„Unsinn“, erklärte Prudence. „Obwohl Sie wirklich an Ihrem Benehmen im Allgemeinen arbeiten müssen. Vielleicht sollten wir morgen mit etwas Einfachem beginnen. Zum Beispiel mit Frühstück.“

Tristan beugte sich vor, bis sein Gesicht dem ihren ganz nah war. „Mrs. Thistlewaite, ich bin kein Kind, das man daran erinnern muss, dass es sich den Mund abwischen soll.“

Ihr Blick senkte sich zu seinem Mund, und wie vorhin öffnete sie die Lippen. Diesmal jedoch fuhr sie sich auch noch mit der Zunge über die rosige Unterlippe.

Ihm wurde heiß. Verdammt, bei dieser Frau fühlte er sich genau wie damals, als er sein erstes Kommando übernommen hatte – unsicher und ... erregt.

Da sie sich dieser Wirkung auf ihn ganz und gar nicht bewusst war, sagte sie unbefangen zu Reeves: „Ich werde sein Wissen testen, wenn ich morgen komme. Ein paar mögliche Szenen mit ihm durchspielen."

Der Butler verneigte sich. „Eine hervorragende Idee, Madam."

„Mir gefällt das nicht", erklärte Tristan, der das Gefühl hatte, dass ihm die Kontrolle über seine Welt entglitt. „Das ist doch alles albern. Zur Hölle mit den verdammten Treuhändern, jedem einzelnen von ihnen."

„Madam", meinte Reeves mit sanfter Stimme, „vielleicht sollten wir der Liste noch ein Schimpfwörtertraining hinzufügen."

Sie wedelte mit der Liste. „Steht schon drauf."

Tristan sah sie erbost an. „Auf diesem Gebiet brauche ich kein Training, vielen Dank. Mit meinen Schimpfwörtern kenne ich mich aus."

Sie reckte die Nase in die Luft. „Zu gut, würde ich sagen."

Reeves nickte. „Vielleicht finden wir einen annehmbaren Ersatz, den Sie anstelle des Schimpfwortes verwenden könnten?"

„Zum Beispiel?", erkundigte er sich.

„Zum Beispiel ‚Meine Güte' oder ‚Bei Zeus!'", schlug Prudence vor. „Ich glaube, beides wäre ganz annehmbar."

„Nicht für mich."

Der Butler hob die Brauen. „Vielleicht etwas Farbigeres, zum Beispiel ‚Grüne Krawatten!' oder ‚Gesegnete Löffel!'"

Prudences entzücktes Gelächter war der einzige Grund, warum Tristan im Raum blieb. „Das", erklärte er streng, „ist das Dümmste, was ich je gehört habe."

Sie schenkte ihm ein Lächeln, bei dem ihm schwindelte. „Es liegt bei Ihnen – das Vermögen oder Ihre schlimmen Wörter. Suchen Sie es sich aus."

„Ich weigere mich, jedes einzelne meiner Laster aufzugeben, weil ein Haufen spitzengeschmückter Dummköpfe das von mir verlangt."

„Nein, gewiss nicht, Mylord", sagte Reeves beruhigend. „Wenn Sie sämtliche Laster aufgäben, wäre von Ihnen ja nichts mehr übrig."

Prudence versuchte das Lachen zu unterdrücken, doch es gelang ihr nicht. „Sie sollten mal Ihr Gesicht sehen!"

Tristan musterte sie nur erbost.

„Lord Rochester“, sagte Reeves, „dürfte ich darauf hinweisen, dass jede Veränderung rein temporärer Natur wäre? Wenn Ihnen das Vermögen erst einmal zugesprochen wurde, können Sie zu dem Benehmen zurückkehren, das Ihnen zusagt.“

„Denken Sie nur“, ergänzte Prudence freundlich, „Sie können so ungehobelt sein, wie Sie wollen, wenn Sie erst einmal reich sind. Die Leute werden Sie höchstens für exzentrisch halten.“

Reeves nickte. „Madam, während Sie an der Liste arbeiten, werde ich mich um die Kleidung kümmern.“

Tristan sah an sich herunter. „Was ist falsch an meinen Sachen?“

„Nichts“, erwiderte Prudence, die immer noch schrieb, „solange Sie sie nur in Ihrem Arbeitszimmer tragen, wenn niemand da ist.“

Sie legte den Gänsekiel weg und las sich die Liste noch einmal durch. Dann sah sie Reeves an. „Benehmen bei Tisch?“

„Seine Tischmanieren sind überraschend gut.“

„Überraschend?“, knurrte Tristan. „Es passt mir nicht, wenn man über mich spricht, als wäre ich ein Kind.“

Prudence faltete die Liste zusammen und ging zur Tür. „Mylord, Mr. Reeves und ich sprechen von Ihnen nicht, als wären Sie noch ein Kind. Wir betrachten Sie als Projekt.“

Sie blieb neben Reeves stehen und sah noch einmal vielsagend zurück zu Tristan. „Genau das sind Sie: unser Projekt.“

Das gefiel Tristan überhaupt nicht. Doch in Reeves' Anwesenheit konnte er kaum protestieren. Stattdessen verbeugte er sich spöttisch vor ihr und sagte großartig: „Möglicherweise habe ich ja ein eigenes Projekt, Madam. Bis morgen.“

Sie musterte ihn. Von oben. Nach unten. Dann wandte sie sich an Reeves. „Sie zeigen ihm, wie das mit der Verbeugung richtig geht, ja? Die ist ja fast so schlimm wie sein Wortschatz.“

„Moment mal ...“, begann Tristan.

Doch sie war schon fort, mit wehendem rosa Rock durch die Tür geeilt.

Reeves verneigte sich vor Tristan. „Ich werde Mrs. Thistlewaite hinausbegleiten.“

„Eine reizende Idee. Bitte passen Sie auf, dass sie nicht den Türknauf abreißt.“

„Ich werde mir Mühe geben, es zu verhindern.“ Mit einer letzten Verbeugung verließ Reeves das Zimmer. Tristan blieb mit einer halb leeren Schale Rumpunsch zurück, einem Sofa, das plötzlich leer wirkte, und dem dumpfen Gefühl, dass sein Leben nie wieder dasselbe sein würde.

Das Cottage lag in völliger Dunkelheit da. Steter Regen trommelte gegen die Fenster und das Dach. Ein einsamer Reiter auf einem mächtigen Wallach umrundete die letzte Kurve der gefährlichen Küstenstraße und zügelte das Pferd am Tor. Das Wasser lief in Sturzbächen über Hut und Umhang des Mannes und über die Flanken des Pferdes.

Der Reiter, der längst bis auf die Knochen durchnässt war, ignorierte den Wolkenbruch, sprang vom Pferd und band es am Tor fest. Mit tief in die Stirn gezogenem Hut trat der Mann vor die Eingangstür.

Obwohl es schon sehr spät war, wurde die Tür beim ersten Klopfen von einem distinguierten Gentleman in schwarzem Anzug geöffnet.

Der Reiter schüttelte das Wasser von seinem Umhang, nahm den nassen Hut ab und trat ein. „Ich heiße ..."

„Bitte reden Sie leise", warnte ihn der Gentleman. In seinen tiefblauen Augen lag Missbilligung. „Die anderen schlafen alle schon."

„Oh. Natürlich. Tut mir leid, Meister." Tommy Becket war nicht dumm. Er hatte sich bereit erklärt, für eine Goldmünze eine Nachricht zu überbringen. Ursprünglich hatte er gedacht, dass sein Auftraggeber derjenige mit der dicken Geldbörse war. Doch jetzt, wo Tommy Gelegenheit erhalten hatte, den Empfänger der Botschaft ordentlich zu beäugen, war er sich nicht mehr so sicher. Der Mann vor ihm hatte einen Glanz an sich, den man nur bei den ganz Reichen fand. „Ich komme von Witlow. Ich habe eine Botschaft von Mr. Dunstead für einen Mr. Reeves. Sind das Sie?"

„In der Tat. Hat Mr. Dunstead gesagt, wann er zurückkehren will?"

Tommy schüttelte den Kopf, dass das Wasser nur so spritzte. „Nein, hat er nicht. Er hat bloß gesagt, Tommy Becket, ich hab eine Mission für dich. Eine sehr, sehr wichtige Mission."

„Mr. Dunstead ist ja sehr melodramatisch geworden. Erstaunlich, wie das Reisen manche Leute verändert."

Tommy war sich nicht ganz sicher, ob ihm der Ton des Mannes

behagte. „Er ist ja ein wichtiger Mann. Er hat zu mir gesagt: ‚Hier, Tommy, schaffe diese geheime Botschaft zu Master Reeves. Es ist eine gefährliche Aufgabe, aber keine Sorge. Er wird es dir schon vergelten.'"

„Er hat Sie nicht gebeten, sich das Geld später bei ihm abzuholen?"

Tommy blinzelte. „Oh. Nun, er hat tatsächlich erwähnt, dass er mich bezahlen würde, wenn ich ihm Ihre Antwort brächte. Aber ich dachte, wo es doch so regnet, bekomme ich von Ihnen vielleicht auch ein bisschen Gold?"

„Wir werden sehen. Wo ist der Brief?"

Tommy sah sich nach rechts und nach links um, griff in die Tasche und förderte einen feuchten, zerknüllten Brief zutage. Er reichte ihn Reeves, der ihn nahm und sofort zu der Lampe trug, die auf einem kleinen Tisch an der Tür stand. Rasch las Reeves die Nachricht durch. Er runzelte die Stirn und las sie noch einmal, nur dass er diesmal langsam die Brauen hob.

Er faltete den Brief wieder zusammen und steckte ihn in die Tasche. Dann wandte er sich seinem Besucher zu. Dieser betrachtete gerade die Mäntel, die auf einem Gestell in der Eingangshalle hingen, als wollte er ihren Wert schätzen.

„Gute Nachrichten, Meister?", fragte Tommy.

„Ziemlich gute." Reeves zog seinen eigenen Brief aus der Innentasche, dazu ein Goldstück, und reichte beides dem Mann. „Bitte sorgen Sie dafür, dass Mr. Dunstead diese Botschaft erhält. Er erwartet sie." Der Butler öffnete die Tür. „Vielen Dank für Ihre Mühe. Ich denke, das ist dann alles."

„Aye, Meister." Tommy blickte nach draußen in den herabrauschenden Regen. „Glauben Sie, ich könnt noch ein Weilchen bleiben, zumindest so lange, bis der Regen ein wenig nachgelassen hat?"

Die Tür blieb offen. „Nein. Das halte ich nicht für klug. Sie haben Ihre Aufgabe vorbildlich erfüllt. Ich werde Mr. Dunstead sagen, wie gut Sie Ihre Sache gemacht haben." Damit führte Reeves den Boten höflich, aber bestimmt aus dem Haus und schloss die Tür.

Lange nachdem das Hufgeklapper verklungen war, stand Reeves noch in der Eingangshalle an die Tür gelehnt, einen nachdenklichen Ausdruck im Gesicht. Zweimal zog er den Brief hervor und las ihn, ehe er ihn endlich wegsteckte.

Schließlich stieß er sich von der Tür ab, holte die Lampe und ging zu dem kleinen Raum, den er für sich nutzte.

Gott sei Dank war der alte Earl schon tot. Wenn er noch am Leben gewesen wäre, hätte dieser Brief durchaus sein Ende bedeuten können, da war er sich sicher.

11. KAPITEL

Stiefelwichse sollte immer in zwei Schichten aufgetragen werden. Sinn und Zweck der ersten Schicht ist es, die Stellen zu glätten, an denen das Leder bereits aufgeraut oder abgetragen ist. Die zweite Schicht sorgt dann für lang anhaltenden, pflegenden Glanz. Beide Schichten sollten von einem Dienstboten mit fester, gründlicher Hand aufgetragen werden.

Leitfaden für den vollkommenen Butler und Kammerherrn von Richard Robert Reeves

Am nächsten Morgen stand Tristan um Viertel vor acht in der Bibliothek. Reeves war bereits dort und arrangierte die Servierschüsseln auf einem neu dort aufgestellten Tisch.

Tristan betrachtete den Tisch. Das Funkeln des Tafelsilbers mischte sich mit dem zarten Glanz edlen Porzellans. Es war ein ganz anderes Geschirr als das Zinnservice, das er immer benutzte. „Was, zum Teufel, ist das denn?"

„Frühstück, Mylord. Die Mahlzeit, die man am Morgen einnimmt. Ursprünglich wurde damit das erste Stück Brot bezeichnet, das man in der Frühe aß. Daher auch der Name."

Tristan verschränkte die Arme vor der Brust. „Sie wissen verdammt gut, dass ich Sie nicht danach gefragt habe, woher das Wort Frühstück stammt. Ich will wissen, was, zum Teufel, dieser Tisch und all diese *Sachen*", er deutete vage auf das Silber, das Porzellan und all die anderen Dinge, „hier in meinem Arbeitszimmer zu suchen haben."

„Ah. Nun. Den kleinen Tisch habe ich im vorderen Salon gefunden. Dort diente er als Stütze für Master James' Koje." Reeves schürzte die Lippen. „Wir werden etwas dagegen unternehmen müssen, dass die Männer in Zimmern schlafen, die eigentlich der Gemeinschaft vorbehalten sein sollten."

„Anderswo habe ich aber keinen Platz für sie."

„In der Tat, Mylord. Doch bis die Treuhänder kommen, können wir sie in der Scheune unterbringen. Signor Pietra ist so begeistert von seinem neuen Herd, dass die Männer ohnehin den Großteil des Tages dort verbringen. Ich glaube nicht, dass es großer Überredungskunst bedarf, ein paar von ihnen dazu zu bringen, dort auch zu nächtigen."

Tristan nickte. „Das kann arrangiert werden." Er lehnte sich mit der Hüfte ans Sofa. „Warum wird mir das Frühstück in der Bibliothek serviert?"

„Ich dachte, das würde Ihnen und Mrs. Thistlewaite etwas Privatsphäre geben für den Unterricht."

„Woher wissen Sie, dass sie nicht längst gefrühstückt hat?"

„Weil ich mit der Kutsche, die Sie für sie vorfahren ließen, eine Nachricht mitgeschickt habe. Ich hoffe, es stört Sie nicht, aber ich habe die Nachricht so formuliert, dass sie annehmen muss, Sie wären derjenige, der sie eingeladen hat."

Tristan seufzte. „Das hätte ich auch tun sollen, ich habe nur nicht daran gedacht." An *sie* hatte er natürlich schon gedacht, die ganze Nacht lang. Aber er war nicht auf die Idee gekommen, sie zum Frühstück einzuladen. Nie hatte er sich so plump gefühlt wie im Umgang mit der jungen Witwe. Verdammt, gern gab er es nicht zu ... bloß könnte er diesen Benimmunterricht ja vielleicht doch ganz gut gebrauchen. Vielleicht war er ja wirklich zu lange zur See gefahren.

„Zumindest haben Sie daran gedacht, ihr die Kutsche zu schicken", beruhigte Reeves ihn, während er die Blumen zurechtzupfte. „Das war eine *sehr* großzügige Geste."

„Als sie gestern ankam, sah sie aus wie ein Eisberg. Da ist es das Mindeste, sie mit der Kutsche abholen zu lassen." Tristan ging zu dem roten Sessel neben dem Sofa. Er betrachtete ihn und schob ihn etwas näher an das Sofa heran.

Reeves hob den Deckel von einer Servierschüssel. „Signor Pietra hat sich wieder einmal selbst übertroffen."

Tristan knurrte bereits der Magen, und der Duft, der vom Tisch herüberwehte, machte alles nur noch schlimmer. „Ich bin am Verhungern."

„Die Dame wird jeden Moment kommen. Möchten Sie einstweilen eine Tasse heißen Tee?"

„Verdammt. Fällt mir ja überhaupt nicht ein. Ich trinke einen Krug Bier zum Frühstück."

Reeves machte keine Miene, den Krug zu holen. Stattdessen starrte er schweigend zur Decke empor.

Tristan seufzte. „Mir gefällt es nicht, ein Earl zu sein."

„Jawohl, Mylord." Reeves faltete zwei Servietten und legte neben jeden Teller eine. „Darf ich mir die Bemerkung erlauben, dass Mrs. Thistlewaite eine entzückende junge Frau ist. Die Männer respektieren sie." Der Butler legte letzte Hand an, rückte eine Gabel zurecht, die schief gelegen hatte. „Ich hoffe, dass sie es nicht eines Tages bedauert, unser Angebot angenommen zu haben, Sie zu unterrichten."

Tristan verstand sehr wohl, was der Butler damit andeuten wollte. „Ich habe nicht die Absicht, sie irgendetwas bereuen zu lassen."

Er dachte an ihr Geständnis vom Vortag, als sie, vom Rumpunsch beflügelt, erklärt hatte, dass sie die Küsse vermisste. Auch wenn ihn das Bekenntnis amüsiert hatte, war er doch auch berührt von ihrer Ehrlichkeit. Hinter ihrem ziemlich kühlen Äußeren verbarg sich eine Frau aus Fleisch und Blut, mit gesunden Wünschen und Bedürfnissen. Bevor er Prudence begegnet war, hatte er sich über dergleichen nie Gedanken gemacht. Die meisten Frauen seiner Bekanntschaft hatten sich ohnehin eher für die Münzen interessiert, die er ihnen bot, oder später – nach Trafalgar – auch für das Ansehen, das die Bekanntschaft mit einem Kriegshelden mit sich brachte. Prudence hatte mehr zu bieten als derartig oberflächliche Lebensregeln. Weitaus mehr. Sie ließ sich von ihren eigenen Wünschen und Leidenschaften leiten, ohne sich ihnen jedoch unterzuordnen. Sie war zu so vielem fähig, wenn das Leben ihr nur die Gelegenheit dazu bot. Das war etwas, was Tristan verstehen konnte.

Die Tür ging auf, und Stevens kam hereingesprungen. Er trug einen neuen schwarzen Rock und hatte sich das Gesicht geschrubbt. Seine Wangen glänzten wie frisch poliert. „Morgen, Käpt'n … ich meine, guten Morgen, Mylord!" Er zwinkerte Reeves zu. „Wie war das, Master Reeves?"

„Schon viel besser, Master Stevens. Sehr viel besser."

Stevens grinste. „Ich hab eine neue Kanne Tee bestellt und die Männer gebeten, ein klein bisschen ruhig zu sein, weil der Käpt'n – ich meine, der Earl – zu arbeiten hat."

Reeves lächelte wohlwollend. „Danke, Stevens."

Tristan betrachtete den neuen Rock des Ersten Offiziers. Er war um einiges zu groß, die Ärmel gingen ihm fast bis an die Fingerspitzen, der Saum hing bis zu den Waden herunter, statt gefällig an den Knien abzuschließen.

Stevens streckte die Arme aus, drehte sich um die eigene Achse und fragte, über die Schulter gewandt: „Gefällt es Ihnen, Käpt'n?"

Reeves warf Tristan ein schmerzerfülltes Lächeln zu. „Master Stevens glaubt, dass sein, äh, Gesäß durch den Rock unvorteilhaft betont wird. Ich habe ihm versichert, dass das nicht der Fall ist, dass der Rock ihn im Gegenteil sehr viel schlanker wirken lässt."

„Was meinen Sie, Käpt'n? Schaut mein Hinterteil dick darin aus?"

„Ich weiß es nicht, und ich habe nicht die Absicht, mir Ihren Hintern daraufhin anzuschauen."

Stevens zog ein langes Gesicht und verrenkte den Hals, um selbst einen Blick darauf zu erhaschen. „Master Reeves hat gesagt, er würde noch mal nach dem Schneider schicken, bevor die Treuhänder kommen."

„Das ist aber nett von ihm."

„Vielen Dank", sagte Reeves, als hätte er die Ironie in Tristans Stimme nicht bemerkt. „Als Butler sollte Master Stevens die beste Livree tragen."

Stevens hakte die Daumen in die Knopflöcher seines neuen Rocks. „Ich bin der Butler, also kriege ich auch die *aller*beste Livree. Mrs. Thistlewaite wird mich gar nicht wiedererkennen!"

Es klopfte an der Haustür. „Da ist sie ja!", erklärte Stevens und lief aus dem Raum.

Tristan zog einen Stuhl heran, um sich zu setzen, hielt allerdings inne, als Reeves sich vernehmlich räusperte.

„Mylord, ein echter Gentleman steht immer auf, wenn eine Dame den Raum betritt."

„Und was macht eine Dame, wenn ein Gentleman den Raum betritt?"

Reeves schenkte Tristan ein schwaches Lächeln. „Meiner Erfahrung nach – die zugegebenermaßen nicht sehr groß ist – beschwert sie sich entweder darüber, dass es zu kalt ist oder zu stickig. Manchmal auch beides zusammen."

„Das scheint mir nicht sehr gerecht."

„Nein, Mylord, gerecht ist das wohl nicht. Aber so ist es eben."

Verdammt, was gab es auch so viele Regeln! Tristan zuckte übellaunig mit den Schultern. Dann fixierte er Reeves mit einem durchdringenden Blick. „Übrigens, hat Dunstead sich schon wegen meines Bruders gemeldet?“

„Dunstead sollte heute zurückkehren. Sobald er da ist, schicke ich ihn zu Ihnen.“

„Gut. Ich möchte ...“

Die Tür ging auf. Stevens erschien auf der Schwelle und strahlte über das ganze Gesicht, als hätte er Prudence eigenhändig aus seiner Hosentasche herbeigezaubert. Sie betrat den Raum und sagte im Vorbeigehen zu Stevens: „Nein, nein! Ihr Gesäß sieht darin gar nicht dick aus ...“

Tristan lachte, womit er sofort ihre Aufmerksamkeit auf sich zog.

Errötend knickste sie. Heute trug sie ein hübsches Blau, das ihr Haar und ihre Augen noch dunkler wirken ließ.

Reeves räusperte sich.

Tristan beeilte sich, Prudences Knicks mit einer steifen Verbeugung zu erwidern. Was für eine Zeitverschwendung all dieses Geknickse und diese Kratzfüße doch waren! Wenn sein Vater noch am Leben wäre, würde er ihn umbringen dafür, dass er ihm das Leben derart zur Hölle machte, darauf konnte er Gift nehmen!

Prudence nickte Reeves zu. „Wie geht es Ihnen, Mr. Reeves?“

„Sehr gut, danke, Madam.“ Reeves trat zu dem Stuhl, der demjenigen von Tristan gegenüberstand, und zog ihn heraus. „Madam, wir freuen uns, Sie bei uns begrüßen zu dürfen. Seine Lordschaft hat schon ganz ungeduldig auf Ihre Ankunft gewartet.“

Es erstaunte Tristan, wie gut Reeves lügen konnte. Ein wenig erschreckte es ihn auch.

Sie sah Tristan verstohlen an. Als sich ihre Blicke kreuzten, lächelte sie schwach. Sie wusste, dass Reeves sich hier eine Schwindelei leistete, ließ sich aber wie Tristan nichts anmerken. „Wie freundlich von ihm“, murmelte sie und ging durch den Raum, um ihren Platz einzunehmen.

Tristan wartete, bis sie saß, ehe er sich selbst hinsetzte. Reeves goss ihnen Tee ein und stellte Schälchen mit Marmelade und Honig auf den Tisch. Tristan versuchte seine Ungeduld zu zügeln: Er wollte jetzt einfach essen. All dieses Herumhantieren stand in krassem Widerspruch zu seiner effizienten Art, die Dinge zu erledigen.

Gerade als Tristan dachte, er könnte es nicht länger ertragen, hob Reeves die Servierhauben und enthüllte Signor Pietras Zauberkunst. Die köstlichsten Düfte kitzelten Tristan in der Nase. Sein ohnehin schon knurrender Magen zog sich erwartungsvoll zusammen. Tristan nahm Messer und Gabel und begann den Schinken zu schneiden.

Prudence räusperte sich.

Neben dem Schinken lag flockiges Rührei auf den Tellern, würzige Würstchen und Nierenpastetchen. Auf einem kleinen Ständer waren zart gebräunte Scheiben Toast aufgereiht. Tristan griff nach der Marmelade.

Prudence hüstelte lauter.

Tristan warf ihr einen Blick zu. „Sie können auch welche haben." Er griff nach dem Messer, als ihn plötzlich ... *rumms.* Ein greller Schmerz zuckte durch sein gesundes Schienbein. Klirrend ließ er das Messer fallen. „Was, zum Teufel, soll das, Weib! Warum haben Sie das gemacht?"

Sie sah von ihm zu Reeves, der geduldig neben dem Tisch stand, den Blick zur Decke gerichtet.

Tristan rieb sich das Schienbein und blickte von einem zum anderen. „Was denn?"

„Reeves fragte, ob Sie noch etwas wünschen, und Sie haben nicht geantwortet."

„Ich war beim Essen. Außerdem konnte er doch selbst sehen, dass ich nichts mehr brauche, verdammt!"

„Bevor er den Raum verlässt, sollten Sie ihn wissen lassen, ob Sie noch etwas brauchen, und, wenn nicht, ihm für seine Dienste danken."

„Hätten Sie mir das nicht auch einfach sagen können, statt mich halb zu Tode zu treten?"

Sie errötete. „Ich habe versucht, Sie unauffällig darauf hinzuweisen, aber Sie haben es ja nicht verstanden."

„Gibt es zwischen einem Hinweis und einem Tritt keine Abstufungen mehr? Das nächste Mal sagen Sie bitte, was Sie wollen, und zwar laut."

„Tut mir leid, wenn Sie mein Vorgehen übertrieben finden. Obwohl, wenn ich daran denke, wie Sie auf Ihren Teller gestarrt haben, hätten Sie mich vermutlich gar nicht gehört."

Insgeheim musste Tristan ihr zustimmen. Die Eier waren wirklich verdammt gut. „Vermutlich sollte ich Ihnen dankbar sein, dass Sie nicht mein verletztes Bein getreten haben."

Sie reckte das Kinn in die Luft. „Ich habe mit dem Gedanken gespielt."

„Warum überrascht mich das jetzt nicht? Sie sind wirklich unverbesserlich."

Sie warf ihm einen Blick unter gesenkten Lidern hervor zu, der ihn warnte, dass sich sein anderes Bein immer noch in Reichweite ihres spitzen Halbstiefelchens befand.

„Denken Sie nicht einmal daran", murmelte er.

Sie versuchte eine hochnäsige Miene aufzusetzen, doch brachte sie nichts anderes zuwege, als bezaubernd auszusehen. Tristan fand, dass eines der köstlichsten Dinge an seiner stachligen Prudence die spezielle Art ihrer Schönheit war. Sie war auf ruhige Art elegant, denn sie hatte herrliche Schultern, sanft gerundete Arme und einen anmutigen Hals. Vor allem aber ihr Gesicht schien ihm bemerkenswert. Vom störrischen Kinn bis zur geschwungenen Stirn verriet jeder Zug Intelligenz, Humor und ... vielleicht Leidenschaft. Doch was sie von den anderen unterschied, war vor allem ihre Denkweise.

Reeves räusperte sich. „Brauchen Sie noch etwas, Mylord?"

Tristan winkte ihn beiseite. „Nein, Reeves."

Prudence hustete.

Tristan fügte rasch hinzu: „Aber, ähm, danke für Ihre Mühe." Er sah Prudence fragend an.

Sie nickte beinah unmerklich.

Reeves lächelte und verbeugte sich. „Danke, Mylord. Bitte klingeln Sie, wenn Sie noch etwas benötigen." Damit zog er sich zurück.

Als die Tür hinter dem Butler ins Schloss gefallen war, lehnte Tristan sich in seinem Stuhl zurück. „Und, war das jetzt besser?"

„Viel besser", erwiderte sie und strahlte ihn beifällig an.

Zu Tristans Überraschung entlockte ihr warmes Lächeln ihm ein breites Grinsen. Selbst erstaunt, sah er rasch wieder auf seinen Teller. Verdammt, warum war ihm auf einmal so wichtig, was Prudence von ihm hielt?

Er durfte sich nicht allzu sehr daran gewöhnen, dass sie in seiner

Nähe war. Sie war nur kurzfristig zu Gast auf seiner Fregatte, mehr nicht. Was ja auch ganz gut war, überlegte er. Die Wärme, die er aufgrund ihres Lächelns verspürt hatte, verflüchtigte sich rasch. Wenn er nicht vorhatte, sich für immer auf sein Cottage auf der Felsenklippe zurückzuziehen und den Rest seiner Tage damit zu verbringen, dem Staubfilm auf seiner Seele beim Wachsen zuzusehen, wäre es besser, wenn er sich von Frauen wie Prudence fernhielt, Frauen, die einen Mann im seidenen Netz von Heim und Geselligkeit einfingen.

Das war nichts für ihn. Er würde die nächsten Wochen genießen, so gut er konnte, und dann zu seinem alten Leben zurückkehren, frei und ungebunden. Bis dahin käme ein kleiner Flirt nicht ungelegen … vorausgesetzt, er blieb vorsichtig.

Während er den Schinken schnitt, überlegte er, dass er vielleicht schon zu lange allein war, denn er hatte vergessen, wie angenehm es war, über den Tisch in so schöne braune Augen zu blicken.

Gerade aß er den letzten Bissen Schinken auf, da fing er Prudences nachdenklichen Blick auf. „Stimmt etwas nicht?"

„Ihre Tischmanieren. Reeves hatte recht: Sie sind hervorragend."

„Außer wenn ich vergesse, dem Dienstboten zu danken?"

„Ja." Sie nahm einen Schluck Tee. „Nun, Mylord? Wollen wir anfangen? Wir haben viel zu besprechen."

Er legte die Gabel hin. „Tun Sie Ihr Schlimmstes. Quälen Sie mich mit Ihren lästigen Vorstellungen von gutem Benehmen."

„Gutes Benehmen ist doch keine lästige Vorstellung. Gutes Benehmen ist die Grundlage der Zivilisation."

„Und ich dachte, es wäre die Angst davor, deportiert, ins Gefängnis geworfen oder einen Kopf kürzer gemacht zu werden, die aus uns gute Bürger macht."

Sie rümpfte die Nase. „Für Sie vielleicht, aber nicht für mich. Unsere Manieren unterscheiden uns von der Tierwelt."

„Tiere haben aber ebenfalls Manieren. Sie sind dabei nur nicht so extrem."

Sie runzelte die Stirn. „Von welchen Tieren sprechen Sie da?"

„Zum Beispiel von Ameisen. Sie laufen in einer Reihe, nicht?"

„Ja, oft."

„Haben Sie schon mal gesehen, dass eine Ameise eine andere aus dem Weg schubst?"

„Nun ja, nein."

„Na also. Sie sind eben höflich zueinander. Immer. Während die Menschen sich mit lächerlichen Moden und Regeln knechten und sich dabei nicht einmal mehr an die grundlegenden Tugenden erinnern, zum Beispiel Respekt oder Freundlichkeit."

In ihren dunklen Augen glitzerte widerstrebende Belustigung. „Damit haben Sie nicht ganz unrecht."

Tristan tupfte sich den Mund mit der Serviette ab und lehnte sich im Stuhl zurück. „Nun wissen Sie, warum ich die ganze Situation beklagenswert finde. Das spielt allerdings keine Rolle: Ich brauche dieses Vermögen. Also fangen Sie an, maßregeln Sie mich mit Ihren Regeln. Lassen Sie mich mit Ihrer Etikette über die Planke springen. Mit Artigkeit in den Abgrund laufen. Tun Sie Ihr Schlimmstes. Ich stehe Ihnen voll und ganz zur Verfügung."

Prudence kniff die Augen zusammen. „Führen Sie mich nicht in Versuchung mit Ihrer Plankenspringerei."

Er gab vor, erstaunt zu sein. „Meine reizende Prudence, ich bin fassungslos, dass Ihnen derart lieblose Ausdrücke über die Lippen kommen!"

„Ja, schon gut. Wenn Sie manchmal meine Gedanken lesen könnten, würden meine Worte Sie jetzt nicht so erstaunen."

Darüber musste er lachen. „Sie mögen wirken wie ein lindes Lüftchen in einem flachen Hafenbecken, aber ich fürchte, dass Sie sich noch als Taifun an einer ungastlichen Felsenküste entpuppen könnten."

„Ich bin nur fest entschlossen, mir das Geld zu verdienen, das Mr. Reeves mir versprochen hat. Und wenn es Ihnen recht ist, würde ich jetzt gern anfangen. Die Treuhänder werden in wenigen Wochen hier sein, und eine der wichtigsten Lektionen überhaupt betrifft das Verhalten bei Tisch."

„Eine der wichtigsten Lektionen besteht aus seichten Tischgesprächen? Sie machen doch sicher Witze."

„Ich fürchte, nein. Man wird von Ihnen erwarten, dass Sie sich intelligent zu unterhalten wissen, ohne zu stammeln oder unverschämt zu werden. Und Sie werden die verschiedensten Leute mit Namen anreden müssen."

„Ich weiß, wie man sich mit einem Adeligen unterhält. Hier, ich mache es Ihnen vor. Reden Sie mit mir."

Sie hob die Brauen. „Wie bitte?"

„Reden Sie mit mir. Ich zeige Ihnen dann schon, dass ich wie ein Adeliger zu plaudern weiß."

Prudence unterdrückte einen Seufzer. Sie war sich nicht sicher, worauf er abzielte, bezweifelte aber, dass es sich um etwas Gutes handelte. Doch je schneller sie sich auf dieses Spiel einließ, desto schneller konnten sie mit dem Unterricht beginnen. Sie trank ihren Tee aus und erhob sich. „Wollen wir uns ans Feuer setzen? Wir können uns auch dort unterhalten."

Tristan stand ebenfalls auf. „Selbstverständlich." Er sah zu, wie sie zu dem roten Sessel ging, den er neben das Sofa gerückt hatte. Ihr Kleid war weit geschnitten und wurde unter dem Busen von einem breiten rosa Band zusammengehalten. Tristan stellte fest, dass er, wenn sie sich bewegte, ihre Hüften gerade erkennen konnte, ein Umstand, der ihn maßlos fesselte.

Sie ließ sich auf den Sessel sinken. „Setzen Sie sich doch, Mylord."

Er nahm auf dem Sofa Platz, die Beine weit von sich gestreckt, den Stock ans Knie gelehnt. Prudence sah, dass ihm das Haar in die Stirn fiel, sodass seine Augen im Schatten lagen und beinah farblos wirkten. Er hatte wirklich herrliche Augen, von dichten Wimpern umgeben und …

Meine Güte. Tu deine Arbeit und sonst nichts. „Der beste Weg, mir zu beweisen, dass Sie sich mit vornehmer Konversation auskennen, ist, eine zu führen."

„Also schön", stimmte er zu. In seinen Augen lag leiser Spott. „Was soll ich tun?"

„Tun Sie so, als wäre ich die Duchesse of Devonshire …"

Er hätte sich beinah verschluckt.

„Was denn?", fragte Prudence.

„Kennen Sie die Duchesse?"

„Leider ja", gab Prudence zu. „Die Frau flirtet furchtbar und spricht sehr affektiert."

„Warum wollen Sie sie dann spielen?"

Prudence stieß ein ungeduldiges Geräusch aus. „Ich will sie doch nicht spielen! Ich möchte Ihnen nur Gelegenheit geben, Titel und richtige Anredeformen zu üben. Aus diesem Grund habe ich gesagt, ich bin die Duchesse."

Er lächelte sie an. In seinen Augen glitzerte es. Zu ihrer Bestürzung rutschte der Earl an das Sofaende, das dem Sessel am nächsten war, bis sich ihre Knie beinah berührten. Prudence raffte ihre Röcke. Sie streiften Tristans Beine, und aus irgendeinem Grund lenkte sie das derart ab, dass sie kaum noch vernünftig sprechen konnte.

Zum Kuckuck, sie hatte gedacht, sie hätte sich ausreichend gegen die Annäherungsversuche des Earls gewappnet. Fast den ganzen gestrigen Abend hatte sie damit zugebracht, sich immer wieder vorzusagen, dass sie unbedingt eine sichere Distanz zum Earl wahren und das Gespräch mit fester Hand lenken musste. Mehr wäre gar nicht nötig.

Tatsächlich hatte sie sich sogar vorgenommen, sich auf den Sessel zu setzen statt auf das Sofa, damit ihr der Earl nicht zu nahe kommen konnte. Sie blickte nach unten, wo sein Fuß den ihren berührte. Anscheinend hatte sie sich gründlich verrechnet.

Sie schob ihren Fuß weg und setzte ein entschlossenes Lächeln auf. „Bitte hören Sie auf damit. Wir wollen nun so tun, als wäre ich die Duchesse und wir säßen auf einer Soiree und …"

„Einer Soiree?"

„Ja. Das ist eine Abendgesellschaft."

Er beugte sich vor und stützte die Arme auf die Knie. Nun war seine Hand nur noch einen Zoll von der ihren entfernt, die auf der Sessellehne ruhte. „Wenn Sie auf einer Soiree sein möchten, dann sind wir eben auf einer. Aber bevor wir weitermachen, hätte ich eine Frage."

„Was denn?"

„Was haben Sie auf dieser Soiree an?"

Sie blinzelte. „Was ich anhabe?"

„Ja. Ich will eine genaue Beschreibung. Was würden Sie, die sinnliche Duchesse of Devonshire, zu diesem Ereignis tragen?"

„Ich habe nie behauptet, dass ich sinnlich bin."

„Aber sie ist es doch."

„Das ist ja wohl Ansichtssache", erklärte Prudence steif. Aus irgendeinem Grund wurmte es sie, dass der Captain die Herzogin sinnlich nannte. Was meinte er damit überhaupt?

Er legte seine Hand auf die ihre.

Prudence riss sich los. „Nein, vielen Dank."

Leise lachend legte er den Kopf schräg, bis seine Augen auf derselben Höhe wie die ihren waren. „Wenn die Duchesse Ihnen auch nur im Geringsten ähnelt, ist sie sehr sinnlich."

Ihr Ärger verflog. Stattdessen überkam sie eine gewisse Hitze und … irgendetwas anderes. Lieber Gott, dieser Mann war ein wahrer Meister darin, sie mit Hitzewallungen zu überziehen, ihr Herz zum Galopp zu reizen und ihren Verstand zum Flattern zu bringen wie einen Vorhang im Sommerwind. Sie versuchte zu schlucken, doch es gelang ihr nicht. „Lord Rochester, bitte machen Sie es doch nicht so …"

„Amüsant? Interessant?" Er strich ihr mit dem Handrücken über die Wange. „Angenehm?"

Sie wich ihm aus. „Mylord, bitte!"

„Also, das ist ein Wort, das ich von einer Frau besonders gern höre: bitte." Er legte den Arm über die Sofalehne, sodass seine Finger fast die ihren berührten. „Also … was haben Sie an, verehrte Madam?"

Sie seufzte. „Sie sind einfach unmöglich!"

Er wirkte verletzt. „Ich frage das doch nur, damit ich es mir genauer vorstellen kann. Wenn das ein Problem ist, dann …"

„Nein", brummte sie. „Wenn Sie das brauchen, um mittun zu können, von mir aus." Sie dachte kurz nach. „Ich trage eine Robe aus weiß-blauer Seide, besetzt mit rosa und blauen Rosetten."

Er lehnte sich ein Stückchen zurück und ließ seine Blicke an ihr auf und ab wandern, als könnte er das Kleid tatsächlich sehen. Danach kam er wieder näher. „Madam, gestatten Sie mir die Bemerkung, dass Sie heute Abend überaus reizend aussehen."

Prudence nickte beifällig. „Ein vollkommen einwandfreies Kompliment."

„Danke", erwiderte er ernst. „Aber … ah … sagen das Sie oder die Duchesse?"

„Oh. Das war ich. Die Duchesse würde vermutlich etwas sagen wie ‚Was für ein reizendes Kompliment. Danke, Mylord.'"

„Es wäre nichts als die Wahrheit." Er ergriff ihre Hand, zog sie an die Lippen und küsste sie warm. „Sie sind die schönste Duchesse im ganzen Raum. Und Ihr Ausschnitt …" Er beugte sich vor und starrte auf ihren Busen.

Prudence entriss ihm die Hand.

Unschuldig sah er sie an. „Was ist?"

„Diese Bemerkung war keineswegs schicklich, und das wissen Sie auch ganz genau."

„Aber genau das würde ich zur Duchesse sagen, wenn sie hier wäre. Eigentlich ist es fast wortwörtlich das, was ich zu ihr gesagt habe, als sie an Bord meines Schiffes mit mir zu Abend aß. Ihr hat das Kompliment gefallen."

Prudence runzelte die Stirn. „Ich will nichts von Ihrer Begegnung mit der Duchesse hören. Wenden wir uns lieber unserem Spiel zu, um zu lernen, was korrektes Benehmen ausmacht. Das Dekolleté einer Dame zu kommentieren ist jedenfalls *nicht* korrekt."

Er seufzte. „So viele Regeln."

„Lord Rochester", begann sie, wieder ganz die Duchesse, „was führt Sie zu dieser entzückenden Soiree?"

Er nahm ihre Hand, drehte sie um und drückte ihr einen Kuss in die Handfläche. „Sie, meine Liebste."

Sie sprang auf. „Herr im Himmel, wollen Sie wohl endlich damit aufhören!"

Er seufzte. „Wie soll ich so tun, als wären Sie die Duchesse, wenn Sie dauernd aus Ihrer Rolle fallen?"

„Wie soll ich die Duchesse spielen, wenn Sie dauernd solche Sachen sagen?"

„Die Duchesse würde das erwarten."

Finster starrte sie ihn an, setzte sich wieder hin und arrangierte ihre Röcke. „Vergessen wir mal für eine Weile die Duchesse of Devonshire. Stattdessen tun wir mal so, als wäre ich die Duchesse of Richmond."

„Richmond? Die kenne ich nicht."

„Sie ist mindestens achtzig und ein fürchterlicher Zankteufel. Außerdem ist sie ziemlich prüde, daher sollten Sie aufpassen, was Sie sagen. Ich habe einmal gesehen, wie sie einem Mann mit dem Fächer auf die Wange geschlagen hat, nur weil er auf die Uhr sah, während er sich mit ihr unterhielt."

Tristan beäugte Prudence verdrießlich. „Sie sind fest entschlossen, uns die Freude an der Sache zu nehmen, nicht wahr?"

„Ich möchte, dass Sie Ihr Vermögen bekommen. Und nun wollen wir noch einmal von vorn anfangen. Lord Rochester, finden Sie nicht auch, dass es heute recht warm ist?“

Er hob die Brauen und sah zur Terrassentür. Daraufhin blickte Prudence ebenfalls hinaus, wo die dünnen Bäume und runden Gebüsche vom Sturmwind gezaust wurden.

Prudence zwang sich, Tristans Blick zu begegnen. „Hier in London ist es *furchtbar* heiß.“

Tristan grinste, dass seine Zähne blitzten und sich in den Augenwinkeln Lachfältchen kräuselten. „Wenn Sie so tun können, als wären Sie eine Duchesse, kann ich vermutlich auch so tun, als wäre ich in London. Also gut, es ist wirklich ein warmer Tag.“

Sie fuhren ein Weilchen mit dem Geplänkel fort, wobei die Konversation über jeden Tadel erhaben war. Schließlich lehnte Prudence sich mit strahlendem Lächeln zurück. „Sie machen das sehr gut, sobald Sie mit jemanden sprechen, den Sie nicht anzuflirten brauchen.“

„Da die Treuhänder alle Männer sind, kann ich vermutlich ganz beruhigt sein.“

Sie lachte. „Ein guter Punkt.“ Wenn ein paar der Treuhänder Frauen gewesen wären, hätte er nicht so viele sinnlose Regeln der Gesellschaft lernen müssen. Einem so beunruhigend attraktiven Mann wie dem Earl konnte eine Frau einiges durchgehen lassen.

Prudence kam plötzlich ein Gedanke. Was hatte Tristan über die Duchesse of Devonshire gesagt? Es hatte damit zu tun, dass die Duchesse eine sinnliche Frau war.

Ein paar wirre, erhitzte Gedanken fuhren ihr durch den Kopf, und die Brust wurde ihr merkwürdig eng. Sie war der Duchesse einmal begegnet, und die offene Sinnlichkeit der Frau war ihr sehr unbehaglich gewesen. War es möglich, dass die Duchesse und Tristan …

Prudence schob den Gedanken beiseite. Schließlich spielte es keine Rolle – obwohl, überraschen würde es sie nicht. Tristan gehörte zu den Männern, die derartige Tändeleien genossen, er hatte wahrscheinlich schon Hunderte gehabt. Sie rutschte auf ihrem Sessel herum und fragte sich, warum ihr die Vorstellung so zuwider war. Ihr konnte doch egal sein, was dem Earl gefiel. Sie war hier, um ihm dabei zu helfen, seine Manieren aufzupolieren, mehr nicht.

Anscheinend war ihm Prudences Zurückhaltung aufgefallen, denn er fragte: „Was ist?“

„Wann sind Sie der Duchesse of Devonshire denn begegnet?“

„Sie und ihr Gefolge setzten auf meinem Schiff nach Frankreich über."

„Und?" Prudence schlug das Herz bis zum Hals. Eigentlich wollte sie gar nicht mehr erfahren. Und doch ... konnte sie sich die Frage nicht verkneifen. „Sie haben mit Ihr geredet?"

Er lehnte sich zurück. „Ja."

„Verstehe." Sie krallte die Hand in die Armlehne ihres Sessels. „Und, was haben Sie von ihr gehalten?"

Diesmal ließ er sich Zeit mit der Antwort. Sein Blick hatte sich ein wenig verdüstert. „Ein einfacher Kapitän ist durchaus akzeptabel, wenn eine Dame des *ton* die See überquert. Sie ist allein, ohne ihre Freunde und Verwandten. Da kann ein Kapitän sogar für eine diskrete Tändelei herhalten. Ansonsten aber ..."

Er zuckte mit den Schultern. Seine Miene verriet allerdings eine Anspannung, die vorhin noch nicht da gewesen war.

Jedes Wort schmerzte. Prudence bereute, dass sie überhaupt gefragt hatte. Und nun fühlte sie sich irgendwie leer. „Die Gesellschaft kann grausam sein." Und harsch. Und vereinsamen.

„Sie können das doch gar nicht wissen", erwiderte er scharf.

„Vielleicht doch, obwohl das jetzt nicht wichtig ist. Mylord, wir sollten jetzt noch ein wenig Tischgespräch üben. Die Treuhänder werden eine Einladung zum Dinner erwarten."

Der Earl verschränkte die Arme. „Erst müssen Sie mir erklären, was Sie eben gemeint haben."

„Ach, du liebe Güte. Ich wollte nur ..." Sie seufzte. „Sie sind jetzt kein einfacher Kapitän mehr, wie Sie es ausdrückten, sondern ein Earl. Ein attraktiver, reicher Earl. Jede Herzogin, ob in London oder anderswo, würde sich überall gern mit Ihnen sehen lassen." Die Worte waren nicht dazu angetan, Prudence wieder aufzurichten, denn sie erkannte plötzlich, dass sie der Wahrheit entsprachen. Ob nun mit oder ohne Manieren, das war egal – das blendende Aussehen des Earls, seine durchdringenden grünen Augen und sein verführerischer Charme würden genügen, dass der weibliche Teil der Bevölkerung ihm wortwörtlich in den Schoß fiel.

An Prudences reichem Mienenspiel erkannte Tristan, dass ihr tausend verschiedene Gedanken durch den Kopf gingen, auch wenn er sie nicht gut genug kannte, um die verschiedenen Gesichtsausdrücke einzuordnen. „Wenn Sie mich so hoch einordnen, heißt das vermutlich, dass Sie unter mir liegen." Er grinste. „Das gefällt mir."

Sie lächelte nicht.

Tristans Lächeln erlosch. „Prudence, ich habe doch nicht gemeint ..."

„Oh, ich habe nicht an Sie gedacht. Es ist nur ... es gefällt mir nicht, wie die Gesellschaft Menschen nach ihrem angeblichen Wert einteilt – das Ganze richtet sich doch nur nach den Launen von ein paar wenigen."

„Warum sind Sie der Gesellschaft gegenüber so verbittert? Ich habe das jetzt schon mehrmals an Ihrem Blick erkennen können."

Etwas von der Anspannung schien sie zu verlassen, obwohl ihre Hände immer noch zu Fäusten geballt waren. „Sie wollen meine Geschichte bestimmt nicht hören."

„Lassen Sie es doch darauf ankommen."

Sie sah ihm in die Augen, fragend, ratlos. Was sie dort sah, beschwichtigte sie anscheinend, denn sie sagte: „Also schön, ich erzähle Ihnen, warum ich der Gesellschaft nicht vertraue." Sie senkte den Blick auf ihre im Schoß verschränkten Hände. „Mein Mann war ein sehr guter Investor. Er hatte ein Vermögen verdient und uns gut etabliert. Phillip hatte einfach ein Talent dafür, Geld zu verdienen. Er erregte Aufmerksamkeit deswegen und auch wegen seiner Großzügigkeit. Ich kann mich nicht entsinnen, dass er sich einmal geweigert hätte, jemandem zu helfen."

„Das kann eine Gabe sein, aber auch ein Fluch."

„Das musste ich auch erfahren. Er begann, auch für andere die Geldgeschäfte zu führen. Irgendwann war er bei verschiedenen Mitgliedern des *ton* sehr gefragt. Er hat für ein paar sehr wichtige Leute Tausende von Pfund gemacht."

„Anscheinend war er wirklich sehr begabt."

„Ja. Phillip war ein sehr einnehmender und attraktiver Mann; er mochte seine Mitmenschen und dachte von allen nur das Beste. Die Leute fühlten sich zu ihm hingezogen. Bald wurden wir überall eingeladen."

„Das war bestimmt aufregend."

Sie warf ihm ein schmerzerfülltes Lächeln zu. „Sie haben ja keine Ahnung. Ich war wie von Sinnen. Ich, Prudence Crumpton Thistlewaite, nahm plötzlich mein Dinner mit zwei Herzoginnen, einem Earl und seiner Countess, einem Viscount und zwei Patronessen von Almack's ein. Sie waren so nett zu mir." Ihre Lippen zitterten, und sie presste sie zusammen. „Dachte ich zumindest."

„Was ist passiert?"

„Eine von Phillips größten Investitionen erwies sich als Fehlschlag. Und dann noch eine. Schließlich eine dritte. Er hatte schon öfter Misserfolge, aber nie in dieser Größenordnung und nie drei hintereinander. Innerhalb von drei Monaten verlor er das gesamte Geld, das ihm anvertraut war. Er dachte, es würde sich schon alles wieder richten, wenn er nur die Investoren dazu bringen könnte, noch ein wenig abzuwarten, aber sie wollten nicht. Stattdessen verlangten sie ihr Geld sofort zurück. Phillip tat, was er konnte, gab dabei einen Großteil unseres Vermögens weg und versuchte verzweifelt, die Investoren dazu zu bringen, ihm noch ein Weilchen zu vertrauen." Sie hielt inne und schloss die Augen, wie um ein schreckliches Bild abzuwehren. „Aber sie wollten nicht."

„Geduld gehört wohl nicht zu den Stärken des *ton.*"

Sie rang sich ein Lächeln ab. „Nein, wohl nicht. Bei all den Fehlschlägen und den Geldforderungen der Leute, denen Phillip ursprünglich hatte helfen wollen, haben wir unser gesamtes Vermögen verloren. Und wie die Morning Post behauptete, auch das Vermögen etlicher einflussreicher Männer. Den anderen reichte es nicht, dass Phillip ruiniert war, sie wollten Rache. Immer wenn sie darüber redeten, klang es so, als hätte Phillip sie irgendwie betrogen. In den Zeitungen wurden diese Beschuldigungen aufgegriffen, und irgendwann sahen die Gerüchte wie Tatsachen aus."

„Zur Hölle mit ihnen."

„Selbst heute kann ich es nicht ertragen, einen von ihnen zu sehen." Sie senkte den Blick. „Sie haben behauptet, er hätte das Gesetz gebrochen, aber das stimmte nicht. Er hatte einfach nur Pech. Unser eigenes Vermögen war ebenfalls dahin. Es wurden Untersuchungen angestellt, die sich ein Jahr lang hinzogen. Am Ende war Phillip von jedem Verdacht befreit, doch die ganze Geschichte hatte ihn furchtbar belastet, vor allem als dann auch noch *ich* zur Zielscheibe wurde."

Tristan sah, dass ihr Rücken kerzengerade war. Er nahm ihre Hand, führte sie an die Lippen und küsste jeden Finger einzeln.

„Manche Leute sind wirklich völlig verblödet. Lassen Sie sich von derartigem Abschaum nicht beeinflussen."

In ihren dunkelbraunen Augen schimmerte ein dankbarer Ausdruck. „Ich versuche es, aber manchmal fällt es mir schwer."

Tristan krampfte die Hand um den Stock, sorgfältig darauf bedacht, dass sie es nicht sah. „Wenn es Ihnen nichts ausmacht, es mir zu erzählen – was haben die Leute denn über Sie gesagt?"

Ihre Wangen röteten sich. „Hässliche Sachen. Dass ich die Männer verführt hätte, damit sie in Phillips Projekte investieren. Dass ich ..." Sie sah ihn flüchtig an und schüttelte dann den Kopf. „Es ist nicht wert, wiederholt zu werden. Wir waren vollkommen ruiniert, finanziell und gesellschaftlich. Wir haben unser Haus verloren, unsere Pferde, einfach alles, und unsere neuen ‚Freunde' ließen uns alle fallen. Ich glaube, das hat mich am meisten verletzt."

„Prudence, es tut mir leid." Er wusste, was es bedeutete, verlassen zu werden. Allein. Ohne alles. „Ich wollte, ich könnte es ungeschehen machen."

Mehr sagte er nicht. Doch es war genug. Sie sah ihn an. Ihre braunen Augen waren voller Gefühl. Er sah den Schmerz, die Verletzungen. Und die Wärme, die sie bei seinen Worten empfand.

Sie berührte seine Wange. „Danke."

Er nahm ihre Hand und drehte sie um, damit er ihr einen Kuss in die Handfläche drücken konnte. „Ich danke Ihnen", sagte er einfach.

Mit roten Wangen lächelte sie ihn an und entzog ihm dann ihre Hand. „Der *ton* ist eine merkwürdige und grausame Welt, aber genau damit müssen wir uns jetzt befassen." Sie strich ihre Röcke glatt und versuchte sich zu sammeln. „Das hat Ihrer Sache nicht gerade weitergeholfen."

„Nein? Mir ist gerade ein Kompliment zu Ihren Augen eingefallen, wie schön sie doch sind. Derartig galant gedrechselte Phrasen sind doch sicherlich etwas wert!"

„Ich bin hier, um Ihnen Benimmunterricht zu erteilen, nicht, um Ihnen die Hohe Schule des Flirtens beizubringen. Wir müssen da wirklich unterscheiden." Sie schenkte ihm ein Lächeln, und er erkannte, dass die Vertraulichkeiten damit vorerst beendet waren.

Er hatte nicht das geringste Interesse daran, weiter in die Geheimnisse korrekten Benehmens eingeweiht zu werden. Nein, er wollte mehr von ihr erfahren, wollte wissen, wer sie war und wie sie dazu geworden war. Doch wenn er jetzt Einwände erhob, war es gut möglich, dass sie aufstand und ging, und er wollte nicht riskieren, sie und ihre Gesellschaft zu verlieren, und sei es auch nur für einen Tag.

Um sich einen Spaß zu machen und sie in der Nähe zu behalten, setzte er sich aufs Sofa zurück und erklärte mit gespieltem Ernst: „Ich werde mein Bestes tun, um zwischen Benimmunterricht und der, wie Sie es nannten, Hohen Schule des Flirtens zu unterscheiden, wenn *Sie* dafür versuchen, öfter zu lächeln. Das beruhigt das wilde Tier in mir."

Sie lachte. Bei dem unbeschwerten Klang verspürte er ein wohliges Kribbeln. „Lord Rochester, nichts kann das wilde Tier in Ihnen beruhigen. Vielleicht ist das auch ganz gut so."

Tristan sah sie an, bewunderte ihre anmutig geschwungene Wange. Sie war eine wunderschöne Frau. Nicht aufsehenerregend, sondern auf ruhige, elegante Art. „Ich glaube, ich weiß, was wir jetzt tun sollten. Lassen Sie uns mit den Rollenspielen aufhören. Wir sind einfach, wer wir sind. Sie sind Prudence Thistlewaite, eine liebreizende Witwe von offensichtlich vornehmer Geburt, und ich bin, was ich bin, ein unehelicher Earl, dem es leider schwer an gesellschaftlicher Kompetenz gebricht."

Ihre Blicke trafen sich. Sie zögerte, dann lächelte sie. „Das wäre wunderbar."

„Finde ich auch."

Einen langen Augenblick saßen sie einfach da und sahen sich an. Spannung knisterte zwischen ihnen, wurde immer größer. Dann nickte Prudence, deren Wangen einen reizenden Rosaton angenommen hatten. „Also schön, wo wollen wir beginnen?"

„Ich werde mich nach Kräften bemühen, Sie nicht in Verlegenheit zu bringen, und Sie werden sich nach Kräften bemühen, mich zu korrigieren, ohne dass ich mich wegen meines verletzten Stolzes in die Brust werfen müsste."

In ihren Augen blitzte der Schalk auf. „Dazu neigen Sie allerdings."

„Das hat Reeves mir auch schon mühsam auseinandergesetzt. Es ist wirklich ärgerlich, wie er es fertigbringt, eine derartig offensichtliche Beleidigung so in Worte zu kleiden, dass man ihm zustimmt, als hätte er einem gerade das größte Kompliment gemacht."

„Finden Sie, dass es einer Beleidigung gleichkommt, wenn man jemanden korrigiert?“

„Nur wenn es mir passiert“, entgegnete er trocken und wurde für diese selbstironische Bemerkung prompt mit perlendem Gelächter belohnt.

Er grinste. Auf einmal fühlte er sich unglaublich wohl und entspannt. „Wollen wir wieder ein wenig über das Wetter reden, Mrs. Thistlewaite? Mir sind nicht weniger als drei vollkommen einwandfreie Bemerkungen dazu eingefallen.“

Ihr Lächeln blendete ihn förmlich. „Mylord, das wäre entzückend.“

12. KAPITEL

Viele Mitglieder des ton glauben, dass ein lobendes Wort für einen Dienstboten der größte und schönste Lohn sei, den jener in unserem ehrwürdigen Metier erhalten kann. Das ist eine überaus edle Vorstellung, doch leider völlig verfehlt. Ob Diener oder Dienstherr, Heiliger oder Bittsteller: Nichts ist motivierender als der Anblick einer frisch geprägten Goldmünze.

Leitfaden für den vollkommenen Butler und Kammerherrn von Richard Robert Reeves

Etwa zehn Meilen ostwärts, an einem besonders felsigen Küstenabschnitt, lag das „New Inn". Es handelte sich um ein festes Steingebäude, das auf einem schmalen Felsenband am Meer thronte und dessen Fensterscheiben so dick waren, dass man kaum hindurchsehen konnte.

Bei jeder Flut waren der Gasthof und die dazugehörigen Stallungen zwei Stunden vom Festland abgeschnitten. Das und die Reize der beiden drallen Schankmädchen sorgten dafür, dass die Taverne bei den Männern im Dorf unglaublich beliebt war. Vorausgesetzt, ihre zankenden, zürnenden Gattinnen kamen nicht vor der Flut an, um sie nach Hause zu schleppen, bot ihnen das Gasthaus die perfekte Ausrede, ein paar Stunden länger zu bleiben.

Als die Flut an diesem Abend weit genug gesunken war, um den Wall passierbar zu machen, kam ein einsamer Reiter in den Hof des „New Inn" gesprengt. Lukie, der Stallbursche, wusste gleich, dass das kein gewöhnlicher Knabe war, das merkte er nicht nur am edlen Reittier, sondern auch an dem glänzenden Shilling, der ihm in die Hand gedrückt wurde. Normalerweise kriegte er nur Kupfermünzen, außer wenn Gentleman Jack da war.

Dann strömte der Reichtum nur so, nicht nur für Lukie, sondern auch für seine Schwester, eines der Schankmädchen, und seine Tante, die Fleischpasteten und dicke Eintöpfe für die Gäste kochte. Eine derartige Großzügigkeit konnten sich in Lukies Welt nur Straßenräuber leisten. Wenn es diese Welt erlaubte, wollte Lukie eines Tages selbst in dieses Gewerbe einsteigen.

Er warf dem Herrn einen verstohlenen Blick zu. Merkwürdigerweise sah der gar nicht aus wie ein Straßenräuber, dazu war er viel zu nüchtern gekleidet. Lukie fragte sich, ob der Mann vielleicht ein Dienstbote oder ein Pfarrer war. Eines von beidem musste wohl zutreffen.

Grinsend steckte Lukie den Shilling ein und führte das Pferd zur Tränke.

Der Herr streifte die Handschuhe ab und steckte sie weg. „Verzeihung, aber ich suche nach einem gewissen Gentleman."

Beinah wäre Lukie das Lächeln entglitten. „Ach? Wen suchen Sie denn?"

„Einen Mann. Er ist ziemlich groß, über sechs Fuß, schlank, aber muskulös, schwarze Haare und Augen von einem sehr ungewöhnlichen Grünton." Die blauen Augen des Herrn musterten Lukie durchdringend. „Kennst du ihn?"

Lukie klopfte das Herz bis zum Hals. Verstohlen blickte er zur Tür des Gasthauses und wieder zurück. „Nein, Meister. Von so einem Mann, den Sie beschreiben, hab ich noch nie gehört."

„Hmm." Ein leises Lächeln huschte über das Gesicht des Mannes, als auch er zur Tür blickte. „Verstehe. Trotzdem vielen Dank." Damit wandte er sich um und ging zum Gasthof. Vor der Tür blieb er stehen und griff kurz in seinen Rock.

Im Licht der Laterne, die über der Tür hing, konnte Lukie gerade noch die Pistole ausmachen, die im Hosenbund des Mannes steckte.

Mit weit aufgerissenen Augen sah er zu, wie der Mann seinen Rock richtete und dann den Gasthof betrat. Lukie hatte das dringende Gefühl, dass er die Leute lauthals warnen sollte, wusste aber irgendwie, dass es nicht besonders klug wäre, wenn er ein großes Geschrei veranstaltete. Nein, da war es besser, still abzuwarten und sich bereitzuhalten, für den Fall, dass er gebraucht wurde.

Außerdem würde Gentleman Jack mit dem Kerl nötigenfalls schon fertig werden. Niemand war größer, schneller oder waghalsiger als er. Niemand konnte so mit dem Degen umgehen wie Jack. Beruhigt führte Lukie das Pferd des Gentlemans in den Stall.

Reeves trat derweil durch die Tür in die Schenke. Wenn er gehofft hatte, sich still hereinschleichen zu können, so wurde er enttäuscht.

Die krakeelenden Gäste stellten abrupt sämtliche Gespräche ein und betrachteten ihn mit unfreundlichen Blicken.

Unter dem Rock tastete Reeves nach der Pistole, und das kalte Metall schmiegte sich beruhigend in seine Hand. Gewalt lag ihm nicht, doch es war dumm, sich nicht zu wappnen. „Verzeihung", sagte er ruhig. „Mein Name ist Reeves, und ich suche nach einem Gentleman."

Eines der Barmädchen kicherte. „Da haben Sie sich den falschen Ort rausgesucht, Schätzchen, Gentlemen haben wir hier nicht."

Das rief großes Gelächter hervor und ein oder zwei gutmütige Proteste. Reeves wartete ab, bis sich der Aufruhr legte, und nutzte das allgemeine Gewühl, um sich umzusehen.

Das „New Inn" war keineswegs neu, wie es sein Name nahegelegt hätte, sondern bereits mehrere Jahrhunderte alt. Die niedrigen Holzdecken waren rußig von den vielen rauchigen Abenden. Steine von der Felsküste umrahmten den riesigen Kamin, in dem ein ganzer Stapel Holz loderte. Am Boden hatte der Zahn der Zeit besonders genagt: Vor dem Tresen war er schon ausgetreten von all den durstigen Gästen, die dort um eine Erfrischung angestanden hatten. Auf einer Seite verschwand eine schmale Treppe nach oben.

Die Gäste sahen aus wie Landarbeiter und Tagelöhner, hier und da saß eine zwielichtige Gestalt dazwischen. Reeves wartete, bis das Gelächter verklungen war, ehe er seine Frage ein wenig konkretisierte. „Ich suche nach einem bestimmten Herrn, nach einem gewissen Christian Llevanth."

Darauf erhielt er keine Antwort, nur ausdruckslose Blicke und Schulterzucken. Zwei Männer an der Tür – ein kleiner schlanker Bursche mit merkwürdig rundem Gesicht und schmalen Augen und ein rothaariger Riese mit grimmiger Miene – schienen ihm seine Anwesenheit besonders übel zu nehmen.

Reeves räusperte sich. „Wenn Christian Llevanth nicht da ist, könnte ich mich dann nach Gentleman Jack erkundigen?"

Wieder war der Schankraum von kaltem, angespanntem Schweigen erfüllt.

Ein Mann mit braunem Haar und dickem Hals starrte Reeves erbost an. „Sie sind nich' zufällig 'n Konstabler, was?"

„Nein, ich will ihm nichts Böses."

Der Mann lachte, doch seine Augen blickten kalt. „Das behaupten sie alle."

Sein Gefährte, ein schwarzhaariger Kerl mit Augenklappe, grinste verbissen. „Ich wär vorsichtig, wen ich ausfrage. Manche nehmen es vielleicht übel, wenn man ihnen unterstellt, sie würden sich mit 'nem allseits bekannten Straßenkehrer rumtreiben."

„Ich will niemanden hier beleidigen, aber ich habe Nachricht vom Vater des Gentlemans."

Dies rief erneut Unruhe hervor. Der rothaarige Riese hievte sich auf die Füße, und sofort trat Stille ein. „Ich denke, Sie sollten jetzt lieber gehen. Wir wollen hier keine Fremden."

„Ich muss Christian Llevanth finden. Wenn Sie ihm zufällig begegnen sollten, würden Sie ihm bitte ausrichten, dass ich für ihn eine Nachricht von seinem Vater habe?"

„Nein", erklärte der Riese und reckte störrisch das Kinn. „Ich richt ihm gar nix von Ihnen aus, Sie aufgeblasener ..."

„Willie!", ertönte eine männliche Stimme von der Treppe. „Halt die Klappe."

Reeves wandte sich um, während der Gentleman die Treppe herunterkam. Auch wenn er so groß wie sein Bruder war, war Christian nicht so raumgreifend, da er schlanker und eleganter gebaut war. Seine Kleidung war von guter Qualität. Der Umhang glänzte, wie es nur feinste Wolle vermochte. Seine Breeches saßen hervorragend, und das Hemd kündete von feinstem spanischen Leinen. Der eng anliegende Schnitt seines Gehrocks verriet den französischen Ursprung. Doch alles, was er trug, selbst sein Krawattentuch, war ebenso kompromisslos schwarz wie sein Haar. Das einzig Farbige an ihm waren der funkelnde Rubin in seinem Halstuch und das blitzende Silber des reich geschmückten Degens.

Er sah genau wie das aus, was er war – ein Dieb, wenn auch ein eleganter. Mit anmutigen Bewegungen durchquerte Christian den Raum.

Der rothaarige Riese betrachtete Reeves von oben bis unten. „Also ich finde, der sieht aus wie ein Schucker."

„Ein Schucker?", fragte Reeves.

Der Riese schnaubte verächtlich. „Na, ein Sbirre. Ein Spitz."

„Mein Freund Willie meint, Sie sehen aus wie ein Konstabler."

Christian lächelte. Seine hellen grünen Augen brannten vor Neugier, als er zu Reeves herübergeschlendert kam. „Ich glaube, Willie hat's erfasst."

„Ich bin keineswegs ein Konstabler."

Willie betrachtete ihn noch einmal und grinste dann selbstgefällig. „Aye. Dazu hat er vielleicht doch nicht genug Mumm."

„Willie will damit sagen", erklärte Christian und setzte sich an einen leeren Tisch am Feuer, „dass er glaubt, Sie hätten nicht ..."

„Ich habe schon verstanden, was Mr. William meint, Mylord."

„Mylord?" Christians Lächeln wurde noch breiter, sodass seine Zähne in der dunklen Taverne weiß aufblitzten. „Da liegen Sie aber ganz daneben, mein Freund, wer Sie auch sein mögen."

„Ich liege keineswegs daneben", erwiderte Reeves sanft. „Ich bringe Neuigkeiten. Erschreckende Neuigkeiten, fürchte ich."

Christian erstarrte. Der Riese öffnete den Mund, doch der andere hob die Hand.

Der Riese trat unruhig von einem Bein auf das andere. „Jack?", fragte er. „Was ist denn?"

Christian wandte seinem Gefährten das Gesicht zu. Es war vollkommen reglos. „Mein Vater."

„*Der* Herr da ist dein Vater?"

„Nein. Mein Vater war ein Earl. Und jetzt ist er anscheinend tot." Er sah Reeves um Bestätigung heischend an. Sein Gesicht war bleich.

Reeves nickte. „Leider ja, Mylord."

Christian schüttelte den Kopf, wie um Klarheit in seine Gedanken zu bekommen. „Das ist seltsam. Irgendwie hatte ich immer gedacht, er würde ewig leben. Wie komme ich nur auf so eine Idee?" Er schwieg eine Weile, starrte ins Feuer, als suchte er dort etwas.

Plötzlich kam er mit einem Ruck wieder zu sich und warf Reeves einen raschen Blick zu. „Tut mir leid. Ich war in Gedanken. Wollen Sie sich nicht setzen?" Er zwinkerte dem Schankmädchen zu, das ihnen daraufhin kichernd zwei Krüge Bier brachte. Christian gab ihr eine Münze und sah geistesabwesend zu, wie sie das Geldstück provozierend im Ausschnitt verschwinden ließ.

„Sie sind hier in der Gegend gut bekannt", sagte Reeves höflich und setzte sich Christian gegenüber hin.

Christian drehte einen leeren Stuhl zu sich herum und stützte sich mit den Stiefeln auf der Sitzfläche ab. „Es zahlt sich aus, sich mit den Einheimischen gut zu stellen."

Willie warf Reeves einen warnenden Blick zu. „Sam und ich sind ganz in der Nähe, direkt an der Tür."

Christian nickte abwesend. Er wartete, bis sein Diener außer Hörweite war, dann fragte er: „Wer sind Sie?"

„Der Butler Ihres Vaters."

„Wie haben Sie mich gefunden?"

„Das war nicht einfach. Wie alle anderen habe ich angenommen, dass Sie nach Ihrer Flucht vor dem Schiffsdienst nach London gingen, um in der Nähe Ihrer Mutter zu sein."

„Sie starb vor meiner Ankunft. Ich wusste, dass sie krank war, hatte aber keine Ahnung, wie ernst es um sie stand."

„Das muss ein ziemlicher Schock gewesen sein."

Christian nahm einen Schluck aus seinem Krug. „Sie haben ja keine Ahnung."

„Nein, Mylord. Am Anfang der Suche haben wir in jedem Waisenhaus, jeder Hafenfabrik und jeder Hafenkneipe nach Ihnen gesucht. Dann wurde uns klar, dass wir unsere Suche vielleicht zu weit unten angesetzt hatten."

Christians Lippen zitterten leicht. „Ich war der Sohn eines Earls. Und nicht irgendeines Earls."

„Natürlich, Mylord. Genau die Haltung Ihres Vaters. Sobald mir das klar geworden war, dauerte es nicht lange, ehe ich die erste Spur hatte. Hier eine Spur, da eine Information." Reeves begegnete Christians Blick. „Sie haben den Namen und den Titel Ihres Vaters in diversen Variationen benutzt. In Bainbridge haben Sie sich Viscount Westerville genannt. In Bath Lord Rochester Stuart."

„Ein ganz gewöhnlicher Trick. Wenn man eine andere Identität annimmt, sollte man immer einen Namen wählen, an den man sich im Ernstfall auch erinnert."

„Ein sehr guter Ratschlag, Mylord. Ich werde versuchen, ihn mir einzuprägen. Mr. Dunstead, der Anwalt des alten Earls, hatte in London eine Beschreibung von Ihnen aufgetrieben."

„In London?"

„Ja, Mylord. Von der Tochter des französischen Botschafters. Er sagt, Sie hätten das Herz seiner Tochter gestohlen, obwohl er sich mehr über den Verlust ihrer Juwelen aufzuregen schien."

Ein träumerisches Lächeln huschte über Christians Gesicht. „Michelle war ...", er küsste seine Fingerspitzen, „... einfach *magnifique.*"

Reeves gestattete sich ein schmales Lächeln. „Freut mich, das zu hören. Gentleman Jack scheint recht erfolgreich."

„Die Vorteile wiegen weitaus schwerer als die Gefahren." Christian nahm noch einen Schluck. „Dann ist mein Vater also tot. Hmm. Ich kann keine Trauer empfinden."

„Er hat Ihnen den Titel eines Viscount Westerville hinterlassen, während Ihr Bruder Tristan nun neuer Earl ist."

Christian erstarrte. „Tristan?"

„Ja. Er lebt, und es geht ihm gut. Obwohl ich annehme, dass Sie das wissen."

Ein verschlossener Ausdruck trat in Christians Gesicht. „Vielleicht. Das Schicksal eines Kriegshelden ist ziemlich einfach zu verfolgen."

„Sie haben ihn doch schon viel länger beobachtet. Als der Anwalt Ihres Vaters sich nach Ihrem Bruder auf den Schiffswerften umhörte, war vor ihm schon jemand anders da gewesen."

Christian trank von seinem Krug. Seine langen Wimpern verbargen seine Augen. „Vielleicht. Sagen Sie, Reeves, wie ist es meinem Vater gelungen, uns die Titel zu hinterlassen? Unsere Mutter hat Rochester doch nie geheiratet."

„Ihr Vater hat kurz vor seinem Tod alles in Ordnung gebracht."

„Wie?"

Auf Reeves' Gesicht erschien ein schwaches Lächeln. „Ist das denn wichtig?"

„Vermutlich nicht." Christian schüttelte den Kopf. „Ich kann es immer noch nicht glauben. Wo ist Tristan jetzt? Ich weiß, dass er verletzt wurde. Ich habe in London nach ihm gesucht, aber als ich ankam, war er schon wieder weg."

„Wie es der Zufall will, wohnt er nicht weit von hier."

Christian lachte ungläubig. „Hier? Das kann doch nicht stimmen!"

Reeves lächelte. „Es war Ihnen vorherbestimmt, sich wiederzusehen, auch ohne meine Ankunft – nur dass es dann unter weniger glücklichen Umständen hätte geschehen können." Er legte den Kopf schief. „Auch wenn Sie Ihrer Mutter ähneln – Ihr modisches Flair haben Sie ganz bestimmt von Ihrem Vater."

Christian lächelte bitter und hob den Krug. „Auf das Flair meines Vaters. Möge es mir zugutekommen."

Reeves hob ebenfalls den Krug und prostete Christian zu, ehe er vorsichtig einen Schluck nahm.

„Willkommen in meiner Welt, Reeves. Üppige, willige Weiber und bitteres Bier, dazu die Aufregungen der Straße."

„Aufregungen … und Gefahren. Master Christian, ich sage es nur zögernd, aber ich glaube, nun ist es an der Zeit, sich einen anderen Beruf zu suchen."

Christian grinste schief. „Ein Kriegsheld und Earl kann keinen Straßenräuber als Bruder brauchen."

„Ich glaube nicht, dass der Earl Ihnen da zustimmen würde."

„Er war schon immer störrisch wie ein Maulesel." Christian warf Reeves einen ernsten Blick zu. „Sonst geht es ihm gut?"

„Ich glaube, ja. Er hinkt immer noch, von der Verletzung, wissen Sie. Ich glaube nicht, dass sich das je verlieren wird. Aber seine Männer sind noch bei ihm; sie treiben ihn in den Wahnsinn."

„Seine Männer? Dann segelt er also noch?"

„Nein", sagte Reeves. „Sie sind zu ihm gekommen. Er besitzt in Devon ein Haus oberhalb der Felsenküste."

„Dort lebt er mit seiner Mannschaft?"

„Mit denjenigen, die nicht länger zur See fahren können. Sie verehren ihn."

Ein leises Lächeln spielte um Christians Lippen. „Sie sind seine Familie. Wenn man selbst keine Familie hat, nimmt man die verlorenen Seelen auf, die einem ins Leben stolpern."

Der Butler blickte zu Willie, der an der Tür stand und das Treiben im Raum finster betrachtete.

Christian folgte Reeves' Blick. „Ja, er ist einer."

Das Feuer flackerte, als ein Windstoß in den Kamin fuhr. Rauch quoll in den Raum.

„Ich glaube, Ihr Vater bedauerte es, dass er sich nicht mehr um Sie kümmerte."

„Und ich bedauere, dass ich ihm nicht mit dem Degen die Kehle aufgeschlitzt habe."

„Es überrascht mich, dass Sie es nicht getan haben."

„Ich hatte nicht das Recht, Tristan den Vater zu nehmen." Christian zuckte mit den Schultern. „Außerdem hatte ich anderweitig zu tun."

„Ja, Mylord. Das Amt des Straßenräubers scheint mir ein enorm zeitraubendes zu sein."

In Christians grünen Augen glomm Belustigung auf. „Ich bin nicht nur ein Straßenräuber. Ich bin auch ein Gentleman, der sich gelegentlich dem Landleben widmet. Mein Grundbesitz ist sogar recht groß."

„Das überrascht mich nicht, Mylord. Sie sind sehr findig. Wie Ihr Vater." Der Butler legte eine Pause ein. „Er war ein guter Verwalter und ein guter Dienstherr. Leider war er mit seinen Liebschaften auch sehr freizügig. Ein großes Wasser, aber nicht sehr tief."

Christian lächelte widerstrebend. „Der alte Earl war in jeder Hinsicht ein Schurke."

„Ja, Mylord. Obwohl er bei seinen Krawattentüchern einiges Geschick bewies."

„Da ist Gott sicher sehr beeindruckt. Erzählen Sie mir von Tristan. Genießt er es, jetzt Earl zu sein? Hat er mit dem Vermögen halb London aufgekauft?"

„Er hat das Geld noch nicht. In vier Wochen kommen die Treuhänder, um zu prüfen, ob er des Earlstitels überhaupt würdig ist. Wenn er ihre Zustimmung erringt, erhält er eine sehr große Summe Geld. Wenn nicht, wird das Vermögen der ohnehin schon sehr großzügigen Summe aufgeschlagen, die der alte Earl Ihnen vermacht hat. Vorausgesetzt natürlich, dass Sie den Beifall der Treuhänder erlangen können."

„Ein Earl ohne Geld. Mein Vater hat sich also auch noch auf dem Totenbett den exquisiten Sinn für Humor bewahren können." Christian merkte, dass er den Bierkrug krampfhaft umklammerte. Er lockerte den Griff und sagte ausdruckslos: „Dann bin ich jetzt also tatsächlich Viscount Westerville."

„Ihr Vater hat Ihnen den Titel und zehn Pfund Jahreseinkommen hinterlassen."

Christian pfiff.

„Werden Sie es annehmen?"

„Sind Sie verrückt? Natürlich nehme ich es an, mit Freuden!"
Reeves seufzte. „Endlich jemand Vernünftiges."
Christian lachte. „Dann hat Tristan es nicht annehmen wollen?"
„Er sagte, lieber würde er … wie hat er es formuliert? Es hatte etwas mit tieferen Regionen zu tun, die er abbrennen wollte."
„Typisch Tristan. Er sieht alles nur in Schwarz und Weiß. Nichts als Stolz, der Junge. Ich jedoch werde es genießen, das Geld des Earls auszugeben, während er im Höllenfeuer schmort."
„Wie schön zu sehen, dass Sie nicht verbittert sind", erklärte Reeves trocken.
Christians Miene verfinsterte sich so rasch, wie sie sich vorhin aufgehellt hatte. „Wissen Sie, was er meiner Mutter angetan hat? Dass er sie im Gefängnis verrotten ließ? Eines Verrats angeklagt, den sie nicht begangen hatte?"
„Mylord, vielleicht hatte er einen Grund …"
Christian knallte den Bierkrug auf den Tisch, ohne auf die erschrockenen Blicke ringsum zu achten. „Meine Mutter ist in einer feuchten Gefängniszelle gestorben, wegen eines Verbrechens, das sie nicht begangen hatte, allein und voller Angst. Er wusste es und tat nichts, um ihr zu helfen."
„Mylord …"
„Nein. Kein Wort mehr. Ich habe es mir zur Aufgabe gemacht, so viel wie möglich über die Geschichte in Erfahrung zu bringen. An ihrem Schicksal kann ich jetzt nichts mehr ändern, aber eines Tages werde ich herausfinden, wer für diesen Schmerz verantwortlich war."
Reeves sah in Christians brennende grüne Augen. „Es tut mir leid." Mehr konnte er nicht sagen.
„Mein Vater war ein Dreckskerl, durch und durch. Ein Gentleman von Geburt, aber nicht im Herzen." Christian trank seinen Krug leer, stellte ihn auf den Tisch und bedeutete dem Serviermädchen, dass er noch einen wollte. „Ich bin ein Viscount." Er lächelte bitter. „Wie amüsant."
„Gewiss wird Ihr Bruder sich gern mit Ihnen über die Besonderheiten eines Adelstitels austauschen."
Christian nahm den neuen Krug entgegen und zwinkerte dem Schankmädchen zu. Dann wandte er sich wieder an Reeves. „Verraten Sie meinem Bruder nicht, dass Sie mich gefunden haben."

„Aber Mylord! Warum denn nicht?"

„Ich muss noch ein paar Sachen erledigen, wenn ich in sein Leben zurückkehren will. Wie es klingt, braucht er nicht noch mehr Probleme, als er ohnehin schon hat." Christian schob seinen Krug zur Seite. „Geben Sie mir eine Woche. Vielleicht etwas länger. Ich werde mich dann mit Ihnen in Verbindung setzen."

Reeves seufzte. „Wie Sie wünschen, Mylord."

„Wenn Sie oder mein Bruder mich bis dahin brauchen sollten, schicken Sie mir eine Nachricht."

„Sehr wohl. Eines Tages müssen wir etwas ausführlicher über Ihren Vater sprechen, aber jetzt ist offensichtlich nicht der geeignete Zeitpunkt." Reeves stand auf und verbeugte sich. „Ich bin froh, dass ich Sie endlich gefunden habe. Ich habe es dem alten Earl versprochen."

„Sie sind sehr loyal gegenüber einem Mann, der diese Treue gar nicht verdient hat."

Reeves lächelte. „Sein Benehmen Ihnen gegenüber war gewiss nicht dazu angetan, Zuneigung zu wecken, zu mir war er hingegen ganz anders. Ich stehe in seiner Schuld. Und ich bin ein Mensch, der seine Schulden zu zahlen pflegt." Reeves legte Schal und Handschuhe an. „Ich werde Sie nun verlassen, Mylord. Aber hoffentlich nicht für lange."

„Das ziehe ich nicht an."

Reeves sah auf die Weste. „Dürfte ich fragen, warum nicht?"

Tristan verzog das Gesicht. „Ich mag Westen nicht, und vor allem mag ich die hier nicht."

„Mylord, es wird uns leichter fallen, die Treuhänder davon zu überzeugen, dass Sie des Vermögens würdig sind, wenn Sie Ihre Rolle auch rein äußerlich verkörpern. Mrs. Thistlewaite schien der Ansicht, dass Sie letzte Woche große Fortschritte gemacht haben, daher sind ein paar neue Kleidungsstücke an diesem Punkt unbedingt erforderlich."

„Ich habe nichts dagegen, wie ein Gentleman auszusehen. Aber ich hab was dagegen, dieses verdammte rosa Ding anzuziehen!"

„Die Weste ist nicht rosa. Sie ist flohfarben."

Tristan trug die Weste ans Fenster und zog den Vorhang zurück.

Er musterte den Stoff. „Nein. Sie ist rosa."

„Sie ist flohfarben", erklärte Reeves mit äußerster Geduld. „Ich könnte mir allerdings vorstellen, dass Sie diese Farbe noch nicht oft zu Gesicht bekommen haben. Vermutlich werden Segel nicht in dieser Farbe hergestellt."

„Darauf können Sie Gift nehmen!"

Reeves räusperte sich.

Tristan seufzte. „Tut mir leid. Ich wollte sagen: Allerdings nicht. Es ist mir nur so herausgerutscht."

„Es ist schon viel besser geworden, Mylord. So etwas braucht eben Zeit."

Zeit war allerdings etwas, was Tristan nicht im Überfluss zur Verfügung stand. Obwohl er letzte Woche einen Großteil des Tages mit der wunderbaren Prudence verbracht und weitaus mehr über die Sitten des *ton* gelernt hatte, als er je hatte wissen wollen, lag es ihm schwer auf der Seele, wie rasch die Tage vergingen. Schlimmer noch, seine finanzielle Lage wurde anscheinend immer schwieriger. Erst diesen Morgen hatte er den Arzt gerufen, damit er sich Old John Marleys schlimmes Bein ansah. Das Ergebnis verhieß nichts Gutes: Die Heilung würde Wochen, vielleicht sogar Monate dauern und jede Menge Arznei erfordern.

Tristan seufzte. Er brauchte ein Vermögen. Sofort.

Daher hatte er sich bemüht, sich als williger und gelehriger Schüler zu erweisen, wenn Prudence zu ihm kam. Selbst das war schwierig. Anscheinend war er nicht in der Lage, sich an die eng gesteckten Grenzen des Anstands zu halten, wenn sie bei ihm war. Er lernte eine ganze Menge, er wusste, was er tun durfte und was nicht. Aber in ihrer Nähe schienen ihm die Regeln so … bedeutungslos. Eine Verschwendung.

Der Unterricht war für ihn zu einer Art süßen Qual geworden. Die Atmosphäre zwischen ihnen lud sich mit jedem Tag mehr auf. Doch was noch wichtiger war: Er dachte inzwischen die ganze Zeit an sie und hegte allmählich den Verdacht, dass er sie vermissen würde, wenn der Unterricht vorüber war.

Vielleicht würde er sie bitten, ihn auch weiterhin zu unterrichten, nur würde er diesmal darauf bestehen, dass sie nicht so viele Kleider trug. Er stellte sich ihr Gesicht vor, wenn er ihr diese Forderung vortrug. Der Gedanke entlockte ihm ein Lächeln.

Reeves' Stimme unterbrach Tristans Überlegungen. „Worüber lächeln Sie, Mylord?"

„Ach, nichts weiter. Ich musste nur an etwas denken, was Prudence gesagt hat."

Reeves schürzte die Lippen. „Sie meinen wohl Mrs. Thistlewaite?"

„Ich meine Prudence."

„Korrekter wäre es ..."

„Ich mag vielleicht Ihre verflixte Weste anziehen, aber der Teufel soll mich holen, wenn ich Prudence anders nenne als mit ihrem Vornamen!"

Reeves verbeugte sich. „Wie Sie wünschen, Mylord."

„Gut", erwiderte Tristan. Er fühlte sich wie ein Schurke, weil er den Butler so angeschrien hatte, dabei hatte Reeves in seinem Leben wirklich sehr viel Gutes bewirkt. Nicht nur, dass er besseres Essen bekam – er durfte es jeden Tag mit der reizendsten Gefährtin teilen, die man sich nur vorstellen konnte.

Tristan befühlte die Weste. „Wenn ich die an Bord getragen hätte, wäre ich dort gnadenlos ausgelacht worden."

„Zweifellos von Seeleuten, die über dasselbe Modebewusstsein verfügen wie Sie." Herausfordernd hob Reeves eine Augenbraue. „Nachdem Sie von Flohfarben ..."

„Rosa."

„... von Flohfarben nichts halten, werde ich nach einer anderen Weste suchen, die Ihnen hoffentlich mehr zusagt." Bedächtig legte Reeves die Weste über seinen Arm und kehrte zu dem Kasten am Fußende des Bettes zurück. Er faltete das Kleidungsstück, schlug es in Seidenpapier und legte es behutsam in die Kiste zurück. Dann begann er, zwischen den anderen Kleidungsstücken zu suchen, die noch im Kasten waren, hielt aber noch einmal inne und warf Tristan einen ziemlich ironischen Blick zu. „Bevor ich anfange, gibt es irgendwelche anderen Farben, die Sie nicht tragen wollen? Blau? Violett?"

„Gelb."

„Was haben Sie denn gegen Gelb?"

Tristan grinste. „Mit Gelb wirke ich so blass."

Einen Augenblick spielte ein Lächeln um Reeves' Lippen, doch er unterdrückte es rasch. „Ich werde versuchen, dies zu berücksichtigen, Mylord." Er beugte sich wieder über die Kiste und tauchte einen Augenblick später mit einer neuen Weste auf.

Tristan trat einen Schritt zurück. „Herr im Himmel!"

Reeves begutachtete die Weste. „Was denn?"

„Die glänzt ja!"

„Oh. Nun ja. Es ist eine silberdurchwirkte Weste mit blauem Litzenbesatz. Das ist derzeit sehr aktuell. Sie kommt direkt aus Frankreich, und ..."

„Verdammt, in dem Ding schaue ich ja aus wie eine Münze auf zwei Beinen. Oder irgendein Damenhalsband."

„Sie ist nur für den Abend gedacht, Mylord. Für tagsüber vollkommen unpassend. Ich habe sie nicht deswegen hochgehalten, um Ihnen nahezulegen, sie jetzt sofort anzuziehen, sondern nur, um zu eruieren, ob sie Ihrem Geschmack besser entspricht."

„Ich würde aussehen wie ein Fisch auf dem Trockenen." Tristan schüttelte den Kopf. „Das kommt davon, wenn man den Franzosen erlaubt, die Mode festzulegen."

Reeves faltete die Weste sorgfältig zusammen und legte sie wieder in den Kasten. Dann zog er eine neue, weitaus einfachere hervor. Sie war rot, mit schmalem schwarzen Besatz.

Tristan nahm die Weste und betrachtete das Kleidungsstück angeekelt. „Gibt's denn keine schwarzen Westen?"

„Schwarze Westen werden höchstens von Landpfarrern oder arroganten Straßenräubern getragen."

„Mit Landpfarrern kenne ich mich nicht aus, aber mit den Straßenräubern haben Sie recht. Die tragen wirklich jede Menge Schwarz."

Reeves' blaue Augen hefteten sich auf Tristan. „Dürfte ich fragen, woher Sie das wissen, Mylord?"

Tristan wandte sich zum Spiegel und streifte die Weste über. „Vor knapp einem Jahr wurde ich überfallen, als ich unterwegs nach Bath war. Der Mann war von Kopf bis Fuß in Schwarz gekleidet, weswegen es auch verdammt schwierig war, ihn zu erwischen."

„Ihn zu erwischen, Mylord?"

„Ihn anzuschießen."

Reeves hielt inne. „Sie haben auf ihn *geschossen?*"

„Ich habe es versucht, aber er konnte entkommen. Ich habe keine

Blutspuren gefunden, daher muss ich annehmen, dass ich ihn verfehlt habe. Wirklich verdammt schade."

Reeves lächelte angespannt. „Natürlich, Mylord. Hier. Lassen Sie sich in den Rock helfen."

Tristan schob die Arme in die Ärmel. So ein enges Kleidungsstück zu tragen fühlte sich merkwürdig an. Sämtliche Kleider, die Reeves für ihn hatte machen lassen, saßen ungewohnt eng, von den gewirkten Kniehosen bis zum Krawattentuch. Er kam sich darin vor wie ein gerefftes Segel.

Er nahm seinen Stock. „Nachdem ich nun verschnürt bin wie ein Gänsebraten, möchte ich jetzt, wenn Sie nichts dagegen haben, meinen Morgenspaziergang machen."

„Sie haben noch etwa eine halbe Stunde, bis Mrs. Thistlewaite kommt. Achten Sie mir nur gut auf die Pfützen." Reeves nickte zu Tristans glänzenden Stiefeln.

„Wozu brauche ich Stiefel, wenn ich sie nicht dreckig machen darf?"

Reeves öffnete den Mund, um etwas zu erwidern, als die Tür mit einem Knall aufflog. Stevens steckte den Kopf herein und riss die Augen auf, als er Tristan sah. „Kreuzwetter, Käpt'n … ich meine, Mylord. Wenn Sie jetzt nicht ausschauen wie ein feiner Herr, dann weiß ich auch nicht."

„Master Stevens", mahnte Reeves ruhig, „normalerweise klopft man an, ehe man einen Raum betritt."

„Was Sie nicht sagen. Na dann." Stevens drehte sich um und klopfte an die Tür hinter sich, bevor er sich lächelnd an Reeves wandte. „Na, wie war das?"

„Hervorragend, nur dass man sonst *vor* der Tür steht, anklopft und *wartet,* bis man hereingebeten wird."

„Meine Güte, das würde ja ewig dauern. Käpt'n … Mylord, haben Sie so was schon mal gehört? Dass man anklopft und dann wartet, bis man reingebeten wird?"

„Die Benimmregeln, Stevens, mich bringen sie auch schier um. Bis der Monat vorbei ist, werden wir uns selbst nicht wiedererkennen."

„Master Stevens", sagte Reeves. „Haben Sie die Schere mitgebracht, wie ich Ihnen aufgetragen habe?"

Stevens nickte, griff in seinen voluminösen Rock und zog aus dem

Hosenbund eine ziemlich gefährlich aussehende Schere heraus.

Tristan betrachtete sie mit Unbehagen. „Wozu soll die dienen? Wollen Sie damit die rosa Weste zerschneiden und ein Segel daraus nähen?“

Stevens lachte scheppernd. „Käpt'n, Sie wissen doch bestimmt Bescheid! Die Schere ist für Ihre Haare.“

„*Was?*“ Tristan trat einen Schritt zurück und sah die Schere entsetzt an. „Reeves, Sie wollen mir doch nicht etwa die Haare schneiden!“

Reeves warf Stevens einen strengen Blick zu. „Es lag nicht in meiner Absicht, dass der Earl von meiner Anregung auf diese Weise erfährt.“

Tristan sah ihn finster an. „Na, nach einer Anregung sieht mir das aber nicht aus.“

„Mehr sollte es aber nicht sein. Allerdings braucht Ihr Haar tatsächlich einen Schnitt. Es ist zu lang für die gegenwärtige Mode.“

Grollend berührte Tristan den sauber gebundenen Zopf in seinem Nacken. Er ging ihm bis über die Schultern, was durchaus akzeptabel war – die anderen Kapitäne trugen ihr Haar meist länger. Tristan hatte diesen Zopf, seit er sein erstes Schiff übernommen hatte, und es fiel ihm im Traum nicht ein, sich von ihm zu trennen. „Ich lasse mir das Haar nicht schneiden. Die Treuhänder sollen zum Teufel gehen.“

Reeves seufzte. „Vielleicht kann Mrs. Thistlewaite Sie zur Vernunft bringen.“ Damit entließ der Butler den inzwischen recht kleinlauten Stevens und wandte sich den restlichen morgendlichen Verrichtungen zu.

Tristan ertappte sich dabei, wie er unruhig auf die Uhr blickte und die Minuten bis zu Prudences Ankunft zählte. Die Zeit mit ihr war rasch zum Höhepunkt jeden Tages geworden. Bei dem Gedanken musste er kurz innehalten. Er dachte wirklich ganz schön oft an sie. Wenn er so zurückdachte, hatte er an diesem Morgen eigentlich dauernd an sie gedacht – seit er aufgewacht war. Doch seine wachen Gedanken waren bei Weitem nicht so beunruhigend wie sein letzter Traum.

In seinem Traum hatte sie bei ihm im Bett gelegen und war erwacht, als die Morgensonne über den Horizont gestiegen war. Sie hatte tief geschlafen, das lange seidenbraune Haar floss um ihre nackten Schultern …

Nicht, dass er gewusst hätte, ob sie nackt schlief, er wusste es natürlich nicht. Wenn nicht, fragte er sich, was wäre wohl nötig, um sie dazu zu überreden ...

Er lächelte versonnen, während Reeves ihm den neuen Rock über den Schultern glatt strich. Meist waren die Frauen so damit beschäftigt, wie sie auf andere wirkten, dass sie sich kaum darum kümmerten, wie sie wirklich waren. Doch Prudence war einfach nur sie selbst, und das wusste er zutiefst zu schätzen. Er war zu lange allein auf hoher See gewesen, um den Orkanböen einer launischen und selbstsüchtigen Frau entgegentreten zu können. Prudence war anders. Sie erfüllte ihn, reizte ihn, forderte ihn heraus und mehr.

„Mylord?“

Tristan blinzelte. „Verzeihung, Mr. Reeves. Sagten Sie etwas?“

„Ja, Mylord. Mehrmals.“

„Entschuldigen Sie. Ich habe gerade an ... an ein Schiff gedacht.“ Ein Schiff mit wahrhaft herrlichen Toppsegeln.

„Natürlich, Mylord“, meinte Reeves, nahm die Bürste und führte sie über Tristans Schultern. „Ich wusste gar nicht, dass eines Ihrer Schiffe *Prudence* hieß.“

„Wie ... wovon reden Sie da?“

„Nur davon, dass Sie den Namen vor sich hin murmelten, als ich Ihre Ärmel glatt strich.“

„Oh.“

Reeves legte die silberne Bürste auf das dafür vorgesehene Tablett auf der Kommode zurück. „Wirklich ein erstaunlicher Zufall, dass sowohl Ihr Schiff als auch Ihre Nachbarin *Prudence* heißen. Das muss die Unterhaltung zwischendurch doch ungemein erschweren!“

Tristan sah Reeves direkt in die Augen. „Sind wir jetzt fertig mit Anziehen?“

„Ja, Mylord. Gestatten Sie mir die Bemerkung, dass Sie überaus schneidig aussehen.“

„Danke, Reeves.“ Tristan wandte sich zum Gehen, hielt aber noch einmal inne, weil ihm ein Gedanke gekommen war. „Ach, ich wollte Sie schon heute Morgen danach fragen und hätte es beinah vergessen.“

„Ja, Mylord?“

„Haben Sie von Mr. Dunstead gehört?“

Eine kurze Pause entstand. Nicht lang, dennoch verräterisch.

„Bisher leider nicht", erwiderte Reeves.

„Hm." Tristan sah den Butler scharf an. „Letzte Woche kam an einem Abend ein Fremder hierher. Sehr spät. Sie haben ihn getroffen und mit ihm gesprochen. Ich weiß das, weil Toggle auf dem Abort war und es mitbekommen hat. Sie haben Nachricht von Mr. Dunstead erhalten."

Auf Reeves' Stirn zeigte sich ein schwaches Runzeln. „Master Toggle ist wirklich ein Meister darin, sich da herumzutreiben, wo er nicht erwünscht ist."

„Es ist seine große Gabe."

„Ja, Mylord."

„Nun?"

Reeves antwortete nicht.

„Verstehe. Die nächste Merkwürdigkeit hat sich vor drei Tagen ereignet. Sie haben das Haus nach dem Dinner verlassen und sind erst zwei Stunden später zurückgekommen."

„Ja, Mylord. Das stimmt." Der Butler begegnete Tristans Blick und seufzte. „Ich wollte nichts sagen, ehe sich das Problem von selbst gelöst hat, aber … vielleicht ist es so besser. Mylord, Mr. Dunstead hat Master Christian tatsächlich gefunden."

Tristans Herz setzte einen Schlag aus.

Reeves hob die Hand. „Mehr kann ich jetzt nicht sagen, Mylord. Noch nicht. Es ist eine Ehrensache. Er hat mir nicht gestattet, Ihnen seinen Aufenthaltsort zu verraten."

Tristan biss die Zähne zusammen. „Geht es ihm gut?"

„Ja, Mylord. Sehr gut."

Tristan entspannte sich ein wenig. „Reeves, ich *werde* ihn aufsuchen."

„Ich glaube, dass er das auch hofft."

„Das bezweifle ich, sonst wäre er doch längst hier. Hat er gesagt, warum er nicht möchte, dass wir uns sofort treffen?"

„Erst hat er noch ein paar wichtige Entscheidungen zu treffen, hat er gesagt. Wegen seines Berufs."

„Was ist er denn?"

„Ich fürchte, das darf ich Ihnen auch nicht sagen."

„Reeves, meine Geduld hat Grenzen."

„Natürlich, Mylord. Ich werde dafür sorgen, dass Master Christian von diesem Umstand ebenfalls in Kenntnis gesetzt wird.“ Reeves ging zur Tür. „Einen angenehmen Morgenspaziergang, Mylord. Wenn Sie zurückkehren, steht das Frühstück auf dem Tisch.“

Tristan nickte kurz, bemüht, nicht die Beherrschung zu verlieren. Christian so nah zu sein – und doch so fern. Er schloss die Augen und atmete tief durch. Schließlich konnte er Christian ja nicht zwingen, sich zu zeigen, wenn er dazu noch nicht bereit war. Also sagte er bloß: „Danke, Reeves. Für alles.“

Der Butler lächelte. „Es war mir ein Vergnügen.“ Eine letzte Verneigung, dann hatte er den Raum verlassen.

Tristan stand da und starrte auf die Tür. Christian. Was, in drei Teufels Namen, tust du da?

13. KAPITEL

Um Flecken vom Mobiliar zu entfernen, mische man Rosenöl, Lauge und Rindergalle. Anzuwenden ist das Mittel nur in belüfteten Räumen – es dürfte kaum möglich sein, in bewusstlosem Zustand zu schrubben.

Leitfaden für den vollkommenen Butler und Kammerherrn von Richard Robert Reeves

Tristan ging den Pfad hinunter, immer noch ganz in Gedanken angesichts Reeves' und dessen Geheimnissen. Die Morgensonne stieg gerade über die See, und über den Klippen erhob sich ein steifer Wind. Die ganze letzte Woche war er früher als nötig aufgestanden, um oben auf der Steilküste spazieren zu gehen. Das verschaffte ihm einen freien Kopf und einen gewissen inneren Frieden. Heute jedoch fand er keine Ruhe. Er konnte an nichts anderes denken als an Christian.

Abwarten zu müssen war die reine Hölle. Er würde Reeves eine Woche geben, seinen Bruder herzuschaffen. Eine Woche, länger nicht.

Er fragte sich, was Christian von Prudence halten würde. Das erinnerte ihn wieder an die verführerische Schöne, die jeden Morgen in ihrem blauen Mantel zu ihm kam, das Haar streng aufgesteckt, die braunen Augen voll warmem Gelächter. Prudence. Allein schon an ihren Namen zu denken machte das Leben für ihn erträglicher.

Heute war der Pfad übersät mit Pfützen, und die Steine waren schlüpfrig vor Moos. Er kam ungünstig mit dem Fuß auf dem harten Boden auf, und ein scharfer Schmerz fuhr durch sein Bein. Er zuckte zusammen und biss die Zähne aufeinander. Von seiner Verletzung würde er sich ganz sicher nicht unterkriegen lassen – nichts würde ihn unterkriegen. Wenn Prudence ihm etwas hatte beibringen können, dann, dass man selbst mit den schlimmsten Plagen im Leben zurechtkam, wenn man ihnen mit Geduld und Ausdauer begegnete.

Gewusst hatte er das zwar schon, doch irgendwie war es ihm in den Wochen und Monaten der Rekonvaleszenz wieder entfallen.

Er umrundete eine Ecke und hatte das Cottage vor sich, das robust und stabil den Windböen trotzte. Tristan zwang sich, die letzten Schritte zum Gartentor noch schneller zu gehen, und hielt die Geschwindigkeit, bis er außer Atem geriet.

Vielleicht wenn er stärker auftrat, die Muskeln in seinem Bein zwang, sich zusammenzuziehen und zu dehnen ... vielleicht würde es dann besser. Er biss die Zähne zusammen und zwang sich vorwärts. Nur das gleichmäßige Klopfen seines Stocks und der dumpfe Tritt seiner Stiefel zählten jetzt noch. Sonst nichts mehr.

Er würde das Gartentor erreichen.

Er würde nicht straucheln, was es ihn auch kostete.

Wie sehr es auch wehtat.

Nur bis zum Tor ...

Er schaffte es. Tristan packte die oberste Latte und stützte sich darauf, hob das brennende Bein an und senkte den Kopf. Der Schmerz überlief ihn in Wellen, doch er hieß ihn willkommen. Es hatte keinen Zweck, dagegen anzukämpfen. Stattdessen ließ er ihn durch sein Bein laufen, dem Kurs der Bleikugel folgend, die ihn beinah getötet hätte.

So war er immer gewesen – erst kämpfte er dagegen an, dann akzeptierte er es. Das Schicksal hatte ihm nie direkt im Nacken gesessen. Es verhöhnte ihn von Weitem, zeigte ihm, was er haben konnte, aber er bekam es nie. So war es bei seinem Vater gewesen, so war es mit seiner Verletzung, die ihn von der See losriss, und nun passierte es wieder mit Prudence.

Er wollte sie. Wollte sie in seinem Leben haben, auch nachdem die Sache mit den Treuhändern vorüber war. Doch es würde nie funktionieren. Sie war kultiviert, gebildet, stammte aus einer Welt, die er nur aus der Ferne kannte. Und doch sehnte er sich jeden Tag auf neue Art nach ihr. Er hatte von Anfang an recht gehabt: Eine Frau wie Prudence heiratete man – *wenn* man ebenfalls kultiviert und gebildet war und ihrer Welt entstammte.

Auf ihn traf das nicht zu. Dafür hatte sein Vater gesorgt.

Tristan legte eine Hand auf sein Bein und sah mit finsterer Miene darauf, im Herzen einen neuen und frischen Schmerz. Er war nicht einmal unversehrt. Wenn sein Leben anders verlaufen wäre, hätte er sie vielleicht versorgen können, ihr etwas anderes bieten können als einen Kapitän ohne See.

In Wahrheit hatte er ihr überhaupt nichts zu bieten. Konnte ihr nichts geben. Es sei denn, er erhielte das Vermögen.

Aber ... wäre das genug? Er dachte an ihr Gesicht, wenn sie von ihrem verstorbenen Ehemann sprach, Phillip. Sie hatte ihn geliebt, das war offensichtlich. Tristan biss die Zähne aufeinander. Wie sehr hatte sie Phillip geliebt, und vor allem: Liebte sie ihn noch?

Auf dem Pfad hinter ihm ertönte ein Knirschen. „Guten Morgen."

Die warme Stimme wollte nicht zu dem eiskalten Wind passen, der die melodischen, sanften Töne wegzuwehen versuchte. Tristan drehte sich um und sah Prudence auf sich zukommen. Der Wind hatte einzelne Strähnen ihres dunklen Haars herausgezerrt und peitschte sie ihr nun ins Gesicht. Sie fing seinen Blick auf und hielt inne. Mit einer Hand lehnte sie sich gegen einen Baum, und tief in ihren Augen schlummerte ein unergründliches Gefühl.

War es Mitleid? Sein Magen begann zu brennen, verbrannte ihn, verbrannte seine Gedanken. „Sie sind früh dran", sagte er. Seine Stimme klang in seinen eigenen Ohren barsch.

Sie hob die Brauen. Bei anderen Frauen hätte diese Geste fordernd gewirkt oder zumindest fragend. Doch an Prudence mit ihren schrägen Brauen wirkte es anders: Sie sah schelmisch aus, wenn sie so mit den Brauen zuckte.

Er schluckte seinen Ärger hinunter. „Sie sollten bei dem Wetter nicht draußen sein. Es ist feucht."

Sie zuckte mit den Schultern. „Es ist längst nicht mehr so kalt wie noch letzte Woche." Ihr Blick wanderte hinaus aufs Meer. „Es ist wunderschön von hier oben aus."

„Ja, das ist es." Er sah hinauf in den grauen Himmel und runzelte die Stirn. Weil die Sonne sich hinter Wolken versteckte, konnte er nicht erkennen, wie spät es war. „Ist es denn schon Zeit fürs Frühstück?"

„Reeves hat mich geschickt, nach Ihnen zu suchen."

Tristan nahm den Stock fest in die Hand und ging auf sie zu, wobei er mit zusammengebissenen Zähnen gegen das Hinken ankämpfte. Als er an ihrer Seite war, blieb er stehen und bot ihr schweigend den Arm.

Sie lächelte und knickste, bevor sie die Hand leicht auf seinen Arm legte. „Sehr hübsch", lobte sie mit einem strahlenden Lächeln, das seinem Körper eine höchst unangemessene Reaktionen entlockte.

Streng zügelte er seine lüsternen Gedanken und Gefühle und erwiderte ihr Lächeln. Bang machte er sich bewusst, dass sie bald nicht mehr bei ihm wäre. Bald nicht mehr herauskäme und nach ihm Ausschau hielte.

Aber zumindest diesen Tag durfte er mit ihr verbringen.

Er legte die Hand auf die ihre. „Beginnen wir mit dem Unterricht.“ Damit führte er sie durch die Terrassentür nach innen.

Prudence öffnete ihren Mantel. Tristan nahm ihn ihr ab und legte ihn über einen Sessel. Sie beobachtete ihn, fragte sich, ob seine Hände tatsächlich länger auf dem weichen Wollstoff verweilten oder ob es nur so aussah. Sie runzelte die Stirn. Etwas war heute an ihm anders. Etwas ... Unbestimmtes.

Der Tisch war gedeckt wie immer, alles war wie immer. Prudence stellte sich neben ihren Stuhl und wartete darauf, dass der Earl zu Tisch kam.

Zu ihrer Überraschung hatte sie festgestellt, dass sie es genoss, morgens auf derart vornehme Weise zu tafeln. Vor allem war es schön, Tristan jeden Morgen zu sehen, seine großen gebräunten Hände, die sich um ein zartes Porzellantässchen legten, ein Lächeln in den grünen Augen.

Die letzte Woche hatte sich in vielerlei Hinsicht als schwierig erwiesen, nicht zuletzt wegen ihrer Mutter, die sie an jedem Abend zu Hause erwartete, die Augen voller Hoffnung.

Inzwischen war ihr schmerzlich klar, dass ihre Mutter die völlig unbegründete Hoffnung hegte, dass der Earl und ihre Tochter ein ganz anderes Verhältnis fanden als das von Schüler und Lehrerin. Ihre ständigen Verhöre zerrten allmählich an Prudences Nerven. Zwar mochte sich der Earl zu ihr hingezogen fühlen, doch dieses Gefühl war rein körperlicher Natur, es handelte sich allein um erotische Anziehungskraft. Sie war sich dessen bewusst und durchaus in Versuchung, diesem gegenseitigen Begehren einmal nachzugeben.

Und warum auch nicht, fragte sie sich entschlossen. Sie war eine Witwe, aber deswegen noch lang nicht tot. Sie vermisste das Zusammensein mit einem Mann, und den Earl so aus nächster Nähe zu erleben weckte ihre Leidenschaft erneut. Doch ihre gemeinsame Zeit würde viel zu bald ablaufen.

Der Earl kam auf sie zu, die Hand um den Stock geklammert. Sie runzelte die Stirn, als sie merkte, dass das Hinken etwas ausgeprägter war als sonst. „Geht es Ihnen gut?“

„Alles bestens. Aber Sie …“ Er musterte sie von oben bis unten. „Sie sehen wunderschön aus.“

Seine grünen Augen wirkten irgendwie dunkler, als hätte er sich mit schweren Gedanken getragen. Sie legte den Kopf schief und betrachtete ihn. Sie entdeckte Sorge in seinem Blick … und noch etwas anderes, bei dem ihr das Herz bis zum Hals schlug.

Ihre Blicke trafen sich, und die Luft wurde knapp. Er kam näher, ging langsam um sie herum. Er konzentrierte sich ganz auf sie, wie ein Raubtier auf seine Beute. Prudence überlief es heiß, und sie musste sich sehr beherrschen, um sich nicht umzudrehen, als er von hinten näher trat, bis seine Beine ihren Rock streiften. Sie hielt den Atem an, als er an ihr vorbeigriff, seine Brust ganz leicht ihren Rücken berührte, sein Atem über ihren Nacken strich, als er den Arm ausstreckte …

… und den Stuhl für sie herauszog. Er murmelte ihr ins Ohr: „Bitte setzen Sie sich doch, Mrs. Thistlewaite.“

Was für ein *frecher* Kerl, dachte sie, noch vollauf damit beschäftigt, ihr pochendes Herz zu beruhigen. Widerstrebend setzte sie sich und wartete, bis er an seinem Platz war.

Er setzte sich und hob die Brauen. „Na?“

„Das war schon sehr schön. Bis auf die Berührung.“

„Oh. Habe ich Sie berührt?“ Er war ganz männliche Unschuld … falls es dergleichen überhaupt gab.

„Ja, allerdings. Sie standen etwas zu dicht.“

„Sie mögen es nicht, wenn man Ihnen nahe kommt?“

„Nicht *so* nahe. Unser Ziel ist es, gute Manieren einzuüben.“

„Ich fand meine Manieren vorhin tadellos. Ich habe den Stuhl für Sie herausgezogen.“ Er sah zu, wie sie Tee eingoss, und meinte dann nachdenklich: „Aber wenn ich so darüber nachdenke, könnte ich mir vorstellen, dass dieses Widerstreben für Ihre Kinderlosigkeit verantwortlich ist.“

Sie hätte sich beinah verschluckt. „Wie bitte?“

„Ich sagte …“

„Ich habe Sie gehört. Es ist nur …“ Sie atmete tief durch. „Über solche Sachen spricht man nicht.“

„Welche Sachen?“

„Kinderlosigkeit … und Berührungen.“

„Mit den Berührungen habe nicht ich angefangen, das waren Sie!“

Darin musste sie ihm wohl recht geben. Sie seufzte. „Wenn dies ein echtes Frühstück wäre, sollten Sie weder das eine noch das andere erwähnen.“

„Nie?“

„Nun, zumindest nicht direkt.“

Er breitete die Serviette über seinen Schoß. „Was meinen Sie mit ‚nicht direkt‘?“

„Ich habe gehört, wie Frauen sich über eine andere Frau unterhielten und dabei sagten, dass sie ‚guter Hoffnung‘ sei.“

Er prustete. „Na, ob die Hoffnung so gut ist, wird sich ja erst noch herausstellen!“

„Nun, auch darüber sollte man sich als Gentleman nicht unterhalten, also meiden Sie bitte das Thema“, erklärte sie steif. Liebe Güte, ihre Wangen waren ganz heiß geworden. Sie räusperte sich. „Und jetzt wollen wir über das Dinner sprechen. Wenn die Treuhänder kommen, werden Sie …“

„Moment mal. Das ist schließlich kein ‚echtes Frühstück‘, haben Sie gesagt.“ Er beugte sich vor und stützte die Ellbogen auf. „Sagen Sie, Prudence, warum haben Sie keine Kinder?“

Sie biss die Zähne zusammen, und in ihrem Herzen regte sich ein leiser, beinah schon vergessener Schmerz. Rasch hob sie die Tasse an die Lippen und nahm einen Schluck Tee, eher um sich zu beruhigen, als um Zeit zu gewinnen. „Wie gesagt, dies ist kein Thema für vornehme Konversation.“

„Ah, aber wir sind ja nicht in vornehmer Gesellschaft, oder?“, erwiderte er und lehnte sich zurück. „Noch nicht. Denn noch sind Sie und ich gesellschaftliche Außenseiter. Die Verstoßenen.“

„Ich ja. Aber bald werden Sie es nicht mehr sein.“ Das stimmte: Mit seinem Titel und dem Vermögen würde man ihn in London in jedem Haus willkommen heißen, während sie … Sie stellte die Tasse ab. Sie würde zurückgelassen werden.

Etwas war in Bewegung gekommen. Sie begann Gefühle für den Earl zu entwickeln. Lust, sagte sie sich energisch. *Nichts als Lust.* Leider empfand sie eine ganze Menge Lust.

„… und es passiert ziemlich häufig."

Sie blinzelte, als sie merkte, dass er mit ihr redete. „Tut mir leid, ich habe nicht zugehört."

„Ich sagte, die Frauen vergessen ziemlich oft, dass ich da bin. Im einen Moment reden sie mit mir, und im nächsten starren sie wie in Trance in ihre Teetasse."

Sie musste lächeln. „Habe ich in meine Teetasse gestarrt?"

„Ja. Ich habe versucht, es nicht persönlich zu nehmen, nur ist mir das nicht gelungen." In seinen grünen Augen lag ein widerstrebendes Lächeln.

Er war wirklich ein äußerst attraktiver Mann, vor allem wenn er sie so anlächelte. Sie räusperte sich. „Nun. Das ist wirklich ein herrliches Frühstück."

Das passierte tagtäglich. Er kam ihr eine Spur zu nahe, sie wurde von dieser Nähe zu sehr nervös, und im nächsten Moment setzte sie dann ihr Lehrerinnengesicht auf. Nun war er gezwungen, banale Konversation zu treiben, bis er das Gespräch wieder in interessantere Bahnen lenken konnte.

Sie strich Butter auf ihren Toast. „Orangenmarmelade ist das Köstlichste, was es gibt."

„Nein."

Sie hielt inne, das Messer über dem Toast in der Schwebe, und sah ihn fragend an. „Auf einen Kommentar kann man nicht mit Nein antworten. Sie sollten entweder zustimmen oder Ihren Widerspruch begründen. Man sagt nicht einfach nur Nein."

„Ich habe nicht die Marmelade gemeint. Ich wollte sagen, dass ich heute keine leere Konversation machen möchte. Ich habe genug davon."

Prudence legte das Messer hin. „Wir haben eine ganze Menge Konversation geübt. Vielleicht sollten wir über den Vorschlag sprechen, den Reeves mir gemacht hat. Er meinte, wir sollten in den Tagen, bevor die Treuhänder kommen, irgendeine Veranstaltung hier am Ort besuchen, eine ländliche Dinnergesellschaft oder irgendetwas in der Art, damit Sie Ihre neuen Fähigkeiten erproben können."

„Ich würde viel lieber über Sie reden."

Tristan sah die Zurückweisung in ihrem Blick, bevor sie sie in Worte gefasst hatte. Fast vehement schüttelte sie den Kopf. „Reden wir lieber über den Besuch der Treuhänder."

Er seufzte. Leicht würde sie es ihm nicht machen.

„Na schön, ich geben Ihnen drei Minuten, um über die Treuhänder zu reden, und dann will ich von ihnen heute bei Tisch nichts mehr hören."

„Drei Minuten? Das reicht nicht." Sie biss sich auf die Lippen und betrachtete ihn abschätzig. „Zehn Minuten wären besser."

„Vier Minuten."

Ihr Blick wurde schmal. „Sieben."

„Fünf Minuten, und das ist mein letztes Angebot."

„Abgemacht! Was werden Sie bei der Ankunft der Treuhänder als Erstes tun?"

Er lehnte sich zurück. „Stevens wird sie einlassen. Reeves unterweist Stevens derzeit, damit er weiß, was er sagen und tun soll. Zwei meiner Leute – MacGrady und Toggle – spielen die Lakaien. Reeves unterrichtet auch sie. Sie werden die Mäntel und Hüte unserer Gäste entgegennehmen und im vorderen Salon verstauen. Im Anschluss wird Stevens die Treuhänder hier hereinführen, in die Bibliothek. Dort werde ich sie dann mit meinem Mangel an Esprit und meiner steifen Art zu blenden wissen."

„Und wie wollen Sie das anstellen?"

„Ich werde sie begrüßen, ihnen je nach Vorgabe die Hände schütteln oder mich vor ihnen verbeugen und ihnen danach Plätze zuweisen. Ob ich ihnen einen Brandy anbieten kann, hängt davon ab, wann sie kommen." Er warf ihr einen düsteren Blick zu. „Diese Regel gefällt mir ganz und gar nicht."

„Sie können vor Mittag keinen Brandy anbieten."

„Vermutlich haben einige von ihnen, wenn nicht alle, schon weitaus härtere Sachen als Brandy getrunken, und das lange vor Mittag. Ich persönlich glaube, dass wir alle einen schönen großen Brandy gebrauchen könnten, vielleicht sogar zwei. Wahrscheinlich freuen sie sich auf das Treffen genauso wie ich, wenn nicht noch weniger."

„Da könnten Sie recht haben. Trotzdem, Sie möchten doch, dass die Treuhänder Sie für einen Gentleman halten, und man kann nie wissen, ob nicht einer von ihnen prüde ist."

„Möglich", erwiderte er, wenig überzeugt.

„Sie machen tatsächlich ausgezeichnete Fortschritte", sagte sie mit strahlendem Lächeln.

Das Problem war, er wollte keine „ausgezeichneten Fortschritte“ machen. Er wollte Fortschritte bei ihr machen, aber nicht gesittet, sondern zügellos, sinnlich und dekadent. Ja, er sehnte sich geradezu nach Fortschritten, die ihn unter ihre Röcke und zwischen ihre Schenkel führten.

Sie nahm einen Schluck Tee. Es sah verdammt attraktiv aus, wie ihre Lippen den Rand der Tasse berührten. „Also gut, Mylord. Was tun Sie, wenn die Treuhänder alle sitzen?“

„Betäubende, sinnlose, fade Konversation treiben. Irgendwann werde ich sie auch auf das Testament ansprechen, aber vorher muss ich mich bei ihnen als vollendeter Gentleman von Welt beweisen.“

„Hervorragend! Sie werden sich ausgezeichnet schlagen!“

„Oh ja. Die Woche war ein großer Erfolg. Ich kann mich jetzt verbeugen wie die schlimmsten Speichellecker, kann den frivolsten Gecken zuhören, als hätten sie tatsächlich etwas Wichtiges mitzuteilen, und eine halbe Stunde reden, ohne auch nur das Geringste zu sagen.“

Sie lachte, ein Glucksen der Heiterkeit, das ihm ein Lächeln entlockte. „Tut mir leid, dass Ihnen all diese Fähigkeiten so nutzlos vorkommen.“

„Sie sind nutzlos.“

„Nicht in den Augen der Treuhänder.“ Sie senkte die Wimpern. „Mylord ...“

„Tristan.“

„Das geht doch nicht ...“

„Ich bin hier der Earl, nicht Sie. Ich möchte, dass Sie Tristan zu mir sagen! Bitte“, fügte er sanft hinzu. „Wir haben so viel Zeit miteinander verbracht, dass ich dachte, Sie würden mich als Freund betrachten, nicht nur als Nachbarn.“

Sie hob den Blick. „Das haben Sie aber hübsch gesagt! Mylord, darf ich Sie etwas fragen? Es ist etwas, was Sie mir ... also, vielleicht möchten Sie nicht darauf antworten.“

„Fragen Sie nur, was Sie möchten. Aber seien Sie gewarnt: Ich drehe den Spieß dann um!“

Ihre Augen funkelten. „Ich habe nichts zu verbergen.“

„Ich auch nicht. Was möchten Sie also wissen?“

„Damals ... als Sie Matrose wurden. Als Sie an Bord gezwungen wurden, waren Sie doch noch so jung. War das sehr schwer für Sie?

Anscheinend haben Sie das Meer dann ja lieben gelernt."

„Ja, ich liebe die See. Aber das erste Jahr war sehr schwer. Ich hatte Heimweh und war zornig und wollte nichts lernen, ehe man mir mit der neunschwänzigen Katze kam."

Sie sah auf seine Schultern.

„Ja. Ich habe Narben. Viele Narben. Ich war als Kind ebenso störrisch wie heute, wenn Sie sich das vorstellen können."

„Aber Sie sagten, Sie waren erst zehn! Die können doch unmöglich einen Zehnjährigen ausgepeitscht haben!"

„Sie konnten es, und sie taten es auch. Das Leben auf See ist hart."

„Das ist einfach barbarisch!"

„Da stimme ich Ihnen zu. Aus dem Grund habe ich meine Männer nie zwangsrekrutiert."

„Das ist gut!"

„Ach, machen Sie bloß keinen Heiligen aus mir. Mir ging es mehr um die Sicherheit. Ich hatte nicht das Bedürfnis, mit einem Messer im Rücken aufzuwachen."

„Ich kann mir durchaus vorstellen, wie das passieren kann!" Sie runzelte die Stirn. „Tristan, wenn Sie keine Männer in Ihre Dienste gepresst haben, wie konnten Sie Ihre Mannschaft dann aufrechterhalten?"

Sie hatte seinen Namen verwendet. Er konnte seinen Triumph darüber nur verbergen, indem er seinen schmerzenden Fuß bewegte, das wischte das Lächeln aus seinem Gesicht. „Das Leben auf See mag hart sein, aber auch sehr einträglich, wenn man einen guten Kapitän hat, so wie ich einer war." *War.* Das war schwer auszusprechen. Er schluckte und fuhr fort: „Ich bin überzeugt, dass nur ein schlechter Kapitän darauf angewiesen ist, Leute in seine Dienste zu pressen."

„Wusste Ihr Vater eigentlich, dass Sie entführt worden waren?"

„Reeves sagte, mein Vater sei damals außer Landes gewesen. Ich glaube nicht, dass er wusste, was mir und meinem Bruder zugestoßen ist."

„Bruder? Sie haben einen Bruder?"

„Einen Zwillingsbruder. Wir wurden damals auseinandergerissen." Tristan lächelte humorlos. „Jahrelang habe ich mir eingeredet, dass meinem Vater in Wirklichkeit doch etwas an uns lag und er die Verhaftung meiner Mutter und meine Entführung verhindert hätte, wenn er nur davon gewusst hätte. Aber jetzt bin ich mir da nicht mehr sicher. Er war sicher ganz froh, mich und meinen Bruder aus dem Weg zu haben. Jedenfalls hat er nie Anstrengungen unternommen, uns suchen zu lassen. Nicht bis vor Kurzem zumindest."

Tristan sah auf den Tisch, das blitzende Silber und das zarte Porzellan. „Mein Bruder konnte entkommen. Ich habe nach ihm gesucht, konnte ihn aber nirgends finden. Heute Morgen hat Reeves mir gesagt, dass er Christian gefunden hat. Ich habe ihn so lange nicht mehr gesehen …" Tristan konnte den Satz nicht vollenden.

Schweigen senkte sich herab. Tristan dachte an Christian, fragte sich, wo er wohl war, was er mit seinem Leben angefangen hatte. Warum war er nicht sofort hergekommen, um ihn zu sehen? Welche „Angelegenheiten" musste er unbedingt regeln, ehe er ihn besuchen kam? War es möglich, dass …

Eine kleine warme Hand wurde auf die seine gelegt. Tristan wusste nicht, was er tun sollte. Es war eine schlichte Geste, eine, die jeden Tag Hunderte oder Tausende Male gemacht wurde. Doch er konnte sich nicht entsinnen, wann er so etwas hatte erfahren dürfen, dass jemand die Hand nach ihm ausgestreckt und dabei nichts als menschliche Freundlichkeit im Sinn hatte. Ihn nur berühren wollte, um ihn zu trösten.

Einen Augenblick starrte Tristan auf die zarte Hand hinab. Mit seinen Blicken folgte er der Linie zu dem schmalen Handgelenk und dem süß gerundeten Arm. Von da zu Prudences eleganten Schultern, dem anmutigen Hals und schließlich ihren sinnlichen samtbraunen Augen.

Er drehte seine Hand um und verschränkte seine Finger mit den ihren. Dabei durchzuckte ihn ein derartiger Hitzestrahl, dass er beinah laut aufgekeucht hätte. Mein Gott, wie er diese Frau begehrte! Aber es war nicht nur Lust. Lust kannte er. Das hier war anders, es war Lust und … Besitz. Er wollte sie nicht einfach nur kosten, er wollte mehr. Er wollte sie verschlingen, besitzen, sie nehmen und zur Seinen machen. Er wollte in ihren Armen dahinschmelzen, sie spüren und den Duft ihrer Haut einsaugen.

Sein Körper spannte sich an vor Begehren, und er kämpfte mit aller Macht dagegen an.

Teilnahmsvoll drückte sie seine Hand. „Es tut mir so leid wegen

Ihres Bruders. Ich bin sicher, Sie werden ihn wiederfinden.“ Sie entzog ihm ihre Hand. „Ich habe das Gefühl, als hätte ich Ihnen schrecklich viele Fragen gestellt – ich wollte Ihnen nicht zu nahe treten.“ Plötzlich hellte sich ihr Gesicht auf. „Nun, dafür dürfen Sie mir jetzt ein oder zwei Fragen stellen.“

Immer noch ganz benommen, lehnte er sich zurück und versuchte sich zu sammeln. Alles schien ganz weit weg, wie Wellen, die über ein sturmumtostes Deck schwappten. Sie hatte seine Hand gehalten, hatte ihn in aller Unschuld berührt, und er verging in einem Meer von Lust. Er rang nach Atem. „Ja. Ich … ich … äh, also, eine Sache möchte ich schon lange wissen. Mrs. Thistlewaite … Prudence.“ Er betrachtete sie ernst fragend. „Was ist Ihre Lieblingsfarbe?“

Sie öffnete den Mund. Und machte ihn wieder zu. Sie hatte ihm derart persönliche Fragen gestellt, dass sie eigentlich erwartet hatte, er würde sie ähnlich ausfragen. Aber … „Meine Lieblingsfarbe? Rot.“

„Das dachte ich mir“, erwiderte er mit einem Anflug von Selbstzufriedenheit.

Sie spitzte die Lippen. Irgendwie fühlte sie sich von ihm enttäuscht. „Ist das alles?“

„Darf ich noch etwas fragen?“

Sie nickte.

„Also dann …“ Seine Stimme wurde tiefer, kräftiger. Seine Worte umflossen sie langsam und daunenweich, wie eine Liebkosung. „Warum sind Sie ausgerechnet nach Devon gezogen?“

Unwillkürlich blickte sie zum Fenster und auf die See, die unter ihnen ans Ufer donnerte.

„Ah“, sagte er warm und anerkennend.

„Ich habe das Meer schon als Kind geliebt. Irgendwie zieht es mich an.“ Sie krauste die Nase. „Aber auf ein Schiff kann ich nicht, ich werde schrecklich seekrank.“

„Dann waren Sie nur nicht auf dem richtigen Schiff.“

„Ich habe es dreimal versucht, auf drei verschiedenen Schiffen, und mir ist jedes Mal übel geworden.“

„Sie waren aber noch nie auf der *Victory.*“

„Der *Victory?* Nelsons Flaggschiff?“

„*Meinem* Schiff.“ Stolz schwang in seiner Stimme mit.

Sie lächelte. „Dann eben Ihrem Schiff. War es das Schiff, auf dem …“ Sie schaute auf sein Bein.

Sein Blick folgte dem ihren, und ein Schatten huschte über sein Gesicht. „Ja.“ Abrupt legte er die Serviette auf den Tisch und stand auf. „Kommen Sie, werfen Sie mal einen Blick auf mein Schiff.“

„Ihr Schiff ist hier?“

„Gewissermaßen ja.“ Er ergriff Prudences Hand, zog sie auf die Füße und führte sie zur gegenüberliegenden Wand. Dort hing ein großes Gemälde, auf dem ein mächtiges Schiff zu sehen war, das durch die Wellen pflügte.

Sie erinnerte sich, dass sie das Bild schon einmal betrachtet hatte, damals, bei ihrem ersten Besuch in seinem Haus. „Das also ist die *Victory.*“

Er nickte. Noch immer hielt er ihre Hand. „Nelson hat mir das Bild geschenkt, als er mir das Kommando übergab.“

Prudence versuchte das Gemälde zu bewundern, doch konnte sie sich nicht recht darauf konzentrieren, weil Tristans Hand die ihre immer noch warm umschloss. Sehr männliche Hände hat er, dachte sie beifällig. Kräftig, ziemlich schwielig und so groß, dass die ihre völlig darin verschwand. Aus irgendeinem Grund überlief sie bei dem Anblick ein Zittern, ein leises Beben der Erregung.

Wie albern. Sie schob die lächerlichen Gedanken beiseite, gerade als er ihr das Gesicht zuwandte. Er war ihr so nah … so überaus nah. Wenn sie den Kopf in den Nacken legte und ihm die Lippen darbot, wäre er in Reichweite. Sie wollte ihn küssen. Wenn sie ehrlich war, wollte sie noch viel mehr von ihm.

Prudence schloss die Augen und trat einen Schritt zurück, weg von der Versuchung. Doch dabei stieß sie mit der Ferse gegen Tristans Stock und geriet kurzzeitig ins Wanken. Sofort streckte er den Arm aus und fing sie auf. Im nächsten Augenblick wurde sie gegen seine breite Brust gedrückt, ihre Brüste drängten sich an seinen Rock, und sie hob das Gesicht zu ihm.

Er blickte auf sie herunter, auf ihren Mund. Seine Lippen waren leicht geöffnet. Sein Teint war leicht gebräunt, auf Wangen und Kinn zeigte sich ein Anflug von Bartstoppeln, die unbedingt berührt werden wollten. Sie spürte seinen Arm um ihre Taille, die Kraft, die darin steckte. Und um seine Lippen mit den ihren zu berühren, hätte sie nur aufzusehen brauchen …

Behutsam ließ er sie herunter, ließ sie ganz langsam an sich herab zu Boden gleiten. Prudence klopfte das Herz bis zum Hals. Ihr ganzer Körper brannte vor unausgesprochenem Begehren. Mein Gott, sie wollte ihn. Sie begehrte ihn so sehr, dass sie den Kuss schon beinah schmecken, sein kratziges Kinn auf ihrer bloßen Haut schon beinah spüren konnte.

Obwohl er sie wieder auf dem Boden abgestellt hatte, machte er keine Miene, sie freizugeben. Prudence wusste, dass sie sich ihm entziehen sollte, doch die Umarmung fühlte sich so tröstlich an, so gut, so richtig, dass sie einfach nur dastand und den Moment genoss. Einen Moment, der ohnehin schnell vorüber wäre.

„Vermutlich sollte ich Sie jetzt loslassen“, murmelte er mit leiser, heiserer Stimme.

Sie schloss die Augen, sog die Empfindungen in sich ein, die Gerüche. Den frischen Seegeruch seines Rocks, den Duft des frisch gestärkten Hemdes. „Das … das sollten Sie wohl tun.“

„Ein Gentleman würde Sie freigeben.“

Sie leckte sich die trockenen Lippen, ehe sie erwidern konnte: „Ja, ein Gentleman schon.“

Keiner von beiden bewegte sich. Der Augenblick zog sich immer länger hin, die Spannung stieg mit jedem Atemzug. Sie spürte, wie sich seine Brust hob und senkte, langsam, unaufhaltsam, und sie stellte fest, dass sie im selben Rhythmus atmete wie er. Ein Prickeln überlief sie, und ihre Brustknospen zogen sich erwartungsvoll zusammen. Wie sehr sie ihn doch begehrte. Sie fühlte sich wie von einer mächtigen Flut mitgerissen, die sie unerbittlich ins dunkle Auge des Strudels zog. Doch sie musste widerstehen. Unbedingt.

„Prudence …“ Das Wort strich über ihr Haar. Seine Lippen streiften ihre Schläfe. „Prudence, wir sollten …“

Sie küsste ihn. Mit einer einzigen Geste ließ sie dem brennenden Begehren, der schmerzlichen Sehnsucht, gegen die sie ankämpfen musste, seit sie ihm zum ersten Mal begegnet war, freien Lauf. Es war so lange her, dass sie sich der Leidenschaft ergeben hatte, so lange, seit sie sich erlaubt hatte, etwas zu empfinden, dass es sie jetzt zu überwältigen drohte.

Tristan reagierte sofort. Seine Lippen schlossen sich besitzergreifend über den ihren, und er presste sie an sich. Irgendwie – sie war sich nicht sicher, wie – gelang es ihm, sich gemeinsam mit ihr in den nächsten Sessel sinken zu lassen, ohne ein einziges Mal ins Stolpern zu geraten.

Prudence wollte ihn fragen, ob er sich wehgetan habe, vergaß jedoch die Frage, als seine Lippen ihr Ohr streiften. Sie spürte seinen heißen Atem und erschauerte.

Sie barg ihr Gesicht an seinem Hals und schloss ihn noch fester in die Arme. Seine Hände glitten von ihrer Taille hinab zu ihrer Hüfte und ihren Oberschenkeln. Durch den Stoff ihres Tageskleids hindurch konnte sie jede Berührung genau spüren. Die Luft war erfüllt von ihrem keuchenden Atem. Prudence stöhnte, als er ihren Rocksaum hochhob, ihren Unterschenkel umfasste und sie dann noch weiter auf seinen Schoß zog. Sie spürte seine Männlichkeit, hart und ungeduldig, sie schmeckte die Leidenschaft in seinen Küssen, die Dringlichkeit in seinen Berührungen.

Ihr Körper reagierte mit derselben Ungeduld, und ermutigt durch ihn und seine wandernden Hände, strich sie ihm über die Brust und zerrte an seinem Krawattentuch, um an nackte Haut zu kommen.

Er hob den Kopf und murmelte einen Fluch. „Verdammt, immer diese vielen Kleider!"

Einen Augenblick starrte Prudence ihn nur an, doch hoben sich ihre Mundwinkel zu einem zittrigen Lächeln. Er war so süß in diesem Augenblick, so zerzaust und aufgeregt, seine Augen dunkel vor Leidenschaft, seine Männlichkeit deutlich zu spüren. Später konnte Prudence nicht erklären, was in sie gefahren war. In derselben Nacht noch lag Prudence in ihrem eigenen Bett, starrte an die Decke und fragte sich, wie sie sich nur so liederlich hatte aufführen können.

Irgendwie jedenfalls richtete sie sich auf, wobei sie Tristans Blick nicht losließ, und löste die Schleife am Ausschnitt ihres Kleides.

Sie hielt inne, als die Schleife lose herunterhing. Jetzt war der entscheidende Augenblick gekommen, der letzte Moment, in dem sie es sich noch anders überlegen konnte. Doch tief im Innersten war sie überzeugt, dass sie das Richtige tat, dass es richtig war, jetzt bei Tristan zu liegen, dass sie jetzt in diesem Moment genau an diesen Fleck gehörte. Möglicherweise war ihnen nicht vorherbestimmt, dass sie ein Leben lang zusammenblieben – ihre Umstände und auch ihre verschiedenen Lebensentwürfe machten dies höchst unwahrscheinlich –, doch konnte sie nicht leugnen, dass sie in diesem Augenblick in seine Arme gehörte. Und das war alles, was im Moment zählte.

Sein Atem beschleunigte sich, und er öffnete die Lippen. Er konnte nicht wegsehen, sie wusste, dass sie ihn jetzt ganz in ihrem Bann hielt. Es war eine erregende Erfahrung. Und es war schon lange her, dass sie eine solche Reaktion in einem Mann hervorgerufen hatte, einen solchen Blick, und sie berauschte sich daran. Es steigerte ihr eigenes Begehren noch mehr.

Er sah zu, wie sie ihr Oberteil öffnete und sich über die Schultern zur Taille zog.

Tristan stöhnte, seine Brust hob und senkte sich erregt, und er schien nach Atem zu ringen. Er sah sie an, starrte auf das Tal zwischen ihren Brüsten, das sich durch das dünne Hemd deutlich abzeichnete.

Er glaubte nicht, dass er schon einmal etwas so Schönes gesehen hatte. Sie saß auf seinem Schoß, bis auf ein wenig Spitze und Seide stolz entblößt. Auch wenn das Hemd ihre Brüste noch bedeckte, schmiegte es sich doch so dicht an sie, dass es der erhitzten Fantasie wenig Spielraum ließ. Die Spitze an ihrer Kehle betonte die zarten Linien von Hals und Schultern. Zwischen ihren Brüsten, in der Mitte des Hemdsaums, ruhte ein winziges seidenes Rosenknöspchen.

Es kostete ihn Mühe, sie nicht zurückzubeugen und auf der Stelle zu nehmen. Doch sosehr er sich auch nach ihr sehnte, ein Teil von ihm genoss das quälende Spiel auch. Sie bot sich ihm dar, frei und ohne Einschränkung. Trotzdem war ihm bewusst, dass er dieses Geschenk eigentlich nicht annehmen dürfte. Ein echter Gentleman würde jetzt innehalten. Ein echter Gentleman …

Sie fuhr sich mit der Zunge über die Unterlippe.

Tristan stöhnte. „Ich kann nicht …“

Sie beugte sich vor, und das Hemd rutschte von ihren Brüsten. Er sah die schwellenden Rundungen, konnte beinah ihre harten Brustspitzen schmecken.

Prudence legte ihm die Hand auf die Wange und sah ihm direkt in die Augen. „Bitte.“

Das war das einzige Wort, das sie aussprach. Ein echter Gentleman ließ eine Dame nicht betteln.

Tristan flüsterte ihren Namen und zog sie an sich, küsste sie, genoss es, wie weich sie sich in seinen Armen anfühlte. Er liebkoste ihre Lippen, schmeckte ihre Süße. Plötzlich stand sie auf, entzog sich seiner Umarmung, und dann fiel ihr Kleid zu Boden. Nur noch Hemd und Strümpfe trennten sie, die Schuhe hatte sie anscheinend ausgezogen, als er gerade … abgelenkt gewesen war.

Er atmete tief durch. Sein Blick verschlang sie. Die Spitze und das bisschen verführerische Seide stachelten seine Erregung nur noch weiter an.

So schnell, wie sie aufgestanden war, kniete sie nun vor ihm, die Arme über dem Kopf erhoben, um die Haarnadeln herauszuziehen. Im nächsten Augenblick fielen ihr die Haare über die Schultern, schäumend wie die Wellen des Ozeans.

Tristans Herz klopfte so laut, dass er dachte, er müsste vergehen. Wochenlang hatte er davon geträumt, sie so zu sehen, nichts hatte er sich so sehr gewünscht wie das. Sie war wild, sie war frisch, sie war wie die vom Regen geküsste See nach einem Sturm. Und in diesem Augenblick war sie die Seine. Sie gehörte nur ihm, niemandem sonst.

Sie legte die Hand auf sein Bein. „Du musst dich auch ausziehen."

Er fasste sie am Handgelenk. „Lass, ich mach schon."

Sie setzte sich auf die Fersen zurück und sah aufmerksam zu, wie er erst den einen, dann den anderen Stiefel abzog. Er stand auf, und irgendwie zog er sich aus, auch wenn er sich später nicht daran erinnern konnte.

Sobald er nackt war, stellte er sich vor sie hin. Ihr Blick wanderte an ihm auf und ab, blieb hier und da anerkennend hängen. Er regte sich nicht, als sie die Hand ausstreckte und über die dicke weiße Narbe fuhr, die von seinem Knie bis zu seinem Knöchel reichte.

Sie sah auf zu ihm. „Das tut mir leid."

Ihm nicht. In diesem Augenblick tat ihm überhaupt nichts leid. Er nahm sie bei den Händen, zog sie hoch und an seine Brust. Die Seide fühlte sich kühl an auf seiner nackten Haut. „Im Moment ist mir außer dir alles gleichgültig."

Sie war so schön, wie sie da vor ihm stand. Der Feuerschein spielte in ihrem Haar und zauberte goldene Lichter hinein. Er tauchte die Hand in diese seidige Fülle und zog sie an sich, um sie zu küssen.

Seine Hände hielten niemals still. Bald rutschte ihr Hemd zu Boden.

Und auf einmal standen sie nicht mehr, sondern lagen auf dem Sofa, und die Kissen hoben ihre Hüften zu ihm empor. In einem Moment atemlosen Entzückens vereinigten sie sich. Tristan versenkte sich in ihr, als hätte er vor ihr noch keine Frau gehabt. Als würde sein Leben in diesem Moment erst richtig beginnen. Als hätten sich all die herrlichen Tage auf See zu diesem einen, vollkommenen Moment vereinigt.

Unter ihm zitterte Prudence und stöhnte und packte drängend seine Schultern. Sie bewegte sich mit der Leidenschaft und dem Feuer einer Frau, die die körperliche Liebe genoss. Ihre Hüften drängten sich gegen ihn, und sie keuchte bei jedem Stoß.

Bald wurde der Rhythmus schneller, und viel zu bald schrie Prudence seinen Namen heraus und umklammerte ihn fest mit den Beinen, während sie auf der Welle ihres Vergnügens ritt. Ihr ekstatisches Keuchen trieb auch Tristan zum Höhepunkt seiner Lust. Er biss die Zähne zusammen, um sich zu wappnen, doch die heiße Leidenschaft überwältigte ihn beinah, als er ein letztes Mal in sie glitt.

Einen langen Moment lagen sie einfach nur da, müde, erschöpft und schwer atmend. Tristan war sich nicht sicher, wie lange sie einander festhielten, doch schließlich bewegte sich Prudence unter ihm. Sofort stemmte Tristan sich von ihr weg.

Sie lächelte schläfrig. „Ich würde das hervorragend nennen."

Er grinste. „Besonders gentlemanlike war das nicht von mir."

Das Lächeln spielte immer noch um ihre Lippen, als sie vollkommen ernsthaft sagte: „Manchmal ist es richtig, ein Gentleman zu sein, und manchmal zahlt es sich aus, ein Pirat zu sein."

Ihm entfuhr ein Lachen, und er küsste sie rasch. „Du, meine Liebe, bist einfach entzückend."

Ein Schatten huschte über ihr Gesicht. Sie verlagerte ihr Gewicht, und er rollte sich von ihr weg, damit sie mehr Platz hatte. Er hatte eigentlich nicht gewollt, dass sie sich ihm ganz entzog, hatte sie nur nicht mit seinem Gewicht belasten wollen, doch sie tat genau das. Sie stand auf und sammelte ihre Kleider zusammen. Ihre Bewegungen waren hastig und irgendwie ungelenk.

Tristan stützte sich auf einen Ellbogen. „Was ist los, meine Süße?"

Prudence nahm das Hemd, um sich die Oberschenkel abzuwischen. Sie war vollkommen durcheinander. Natürlich hatte sie nicht gewollt, dass dies geschah, doch konnte sie nicht ehrlich behaupten, dass sie es bereute. Es war genauso erfüllend gewesen, wie sie es sich immer vorgestellt hatte. Sie bedauerte nur, dass dies alles sein würde – dieser Moment der Nähe. Danach würden sie wieder zum Alltag zurückkehren. So musste es sein.

Was der Earl jetzt auch war, den Piraten würde er immer in sich tragen. Sie sah es in all seinen Worten und Taten. Selbst wenn er die Grundlagen guten Benehmens einstudierte, hatte er dabei etwas Wildes, Ungezähmtes an sich. Er war nicht die Sorte Mann, die man heiraten sollte – er gehörte zu den Männern, in die man sich verliebte, die man aber schnellstmöglich wieder verließ. Der Gedanke schmerzte sie mehr, als sie sagen konnte.

Sie hatte sich fertig angezogen. Er beobachtete sie und machte keinerlei Anstalten, sich selbst auch anzukleiden. Nach einem Augenblick seufzte sie: „Tristan, bitte. Du musst dich anziehen, es könnte jemand kommen."

„Das ist mir egal. Prudence, habe ich dir wehgetan?"

Die Sorge in seinem Gesichtsausdruck war klar erkennbar. Prudence schluckte mühsam. „Natürlich nicht! Es ist nur … es darf nicht wieder geschehen. Ich soll dir doch Manieren beibringen, nicht … das."

Sein Gelächter brachte sie zum Schweigen. Einen Augenblick versteifte sie sich, empört, dass er ihre Sorgen so auf die leichte Schulter nahm.

„Prudence, sieh mich nicht so an! Ich denke jetzt seit Tagen – Wochen – an dich. Davon, was wir eben gemacht haben." Seine Lippen verzogen sich zu einem anbetungswürdig schiefen Grinsen. „Es war sogar noch schöner, als ich es mir erträumt habe, und das sagt wirklich einiges."

Sie biss sich auf die Lippe und wünschte sich, sie könnte das ungute Gefühl vertreiben. War das für ihn denn alles? Die Erfüllung eines Traums? Bedächtig steckte sie sich das Haar auf und wunderte sich dabei die ganze Zeit über sich selbst, warum sie so niedergedrückt und enttäuscht war. Sie hatte sich gewünscht, dass der Liebesakt … ja, was bedeutete? Was *konnte* er denn bedeuten? Tristan hatte ihr ja nicht vorgegaukelt, dass ihr Liebesspiel irgendeine tiefere Bedeutung für ihn hatte, aber ihr – und anscheinend nur ihr – bedeutete es mehr. Weitaus mehr.

Sie drehte sich um und ging ans andere Ende des Zimmers, jeder Schritt ein kleiner Sieg der Willenskraft. Mit jedem Klicken ihres Absatzes trieb sie einen weiteren Nagel in den Sarg dessen, was hätte sein können. Sie kam an dem Fenster an, das Aussicht auf den Garten und die Bucht bot, und tat so, als sähe sie hinaus. „Ich liebe das Meer so sehr“, sagte sie etwas zusammenhanglos, bemüht, das Schweigen irgendwie zu brechen.

Sie hörte einen Seufzer hinter sich, dann Kleidergeraschel, als er sich anzog. Es kostete sie all ihre Kraft, sich nicht umzudrehen, zu ihm zu laufen und sich in seine Arme zu werfen. Ihr war bewusst, dass er sich von ihr ebenso angezogen fühlte wie sie sich von ihm, sie hatte es in seinem Blick gesehen, an der Art, wie sein Atem schneller ging, an dem begehrlichen Ausdruck in seinen Augen.

Sie durften dem Flackern dieser Leidenschaft nicht nachgeben. Vor ihnen lagen viele Dinge – aber keine gemeinsame Zukunft. Er war nicht der Mann, in den man sich verliebte und den man dann heiratete. Nein, Phillip war so gewesen. Ruhig, logisch, praktisch – alles Adjektive, mit denen sie den Earl niemals beschreiben würde. Sie und Tristan hatten nicht mal gemeinsame Interessen oder Überzeugungen – nichts. Sie hatten nur die Leidenschaft.

Sie atmete langsam ein und drehte sich um. „Mylord – Tristan –, es tut mir leid, aber wir dürfen nicht ...“

Die Tür ging auf, und Stevens kam hereingesprungen, in einer Hand ein Silbertablett mit einem Brief. „Heda, Käpt'n ... ich meine, Mylord! Sie haben Post gekriegt!“

Tristans Miene verdüsterte sich. Er sah Prudence lange an, wandte sich dann ab und streckte die Hand aus.

Stevens kam mit dem Tablett herbeigeeilt. Der Brief rutschte darauf hin und her. „Der Brief ist grade eben gekommen!“

Tristan fing den Brief auf, als er über den Rand des Tabletts glitt, und hielt ihn dann auf Armeslänge von sich ab. Das Schreiben tropfte vor Nässe.

„Ich bin noch nicht so gut mit Tabletts, Mylord“, vertraute Stevens ihm an. „Als ich die Kanne heute Morgen reingebracht habe, hab ich dabei eine Menge Tee verschüttet.“

„Beim nächsten Mal trocknen Sie das Tablett besser ab, bevor Sie es wieder verwenden.“

„Was, und ein Geschirrtuch schmutzig machen?" Stevens wirkte empört.

Tristan schüttelte den Kopf und öffnete den Brief. Er hielt ihn ins Licht. „Die Tinte ist verwischt. Ich kann die Schrift nicht ganz lesen …" Seine Augen wurden schmal. „Verdammt."

Stevens beugte sich über den Arm des Earls, um den Brief mitzulesen.

Reeves betrat den Raum und hielt inne, als er Stevens sah.

„Ist 'n Brief", erklärte der Butler und Erste Offizier stolz. „Ich hab ihn von der Haustür hergetragen, auf dem Silbertablett, wie Sie mir aufgetragen haben."

„Ausgezeichnet, Master Stevens. Es ist allerdings sehr rüde, den Brief Seiner Lordschaft über die Schulter mitzulesen. Möglicherweise handelt es sich um eine persönliche Botschaft."

Stevens zog ein langes Gesicht. „Ich darf seine Post nicht lesen?"

„Nein. Das ist eine der Schattenseiten, wenn man ein guter Butler ist. Wir dürfen die Briefe nie lesen."

Stevens seufzte. „Dann wär ich vielleicht doch lieber ein schlechter Butler."

Tristan stieß einen erstickten Fluch aus. „Verdammte Hölle. Von den Treuhändern. Sie kommen schon nächste Woche."

Prudence schlug sich die Hand vor den Mund. „So bald schon?"

Tristan nickte grimmig. „Vermutlich wollen sie alldem ein Ende bereiten. Sie kommen nächsten Donnerstag und bleiben eine Woche."

„Am Donnerstag!" Prudence presste die Hand an die Stirn. „Das geht viel zu schnell!"

Reeves schürzte die Lippen. „Wir werden mit allem nur ein bisschen früher fertig, als wir angenommen haben." Er sah Tristan an. „Mylord, ich hoffe, Sie haben keine Einwände, aber mir ist heute in der Stadt Squire Thomas in die Arme gelaufen. Ich glaube, Sie sind mit ihm bekannt."

„Aye. Er hat mich schon oft eingeladen, aber bisher war ich noch nie dort. Einen solchen Blödsinn kann ich nicht gebrauchen."

„Im Gegenteil, genau diesen Blödsinn brauchen wir jetzt. Ich habe dafür gesorgt, dass der Squire von Ihren neuen Umständen erfuhr. Er hat mir sofort aufgetragen, Ihnen zu sagen, Sie möchten doch Anfang nächster Woche zu einem Dinner im kleinen Kreis kommen." Reeves sah Prudence an. „Wir haben uns ja darüber unterhalten, ob wir vielleicht etwas Derartiges anstreben sollten, allerdings hatte ich nicht gedacht, dass es so bald geschehen könnte."

Prudence nickte, bemüht, selbstsicher zu wirken, obwohl ihre Gedanken und auch ihr ganzer Körper immer noch in Aufruhr waren. „Ja. So eine Dinnergesellschaft wäre für den Earl eine hervorragende Übung."

„Ich brauche keine Übung", erklärte Tristan finster.

Reeves seufzte. „Mylord. Je sicherer Sie mit der neuen Situation umgehen können, desto besser haben Sie auch die Treuhänder im Griff. Ich empfehle Ihnen wärmstens, die Einladung anzunehmen."

„Und was ist mit Prudence?", erkundigte Tristan sich.

„Was soll mit mir sein?", erwiderte sie stirnrunzelnd.

Reeves räusperte sich. „Die Einladung schließt Mrs. Thistlewaite nicht mit ein."

„Wenn sie nicht geht, gehe ich auch nicht", erklärte Tristan entschieden.

Prudence blinzelte. „Aber ..."

„Du hast dieses gesamte Affentheater mit mir durchgestanden. Ohne dich gehe ich da nicht hin. Ich brauche doch deinen Rat, wenn ich auf Grund laufe."

„Aber ich war nicht eingeladen! Mr. Reeves, bitte erklären Sie es ihm!"

Reeves sah Tristan nachdenklich an. „Vielleicht hat Seine Lordschaft recht. Mal sehen, ob sich dieses Versehen korrigieren lässt." Er begegnete Prudences erstauntem Blick. „Es wäre tatsächlich gut, wenn Sie an seiner Seite weilten, Madam."

Tristan verschränkte die Arme und lehnte sich gegen seinen Schreibtisch. Er sah weitaus attraktiver und männlicher aus, als nötig gewesen wäre. „Na also, du und ich, wir gehen zusammen zu der Dinnergesellschaft." In seinem Blick lag ein Versprechen. Es verhieß Schelmerei und Verführung. „Wir werden uns beide gut amüsieren. Hervorragend amüsieren."

Und genau davor, dachte Prudence, habe ich Angst.

14. KAPITEL

Gesellschaftliche Ereignisse sind der Prüfstein für die Effizienz des Kammerherrn. Ist sein Dienstherr gut gekleidet? Befinden sich auf dem Leder etwa Fingerabdrücke? Flecken auf dem Samt? Falten in der Weißwäsche? Dies sind die Fragen, nach denen ein Kammerherr beurteilt wird.

Leitfaden für den vollkommenen Butler und Kammerherrn von Richard Robert Reeves

Am Tag der Dinnergesellschaft kam Prudence um Punkt sieben Uhr im Cottage des Captains an. Es war schon dunkel, ein leiser Donner grollte, und in der Ferne zuckten Blitze. Sie blieb auf der Türschwelle stehen und drehte sich noch einmal um, um das lebhafte Schauspiel zu betrachten, bewunderte die weißen Lichtblitze über der schwarzen See.

Sie liebte Gewitter. Als sie nach Devon gezogen war, erschöpft von all den gewichtigen Problemen, die Phillips Tod und Beerdigung begleitet hatten, hatte sie das Wetter zuerst als bedrückend empfunden. Der Himmel war ebenso dunkel und grau wie ihre Stimmung gewesen. Doch allmählich hatte sich ihre Einstellung geändert.

Nun hieß sie den reizbaren Wind willkommen, den stolzen Regen. Die Wildheit ließ sie spüren, dass sie am Leben war. Genau wie der Earl. Sie musste über ihren eigenen Unsinn lächeln. Entschlossen wickelte sie den Mantel enger um sich, reckte das Gesicht in den Wind und sog die eiskalte Luft in die Lungen.

Es war befreiend, berauschend, aber auch ziemlich kalt. Sie war froh, dass der Earl sie mit der Kutsche hatte abholen lassen, sonst hätte sie die Naturgewalten vielleicht nicht so genießen können. Mit leisem Seufzen wandte sie sich zur Tür und klopfte an.

Fast sofort machte Stevens ihr die Tür auf. „Da sind Sie ja, Madam. Ich hab auf Sie gewartet!"

Ohne zu fragen, half er ihr aus dem Mantel und trat dann einen Schritt zurück, als er ihr Kleid sah. „Kreuzwetter, Madam! Sie sehen heute Abend ja wirklich fesch wie ein Silberpenny aus!"

Prudence errötete und strich sich unbewusst die blaue Seide glatt. Das Kleid gehörte eigentlich ihrer Mutter und war deren beste Robe. Prudence war überrascht gewesen, als ihre Mutter es ihr aufs Zimmer gebracht hatte.

Es war aus glänzender blauer Seide unter weißem Tüll gearbeitet und mit blauen und rosa Röschen mit winzigen grünen Blättern besetzt. Der Rock war tief angesetzt. Das weiße Netzgewebe war in der Mitte geschlitzt, sodass die blaue Seide zur Geltung kam. Die Ärmel waren dreiviertellang und mit einem weißen Band geschmückt.

Es war ein wunderschönes Kleid. Allerdings hatte Prudence noch nie einen so tiefen Ausschnitt getragen, und auch wenn er mit weißer Spitze verziert war, diente das doch eher dazu, das Dekolleté zu betonen, als es zu kaschieren.

Sie hatte ihrer Mutter vorgeschlagen, sie könnte doch noch etwas Spitze in den Ausschnitt nähen, doch ihre Mutter hatte die Idee abgeschmettert, indem sie erklärte, dass Prudence jetzt ja Witwe sei und längst nicht mehr in der ersten Jugendblüte stehe.

Prudence runzelte die Stirn, als sie sich in dem Spiegel in der Eingangshalle sah. Vielleicht hatte ihre Mutter recht, Prudence war schließlich einunddreißig – entschieden zu alt für mädchenhaft-zimperliche Anwandlungen und falsche Bescheidenheit. Sie sollte lieber das genießen, was ihr gegeben war.

„Sie sehen aus wie eine Fregatte auf spiegelglatter See, wenn der Vollmond scheint“, erklärte Stevens poetisch und betrachtete sie voll Bewunderung. „Der Käpt'n wird sich freuen, wenn er sieht, wie fein Sie sich gemacht haben.“ Der Butler hängte ihren Umhang am Haken an der Tür auf.

„Danke, Stevens. Wo ist der Earl denn?“

„In seinem Zimmer. Reeves hilft ihm beim Anziehen. Der Käpt'n – ich meine, der Earl – sieht auch aus wie aus dem Ei gepellt.“ Er führte sie den Flur hinunter. „Der Käpt'n – ich meine, der Earl – hat sich ein bisschen gegrault vor dem heutigen Abend, und ich dachte, vielleicht geht es Ihnen ja ähnlich, und so hab ich den Sherry rausgestellt, für den Fall, dass Sie ein Schlückchen trinken wollen, um sich aufzumuntern.“

„Danke, Stevens. Sie haben recht, ein Gläschen Sherry ist jetzt genau das Richtige.“

Stevens legte den Finger an die Nase und nickte weise. „Ich weiß so was immer im Voraus, müssen Sie wissen. Das ist eine Gabe. Meine Mum konnte das auch."

„Nun, was für Geister es auch waren, die Ihnen etwas ins Ohr geflüstert haben, ich bin froh, dass sie es taten."

Mit stolzgeschwellter Brust öffnete Stevens ihr die Tür zur Bibliothek, trat zur Seite und ließ sie ein.

Prudence fielen all die positiven Veränderungen auf, die Stevens' Manieren seit ihrer ersten Begegnung erfahren hatten, als sie gekommen war, um sich wegen des Schafes zu beschweren. Komisch, bisher war es ihr gar nicht aufgefallen, aber seit sie den Earl unterrichtete, war kein Schaf mehr über das Gartentörchen gesprungen. Wirklich seltsam …

„Hier ist der Sherry. Ich hab auch 'nen Schluck probiert, aber mir ist er ein bisschen zu süß." Stevens goss ihr ein Glas ein. „Der Käpt'n – ich meine, der Earl – wird unten sein, sobald Master Reeves ihn überredet hat, die rosa Weste anzuziehen."

Prudence nahm das Glas vom frischgebackenen Butler entgegen. „Rosa?"

„Für mich und den Käpt'n – ich meine, den Earl – hat es ausgesehen wie Rosa, aber Reeves meinte, nein, das wär kein Rosa. Er hat es ‚Flohfarben' genannt, aber das kann ich mir gar nicht vorstellen, erst wird man von den Biestern gebissen, und dann nennt man eine Weste nach ihnen!"

Sie hätte sich beinah an ihrem Sherry verschluckt. „Das tut mir leid. Aber ich glaube, Flohfarben ist eine sehr modische Farbe und wird in den höchsten Kreisen getragen."

„Aye, schon möglich. Aber ob mit oder ohne Floh, die Weste ist rosa, und Rosa ist keine Farbe für einen Mann, vor allem nicht für einen Mann wie den Captain. Ist fast so, als würde man aus einem herrlichen Hengst einen Wallach machen." Stevens straffte die Schultern. „Und apropos, ich glaube, ich schau besser mal nach, ob Reeves Hilfe braucht. Benötigen Sie noch etwas, bevor ich Sie hier sitzen lass?"

Lächelnd schüttelte Prudence den Kopf. „Stevens, Sie sind ja wirklich schon ganz der Butler geworden. Sie klingen genau wie Reeves."

Stevens strahlte über beide Wangen. „Finden Sie wirklich? Er hat mir schon 'ne Menge beigebracht, obwohl das eine ganz schöne Last ist, wenn man immer alles falsch macht."

„Das glaube ich gern", murmelte Prudence. Sie sah auf die Uhr auf dem Kaminsims. „Hoffentlich braucht der Earl nicht mehr allzu lange, sonst kommen wir zu spät."

Stevens hob die Hand. „Keine Angst! Ich mache ihm schon Feuer unter dem Hintern! Warten Sie nur, bis Sie den Captain in seinen neuen Kleidern sehen, damit werden ihm alle Damen nachlaufen!" Stevens schien dieser Gedanke sehr zu faszinieren. „Vielleicht findet er beim Squire ja sogar eine Frau, die er heiraten kann."

Prudence verspürte einen Anflug von Ärger, der ihr die gute Laune gründlich verdarb. „Wir gehen nicht deswegen zu der Dinnergesellschaft, damit Seine Lordschaft eine Frau findet."

„Warum nicht? Jetzt hat er doch einen Titel, oder? Und Geld, wenn er diese Treuhänder hinters Licht führen kann. Warum sollte er sich da keine Frau holen? Er wird jemanden brauchen, mit dem er all das Geld ausgeben kann."

Prudence wusste tausend verschwommene Gründe, die gegen diesen Plan sprachen, konnte aber keinen davon aussprechen. Zum Glück fiel Stevens ein, dass er ja eigentlich zu Reeves' Unterstützung eilen wollte. Er verbeugte sich, schlitterte aus dem Raum und überließ sie ihren Gedanken.

Prudence nahm noch einen Schluck Sherry. Stevens hatte recht, vielleicht sollte Tristan wirklich daran denken, sich eine Frau zu suchen. Sobald sie seine rauen Kanten geglättet hatte … Sie hielt inne und stellte sich vor, wie der Earl eine andere Frau anlächelte. Wie er eine andere Frau festhielt. Wie er sie küsste, genauso wie er sie geküsst hatte …

„Ach, zum Kuckuck", schimpfte sie, drehte sich um und blickte zur Tür. Plötzlich dröhnte ihr der Kopf. Welche Frau hier am Ort würde wohl etwas mit dem Earl zu tun haben wollen? Der Gedanke ließ sie innehalten. Lieber Gott, alle natürlich.

„Mit dem *Earl*", erinnerte sie sich. Tristan war in der Tat ein Earl, und bald würde er auch noch ein Vermögen erlangen. Ein bald sehr vermögender Earl mit aufsehenerregenden grünen Augen und einem schiefen Lächeln, bei dem einem das Herz bis zum Hals schlagen konnte. Es ging nicht darum, wer vielleicht Interesse am Earl haben könnte, sondern eher darum, wer nicht.

Rasch ließ sie die Damen, die an der Dinnergesellschaft teilnehmen würden, vor ihrem inneren Auge vorüberziehen. Natürlich Mrs. Reed. Bisher hatte die junge Witwe eifrig Pfarrer Oglethorpe nachgestellt, obwohl der sich standhaft geweigert hatte, ihr Interesse zur Kenntnis zu nehmen.

Prudence war sich sicher, dass die widerwärtige Witwe nun, ohne zu zögern, Tristan ins Visier nehmen würde. Prudence rümpfte die Nase. Bedauerlich, dass die Gute so eingebildet war, sonst hätte sie gewusst, dass ihre Nase einige Nummern zu groß war.

Dann war da Miss Simpson, deren Vater der örtliche Friedensrichter war. Sie war zwar ein wirklich hübsches Mädchen, aber Prudence fand sie unerträglich anmaßend. Für so eine Frau konnte Tristan sich doch nicht interessieren, selbst wenn ihr Vater der reichste Mann weit und breit war.

Andere Namen von passenden Damen geisterten durch Prudences Gedanken. Oh verdammt. Verdammt. Verdammt. Mit mächtigem Stirnrunzeln goss sie sich noch ein Glas Sherry ein.

Reeves trat einen Schritt zurück und betrachtete sein Werk von Kopf bis Fuß. „Mylord, Sie sehen wie ein Gentleman aus."

Mit zusammengebissenen Zähnen ließ Tristan die Inspektion über sich ergehen. Er fühlte sich wie ein Schiff mit gebrochenem Ruder, das ziellos auf glatter See trieb, unbeständigen Winden und den Launen des Schicksals ausgeliefert.

Reeves nickte. „Sie sehen gut aus, Mylord. Sehr gut."

„Ich will die rosa Weste nicht tragen."

„Sie tragen sie doch schon", erklärte Reeves ihm sanft. „Außerdem ist sie nicht rosa, sondern flohfarben."

„Das macht es auch nicht besser." Tristan wandte sich um, um seinen Uhranhänger vom Tisch zu nehmen, als sein Blick zufällig auf sein Spiegelbild fiel. Groß und breitschultrig stand er da, das Haar sauber zurückgebunden, die Schultern vom schwarzen Frack noch betont. Die einzige Farbe in seinem Aufzug stammte von der flohfarbenen Weste und dem Rubin, der in seinem Krawattentuch funkelte.

Reeves stellte sich hinter ihn. „Sie sehen genauso aus wie er."

Tristan ballte die Hände zu Fäusten. „Eine Ähnlichkeit, die mir beileibe nicht angenehm ist."

„Vielleicht sollte es das aber. Ich finde es oft beklagenswert, dass wir uns nicht an dem Guten freuen, das manchmal aus dem Schlechten erwächst."

Tristan fing Reeves' Blick im Spiegel auf. „Noch beklagenswerter finde ich, wenn gar nichts Gutes zu finden ist."

Reeves schürzte die Lippen. „Ich fürchte, hier muss ich Ihnen leider widersprechen, Mylord. Der alte Earl hat Ihnen den Titel und das Vermögen hinterlassen, obwohl ihm auch andere Möglichkeiten offen gestanden hätten. Er hätte einen anderen bedauerlichen Verwandten für legitim erklären und sein Erbe einem anderen vermachen können."

„Sie haben recht, dafür sollte ich dankbar sein. Und das bin ich auch. Nur nicht … ihm." Tristan sah wieder in den Spiegel, diesmal in seine eigenen grünen Augen. „Hat Christian immer noch nicht von sich hören lassen?"

„Nein, Mylord. Wir können nur hoffen, dass er seine Angelegenheiten regelt, damit er seine Position einnehmen kann, ohne …" Reeves biss sich auf die Lippen.

Tristan drehte sich zu dem Butler um. „Ohne was?"

„Es gibt Zeiten, da sollte man die Vergangenheit hinter sich lassen."

„Was, zum Teufel, soll das heißen?"

„Das zu erklären, überlasse ich Master Christian."

Tristan betrachtete den Butler frustriert. „Manchmal sprechen Sie wirklich in Rätseln."

„Das hat man mir schon öfter mitgeteilt."

„Ich habe es nicht als Kompliment gemeint."

„So habe ich es auch nicht aufgefasst, Mylord." Der Butler seufzte. „Ich frage mich … wie alt war Master Christian, als Sie ihn zum letzten Mal gesehen haben?"

„Wir waren beide zehn."

„Das ist nun über zwanzig Jahre her. Möglicherweise hat er sich sehr verändert."

„Ich würde ihn überall erkennen."

„Bei gutem Licht und unter korrekten Umständen würde ich Ihnen zustimmen."

„Was, zum Teufel, soll das bedeuten?“

„Nichts weiter. Nur ... es wäre ganz gut, wenn Sie sich darüber klar würden, dass es den Bruder, den Sie einmal kannten, vielleicht nicht mehr gibt.“

Dieser Gedanke brachte ihn aus der Fassung, gelinde gesprochen. Tristan nahm seinen Stock. „Was auch geschehen ist, ich will ihn in meinem Leben zurückhaben.“

Reeves verneigte sich. „Ich lasse es Sie wissen, sowie ich von ihm höre, Mylord.“

An der Tür klopfte es, und Reeves öffnete sie. Draußen stand Stevens. Er strahlte, als er Reeves sah. „Na so was! Jemand macht mir die Tür auf, wenn ich klopfe!“

„Erstaunlich, nicht wahr?“, meinte Reeves und schloss die Tür.

„Donnerlüttchen, Käpt'n!“ Stevens schüttelte den Kopf. „Als Nächstes ziehen Sie sich noch Weiberröcke an und binden sich eine Schleife ins Haar!“

Tristan hob die Brauen.

Der Erste Offizier errötete. „Ich hab es nicht so gemeint, Mylord! Ist mir nur so rausgerutscht, ich weiß doch, dass Sie nie Weiberröcke und Schleifen anziehen würden! Ich hab doch nur gemeint ...“

„Ich weiß, was Sie gemeint haben“, knurrte Tristan.

Stevens seufzte. „Ich war einfach noch ganz atemlos von Mrs. Thistlewaite in der Bibliothek. Wunderschön sieht sie aus, wunderschön!“

„Mrs. Thistlewaite ist immer wunderschön.“ Das entsprach nur der Wahrheit. Selbst wenn ihre Nase rot war vor Kälte, ihr Haar windzerzaust und ihre Kleidung etwas zerknittert von ihrem Marsch zu seinem Cottage, sah sie einfach zum Anbeißen aus.

„Allerdings, sie ist eine prima Frau“, stimmte Stevens zu. „Aber heute Abend sieht sie wie eine richtige Dame aus. Sie werden alle Hände voll zu tun haben, um die ganzen Beaus davon abzuhalten, sich beim Tanzen auf sie zu stürzen, da gehe ich jede Wette ein.“

Tristan runzelte die Stirn. „Beaus?“ Fragend blickte er zu Reeves.

Der Butler nickte. „Das ist doch schließlich Sinn und Zweck einer Abendeinladung. Ein gesellschaftlicher Anlass, um Ausschau nach einer Ehefrau zu halten ... oder einem Ehemann.“

Das hörte Tristan gar nicht gern. Er fragte sich, ob der Arzt wohl auch da wäre, um Prudence anzuschmachten und ihn in den Wahnsinn zu treiben. „Wer auch da ist, sie sollen mir bloß Prudence in Ruhe lassen."

Reeves ließ sich das durch den Kopf gehen. „Außer natürlich, sie möchte es. Dann dürfen Sie sich wirklich nicht einmischen."

„Einmischen? Ich werde da sein, um sie zu beschützen!"

„Mrs. Thistlewaite ist kein Kind mehr, Mylord. Wenn sie Sie nicht um Unterstützung bittet, können Sie gar nichts tun. Ich hoffe nur, dass sie jemanden findet, der sie glücklich macht. Sie ist so eine wunderbare Frau."

Zu Tristans Verärgerung nickte Stevens eifrig. „Sie ist ein prima Frauenzimmer und hübsch für zehn. Wahrscheinlich gibt es jede Menge Herren, die gern mit ihr ..."

„Es reicht!" Tristan bedachte Stevens und Reeves mit zornigen Blicken. „Ich will kein Wort mehr hören."

Reeves verbeugte sich. „Wie Sie wünschen, Mylord."

Mit finsterer Miene ging Tristan zur Tür hinaus und nach unten.

Verdammt, was fiel Stevens ein, Prudence zu unterstellen, dass sie mit irgendwelchen Gästen flirten würde? Zu der Sorte Frau gehörte sie nicht. Er dachte daran, wie sie in seiner Bibliothek vor ihm gestanden hatte, mit offenem Haar, die Lippen von seinen Küssen geschwollen – nun ja, vielleicht gehörte sie ja *doch* zu dieser Sorte Frau, aber nur mit ihm, verdammt!

Sie gehörte ihm. So lange, bis er mit ihr fertig war oder sie mit ihm. Und er würde keinem anderen erlauben, bei ihr vor Anker zu gehen. Wenn irgendein betrunkener Steuermann damit liebäugelte, bei Prudence an Deck zu springen, würde er den Kerl schon eines Besseren belehren, nötigenfalls auch mit der Pistole.

Mit gewittriger Miene erreichte er den Fuß der Treppe. Zum Glück hatte Stevens erwähnt, dass sich dergleichen Kaperversuche zutragen könnten, andernfalls wäre Tristan vielleicht überrumpelt worden.

Er ging durch den schmalen Flur, der nur beleuchtet wurde von dem Licht, das aus der Bibliothek in die Düsterkeit vordrang, ein Leuchtfeuer an finsterem Gestade. Vor weniger als einem Monat war es hier vollkommen friedlich gewesen, er hatte zugesehen, wie sein Leben an ihm vorüberzog, und nur die Sorge um seine Männer veranlasste ihn jeden Morgen, aus dem Bett zu steigen. Nun waren die

Dinge irgendwie klarer ... und hoffnungsvoller.

Tristan blieb vor der Bibliothek stehen und sah an sich herab. Seine Kleidung war weicher, als er es gewohnt war, aber auch enger. Er rückte zum x-ten Mal sein Krawattentuch zurecht, fuhr mit dem Finger hinein, um es etwas zu lockern, wobei er sich sicher war, dass dadurch Knitterfalten entstanden, die Reeves entsetzen würden.

Es war, als machte sich sein Vater noch aus dem Grab heraus bemerkbar, um ihn zu ärgern, um ihn für den Frevel seiner bloßen Existenz zu bestrafen. Aber Tristan war aus härterem Holz geschnitzt.

Von ein bisschen Unbequemlichkeit würde er sich nicht von seinen Plänen abhalten lassen. Er würde seinen Männern helfen, er würde ein richtiges Seemannsheim einrichten, und den Rest würde er einfach vergessen.

Alles, was er brauchte, war das Vermögen, dann könnte er diese ganze alberne Scharade hinter sich lassen. Dann konnte er wieder der sein, der er wirklich war. Und Prudence könnte er dann auch bekommen.

Mit diesem Gedanken betrat er die Bibliothek – und blieb wie angewurzelt stehen. Vor dem Kaminfeuer stand Prudence. Sie trug irgendeine blau-weiße Robe, aber das war es gar nicht, was ihm so auffiel.

Er hatte nur Augen dafür, wie der helle Feuerschein Prudence von hinten beleuchtete und unter dem dünnen Stoff ihre Silhouette offenbarte. Er sah ihre verlockend geschwungenen Hüften und ihre langen, geschmeidigen Beine. Jede Rundung saß genau am richtigen Fleck. Sie war atemberaubend vollkommen, und sie entflammte ihn, ohne dass sie es überhaupt merkte.

„Ah, Tristan! Da bist du ja!"

Ihre weiche Stimme weckte ihn aus der Versunkenheit. Er trat vor, wobei er gegen die Versuchung ankämpfen musste, sie einfach zu packen und in sein Zimmer zu schleppen. Genau das hätte er getan, wenn er er selbst hätte sein dürfen und nicht diese leere Hülle von Earl.

Plötzlich erschütterte ihn ein Gedanke. Was, wenn Prudence sich auf der Dinnergesellschaft unwissentlich vor den Kamin stellte? Alle Männer wären dann doch wie gebannt. Sie würden sie genauso sehen, wie er sie jetzt sehen konnte. In seinen Ohren begann es zu rauschen.

„Gut siehst du aus“, sagte sie. In ihrer Stimme lag ein schüchterner Unterton.

Tristan riss sich mühsam zusammen. „Du auch.“ Er zwang sich, den Blick von ihren Umrissen zu wenden. Dabei fiel sein Blick auf ihr freizügiges Dekolleté. Verdammt noch mal, wer hatte ihr erlaubt, ein so gewagtes Kleid anzuziehen? Er konnte sie vielleicht davon abhalten, sich vor den Kamin zu stellen, aber wie sollte er ihre Schultern und ihre Brust bedecken?

Sie lächelte in seliger Unkenntnis seiner wachsenden Bestürzung und ging zur Anrichte, um das leere Glas abzustellen, das sie in der Hand hielt. Er bemerkte, dass sie dabei ganz leicht schwankte.

Er sah auf die beinah leere Karaffe und hätte am liebsten aufgestöhnt. Du großer Gott, er begleitete die schönste Frau der Welt auf ein Fest, und sie war nicht nur zu spärlich bekleidet, sondern auch angeheitert. „Ich will nicht zu dieser Gesellschaft gehen.“

„Du musst aber. Das ist unsere letzte Gelegenheit zum Üben.“ Sie trat an seine Seite, lehnte sich gegen ihn, bis ihre Brüste gegen seine Arme drängten. Ihr Lächeln war warm und einladend. „Hab keine Angst. Ich werde den ganzen Abend bei dir sein.“

Er sah auf sie herab, auf ihre Hand, die auf seinem Ärmel ruhte, direkt daneben der schwellende Busen. Er bedeckte ihre Hand mit seiner. Wenn sie hierblieben, würden sie nur im Bett landen. Das war ihm so klar, als stünde es irgendwo schwarz auf strahlend weiß geschrieben. Vielleicht wäre es besser, in Gesellschaft zu sein. Zumindest bis einer von ihnen sich wieder etwas gefasst hatte.

Tristan hauchte einen Kuss auf ihre Finger. „Ich werde dich nicht aus den Augen lassen.“

„Dann lass uns gehen.“ Damit wollte sie ihn zur Tür ziehen. Sie sah bezaubernd, erregend und sehr sinnlich aus. „Was für ein Abenteuer!“

Tristan folgte ihr und versuchte seine überaus grimmige Stimmung zu ignorieren. Er würde zu dieser verflixten Gesellschaft gehen und sich bei der ersten sich bietenden Gelegenheit wieder verabschieden. Und er würde dafür sorgen, dass Prudence mitkam.

Gott, hoffentlich würde es ein kurzer Abend werden. Einen langen Abend würde er wohl nicht überstehen.

15. KAPITEL

Man sei immer bereit, sein Wissen sowohl mit Bürgersmann als auch mit Adligem zu teilen. Die Saat der Weisheit kann auch auf der steinigsten Flur aufgehen.

Leitfaden für den vollkommenen Butler und Kammerherrn von Richard Robert Reeves

Die Dinnergesellschaft stand vom ersten Moment an unter einem schlechten Stern. Nicht nur, dass der joviale Squire weitaus jünger war, als Tristan ihn in Erinnerung hatte, der Lümmel war auch noch unverheiratet. Tristan fühlte sich von Reeves hinters Licht geführt und versuchte nun die Situation zu akzeptieren, so gut es ging. Leider stellte sich bald heraus, dass das Schicksal gegen ihn war, vor allem als der attraktive junge Squire die Kühnheit besaß, praktisch in Prudences Dekolleté zu tauchen, als Tristan ihr aus dem Mantel half.

Das war kein guter Anfang. Selbst wenn Tristan dem Mann aus maskuliner Sichtweise keinen Vorwurf machen konnte, hatte ihn diese Dreistigkeit trotzdem erbost. Zum Glück hatte der Squire Tristans warnenden Blick aufgefangen und sich hastig zurückgezogen, allerdings nicht, ohne Prudence noch ein paar bewundernde Seitenblicke zuzuwerfen. Tristan spielte mit dem Gedanken, den Kerl auf der Stelle nach draußen zu zerren und ihm zwei schöne Veilchen zu verpassen, doch es kam noch schlimmer.

Kaum hatte er Prudence durch eine, wie er meinte, Gasse lüsterner Männer geführt, als ihnen Dr. Barrow den Weg verstellte. Der junge Arzt war offensichtlich überrascht von Prudences Aufzug und verbrachte die nächsten zehn Minuten damit, ihre kostbare Zeit ganz für sich allein zu beanspruchen. Der Doktor war eine ernstere Bedrohung als der Squire, da Tristan den Mann nicht abwimmeln konnte, sosehr er sich auch bemühte.

Nun, dann blieb er eben einfach neben ihr stehen und rührte sich nicht vom Fleck. Irgendwann musste der verdammte Narr ja einen von Tristans bösen Blicken auffangen. Verdammt, mit seinen bösen

Blicken hatte er die Korsaren fast zu Tode geängstigt! Wie konnten sie einen simplen Landarzt vollkommen kaltlassen?

Allmählich fragte Tristan sich, ob der Arzt vielleicht kurzsichtig war. Möglicherweise sah der schwächliche Narr einfach nicht gut genug, um zu erkennen, dass er in ernsthafter Gefahr schwebte. Wenn das der Fall war, würde er wohl ein, zwei Worte verlieren müssen, um dem Schwachkopf den richtigen Weg zu zeigen. Doch wie sollte er das anfangen, ohne dass Prudence etwas mitbekam?

Die nächste Viertelstunde verbrachte er damit, sich einen Plan zurechtzulegen, und als schließlich verkündet wurde, dass das Dinner bereit sei, wusste er, was er zu tun hatte. Leider war ihm dabei für einen kurzen Moment entfallen, dass sich die Sitzordnung an der gesellschaftlichen Rangordnung orientierte. Und nach der stand ein Earl um einiges höher als eine einfache Witwe. Dies wiederum hatte zur Folge, dass er von einer pferdegesichtigen Frau eingefangen wurde, die die Kühnheit besaß, Prudence dem Arzt praktisch in die Arme zu drängen, ehe sie Tristan aus dem Zimmer zerrte, die Finger in seinen Ellbogen gekrallt.

Diese Manöver gefielen Tristan überhaupt nicht. Kein Wunder, dass sich der Adel dauernd zu Duellen und was nicht allem herausforderte. Die Regeln der Gesellschaft waren barbarisch, gelinde ausgedrückt, vor allem wenn sie einen Mann dazu zwangen, am entferntesten Ende der Tafel zu sitzen und zuzusehen, wie sein Mädchen von einem Pack hungriger Wölfe umzingelt wurde.

Es war unerträglich. Jedes Mal, wenn Prudence lachte, war er zwischen Sehnsucht und Argwohn hin und her gerissen. Als die Männer sich in die Bibliothek verabschiedeten, um dem Portwein zuzusprechen, war Tristan so weit, dass er am liebsten Kehlen durchtrennt hätte. Zumindest hinderte ihn jetzt Prudences Nähe nicht mehr daran, das zu tun, was er von Anfang an hatte tun wollen.

Tristan trat zum Doktor. Dieser nichtswürdige Mensch stand am Kamin und nippte auf, wie Tristan fand, entsetzlich weibische Art an einem Brandyglas.

Der Doktor war tief in Gedanken und bemerkte nicht, dass Tristan sich näherte. Er beugte sich vor und rief dem Mann mit tönender Stimme ein „Doktor!“ ins Ohr.

Dr. Barrow zuckte zusammen, das Glas entglitt seinen Händen

und zerschellte vor dem Kamin.

Tristan sah auf die Scherben und trat einen Schritt zur Seite, als ein Dienstbote herbeigeeilt kam, um den Schaden zu beseitigen.

Das Gesicht des Doktors war tiefrot. Verlegen sah er sich im Raum um, ehe er sich Tristan zuwandte. „Lord Rochester. Sie haben mich überrascht."

„Das erstaunt mich", murmelte Tristan. „Sie mussten doch wissen, dass ich auf Sie zukommen würde. Sie haben Mrs. Thistlewaite heute besondere Aufmerksamkeit erwiesen. Ich glaube, es wäre gut, wenn Sie damit aufhören würden."

Der Arzt blinzelte. „Aufhören? A...aber ich habe doch nie ..."

„‚Nie' ist ein wunderbares Wort. Wollen wir es dabei belassen, ja?" Tristan trank sein Glas aus und stellte es auf dem Kaminsims ab.

„Mylord! Dagegen muss ich protestieren! Meine Beziehung zu Mrs. Thistlewaite ist ..."

„Vorbei." Tristan beugte sich vor. Seine Stimme war bedrohlich leise geworden. „Ich habe einmal einem rivalisierenden Piratenkapitän die Kehle durchschlitzt, weil er meine Ladung gestohlen hatte. Von hier", er legte den Finger an den Hals des Doktors, direkt unterhalb des linken Ohrs, „bis hier." Tristan glitt mit dem Finger über die Kehle des Tölpels, bis er an der rechten Seite die gleiche Stelle erreicht hatte.

Der Arzt machte den Mund auf und klappte ihn wieder zu.

Die Geschichte stimmte natürlich nicht. Aber der Narr schien sie ihm doch abzunehmen.

Dr. Barrow war so bleich geworden, dass er aussah, als könnte er jeden Moment umkippen. „Sie ... Sie ... Sie ... ich ... ich ... ich muss gehen."

Tristan zuckte mit den Schultern. „Sie brauchen noch nicht zu gehen. Sie können warten, bis ..."

Doch der Doktor war schon auf der anderen Seite des Raums, wo er lebhaft auf den Squire einsprach, woraufhin dieser Tristan ziemlich erstaunt musterte.

Tristan lächelte, als die Herren wieder zu den Damen stießen, doch sein Triumph war nur von kurzer Dauer.

„Was hast du gemacht?", zischte Prudence ihn keine fünf Minuten später aufgebracht an.

„Ich?"

Sie runzelte die Stirn noch ein bisschen energischer.

„Ich habe bloß die Wahrheit gesagt."

„Du hast Dr. Barrow angedroht, dass du ihm die Kehle von da nach da ..." Zornig funkelte sie ihn an. „Was hast du dir nur dabei gedacht?"

Tristan zog ein finsteres Gesicht. Gedacht hatte er sich eigentlich gar nichts dabei. Er hatte lediglich reagiert. Natürlich, wenn er es sich jetzt so durch den Kopf gehen ließ, hatte er vielleicht ein bisschen übertrieben. Aber nur ein bisschen, und der Teufel sollte ihn holen, wenn er das Prudence gegenüber einräumte. Nicht, solange sie ihn ansah, als wollte sie ihn am liebsten vierteilen.

„Er war unverschämt dir gegenüber."

Sie blinzelte. „Wie kommst du denn auf die Idee?"

„Ich habe es doch mit eigenen Augen gesehen!"

Sie verschränkte die Arme, was ein bisschen unglücklich war, weil sie damit ihre Brüste so nach oben drückte, dass sie in dem tief ausgeschnittenen Kleid besonders gut zur Geltung kamen. „Du hast es selbst gesehen? Wann denn?"

„Na, vor und während des Dinners. Er hat deine ganze Aufmerksamkeit in Beschlag genommen. Ich konnte ja kaum ein Wort in die Unterhaltung einflechten. Der Lümmel!"

Sie schloss die Augen, griff sich an die Nasenwurzel und atmete tief durch.

Tristan wurde besorgt. „Prudence? Alles in Ordnung mit dir?"

„Nein. Ich habe Kopfschmerzen und möchte nach Hause."

„Gut!" Als er ihren empörten Gesichtsausdruck sah, fügte er hastig hinzu: „Ich hole deinen Mantel."

Sie entschuldigten sich und verließen das Haus, sehr zu Tristans Befriedigung und anscheinend zur Erleichterung ihres Gastgebers. Prudence wirkte angespannt und unglücklich, und Tristan konnte nur annehmen, dass ihr der Kopf ernsthaft wehtat.

Schweigend saßen sie in der Kutsche. Prudence sah starr aus dem Fenster, die Lippen rebellisch zusammengepresst. Tristan beobachtete sie aus seiner Ecke. Vermutlich hätte er nicht so eigenwillig handeln dürfen, aber er hatte sich nicht anders zu helfen gewusst. Der Doktor hätte Prudence ja beinah angegrapscht! Und was die anderen betraf, ja, du liebe Zeit, es war einfach unerträglich gewesen! Tristan war auch nur ein Mann, und seine Geduld hatte Grenzen.

Wenn er sich überlegte, was er alles hätte tun *wollen*, aber nicht getan hatte, war er mit der Situation doch ziemlich gut fertig geworden.

Prudence sah ihn an. „Ich kann nicht fassen, dass du den armen Dr. Barrow bedroht hast!"

„Der Mistkerl will dir an die Wäsche, falls es dir noch nicht aufgefallen ist."

Sie errötete. „Wir haben uns nur unterhalten. Ich sehe ihn ziemlich oft bei uns zu Hause, weil er Mrs. Fieldings' Küche sehr zu schätzen weiß."

Tristan verschränkte die Arme. „Das ist ja wohl nicht alles, was er zu schätzen weiß. Dauernd ist er um dich herumscharwenzelt, hat dich angestarrt und angegiert. So ein Benehmen ist mir ja noch nie untergekommen ..."

„Nein? In all den Tavernen, in denen du schon warst, all den Etablissements von zweifelhaftem Ruf ist dir so etwas wirklich noch nie begegnet?"

„*Ich* würde nicht wollen, dass man mich mit jemandem vergleicht, der in Etablissements von zweifelhaftem Ruf verkehrt", erwiderte er und hielt dann inne. Lieber Himmel, war das wirklich er, der da so steif und verknöchert klang? Was, zum Teufel, war nur los mit ihm?

Prudence rümpfte die Nase. „Und *ich* würde nicht mit einer derartigen Doppelmoral leben wollen. Meine Güte, ich bin kein grünes Ding mehr, das man retten muss. Ich bin über dreißig und durchaus in der Lage, mich selbst um mich zu kümmern."

„Der Mann hat dich belästigt."

„Nein, er hat mir Aufmerksamkeit gezollt. Da besteht ein gewisser Unterschied, weißt du." Störrisch reckte sie das Kinn. „Außerdem hast du in keinem Fall das Recht, dich einzumischen, so oder so. Ich werde mit meinen Verehrern schon selbst fertig, vielen Dank."

Tristan biss die Zähne zusammen, damit ihm nicht etwas von dem entschlüpfte, was ihm auf der Zunge lag. Nichts davon wäre irgendwie hilfreich gewesen. Verdammt, er war jetzt ein Earl. Ein Earl konnte doch sicher Dinge tun, die einem Captain verwehrt blieben!

Aber nein, er wollte nicht genauso denken wie sein Vater. Es gab

Benimm, und es gab Gesetze. Da er kein Gentleman war, brauchte er sich um die Benimmregeln nicht zu kümmern. Doch die Gesetze – nein, über denen sollte nicht einmal ein Earl stehen.

Er lehnte den Kopf an das Polster und betrachtete Prudence. Die saß zornig im gegenüberliegenden Eck der Kutsche.

Sie sah so … schön aus. Ohne noch einmal nachzudenken, beugte Tristan sich vor, hob sie hoch und setzte sie auf dem Platz direkt gegenüber wieder ab. „Jetzt können wir reden."

Sie keuchte empört auf. „Was fällt dir ein?"

„Ich wollte nur unsere Sitzordnung ein wenig angenehmer gestalten."

„Für wen?"

Er brachte ein Grinsen zustande. „Für uns beide. Ich kann dich nicht hören, wenn du in der gegenüberliegenden Ecke sitzt."

Sie legte die Handflächen auf die Sitzbank und rückte noch weiter weg von ihm als zuvor. „Ich kann dich von hier aus einwandfrei hören. Wenn einer der Männer von heute Abend mich so behandelt hätte wie du jetzt, wäre es durchaus im Rahmen gewesen, sie wegen ihres ekelhaften und rücksichtslosen Benehmens zur Rechenschaft zu ziehen. Aber allein deswegen wilde Drohungen auszustoßen, weil jemand ein freundliches Wort zu mir sagt – nein, das dulde ich nicht. Niemals."

Tristan fuhr sich mit der Hand durchs Haar und wünschte sich, er könnte seine Gefühle besser erklären. Das Problem war nur, dass er sich selbst nicht genau im Klaren darüber war, was genau er eigentlich empfand. „Prudence …"

„Und noch etwas. In der Öffentlichkeit schickt es sich nicht, mich Prudence zu nennen und mich zu duzen. Also bitte Mrs. Thistlewaite."

Er starrte auf seine Stiefel. Sein Ärger schwand von Minute zu Minute. Vielleicht hatte er wirklich überreagiert. Er seufzte. „Habe ich dich in Verlegenheit gebracht?"

„Allerdings!"

Er zuckte zusammen. „Tut mir leid. Das lag nicht in meiner Absicht. Ich sehe es eben nicht gern, wenn andere Männer dich respektlos behandeln."

„Und ich sehe es nicht gern, wenn du dich einmischst, wo du

nichts verloren hast. Ich bin nicht einer deiner kriegsversehrten Matrosen, um die du dich kümmern musst!“

Das erboste ihn. Etwas mehr als Ärger durchzuckte ihn. „Prudence, ich habe mich entschuldigt. Mehr kann ich nicht tun.“

„Ich nehme deine Entschuldigung nicht an.“

„Nein?“

„Nein.“ Sie wandte sich von ihm ab, hob den Ledervorhang vor dem Fenster an und sah mit steinerner Miene hinaus in die Nacht.

Verdammt! Er hatte nicht gewollt, dass der Abend so endete. Sein Blick wanderte über sie hinweg, sah die Schwellung ihrer Brüste durch den offen stehenden Mantel, die zarten Grübchen an ihren Schultern, die elegante Linie ihres Halses. Es juckte ihm in den Fingern, und ihm war ein wenig schwindelig von dem Wein und dem Brandy.

Bevor er selbst wusste, was er tat, hatte er schon nach ihr gegriffen und sie erneut hochgehoben, nur dass er sie sich diesmal entschlossen auf den Schoß setzte.

Einen Augenblick war sie wie benommen, dann erklärte sie empört: „Das … das kannst du doch nicht machen!“

„Ich habe es grade gemacht“, meinte er selbstzufrieden und küsste sie auf den Hals unterhalb ihres Ohrs.

Sie keuchte und riss die Augen auf.

„Tut mir leid, wenn ich dich heute Abend in Verlegenheit gebracht habe, meine Liebste“, murmelte er an ihrem Hals.

Sie strampelte, wie um sich aus seinem Griff zu befreien, doch er fasste sie noch fester und küsste sie unter dem Kinn und dem Ohr.

„Mylord …“

„Tristan“, verbesserte er und knabberte vorsichtig an ihrem Ohrläppchen.

Prudence knirschte mit den Zähnen und hielt verzweifelt an ihrem Ärger fest. Sie war außer sich vor Zorn, und das mit gutem Grund, sagte sie sich, obwohl ihr im selben Moment eine Gänsehaut über den Rücken lief. Seine Lippen wanderten an ihrem Hals hinab zum Schlüsselbein, und trotz aller guten Vorsätze hob sie das Kinn, damit er auch dort mit seinen Liebkosungen fortfahren konnte.

Wellen des Entzückens überliefen sie, und ihre Brustspitzen wurden hart. Er hat sich einfach grässlich benommen, sagte sie sich, verzweifelt bemüht, bei Vernunft zu bleiben. Aber … er hatte sich auch entschuldigt. Sie durfte nicht vergessen – sie und Reeves mochten ihm Benimm beigebracht haben, ihn zu zivilisieren war ihnen hingegen nicht gelungen, trotz der Umstände.

Seine Lippen streiften ihre Ohrmuschel, ihre Schläfe, sein Atem war warm und verführerisch. Ihr Ärger schmolz noch ein Stückchen dahin. Seine Hände fühlten sich durch die dünne Seide ihres Kleides äußerst angenehm an, und sein Mund tat unaussprechlich Köstliches mit ihr. Sie sollte sich gegen ihn wehren, sollte verlangen, dass er sie sofort losließ. Doch sie konnte nicht. Sie konnte deswegen nicht, weil ihr verräterischer Körper sich einfach weigerte, auf ihren Verstand zu hören. Die Fähigkeit, zu denken und vernünftige Argumente zu formulieren, verließ sie. Ihre Vernunft musste dem Ansturm ihrer Gefühle weichen, die so mächtig waren, so stark, dass sie ihnen hilflos ausgeliefert war. Sie war gefangen im Netz der Lust, versank im Honig der Begierde. Eigentlich hatte sie gedacht, sie könnte ihr Verlangen stillen, wenn sie ihm ein einziges Mal nachgab. Stattdessen sehnte sie sich nun umso mehr nach ihm.

Doch was spielte das für eine Rolle? Er hatte sie an diesem Abend in Verlegenheit gebracht, obwohl sie die ihr gezollte Aufmerksamkeit ganz insgeheim auch ein wenig erregte. Um die Wahrheit zu sagen: Als sie die finsteren Blicke gesehen hatte, mit denen Tristan ihre Tischherren beim Dinner bedachte, hatte sie viel heftiger geflirtet, als sie es sonst tat.

Merkwürdig, wie sie dieses Verhalten sowohl genoss als auch verabscheute. Sie genoss es, weil sie sich in diesem Augenblick – als er sie voller Begehren angesehen hatte – mächtig und sogar schön gefühlt hatte. Beides kam nicht oft vor, und sie würde diese Momente im Herzen bewahren. Doch gleichzeitig war es ihr unangenehm, dass ihr derartige Dinge so viel bedeuteten.

Tristan strich ihr mit seinen großen, warmen Händen über den Rücken bis zur Taille. Dort verstärkte er seinen Griff und zog sie dichter an sich. Vor Sehnsucht war ihre Kehle wie zugeschnürt, und ihr wurde schwindelig. Sicher würde er das jetzt nicht tun, würde nicht noch weitergehen …

Er schob die Hand in ihr Haar, worauf sich die Haarnadeln lösten und auf den Boden fielen. Frei und ungebändigt wallte ihr das Haar über die Schultern. Mit der anderen Hand strich er an ihrem Bein entlang und schloss sie fest um ihren Knöchel. Der Anblick seiner Hand an ihrem Knöchel war merkwürdig erregend, und noch erregender war es, als er die Hand unter ihrem Rock hinaufwandern ließ zu ihrer Wade, ihrem Knie.

Prudence zitterte, sie atmete stoßweise, und sie wünschte sich mit Leib und Seele, dass seine Berührungen von Dauer wären. Und noch kühner würden.

Sie wollte ihn, aber … sie dachte an seine Miene auf der Dinnergesellschaft und wie besitzergreifend er gewesen war. Würde das hier die Sache nicht noch schlimmer machen? Oder würde es noch weiter den Druck verstärken, der sich immer mächtiger zwischen ihnen aufbaute, die Spannung, die gewachsen war, seit sie zum ersten Mal voller Kampfeslust bei ihm an der Haustür erschienen war?

Diese Gedanken kühlten sie ein wenig ab, und sie fing seine Hand ein, die gerade zu ihrem Oberschenkel gleiten wollte. „Über eines müssen wir uns klar sein, ehe wir hier weitermachen."

Seine Augen wurden schmal, und Prudences Herz schlug noch schneller. Der Mann hatte etwas Bedrohliches an sich, eine dunkle Kraft, die sie beinah ebenso anzog, wie sie ihre Sinne zu überwältigen drohte. Doch sie wollte sich nicht einschüchtern lassen.

Sie ignorierte ihr klopfendes Herz, straffte die Schultern und wand sich aus seiner Umarmung. Dann schob sie sich ein Stück fort von ihm – sie brauchte sicheren Abstand, um sich zu sammeln. In seiner Nähe hatte sie schon Mühe, sich zu erinnern, wer sie war, wer *er* war.

Nicht, dass sie das davon abgehalten hätte, ihn zu begehren, das nicht. Aber es war wichtig, dass sie sich beide bewusst darüber waren, welche Art von Beziehung sie führten. Sie räusperte sich. „Ich glaube, uns beiden muss klar sein, dass diese … diese Tändelei nicht mehr ist als eben das." Obwohl ihr Gesicht vor Verlegenheit brannte, gelang es ihr, ihm ruhig in die Augen zu sehen. „Verstehst du?"

Um seine Lippen spielte ein amüsiertes Lächeln. „Du bist mir ein Rätsel, meine liebreizende Prudence. Ich dachte, Ladies …"

„Ich bin keine Lady." Seit sie London verlassen hatte, war Prudence zum ersten Mal von Herzen froh über diesen Umstand. Und gemäß dem Diktat der vornehmen Gesellschaft stimmte das ja auch.

Er runzelte die Stirn. „Natürlich bist du eine Lady. Eine der feinsten, die mir je begegnet sind." Er streckte die Hand aus, griff nach einer Locke von ihr und hob sie an die Lippen. „Aber du bist auch eine Frau, und darin liegt der Unterschied zu all den quäkenden Katzen, vor denen die Gesellschaft ihre Kratzfüße macht. Die sind doch nicht echt, wollen es auch gar nicht sein."

Ihr Magen brannte, als er sich mit ihrer Locke über die Wange strich und ihr dabei tief in die Augen sah. „Prudence, ich will dich."

Die Worte schwappten über sie. Seine Stimme war dunkel und zog sie zu ihm. Sie zitterte. Heiße Leidenschaft überrollte sie, von oben, von unten, von außen, von innen. Ihr wurden die Knie schwach. Sie wollte ihn auch. Und warum auch nicht? Sie war schließlich keine unberührte Unschuld mehr. Sie war berührt worden. Von Phillip.

Früher hätte der Gedanke an Phillip sie vielleicht an dieser Stelle innehalten lassen, und sie hätte sich schuldig und allein gefühlt. Doch nun feuerte sie der Gedanke nur noch an. Phillip hätte nicht gewollt, dass sie zu leben aufhörte, nur weil er gestorben war.

Trotzdem fand sie sich nun vor eine ziemlich komplexe Wahl gestellt. Anders als in ihrer Beziehung zu Phillip hatten sie und Tristan keine gemeinsame Zukunft. So groß die körperliche Anziehung auch sein mochte, es konnte nicht sein. Er war ein Earl, dem die Treuhänder zur Auflage gemacht hatten, dass er sich nahtlos in die vornehme Gesellschaft einfügte. Von ihr konnte man Letzteres nun wahrlich nicht behaupten. Die Treuhänder würden sie niemals billigen, zumal sie ja auch bestens informiert waren über ihre öffentliche Schande.

Was blieb ihr dann? Im Lauf der letzten Wochen hatte sie die Matrosen in Tristans Haushalt recht gut kennengelernt, und sie waren ihr inzwischen ebenfalls ans Herz gewachsen. Da war zum Beispiel Toggle, der ein bisschen durcheinander war, aber immer eine Seele von Mensch. Dann der einarmige Gibbons; sie machte sich Sorgen um ihn, weil er so mutlos war. Adkins mit den vielen Narben, der so gern lachte. Und Stevens, bei dem sie sich immer willkommen fühlte. Sie alle waren ihr wichtig geworden. Wenn sie Tristan weiter ermutigte, könnte das seine Chancen auf das Vermögen schmälern. Sie konnte es nicht verantworten, dass die gebeutelten Männer noch mehr Leid erdulden mussten.

Ihr blieb jetzt nichts anderes übrig, als sich einzugestehen, dass die Anziehung, die dieser wunderbare intelligente Mann in ihr weckte, rein körperlicher Natur war. Ein kurzfristiger Genuss, mehr nicht. Und sobald die Treuhänder kamen, wäre es vorbei, ebenso plötzlich, wie es begonnen hatte.

Ihr tat das Herz weh, als sie ihn im flackernden Licht der Kutschlampe betrachtete, seine Augen bewunderte, seine schöne Nase, das energische Kinn.

Er hob die Hand an die Wange. „Was ist los? Du siehst aus, als hättest du eine furchtbare Entdeckung gemacht."

Sie lächelte freudlos. Die Kutsche schwankte ein wenig, weil sie um eine Kurve der engen Straße bogen. „Vielleicht sind es eher die Konsequenzen, die mich schrecken."

Tristan nahm ihre Hand und führte sie an die Lippen. „Prudence, ich habe mich heute Abend wie ein Narr aufgeführt. Kannst du mir verzeihen? Ich kann dir nicht versprechen, dass ich nie mehr eifersüchtig sein werde, aber wenn ich etwas unternehme, dann zu einer angemesseneren Zeit und an einem angemesseneren Ort." Sein Atem blies warm auf ihren Handrücken. „Ich weiß, dass ich dich verärgert habe. Lass es mich wiedergutmachen."

„Vielleicht", erwiderte sie und lächelte selbst ein wenig, als sie merkte, wie heiser ihre Stimme klang. „Aber nur zu meinen Bedingungen."

Seine Miene verfinsterte sich ein wenig, doch er lächelte noch. „Du bist im Herzen eine Kriegerin, nicht, meine Liebe? Dir ist es fast wichtiger zu kämpfen, als zu atmen."

„Ich verliere nicht gern", erklärte sie, während die Kutsche über eine Unebenheit holperte. „Wer tut das schon?"

„Und mit mir die Liebe zu genießen wäre für dich wie verlieren?" Ein tiefes Lachen entschlüpfte ihm. „Ich glaube, du musst die Bedeutung des Wortes ‚verlieren' noch einmal überdenken. Oder vielleicht", sein Blick fiel auf ihre Lippen, und sein Blick verdunkelte sich, „vielleicht sollte ich das Wort für dich neu definieren."

Ihr Herz schlug schneller, ihre Brüste prickelten verheißungsvoll. Kühn sah sie ihm in die Augen, obwohl es ihr schwerfiel, ihre Atemlosigkeit zu überspielen. „Was hast du vor?"

Zur Antwort funkelten seine grünen Augen, und dann senkte er die dichten schwarzen Wimpern. Ganz langsam streckte er den Arm aus und zog ihr den Mantel aus. Behutsam strichen seine Finger über ihre Kehle, ihre Schultern, er liebkoste beim Ausziehen jede Stelle, die er erreichte. Seine Bewegungen waren genießerisch, träge und sinnlich.

Sie würden sich lieben. Das wusste sie so sicher, dass es ihr den Atem raubte. Eine Welle der Erwartung überrollte sie, deren Intensität sie überraschte. Schon die Vorstellung, mit diesem Mann das Lager zu teilen, war eine Qual und eine Freude, wie sie noch keine erlebt hatte.

Tristan legte den Mantel beiseite und zog sie an seine Seite. So ohne Mantel und ohne seine wärmenden Hände zitterte sie ein wenig und verschränkte die Arme vor der Brust. Sie sah zu, wie Tristan den Mantel eng zusammenrollte.

„Was machst du da?“

Er grinste sie so strahlend an, dass ihr das Herz bis zum Hals klopfte. „Ich lege die Schlachtlinie fest, meine Liebe.“

Die Schlachtlinie. Irgendwie gefiel ihr das.

Er rutschte auf der Bank ein Stück zur Seite und schob ein Ende seiner „Schlachtlinie“ über die Kopfpolsterung, führte es senkrecht nach unten und steckte es zwischen Wand und Sitz fest. Den Rest ließ er über den Sitz nach unten hängen.

„So“, sagte er, als er fertig war, und lehnte sich zurück, um sein Werk zu begutachten.

Sie sah auf die roten Samtpolster und ihren zusammengerollten Mantel. „Also … diese Hälfte der Polster gehört mir.“

„Und die Seite gehört mir“, erwiderte er und klopfte auf den Sitz neben seinem Oberschenkel.

Ihr wäre es wirklich lieber gewesen, wenn er ihre Aufmerksamkeit nicht auf seinen Oberschenkel gelenkt hätte. Er hatte einfach unglaubliche Muskeln dort, die von den anliegenden Kniehosen auch noch betont wurden. Sie musste schlucken, ehe sie fortfahren konnte: „Und nun wollen wir Krieg führen? Auf den Sitzpolstern?“

„Ich würde es lieber als Ringkampf betrachten. Und wer sich besser beherrschen kann.“

Nun, das klang ziemlich vielversprechend. Trotz ihrer Bedenken lächelte Prudence ein wenig. „Ich glaube nicht, dass es ein gerechter Kampf wäre. Du bist schließlich ein ganzes Stück größer als ich.“

„Vielleicht ist Ringkampf auch das falsche Wort. Besser wäre vielleicht … Verlockung." Er musterte sie mit glühendem Blick. „Das Spiel geht so: Wir sehen, wer wen dazu verlocken kann, die Linie als Erster zu überqueren."

Verlocken. So ein kleines Wort. Und doch so voller Möglichkeiten. Prudence rauschte das Blut in den Ohren. „Was genau meinst du mit ‚verlocken'? Es könnte ja eine ganze Menge verschiedene …"

Er löste sein Krawattentuch.

„Oh!", stieß sie hervor. Sie blickte zu den Fenstern, vor denen die Ledervorhänge festgehakt waren. „Ich weiß nicht, ob wir wirklich …"

Er warf das Krawattentuch beiseite. Im nächsten Moment hatte er die Weste abgestreift und auf das gegenüberliegende Sitzpolster geworfen. „Wer die Linie aus eigenem Antrieb als Erster überquert, hat verloren. Obwohl", er lächelte mit blitzenden Zähnen, während er das Hemd aus dem Hosenbund zerrte und es sich über den Kopf zog, „in diesem Krieg gewinnen wir alle beide, meine Liebste."

16. KAPITEL

Selbst der vorsichtigste Dienstbote wird feststellen, dass sich Überraschungen nicht vermeiden lassen. Die entscheidende Frage ist, ob man sich von ihnen überrumpeln lässt oder sie zum eigenen Vorteil einzusetzen weiß.

Leitfaden für den vollkommenen Butler und Kammerherrn von Richard Robert Reeves

Es war albern. Wirklich albern. Prudence wusste das auch. Aber sie war fasziniert. Fasziniert von der Vorstellung, sich in einer Kutsche zu lieben.

Und noch faszinierter von dem Mann, der nur eine Armeslänge von ihr entfernt saß, ohne Hemd. „Und wenn wir erwischt werden?"

„Meine Liebste, bevor sie die Tür öffnen, muss die Kutsche erst noch anhalten. Und es ist eine lange Fahrt."

Das stimmte. Sie hatten fast eine Stunde bis zum Haus des Squires gebraucht. Prudence sah zu, wie Tristan das Hemd zu den übrigen Sachen auf die Bank legte.

Er hielt inne und musterte sie. „Und?"

Plötzlich wurde ihr bewusst, dass sie sich keinen Zoll bewegt hatte, sondern immer noch auf ihrer Sitzhälfte saß und Tristan beim Ausziehen zusah. Jede Bewegung von ihm heizte das Feuer in ihr nur noch an.

Wenn *sie ihn* zu sich locken wollte, musste sie etwas unternehmen. Aber was? Fast unwillkürlich bewegten sich ihre Finger zu der Schleife am Ausschnitt ihres Kleides. Sie hatte gerade angefangen, sie aufzuziehen, als sie Tristans Blick auffing.

Er saß so still, dass er wie eine Statue wirkte, die Lippen fest zusammengepresst, die Augen hell und hart. Er wirkte so … angespannt. Als hätte er sich kaum noch unter Kontrolle.

Ah! Er kämpfte darum, sich zu beherrschen. Das war wirklich interessant. Vielleicht könnte sie die Vorfreude für sich arbeiten lassen, wenn sie die Sache noch etwas langsamer anging …

Sie legte die Hände wieder in den Schoß. „Ich glaube, ich warte noch ein wenig."

Er runzelte die Stirn. „Worauf?“

„Dass du dich ausziehst.“ Sie lehnte sich zurück und beobachtete ihn unter den Wimpern hervor. „Bitte mach weiter. Ich genieße das wirklich sehr.“

Ungläubig betrachtete er sie einen Augenblick. „Das finde ich jetzt nicht gerecht!“

„Gerecht?“ Sie lächelte. „Wer hat denn gesagt, dass es gerecht zugehen muss? Ich dachte, es ginge darum, zu prüfen, wie lange wir der Versuchung widerstehen können?“

„Stimmt ja auch“, sagte er mit leicht grimmigem Unterton. Prudence lächelte noch breiter.

„Hm. Dann hast du vielleicht nur Angst“, wieder sah sie ihn unter den Wimpern hervor an, „du könntest verlieren.“

Das schien Ansporn genug, denn er klappte den Mund zu und begann an seinen Stiefeln zu zerren.

Prudence war vollkommen gebannt von dem Anblick seines breiten Rückens, von den Muskeln, seiner schmalen Taille und den sehnigen Armen. Gott, er war wirklich ein herrlicher Mann.

Und in diesem Moment gehörte er ihr allein.

Der Gedanke hielt sie etwas aufrecht, sodass sie die Contenance wahren konnte, als er die Stiefel beiseite schleuderte und seine Hose aufzuknöpfen begann. Den nächsten Moment würde Prudence niemals im Leben vergessen. Eben noch hatte er vor ihr gestanden mit seinen eleganten schwarzen Kniehosen, im nächsten Augenblick war er nackt, und sie sah seine ganze geschmeidige, wie gemeißelte Gestalt vor sich.

Die Narbe an seinem Bein glänzte weiß. Sie erinnerte sich daran, dass sie ihn dort geküsst hatte, und ein köstlicher Schauer der Erregung überlief sie.

Ihr donnerte der Puls in den Ohren. Ein Prickeln überlief sie, und sie schauerte zusammen.

Tristan wandte sich um und sah sie an. Seine muskulösen Beine spreizten sich und gaben den Blick frei …

Sie schloss die Augen und ballte die Hände zu Fäusten. Dann atmete sie tief durch. Vielleicht war das ja ein Traum, ein herrlicher Traum. Langsam machte sie die Augen wieder auf … er war immer noch da. Und immer noch herrlich, jeder einzelne Zoll. Sehnsucht erfüllte sie, wenn sie ihn nur ansah.

Wenn nicht diese Linie über die Sitzpolster verlaufen wäre, hätte sie sich vielleicht längst entkleidet, wäre auf seine Seite hinübergerutscht und hätte ihn an sich gezogen. Doch jetzt ging es nicht ums Teilen, sondern ums Gewinnen.

Und etwas anderes war für sie undenkbar.

Sie zwang sich zur Ruhe und lächelte leicht; sie konnte nur hoffen, dass ihre Lippen nicht ebenso zitterten wie ihre Beine. „Nun ..." Langsam ließ sie den Atem entweichen, sodass das Wort in der weichen Dunkelheit der schaukelnden Kutsche nachklang.

Sie fuhr am Ausschnitt ihres Kleides entlang. Sein Blick hing wie gebannt an ihren Händen. Dann ließ sie eine Hand über ihre Brüste gleiten, ihren Bauch und weiter nach unten.

Seine Miene spannte sich an. „Was machst du da?"

Sie lächelte. „Ich ziehe mich aus." Das war Macht, erkannte sie. Wahre Macht. Er beobachtete jede ihrer Bewegungen, konnte den Blick nicht abwenden.

Prudence stützte den Fuß auf dem Polster gegenüber ab. Sie zog ihren Abendschuh aus und ließ ihn zu Boden fallen. Dann griff sie nach dem Saum ihres Kleides.

Sie ließ Tristan keinen Moment aus den Augen, sah, wie die Erregung seine Augen verdunkelte, als sie den Saum über ihre Knie zog und Waden und Füße entblößte. „Meine Strümpfe müssen weg."

Sie schob das Kleid noch ein wenig höher und gab ihre Schenkel seinen Blicken preis. Ihr Hemd verdeckte die Strumpfbänder, doch sie schob es beiseite und begann die Satinbänder aufzubinden.

Tristan konnte den Blick nicht von ihren Beinen lösen. Er schien wie gebannt, gefangen von den Bewegungen ihrer Hände. Er atmete schwer in der Stille.

Sie löste die Strumpfbänder und begann den ersten Strumpf hinunterzurollen. Dabei ließ sie ihre Hände immer wieder auf ihrer nackten Haut verharren, liebkoste sich hier, berührte sich da.

Sein Atem füllte den engen Raum. Prudence beobachtete Tristan verstohlen. Auch ihr Körper erhitzte sich, als sie seine offenkundige Erregung sah, die Anspannung in seiner Miene, das Begehren, das in seinem Blick brannte.

Sie zog sich den Strumpf aus und dann den anderen Schuh, wobei sie sorgfältig darauf achtete, dass der Saum ihres Kleides den Oberschenkel enthüllte, aber nicht zu viel davon. Noch nicht zumindest.

Mit dem anderen Strumpf ließ sie sich Zeit, hielt an ihren Kurven inne, wobei sie sich von Tristans Miene leiten ließ. Anscheinend fand er es besonders erregend, wenn sie sich selbst berührte, und so strich sie mit den Fingern an ihrem Unterschenkel entlang bis hinauf in die Kniekehle.

Tristan beugte sich vor, berührte dabei den zusammengerollten Mantel, verschob ihn aber nicht. Seine Augen brannten, sein Körper war angespannt. „Wenn du über die Linie kommst, küsse ich dich da, wo du dich jetzt berührst."

Prudences eigener Atem ging nun ungleichmäßig, und ihr Körper brannte unter ihren Fingern. „Überall?"

„Überall."

Sie warf den Strumpf zu Boden und zog das Kleid wieder herunter zu den Knöcheln. Er war völlig gefesselt. „Tristan, wenn *du* die Linie überschreitest, darfst du mehr tun, als mich nur zu küssen."

Neben seinem Mund bildete sich eine feine Linie.

Lächelnd löste Prudence das Band an ihrem Hals, das daraufhin ihr Kleid freigab. Über die Schultern und die Arme schob sie sich das Oberteil bis zur Taille herunter. Dann hob sie die Hüften von der Sitzbank und schob das Kleid zu Boden, wo es als kleines Häufchen aus Spitze und Satin liegen blieb.

Tristan hatte noch nie etwas so Schönes gesehen. Sie war schamlos und gleichzeitig auf wundersame Weise entrückt. Eine ehrbare Frau und dabei voll der Leidenschaft und Sehnsucht, sodass er sie nur noch mehr begehrte.

Ihm war noch nie jemand begegnet, der ihn so reizte, so herausforderte. Ihr beim Auskleiden zuzusehen war Qual und Vergnügen zugleich.

Nur mit ihrem Hemd bekleidet, setzte sie sich wieder hin. Der dünne Stoff schmiegte sich an ihre Brüste und warf merkwürdige Schatten. Über den Brüsten saßen freche Schleifen, die danach riefen, aufgebunden zu werden.

Tristan war so erregt, dass es schmerzte. Doch er bewegte sich immer noch nicht. Er klammerte sich am Sitz fest, ganz darauf konzentriert, die Frau vor ihm zu beobachten. Jetzt bedauerte er es, sie mit dem Mantelspiel herausgefordert zu haben.

Sie löste eines der Bänder ihres Hemdes. Es rutschte auf einer Seite herab und bettete sich über die köstliche Rundung. Langsam griff sie nach dem anderen Band, ließ aber die Finger erst einmal darüber schweben.

Ihre samtbraunen Augen blickten ihn an. „Wie wäre es, wenn du mich *bittest,* die Linie zu überqueren?"

Er biss die Zähne zusammen. „Dann würde ich verlieren."

„Verstehe."

Tristan hörte das Begehren in ihrer Stimme und wie gebannt sie von ihrem eigenen Verlangen war. Ihm ging es genauso. Doch er konnte nicht zulassen, dass sie den Sieg davontrug. Das ging einfach nicht.

Sie löste das andere Band, und das Hemd rutschte herab und gab die cremeweißen Brüste seinen hungrigen Blicken preis. Sie waren wunderschön, voll, mit rosaroten Spitzen, die seine Aufmerksamkeit auf sich zogen und sein schmerzliches Vergnügen noch steigerten. Nichts auf der Welt hätte ihn in diesem Augenblick von Prudence ablenken können.

Mit einem anmutigen Anheben der Hüften folgte das Hemd dem Kleid, und dann war sie vollständig nackt. Ihre Augen glänzten, ihre Lippen verzogen sich zu einem verstohlenen Lächeln, als wüsste sie ganz genau, was sie da mit ihm machte.

Es war der erregendste, sinnlichste Moment seines Lebens.

Sie hob die Arme und drehte sich das Haar zusammen. „Wie wäre es, wenn wir die Regeln änderten?"

Tristan konnte den Blick nicht von ihren Brüsten wenden. „Ja?"

„Solange sich unsere Hüften nicht berühren, gilt es nicht als Übertretung. Aber mit den Händen und anderem …" Ihre Augen glitzerten. „Mit den Händen und anderem dürfen wir uns frei bewegen."

Tristans Blut geriet in neue Wallungen. „Mit den Händen und anderem?"

„Nur die Hüften nicht."

„Ich nehme die neuen Spielregeln an."

Ihre Lippen verzogen sich zu einem kleinen Lächeln. „Das dachte ich mir." Sie ließ ihr Haar wieder fallen. In seidigen Locken strömte es ihr über die Schultern.

Tristan hielt den Atem an. Sie war herrlich.

Sie lehnte sich zurück, wobei sich ihre Beine leicht spreizten, und in dem gedämpften Licht spielten über ihren Körper lebhafte Schatten. Das Haar fiel ihr über die Schultern und bedeckte eine Brust, die andere war seinem hungrigen Blick freigegeben. „Und jetzt?"

Er streckte den Arm über die Grenze und legte die Finger auf ihre Knie. Seine Hand liebkoste ihre zarte Haut. „Tja, was jetzt?"

Ihre bloße Haut schien seine Fingerspitzen zu verbrennen. Sein Körper reagierte unmittelbar.

Seine Vorstellung, seine Fantasie brannten bereits lichterloh, angefacht von ihrer verführerischen Vorstellung. Jetzt überlief ihn ein Prickeln, und er sehnte sich nach mehr. „Darf ich dich küssen?"

Ihre Augen wurden dunkel, und ihre Brust hob und senkte sich auf eine Art, die ihm verriet, dass sie genauso empfand wie er. „Wir könnten uns wohl an der Linie treffen."

„Das könnten wir."

Prudence beugte sich vor. Tristan beobachtete verlangend ihre vollen Brüste. Ihr Anblick faszinierte ihn.

Und dann … war sie da. Und er küsste sie, bedeckte ihren Mund mit dem seinen, seine Zunge glitt sanft zwischen ihre Lippen.

Der Kuss wurde heißer, tiefer, überwältigend. Plötzlich reichte ein Kuss nicht mehr aus. Seine Hände waren überall, ebenso wie ihre.

Es war verrückt. Herrlich, süß, freudenvoll verrückt. Über die Konsequenzen würde er morgen nachdenken. Jetzt wollte er sich einfach in ihrem Liebreiz verlieren.

Er hatte das Gefühl, dass es Prudence genauso ging. Er spürte ihren wilden Herzschlag, roch den Nelkenduft ihrer Leidenschaft. Sie gehörte ihm. Er brauchte jetzt nur noch nach vorn zu rutschen, sie auf den Schoß zu ziehen und …

Etwas stupste ihn am Bein. Tristan sah nach unten und entdeckte den zusammengerollten Mantel an seiner Hüfte.

Sie stöhnte und zerrte an ihm.

Voll unglaublicher Selbstbeherrschung brachte Tristan etwas Abstand zwischen sich und die Trennungslinie. „Ich kann nicht, meine Süße. Ich kann die Linie nicht überschreiten. Außer du lädst mich ein …" Er wartete, betete darum, dass sie nachgeben würde, hoffte, dass sie ihm erlaubte …

„Nein." Sie beugte sich zu ihm herüber, fuhr ihm mit den Fingern ins Haar und zog ihn zu sich, bis seine Lippen auf den ihren ruhten. Er hob die Wimpern, und sie blickten sich in die Augen. Sie hauchte an seinen Lippen: „Nimm mich."

Er zitterte vor Sehnsucht danach, in sie einzudringen, sich in ihr zu versenken, sie immer wieder zu nehmen. Doch jedes Mal, wenn er sich in ihre Richtung bewegte, hielt ihn der Mantel auf. Erinnerte ihn an ihr Spiel. Wenn sie zu stolz war, zu verlieren, nun, dann war er eben zu störrisch.

Er legte die Hände auf ihre Arme und schob sie von sich. „Ich gebe nicht auf!"

Ein träges Lächeln spielte um ihre Lippen, und sie lehnte sich in die Polster zurück. Gegen den roten Samt sah ihre Haut milchweiß aus, und ihre Brüste forderten zur Berührung auf. Sie reckte die Arme über den Kopf und zuckte mit den Schultern. „Dann eben nicht."

Tristan war klar, dass sie ihn absichtlich provozierte. Was ihr ziemlich gut gelang. Als könnte sie seine Gedanken lesen, umfasste sie eine Brust mit der Hand, mit gesenktem Blick und einladend gespitzten Lippen.

Gott, sie war so köstlich. Lang würde er das nicht mehr durchhalten. Nun waren extreme Maßnahmen gefragt. Erneut streckte er den Arm über die Schlachtlinie und legte ihr die Hand aufs Knie.

Sie hob die Lider. Ihre Augen waren von so einem warmen Braun. Er beugte sich über den Mantel und küsste sie auf die Wange, den Mundwinkel, den Hals ... Bei jedem Kuss ließ er seine Hand höher wandern. Als seine Lippen ihre Schultern fanden, lag seine Hand bereits auf ihrem Oberschenkel. Leicht strich er mit den Fingern über ihre Haut, ließ sie immer weiter nach oben gleiten ... Schließlich fuhr er an dem lockigen Dreieck entlang, das ihn so maßlos anzog.

Im selben Moment, da er ihre Brustspitze in den Mund nahm, fand sein Finger ihre geheimste Stelle. Prudence keuchte auf und drückte den Rücken durch, um ihm leichteren Zugang zu gewähren.

„Sag es", murmelte Tristan, während sie sich auf den Polstern wand. „Sag, dass ich zu dir herüberkommen soll."

„Nein", keuchte sie. „Ich ... oh Gott!"

„Sag es", stieß er hervor. Er tauchte den Finger tief in ihre Nässe, krümmte ihn dabei genau richtig. „Sag, dass ich die Linie überqueren soll."

„Nein", wiederholte sie und schüttelte vehement den Kopf.

Verdammt, war diese Frau eisern. Außerdem war sie faszinierend und erotisch, und er sehnte sich verzweifelt danach, sie zu kosten. Er konnte sich nicht entsinnen, jemals eine Frau so begehrt zu haben. Sich jemals so angestrengt zu haben, um eine Frau für sich zu gewinnen. Aber Prudence hatte etwas an sich, was … anders war. Sie übertraf die anderen Frauen – an Fürsorglichkeit, an Ehrlichkeit, an Sinnlichkeit.

Sie stöhnte, als er die Finger in ihr bewegte. Fest packte sie sein Handgelenk und rieb sich daran. Er spürte ihre Feuchtigkeit, ihre Bereitschaft, und bald hielte ihn nichts mehr … „Prudence, lass mich …"

„Nein", keuchte sie atemlos. Ihre Begierde wuchs, doch sein Finger reizte zwar, konnte sie aber nicht befriedigen. „Tristan, ich will …" Sie biss sich auf die Lippen und warf den Kopf hin und her.

Er beugte sich vor und wisperte ihr ins Ohr: „Ich könnte schon, meine Liebste. Aber erst musst du mich darum bitten. Du musst mich bitten, die Linie zu überqueren, dann bleibt dir nichts mehr zu wollen übrig."

Sein ganzer Körper war angespannt von der Anstrengung, die es ihn kostete, sich zu beherrschen. Er begehrte sie. Sehr. Doch er wollte nicht derjenige sein, der schließlich nachgab. Daher verdoppelte er seine Anstrengungen, erkundete nun mit dem Daumen ihre empfindlichste Stelle.

Sie reckte sich ihm entgegen, immer heißer, immer drängender. „Tristan!" Es war ein Schrei, ein Flehen.

„Verdammt, Prudence", knurrte er. „Ich kann nicht …" Er versuchte sich von ihr zurückzuziehen, doch sie hielt immer noch sein Handgelenk fest.

Verdammt. Sie konnte weder aufhören noch ihren Stolz hinter sich lassen, und er konnte es auch nicht. Was, zum Teufel, hatte er sich nur dabei gedacht, ein so albernes Spiel anzufangen?

Prudence legte die Hände an sein Gesicht und zog ihn an sich. „Tristan, beweg dich *mit* mir."

„Was?"

„Beweg dich mit mir. Wir überqueren die Linie zur selben Zeit.

Wir lieben uns auf der Linie."

Er sah sie nur an. Dann brach ganz langsam ein Lächeln durch seinen lustvernebelten Verstand. „Wir können beide gewinnen", hörte er sich laut sagen. Er musste lachen.

Seine Prudence war doch wirklich eine praktisch veranlagte Frau, selbst in der Hitze der Leidenschaft. In einer einzigen geschmeidigen Bewegung umfasste er ihren Po mit beiden Händen und schob sie unter sich, während er im selben Augenblick über sie stieg. Sie half mit, spreizte die Beine, um ihn willkommen zu heißen, die Füße auf der Sitzbank gegenüber abgestützt.

Der Mantel lag direkt unter ihrem Rücken. „Stört dich das Ding …" Er kam nicht weiter. Mit seligem Lächeln schlang Prudence die Beine um seine Taille und nahm ihn in sich auf.

Tristan vergaß alle Vernunft. Er konnte nur noch fühlen. Er spürte ihre Hitze, ihre Enge, spürte, wie sie ihn feucht und warm umschloss. Und so war er entrückt, bezaubert, besiegt … und das von einer Frau, die ihm nicht einmal bis zur Schulter reichte.

Sie wand sich ein bisschen. Ihr Atem ging ebenso stoßweise wie der seine. „Tristan", stieß sie zwischen keuchenden Atemstößen hervor, „mehr."

Mehr. Was für ein mächtiges Wort. Und wenn sie mehr haben wollte, nun, dann sollte sie es auch bekommen. Entgegenkommend begann Tristan sich zu bewegen, drängte tiefer in sie, verstärkte den Druck, beschleunigte den Rhythmus.

Die Empfindungen steigerten sich um ein Vielfaches. Die Kutsche tat mit ihrem Schwanken das Ihrige, um das Liebesspiel zu beschleunigen. Tristan drehte sich ein wenig, damit er noch besser Zugang zu Prudence fand, schlug sich jedoch das verletzte Bein an der Sitzbank.

Er zuckte zusammen und stieß einen Schmerzenslaut aus.

„Was ist?", fragte Prudence.

„Mein Bein", stöhnte er. „Diese verdammte Kutsche."

Sie sah ihm in die Augen. Um ihre üppigen Lippen spielte ein freches Lächeln. „Tristan, lass mich nach oben."

Einen Augenblick lang konnte er nur in ihre warmen braunen Augen sehen. „Also schön, meine Süße. Halt dich fest."

Sie legte ihm die Arme fest um den Hals. Tristan umfasste ihre Taille, und dann rollte er sich mit ihr zur Seite.

Ihr Aufkeuchen erfüllte die Kutsche, und einen Augenblick hielt sie vollkommen still, als sie das Gefühl auskostete, ihn tief in sich zu spüren. Tristan packte ihre Hüften und half ihr, den Rhythmus zu finden, erst vor, dann zurück. Bald aber gab Prudence das Tempo vor, links und rechts auf seine Schultern gestützt, während ihr Haar über seine Brust peitschte. Die Erregung stieg ins Grenzenlose. Tristan musste sich sehr beherrschen, um nicht die Kontrolle zu verlieren, aber er tat es. Und wurde dafür reichlich belohnt, als sie sich plötzlich versteifte, seinen Namen hinauskeuchte und auf ihn herniedersank.

Endlich! Tristan drückte Prudence an sich und hielt sie fest, während auch er seiner Erregung freien Lauf ließ und mit ihr zusammen den Gipfel überschritt.

Kurz darauf, er hielt sie immer noch in den Armen, ihre Herzen donnerten immer noch laut, stemmte Prudence sich von ihm hoch. Sie trug ihn noch immer in sich, und er stöhnte.

Sie hielt inne und schob sich die Haare aus dem Gesicht. Besorgt sah sie ihn an. „Bist du … hat das wehgetan?"

Er lachte, zog sie wieder zu sich herab und kehrte dann mit ihr in den Armen zu seinem Platz zurück. „Nein, meine Süße." Er zog den Mantel unter ihnen hervor und breitete ihn über ihr aus. „Das hat überhaupt nicht wehgetan. Tatsächlich hat es sich …", er küsste sie auf die Nase, „… herrlich angefühlt und …", er küsste sie auf die Wange, „… absolut wunderbar."

Das zauberte ein schüchternes Lächeln auf ihre Lippen, und ihre Augen funkelten sanft. „Ich glaube, ich habe ein kleines Problem."

Er wickelte sich eine ihrer Locken um den Finger. Anscheinend konnte er gar nicht aufhören, sie zu berühren, zu streicheln, zu erkunden. „Was für ein Problem denn?"

„Ich glaube, mir könnte das hier zu sehr gefallen."

Er lachte. „Bei ‚dem hier' gibt es kein zu sehr."

„Nein?"

„Nein. Das ist ja das Schöne daran: Es gibt kaum Grenzen."

„Hmmm." Sie fuhr an seinem Kinn entlang. „Wir haben den Krieg wohl beide nicht gewonnen."

Er lächelte träge, vorerst gesättigt und wunderbar zufrieden. „Wir haben beide gewonnen, meine Süße. Wir haben beide gewonnen."

Prudence legte die Wange an seine Schulter. Hatten sie wirklich beide gewonnen? Sie bereute nicht, ihn noch einmal geliebt zu haben – es war unumgänglich gewesen. Das wusste sie mit jedem Schlag ihres Herzens. Dies hatte geschehen müssen. Unsicher war sie sich jetzt allerdings, wie es weitergehen sollte. Bei diesem Gedanken verlor sich ihr Strahlen ein wenig. „Wir sollten uns anziehen."

Er seufzte. „Muss das sein?"

„Ja. Sosehr ich Stevens auch mag, wenn er zur Kutsche herauskäme und mich so anträfe, könnte ich ihm wohl nie mehr in die Augen sehen."

„Das wäre in der Tat ein Problem. Also schön, meine Süße. Dann ziehen wir uns eben an."

Sie sammelten ihre Kleider ein und legten sie an, wobei Tristan die Angelegenheit beträchtlich in die Länge zog, indem er sie leidenschaftlich küsste, während sie versuchte, die Seidenstrümpfe überzustreifen.

Die Wahrheit dämmerte ihr, als sie sich das Kleid zurechtrückte und glatt strich – so klar wie der Klang einer Kirchenglocke: Sie liebte ihn.

Bei dem Gedanken verlor sie plötzlich alle Kraft in den Beinen und musste sich setzen. Unmöglich. Vielleicht war es nur ein letzter Funken Wärme nach ihrer leidenschaftlichen Umarmung. Oder eine Reaktion darauf, nach so langer Zeit endlich wieder berührt worden zu sein. Mehr konnte es doch sicher nicht bedeuten.

Doch es war die Wahrheit. Sie, Prudence Thistlewaite, liebte Tristan Llevanth, den gefährlich ungehobelten Earl of Rochester.

Sie legte die Hand vor den Mund, hauptsächlich um ihre zitternden Lippen zu beruhigen. Irgendwo musste da irgendwem ein Fehler unterlaufen sein. Irgendein Fehlschluss. Ein ... Irrtum.

„Fertig", sagte Tristan, als er sich das Krawattentuch umgelegt hatte, allerdings nur einfach geknotet. „So ist es viel besser. Jetzt können wir unsere Würde bewahren, wenn Stevens den Schlag öffnet."

Prudence rang sich ein schwaches Lächeln ab. „Das ist auch sehr wichtig."

„Die Würde zu bewahren? Manchmal ja." Er lächelte sie strahlend an. „Manchmal kann es aber auch ganz schön lästig sein." Ohne Vorwarnung streckte er die Arme aus und zog Prudence kurzerhand wieder auf seinen Schoß.

„Was machst du da?“

„Ich halte mich warm.“ Er breitete den Mantel über ihnen beiden aus und lehnte sich in die Ecke zurück.

Sicher umhüllt, legte Prudence die Wange an seine Brust. Sobald die Treuhänder ihr Einverständnis erklärten, würde er sicher nach London gehen, und dort würden es sich die Damen des *ton* sofort zur Aufgabe machen, ihm eine Frau aus seiner eigenen Klasse zu besorgen.

Und diese Frau wäre gewiss nicht sie. Nie wieder wollte sie in die herzzerreißende Leere zurückkehren, die London für sie inzwischen bedeutete. Nie wieder wollte sie in die Eingangshallen der großen Stadthäuser treten und das Geflüster hören, das grausame spöttische Gelächter oder, schlimmer noch, die überlegenen Blicke der Gleichgültigen spüren.

Tristan schob ihr eine Locke aus dem Gesicht. „Ich habe gewusst, dass du eine leidenschaftliche Frau bist. Aber vor heute Nacht wusste ich gar nicht richtig, was Leidenschaft bedeuten kann.“

Prudence versuchte zu lächeln und kuschelte sich fester an ihn. „Es war wunderbar.“

Und das war es auch gewesen. Und würde es noch sein. Bis die Wirklichkeit wieder in ihr Leben einbrach. Daran wollte sie fürs Erste jedoch nicht denken.

Sie lauschte auf seinen steten Herzschlag, die Wange an das frische Leinenhemd gebettet. Sein Atem wurde langsamer, sein Körper entspannte sich, und sie fragte sich, ob er eingeschlafen war.

Sie hätte nie gedacht, dass sie sich noch einmal verlieben könnte, nicht nach Phillip. Doch sie hatte sich getäuscht.

Tristan bewegte sich ein wenig. Sein Arm schloss sich fester um Prudence, als wollte er sie noch enger an sich ziehen. Die Wärme seiner Umarmung beruhigte sie.

Prudence regte sich nicht. Sie blinzelte die Tränen zurück, noch während sie sich an ihn schmiegte. Bald würden die Treuhänder kommen, und sobald sie ihm das Vermögen zusprachen, gäbe es keinen Grund mehr für sie, weiter bei ihm zu sein. Sie würde gehen müssen, und zwar bald.

Bis dahin wollte sie ganz für den Augenblick leben, ihn auskosten, so gut sie konnte, und ihn dann hinter sich lassen. Genauso würde sie ihn gehen lassen müssen. Genau wie sie Phillip hatte gehen lassen müssen …

Die Kutsche schwankte abrupt und warf beide gegen die Tür. Tristans Arme fassten sie fester, und er federte den Aufprall größtenteils mit der Schulter ab.

„Was treibt dieser verflixte Kutscher da?“, knurrte Tristan, als sie wild auf die andere Seite flogen.

Wieder tat die Kutsche einen Satz, heftiger noch als beim ersten Mal. Tristan wurde nach vorn geschleudert. Mit einem Arm hielt er Prudence fest, mit dem anderen fing er sein Gewicht ab. Sein schlimmes Bein schlug gegen die Sitzkante. Er stieß einen Schmerzenslaut aus.

Nun schaukelte der Wagen von einer Seite zur anderen, als ob ihnen die Höllenhunde auf den Fersen wären, und die Kutschenlampe schwang flackernd am Deckenhaken.

Ein Schuss peitschte durch die Nacht und hallte in der tiefen Stille noch lange nach.

Tristan sah nach draußen und fluchte. „Verdammt! Straßenräuber!“ Er drückte Prudence auf den Boden und griff nach einem Kasten hinter ihr, in dem zwei Pistolen lagen. Mit kaltem Lächeln holte er sie heraus. „Keine Angst, meine Liebste. Diese Straßenräuber werden den morgigen Tag nicht erleben.“

17. KAPITEL

Möglicherweise entdeckt man, dass sich hinter der streitsüchtigen Art des Dienstherrn nur seine Vorliebe für einen guten Kampf verbirgt. Man wundere sich nicht darüber. Auch der Adel findet Boxkämpfe hin und wieder amüsant.

Leitfaden für den vollkommenen Butler und Kammerherrn von Richard Robert Reeves

Tristan blies die Lampe aus, worauf das Kutscheninnere in absolute Dunkelheit getaucht war. Er tastete erneut unter dem Sitz, bis er einen weiteren Kasten gefunden hatte, länger als der erste. Er öffnete ihn und holte einen Degen heraus.

Prudence packte ihn am Knie. „Tristan, gib mir eine Pistole."

Obwohl er ihr Gesicht nicht sehen konnte, konnte er sich die ruhige Tapferkeit in ihren Augen gut vorstellen. „Kannst du schießen?"

„Natürlich. Mein Vater hat es mir beigebracht, als ich noch ein Kind war."

Er drückte ihr die Pistole in die Hand. Im selben Moment kam die Kutsche schwankend zum Stehen. Die Pferde wieherten wie wild. „Hier, versteck sie in deinem Rock und …"

Der Schlag wurde aufgerissen. Tristan fluchte, als niemand in der Türöffnung erschien. In der hellen Mondnacht wäre es ein Leichtes gewesen, ihre Angreifer zu erschießen. Doch derjenige, der den Überfall geplant hatte, war offenbar zu erfahren, und so tauchte niemand auf.

„Kommt raus, die Hände schön über dem Kopf!"

Verdammt, der Mann hörte sich riesig an.

Tristan bewegte sich zur Tür, doch ehe er hinausgehen konnte, warf Prudence die Arme um ihn und presste sich an ihn. Er erwiderte die Umarmung und legte kurz die Wange auf ihr Haar.

Seine Gedanken und seine Gefühle waren in Aufruhr. Er dachte daran, wie ihm das Leben vor wenigen Wochen noch düster und leer vorgekommen war, so düster, dass er sich voll blutdürstiger Begeisterung in diesen nächtlichen Kampf gestürzt hätte, ohne an die Zukunft oder eine erfüllte Gegenwart zu denken. Jetzt war alles anders. Er würde kämpfen, er würde gewinnen. Sonst würde Prudence womöglich sterben müssen.

Der Gedanke entsetzte ihn und spornte ihn gleichzeitig an. Er musste sie irgendwie aus dieser Situation herausholen. Er musste einfach. Eine andere Möglichkeit gab es nicht.

Tristan sah ein letztes Mal zu Prudence, sammelte sich und stieg aus der Kutsche. Rechts neben der Tür stand ein riesiger Koloss von einem Mann, dessen Donnerbüchse im Mondlicht aufleuchtete.

„Mylord!“, sagte der Kutscher. Er stand neben der Kutsche, einen zerrissenen Zügel in der Hand. John war einer von Reeves' Leuten und ein Meister im Umgang mit Pferden. Anscheinend aber nicht mit der Büchse. „Tut mir leid, Mylord. Ich hab sie zu spät gesehen. Ich habe versucht, ihnen zu entkommen, bloß dann sind die Zügel gerissen, und ich konnte nicht ...“

„Sie haben bestimmt Ihr Bestes gegeben.“ Tristan sah sich um, versuchte herauszubekommen, wie viele Angreifer es waren. Bis auf den Riesen konnte er aber niemanden sonst ausmachen.

John beugte sich vor, um leise zu flüstern: „Unsere beiden Vorreiter konnten entkommen, Mylord, allerdings ist einer verletzt. Sie werden doch sicher Hilfe holen, wenn sie am Cottage ankommen ...“

„Heda, genug geplaudert. Her mit den Klunkern, dann können wir alle heimgeh'n. Mich friert's, ich will mir hier nicht den Tod holen.“

„Natürlich nicht. Das wäre höchst betrüblich.“ Tristan riss die Pistole heraus und zielte damit direkt auf das Herz des Mannes.

„Das würde ich nicht tun“, ertönte da eine kultivierte Stimme hinter ihm. Etwas drückte sich durch seinen Rock, eine scharfe Spitze, die sich direkt zwischen seine Schulterblätter bohrte.

Der Kutscher schluckte geräuschvoll. „Es sind zwei, Mylord. Das wollt ich Ihnen noch sagen, aber ich hatte keine Zeit mehr dazu.“

Die Rapierspitze wurde noch eindringlicher in Tristans Rücken gedrückt. „Lassen Sie die Pistole fallen.“

Tristan verzog das Gesicht und ließ die Pistole zu Boden fallen.

„So ist es recht, mein Freund“, sagte der Mann hinter ihm. „Ein sehr weiser Entschluss. Damit können Sie noch viele Jahre leben.“

Der Riese trat vor und wedelte mit der Pistole. „Leeren Sie die Taschen aus, Meister. Und zwar 'n bisschen plötzlich, wenn ich bitten darf. Wir müssen uns heute Abend noch um ein paar andere Typen kümmern."

In Tristan stieg heißer Zorn auf. Er leerte seine Taschen und warf die Uhr und ein paar Münzen auf den Boden.

„Mehr ham Sie nicht?", fragte der Riese empört.

„Immer mit der Ruhe, mein Freund", sagte der Kultivierte. „Ich könnte mir vorstellen, dass wir in der Kutsche noch mehr finden. Ich dachte, ich hätte die Stimme einer Frau gehört, als die Kutsche anhielt." In der Stimme des Räubers lag Belustigung. „Vielleicht machen wir hier heute Abend ja noch eine Extrabeute."

Tristan wartete nicht länger. Er warf sich nach vorn, außer Reichweite des Rapiers, der ihm in den Rücken gedrückt wurde. Mit aller Kraft, die er aufbringen konnte, warf er sich auf den Riesenrüpel, schlug die Pistole weg und riss den Gegner mit sich zu Boden.

Der Riese fiel mit einem erschrockenen „Uff!" zu Boden. Klackernd rutschte die Pistole unter die Kutsche. Ohne einem der Anwesenden Zeit zum Überlegen zu geben, hob Tristan die Faust und rammte sie dem Mann ans Kinn.

Der Mann grunzte und schüttelte den Kopf, blieb indes bei Bewusstsein. Tristan fluchte laut. Er hatte große Fäuste, normalerweise konnte er damit jedem das Licht ausblasen. Aber nicht diesem Giganten. Der riesige Rüpel hob die fleischigen Hände und legte sie Tristan um den Hals.

Atmen wurde plötzlich zum Luxusgut. Tristan krallte sich in die dicken Finger, doch sie blieben, wo sie waren, und schlossen sich immer enger zusammen. Vor Tristans Augen tanzten Sternchen, während er sich nach Kräften zu wehren versuchte. Lieber Gott, war es das? Sollte er mitten in der Nacht am Straßenrand ermordet werden, während Prudence zusah?

Der Gedanke an Prudence verlieh ihm neue Kräfte. Er zog das Knie an, um seinen Angreifer an einer empfindlichen Stelle zu treffen, doch der Mann war schneller und blockte die Bewegung mit dem eigenen Knie ab.

Tristan blinzelte, verzweifelt bemüht, bei Bewusstsein zu bleiben. Er hatte die Hände um die Handgelenke seines Gegners geschlossen, sodass ihm dessen Griff nicht tödlich werden konnte.

„Ich muss schon sagen“, erklärte der Kultivierte, „Ihr Rock ist ja ganz schlammig. Das ist schade, denn ich wollte den Rock für mich haben.“

Ein leises Geräusch war zu hören, und plötzlich tauchte Prudence aus dem Nichts auf.

„*Mon dieu!*“, rief der Räuber und trat mit gezogenem Rapier vor.

Doch Prudence interessierte sich nicht für sein Rapier. Stattdessen hielt sie die Pistole auf Tristans riesigen Angreifer gerichtet. Sie tat zwei kurze Schritte, bevor sie ihm den Pistolenlauf an die Schläfe drückte. „Lassen Sie ihn los.“

Der Mann erstarrte. Er warf dem anderen Räuber einen überraschten Blick zu. „Jack?“

„Immer mit der Ruhe, meine Dame“, sagte sein Anführer. Das Gelächter war aus seiner Stimme gewichen. „Willie, beweg dich nicht. Sie sieht wild entschlossen aus.“

„Richtig“, gab Prudence zurück. „Lassen Sie ihn los.“

Langsam gab der Gigant Tristans Hals frei. Tristan ballte die Hand zur Faust und schmetterte sie dem Mann mit aller Kraft, derer er fähig war, gegen die Schläfe. Der Schlag vorhin war nicht ganz perfekt gezielt gewesen, dieser hier traf voll ins Ziel. Die Augen des Räubers rollten nach oben, dann sackte er bewusstlos in sich zusammen.

Tristan kniete neben ihm. „Prudence, geh zurück in …“

Ein Rapier blitzte auf und wurde Prudence an die Kehle gehalten. Ihre Augen weiteten sich entsetzt, als sich ein schwarz gekleideter Arm um ihre Taille wand. Der Straßenräuber betrachtete Tristan über ihren Kopf hinweg.

Das Blut rauschte in Tristans Ohren. Er konnte Prudence nur ansehen.

„Lassen Sie die Pistole fallen, meine Liebe“, wisperte der Räuber Prudence ins Ohr. „In diesen zarten Händen sieht sie viel zu grob aus.“

Tristan fing ihren Blick auf. Das Herz schlug ihm bis zum Hals. „Tu, was er sagt.“

Einen Augenblick dachte er schon, sie würde ihm widersprechen, doch stattdessen legte sie ganz langsam die Pistole auf den Boden. Sobald sie wieder stand, kickte der Räuber die Waffe unter die Kutsche und zog sie wieder an sich.

Tristan sah nur noch rot. Der Schurke hielt Prudence fest, hatte den Arm unverschämt um ihre Taille geschlungen. So etwas durfte niemand. *Niemand.*

„Schauen Sie nicht so düster, oh Herr mit den Schinkenfäusten", riet der Straßenräuber amüsiert. „Und bewegen Sie sich nicht. Sonst wird die Dame nie wieder den süßen Jasmin schnuppern können, der hier in der Gegend so weit verbreitet ist."

Tristan biss die Zähne zusammen. Die Unverschämtheit dieses Mannes war unfassbar. Er begegnete Prudences Blick. Ruhig sah sie ihm in die Augen, ehe sie rasch nach unten schaute.

Er runzelte die Stirn. Irgendetwas versuchte sie ihm mitzuteilen. Langsam zog Tristan das restliche Geld aus der Tasche, auch wenn es lächerlich wenig war. Doch es gab ihm Zeit, über Prudences winzige Gesten nachzudenken.

Wieder sah sie ihn an und dann zu Boden, nur dass sie diesmal die Augen schloss und den Kopf beinah unmerklich nach vorn sinken ließ.

Tristan nickte. Während er die letzten Münzen aus den Taschen zog, vergewisserte er sich, dass sein Degen noch im Hosenbund steckte.

Prudence stieß ein Keuchen aus und ließ sich langsam nach vorn fallen, von ihrem Körpergewicht gezogen. Der Räuber versuchte sie festzuhalten, geriet selbst ins Schwanken und vergaß sein Rapier. Wie ohnmächtig sank Prudence auf dem Boden zusammen.

Tristan stürzte vor, den Degen parat. Der Straßenräuber trat zurück und hob zur Antwort sein Rapier. Klirrend stießen die beiden Waffen zusammen.

„Degen gegen Rapier." Tristan lächelte, obwohl ihm weiß Gott nicht danach zumute war. „Ich glaube, ich bin im Vorteil."

„Das hängt von Ihrem Geschick ab, mein Freund. Und von meinem." Der Räuber machte einen Ausfallschritt. Seine Augen hinter der schwarzen Maske glitzerten, und seine Klinge leuchtete bösartig im hellen Mondlicht.

Tristan parierte den Angriff des Mannes. Der Degen war die stärkere Waffe, denn bei einem kräftigen Schlag oberhalb des Griffes konnte das Rapier ohne Weiteres entzweibrechen. Dafür war das Rapier schneller und tödlicher. Ein einziger Fehler, und sein Gegner hätte ihn aufgespießt.

Der Trick lag darin, den Mann auf Trab zu halten, was nicht einfach war, vor allem da Tristan nach dem Fall mit dem Riesen das Bein schmerzte. Jede Bewegung tat weh, und es wurde immer schlimmer.

Der Räuber täuschte eine Finte an, Tristan parierte, obwohl er dadurch ein paar Schritte zurückweichen musste. Um Boden zu gewinnen, griff Tristan an, wobei er sorgfältig darauf achtete, sich auf dem gesunden Bein abzustützen. Jeder Schritt war die reinste Qual.

Ein Treffer, das war alles, was er brauchte. Doch beim Fechten wurde ihm klar, dass sein Gegner ein wahrer Meister mit dem Rapier war.

Grimmig machte Tristan sich daran, sich zu verteidigen, parierte Ausfälle und Finten in einer derartigen Geschwindigkeit, dass er selbst kaum noch mitkam. Sein Bein schmerzte, und auf der Stirn stand ihm der kalte Schweiß. Er konnte nicht herumwirbeln und springen wie sein Gegner. Aber er konnte standhaft die Stellung behaupten und kämpfen wie ein Dämon.

Während eines besonders brutalen Angriffs schlitzte das Rapier Tristans Rock auf und verletzte ihn am Arm. Aus den Augenwinkeln sah er eine Bewegung. Prudence trat vor, als wollte sie dem Kampf Einhalt gebieten. „Nein!“, stieß Tristan hervor, den Blick auf seinen Angreifer gerichtet.

Prudence trat zurück, und er hörte leises Gemurmel, als der Kutscher ihren Arm ergriff. „Lenken Sie ihn nur nicht ab, Madam.“

Tristan kämpfte weiter. Sein Körper war inzwischen schweißgebadet vor Anstrengung. Auch der Räuber atmete schwer in der kalten Nachtluft. Das Mondlicht beleuchtete seine Silhouette, die Linie seiner Schultern, die Falten seines Überrocks, das dunkle Haar, das ihm auf die Schultern fiel.

„Du da“, knurrte Tristan, während er den Degen hob, um die Klinge des Rapiers wieder einmal abzufangen, „ergib dich, dann lass ich dich noch ein bisschen weiterleben.“

Der Mann lachte leise, und das Geräusch ließ in Tristan die Alarmglocken schrillen. Dieses Lachen … Zwischen Tristans Brauen bildete sich eine steile Falte. Er kannte dieses Lachen. Vor langer, langer Zeit hatte er es schon einmal gehört.

Er runzelte die Stirn und schlug das Rapier zur Seite, als sein Gegner wieder auf ihn zuhielt. Die Spitze ritzte ihn am Kinn. „Au!“ Er fasste sich ans Kinn, woraufhin ihm das Blut über die Hand glitschte und auf seinen Hals tropfte. „Du kleiner Teufel!"

Sein Gegner lachte entzückt. „Allerdings. Dann wollen wir das hier ein für alle Mal beenden."

Ein Stück weit die Straße hinunter schnaubte ein Pferd. „Ah!", rief Tristan und ließ seinen Degen durch die Luft sausen, „hier sind meine Leute. Du bist ein toter Mann."

Pfeilschnell und mit wirbelnder Klinge stürzte sich der Fremde auf ihn. „Wenn ich sterbe, sterbe ich nicht allein."

Tristan sprang ihm aus dem Weg und hob abwehrend den Degen. Sie kämpften weiter, lautlos bis auf ihr angestrengtes Atmen und das Klirren der Waffen.

Sie waren sich ebenbürtig. Entscheidend wurde nun eher die Frage, wer zuerst ermüdete. Tristan dachte allmählich, dass er gegenüber seinem schlankeren Gegner im Vorteil sei, doch gerade als er zur Seite trat, um einem besonders bösartigen Ausfall auszuweichen, rutschte er mit dem guten Bein auf einem losen Stein aus. Er fing sich mit dem anderen Bein ab. Weißglühend explodierte der Schmerz in ihm. Nein. Er durfte nicht fallen. Prudence brauchte ihn. Sie …

Ein Schuss fiel, so nah, dass Tristan zusammenzucke. Der Straßenräuber hielt inne. Seine Augen hinter der Maske waren ganz groß geworden. Einen langen Augenblick schwankte er auf den Füßen und sah auf sein Hemd.

Prudence trat vor. Sie hielt eine rauchende Pistole in der Hand, und das Vorderteil ihres Kleides war schlammverschmiert. Anscheinend war sie unter die Kutsche gekrochen, um von dort die Pistole zu holen. Tristan sah, dass sie kreidebleich war, und die Waffe zitterte in ihrer ausgestreckten Hand.

Der Räuber legte die Hand auf sein Hemd. Als er sie wieder wegzog, sah sie im Mondlicht schwarz aus. „*Mon dieu*", sagte er mit merkwürdig abgehobener Stimme. „Ich glaube, Sie haben mich umgebracht."

Damit fiel er auf die Knie, und das Rapier fiel zu Boden. Ein schwaches Lachen kam ihm über die Lippen. „Unsere letzte Fahrt. Wir dachten, es würde …" Er stockte, schloss die Augen und sank zu Boden.

Im selben Augenblick gaben auch Tristans Knie nach, und er fiel neben den Mann. Im nächsten Moment war Prudence an seiner Seite. Sie warf die Pistole weg und streckte die Hand nach ihm aus. „Oh Tristan, kannst du ..."

Der Reiter kam heran. Nur dass es weder MacGrady noch Toggle noch Stevens war, der ihnen zu Hilfe eilte. Es war Reeves. Er stieg ab, warf dem Kutscher die Zügel zu und lief zu ihnen, hielt unterwegs nur kurz inne, um von der Karosse die Kutschlampe abzunehmen.

Doch statt an Tristans Seite zu eilen, ging er zu dem Räuber und kniete neben ihm nieder. Er presste die Finger an die Kehle des Mannes. „Er atmet noch. Gott sei Dank!"

Tristan ließ sich von Prudence auf die Beine helfen und von ihren warmen Händen aufrecht halten. Er schloss sie fest in die Arme und drückte sie eng an sich. Gott, beinah hätte er sie verloren! Nicht auszudenken, was passiert wäre, wenn ...

Der Räuber stöhnte leise. Reeves wickelte sich den Schal vom Hals und presste ihn auf die Wunde des Mannes. „Er wird es überleben", erklärte der Butler. In seiner Stimme lag eindeutig Erleichterung. „Die Wunde ist nicht tief, aber sie muss gesäubert werden."

„Ich säubere ganz bestimmt nicht die Wunden eines Mannes, der uns alle ermorden wollte!"

Reeves warf Tristan einen scharfen Blick zu. „Er hat nicht versucht, Sie zu ermorden, nur zu verwunden."

„Es schien ihm aber ziemlich ernst damit", meinte Prudence.

„Aye", fügte Tristan mit einer Spur Sarkasmus in der Stimme hinzu. „Es hat sich zumindest so angefühlt, als wollte er mich ermorden."

Reeves band seinen Schal fest. „Er hat noch nie jemanden getötet. Während seiner ganzen Laufbahn als Straßenräuber hat er noch keinen einzigen Mord begangen, obwohl sich ihm jede Menge Gelegenheiten boten."

Der Räuber regte sich und hob die Hand an den Kopf. „Was, zum Teufel, ist passiert?"

Reeves beugte sich über ihn. „Sie wurden verletzt. Bleiben Sie nur still liegen, ich bringe Sie zum Cottage."

„Zu *meinem* Cottage?", fragte Tristan mit finsterer Miene. Was, zum Teufel, focht Reeves nur an? „Kommt ja nicht infrage ..."

Der Räuber stützte sich auf einen Ellbogen und presste die Hand an seine Seite. „Reeves?“

Prudence, die sich immer noch an Tristan schmiegte, zuckte zusammen. Mit großen Augen sah sie zu Tristan auf. „Er kennt Reeves?“

Stirnrunzelnd betrachtete Tristan den Straßenräuber. „Woher kennen Sie Reeves?“

Reeves war mit der Versorgung des Verwundeten fertig und stand auf, wobei er die Lampe hochhob. „Das ist ganz einfach, Mylord. Ich habe ihn letzte Woche besucht.“

„Sie haben einen Straßenräuber besucht? Warum denn ...“ Tristan sah sich den Straßenräuber näher an. „*Nein.* Das ... das kann doch nicht sein.“

Der Mann rang sich ein schwaches Lächeln ab. Seine Lippen waren unter der Maske kaum zu erkennen.

Tristan beugte sich zu dem Mann hinunter, mit schmerzverzerrtem Gesicht, weil sein Bein Einwände erhob, und zog seinem Gegner die Maske vom Kopf.

Reeves hob die Lampe. Licht fiel auf das Gesicht des Räubers. Dunkles Haar fiel ihm in die Stirn, und seine Augen schimmerten in einem harten, hellen Grün. „Ich kann es nicht fassen“, sagte Tristan. „Christian?“

18. KAPITEL

Um ein Krawattentuch richtig zu stärken, muss man das Leinentuch mit der glatten Seite nach unten auf einen Marmortisch legen. Hitze ist natürlich das entscheidende Element. Ohne Hitze wäre das Ganze nur ein feuchter, zerknitterter Haufen.

Leitfaden für den vollkommenen Butler und Kammerherrn von Richard Robert Reeves

Reeves nahm Prudence am Arm und führte sie zur Seite. „Das ist der verlorene Bruder Seiner Lordschaft."

Staunend sah Prudence ihn an. „Er ist ... er war ein Straßenräuber!"

„Ja, eine gefährliche Laufbahn, von der wir nur hoffen können, dass er sie aufgibt."

Prudence nickte abwesend. Sie schien es einfach nicht fassen zu können. Seiner Miene nach zu schließen, ging es Tristan ähnlich.

Leise trat Prudence zur Seite und beobachtete, wie die beiden Brüder sich ansahen, voller Staunen, voller Freude. Kurzfristig fühlte sie sich ausgeschlossen.

Doch dann dachte sie sich, dass sie tatsächlich nicht dazugehörte. Es war nicht ihre Familie, nicht ihr Heim. Ihre Familie war ihre Mutter, und sie würde auf sie warten, um zu hören, wie der Abend verlaufen war.

Prudence war sich nicht sicher, was sie sagen würde, aber es hatte nichts mit dem zu tun, was in der Kutsche passiert war.

Die Erinnerung daran brannte lichterloh in ihr. Die Leidenschaft, die sie empfunden hatte, die Liebe, die sie auch jetzt noch wärmte – das alles war wirklich.

Bloß deswegen noch lange nicht möglich.

Nein, sie würde die Beziehung mit Anstand beenden. Ganz einfach. Er brauchte von ihren Gefühlen nie zu erfahren, vor allem weil er sie ja nicht teilte.

Oder vielleicht doch? Bei diesem Gedanken tat ihr Herz einen Satz. War es vielleicht möglich, dass Tristan sich etwas aus ihr machte? In letzter Zeit war er sehr aufmerksam, und wie er auf die Männer heute Abend auf der Dinnergesellschaft reagiert hatte, war ja auch ziemlich merkwürdig gewesen, obwohl sie es erst auf seinen Stolz zurückgeführt hatte. Nur vielleicht ... vielleicht hatte es ja doch mehr zu bedeuten.

Aber würde das den Ausschlag geben? Änderte dies etwas daran, dass er nun einmal war, wie er war? Sie versuchte sich vorzustellen, wie er zur Ruhe kam und sich niederließ. Doch alles, woran sie sich erinnerte, war seine bittere, sehnsüchtige Miene, als er aus dem Fenster hinaus aufs Meer gestarrt hatte.

Welche Zukunft konnte ihre Beziehung schon haben, wenn Tristans größter Wunsch darin bestand, wieder zur See zu fahren ... sie zu verlassen? Zwar war ihr klar, dass ihm das aufgrund seiner Verletzung verwehrt bleiben musste. Aber das änderte nichts an der Tatsache, dass sein Herz schon an etwas anderem hing. Sie würde sich nicht damit zufriedengeben, in seinem Leben die zweite Geige zu spielen. Wenn sie aus ihrer Ehe mit Phillip etwas gelernt hatte, dann das: Eine Liebesbeziehung konnte nur funktionieren, wenn alle Beteiligten sich mit ganzem Herzen dafür einsetzten. Füreinander *und* für die Beziehung.

Sie zog den Mantel enger um sich und beobachtete im Schein der Laterne Tristans Gesicht. Er hatte einen Schnitt am Kinn und war immer noch ganz rot vor Anstrengung und Kälte.

In diesem Moment war er ihr so unglaublich lieb und teuer, dass ihr das Herz wehtat.

Christian rappelte sich auf die Füße, wobei er leicht ins Schwanken geriet. Sofort war Tristan an seiner Seite und legte seinem Bruder den Arm um die Schultern. Plötzlich wurde ihr klar, dass sie Tristans Bruder *angeschossen* hatte.

Zitternd legte sie die Hand an die Stirn. „Tristan, ich wollte deinen Bruder nicht verletzen! Also, natürlich wollte ich es, aber wenn ich gewusst hätte, wer er ..."

„Unsinn", erklärte Christian und warf ihr ein Lächeln zu. „Sie haben Tristan doch nur beschützt. Ich bin froh, dass er in so gute Hände geraten ist."

Prudence lief in einer Sekunde rot an. „Sie irren sich. Ihr Bruder und ich sind nicht ..."

„Madam?" Reeves ergriff ihren Arm. „Machen Sie sich kein Gewissen, weil Sie Master Christian angeschossen haben. Die Kugel hat ihn kaum gestreift."

„Aber ... ich habe direkt auf ihn gezielt."

Tristan grinste und hob etwas hoch. „Du hast ihn direkt in seine Taschenuhr getroffen."

Prudence starrte den verbeulten Zeitmesser in Tristans Handfläche an.

Christian lachte, zuckte dann aber zusammen. „Ich blute und habe blaue Flecke, sterben werde ich hingegen nicht. Außerdem haben Sie nichts gemacht, was ich nicht auch getan hätte. Tatsächlich beglückwünsche ich Sie zu Ihrer Tapferkeit, Madam."

Er hustete leicht und stöhnte dabei. Tristan rief nach John, dem Kutscher, damit er ihm helfe, seinen Bruder auf ein Pferd zu setzen.

Prudence sah zu und fühlte sich mit jedem Moment elender.

„Madam?"

Sie sah zu Reeves auf. „Ja?"

„Soll ich Sie nach Hause bringen? Seine Lordschaft wird vielleicht eine Weile brauchen. Master Christian möchte zu sich nach Hause, nicht zum Cottage."

„Ja, vielen Dank. Das wäre sehr nett."

Tristan kam zu ihnen herüber, wobei er bei jedem Schritt vor Schmerzen zusammenzuckte. „Prudence, ich möchte mit dir reden."

Ihr war das Herz schwer, doch sie rang sich ein Lächeln ab. „Du musst jetzt bei deinem Bruder bleiben. Ich sehe dich dann morgen."

Tristan nahm ihre Hand und zog sie an sich, ohne sich von Reeves' Anwesenheit stören zu lassen. „Versprichst du mir das?"

Sanft entzog Prudence ihm ihre Hand. „Natürlich."

Er sah sie einen Moment an und nickte. „Reeves, bitte bringen Sie Mrs. Thistlewaite nach Hause. Nehmen Sie die Kutsche, ich nehme Ihr Pferd."

„Sehr wohl, Mylord."

Lächelnd umfasste Tristan Prudences Wange. „Wir reden morgen."

Kutscher John stellte eine Frage, irgendetwas wegen des anderen Straßenräubers. Tristan schenkte Prudence ein letztes Lächeln und hinkte dann hinüber zu John, um ihm dabei zu helfen, den riesigen Mann aufzuwecken.

„Sind Sie bereit, Madam?"

Sie richtete sich auf. „Ja, Mr. Reeves." Sie würde nach Hause zu ihrer Mutter gehen, und dort würden sie an ihrem Plan für die Schule arbeiten. Ihre Mutter würde jeden Moment von ihrer Freundin aus Schottland hören, und vielleicht würde das ihren Bemühungen zu einem guten Start verhelfen.

Ja. Das war es, worüber sie sich Gedanken machen sollte, nicht über den Earl von nebenan. Auf der Heimfahrt hing sie schweigend ihren Gedanken nach. Reeves unternahm keinen Versuch, sie ins Gespräch zu ziehen, obwohl er ihr einen ziemlich nachdenklichen Blick zuwarf, als er sie schließlich zu ihrer Tür geleitete.

Ihre Mutter wartete bereits. Prudence wehrte das Sperrfeuer an Fragen ab und eilte in ihr Zimmer hinauf. Mit einem tiefen Seufzen schloss sie die Tür hinter sich. In der Stille ihres Schlafzimmers warf Prudence sich auf ihr Bett und weinte.

Tristan sah seinen Bruder über den Bierkrug hinweg an. Sie waren am Zechen, seit der Arzt gegangen war.

Es war ein bisschen unangenehm gewesen, Dr. Barrow nach den Vorfällen auf der Abendgesellschaft herbeizurufen, es war indes unumgänglich. Tristan hatte nicht die Absicht, seinen Bruder wieder zu verlieren, kurz nachdem er ihn gefunden hatte.

Der Arzt weigerte sich, Tristan anzusehen, was allen Beteiligten nur recht war. Trotzdem, auch wenn er den Arzt verachtete, weil er mit Prudence geflirtet hatte, war er doch froh, dass er sich die Zeit nahm, Christian gründlich zu untersuchen.

Tristan starrte in seinen Bierkrug. Prudence hatte ihn beim Gehen ziemlich merkwürdig angesehen. Ziemlich traurig, als ob … Er runzelte die Stirn. *Als ob sie sich für immer von ihm verabschieden wollte.*

Er stellte den Krug ab.

„Tristan?"

Er schaute auf und begegnete Christians aufmerksamem Blick.

Christian stellte ebenfalls den Krug ab. „Du hast dich ja im Lauf der Jahre zu einem rechten Griesgram entwickelt."

„Ach, du hast mich nur zu einem ungünstigen Zeitpunkt erwischt."

Christians Lippen verzogen sich zu einem Lächeln. „Nicht so ungünstig wie für mich."

Tristan rang sich ein Grinsen ab. „Vielleicht nicht." Er hob den Krug. „Ich möchte auf etwas anstoßen."

„Auf was denn?"

„Auf die Frauen in unserem Leben."

„Dafür gibt es in der ganzen Schenke nicht genug Bier."

Tristan lächelte ein wenig schmerzerfüllt. Er hatte vor Prudence andere Frauen gehabt. Er konnte sich nur nicht mehr an sie erinnern. An keine einzige. Plötzlich schmeckte das Bier bitter, und er stellte es beiseite. „Jetzt sind so viele Jahre vergangen, und du bist immer noch ein Dummkopf."

Christian grinste spitzbübisch, und Tristan wurde es weh ums Herz.

Verdammt, er hatte seinen Bruder wirklich vermisst. All der Schmerz, der die langen Tage und Nächte nach ihrer Trennung erfüllt hatte, schien auf einmal weit, weit weg.

Natürlich gab es Unterschiede. Dieser Christian war strenger, schärfer, und unter dem charmanten Äußeren verbarg sich Härte. Tristan konnte die schwarz gekleidete Gestalt nicht vergessen, die sich quer über die Straße auf ihn gestürzt und Prudence die Klinge an die Kehle gesetzt hatte.

So etwas konnte er nicht so leicht verwinden. „Du kannst von Glück sprechen, dass du heute Abend niemanden verletzt hast."

Christian wusste sofort, wovon sein Bruder sprach. „Du redest von deiner Begleitung."

„Ja."

„Eine wunderbare Frau. Deine?"

Tristan wünschte, er hätte darauf eine Antwort. Er griff nach dem Krug und nahm einen großen Schluck.

„Ah", meinte Christian.

„Was soll das denn heißen?", fuhr Tristan ihn an.

„Nichts. Ich meine nur ... sie ist wunderbar. Und wenn sie in der Nähe wohnt ..."

„Sie ist Witwe." Tristan war sich nicht sicher, warum er das erwähnte, aber es schien ihm wichtig, Christian davon in Kenntnis zu setzen.

„Sie sieht viel zu jung aus, um Witwe zu sein."

„Das Licht war nicht gut. Sie ist älter, als sie aussieht."

„Das sind die besten“, erklärte Christian mit nachdenklichem Nicken. Tristans wachsenden Zorn schien er nicht zu bemerken. „Nicht zu jung und Witwe. Genug Erfahrung, um das ganze schüchterne Gehabe hinter sich gelassen zu haben, das ich so verabscheue. Und doch noch attraktiv genug, um einen in den Bann zu schlagen.“

„Wir sollten über etwas anderes sprechen.“

„Warum?“

„Weil ich nicht mit dir über sie sprechen möchte.“

„Hm“, meinte Christian und presste nachdenklich die Lippen aufeinander. „Interessierst du dich für sie?“

„Sie bringt mich ständig auf die Palme.“ Das zumindest entsprach der Wahrheit. Wenn sie ihn nicht dazu brachte, sich vor Lust nach ihr zu verzehren, machte sie ihn tatsächlich immer wieder schrecklich wütend. Das konnte sie überhaupt am besten. „Gestern Abend war ich mit ihr auf einer Dinnergesellschaft. Als du uns überfallen hast, waren wir auf dem Rückweg.“

„Wie entzückend. Wurde dort auch getanzt? Ich kann die Quadrille.“

„Woher solltest du die wohl können?“

Christian lächelte selbstgefällig. Dieses Lächeln erinnerte Tristan an viele gemeinsame Abenteuer: vom Frosch im Bett ihres Hauslehrers bis zum Plan, wie den wachsamen Augen ihrer Mutter zu entkommen sei, um mit den Dorfjungen zu spielen.

Doch das war lange her. Tristan fragte sich, wer sein Bruder jetzt in Wirklichkeit war. „Ich habe gestern Abend manchmal befürchtet, dass du mich ernsthaft umbringen willst.“

Christian sah ihn ernst an. „Ich bin kein Mörder.“

„Das hat Reeves mir auch erzählt.“

„Bis jetzt habe ich noch niemanden getötet.“ Ein kaum merkliches Lächeln spielte um seine Mundwinkel. „Aber der Tag wird kommen, da bin ich mir sicher.“

Tristan zuckte mit den Schultern und rückte sein Bein ein wenig zur Seite, damit der Stuhl nicht dagegendrückte. „Das kann ich von mir nicht behaupten. Ich habe in vielen Seeschlachten gekämpft und mehr Menschen getötet, als ich zählen kann.“

Christians grüne Augen wurden dunkel. „Macht dir das zu schaffen, Bruder?“

„Ein bisschen. Manche von ihnen haben nur für ihr Land gekämpft, wie ich. Bei ihnen ist es mir schwergefallen."

„Kann ich mir vorstellen." Christian hob die Hand, um das Schankmädchen auf seinen leeren Krug aufmerksam zu machen. Dabei zuckte er vor Schmerz zusammen.

Tristan runzelte die Stirn. „Du solltest im Bett liegen."

„Unsinn. Ist doch nur eine Fleischwunde."

„Es hat ausgereicht, um dich umzuwerfen." Tristan warf es schon um, Prudence nur zu kennen. Er fuhr sich mit der Hand durch die Haare und fragte sich, warum er sich so leer fühlte.

Christians Augen leuchteten bewundernd auf. „Du weißt den Degen sicher zu führen, mein Bruder. Ich werde wahrlich nicht oft besiegt."

„Ich habe dich nicht besiegt. Ich habe mich abgemüht, länger durchzuhalten als du, und es ist mir nicht gelungen. Gott sei Dank hat Prudence diese Pistole gefunden ... was, zum Teufel, gibt es da zu lachen?"

„Prudence? Die Dame heißt Prudence? Prudence wie in *prudentia*? Die Umsichtige?"

„In der Tat."

„Das ist ja köstlich!"

Das war es in der Tat. „Ja, ich kenne auch keine Frau, die noch weniger umsichtig wäre als sie ..."

„Sie hat sich nicht einmal, sondern gleich zweimal ins Getümmel geworfen, nur um dich zu retten. Und es ist ihr ja auch gelungen." Christian betrachtete seinen Bruder einen Augenblick. „Sie scheint zu glauben, dass du es wert bist. Aber ich ja auch. Tristan ... ich bin froh, dich zu sehen."

Christians Stimme klang ein winziges bisschen belegt.

Tristan streckte die Hand aus und packte Christian am Arm. „Ich habe dich nie vergessen. Nie. Als ich dich damals aus dem Fenster stoßen musste ..." Er konnte den Satz nicht beenden.

Christian drückte den Arm seines Bruders so fest, dass es ihnen beiden wehtat. Dann gab er ihn mit einem verlegenen Lächeln wieder frei und wischte sich mit dem Ärmel über die Augen. „Sand in den Augen", brummte er.

„Ja, ich auch." Tristan räusperte sich. „Hast du dich verletzt, als ich dich aus dem Fenster gestoßen habe? Deswegen habe ich mir immer Sorgen gemacht."

„Ich dachte, dass ich mir den Arm gebrochen hätte, aber er war nur verstaucht. Tris, wir haben wirklich unglaubliches Glück. Der Earl war ein entsetzlicher Vater, aber nun haben wir endlich etwas durch die Verbindung gewonnen."

„Da bin ich mir nicht sicher." Tristan schob seinen Krug in die Tischmitte. „Wusstest du, dass ich mit Nelson bei Trafalgar gekämpft habe? Dort habe ich mir das Bein verletzt."

„Reeves hat es mir erzählt."

„Nach dem Krieg wurde ich nach London bestellt, um dem König vorgestellt zu werden. Jeder wollte mich kennenlernen, als Nelsons … Christian, er ist in meinen Armen gestorben."

„Das wusste ich nicht. Tut mir leid."

„Ja. Es war schwierig. Als ich in London war, hat man mich behandelt wie … wie …"

„Einen Helden?"

„Nein, wie eine Kuriosität. Sie wollten von Nelsons Tod erfahren, nichts von dem Mann selbst." Tristans Stimme klang angeekelt. „Sie gierten nach ein paar blutigen Einzelheiten, Hinweise auf Schwächen – es war, als wollten sie den Mann noch einmal zu Tode bringen, obwohl er doch schon längst tot war." Er begegnete Christians Blick. „Ich möchte nie dorthin zurück. Der Titel bedeutet mir nichts. Aber das Geld … das ist etwas anderes. Ich brauche es, um meine Männer damit zu unterstützen."

„Du wirst das Geld bekommen."

„Das hoffe ich. Wenn allerdings stimmt, was Reeves sagt, dann sind die Treuhänder ein Haufen oberflächlicher, eingebildeter Stutzer."

„Na und? Zieh dir was Elegantes an, dann lassen sie dich schon in Ruhe."

„Das fällt mir nicht so leicht", meinte Tristan brummig. Er betrachtete seinen Bruder. „Du wusstest immer, wie man sich kleidet, schon als Kind."

„Mutter und ich, wir hatten beide eine Vorliebe für hübsche Sachen." Christian seufzte. „Ich träume immer noch von ihr, weißt du?"

„Ich auch."

Sie schwiegen einen Augenblick. Christian lehnte sich zurück, sorgfältig darauf bedacht, nicht auf seine Wunde zu drücken. Er betrachtete seinen Bruder und lächelte versonnen. „Ich kann immer noch nicht glauben, dass du hier bist."

„Ich auch nicht."

Schweigend saßen sie da und strahlten sich an.

„Christian, ich will das Geld für meine Männer verwenden. Was hast du denn mit deinem Anteil vor?"

Alle Leichtigkeit schwand aus Christians Miene. Ruhig sagte er: „Ich werde das tun, was ich tun will, seit ich zehn war: herausfinden, wer für Mutters Inhaftierung verantwortlich war." Er hielt inne. Seine grünen Augen leuchteten in der verräucherten Tavernenluft. „Tristan, ich bin kurz davor, herauszufinden, wer Mutter ans Messer geliefert hat."

Tristan setzte den Bierkrug ab. „Ja?"

„Ich muss nach London gehen. Dort findet sich die Antwort." Christian seufzte. „Vater hat uns wohl wirklich geholfen."

„Mit zwanzig Jahren Verspätung."

Christian fing den Blick des Schankmädchens auf und zwinkerte ihr zu. „Noch ein Bier, meine Schöne."

„Ein Schürzenjäger, was?"

Christian gab vor, verletzt zu sein. „Ich bin doch kein Schürzenjäger!"

„Nein?"

„Nein. Höchstens ein Schürzenfänger."

Tristan schüttelte den Kopf. „Schüchtern warst du ja nie."

„Und du niemals schwer von Begriff. Ich habe Frauen immer geliebt, seit ich sie zu schätzen wusste. Die Faszination lässt nie nach."

„Anscheinend hast du doch das eine oder andere von unserem Vater geerbt."

Christians Lächeln erlosch. „Sag das nie wieder."

Tristan grinste. „Zwing mich doch dazu."

Christian kniff die Augen zusammen, und gleichzeitig lächelte er entzückt. „Führe mich nicht in Versuchung."

Es war ein altes Spiel, eines, das sie schon oft gespielt hatten, eine Art männliche Initiation, nahm Tristan an. Plötzlich war sein Herz voll. Wenn nicht die nagende Sorge wegen Prudences Abschiedsblick gewesen wäre, wäre er jetzt unglaublich glücklich.

Christian legte den Kopf schief. „Segelst du überhaupt noch?"

„Ich kann das Gleichgewicht nicht mehr halten. Ein Captain, der bei rollender See nicht mehr stehen kann, ist so nützlich wie eine Auster im Rollstuhl."

„Ich mag Austern. In London kaufe ich sie mir oft bei den Straßenverkäufern."

„Wunderbar. Jetzt muss ich mich schon mit der Ware von Straßenverkäufern vergleichen lassen."

Christian grinste ihn an. „Deine Aufgabe ist es, dich in ein Ungeheuer zu verwandeln, und meine Aufgabe besteht darin, dich daran zu erinnern, dass du allzu menschlich bist."

„Danke. Ich weiß nicht, wie ich all die Jahre ohne dich auskommen konnte."

„Bist du ja auch nicht, nach allem, was ich gehört habe."

Tristan nickte und fragte sich, ob Christian vielleicht recht hatte. Er hatte genug zu essen. In seinem Haus war es warm und behaglich. Er hatte seine Männer zur Gesellschaft. Und wenn er ein gewisses Bedürfnis verspürte, hatten ihn die Schankmädchen in der Stadt immer willkommen geheißen.

Wenn er nur etwas mehr Geld hätte, um seine Männer zu unterstützen, wäre sein Leben vollkommen. Außer einer Sache ... Prudence.

Überall im Cottage waren kleine Erinnerungen an Prudence: Der Sessel stand lächerlich nah am Sofa, das Frühstück wurde ihm ab jetzt immer in der Bibliothek serviert, und Stevens hatte im Dielenschrank einen speziellen Haken für ihren Mantel angebracht. Eigentlich kleine Dinge, und doch verliehen sie seinem Cottage ein gewisses Etwas. Vielleicht etwas Heimeliges.

Sein Herz zog sich zusammen. Er hatte schon an vielen Orten gewohnt. In vielen Ländern gelebt. Und bei vielen Frauen gelegen. Doch keine hatte es bisher vermocht, ihm dieses spezielle Gefühl zu vermitteln – die Wärme eines Zuhauses. Er biss die Zähne zusammen. Früher hatte er auch einmal ein Zuhause gehabt. Und es war ihm entrissen worden, als man seine Mutter verhaftet hatte. Der Schmerz verfolgte ihn auch jetzt noch. Er brauchte kein neues Zuhause. Er brauchte ...

Zum Teufel, er hatte keine Ahnung, was er brauchte. Es gab eine Zeit, da hätte er geschworen, dass sein Glück nur davon abhing, dass er wieder segeln konnte. Jetzt ... jetzt war er sich da nicht mehr so sicher. Sein ganzes Leben fühlte sich leer an, sogar sinnlos. Verdammt. Was war nur los mit ihm? War es möglich … lag es an Prudence? War es die Vorstellung, er könnte sie nie wiedersehen, bei der er sich so elend fühlte?

Eine seltsame Leere machte sich in seiner Brust breit. Sie hatte sich in sein Leben geschlichen und es verändert, ohne dass er es überhaupt bemerkt hatte.

„Tristan?"

Er sah auf.

Sein Bruder hatte den Stuhl näher herangezogen und saß nun dicht bei ihm. „Tristan, was ist los mit dir? Du sitzt hier und bist manchmal gar nicht richtig da. Dich bedrückt doch etwas!"

„Prudence." Das Wort hing zwischen ihnen.

Christian seufzte. „Du bist verliebt."

„Das nicht. Ich … ich mache mir einfach etwas aus ihr."

„Du bist verliebt."

„Verdammt noch mal …"

„Ich sehe doch die Anzeichen. Du, mein liebster Bruder, hast dich schwer verliebt. Sehr schwer."

Tristan fuhr sich mit der Hand durch das Haar. „Sie ist mir wichtig, ja, aber …"

Christian beugte sich vor, und plötzlich war alle Heiterkeit aus seinem Blick verschwunden. „Wenn es um die Liebe geht, gibt es kein Aber. Tristan, wenn du sie liebst, musst du etwas unternehmen." Langsam stand er auf, rieb sich die Brust und zuckte vor Schmerz zusammen. „Das Leben ist ungewiss. Wenn du die Dame willst, musst du sie zu der deinen machen. Andernfalls …" Er zuckte mit den Schultern. „Andernfalls verlierst du sie, und dann bleibst du allein zurück. Wieder einmal."

Die Gewissheit, mit der er diese Worte äußerte, traf Tristan bis ins Innerste. Doch sie halfen ihm auch, sich zu entscheiden. Christian hatte recht, es gab keinen Grund zu zögern. Morgen würde er sie besuchen und alles in Ordnung bringen. Er nahm seinen Stock und stemmte sich hoch. „Danke, Christian. Ich werde tun, was du sagst."

Es war wunderbar, seinen Bruder endlich wiederzuhaben. Jetzt brauchte er Prudence nur noch zu überzeugen, dass sie ebenfalls zu ihm gehörte.

19. KAPITEL

Im Notfall wird sich kein echter Butler von speziellen Maßnahmen abhalten lassen, die einem Mann von seiner Klasse und Erziehung unter normalen Umständen verhasst wären. Besondere Situationen erfordern besondere Maßnahmen.

Leitfaden für den vollkommenen Butler und Kammerherrn von Richard Robert Reeves

Prudence blinzelte. „Verzeihung. Was haben Sie gerade gesagt?“

Mrs. Fieldings schniefte. „Ich sagte, es ist der Captain oder der Earl oder wie auch immer er heißt. Er ist da. Im Salon.“

„Aber ... aber ...“ Prudence saß in ihrem Schlafzimmer vor dem Spiegel, eine Bürste in der Hand. Sie blickte auf ihr Nachthemd. „Er ist jetzt zu Besuch gekommen?“

Mrs. Fieldings verschränkte die Arme. „Der frühe Vogel fängt den Wurm.“

„Mir sind Ihre Würmer völlig egal. Es ist halb acht in der Frühe!“ Prudence ließ die Bürste sinken und beeilte sich, ihr Haar zu einem eleganten Nackenknoten aufzustecken. Mithilfe der Haushälterin war Prudence bald angekleidet und eilte die Treppe hinunter.

Was er wohl wollte? Vielleicht ... ein Hoffnungsfunke belebte ihr Herz. Vielleicht war er gekommen, um ihr zu sagen, dass er sie liebte.

Ihr schlug das Herz bis zum Halse, als sich dieser Gedanke bei ihr einschlich. Und wenn es so war? Hieß das, dass er seine Träume vom Segeln und einem freien, ungebundenen Leben aufgegeben hatte? Könnte er mit einer solchen Entscheidung je glücklich werden?

Das Morgenlicht strömte durch die Fenster, als Prudence die Tür zum Salon öffnete.

Tristan stand am Kamin und blickte in die züngelnden Flammen. Als er das Geräusch hörte, wandte er sich zu ihr um. Er trug einen der neuen Röcke, die Reeves für ihn hatte anfertigen lassen, sein Haar war ordentlich zurückgebunden, und seine Stiefel glänzten dermaßen, dass man sich in ihnen spiegeln konnte.

So attraktiv sah er aus, dass Prudence ein wenig aus dem Tritt geriet, obwohl sie es rasch unter einer strahlenden Begrüßung verbarg. „Guten Morgen. Ich hoffe, dass dir die Aufregungen der letzten Nacht gut bekommen sind."

Sein Blick verdunkelte sich, als er sie sah. „Prudence."

Sie knickste. „Guten Morgen", wiederholte sie in festem Ton. Sie hoffte, er würde ihrem Beispiel folgen und es ihnen beiden dadurch leichter machen. Prudence nahm am Feuer Platz und wies auf einen Sessel. „Bitte setz dich doch."

Er hielt inne und sah sie an. Zwischen seinen Augenbrauen hatte sich eine steile Falte gebildet.

„Bitte", wiederholte sie leicht verzweifelt. Sie wollte nicht weinen – sie würde auch nicht weinen.

Tristan setzte sich und legte den Stock ab, ließ sie dabei aber nicht aus den Augen. Er wirkte ebenfalls müde. Außer diesem Umstand und dem Schnitt an seinem Kinn erinnerte nichts mehr an die Ereignisse des gestrigen Abends.

Sie berührte ihr eigenes Kinn. „Könnte sein, dass du da eine Narbe bekommst."

„Narben sind für mich nichts Neues."

Prudence nickte. „Wie geht es deinem Arm?"

„Gut. Prudence, wir müssen …"

„Und deinem Bruder?"

Tristans Miene wurde weicher. „Gestern Nacht habe ich mit ihm noch über eine Stunde zusammengesessen. Ich habe ihn vermisst."

Hinter diesen kargen Worten verbarg sich eine Welt an Gefühlen. Prudence wurde die Kehle eng. „Ich bin froh, dass du ihn gefunden hast."

„Danke. Aber deswegen bin ich nicht hier. Wir hatten letzte Nacht keine Zeit mehr, über das zu sprechen, was geschehen ist. Prudence, ich bin zu einer Entscheidung gelangt. Wir müssen heiraten."

Prudence verschlug es den Atem. Es fühlte sich an, als wäre ihr auf einmal das Herz gefroren. „Wir *müssen?*"

Er straffte die Schultern, als würde er vom ganzen Leid der Welt niedergedrückt. „Das ist das Richtige."

Sie sah ihn an. Sie entdeckte nichts Leichtherziges oder Glückliches in seiner Miene, nur die grimmige Entschlossenheit eines Mannes, der seine Pflicht erfüllte.

Plötzlich fühlte sie sich mutlos. Pflicht. Er fühlte sich schuldig, und deswegen ... „Nein."

Tristans Miene verfinsterte sich. „Nein?"

„Nein." Schade, dass die Liebe allein nicht in der Lage war, alle Probleme zu lösen. Erträglich konnte sie die Probleme schon machen – aber nur, wenn beide gleichermaßen liebten.

„Verdammt, warum nicht?"

„Ich war schon einmal verheiratet. Phillip und ich hatten unsere Liebe, gegenseitigen Respekt, gemeinsame Interessen, Verständnis ... Tristan, wir haben von alledem nichts."

Er runzelte die Stirn. „Wir sind gern zusammen und ..."

„Uns verbindet die Leidenschaft, mehr nicht. Das ist nicht genug." Sie atmete zittrig ein und erhob sich. Er tat es ihr gleich, stützte sich mit düsterer Miene auf seinen Stock.

„Mir reicht das", sagte er leise. „Ich habe nie zuvor den Wunsch verspürt zu heiraten. Aber jetzt wüsste ich nicht, warum nicht. Das muss doch genug sein!"

„Ist das alles, was dir dazu einfällt?"

Um Tristans Mund zuckte es. „Ich finde dich unterhaltsam."

Na reizend. Sie glaubte, vor Liebe schier vergehen zu müssen, und er fand sie unterhaltsam. Tränen traten ihr in die Augen. „Tristan, du solltest etwas wissen: Zwei der Treuhänder haben unter Phillips Investitionen gelitten. Ehe ich London verließ, gab es einen riesigen Skandal. Phillip war schon gestorben, doch der Zorn wegen der finanziellen Verluste war noch sehr lebendig. Tristan, wenn uns diese beiden Treuhänder – Earl of Ware und Viscount Southland – zusammen sehen, werden sie nicht erfreut sein. Sie werden von dir verlangen, dass du mich fallen lässt."

Sie wartete, und nach einem Augenblick zuckte er nur mit den Schultern. „Dann erzählen wir es ihnen eben nicht. Ich sage einfach, du hättest mich unterrichtet. Sobald das Vermögen mir gehört, kann ich tun und lassen, was ich will. Es würde ihnen recht geschehen, wenn ich sie derart an der Nase herumführen würde."

Sie versteifte sich und sah ihn an. „Ich werde mich vor diesen Männern nicht verstecken. Jetzt nicht und sonst auch nicht."

„Ich habe wirklich nicht anregen wollen, dass du dich versteckst, nur ...“ Er rieb sich über das Gesicht, als ränge er nach Worten.

Prudence wusste nicht, was sie sagen sollte. Das war ja noch schlimmer, als sie befürchtet hatte. Er wollte ihre Verbindung geheim halten und sie dann, wenn es nicht mehr darauf ankam, zum Beweis seiner Rebellion überall hinausposaunen. „Wie schmeichelhaft“, fuhr sie ihn an, nicht in der Lage, zu verbergen, wie verletzt sie war.

Zwischen seinen Augenbrauen bildete sich eine steile Falte. Er wirkte verwirrt. „Prudence, mir ist es wirklich ernst.“

„Das glaube ich nicht. Tristan, ich werde dich nicht heiraten. Weder heute noch morgen. Niemals.“

Er blinzelte. „Was?“

„Du hast mich gehört. Ich will bei deinen Spielchen nicht mitmachen. Und jetzt habe ich anderes zu tun, wenn es dir nichts ausmacht. Bitte komm nicht wieder. Wir haben uns nichts mehr zu sagen.“ Mit wild klopfendem Herzen drehte sie sich auf dem Absatz um, ging hinaus und machte die Tür hinter sich zu. Sobald sie ins Schloss gefallen war, hob sie die Röcke und rannte die Treppe in ihr Zimmer hinauf. Die Tränen begannen schon zu fließen, bevor sie ihr Ziel erreicht hatte, doch zumindest war ihr die Peinlichkeit erspart geblieben, vor dem Mann, den sie über alles liebte, in Tränen auszubrechen.

„Hmmm“, meinte Reeves nachdenklich. Er schürzte die Lippen und schüttelte dann den Kopf. „Ich kann mir keinen Reim darauf machen, Mylord. Ich schlage vor, dass Sie Mrs. Thistlewaite vergessen.“

Tristan blinzelte. „Sie vergessen?“

„Ja, Mylord. Es hört sich so an, als hätte Mrs. Thistlewaite nicht so viel für Sie übrig, wie Sie dachten.“ Reeves wedelte mit der Hand. „Ich würde sie einfach vergessen und mir eine andere suchen. Mit dem Titel und dem Vermögen in der Tasche sollten Sie unter allen Frauen in der Gegend freie Auswahl haben.“ Reeves sah Tristan an. „Warum sich mit der Witwe zufriedengeben? Sie könnten es noch viel, viel besser treffen.“

Tristan knirschte mit den Zähnen. „Ich will aber keine andere.“

Reeves zuckte mit den Schultern und nahm das Tablett auf. „Ich würde vorschlagen, dass Sie sich alles ein, zwei Tage in Ruhe durch den Kopf gehen lassen und dann entscheiden. Sie haben Mrs. Thistlewaite ja bereits gesagt, dass Sie sich ohnehin erst nach dem Treffen mit den Treuhändern zu ihr bekennen können, es besteht also kein Grund zur Eile. Vielleicht kann sie in der Zwischenzeit Dr. Barrow trösten.“ Der Butler wandte sich zum Gehen.

„Reeves.“

„Ja, Mylord?“

„Ich wollte Prudence nicht beleidigen, als ich ihr vorschlug, es den Treuhändern nicht zu erzählen.“

„Nein, Mylord, gewiss nicht. Aber ich könnte mir vorstellen, dass die Worte dennoch ziemlich … verletzend gewirkt haben.“

Tristan rieb sich die Stirn. „Ich werde mich bei ihr entschuldigen. Ich … ich möchte, dass sie zu meinem Leben gehört.“

„Dürfte ich fragen, warum, Mylord?“

Warum? Weil er sich nicht vorstellen konnte, ohne sie zu leben? Weil es den Anschein hatte, als hinge sein ganzes Glück allein von ihr ab? Irgendwie wollten ihm die Worte nicht über die Lippen. Tristan sah auf den unberührten gedeckten Tisch. „Ich frühstücke nicht gern allein.“

Reeves folgte Tristans Blick. „In der Tat, Mylord. Allein zu frühstücken ist ja auch sehr unangenehm. Ein schlimmes Dilemma, Mylord.“

„Verdammt, ich weiß!“

„Jawohl, Mylord. Wenn Sie Mrs. Thistlewaite besuchen und sich ihr jetzt erklären, riskieren Sie es, das Vermögen zu verlieren. Wenn Sie abwarten, bis die Treuhänder abgereist sind, riskieren Sie es, den Eindruck zu vermitteln, dass Ihnen das Vermögen wichtiger ist als sie.“

„Genau.“

„Mylord?“

„Ja?“

„Ich bin mir ganz sicher, dass Ihnen etwas einfallen wird.“

Der Butler wandte sich ab und ging hinaus.

„Verdammt noch mal“, brummte Tristan. „Wozu hat man einen Butler, wenn ihm nichts Besseres als das einfällt?“

Tristan lehnte sich zurück und starrte ins Feuer. Er fühlte sich einsam und verlassen. Lieber Gott, er hatte alles verdorben. Was sollte er jetzt nur tun?

Die Uhr in der Bibliothek tickte laut vor sich hin. Tristan bemerkte es nicht. Der Frühstückstisch war abgedeckt worden, später kam ein Lunchtablett und noch ein paar Stunden später das Dinner. Tristan hatte nichts von alledem angerührt; an diesem Tag zog er flüssige Nahrung in Form von Brandy vor.

Der Alkohol würde seine Probleme nicht lösen, das wusste er. Aber er betäubte den Schmerz, sodass er wieder klarer denken konnte. Er stand auf, reckte sich und tastete nach seinem Stock. Meine Güte, er war vollkommen wund und steif von dem Abenteuer letzte Nacht.

Mit schmerzverzerrtem Gesicht trug er sein Glas zur Anrichte, nur um dort festzustellen, dass die Brandykaraffe leer war. „Verdammt noch mal! *Stevens!*"

Niemand antwortete.

Tristan fluchte laut, ging dann zur Tür und in den Flur. „*Verdammt, Stevens! Wo sind Sie denn?*"

Immer noch keine Antwort.

„*Reeves!*", brüllte Tristan.

Fast sofort vernahm man einen gemessenen Schritt, der langsam näher kam. Reeves betrat den Flur und blieb stehen, als er Tristan sah. „Mylord?"

„Ich brauche frischen Brandy, und Stevens ist nirgends zu finden."

„Er hält sich mit ein paar anderen in der Küche auf und repariert für den Koch das Tischbein." Reeves trat vor und nahm die Karaffe entgegen. „Wünschen Sie sonst noch etwas, Mylord?"

Ja. Dieser steife Kerl könnte ihm Prudence holen. Das wäre nett. Aber es war natürlich unmöglich. Tristan wusste, wie störrisch Prudence war. Eines hatte ihm das lange Nachdenken klargemacht: Es bedurfte einer beträchtlichen Anstrengung seinerseits, um sie für sich zu gewinnen, jetzt, wo er alles verdorben hatte. „Holen Sie einfach den verdammten Brandy."

„Jawohl, Mylord." Reeves verbeugte sich würdevoll, drehte sich um und entfernte sich.

Tristan sah dem Butler mit leisen Schuldgefühlen nach. Seine Laune heute war einfach schauderhaft. Aber es musste doch etwas geben, mit dem er sich Prudence gegenüber beweisen konnte. Seufzend wandte er sich um in Richtung Bibliothek. Er betrat den Raum und blieb nach zwei Schritten abrupt stehen. Dort am Feuer saß, die Beine behaglich ausgestreckt – Christian.

Der grinste, als er Tristans überraschte Miene sah. „Guten Abend, Bruderherz."

Tristan blickte zu den Terrassentüren. „Wie, zum Teufel, bist du hier reingekommen? Die Türen waren abgeschlossen."

„Und ich habe sie aufgemacht."

„Wie?"

Christian winkte lässig ab. „Das kann ich dir nicht sagen. Ich würde damit den Eid brechen, den ich der Bruderschaft der Straßenräuber geschworen habe."

Tristan hinkte zu einem Sessel in Christians Nähe. „Eine Bruderschaft von Räubern. Wie schön." Er ließ sich in den Sessel fallen. „Ich würde dir ja einen Brandy offerieren, aber er ist mir im Moment ausgegangen."

Christian griff in seine Tasche und holte eine Flasche heraus. Er nahm sich Tristans Glas, schraubte die Flasche auf und goss ihm großzügig ein. „Hier. Vermutlich ist das hier ohnehin besser als das Zeug, das du so trinkst."

Tristan nahm einen Schluck. Der Brandy war weich und voll. „Wo hast du den her?"

„Ein Vorteil, wenn man in der Bruderschaft ist", erklärte Christian und nahm einen tiefen Schluck aus der Flasche, bevor er befriedigt aufseufzte. „Ah. Ist verdammt kalt draußen."

„Ja", antwortete Tristan, in Gedanken schon wieder bei Prudence.

Eine Weile herrschte Schweigen.

Schließlich seufzte Christian: „So gemütlich das auch ist, muss ich dich doch fragen, warum du nach mir hast schicken lassen."

„Hab ich gar nicht."

„Ich habe eine Botschaft bekommen, dass du mich dringend brauchst."

Tristans Miene verfinsterte sich. „Reeves und seine verdammte Einmischerei."

Christian hob die Brauen. „Dann brauchst du mich also nicht?"

„Ich komme mit meinen Problemen schon selbst zurecht."

„Hm." Christian ließ den Blick über Tristans zerknitterte Kleider wandern. „Von welchen Problemen reden wir denn?"

„Prudence."

„Ah." Christian nahm Tristans leeres Glas. „Da kann ich dir leider kaum behilflich sein, fürchte ich. Aber zumindest kann ich dein Elend mit dir teilen." Er goss noch etwas Brandy ins Glas und gab es Tristan zurück. „Was ist passiert?"

„Ich habe alles verdorben. Ich habe sie gebeten, mich zu heiraten."

„Himmel! Ich wusste ja nicht, dass es so ernst ist."

„Ist es aber. Dachte ich zumindest. Aber als ich sie um ihre Hand angehalten habe, hat sie mir einen Korb gegeben."

„Hat sie dir erklärt, warum?"

„Ich glaube nicht."

„Sie hat nichts gesagt? Kein Wort? Kein einziger Hinweis?"

Tristan wurde rot. „Nein. Ich habe ihr gesagt, dass ich sie heiraten möchte, aber erst nachdem die Treuhänder wieder weg sind."

Christian nahm seine Brandyflasche und schraubte sie zu.

„Was machst du da?"

„Dummköpfe kriegen von meinem Brandy nichts ab."

„Sie war aber doch einer Meinung mit mir! Sie hat auch gesagt, dass die Treuhänder von einer Hochzeit nichts halten würden! Ihr Mann ist im Zuge irgendeines Skandals gestorben, und sie hat London inmitten von Gerüchten verlassen. Ein paar der Treuhänder waren auch darin verwickelt; sie haben sich ihr gegenüber nicht nett benommen."

„‚Nett' ist auch nicht gerade das Wort, mit dem ich Vaters Freunde beschreiben würde. Was hast du darauf gesagt?"

„Dass wir es den Treuhändern ja nicht zu verraten brauchten. Wir könnten es geheim halten."

„Mein Gott!" Christian rückte die Brandyflasche auf die andere Seite des Sessels, weit weg von Tristan. „Dir bringe ich im Leben keinen Brandy mehr mit!"

„Dann lass es halt bleiben", knurrte Tristan.

„Hast du zumindest erwähnt, dass du sie liebst? Dass du keinen Tag mehr ohne sie leben kannst? Dass die Sterne in ihren Augen tanzen und der seidige Wind von Glück sprechen kann, ihr Haar zausen zu dürfen?"

Tristan zog eine finstere Miene. „Das ist doch Unsinn."

„Nein, das ist Poesie", widersprach Christian zufrieden. „Frauen mögen das."

„Ich bekam nicht viel Gelegenheit, überhaupt groß etwas zu Prudence zu sagen. Wenn ich ihr das erzählt hätte, hätte sie mich allerdings erst ausgelacht und mich dann hinausgeworfen, statt mich nur hinauszuwerfen."

Traurig schüttelte Christian den Kopf. „Mein eigener Bruder! Du kennst dich mit Frauen überhaupt nicht aus."

„Ich weiß nicht, was ich Schlimmes getan haben soll! Sie muss doch wissen, dass ich mir etwas aus ihr mache, sonst hätte ich sie doch nicht gefragt, ob sie mich heiraten will! Warum hätte ich sie denn sonst um ihre Hand bitten sollen?"

„Tristan, nun versetze dich einmal in ihre Lage. Da kommt ein Mann, der dich fragt, ob du ihn heiraten willst. Aber statt dir zu sagen, dass er dich liebt, erklärt er dir, dass er dich zwar gern heiraten möchte, es im Augenblick aber nicht geht, weil er die Vergeltung ausgerechnet jener Männer fürchtet, die dich in London verlacht haben. Wenn es dir also nichts ausmachte, würde er dich gern im Schrank verstecken, bis die Treuhänder wieder weg sind. Sobald ihm keinerlei Nachteile mehr drohen, holt er dich aus dem Schrank raus, staubt dich ab und plant die Hochzeit."

Tristan seufzte. „Aus deinem Mund klingt das sehr viel schlimmer, als es eigentlich war."

Christian hob eine Augenbraue.

Tristan nahm einen Schluck Brandy. „Ich wollte nicht, dass es so armselig herauskommt. Ich dachte nur, dass ich das Vermögen bekommen und Prudence trotzdem heiraten könnte. Sie scheint zu glauben, dass ich es bedauern könnte, sie geheiratet zu haben. Das würde ich zwar nicht, aber sie scheint es zu befürchten."

„Das kommt daher, dass du ihr nicht gesagt hast, wie sehr du sie liebst, du Esel." Christian legte den Kopf schief und betrachtete seinen Bruder aus schmalen Augen. „Du *liebst* sie doch, oder?"

„Ja." Das Wort eilte über Tristans Lippen, als hätten sie auf eine solche Frage nur gewartet. Er empfand einen seltsamen Druck auf der Brust. „Ich liebe sie wie verrückt. Ich dachte, ohne die See könnte ich nie wieder glücklich sein. Aber jetzt, wo ich Prudence kennengelernt habe … Christian, etwas hat sich verändert. Ich werde das Segeln immer vermissen, aber wenn ich das Meer hätte ohne Prudence, würde es mich nicht befriedigen. Doch Prudence ohne das Meer …" Tristan zuckte mit den Schultern. „Ich wäre der glücklichste Mann der Welt."

„Warum hast du ihr das nicht gesagt?"

„Weil ich dachte, es würde keinen Unterschied machen. Ich dachte, ich würde sie erst heiraten und es ihr dann hinterher erzählen."

Christian seufzte. „Männer!"

„Hey, Moment mal. Du bist auch ein Mann!"

„Aber ich bin außergewöhnlich. Im Gegensatz zu dir, der du dein ganzes Leben mit einer Gruppe männlicher Gefährten auf See verbracht hast, habe ich mich mit Frauen umgeben. Das hat mir in vielerlei Hinsicht die Augen geöffnet."

Tristan sah ihn finster an. „Manchmal mache ich mir wirklich deinetwegen Sorgen."

„Du kannst von Glück reden, dass ich da bin. Wir müssen die Köpfe zusammenstecken und einen Ausweg aus dieser Zwickmühle finden."

„Wenn wir das nur könnten! Christian, wenn ich mich ihr jetzt erkläre, werde ich das Vermögen verlieren, das ich für meine Männer brauche. Wenn ich es nicht tue, wird sie mir nie mehr glauben, dass ich sie mehr liebe als das viele Geld. Was ich natürlich tue, denn ohne sie will ich das Geld gar nicht."

„Die Lage ist wirklich verzwickt." Christian runzelte die Stirn. „Aber eines nach dem anderen. Zuerst musst du zu ihr gehen und dich entschuldigen."

„Das habe ich schon versucht."

„Versuche es noch einmal. Immer wieder. Irgendwann wird sie dich schon empfangen."

„Nur um mich abzuweisen. Sie ist nicht der Typ Frau, der leicht vergibt. Ich wollte sie wirklich nicht beleidigen, aber jetzt sehe ich schon ein, dass manches nicht gut klang. Schrecklich sogar."

Christian nickte. „Schon als Kind hast du dich manchmal recht unglücklich ausgedrückt."

Tristan warf seinem Bruder einen unwirschen Blick zu. „Vielen Dank."

Christian wedelte mit der Hand. „Dafür bin ich ja da. Die Frauen in meinem Leben sind ganz anders als deine Prudence. Die schlechten wollen nicht gehen, die guten nicht bleiben. Meist wegen … wie heißt es? Ach ja. Sie wünschen sich eine dauerhafte Stellung. Also wirklich! Wissen die nicht, dass ich der Sohn eines Earls bin? Dauerhafte Stellung, pah!“

Tristan lächelte abwesend. „Wenn es dir keinen Spaß mehr macht, ein Viscount zu sein, kannst du es immer noch mit der Bühnenlaufbahn versuchen. Du warst schon immer …“ Eine Idee kam ihm dazwischen. Er setzte sich gerader hin. Konnte er Prudence vielleicht *zeigen,* wie sehr er sie liebte? „Ich frage mich …“

„Was?“, fragte Christian, der gerade seine Flasche aufhob und einen Schluck nahm.

Tristans Verstand war plötzlich glasklar. Ein Gedanke nahm Gestalt an, ein Plan von derartigen Ausmaßen … konnte er das wirklich machen?

Er stellte das Glas ab. Er musste scharf nachdenken. Sehr scharf, wenn es funktionieren sollte. Langsam blickte er zu seinem Bruder. „Christian?“ Auf seinen Lippen erschien das erste echte Lächeln an diesem Abend. „Ich brauche deine Hilfe. Ich weiß jetzt genau, was ich tun muss.“

Christian hielt inne, die Flasche auf halbem Weg zu seinen Lippen. „Tu, was du willst, oh Bruder Captain. Verfüge über mich, ich harre deiner Befehle. Aber wisse: Wenn dein Plan nicht funktioniert, fordere ich das Recht, die schöne Witwe selbst umwerben zu dürfen.“

Tristans Lächeln erlosch. „Nur über meine Leiche. Und jetzt hör auf mit deinen Posen, du Schurke. Wir haben zu tun.“

20. KAPITEL

Man hört oft, dass der Mensch nicht vom Brot allein lebe. Diese Aussage findet meine volle Zustimmung. Was wäre das Brot ohne ein wenig Wein?

Leitfaden für den vollkommenen Butler und Kammerherrn von Richard Robert Reeves

Prudence schlug die Decken zurück und strampelte ungeduldig das Laken von sich. Sie hatte nun schon eine ganze Woche nicht mehr mit Tristan gesprochen. Obwohl er tagtäglich vorbeikam, um mit ihr zu reden, weigerte sie sich, ihn zu empfangen. Was sehr gut war, wie sie sich immer wieder sagte, da es ihr Zeit gab, wie besessen auf und ab zu laufen und sich Tristans letzte Worte immer wieder durch den Kopf gehen zu lassen.

Wenn sie nicht auf und ab lief, mied sie entweder die traurigen Blicke und Seufzer ihrer Mutter oder sie lag im Bett und gab vor zu schlafen. So wie jetzt.

„Wenn ich nicht damit aufhöre, schicken sie mich noch in die Irrenanstalt“, erklärte sie der kalten Luft im Schlafzimmer.

Seufzend stand sie auf und legte sich ein Tuch um die Schultern. Dann schlüpfte sie in ihre Schuhe und ging wahllos zum Fenster. Es war viel zu früh, um sich schlafen zu legen. Aber nachdem sie sich vier Stunden lang angehört hatte, wie ihre Mutter lautstark Vermutungen anstellte, weshalb der Earl schon wieder vorgesprochen hatte und ihre Tochter ihn schon wieder nicht hatte empfangen wollen, hatte sie es nicht mehr ertragen und sich auf ihr Zimmer zurückgezogen.

An Schlaf war natürlich nicht zu denken. Und nicht nur deswegen, weil es noch so früh war. Seit sie Tristan das letzte Mal gesehen hatte, hatte sie nicht mehr als zwei Stunden am Stück geschlafen.

Sie lehnte sich an den Fensterrahmen, zog die Vorhänge auf und sah nach draußen, die Ellbogen auf die Fensterbank gestützt. Die Sonne war bereits untergegangen, die Äste hoben sich in dunkler Silhouette von dem monderleuchteten Himmel ab.

Fröstelnd schlang sie die Arme um sich, lehnte den Kopf an die Scheibe und starrte blicklos hinaus.

Wie es Tristan wohl ging? Heute hätten die Treuhänder kommen sollen. Prudence hoffte, dass er sich auf seine Manieren besonnen und nicht vergessen hatte, wie er die einzelnen Vertreter ansprechen sollte, wie er sie in der Bibliothek zu begrüßen hatte – all die Dinge, die ihn in den Augen der ziemlich oberflächlichen Herren zum Gentleman machten.

Den richtigen Tristan würden sie natürlich nicht zu Gesicht bekommen, den Mann, der sich um seine Männer sorgte, obwohl er sie dauernd anbellte. Den Mann, dessen Augen dunkel wurden vor Schmerz, wenn er von seiner Mutter sprach. Den Mann, der sie mit so viel Zärtlichkeit betrachtet hatte …

Unruhig bewegte sie sich. Was fiel ihr ein, schon wieder an Tristan zu denken? Das hat doch keine Zukunft, sagte sie sich elend. Er hatte sie nur aus Pflichtgefühl gebeten, ihn zu heiraten. Und schlimmer noch, wenn die Treuhänder ihre Verbindung entdeckt hätten, hätten sie ihm das Vermögen sicher verweigert.

Sie seufzte und kuschelte sich tiefer in das Schultertuch. Weil sie keine Lampen entzündet hatte, war um sie alles dunkel und still, mit Ausnahme der vergoldeten Uhr, die auf dem Kaminsims tickte.

Das silbrige Mondlicht erleuchtete den Garten unter ihr. Abwesend sah sie ein paar Pflanzen in der nächtlichen Brise schwanken. Unterdessen öffnete sich langsam das Gartentor …

Sie blinzelte. Die Erscheinung war noch da, eine einsame Figur im Umhang, die rückwärts durch das Gartentor kam und etwas an einem Strick hereinzerrte. Sie beugte sich vor und kniff die Augen zusammen, um besser sehen zu können, und … sie keuchte auf. Am Ende des Stricks hing ein Schaf!

Prudence machte kehrt und nahm ihr Tageskleid vom Haken. Sie zog sich an und rannte aus dem Zimmer. Auf der Treppe begegnete sie Mrs. Fieldings.

„Wohin wollen Sie denn?“, fragte die Haushälterin. Auf ihrem faltigen Gesicht breitete sich ein misstrauischer Ausdruck aus.

„Im Garten ist jemand!“

Die Haushälterin folgte ihr. „Ich habe gerade Ihren Mantel ausgebürstet. Er hängt auf dem Haken an der Tür.“

Prudence hatte den Fuß der Treppe erreicht. „Ich brauche keinen Mantel. Ich werde jetzt ein für alle Mal herausfinden, wer uns immer das Schaf in den Garten schafft!"

„Der Weise hört auf das Zischen der Schlange!"

„Ja, schon gut, aber diese Schlange trägt einen Umhang!"

Mrs. Fieldings schnaubte. „Ein Dieb würde doch nicht im Umhang kommen!"

Prudence blieb an der Haustür stehen und nahm ihren Mantel vom Haken. „Die Schlange trägt nicht nur einen Umhang, der Umhang ist auch mit Pelz besetzt."

Das brachte Mrs. Fieldings zum Nachdenken. Sie warf Prudence einen vorsichtigen Blick zu. „Mit Pelz besetzt? Wirklich?"

„Ich habe es nur kurz vom Schlafzimmerfenster aus gesehen, aber es sah aus, als wäre die Kapuze ..." Prudence blickte auf die Haken an der Tür. Der Umhang ihrer Mutter fehlte. Der rote. Der mit dem Hermelinbesatz.

Prudence wandte sich zu Mrs. Fieldings um, die ziemlich rot geworden war. „Wissen Sie etwas über diese Sache?"

Die Haushälterin verschränkte die Arme vor der dürren Brust. „Ein kluger Mann behält seine Weisheit für sich, damit er sie nicht unterwegs verlöre."

Immer diese Sprüche. Prudence konnte jetzt keine Sprüche gebrauchen. „Dann werde ich es wohl selbst herausfinden müssen." Sie griff nach dem Türknauf, doch Mrs. Fieldings war schneller.

Die Haushälterin baute sich vor der Tür auf und reckte das Kinn. „Also, Madam. Lieber sich zügeln, als dem Ungestüm die Zügel schießen zu lassen."

„Aus dem Weg."

„Des Zornigen Herz ..."

„Mrs. Fieldings, sehen Sie meine Faust? Die in diesem Handschuh steckt?"

Die Frau riss die Augen auf. „Drohen Sie mir etwa?"

Prudence beugte sich vor. „Ja."

Das schien die Haushälterin völlig zu verwirren. Während sie noch nach einer passenden Erwiderung suchte, hatte Prudence schon an ihr vorbeigegriffen und die Tür geöffnet. Klatschend prallte sie gegen Mrs. Fieldings Hinterteil. Die Haushälterin keuchte auf und ging rasch aus dem Weg. „Das ist doch der Gipfel!", empörte sie sich.

„Wollen wir es hoffen." Prudence ignorierte die schockierten Proteste der Haushälterin und trat hinaus in den Garten.

Verstohlen schlich sie zum Tor und verschränkte die Arme. „Guten Abend, Mutter."

Entsetzt fuhr Mrs. Crumpton herum. Als sie Prudence sah, ließ sie sich gegen das Gartentor sinken, eine Hand an der Brust, die andere um das Seil geschlungen. „Meine Güte! Du hast mich zu Tode erschreckt!"

„Ich *dich* erschreckt? Ich bin es nicht, die nachts herumschleicht und Schafe in den Garten bringt!"

Mrs. Crumpton blickte sich um. Das Seil in ihrer Hand führte zu einem sehr dicken, sehr langsamen und sehr desinteressierten Schaf.

„Das Schaf kenne ich", erklärte Prudence.

Das Tier schien zu merken, dass man sich über es unterhielt, denn es öffnete das Maul, wobei es große gelbe Zähe entblößte, und mähte laut.

Prudence schüttelte den Kopf. *„Du* warst das, Mutter, die die Schafe des Captains die ganze Zeit hier in den Garten gebracht hat? Warum, um alles in der Welt, hast du das getan?"

Ihre Mutter machte eine hilflose Geste. „Ich weiß, es sieht schlimm aus, aber ich wollte doch nicht ... also, ich hätte wirklich nie gedacht ... es war nie meine Absicht ..."

Prudence hob die Hand. „Wir gehen lieber rein, bevor wir hier noch erfrieren. Vielleicht bringst du dann einen vollständigen Satz zustande."

„Ja, aber erst ... erst muss ich Daffodil noch füttern."

Prudence hob die Brauen. „Daffodil?"

„Unser Schaf. Also, das Schaf des Earls." Ihre Mutter besaß den Anstand, ein wenig zu erröten. „Normalerweise füttere ich das Schaf, wenn ich es herinnen habe. Anders bringe ich es nicht dazu, mir zu folgen. Sonst brauche ich nur das Tor zu öffnen, und es trottet herein. Aus irgendeinem Grund war das Schaf heute sehr, sehr störrisch." Stirnrunzelnd sah ihre Mutter auf das Schaf, das im Moment an den Sträuchern am Tor knabberte. „Ich frage mich, ob es ihm gut geht. Ich habe es jetzt schon eine ganze Weile nicht mehr zu uns geholt, und es ist sehr sensibel."

„Schafe haben keine Gefühle."

Ihre Mutter sah sie empört an. „Doch, natürlich!"

„Ach, um Himmels willen – ich kann es einfach nicht fassen!" Prudence schüttelte den Kopf. „Ich kann es gar nicht erwarten, deine Erklärung für all das zu hören. Jetzt füttere dein albernes Schaf, und dann komm herein. Ich sagte Mrs. Fieldings, dass sie uns Tee machen soll." Damit kehrte Prudence ins Haus zurück. Die Haushälterin stand mit düsterem Gesicht in der Eingangshalle.

„Ich habe die Herrin gewarnt! Geheimniskrämerei tut selten gut! Genau das habe ich ihr immer gesagt!"

„Sie wussten, dass meine Mutter die Schafe in den Garten brachte."

„Erst nicht. Sie war zu raffiniert. Aber beim dritten Mal ist mir aufgefallen, dass ihr Umhang feucht war, sie also draußen gewesen sein musste." Mrs. Fieldings' Lächeln zeigte eine gewisse düstere Befriedigung. „Es hat nicht lang gedauert, bis ich heraushatte, woher der Wind weht."

„Mrs. Fieldings, würden Sie bitte Tee machen. Ich muss mit meiner Mutter sprechen."

„Der Kessel steht schon auf dem Herd. Ich dachte mir schon, dass Sie etwas Tee brauchen könnten, um Ihre Nerven zu beruhigen. Ich habe im Salon Feuer gemacht. Dort können Sie miteinander reden. Solange Sie nicht schreien. Wenn Ihr Tee fertig ist, gehe ich wieder ins Bett."

Nach dieser nicht sehr einfühlsamen Rede trottete Mrs. Fieldings in die Küche zurück. Prudence ging in den Salon. Ihre eigene Mutter ... wie konnte sie nur!

Als Prudence an all die Male dachte, die sie zum Cottage des Captains gestürmt war, um ihn wegen seines Schafs zur Rede zu stellen, konnte sie es kaum noch ertragen. Meine Güte, was er nur von ihr gedacht haben musste! Was er jetzt von ihr denken musste ... Sie schloss die Augen, und dann begannen die Tränen zu fließen.

Ihre Mutter kam in den Salon, wobei sie den Umhang von den Schultern nahm. Der Saum ihres Kleides war feucht, und an einem Ärmel hingen Strohhalme. „Prudence, ich ... ich weiß nicht, was ich sagen soll."

„Erklär mir nur, warum du dir diese Mühe überhaupt gemacht hast."

Ihre Mutter rang die Hände. „Ach herrje! Sieh mich doch nicht so an! Ich habe es doch nicht böse gemeint. Im Gegenteil, ich wollte nur dein Bestes, wirklich!"

„Du hast mich an der Nase herumgeführt."

„Nun ja … ein bisschen. Beim ersten Mal habe ich Daffodil nicht hereingelassen, das Schaf kam von selbst."

Prudence hob die Brauen.

„Schau mich nicht so an, als ob ich lügen würde! Ich sage die Wahrheit!" Mrs. Crumpton nahm ihre Tochter bei der Hand und zog sie zum Sofa. „Prudence, du musst das verstehen."

„Ich glaube, ich verstehe dich schon."

„Nein", widersprach ihre Mutter. Sie setzte sich und zog Prudence neben sich. „Als wir hergezogen sind, wurde mir klar, dass es für mich vielleicht ein neuer Anfang sein mochte, für dich aber war es … nun ja, eher eine Art Exil."

„Ich war hier aber vollkommen zufrieden." Zumindest ehe sie entdeckt hatte, welche Magie in Tristans Armen zu finden war. Und nun würde sie nie wieder in Tristans Armen liegen. Ihre Kehle war plötzlich wie zugeschnürt.

„Prudence", sagte ihre Mutter sanft und tätschelte ihr die Hand. „Ich wusste, dass wir an einen weit abgelegenen Ort ziehen wollten, aber als wir hier ankamen, war es so trostlos hier. So einsam. Das habe ich mir für dich nicht gewünscht. Dann hingegen habe ich den Earl gesehen – nun ja, damals war er noch kein Earl, aber ich fand, er wäre für dich genau der Richtige."

„Der Richtige? Er war unhöflich und arrogant und wollte mit uns nicht das Geringste zu tun haben!"

„Abgesehen davon war er aber genau richtig", erklärte ihre Mutter hastig. „Er ist kein einfacher Mann, nicht? Allerdings war ich mir vollkommen sicher, dass er einfach ein guter Mensch sein musste, weil er all diese verwundeten Seeleute bei sich aufgenommen hat. Er hat so etwas Ehrenhaftes und Tapferes an sich. Ich weiß nicht, was es ist, aber …" Hilflos zuckte ihre Mutter mit den Schultern.

Prudence wusste, wieso man Tristan und niemanden sonst in einer Notlage an seiner Seite wissen wollte: Es lag an seinem großen Herz. Er war beständig und liebevoll und konnte unendlich fürsorglich sein. Und sie liebte ihn von Herzen.

Ihre Mutter seufzte. „Tut mir leid, wenn ich dich wegen des Schafs an der Nase herumgeführt habe. Aber ich musste doch etwas unternehmen! Der Earl ist störrisch und wollte uns nicht besuchen kommen. Nur war er der einzig passende Mann für dich, außer dem Doktor, der jedoch für dich nicht der Richtige gewesen wäre …"

„Ich dachte, du magst den Doktor."

„Ich mag ihn ja auch. Aber er ist viel zu schwach für dich. Du hättest sofort die Führung in der Beziehung übernommen, und damit hätte es sich dann gehabt."

„Mutter!"

Ihre Mutter lief rosa an. „Nun, es stimmt aber. Du bist mir ziemlich ähnlich, und das war auch immer meine Schwierigkeit. Allerdings war ich nie so geradeheraus wie du, wenn ich ehrlich bin. Vermutlich liegt das daran, dass ich dich anders erzogen habe."

„Ich bin nicht sicher, ob ich das jetzt als Kompliment oder als Kritik auffassen soll."

„Oh, als Kompliment. Nur dass daraus nun mal keine glückliche Ehe erwachsen kann, es sei denn, der Partner ist einem ebenbürtig."

Darüber musste Prudence lächeln. „Wie Vater."

„Genau. Gott sei Dank war er so, wie er war, sonst wäre die Ehe eine Katastrophe gewesen." Die Augen ihrer Mutter verschwammen. „Weißt du, ich vermisse ihn immer noch."

Prudence nickte. „Manchmal denke ich noch an Phillip, aber … Mutter, es spielt keine Rolle. Das alles hat überhaupt nichts zu sagen. Tristan … ich meine, der Earl und ich reden nicht mehr miteinander."

„Dieser Punkt hat mich auch noch darin bestärkt, das Richtige zu tun: als der Captain den Titel geerbt hat. Was hätte perfekter sein können?"

„Mutter, mir ist egal, ob er ein Earl ist."

„Mir aber nicht. Du hast einen Earl verdient. Sogar einen Duke." Ihre Mutter dachte kurz nach. „Ich könnte mir dich sogar mit einem Prinzen vorstellen, obwohl ich in meiner Jugend einen Prinzen von Nahem sah und ihn vollkommen abstoßend fand – die sind zum Teil entsetzlich dick, das würde ich niemandem wünschen."

Prudence seufzte. „Wenigstens etwas, wofür man dankbar sein kann. Ich kann nicht fassen, dass du so heimlichtuerisch warst. So kenne ich dich gar nicht!"

„Zuvor hatte ich ja noch nie einen Grund dazu. Schon erstaunlich, wozu man für seine Kinder bereit wäre. Zuerst habe ich mich deswegen ganz schlecht gefühlt, obwohl die arme Daffodil normalerweise sehr brav ist. Ich musste nur ein Stück Apfel einstecken und sie daran riechen lassen. Für einen Bissen Apfel würde sie meilenweit laufen, das verfressene Ding."

Prudence drückte die Hand ihrer Mutter. „Bestimmt ist Daffodil ein braves Schaf. Und was den Earl angeht – unsere Beziehung wird nie mehr sein als das, was sie jetzt ist. Bitte versprich mir: keine Tricks mehr."

Ihre Mutter rümpfte die Nase. „Du hast vielleicht aufgegeben, aber ich noch längst nicht."

„Mutter, einer der Treuhänder ist der Earl of Ware."

Mrs. Crumpton wurde bleich. „Der, der allen erzählt hat, du würdest …" Sie presste die Lippen aufeinander. Sichtlich angestrengt sagte sie dann abgehackt: „Dem Mann hätte ich einiges zu sagen."

„Bestimmt hat er das, was er über mich gesagt hat, nicht wirklich so gemeint. Er hat durch Phillip schließlich dreißigtausend Pfund verloren und war zornig. Trotzdem würde er eine Verbindung zwischen Tristan und mir natürlich nicht gut aufnehmen."

„Was hat denn der Earl dazu zu sagen?"

„Nichts. Ich lasse ihn nicht."

„Oh Prudence! Das solltest du aber nicht …"

Die Tür ging auf, und Mrs. Fieldings erschien mit dem Tee. Sie stellte das Tablett auf dem Tisch ab. „Na, hab gar kein Geschrei gehört. Vermutlich haben Sie die Angelegenheit geregelt, eh?"

Mrs. Crumpton lächelte dankbar. „Beinah. Vielen Dank für den Tee. Wir brauchen etwas zum Aufwärmen …"

Draußen klopfte es. Prudence und ihre Mutter sahen sich erstaunt an.

„Wer kommt denn um diese späte Nachtstunde?", brummte Mrs. Fieldings und ging nach draußen. „Nach Einbruch der Dunkelheit ist kein guter Christenmensch mehr unterwegs."

Wieder klopfte es. Mrs. Crumpton stand auf und ging zum Fenster. Neugierig blinzelte sie in die Nacht hinaus. „Oh, ich kann überhaupt nichts sehen!"

„Mutter, komm, und setz dich her. Mrs. Fieldings hat unseren Besuch schon eingelassen. Ich kann ihn in der Eingangshalle hören." Es handelte sich dabei nicht um Tristans tiefen Bass, sondern um eine andere wohlbekannte Stimme. Prudence biss sich auf die Lippen, als die Tür aufging.

Mrs. Fieldings betrat den Raum. Ihre sonst so saure Miene war verschwunden. Reeves folgte ihr und lächelte ein wenig, als die Haushälterin höchst beeindruckt verkündete: „Mr. Reeves für Mrs. Thistlewaite."

Reeves verbeugte sich. „Seine Lordschaft hat mich geschickt. Er möchte, dass Sie zu ihm ins Cottage kommen."

„Wunderbar!", sagte ihre Mutter und schlug die Hände zusammen. Sie wandte sich an ihre Tochter. „Prudence, hol deinen Mantel …"

„Ich gehe nirgendwohin."

Reeves nickte ernst. „Madam, Seine Lordschaft hat mir von Ihrer Meinungsverschiedenheit berichtet. Gestatten Sie mir die Bemerkung, dass ich ebenso schwer von ihm enttäuscht bin, wie er es von sich selbst ist."

„Ich will ihn nie wiedersehen."

„Madam, ich kann Ihnen das nicht zum Vorwurf machen, aber ich glaube, Sie verstehen nicht. Ich wurde ausgesandt, Sie zu holen, egal mit welchen Mitteln."

Mrs. Crumpton tat einen aufgeregten Hüpfer. Reeves drehte sich zu ihr um und hob fragend die Brauen.

Sie errötete und strich sich über das Haar. „Ach herrje, das Feuer wird ein bisschen warm. Ich stell mich lieber da drüben hin." Sie ging zur anderen Seite des Kamins und stellte sich ein Stück hinter dem Butler auf.

Reeves verneigte sich und wandte sich dann wieder Prudence zu. „Madam? Es würde Seiner Lordschaft sehr viel bedeuten, wenn Sie ihm den Gefallen täten."

Prudence wünschte, ihr Herz würde nicht so rasen. „Hat er das gesagt?"

„Ja, Madam. Er äußerte sich mit großer Inbrunst."

Mit großer Inbrunst. Das klang schön. Ihre Mutter begann hinter Reeves' Rücken wild zu gestikulieren, von Prudence zur Tür, um ihr zu bedeuten, dass sie gehen solle. Prudence bedachte sie nur mit einem Stirnrunzeln, dann sagte sie zu Reeves: „Hat Seine Lordschaft gesagt, warum er mich zu sprechen wünscht?"

Ihre Mutter beugte sich neugierig vor.

Reeves nickte. „Es geht um die Treuhänder, Madam. Sie waren heute da. Ich glaube, Seine Lordschaft möchte Ihnen vom Ausgang der Prüfung berichten und Sie für Ihre Dienste entlohnen."

Prudence ließ die Schultern hängen. Er wollte sie bezahlen. Diese Unpersönlichkeit machte sie ganz krank. „Verstehe. Bitte richten Sie ihm meinen Dank aus, aber ich glaube, es wäre besser, wenn Seine Lordschaft das Honorar einfach herschickte. Ich möchte ihn nicht sehen."

„Oh!"

Bei Mrs. Crumptons lautem Empörungsschrei wandten sich Reeves und Prudence beide zu ihr hin.

„Prudence, mir reicht es jetzt."

Prudence blinzelte, als sie den strengen Ton ihrer Mutter hörte. „Was …?"

„Nimm deinen Mantel, und begleite Mr. Reeves."

„Aber ich will doch nicht …"

„Nicht deinetwegen, Prudence, sondern meinetwegen. Ich weiß, dass ihr euch gestritten habt, dennoch ist es wirklich ziemlich selbstsüchtig von dir, dich wegen so einer Lappalie von einer so reizenden Einladung abhalten zu lassen."

Prudence errötete. „Es ist weder eine Lappalie, noch bin ich selbstsüchtig."

„Ich will unbedingt wissen, was sich aus dem Besuch der Treuhänder ergeben hat. Wenn du nicht mitgehst, wird es eine ganze Woche dauern, ehe wir es herausfinden. So lang kann ich einfach nicht warten. Hol deinen Mantel, und geh mit Mr. Reeves."

Ehe sie es überhaupt bemerkte, war Prudence schon aufgesprungen. „Mutter! Ich war heute Abend schon im Bett! Ich bin nur deswegen wieder aufgestanden, weil du dieses Schaf in den Garten geschafft hast!"

„Aber du hast nicht geschlafen. Du hast einfach nur im Bett gelegen und dich herumgewälzt. Erzähl mir nichts." Sie ging zu ihrer Tochter, legte ihr die Hände auf die Schultern und drehte sie zur Tür. „Wenigstens kommst du so mal aus dem Haus und hockst nicht immer so trübselig herum."

Prudences Wangen liefen rosa an. „Mutter, ich will aber nicht …"

„Unsinn. Natürlich willst du."

„Aber …"

„Prudence." Ihre Mutter sah ihr direkt in die Augen. „Wenn du jetzt nicht gehst, wirst du dich den Rest deines Lebens fragen, was hätte passieren können."

„Mrs. Crumpton", unterbrach Reeves leise. „Seine Lordschaft bittet auch Sie zu sich ins Cottage."

Prudences Mutter strahlte über das ganze Gesicht. „Na so was! Na also! Prudence, es sieht so aus, als wären wir beide ins Cottage des Earls eingeladen." Bevor Prudence weitere Einwände erheben konnte, war ihre Mutter schon in die Halle gelaufen, um die Mäntel zu holen.

21. KAPITEL

Ah, die Freuden einer wohl gelösten Aufgabe! Gibt es auf Erden ein reineres, befriedigenderes Hochgefühl?

Leitfaden für den vollkommenen Butler und Kammerherrn von Richard Robert Reeves

Auf der Fahrt zum Cottage füllte Mrs. Crumpton das Schweigen mit ihrer unermüdlichen Plauderei, durch die sie Reeves einige wichtige Informationen zu entlocken versuchte, erst sanft, dann mit wachsendem Nachdruck. Der Butler zeigte sich erstaunlich zurückhaltend. Er lächelte nur hier und da und sagte ruhig, Seine Lordschaft werde bald alles offenbaren.

Prudence konnte sich nicht vorstellen, was es da zu offenbaren geben sollte. Warum war ihre Anwesenheit erforderlich? Und warum hatte er auch noch ihre Mutter dazugebeten? Was er auch zu sagen hatte, sie hoffte, dass sie die Contenance würde wahren können. Je näher sie dem Cottage kamen, desto unsicherer wurde sie in dieser Hinsicht.

Bei ihrer Ankunft strahlte das ganze Haus im Lichterglanz. Stevens öffnete ihnen die Tür, bevor sie noch aus der Kutsche gestiegen waren.

„Hier entlang, Madam!“, sagte er mit freundlichem Lächeln.

Ihre Mutter eilte geschäftig an ihr vorbei ins Haus, doch Prudence zögerte auf der Treppe. „Stevens? Wo ist denn Ihr neuer Rock?“

Er trug dasselbe wie früher, einen schlecht passenden Matrosenjanker und ein ziemlich ausgewaschenes Streifenhemd. „Ach das“, meinte er und warf Reeves einen wilden Blick zu.

„Ja, das“, sagte Reeves. „Master Stevens hat seinen neuen Rock wegen der, äh, Silberknöpfe abgelegt.“

„Was ist denn mit denen?“

Reeves tauschte einen Blick mit Stevens.

„Also, Madam“, erklärte Stevens und schluckte laut. „Diese Knöpfe haben, ähm, zu arg geglänzt.“ Ihm schien ein Gedanke zu kommen, denn er klatschte in die Hände und sagte mit wachsender

Begeisterung: „Ja, genau das ist es. Sie haben zu sehr geglänzt. Deswegen waren die anderen alle neidisch. Und im nächsten Moment gab es dauernd Raufereien, und die Männer wollten gar nicht mehr mit mir reden. Sie haben behauptet, ich wär ein ganz anderer Mann, seit ich diese Knöpfe gekriegt habe."

Prudence betrachtete erst ihn, dann Reeves.

Reeves lächelte ausdruckslos. „Wollen wir in die Bibliothek gehen? Ihre Mutter wartet im Flur und ist schon ganz ungeduldig."

„Dann sollten wir wohl hineingehen."

Stevens zwinkerte ihr mit großer Geste zu. „Nur vorwärts, Madam. Nur vorwärts."

Reeves verbeugte sich, und bald folgte Prudence ihrer Mutter den schmalen Flur entlang. Sie begegneten dabei nicht nur einem, sondern vier weiteren Männern des Earls, alle zerzaust wie Stevens und mit einem so breiten Grinsen im Gesicht, dass sie beinah darüber gestolpert wären. Prudences Schritte wurden zögerlicher, doch ihre Mutter eilte weiter.

Der ganze Haushalt schien vor Freude zu strahlen. Prudence tat das Herz dabei ein winziges bisschen weh. Offensichtlich war der Besuch der Treuhänder gut verlaufen.

Das war gut, sie sollte sich für Tristan freuen, wenn schon nicht für sich selbst. Sie wünschte nur, dass die Dinge anders lägen. Für sie beide.

Sie kam gerade noch rechtzeitig in die Bibliothek, um zu sehen, wie ihre Mutter vor einer hochgewachsenen Gestalt in makelloser schwarzer Weste und schwarzen Kniehosen knickste. Der Mann wirkte jeden Zoll wie ein Earl. Nur dass er kein Earl war. Sondern ein Straßenräuber. Das hieß, ein Viscount und Straßenräuber.

„Viscount Westerville", murmelte Prudence. Stevens schloss die Tür hinter ihr. Sie knickste, als sich der Viscount in ihre Richtung verneigte und sie mit einem anerkennenden Blick bedachte.

Er war groß und hager und von Kopf bis Fuß in unnachgiebiges Schwarz gehüllt. An jedem anderen Mann hätte das düster gewirkt, doch an dem schwarzhaarigen und grünäugigen Viscount betonte es nur seinen ohnehin schon sehr ausgeprägten Charme. Er war ein attraktiver Mann, von geschmeidiger Anmut und einer schwer zu beschreibenden Eleganz. „Die Gesellschaft wird Sie mit offenen Armen aufnehmen“, sagte Prudence. Sie fragte sich, was das alles zu heißen hatte.

Christian lächelte, ein verwegenes, lässiges Lächeln, bei dem in seinen Augenwinkeln Lachfältchen entstanden, die ihn sofort jünger wirken ließen. „Möglich, dass die Gesellschaft mich mag. Ich aber habe nicht die Absicht, die Gesellschaft zu mögen.“

Tristans tiefe Stimme meldete sich vom Kamin aus. „Mein Bruder gibt jetzt schon einen schönen Stutzer ab, nicht wahr?“

Prudence musste sich erst sammeln, bevor sie sich zu ihm umwandte. Doch auch dann war sie nicht gefasst auf den Anblick, der sich ihr bot. Tristan war von Kopf bis Fuß gekleidet wie ein … Pirat. Er trug enge schwarze Kniehosen und Lederstiefel, die ihm bis zu den Oberschenkeln reichten. Das überweite weiße Hemd wurde von einem schwarzen Gürtel gerafft, in dem diverse Pistolen und Messer steckten und ein großes Entermesser. Noch erstaunlicher war der kleine Goldring, der eines seiner Ohren zierte.

Wenn die Treuhänder ihn in dieser Kleidung gesehen hatten … „Herr im Himmel“, stotterte sie. „Tristan … was hast du nur getan?“

Er schenkte ihr das schiefe Grinsen, bei dem ihr das Herz immer bis zum Hals hinauf schlug. „Mein Bruder und ich haben entschieden, dass es an der Zeit wäre, den Treuhändern unser wahres Gesicht zu zeigen.“

„Aber … aber …“

„Bevor Sie ein weiteres Wort äußern“, unterbrach Christian und ergriff ihre Hand, „nehmen Sie mit Ihrer reizenden Schwester doch erst einmal Platz auf dem Sofa.“

Ihre Mutter lief rot an und kicherte. „Ach, Lord Westerville! Hören Sie schon auf! Ich bin schließlich alt genug, um Ihre … Tante zu sein.“

Prudence sank auf das Sofa. „Ich verstehe nicht. Das Vermögen … was ist passiert?“

Christian warf sich in den roten Sessel. Er grinste träge. „Madam, sehen Sie nicht zu Tristan. Ich war es, der das Vermögen errang.“ Er wedelte mit der Hand. „Natürlich werde ich eine Saison in London verbringen und mich beweisen müssen, doch das ist eine bloße Formalität. Die Treuhänder haben darauf bestanden, dass das Vermögen an mich geht und nicht an meinen barbarischen Bruder.“

Nach dieser Erklärung herrschte erst einmal Schweigen.
„Wie bitte?", fragte Mrs. Crumpton schließlich. Ihr Lächeln war erloschen. Sie blinzelte unaufhörlich, als versuchte sie etwas zu lesen, was für sie zu klein geschrieben war. „Lord Westerville, haben Sie gerade gesagt, dass Sie das Vermögen des Earls bekommen haben?"
Christian seufzte und legte den Kopf an die Rückenlehne des Sessels. *„Veni, vidi, vici."*
„Ich kam, sah und siegte", übersetzte Prudence automatisch. Ihr Verstand arbeitete auf Hochtouren. „Christian hat die Treuhänder bezirzt."
„Alle miteinander", erwiderte Christian mit dramatischer Geste. „Jeden Einzelnen von den Gecken."
„Meine Güte!" Sie sah Tristan verständnislos an. „Aber ..."
Er nickte. „Ich habe den Titel, nicht aber das Vermögen. Sie haben sich rundweg geweigert, es mir zuzusprechen."
„Kein Wunder!", platzte ihre Mutter heraus und wies auf Tristans Kleidung. „Was hätten sie denn sonst tun sollen, nachdem sie Ihren Aufzug gesehen haben?"
Tristans Grinsen wies erstaunliche Ähnlichkeit mit dem seines Bruders auf. „Ich habe noch mehr getan, als mich nur wie ein Seemann zu kleiden."
„Ach ja?" Mrs. Crumpton machte große Augen.
Christian nickte. „Er hat auch geflucht wie einer. Stimmt's, Reeves?", fragte er den Butler, als dieser den Raum mit einem Teetablett betrat.
„Allerdings", meinte Reeves freundlich. „Leider hatte ich vor meiner Ankunft nicht oft das Vergnügen, einen Seemann fluchen zu hören, doch ich muss zugeben, nur wenigen steht ein so blumiges Arsenal an Formulierungen zur Verfügung wie Seiner Lordschaft."
Prudence legte die Hand an die Stirn. „Ich ... ich verstehe das nicht. Tristan – *willst* du das Geld denn nicht?"
„Doch. Aber mehr als das will ich dich."
Schweigen senkte sich herab. Tiefes, lang anhaltendes Schweigen. Tristan nahm seinen Stock und hinkte zu Prudence hinüber. Er ergriff ihre Hand und hauchte einen Kuss auf ihre gefühllosen Finger. „Prudence, meine Liebste." Seine grünen Augen lächelten auf sie herab. „Ich bin nicht reich. Ich besitze nicht mehr als das, was du hier vor

dir siehst. Aber ich liebe dich von Herzen."

„Oh." Vor lauter Herzklopfen brachte sie nicht mehr heraus. Sie versuchte zu begreifen, was er gerade gesagt hatte, was geschehen war, warum Christian so zufrieden aussah und Reeves so erfreut. Doch vor allem versuchte sie Tristans Worte zu verstehen.

„Prudence", sagte Tristan, „hör mir zu. Ich habe einmal geglaubt, ich könnte nur auf See glücklich sein. Aber jetzt erkenne ich, dass du das wahre Abenteuer bist." Er legte eine Hand an ihre Wange und sah ihr zärtlich in die Augen. „Ich wünsche mir nichts mehr, als dich an meiner Seite zu haben, jetzt und für alle Zeit."

Er liebte sie. Prudences Lippen bebten. Sie brachte keinen Ton heraus, konnte nur zu ihm hinaufstarren. Langsam tastete sie nach seiner Hand, die ihre Wange umfasste. Sie ergriff sein Handgelenk und drehte die Hand um, sodass sie einen Kuss hineinhauchen konnte.

Seine Augen verdunkelten sich. „Prudence. Meinst du … willst du mich heiraten?"

Sie nickte, immer noch nicht in der Lage, etwas zu sagen. Im nächsten Augenblick hatte er sie so fest umschlungen, dass ihr die Luft wegblieb. In diesem Augenblick wusste sie, dass sie genau dort war, wo sie hingehörte – in Tristans Armen.

Als er sie endlich wieder freigab, drehte sich der Raum, und um ihre Mundwinkel zitterte ein Lächeln. Er liebte sie. Und er hatte sie nur aus diesem Grund gebeten, ihn zu heiraten, aus keinem anderen.

Ihre Mutter ließ sich auf dem Sofa zurücksinken und starrte benommen vor sich hin. „Ich verstehe es nicht. Ich verstehe es einfach nicht. Das viele Geld. Weg. Einfach … weg. Und *jetzt* bitten Sie Prudence, Sie zu heiraten?"

Reeves räusperte sich. „Mylord? Dürfte ich?"

Tristan setzte sich und zog Prudence auf seinen Schoß. „Reeves, übernehmen Sie. Ich bin im Augenblick zu beschäftigt, um Erklärungen abzugeben."

Prudence legte die Hände um sein Gesicht und drehte ihn zu sich. „Eine Sache noch … falls du deine Männer jetzt nicht mehr unterstützen kannst … Ich will nicht, dass du es bedauerst, mit mir zusammen zu sein …"

„Ah, meine Liebste. Ich kann die Männer schon versorgen. Ich habe schon ein paar Pläne geschmiedet, bevor Reeves mit dieser verflixten Erbschaft ankam. Irgendwann hätte ich das Problem selbst gelöst.“ Er legte einen Finger unter ihr Kinn und hob ihr Gesicht an. „Ich gebe nicht auf. Wenn ich etwas unbedingt will, bekomme ich es auch.“

Darüber musste Prudence lächeln. Was auch geschah, solange er glücklich war … was wollte sie mehr? Sie lachte selig und legte ihm die Arme um den Hals.

Tristan fasste sie fester. Er hatte so ein Glück. So ein großes, großes Glück.

„Aber … aber ich verstehe es nicht!“, heulte ihre Mutter.

„Madam“, erklärte Reeves, „es war so: Lord Rochester wurde klar, dass er Ihre Tochter liebt, doch wegen des bedauerlichen Skandals damals konnte er nicht beides haben, sie und das Geld. Zumindest nicht, solange die Treuhänder auf die Bedingungen des Testaments bestanden, und das hätten sie ganz bestimmt getan, wenn sie gewusst hätten, dass er sie liebt. Und das tut er.“

„Kein Geld? Überhaupt kein Geld?“, wiederholte Mrs. Crumpton.

„Überhaupt keines. Lord Rochester, der zumindest darin eine Gemeinsamkeit mit seinem Vater aufweist, war nicht gewillt zu warten. Er war auch nicht gewillt, seine Liebste in der Öffentlichkeit zu verleugnen. Zumindest nicht, nachdem er gründlich darüber nachgedacht hatte.“ Reeves warf seinem Herrn einen ziemlich strengen Blick zu.

Tristan seufzte. „Das tut mir wirklich leid, meine Liebste. Ich hätte das nie vorschlagen sollen. Das war absolut unmöglich.“

„Ja, das war es“, bestätigte sie und schmiegte sich an ihn. Mit blitzenden Augen sah sie ihn an. „Ich werde meine Rache auf später verschieben.“

Er lachte. „Darauf freue ich mich schon.“ Er nahm ihre Hand und drückte einen Kuss darauf, hielt aber inne, als er ihren Ringfinger streifte. „Prudence. Eines noch. Wegen Phillip.“

„Ja?“

„Du hast ihn geliebt.“

Sie verschränkte ihre Finger mit den seinen. „Ich habe ihn geliebt. Phillip war mein bester Freund und ein wunderbarer Gefährte, und ich werde meine Zeit mit ihm nie bereuen. Aber du, Tristan, du bedeutest mir noch mehr. Du bist die Liebe meines Lebens."

Das Herz schwoll ihm im Leibe, und er küsste jeden ihrer Finger.

Reeves räusperte sich. „Wie gesagt, Mrs. Crumpton, nach einigem Nachdenken fasste Seine Lordschaft einen neuen Plan ins Auge. Er entschied sich für die zweitbeste Lösung."

„Und die lautet?" Ihre Mutter rieb sich die Schläfen.

„Er sorgte dafür, dass die Treuhänder das Geld seinem Bruder zueignen würden, wenn er es schon nicht bekommen konnte."

Mrs. Crumpton blickte auf Christian. „Aber ... er ist ein Straßenräuber."

„Nicht immer", erklärte Christian mit einer abschätzigen Geste, woraufhin die Spitzenmanschetten duftig von seinem Handgelenk aufflogen. „Die Treuhänder wissen nichts von meinem, äh, Hobby. Sie wissen es natürlich nicht, aber ich werde nur zum Straßenräuber, wenn mir das Geld knapp wird."

„Wenn Ihnen das Geld ..." Mrs. Crumpton blinzelte.

„Ja. Ansonsten lebe ich in meinem Herrenhaus in Dorset, wo ich alle möglichen Dinge anpflanze und über eine recht ordentliche Jagd verfüge. Ich habe das Anwesen beim Kartenspiel gewonnen, ein weiterer Umstand, den die Treuhänder lieber nicht erfahren sollten. Sie halten mich schlicht für einen Landjunker, und mehr sollen sie von mir auch nicht erfahren."

„Einen Landjunker", wiederholte sie ausdruckslos.

Christian nickte. „Einer der Treuhänder wohnt zufällig in meiner Nähe, was er allerdings erst heute erfahren hat. Ich gelte nämlich als rechter Einsiedler."

Prudence sah zu Tristan auf, eine Frage in den braunen Augen. „Aber ... was ist mit deinen Leuten?"

„Mein Bruder ... bald mein sehr *reicher* Bruder, hat angeboten, mein altes Schiff zu kaufen, die *Victory,* und eine Heimstatt für verletzte Seeleute einzurichten."

Prudence lachte erfreut. „Das ist ja wunderbar", erklärte sie und warf Christian ein schüchternes Lächeln zu. „Vielen Dank. Sie sind genauso großzügig wie Ihr Bruder."

„Ich wünschte, dem wäre so", erwiderte Christian und stand auf, eine erstaunlich modisch gekleidete Gestalt. In seinen grünen Augen brannte eine Erregung, die über den gegenwärtigen Moment hinausging. „Dieser Handel bietet mir viele Vorteile, von denen keiner wohltätiger Natur ist. Außer vielleicht die Freude darüber, meinen Bruder glücklich zu sehen. Dafür würde ich auch dreimal so viel ausgeben."

Tristan lächelte Christian an. „Und ich würde für dich genau dasselbe tun."

Sie sahen sich einen langen Augenblick an. Schließlich verbeugte Christian sich. „Ich würde gern ein wenig bleiben und den glücklichen Ausgang genießen, aber ich muss gehen. Der arme Willie liegt immer noch mit brummendem Schädel im Gasthaus. Er wird erst wieder glücklich sein, wenn wir zurück in Dorset sind, wo er meinen Stallungen vorsteht. Er hat wirklich nichts übrig für die Straßenräuberei. Als Stallmeister ist er viel geeigneter."

Reeves, der Mrs. Crumpton soeben eine Tasse Tee überreichte, sah auf. „Ein guter Dienstbote wird im Namen seines Dienstherrn eine ganze Menge auf sich nehmen. Ich hoffe, er bekommt ein fürstliches Honorar zum Ausgleich für seine hervorragende Vorstellung unter Ihrem Kommando."

„Natürlich", sagte Christian. „Ich halte viel von Ausgleich. In jeder Form."

Christian nahm Prudences Hand und sah zu Tristan. „Komisch, dass sie gar nicht so alt aussieht, wie du gesagt hast."

Prudence warf Tristan einen empörten Blick zu. „Alt? Du hast ihm gesagt, ich wäre ..."

„Christian, tut mir wirklich leid, dass du nicht bleiben kannst", unterbrach Tristan hastig und zog Prudence noch enger an sich. „Aber ich weiß, dass du gehen musst. Und zwar *sofort.*"

„Traurig, aber wahr. Sehr wahr." Christian ging zur Tür, wo er noch einmal kurz stehen blieb, um sich zu Reeves umzublicken. „Vermutlich werden Sie mir demnächst einen Besuch abstatten? Ich muss ja noch die endgültige Zustimmung der Treuhänder erlangen, obwohl das nicht allzu schwierig sein dürfte."

„Ich komme, sowie Lord Rochester verheiratet ist."

„Hervorragend. Zur Hochzeit kehre ich natürlich hierher zurück. Aber ich glaube, dass ich in London Ihre Hilfe brauchen könnte. Ich möchte Rochester House eröffnen. Tristan hat mir freundlicherweise erlaubt, es zu nutzen, im Gegenzug für das Matrosenheim."

Reeves verbeugte sich. Seine blauen Augen hatten sich ein wenig verengt. „Ich freue mich schon darauf. Es ist eine Weile her, seit ich einem Gentleman zur Seite stehen durfte, der für die vornehme Lebensart etwas übrig hat."

Tristan lachte. „Erwarten Sie nicht zu viel, Reeves. Christian wird Flohfarben nicht tragen, nur Schwarz."

Christian nickte. „Farben wirken so ... billig."

Reeves seufzte leise. „Ich sehe schon, die Aufgabe ist wie für mich gemacht."

„Wie immer, Reeves", sagte Tristan. Er sah auf Prudence, die auf seinem Knie saß und deren Augen vor Liebe strahlten.

Ihre Ehe würde ein Bund voller Temperament und Leidenschaft werden. Sie würden mit derselben Glut streiten, die sie auch im Bett zeigten.

Er würde sie nie verlassen und sie ihn auch nicht. Er würde seinen Seeleuten helfen, sie würde ihre Schule leiten. Und zusammen würden sie ein Leben teilen, das mit reicher Liebe gesegnet war.

Was konnte man sich mehr wünschen?

Prudence beugte sich vor und legte ihm die Arme um den Hals. „Gott segne Reeves", flüsterte sie und legte ihre Stirn an die seine.

Er erwiderte ihr Lächeln. „Gott segne Reeves", stimmte er zu.

– ENDE –

Karen Hawkins

Viscount und Verführer

Roman

Aus dem Amerikanischen von
Petra Lingsminat

MIRA®

Für Jim und Beth Hobart
und das Märchen,
das sie wahr werden ließen.
Herzlichen Glückwunsch zur Hochzeit!

Eine Liebe wie die eure
beflügelt Schriftstellerinnen
wie mich.

Danke, dass ihr mir so
hervorragende Inspiration bietet!

1. KAPITEL

Gute Manieren sind nicht unbedingt ein Beweis für eine gute Abstammung. Merkwürdigerweise gilt dies sowohl für Gentlemen als auch für Pferde.

Leitfaden für den vollkommenen Butler und Kammerherrn von Richard Robert Reeves

Alles begann mit Lady Findercombes mächtigem Busen. Nachdem sie weder mit einer vornehmen Herkunft noch mit Schönheit gesegnet war, sah Miss Lucilla Trent es mit Entzücken, als sie im zarten Alter von sechzehn Jahren eine Figur entwickelte, die man nur als „überaus weiblich“ bezeichnen konnte.

Lucilla, die für romantische Gefühle nicht viel übrig hatte, war hocherfreut, als diese weibliche Figur die Aufmerksamkeit des alten Lord Findercombe erregte. Der verlebte alte Junggeselle war so verzückt, dass er alle Vorsicht in den Wind schlug und um Lucillas Hand anhielt. Dabei focht ihn weder die mangelnde Mitgift an noch dass sie auf dem linken Auge schielte.

Mr. und Mrs. Trent waren natürlich begeistert. Selbst wenn Lucilla Lord Findercombe alt und langweilig fand, so verfügte der Bräutigam doch über gute Verbindungen, wurde überallhin eingeladen und stattete sie großzügig mit Nadelgeld aus. Viele meinten, sie seien das perfekte Paar.

Nach der Heirat überschüttete Lord Findercombe seine Frau mit schweren Broschen und Halsbändern, die ihre schönsten Attribute betonten. Die Kombination von üppigem Busen und glitzernden Juwelen war in der Gesellschaft bald ein wohlvertrauter Anblick.

Alles war gut – bis zum großen Ball der Hearsts, der jedes Jahr zwei Wochen vor Saisonbeginn stattfand. Das Anwesen der Hearsts lag einen halben Tagesritt von London entfernt, und so bot sich das Ereignis für die *Crème de la Crème* der Gesellschaft als ideale Station auf der Rückreise in die Stadthäuser an.

Inzwischen war der Ball schon Tradition geworden, in den großen Salons und dem eindrucksvollen Ballsaal drängten sich die Gäste.

Jedes Jahr eilte Lady Hearst von Gast zu Gast und sammelte und verteilte den Klatsch, gleich einer Biene, die einen bunten Garten bestäubte.

Der große Ball der Hearsts galt normalerweise als Musterbeispiel einer gut geplanten und durchweg unterhaltsamen Veranstaltung, eine Tatsache, die Lady Hearst ungemein freute. Dieses Jahr jedoch klappte nicht alles wie geplant, im Gegenteil: Binnen einer Stunde drohte der Ball aus dem Ruder zu laufen.

Das wunderbare Orchester, das Lady Hearst engagiert hatte, litt an Fieber, sodass sie im letzten Augenblick ein kleines Quartett aus dem Ort verpflichten musste, das sich kaum für einen großen übervölkerten Ballsaal eignete. Danach bemerkte sie, dass die langen Stoffbahnen, mit denen sie den Ballsaal hatte ausschmücken lassen, einen merkwürdig muffigen Geruch verströmten, was sie allerdings erst dann entdeckte, als es schon zu spät war, sie wieder abzunehmen. Doch die schlimmste Katastrophe betraf das Eis.

Wegen des ungewöhnlich milden Wetters war es in der großen Eingangshalle wärmer als üblich gewesen, und so war all das wunderbare Eis, das sie extra aus London hatte kommen lassen, noch vor Ankunft des ersten Gastes dahingeschmolzen. Und dabei hatte sie sich so auf dieses Eis gefreut: Die einzelnen Portionen waren wie Admiral Nelson an Bord der *Victory* geformt, zu Ehren der glorreichen Schlacht von Trafalgar, die zurzeit in aller Munde war.

Und nun schmolzen Hunderte von kleinen Admirälen vor sich hin. Schlimmer noch: Der Arm mit dem Degen, den er drohend gegen die Kehle eines verängstigten Franzosen gerichtet hatte, war ganz abgefallen und ruhte nun auf dem Gesicht des bezwungenen Gegners, was dem Ganzen eine etwas kannibalistische Note verlieh.

Der echte Admiral Nelson hatte im Krieg tatsächlich einen Arm verloren, und nun befürchtete Lady Hearst, ihre Gäste könnten sie für unsensibel oder gar für unpatriotisch halten. Ihre Ängste stellten sich als durchaus berechtigt heraus, denn im Lauf des Abends ertappte sie nicht eine, sondern gleich drei gehässige Damen dabei, wie sie sich dergleichen zuflüsterten.

Der Ball war insgesamt gut besucht, also kein kompletter Reinfall, doch die Stimmung erschien zäh und lustlos. Die Gäste langweilten sich, und das war das Schlimmste, was einer Gastgeberin passieren konnte, schlimmer noch als eine Feuersbrunst oder ein tödlicher Unfall. Das hätte zumindest interessanten Gesprächsstoff abgegeben.

In diese teilnahmslose Atmosphäre platzten nun Lord und Lady Findercombe. Es war schon nach Mitternacht, und Lady Hearst hatte ihren Platz am Eingang längst verlassen. Als sie jedoch das lebhafte Gedränge an der Tür bemerkte, eilte sie mit ihrem Gatten herbei, um zu sehen, wer gekommen war und eine derartige Unruhe verbreitete. Lady Hearst erreichte die Tür als Erste und sah sich den Findercombes gegenüber, die den Mittelpunkt einer rasch wachsenden Gruppe bildeten.

„Wir“, erklärte Lord Findercombe mit zornbebender Stimme, „wurden ausgeraubt!“

Im Nu war die Langeweile der letzten vier Stunden vergessen.

„Lieber Himmel“, meinte Lord Hearst über das Stimmengewirr hinweg, „Lord Findercombe, wie ist das denn passiert?“

Seine Lordschaft wandte sich an seine Gattin. „Lucilla, zeig's ihnen.“

Lucilla band die Schleife an ihrem Hals auf, riss den Mantel auf und offenbarte ihr tief ausgeschnittenes Kleid. Ihr herrliches Dekolleté lag zur Betrachtung bereit, und die gesamte Aufmerksamkeit der Gäste richtete sich darauf.

Einen Augenblick lang verstummte jedes Gespräch.

Lady Hearsts Wangen röteten sich. Ein schon recht alkoholisierter Gentleman beugte sich vor, linste in den Ausschnitt und sagte: „Also, ich find, die sehen doch prima aus. Alle beide.“

Gelächter brandete auf.

Lord Findercombe bedachte den jungen Stutzer mit einem vernichtenden Blick. „Doch nicht ihr Busen, Sie Dummkopf. Ihre Juwelen! Alle weg! Ein Straßenräuber hat uns überfallen und ausgeraubt!“

„Nicht zu fassen!“, rief Lord Hearst aus.

„Ja, und der Schurke besaß auch noch die Frechheit, Lucilla anzubieten, sie dürfe eine ihrer Broschen behalten, wenn sie ihm einen Kuss gäbe!“

Besorgt blickte Lady Hearst auf Lucilla. Doch die jüngere Frau wirkte nicht im Mindesten entrüstet, im Gegenteil: Um ihre Lippen spielte ein leises, sehr geheimnisvolles Lächeln. Plötzlich wirkte Lucillas unattraktives Gesicht sogar irgendwie hübsch und sinnlich.

Die versammelte Gästeschar summte vor Aufregung. Immer mehr Leute drängten in die Eingangshalle und reckten die Hälse, um zu sehen, wer da gerade sprach. Lady Hearst wäre vor Freude beinahe geplatzt. Jetzt waren die Ballgäste sicher froh, eingeladen worden zu sein. Herrlich!

Sie drängte sich nach vorn durch und hängte sich bei Lucilla ein. „Ach, Sie armes Kind! Was haben Sie dann nur gemacht?"

„Gemacht?" Lucillas Lächeln geriet nicht ins Wanken. Langsam hob sie die linke Hand. Auf der Handfläche prangte eine riesige Smaragdbrosche.

Lady Hearst brach in Gelächter aus und umarmte Lucilla. „Ach, was für ein freches Ding Sie doch sind. Ein Kuss für eine Brosche!"

Lucilla sah auf die Brosche, Staunen im Blick. „So einen Straßenräuber habe ich noch nie gesehen. Seine Stimme ..." Lucilla schloss kurz die Augen. Sie lächelte immer noch. „Sie war so volltönend, glatt wie Seide. Und tief. Eine solche Stimme habe ich noch nie gehört. Und er war so kultiviert, so attraktiv, so höflich ..."

„Meine Liebe!", rief Lady Hearst aus. „Ihr Straßenräuber war niemand anderer als Gentleman James!"

Lucilla riss die Augen auf. „Wer?"

„Gentleman James – oder Gentleman Jack, wie manche ihn nennen – ist der hiesige Schurke. Er überfällt aber nur die ganz Reichen."

„Gentleman James?", gurrte eine Dame und riss die Augen auf. „Ist das ein *böser* Mann?"

„Ich glaube nicht", versetzte Lady Hearst. „Er scheint recht kultiviert, und bisher hat er noch keiner Seele etwas zuleide getan."

„Das stimmt", pflichtete ihr Lord Hearst bei. „Es heißt, er sei ein wahrer Teufel mit dem Degen, und schießen kann er auch hervorragend."

Lord Findercombe ballte die Fäuste und ließ sich zu einem ziemlich rätselhaften „Ha!" hinreißen.

„Der Gentleman hat einwandfreie Manieren", fuhr Lady Hearst fort und ignorierte Lord Findercombes Ausbruch. „Manche sagen, er sei der illegitime Sohn eines Adeligen."

„Was auch immer", zürnte Lord Findercombe, „der Rüpel hat es verdient, am Galgen zu baumeln!"

„Gar nicht so einfach", erklärte Lord Hearst. „Bisher hat ihn noch keiner erwischen können, obwohl viele es schon versucht haben. Er kommt, fordert und verschwindet spurlos."

„Er soll groß sein", meinte Lady Hearst. „Sehr groß, mit schwarzem Haar und ..."

„Oh nein", widersprach Lucilla. Sie errötete und sah ihren Gatten verstohlen unter den Wimpern hervor an. „Der Räuber war nicht groß. Aber ich konnte einen Blick auf seine Augen werfen. Sie waren so blau wie ..."

„Lucilla!"

Alle wandten sich dem offenkundig zutiefst schockierten Lord Findercombe zu. „Natürlich war er groß! Sehr groß sogar! Und seine Augen waren gr..."

„Unsinn. Gentleman Jack war eher klein, und seine Augen waren blau. Du, mein Lieber, hast zu viel getrunken."

Lord Findercombe riss den Mund auf, und seine Augen quollen schier aus den Höhlen.

„Du hast schon richtig gehört", beharrte Lucilla. „Du warst betrunken. Du hast zu Hause noch zwei Gläser Whisky getrunken. Und in der Kutsche hast du dauernd an deiner Taschenflasche genippt."

Lord Findercombe lief puterrot an. „Ich bin nicht betrunken, und das weißt du ganz genau!"

Seine Gattin hob darauf nur die Brauen. Die Zuschauer fragten sich, ob Lord Findercombes zornentbrannte Reaktion vielleicht doch vom Alkohol befeuert wurde.

Lord Findercombe schien sich dessen durchaus bewusst. „Du, meine Liebe, hast eine Menge zu erklären."

Lucilla bekam schmale Lippen. „Und was genau willst du damit sagen?"

„Was ich damit sagen will", herrschte Lord Findercombe sie an, „ist, dass du recht schnell bereit warst, diesen Mann zu küssen, und das nur wegen einer kleinen Brosche."

„Es ist keine kleine Brosche, es ist eine sehr große Brosche. Und warum sollte ich ihn nicht küssen? Er riecht wenigstens nicht nach Zwiebeln!"

Lord Findercombe versteifte sich. „Mein Arzt hat mir empfohlen, Zwiebeln zu essen, weil sie meiner Verdauung guttun!"

„Deiner Verdauung mögen sie ja guttun, aber anderweitig sind sie nicht gerade zuträglich!“

Die Gäste begannen zu kichern, und auch Lady Hearst musste sich abwenden, um ein höchst unziemliches Schmunzeln zu verbergen.

Lord Findercombes Gesicht verfärbte sich so dunkelrot, dass man befürchten musste, er könnte jeden Augenblick explodieren. „Es war ein Fehler, so bald nach dieser Katastrophe hierherzukommen. Wir haben uns beide noch nicht wieder gefasst.“

„Das mag für dich gelten, mein Lieber, aber mir geht es gut. Hervorragend. Tatsächlich habe ich mich noch nie so gut gefühlt, nachdem ich jetzt endlich einen echten Gentleman kennenlernen durfte!“ Lucilla legte den Mantel ab und reichte ihn einem wartenden Lakaien. Dann wandte sie sich um und hängte sich bei Lady Hearst ein. „Mylady, dürfte ich um ein Gläschen Ratafia bitten? Ich bin direkt am Verdursten!“

„Aber natürlich, meine Liebe“, versicherte Lady Hearst lächelnd. „Hier entlang, bitte. Sie müssen mir alles über Ihr furchtbares Erlebnis erzählen!“

Neidisch sahen die anderen Gäste zu, wie Lady Hearst Lucilla zum Büfett führte, während Lord Findercombe laut lamentierend in der Eingangshalle zurückblieb. Nachdem dieses Spektakel nach einer Weile aber doch langweilig wurde, kehrten die Gäste einer nach dem anderen in den Ballsaal zurück.

Zu Lord Hearsts Kummer wurde Findercombe nicht müde, den Verlust der Juwelen seiner Frau zu beklagen, bis oben an der Treppe ein Gentleman erschien.

„Westerville“, sagte Hearst erleichtert.

Der so angesprochene Herr lächelte und kam lässig die Treppe herunter. In seinem Mantel mit den vielen Schulterkragen und den spiegelblanken Reitstiefeln wirkte er wie der Inbegriff des modebewussten Gentlemans. Er war auf beinahe klassische Weise attraktiv, groß und breitschultrig. Unten an der Treppe blieb er stehen und betrachtete die beiden älteren Lords leicht belustigt.

Lord Hearst eilte auf ihn zu. „Westerville! Brechen Sie schon auf?“

„Dringende Geschäfte rufen mich nach London.“

„Verflixt! Wenn Sie bloß noch eine Woche bleiben könnten! Die

Gegend hier eignet sich hervorragend zur Jagd."

Findercombe räusperte sich lautstark.

Hearst zuckte zusammen. „Ach, du lieber Himmel. Jetzt hätte ich es beinahe vergessen. Lord Findercombe, kennen Sie Viscount Westerville?"

„Nein", erwiderte Findercombe gereizt. „Will ihn im Moment auch nicht kennenlernen. Ich bin noch viel zu erregt, um ..."

„Er ist ein feiner Kerl", erklärte Hearst und strahlte den Neuankömmling an. „Reitet hervorragend hinter der Meute."

Der Viscount grinste, und seine weißen Zähne blitzten. „Hearst, wenn ich könnte, würde ich bleiben, aber ich muss nach London, um mein Erbe zu beantragen. Sobald ich die Sache geregelt habe, hoffe ich, dass ich Ihnen dieses braune Jagdpferd abkaufen kann."

Hearst lachte herzhaft. „In dem Fall begeben Sie sich am besten postwendend nach London."

Der Viscount verbeugte sich. „Das werde ich." Sein amüsierter Blick richtete sich auf Findercombe. „Lord Findercombe, Sie wirken ein wenig erregt. Ist etwas passiert?"

„Oh Gott, ja", erwiderte Hearst. „Ein Straßenräuber hat die arme Lady Findercombe überfallen und sie zu einem Kuss gezwungen. Schlimmer noch, die kleine Hexe sah aus, als hätte sie die Sache genossen!"

„Hearst!", bellte Lord Findercombe. „Wie können Sie es wagen anzudeuten, dass Lady Findercombe ... dass sie ... wie können Sie nur sagen ..."

„Na, na!", brummte Hearst und betrachtete seinen Freund ein wenig nervös. „Ich habe doch nur gesagt, dass sie so *aussah.* Gut möglich, dass sie es ganz widerlich fand und nur aus Höflichkeit so tat, als gefiele es ihr."

„Meine Frau ist noch ziemlich jung", sagte Findercombe und warf seinem Gastgeber einen zornglühenden Blick zu. „Sie weiß noch nicht, was ihr gefällt und was nicht. Als sich der Kerl ihr aufdrängte, war sie völlig entsetzt ..."

„Aufdrängte?" Der Viscount runzelte die Stirn. In dem dämmrigen Licht wirkten seine Augen ungewöhnlich silbergrün. „Der Mann hat sich ja anscheinend wie ein Schuft verhalten."

„Allerdings", erklärte Findercombe mit Nachdruck. „Er hat sich meiner Gattin auf höchst unritterliche Weise genähert."

Der Viscount spitzte die Lippen; in seinem Blick lag düsterer Spott. „Es überrascht mich, dass Sie den Mann nicht zur Rechenschaft gezogen haben. Oder haben Sie es getan?"

„Hätte ich, wenn der Feigling nicht weggelaufen wäre! Aber ehe ich mich noch fassen konnte, war er mit meinem Geld über alle Berge!"

„Ja", meinte der jüngere Mann nachdenklich, „es ist ja auch schwierig, die Fassung wiederzuerlangen, wenn man auf dem Boden der eigenen Kutsche kauert."

Lord Hearst stieß unwillkürlich einen Schrei aus, als er das hörte, doch Findercombe blinzelte nur, den Blick fest aufs Gesicht des Viscounts gerichtet. „Wie können Sie denn wissen, dass ich mich auf dem Boden meiner Kutsche versteckt habe?"

Der Viscount lächelte sanft. „Ihre Knie sind schmutzig."

Der ältere Lord beugte sich vor. „Ach. Das. Ich bin zu Boden geglitten in der Hoffnung, den Mann abzulenken von ... nicht dass es eine Rolle spielte, denn ich hatte meine Pistole nicht dabei. Das wird nicht noch einmal vorkommen!"

„Natürlich nicht", erwiderte der Viscount beruhigend.

„Ein schreckliches Erlebnis, aber zum Glück ist es ja jetzt vorbei", sagte Hearst in seiner herzhaften Art. „Westerville, Sie haben heute Abend noch einen weiten Weg vor sich, deswegen werden wir Sie nicht länger aufhalten. Schreiben Sie, wenn Sie für meine Braune bereit sind, ich lasse sie Ihnen dann vorbeibringen."

„Danke, Mylord, das werde ich tun."

„Das hoffe ich!" Hearst öffnete die Tür zur Bibliothek. „Kommen Sie, Findercombe! Kosten Sie von meinem Portwein. Einen besseren kriegen Sie nirgendwo. Westerville hat ihn höchstpersönlich aus Frankreich mitgebracht." Er nickte Westerville zu und schloss dann die Tür hinter sich.

Der Viscount grinste. Leise pfeifend verließ er das Haus und begab sich zu der bereitstehenden Kutsche.

„Da sind Sie ja, Master Jack", sagte ein mächtiger rothaariger Schotte mit erleichtertem Seufzen. „Ich wart schon 'ne ganze Weile."

Christian James Llevanth, Viscount Westerville, zuckte mit den Schultern. „Tut mir leid, Willie. Ich wäre früher gekommen, aber drinnen gab es einen kleinen Zwischenfall."

„Aye", stimmte Willie augenzwinkernd zu. „Ich hab gesehen, wie der Herr mit seiner Lady ankam. Was für'n Schlappschwanz!"

„Allerdings", stimmte Christian zu. „Ich fand, er ..."

In diesem Moment kam eine adrette Gestalt in nüchternem schwarzem Rock und makellos gebügelten Butlerhosen um die Kutsche herum. Der große dünne und elegante Mann verneigte sich vor Christian. „Ah, Mylord. Ich habe Sie gar nicht gehört."

„Ich bin auch gerade erst gekommen, Reeves", erwiderte Christian. Der Butler befand sich erst seit zwei Monaten in seinen Diensten, und es fühlte sich immer noch ein wenig merkwürdig an. Nach all den Jahren, in denen er nur Willie zur Gesellschaft gehabt, in Tavernen gelebt und sich nirgends länger als notwendig aufgehalten hatte, war er plötzlich von Reeves und einer ganzen Schar Dienstboten umgeben und wohnte in einem luxuriösen Haus in London. Und all das gehörte ihm sogar!

Er lächelte den Butler an. „Ich entschuldige mich für meine Verspätung. Auf dem Ball hat es ein kleines Drama gegeben."

Willie schnaubte amüsiert. „Aye, ein kleines Drama! Anscheinend wurde die Kutsche irgendeines hochnäsigen Gentlemans überfallen ..."

Christian sah Willie warnend an und hoffte gleichzeitig, dass der scharfsichtige Butler es nicht bemerkt hatte.

Reeves' Aufmerksamkeit war indes noch auf den armen Willie gerichtet. „Erzählen Sie mir doch ein wenig mehr über den hochnäsigen Gentleman. Woher wollen Sie denn wissen, dass er über ein derartiges, ah, Naturell verfügt?"

Willie trat von einem Fuß auf den anderen und warf Christian einen wilden Blick zu.

Christian erbarmte sich seiner. „Reeves, wir sollten aufbrechen. Sagen Sie doch dem Burschen ..."

„Mylord", unterbrach der Butler missbilligend, „gibt es vielleicht etwas, was *Sie* mir sagen möchten? Etwas über den Gentleman, der dieses Haus vor nicht allzu langer Zeit mit der Nachricht betreten hat, er sei überfallen worden?"

„Nein."

Reeves seufzte. „Eines Tages kommt die Abrechnung."

„Ach, jetzt aber mal halblang“, erklärte Willie. „Wir haben uns doch bloß ein bisschen amüsiert. Kein Grund, gleich am Rad zu drehen.“

„Ich drehe nicht am Rad“, erklärte Reeves streng. „Lord Westerville hat soeben ein riesiges Vermögen geerbt. Es besteht keinerlei Notwendigkeit mehr für derlei Zwischenfälle.“

„Niemand hat behauptet, sie seien notwendig“, versetzte Christian. „Aber sie machen ziemlich Spaß.“

Willie lachte in sich hinein. „Die Lady war richtig spitz, stimmt's, Master Jack?“

Reeves zuckte zusammen. „Mein lieber Willie, bitte versuchen Sie doch wenigstens, Seine Lordschaft mit seinem Titel anzureden.“

„Pah“, murrte Willie und putzte sich die Nase am Ärmel ab. „Fällt mir nicht ein, Master Jack Mylord zu nennen, wenn wir unterwegs auf der freien Landstraße sind.“

Reeves sah Christian resigniert an. „Mylord, als Ihr Vater mich beauftragt hatte, nach seinem Tod nach Ihnen zu suchen, hätte ich mir nicht träumen lassen, dass Sie einem so gefährlichen Handwerk nachgehen.“

Christians Lächeln erstarrte. Um überleben zu können, musste man sich konzentrieren, klaren Kopf behalten. Selbst jetzt noch überkam ihn heiße Wut, wenn jemand seinen Vater erwähnte – oder war es Trauer? Jedenfalls war es eine mächtige Empfindung, bei der er sich gleichzeitig stark und unendlich schwach fühlte. Er biss die Zähne zusammen. Wenn er den Mörder seiner Mutter finden wollte, musste er sich daran gewöhnen, den Namen seines Vaters zu hören. Einst hatte er sich nichts sehnlicher gewünscht als genau das: den Namen seines Vaters zu hören. Doch diese Zeiten waren lang vorbei.

Christian fing Reeves' nachdenklichen Blick auf. „Wenn mein Vater gewollt hätte, dass ich einer einträglicheren Beschäftigung nachgehe, hätte er sich zu Lebzeiten etwas mehr um mich und meinen Bruder kümmern sollen. Er hat uns kaum beachtet, daher kann ich es kaum glauben, dass er auf dem Sterbebett tatsächlich an uns gedacht haben soll.“

Reeves seufzte. „Wenn Sie mir gestatten wollen, es zu erklären ...“

„Es spielt keine Rolle. Ich will das Vermögen; ich werde es dazu nutzen, die Suche nach dem Mann voranzutreiben, der Mutter verraten hat und für ihren Tod verantwortlich ist. *Das* ist alles, was wirklich zählt."

Willie spuckte auf die Erde. „Rache", sagte er genüsslich.

„Rache hat noch keinem gutgetan", erklärte Reeves kühl.

„Ach was. Wie können Sie das behaupten? So macht man es in den Highlands."

Reeves schüttelte den Kopf. „Mylord, ich flehe Sie an, Gentleman James aufs Altenteil zu schicken, wo er zur Legende werden kann, genau wie er es verdient. Es nützt Ihnen schließlich nichts, wenn Sie erwischt und ins Gefängnis geworfen werden."

Christian wusste, dass Reeves recht hatte. Und trotzdem ... Bevor er den Titel erlangt und Aussicht auf ein Vermögen erhalten hatte, hatte er nie gedacht, dass sein Herz an der Straßenräuberei hing. Er hatte die pechschwarzen, kalten Nächte, die erregende Ungewissheit einer jeden Begegnung durchaus genossen. Doch der eigentliche Grund, warum er es so befriedigend fand, glaubte er, war der Umstand, dass er jemanden überlistete, der reicher war als er, reicher und mächtiger. In Wahrheit triumphierte er über jemanden wie seinen Vater. Jemanden, der kalt, arrogant und gefühllos war.

In letzter Zeit war Christian der Verdacht gekommen, dass er die Straßenräuberei auch noch aus anderen Gründen genoss. Da war einmal die schmerzliche Freiheit, die damit einherging. Die Erregung, die sich jedes Mal aufs Neue einstellte, wenn er und Willie sich einer Kutsche näherten. Das Gefühl, wenn er die Lippen einer leidenschaftlichen Frau unter den seinen spürte, so wie heute.

Er lächelte. Oft genug hatten ihm die vornehmen Ladies, von denen er einen Kuss errungen hatte, ohne Wissen ihrer Gatten oder Liebhaber auch noch andere Pfänder überreicht – Ringe, Bänder, Dinge, die ihm Zutritt zu den Boudoirs der größten Damen von ganz England hätten verschaffen können – und es manchmal auch taten.

Nun war er selbst ein Lord und hatte ohne Weiteres Zugang zu ebenjenen Boudoirs. Er war den Damen nun ebenbürtig, er gehörte nun auch zur *Crème de la Crème* der Gesellschaft.

Christian grinste. „Reeves, mein Wort darauf, dass Willie und ich unseren letzten Ritt unternommen haben. Gentleman James gehört ab sofort der Vergangenheit an."

„He, Moment mal!", protestierte Willie. „Das geht doch nicht!"

„Oh doch", erwiderte Reeves und blickte Willie missbilligend an. „Sie, Master William, sollten sich lieber damit befassen, welche Stellung Sie im neuen Haushalt Seiner Lordschaft einzunehmen gedenken. Lord Westerville braucht ab sofort keinen Komplizen mehr, der ihm das Pferd hält, während er mit den Pistolen herumfuchtelt."

Christian lachte, als er Willies empörte Miene sah. „Ruhig Blut, Willie, mein Bester. Erzähl Reeves doch von deinem neuen Auftrag, nur zu."

Willies Miene hellte sich auf. „Aye, genau! Und wenn wir heut Nacht nicht mehr auf die Jagd gehen, dann schaue ich am besten zu, dass ich mich um meine neuen Pflichten kümmere, was?"

„Nimm das Pferd. Ich erwarte dich in einer Woche zurück."

„Bälder, Chef!" Willie warf Reeves einen harten Blick zu und ging danach würdevoll davon.

„Wohin ist Master Willie jetzt wieder unterwegs?", fragte Reeves.

„Ach, fragen Sie lieber nicht so genau nach."

Der Butler seufzte. „Ich habe befürchtet, dass Sie das sagen könnten." Er nickte einem Lakaien zu, der außer Hörweite bereitstand. Der Mann eilte sofort herbei, um den Schlag zu öffnen und die Treppe herunterzulassen. Christian stieg in die Kutsche, gefolgt von Reeves, und kurz darauf schwankte die Kutsche über die zerfurchte Straße.

Reeves erkundigte sich: „Mylord, darf ich fragen, wie Sie den Mann entlarven wollen, der Ihre Mutter verraten hat?"

„Ich weiß, wer meine Mutter verraten hat: der Duke of Massingale. Aber ich brauche weitere Beweise."

Reeves hob die Brauen. „Der Duke lebt sehr zurückgezogen."

„Deswegen plane ich, mir Zutritt zu verschaffen, indem ich seiner Enkelin den Hof mache."

Reeves schwieg eine ganze Weile. „Demnach war sie an dem gemeinen Verrat beteiligt?"

„Nein. Als meine Mutter starb, war sie ja noch ein Kind." Christian sah die Missbilligung im Blick des Butlers. „Ich habe über zwanzig Jahre gewartet, um das Unrecht zu sühnen, das meiner Mutter angetan wurde. Jetzt werde ich mich rächen, egal wie."

Reeves seufzte. „Ja, Mylord, ich sehe, dass Sie fest entschlossen sind. Und ich muss sagen, angesichts Ihres bisherigen Berufslebens finde ich es ein wenig beklemmend, wie wenig Sie für unsere Gesetze übrig haben."

„Getötet habe ich noch niemanden."

„Von seinem Dienstherrn hört man so etwas immer wieder gerne. Bitte seien Sie nicht verärgert, wenn ich Sie von Zeit zu Zeit bitte, diese Aussage zu wiederholen. Ich finde diese Worte beruhigend."

Christian lachte und lehnte sich in die Polster zurück. Es würde all seiner Gewandtheit bedürfen, um sich Zutritt zum Haushalt des Dukes zu verschaffen. Aber wenn er erst einmal in London war und ein paar Wochen damit verbracht hatte, der Enkelin den Hof zu machen …

„Rache", sagte Christian leise vor sich hin. Das Wort verschmolz mit dem Knarren des ledernen Geschirrs und dem Donnern der Pferdehufe.

Mit grimmigem Lächeln blickte Christian hinaus in die pechschwarze Nacht. In der Ferne blinkten Lichter und winkten ihn voran. Ja, Rache. London mit all seinen Einwohnern sollte sich lieber vorsehen.

2. KAPITEL

Ein wahrer Gentleman weiß mit einer einfachen Geste die mannigfaltigsten Gefühle auszudrücken. Diese Form der Kommunikation funktioniert stets zuverlässig, außer natürlich bei den weiblichen Anverwandten, sei es Mutter, Gattin oder andere. In diesem Fall kann man sich gar nicht ausführlich genug mitteilen, ob man nun ein Gentleman ist oder nicht.

Leitfaden für den vollkommenen Butler und Kammerherrn von Richard Robert Reeves

Massingale House unterschied sich grundlegend von den anderen alten Landsitzen in Devon: Das Herrenhaus litt weder an Hausschwamm noch an qualmenden Kaminen, die Türen klemmten nicht, die Dielen knarrten so gut wie nie, und den Treppengeländern war jede enervierende Wackelei fremd. Kurzum, es war, wie der Butler gern zur Haushälterin sagte, ein sehr *stilles* Haus.

Abgesehen von Seiner Gnaden natürlich.

Gerade in diesem Augenblick hörte man die laute Stimme des Duke of Massingale durch die schwere Bibliothekstür dröhnen, gefolgt vom unmissverständlichen Klirren einer an die Tür geschleuderten Teetasse.

„Puh!", sagte der neue Lakai.

Jameson, der Butler, warf dem Mann einen ausdruckslosen Blick zu. Der Butler stand schon seit über fünfzehn Jahren in Diensten des Herzogs und sah es nicht gern, wenn das Personal abschätzige Bemerkungen über die Herrschaft machte. Diese Pflichtübung war einzig und allein den höheren Dienstboten vorbehalten.

Zum Glück für den Lakaien trat in der Bibliothek nun eine längere Pause ein, während der man auf dem Treppenabsatz leichtfüßige Schritte hörte.

Jameson nahm sofort Habachtstellung an. Mit zornigem Funkeln verwies er die beiden Lakaien an ihren Platz an der Eingangstür. Ohne sich bewusst zu sein, dass ihr Auftreten eine sich entfaltende

Szene unterbrochen hatte, kam Lady Elizabeth die Treppe herunter, wobei sie ein Gähnen unterdrückte. Ihr blondes Haar leuchtete im Schein der Morgensonne. Als sie den Butler erblickte, lächelte sie. „Guten Morgen!"

Sie war mittelgroß und von sanft gerundeter Gestalt, besaß braune Augen mit dichten Wimpern und einen breiten, sinnlichen Mund. Lady Elizabeth war es gewohnt, dass man ihr sagte, sie sehe aus wie ihre Mutter, die verstorbene Schwiegertochter des Herzogs, die einst eine gefeierte Schönheit gewesen war. Da diesem Kompliment stets ein trauriger Seufzer und der inbrünstige Wunsch folgten, Lady Ellens Seele möge in Frieden ruhen, schenkte sie ihm nie allzu viel Beachtung.

Jenseits der Tür zur Bibliothek erhob sich wieder einmal die Stimme des Dukes, begleitet vom trockenen Geräusch einer Zeitung, die in winzige Stücke gerissen wurde.

Lady Elizabeth verzog scherzhaft das Gesicht. „Ach herrje. Weswegen muss Großvater sich denn heute so aufregen?"

Jameson lächelte. Für sämtliche Mitglieder des großen herzoglichen Haushalts war die Enkelin des Duke of Massingale wie ein Sonnenschein, wobei das nicht bedeutete, dass sie in ihren Pflichten als Hausherrin irgendwie nachlässig gewesen wäre. Wie Jameson einmal zur Haushälterin Mrs. Kimble sagte: Wenn Lady Elizabeths Augen diesen gewissen Blick zeigten und ihr Kinn sich in diesem gewissen Winkel in die Luft reckte, hatten Widerworte keinerlei Sinn, egal wie sonnig ihr Lächeln sein mochte. „Mylady, ich fürchte, die Schuld liegt bei der *Morning Post.* Heute fand sich darin mehr als nur ein bisschen Tory-Begeisterung."

„Ah, das würde Großvater allerdings in üble Stimmung versetzen."

Vor der Eingangstür war ein Geräusch zu hören, und der Lakai beeilte sich, die Tür zu öffnen. Herein kam eine schöne rotblonde Dame in einer langen rosa Pelisse und einem modischen, mit Borten besetzten Hut. Sie war klein, kaum fünf Fuß groß, von elfenhaftem Wuchs und mit einem fein geschwungenen Mund gesegnet. Begleitet wurde sie von Lord Bennington, einem großen dunklen Gentleman mit düsterer Miene und verhülltem Blick.

„Charlotte!", rief Beth und küsste ihre Stiefmutter auf die Wange.

Charlotte lächelte. Obwohl sie ein gutes Stück älter als ihre Stieftochter war, sah man ihr das nicht an. Tatsächlich wirkten die beiden Frauen eher wie Schwestern, auch wenn Charlottes Schönheit weniger eindrucksvoll war als die von Elizabeth.

„Beth, es überrascht mich, dich um diese Stunde auf den Beinen zu sehen", sagte Charlotte mit ihrer weichen Stimme und zog sich die Handschuhe aus. Trotz ihrer sanften Art haftete ihr etwas Panisch-Wildes an, als könnte sie bei der leisesten Aufregung in tausend Stücke zerspringen.

Beth blickte ihre Stiefmutter forschend an, um ihre augenblickliche Stimmung zu erfassen. Gleich darauf entspannte sie sich. Charlotte wirkte an diesem Morgen recht gefasst, ein Umstand, über den sich alle Bewohner im Haus freuen würden.

Beth lächelte ihre Stiefmutter an. „Normalerweise würde ich noch im Bett liegen, doch Großvater ließ mich rufen."

„So früh? Aber es ist kaum sieben Uhr. Was will er denn?"

„Ich weiß nicht, ich war noch nicht bei ihm. Ich bin gerade nach unten gekommen, und er war ..."

Eine weitere Tasse klirrte gegen die Tür, und gleich darauf erhob sich ein mächtiges Donnerwetter, in dem nur die Worte „Wilde", „Radikale" und „verloren" auszumachen waren.

Charlottes Lächeln erlosch. „Ah, die Zeitung."

Lord Bennington blickte zur Tür und verzog das Gesicht. „Massingale weiß einfach nicht, was sich für einen Mann in seiner Stellung gehört."

Beth sah zu den Dienstboten. Ihre Mienen wirkten ausdruckslos, obwohl sie Lord Benningtons Kommentar doch gehört haben mussten. Beth mochte Bennington nicht, obwohl er der engste Freund ihres Vaters gewesen war. Um zu verhindern, dass der streitbare Lord weitere abschätzige Bemerkungen vor den Dienstboten machte, sagte Beth ruhig: „Lord Bennington, wie schön, Sie zu sehen."

Er verbeugte sich schwerfällig. „Lady Elizabeth."

„Guten Morgen. Bleiben Sie zum Frühstück?"

Er warf Charlotte einen Blick zu und sagte dann auf seine kurz angebundene Art: „Nein, heute Morgen leider nicht. Auf mich warten wichtige Aufgaben." Er verbeugte sich vor Charlotte, die neben ihm stand und die geflochtenen Henkel ihres Retiküls durch ihre Finger gleiten ließ, eine nervöse Angewohnheit, die sie sich erst in letzter Zeit angeeignet hatte.

Beth hatte immer angenommen, die empfindsame Konstitution ihrer Stiefmutter rühre vom Tod ihres Ehemanns, Beths Vater, her. Auch einige Dienstboten bestätigten, dass sich Lady Charlotte danach sehr verändert habe. Beth erinnerte sich daran, dass es an manchen Tagen nach dem Tod ihres Vaters den Anschein hatte, als könnte Charlotte gar nicht mehr aufhören zu weinen.

Das lag natürlich Jahre zurück. Nun hatte Charlotte neben einigen schlechten auch viele gute Tage, und es war schön zu beobachten, wie Lord Bennington sich ihrer annahm. Mit ihm auszugehen schien ihr gutzutun, und auch wenn Beth den wichtigtuerischen Lord nicht sonderlich mochte, konnte sie sich vorstellen, dass Charlotte seine anmaßende Art als Schutz vor den Unannehmlichkeiten der Außenwelt empfand.

Bennington sah Charlotte stirnrunzelnd an. „Ich brauche dich sicher nicht daran zu erinnern, dass das Stück um sieben beginnt. Von hier braucht man eine Stunde nach London …"

„Ich halte mich ab fünf bereit." Charlotte machte eine weit ausholende, übertriebene Geste. „Keine Sorge, ich lasse dich nicht warten."

„Hoffentlich nicht. Hamlet ist eines meiner Lieblingsstücke." Er setzte den Hut wieder auf. „Guten Tag, Lady Elizabeth. Charlotte." Damit drehte er sich um und marschierte zur Tür hinaus.

Mit rosigen Wangen wandte Charlotte sich zur Treppe. „Beth, ich hoffe, es macht dir nichts aus, aber ich glaube, ich werde heute Morgen auf meinem Zimmer frühstücken."

„Natürlich nicht", erwiderte Beth sofort. „Jameson, würden Sie sich bitte darum kümmern, dass Lady Charlotte ein Tablett aufs Zimmer gebracht wird?"

„Jawohl, Mylady."

„Und, Jameson", fügte Charlotte hinzu und hielt auf dem Weg nach oben noch einmal inne, „Dr. Neweston wollte heute Morgen eine neue Flasche Arznei vorbeibringen. Würden Sie mir bitte sagen, wenn er da ist? Ich möchte mit ihm reden. Ich schlafe in letzter Zeit nicht gut, vielleicht kann er mir ein stärkeres Mittel verschreiben."

„Jawohl, Mylady."

Beth runzelte die Stirn. „Charlotte, das wusste ich ja gar nicht. Kann ich vielleicht irgendetwas …"

„Nein, nein! Dr. Neweston kennt meine Stimmungen. Er wird schon wissen, wie er mich wieder in Ordnung bringt. *Du* bist diejenige, um die man sich Sorgen machen müsste. Ich wünsche dir viel Glück bei Massingale. Er ist recht unleidlich geworden."

„Vermutlich liegt es am warmen Wetter. Er hasst die Hitze."

„Man kommt schon nicht leicht mit ihm aus, wenn er guter Stimmung ist. Aber missgelaunt ..." Charlotte erschauerte. „Nun, du kennst ihn am besten. Ich bin in meinem Zimmer, wenn du mich brauchst." Mit einem nervösen Winken lief Charlotte die Treppe hinauf und verschwand.

Beth seufzte, als ihr Großvater erneut zu brüllen begann und diesmal die ganze Zeitung zum Teufel wünschte. „Jameson, bringen Sie bitte eine frische Kanne Tee in die Bibliothek. Und neue Tassen."

„Jawohl, Mylady." Der Butler räusperte sich. „Mylady, bitte verzeihen Sie, wenn ich mich einmische, aber ich fürchte, Lady Charlotte hat recht. Ich stehe nun seit beinahe fünfzehn Jahren in Diensten Seiner Gnaden, und mir scheint auch, dass er sich in letzter Zeit stark verändert hat."

Beth hielt inne, das Lächeln immer noch im Gesicht. „Finden Sie?"

Jameson nickte. Sein schmales Gesicht war voller Sorgenfalten.

Auf Charlottes Meinung gab Beth nicht allzu viel, die glaubte dauernd, dass sie und alle, die in ihrer Nähe weilten, an dieser oder jener Krankheit litten. Doch wenn Jameson andeutete, ihrem Großvater gehe es nicht gut, Jameson, der Großvater genauso gut kannte wie Beth, wenn nicht noch besser ...

Ihr schmerzten bereits die Wangen, doch sie lächelte immer weiter. „Seine Gnaden ist einfach müde, das ist alles."

Ihre Stimme war viel schärfer, als sie beabsichtigt hatte. Einen langen Augenblick schwiegen sie beide. Dann verneigte Jameson sich und sagte ausdruckslos: „Ich bringe den Tee, Mylady."

Was ist nur mit mir los, fragte Beth sich, als sie die Bibliothek betrat. Normalerweise fuhr sie die Dienstboten nie an. Vermutlich lag es an der frühen Stunde. Ja, genau, das war das Problem, sie war viel früher aufgestanden als sonst, und das ganze Gerede, dass ihr Großvater krank sei, hatte sie aufgeregt.

Vor dem dicken Teppich blieb sie stehen und sah ihren Großvater an. Er saß am Kamin, die Schultern eingesunken, in ein warmes Tuch gehüllt. Einen Augenblick leuchtete seine Gestalt im Feuerschein auf. Er war dünn und ausgemergelt, sein dichter weißer Haarschopf stand wild wie eh und je in die Höhe. Abwesend starrte der alte Herr ins Feuer.

Liebevoll lächelte Beth ihn an. Ihre Beunruhigung schwand. Laurence Jeremy Charles Westover, der Duke of Massingale, war ein zäher alter Mann. Im zarten Alter von zwanzig Jahren hatte er Titel, Stellung und zahllose mit hohen Hypotheken belastete Besitzungen geerbt. Ein schwächerer Mann wäre versucht gewesen, den Kopf in den Sand zu stecken und so zu tun, als wäre alles in Ordnung, solange das eben ging. Doch Laurence Jeremy Charles Westover war nicht schwach. Eigentlich war er sogar unbezwingbar.

Er war kein direkter Nachfahr, sondern stammte aus einer Seitenlinie. Die vornehmere Seite der Familie hatte ihn übersehen und ignoriert, bis die übrigen männlichen Anverwandten von einer Grippewelle dahingerafft wurden. Der *ton* lachte spöttisch, als der Name des neuen Herzogs bekannt gegeben wurde; es hieß, er entstamme einer einfachen Familie aus Yorkshire, die Mutter sei die Tochter eines deutschen Buchbinders, der Vater, ein schlecht bezahlter Pfarrer, sei entfernt mit den Westovers verwandt.

Der neue Duke ließ sich nicht entmutigen. Er mochte ja der Sohn einer Buchbindertochter und eines armen Pfarrers sein, aber er wusste, wie man sparte und ein Geschäft führte. Binnen Monaten hatte er die jahrhundertelange Misswirtschaft besiegt, und in wenigen Jahren hatten die Besitzungen ihren früheren Glanz und Reichtum wiedererlangt.

Ältere Mitglieder des *ton* erklärten ätzend, dass sie den neuen Herzog nie akzeptieren würden – Titel hin oder her, er war ein Bürgerlicher, sogar ein Geschäftsmann. Doch die jüngeren Mitglieder – vor allem die mit heiratsfähigen Töchtern – sahen die Sache gänzlich anders, schließlich war der Duke of Massingale reich wie Krösus und unverheiratet. Unter diesen Umständen konnte man eine Menge Fehler übersehen. Und so wurde der neue Duke samt seiner freimütigen, unverblümten Art in der Gesellschaft akzeptiert.

Beth trat ein paar Schritte vor, bis sich ihr Großvater ihr zuwandte. Sofort knickste sie. „Sie haben mich rufen lassen, Euer Gnaden?“

Die Hand fest um den Stock mit dem silbernen Knauf geklammert, warf der Großvater ihr unter weißen Brauen einen finsteren Blick zu. „Geh mir doch mit deinen Gnaden, du bist doch kein Dummkopf. Setz dich."

Beth grinste und ließ sich ihm gegenüber nieder, wobei sie einen interessierten Blick auf die Scherben vor dem Kamin warf. „Sind die von unserem neuen Delfter Service?"

Er sank noch weiter in sich zusammen. „Blödes blaues Zeug."

„Vielleicht sollten wir die vergoldeten Sachen nehmen, die könntest du höchstens eindellen, aber nicht zerbrechen. Allerdings möchte ich mir nicht vorstellen, wie der Kaminschirm nach einem weiteren Angriff aussieht."

Ihr Großvater sah sie erbost an. „Ich hätte ja überhaupt kein Geschirr werfen müssen, wenn in dieser verdammten Zeitung nicht so ein Unsinn gestanden hätte." Finster musterte er das zerfetzte Papier neben seinem Ellbogen. „Dummköpfe."

„Ich weiß nicht, warum du die Zeitung überhaupt liest. Du regst dich doch sowieso nur darüber auf."

„Man muss auf dem Laufenden bleiben, das ist wichtig. Wir sind hier mitten auf dem Land." Empört blickte er auf seine gichtigen Beine. Laufen konnte er zwar noch, aber nur kurze Wege und nur mithilfe seines Stocks.

Beth beugte sich vor und tätschelte ihm die Hand. „Großvater, ich sehe es nicht gern, wenn du dich so aufregst. Wir mögen nicht in London sein, aber wenn man dir zuhört, könnte man meinen, wir wären in einem Nonnenkloster begraben."

„Wir könnten auch genauso gut in einem Kloster leben", versetzte er missmutig. „So abgeschieden, wie wir sind."

„Ja." Beth seufzte und nahm eine traurige Pose ein. „Ich bin darüber wirklich sehr betrübt. Ich habe nichts weiter zu tun, als den Haushalt zu führen und die Dienstboten zu beaufsichtigen, und das in einem Haus voller Bücher, die man lesen, Pferde, die man reiten, Beete, die man bepflanzen, und Stickarbeiten, die man vollenden könnte, um nur einige der vielen Dinge zu nennen, mit denen man sich beschäftigen kann. Es ist wirklich eine Last, aber ich gebe mein Bestes."

Er sah sie an. „Bist du jetzt fertig?"

Sie zwinkerte ihm zu. „Nein. Ich habe auch noch dich und Charlotte zur Gesellschaft, und dafür bin ich sehr dankbar."

Obwohl er ihre Antwort offensichtlich missbilligte, konnte er seine Zuneigung nicht ganz verbergen. „Ich bin froh, dich bei mir zu haben, keine Frage, aber ich will nicht, dass du dich hier vergräbst und dein Leben verschwendest." Ihr Großvater zog sich das Tuch fester um die Schultern, und in seiner Miene spiegelten sich widerstreitende Gefühle. Seine Stirn war gerunzelt, die Lippen presste er zu einer dünnen Linie zusammen. Schließlich warf er ihr einen besorgten Blick zu. „Deswegen habe ich dich rufen lassen. Beth, du verdienst einen Ehemann, jemanden, der sich um dich kümmert, wenn ich nicht mehr bin."

Einen Augenblick lang konnte sie ihn nur anstarren. Auch wenn ihr Großvater dergleichen öfter einmal im Vorübergehen erwähnt hatte, hatte er es nie so direkt angesprochen. „Wie kommst du denn jetzt darauf?"

Seine Miene verfinsterte sich, und er begann rastlos an der Decke zu zupfen, die über seinen Schoß gebreitet lag. „Ich habe in letzter Zeit viel nachgedacht. Ich habe nicht gut für dich gesorgt. Dein Vater hätte nicht gewollt, dass du hier verschimmelst."

„Ich verschimmele doch nicht! Ich bin hier vollkommen glücklich."

„Woher willst du wissen, ob du mit einem Ehemann nicht noch glücklicher wärst?"

„Woher willst du wissen, ob *du* mit einer zweiten Ehefrau nicht noch glücklicher wärst?"

Er runzelte die Stirn. „Das ist nicht dasselbe! Ich bin einundachtzig!"

„Nun, ich bin fünfundzwanzig, und ich weiß genau, was ich will und wann. Es ist nicht nötig, dass du dich in mein Leben einmischst, vielen Dank."

Missmutig betrachtete er sie. „Du könntest es doch zumindest probieren."

Sie seufzte. „Vielleicht hast du recht. Soll ich heute die Bewerber prüfen? Eigentlich wollte ich ja zu einem Picknick gehen, aber das kann ich wohl auf morgen verschieben."

„Versuch nicht, dich mit einem Witz hier herauszumogeln, junge

Frau! Eigentlich hättest du an deinem siebzehnten Geburtstag debütieren müssen, aber dein Onkel Redmond war ja so dumm, ausgerechnet zu diesem Zeitpunkt an irgendeiner albernen Kinderkrankheit dahinzuscheiden. Und dann folgte ihm auch noch Cousine Gertrude, und wir mussten schon wieder Trauer tragen."

„Wirklich unverschämt von den beiden, ich muss schon sagen. Wie ich sie hasse!"

Ihr Großvater bedachte sie mit einem matten Blick. „Du bist ganz schön frech, was?"

„Nur bei dir", murmelte sie lächelnd.

„Ha!" Doch diesmal erwiderte er ihr Lächeln nicht. Stattdessen strich er stirnrunzelnd die Decke auf seinem Schoß glatt.

Die Uhr tickte laut, und von draußen drang das laute Jubilieren der Vögel herein. Normalerweise wäre Beth damit zufrieden gewesen, still dazusitzen und den Tag zu genießen, doch nach Jamesons merkwürdigen Bemerkungen ertappte sie sich dabei, wie sie ihren Großvater unter den Wimpern hervor beobachtete.

Er war tatsächlich etwas mehr in sich zusammengesunken als sonst, und auch die tiefen Augenringe konnte man nicht leugnen. Die größten Sorgen bereitete ihr indes der leichte Blaustich, den seine ohnehin schon blasse Gesichtsfarbe aufwies.

„Beth, ich habe einen Entschluss gefasst", erklärte ihr Großvater abrupt. „Und ich dulde keine Widerrede. Es wird Zeit, dass du in die Gesellschaft eingeführt wirst."

Beth blinzelte. „Großvater! Ich bin zu alt! Ganz London würde mich auslachen."

„Unsinn! Du magst schon etwas älter sein, aber niemand, der dich ansieht, würde das glauben. Du bist mein einziges Enkelkind. Der Titel wird an diesen Dummkopf Theakeham übergehen, aber du wirst alles andere erben, auch dieses Haus."

„Du kannst das Haus nicht einfach vom Titel trennen!"

„Ich bin einundachtzig, und ich kann das machen, was ich will", erklärte er störrisch. „Dein Vater hätte den Titel und das Haus erben sollen. Wenn er das doch nur hätte erleben können."

Sie hörte das leise Zittern in der Stimme ihres Großvaters und tätschelte ihm die Hand. „Mir fehlt Vater auch."

Der alte Mann umfasste ihre Hand und warf seiner Enkelin einen fast wilden Blick zu. „Er hätte das auch gewollt, Beth. Ich hätte mich längst darum kümmern müssen, aber …" Er senkte den Blick. „Ich werde keine Ruhe geben, ehe du nicht mindestens eine Saison mitgemacht hast."

Das entschlossene Glitzern in seinen Augen beunruhigte Beth zutiefst. Es war ihm todernst damit, beinahe als wäre dies seine letzte Gelegenheit …

Sie wollte den Gedanken nicht zu Ende denken. Seit dem Tod ihres Vaters hatte ihr der Duke of Massingale die Eltern ersetzt, er war ihr Mentor, ihre Familie, ihr Freund. Sie sah auf die Hand ihres Großvaters hinab, die sich um die ihre schloss. Sie war weiß, dick geädert und wirkte erstaunlich zerbrechlich. Wann war es geschehen, wann war ihr Großvater so schwach geworden?

Sie biss sich auf die Lippen, um die Tränen zurückzudrängen. Plötzlich war ihr klar, dass sie ihn nicht enttäuschen durfte. Sie wollte nicht nach London, aber wenn es ihn glücklich machte und beruhigte … Für sie bedeutete es schließlich kein allzu großes Opfer. Eine Saison in London zog nicht unweigerlich eine Heirat nach sich. Und das war das Einzige, was sie wirklich nicht wollte.

Wenn sie ihrer Pflichten hier in Massingale House ledig wäre, könnte sie echte Freiheit kosten, vielleicht ein bisschen reisen und eigene Abenteuer erleben. Ein Ehemann könnte diesen Plänen nur allzu hinderlich sein.

Trotzdem … wenn es ihren Großvater glücklich machte, konnte es nicht schaden, so zu *tun,* als sähe sie sich nach einem geeigneten Ehekandidaten um.

Anscheinend hatte er ihre Kapitulation gespürt, denn er seufzte dankbar. „Du wirst die *belle* der Saison sein."

„Dazu bin ich viel zu alt."

„Unsinn. Als ich deine Großmutter kennengelernt und geheiratet habe, war sie in deinem Alter. Gott segne sie." Die Züge ihres Großvaters wurden weich, als er zu dem Bildnis über dem Kamin blickte. Die Frau darauf war groß und schlank und trug eine kostbare rote Seidenrobe. Ihre blonden Haare waren mit Blumen geschmückt. Sie war eine schöne Frau, mit herzförmigem Gesicht und liebevollem Ausdruck.

„Ich habe deine Großmutter auf den ersten Blick geliebt." Er lächelte zu dem Bildnis hinauf.

Die Tür ging auf, und Jameson trat mit dem Teetablett ein. Beth legte den Finger auf die Lippen und nickte zum Tisch. Leise stellte der Butler das Tablett auf einem Beistelltischchen ab und zog sich zurück.

Beth goss zwei Tassen Tee ein und platzierte eine in der Nähe ihres Großvaters.

Der riss sich offenkundig widerstrebend von dem Gemälde los und hob die Tasse mit einem leisen Klirren an. Er zwinkerte seiner Enkelin über den Rand der Tasse hinweg zu. „Ich muss sagen, eigentlich hatte ich von dir ein wenig Widerspruch erwartet."

„Von mir? Widerspruch?"

Er lachte. „Mit dem Herkommen hast du dir jedenfalls schon mal Zeit gelassen. Ich dachte, du hättest erraten, weswegen ich dich rufen ließ."

„Nein. Leider war ich keineswegs so weitblickend. Ich habe einfach nur gelesen. Wenn ich gewusst hätte, dass du hier unten sitzt, Geschirr an die Wand wirfst und mein gesellschaftliches Debüt planst, wäre ich aus dem Fenster geklettert und in den Stall gezogen."

Ihr Großvater schmunzelte in sich hinein. „Freches Ding."

„Schrulliger alter Mann", erwiderte sie und lächelte ihn heiter an.

Um seine Lippen zitterte es. „Ach, Beth, bestimmt gefällt es dir in London, du wirst schon sehen. Bei deinem Aussehen und deiner Lebhaftigkeit, ganz zu schweigen von der Mitgift, die ich dir aussetzen werde, werden dir sämtliche Dukes, Earls und Viscounts die Tür einrennen."

Klirrend stellte sie die Teetasse ab. „Eine Mitgift?"

„Natürlich bekommst du eine Mitgift!"

Beth seufzte. Woran lag es nur, dass auch der einfachste Plan nie wirklich einfach war? Bei der Vorstellung, ganze Heerscharen von Verehrern auf den Fersen zu haben, erbebte sie unmerklich. Sie würde schon sehr geschickt vorgehen müssen, um diesem Anreiz die Zugkraft zu nehmen. „Zumindest wird es Charlotte guttun, als meine Anstandsdame mitzukommen. Sie wird …"

„Nein." Die Miene ihres Großvaters wurde störrisch. „Deine Stiefmutter wird damit nichts zu schaffen haben."

„Du bist viel zu streng mit der armen Charlotte."

Ihr Großvater hatte Charlotte noch nie gemocht. Beth konnte sich gar nicht vorstellen, warum nicht, normalerweise war er in seinem Urteil nicht so hart.

„Ich verdamme den Tag, an dem dein Vater diese Frau geheiratet hat. Für diese Position war sie schließlich überhaupt nicht geeignet. Und jetzt sieh sie dir an, wie sie schamlos mit diesem Mann flirtet ..." Missbilligend presste er die Lippen zusammen.

„Charlotte ist schon sehr lang Witwe. Vater hätte nicht gewollt, dass sie allein bleibt. Sie scheint recht glücklich über Lord Benningtons Artigkeiten, und zumindest das hat sie doch verdient."

„Bennington! Pah! Dem traue ich nicht. Ich traue keinem von beiden!"

„Als Vater noch lebte, war Charlotte ihm herzlich zugetan. Du selbst hast mir erzählt, dass sie ihn in seinen letzten Monaten so hingebungsvoll gepflegt hat, dass sie selbst krank wurde ..."

„Ich will nicht mehr darüber reden."

Beth seufzte. Als ihr Vater starb, war sie noch klein gewesen, doch sie erinnerte sich an Charlottes verhärmte Miene und dass die Frau praktisch im Krankenzimmer gelebt hatte. Nach seinem Tod war Charlotte selbst bettlägerig geworden und erst nach Monaten wieder aufgestanden. Wenn Dr. Neweston nicht gewesen wäre, läge Charlotte vermutlich immer noch im Bett. „Großvater, Charlotte hat nicht ..."

„Kommt Dr. Neweston noch zu ihr?"

Beth runzelte die Stirn. „Ja. Heute bringt er ihr ihre Medizin vorbei."

„Gut. Und jetzt genug von Charlotte, ich will nicht mehr von ihr reden. Beth, du wirst dich so bald wie möglich in unserem Londoner Stadthaus etablieren. Deine Cousine Beatrice kehrt in die Stadt zurück, um dir als Anstandsdame zu dienen."

„Cousine Beatrice?"

„Sie ist genau die Richtige für diese Aufgabe. Sie ist ein bisschen älter als du, aber doch noch so jung, dass sie über genügend Energie verfügt, um mit dir durch London zu ziehen. Ich habe ihr vor einem Monat geschrieben, aber sie war mit ihrem Ehemann auf dem Kontinent unterwegs. In zwei Wochen kehrt sie nach London zurück."

„Dann habe ich also zwei Wochen ..."

„Nein. Du fährst morgen nach London. Du musst dir neue Kleider machen lassen, Schuhe kaufen, all das frivole Zeugs. Bis Beatrice kommt, wird Lady Clearmont dich begleiten.“ Er ließ Beth gar keine Zeit zu protestieren, sondern begann mit atemberaubender Geschwindigkeit, ihr Anweisungen zu Banken und Konten zu erteilen.

Als er innehielt, um Atem zu schöpfen, warf sie rasch ein: „Großvater, meine Kapitulation hat ihren Preis.“

Misstrauisch hob er eine Augenbraue.

„Ich gehe nach London, aber nur für diese Saison, egal ob ich einen Ehemann finde oder nicht.“

Ihr Großvater ließ die Schultern hängen. „Du bist ein schwieriges Kind.“

„Und du bist ein schwieriger alter Mann, deswegen verstehen wir uns auch so gut. Du musst mir versprechen, dass du nicht mehr von Ehemännern anfängst, wenn ich diese Saison hinter mich gebracht habe. Nie wieder.“

„Und wenn ich nicht einverstanden bin?“

„Dann gehe ich überhaupt nicht nach London. Stattdessen bleibe ich zu Hause und hege und pflege dich, bis du um Gnade winselst.“

Seine Miene verfinsterte sich. „Es könnte dir nichts schaden, wenn du dir einen Ehemann suchtest.“

„Ich habe doch gesagt, dass ich gehe“, erklärte Beth und lachte. „Damit wirst du dich zufriedengeben müssen. Also, wie war das mit dem Bankwechsel?“

Widerstrebend begann der Herzog, ihr zu erklären, wie er die Finanzierung ihrer Reise organisiert hatte, doch im Verlauf der Ansprache gewann seine Begeisterung wieder die Oberhand.

Beth hörte nur mit halbem Ohr zu. Sie würde nach London fahren, damit ihr Großvater beruhigt sein konnte, eine Horde geldgieriger Verehrer, die nur auf ihre Mitgift aus waren, würde sie hingegen nicht dulden. Unmöglich. Während der Herzog ihr also seinen Plan auseinandersetzte, begann Beth, selbst einen zu schmieden.

Genau vier Wochen später betrat Beth den glitzernden Ballsaal der Smythe-Singletons, wo sie sofort die kleine Gruppe Gentlemen entdeckte, die alle Neuankömmlinge ungeduldig beäugten.

Leise vor sich hin fluchend, wandte sie sich ab, damit sie sie nicht entdeckten.

„Wie bitte?", fragte Lady Clearmont und gähnte hinter ihrem Fächer.

Beth setzte ein Lächeln auf. „Hier ist es ziemlich heiß, nicht wahr? Ich frage mich, ob es im Kartenzimmer wohl kühler ist."

Lady Clearmonts Miene hellte sich sofort auf, und sie fasste ihr vollgestopftes Retikül fester.

Beth verbarg ein Lächeln. Obzwar mit einem großen Herzen gesegnet, war Lady Clearmont eine absolut ungeeignete Anstandsdame, da sie jedes Mal kurz nach der Ankunft auf irgendeiner Gesellschaft schnurstracks im Kartenzimmer verschwand. Wenn nicht gespielt wurde, suchte sie sich einfach einen bequemen Sessel und verdämmerte den Abend, bis Beth bat, nach Hause gebracht zu werden.

Erfreulicherweise war dies alles in Beths Sinn. Eine nicht vorhandene Anstandsdame zog sie allen anderen vor, und so betrachtete sie es als glückliche Fügung, dass Beatrices Ankunft sich um weitere zwei Wochen verzögert hatte. Schon in dem einen kurzen Monat, den Beth nun in London weilte, hatte sich die Anzahl der Gentlemen, die bei jeder Gesellschaft auf sie warteten, beständig verringert. Von den ungefähr zwanzig geldgierigen Glücksrittern waren nur noch fünf übrig geblieben.

Beth betrachtete das Grüppchen mit kampfbereitem Blick. Wenn sie auch nur einen von ihnen davon abbringen könnte, um sie zu werben, würde sie diesen Abend als Erfolg verbuchen.

Ein elegant gekleideter junger Herr ging vorüber und begegnete zufällig ihrem Blick. Sie lächelte und winkte ihm zu. Er starrte sie an, schluckte, sah sich panisch nach einer Fluchtmöglichkeit um und machte dann auf dem Fuß kehrt, um eilig in die andere Richtung zu laufen.

Lady Clearmont blinzelte. „Das war Viscount Poole-Stanton!"

„Ja", pflichtete Beth bei, bemüht, das Lächeln nicht in ein breites Grinsen entgleisen zu lassen.

Lady Clearmont wandte sich Beth zu. „Warum geht er dir aus dem Weg? Zuerst schien er doch so angetan und kam fast jeden Tag zu Besuch. Und dann hörte er auf einmal damit auf. Genau wie Lord

Silverton, Mr. Benton-Shipley, Sir Thomas, Lord Chivers – einfach alle!“

„Komisch, nicht wahr?“, meinte Beth kopfschüttelnd. „Die Herren heutzutage sind so wankelmütig.“

Lady Clearmont ließ sich das durch den Kopf gehen. „Wie wahr! Sieh dir nur den Prinzregenten an. Was für eine traurige Sache!“

Beth stellte sich auf die Zehenspitzen. „Ich glaube fast, ich habe eben Lord Beaufort ins Spielzimmer gehen sehen!“

„Wirklich? Beim Spiel gestern habe ich ihm vierzig Guineen abgeknöpft. Vielleicht möchte er noch einmal das Fell über die Ohren gezogen bekommen!“ Sie wandte sich schon zum Gehen, hielt aber noch einmal kurz inne. „Wirst du …“

„Ich werde dich genau hier erwarten, wenn du wiederkommst.“ Beth blickte zu dem Grüppchen Gentlemen, die gerade außer Hörweite standen. Sobald ihre Anstandsdame gegangen war, würden sie sich auf sie stürzen wie die Heuschrecken. Eine Plage, das waren sie.

„Also schön. Du weißt ja, wo du mich findest.“ Lächelnd eilte Lady Clearmont Richtung Spielzimmer davon.

Beth ließ ihren Verehrern keine Zeit zum Ausschwärmen. Stattdessen ging sie direkt auf sie zu. Die modisch gekleideten Herren strafften die Schultern, rückten Krawattentücher zurecht, zupften an Manschetten und strichen sich das ohnehin schon glatte Haar noch glatter.

„Lady Elizabeth!“, sagte der Duke of Standwich und trat mit einer eifrigen Verbeugung vor. „Wie entzückend Sie heute Abend aussehen!“ Er war schon ein wenig älter und tönte sich das Haar in einem ungünstigen Braunton, der dazu neigte, seinen Hemdkragen rötlich zu verfärben.

Viscount Longwood ergriff ihre Hand und drückte einen leidenschaftlichen Kuss darauf. Der Viscount war der jüngste Sohn eines verarmten Earls und verzweifelt auf der Suche nach einer reichen Frau. „Gerade habe ich zum Comte gesagt, dass Sie die schönste Frau von ganz London sind.“

„Und ich“, beeilte sich Comte Villiers hinzuzufügen, „habe zu *allen* gesagt, dass Sie die schönste Frau der ganzen Welt sind!“

Beth hatte den leisen Verdacht, dass es sich bei der Geschichte, wie der Comte mit seinem gesamten Vermögen aus Frankreich entkommen war, genau darum handelte – um eine Geschichte.

Sie blickte noch einmal über die Schulter, um sicherzugehen, dass Lady Clearmont tatsächlich im Spielzimmer verschwunden war, ehe sie in einen eleganten Knicks sank. „S-s-sie sind alle v-viel z-zu f-f-freundlich. D-d-danke, C-c-comte V-v-villiers und L-l-lor…“

„Natürlich“, unterbrach Viscount Dewsbury hastig. Er war neunzehn und der einzige von Beths verbliebenen Verehrern, der über irgendwelche Mittel verfügte. Leider gebrach es ihm an gesellschaftlichem Schliff. Nun ergriff er ihre Hand und tätschelte sie auf herablassende Weise. „Lady Elizabeth, es besteht keinerlei Grund, sich das hübsche Köpfchen zu zerbrechen, wenn Sie sich nicht an unsere Namen erinnern.“

Beth biss sich auf die Lippen, um ein Kichern zu ersticken. „A-a-aber ich s-s-sollte Ihnen d-doch f-für Ihre …“

„Genau“, unterbrach der Herzog mit einem überlegenen Grinsen. „Lady Elizabeth, ich hoffe, Sie haben für mich einen Tanz reserviert?“

„I-i-ich …“

Eine junge Matrone in Rosa platzte in die Runde. „Da bist du ja!“

Beth schnappte nach Luft. „Beatrice!“ Im nächsten Moment wurde sie in eine parfümgeschwängerte Umarmung gezogen. „Wann bist du denn in London eingetroffen?“

Beatrice – inzwischen Mrs. Thistle-Bridgeton – war groß, drall und honigblond und für ihre spaßige Art ebenso bekannt wie für ihre ziemlich ausladende Nase. „Ich bin erst heute Abend angekommen. Dein Großvater sagte, dass ich dich so bald wie möglich aufsuchen soll, damit dir nichts passiert.“

Beth lächelte und wollte schon antworten, als ihr Blick auf ihr fasziniert lauschendes Publikum fiel. Ach so. Das Stottern. Sie lächelte gezwungen. „N-n-n-na so w-w-was! C-cousine B-b-beatrice! W-w-wie schön, dich zu s-s-sehen!“

Beatrice blinzelte. Mehrmals.

Warnend hob Beth die Brauen. „I-ich h-h-hab dir s-so v-viel zu erzählen!“

Beatrice rang sich ein reichlich schwaches Lächeln ab. „Ja, ich glaube auch, dass du mir eine *Menge* zu erzählen hast!“

„Beatrice, k-kennst d-du den D-d-uke of St-st-“

„Oh ja!“, erwiderte Beatrice hastig und warf Beth einen scharfen Blick zu. „Ich kenne den Herzog recht gut.“ Eilig fügte sie hinzu:

„Ich kenne sie sogar alle, danke. Meine Herren, ich muss Ihnen Elizabeth leider entführen. Ich habe sie schon eine Ewigkeit nicht mehr gesehen, und wir haben so viel zu besprechen!"

„Aber natürlich", versetzte der Herzog, steckte die Daumen in seine Weste und grinste dümmlich. „Mrs. Thistle-Bridgeton, ich hoffe, dass Sie uns Lady Elizabeth bald wiederbringen."

„Ach, Sie werden gar nicht merken, dass Sie weg war!" Beatrice hängte sich bei Beth ein. Um ihre Mundwinkel spielte ein amüsiertes Lächeln. „Wir sind zurück, ehe Beth noch Zeit hätte, ‚Dilly' zu sagen!"

Beth konnte kaum die Hand zum Abschiedsgruß heben, bevor sie von ihrer entschlossenen Cousine weggezerrt wurde. Gleich darauf zischte Beatrice ihr ins Ohr: „Was um alles in der Welt treibst du da?"

„Ich halte mir die Wölfe vom Leib."

Beatrice verschluckte sich beinahe vor Lachen, während sie ihre Cousine in eine abgeschiedene Nische zog. „Himmel, Beth! Tut mir leid, dass ich so spät aus Italien zurückkomme. Das Wetter war … ach, ist ja egal. Was hat dich nur dazu getrieben, dir ein derartig schauderhaftes Stottern zuzulegen?"

„Diese Hohlköpfe. Ich langweile mich zu Tode."

Beatrice lachte. „Dein Großvater wird der Sache ein Ende bereiten, sobald er hier eintrifft."

„So schnell kommt er aber nicht. Beatrice, es geht ihm nicht gut."

Das ernüchterte Beatrice. „Darüber habe ich mir schon Gedanken gemacht, als ich seinen Brief bekam, aber dann dachte ich, dass er deine Stiefmama vielleicht nicht allein lassen wollte."

Beth runzelte die Stirn. „Charlotte nicht allein lassen? Warum sollte er …"

„Oder das Haus", fügte Beatrice hastig hinzu. „Er liebt Massingale House."

„Ich auch. Sosehr es mir in London gefällt, noch lieber wäre ich jetzt dort."

„War Lady Clearmont so schrecklich?"

„Nein, keineswegs. Ich bekomme sie ja kaum zu sehen."

„Wie schrecklich! Meine Schwiegermutter – Klatschtante, die sie ist – hat mir von deiner Ankunft berichtet und dass du angeblich eine Mitgift besitzt, die jeder Beschreibung spottet. Vermutlich hast du ganze Heerscharen von Verehrern!"

„Ich *hatte* ganze Heerscharen von Verehrern“, berichtigte Beth lächelnd. „Bis auf ein paar wenige habe ich sie vertrieben. Wie viel Geld ich auch haben mag, es ist keine schöne Vorstellung, jeden M-m-morgen b-beim F-f-frühstück mit d-d-dem h…h-hier k-konfrontiert zu w-w-werden.“

Beatrice lachte fröhlich. „Ich ertrage es ja jetzt kaum noch. Wie kommst du nur auf so etwas Verschlagenes?“

„Aus purer Verzweiflung. Großvater meinte, ich sollte jetzt noch heiraten, bevor er …“ Beth konnte die Worte nicht aussprechen.

Beatrice wurde sofort wieder ernst. „Beth, das tut mir so leid.“

„Mir auch. Ich habe ihm versprochen, dass ich eine Saison in London verbringen werde. Danach, so hat er mir versprochen, würde er nie wieder vorschlagen, dass ich ihn verlassen soll.“

„Verstehe. Er hofft, dass du jemanden kennenlernst?“

„Natürlich. Ich kann nicht zulassen, dass irgendwer zu meinem Großvater rennt und um meine Hand anhält, zumindest keiner, den er akzeptieren könnte. Wenn er jemanden fände, den er für passend hielt, würde er darauf bestehen, dass ich ihn heirate, trotz aller Versprechungen. Das weiß ich genau.“

„Dann steckst du wirklich in der Klemme. Hoffentlich funktioniert dein Plan.“

Beth zuckte mit den Schultern. „Wenn nicht, werde ich mir eine andere schlechte Angewohnheit zulegen. Und noch eine und noch eine, bis nicht einmal mehr du meine Gegenwart erträgst.“

Beatrice lachte. „Harry würde das alles brennend interessieren. Darf ich es ihm erzählen?“

„Ja, aber niemandem sonst.“ Beth lächelte ihre Cousine sehnsüchtig an. „Wie geht es Harry?“

Beatrices Wangen liefen rot an, und das freudige Lächeln milderte die Wirkung ihrer langen Nase. „So unfashionabel es auch sein mag, ich bin ganz verrückt nach meinem Mann. Und er nach mir. So war es von Anfang an, und mit jedem Jahr wird es schlimmer.“

„Vielleicht begegnet mir eines Tages auch einmal so ein Glück.“

Beatrice warf ihr einen merkwürdigen Blick zu. „Es wird passieren, Beth. Wenn du am wenigsten damit rechnest.“

„Vielleicht. Im Augenblick werde ich allerdings gut beschützt von meinem St-st-st-“

„Hör auf!“ Beatrice kicherte. „Tu das bitte nicht, wenn wir unter uns sind. Sonst muss ich dich erwürgen. Ach, Beth! Du bist so ein Frechdachs! Mit deinem Stottern verhinderst du jedenfalls, dass sich jemand in dich verliebt.“ Nachdenklich sah Beatrice sie an. „Die Frage ist nur, wird es auch verhindern, dass *du* dich in einen von *ihnen* verliebst?“

„Ich? Ich bin doch viel zu nüchtern, als dass ich …“

„Dürfte ich um diesen Tanz bitten?“, ertönte eine tiefe männliche Stimme hinter Beth.

Sie setzte schon zu einer Antwort an, als ihr Blick auf Beatrices Gesicht fiel. Ihre Cousine stand da und sperrte Mund und Augen auf.

Beth wandte den Kopf … und sah sich einem unglaublich attraktiven Mann gegenüber. Er war groß und breitschultrig, doch vor allem sein Gesicht traf sie wie ein Blitz. Das schwarze Haar fiel ihm in die Stirn, sein Kinn war fest, sein Mund maskulin und doch sinnlich. Aber ganz besonders die Augen erregten ihre Aufmerksamkeit: hellgrün, mit dichten Wimpern und sündhaft schön.

Ihr klopfte das Herz, die Hände wurden ihr feucht, und ihr Magen krampfte sich auf unschöne Art zusammen. Ihr ganzer Körper fühlte sich bleischwer an. Was um alles in der Welt war nur los mit ihr? Hatte sie etwas Falsches gegessen? Vielleicht eine Jakobsmuschel, die hatte sie noch nie vertragen.

Der Mann, der sich nicht bewusst war, dass seine Wirkung mit einem Schalentier hinwegerklärt wurde, lächelte sie warm an, und seine Augen glitzerten schalkhaft. „Ich glaube, ich habe versäumt, mich vorzustellen. Gestatten Sie.“ Er verbeugte sich. „Viscount Westerville.“

„Ah!“, erklärte Beatrice und wurde munter, als hätte ihr jemand einen kleinen Stoß versetzt. „Westerville! Rochesters Ba…“ Glühende Röte stieg ihr ins Gesicht. „Ich meinte …“

„Ja“, erwiderte der Viscount verbindlich. Er verneigte sich. Sein Blick war immer noch auf Beth gerichtet.

Bevor sie wusste, wie ihr geschah, hatte er ihre Hand ergriffen und an die Lippen geführt. Ein heißer Blitz schoss ihr in die Finger und wärmte sie bis hinunter zu den Zehen.

„Nun, Lady Elizabeth?“, fragte er, während sein Atem über ihre Hand strich. „Wollen wir tanzen?“

3. KAPITEL

Für Stiefelwichse gibt es zahllose Rezepte, von denen manche so unwahrscheinliche Zutaten wie Fledermausblut oder Leichenstaub enthalten. Ich bediene mich eines einfacheren Rezepts: ein Teil Kerzenwachs auf zwei Teile Champagner. Auf die richtige Temperatur erhitzt und energisch auf den Stiefel gerieben, verfehlt es selten, für beispiellosen Glanz zu sorgen. Und natürlich erspart einem dies auch, nach einem reichlich staubigen Leichnam zu suchen. Manchmal ist der einfachste Weg auch der beste.

Leitfaden für den vollkommenen Butler und Kammerherrn von Richard Robert Reeves

Vor nicht einmal einer halben Stunde hatte der Butler die Eingangstür des Smythe-Singleton'schen Stadthauses geöffnet. Später sollte Beltson der Haushälterin erzählen, dass der Gast, der nun eintrat – ein Viscount –, von allen Gästen an diesem Abend der interessanteste gewesen sei. Von Kopf bis Fuß in strenges Schwarz gekleidet, strahlte der Besucher eine ruhige Überlegenheit aus, die ihn sogleich als Mann von Ansehen und Charakter auswies.

Noch besser war der strahlende Smaragd, der am Krawattentuch des Gentlemans funkelte, ein Edelstein, der die hellgrünen Augen und das schwarze Haar des Herrn erst richtig zur Geltung brachte. Die Haushälterin zitterte, als sie von der Haar- und Augenfarbe des Viscounts hörte; bei diesem Anblick müssten Mr. Beltson ja die Haare zu Berge gestanden haben, erklärte sie. Ob er nicht glaube, dass er den Teufel höchstpersönlich willkommen geheißen habe?

Der Butler antwortete nicht, da die Haushälterin die schauderhafte Angewohnheit hatte, jedes Wort zu wiederholen, das er äußerte, obwohl er beim Öffnen der Tür tatsächlich einen Augenblick gezögert hatte. Und als er den grimmigen, gnadenlosen Gesichtsausdruck des Fremden gesehen hatte, war Mr. Beltson einen Schritt zurückgewichen.

Obwohl der Herr rasch eine höflichere Miene aufgesetzt hatte und sich als Mitglied des *ton* identifizierte, wurde Mr. Beltson die leise Unruhe nicht los. Er war außerordentlich froh, dass der Blick des frisch gekürten Viscount Westerville nicht ihm gegolten hatte.

Christian hätte die Überlegungen des Butlers ziemlich zutreffend gefunden. Die Gesellschaft besuchte er nur aus einem einzigen Grund: Er wollte die Enkelin des Duke of Massingale ausfindig machen. Er würde diese Lady Elizabeth finden, sich vorstellen lassen und sich durch sie Zutritt zum Haus seines Feindes verschaffen.

Es war ein einfacher Plan, und Christians Erfahrungen als Straßenräuber sagten ihm, dass die einfachsten Pläne oft die besten Ergebnisse zeitigten. Sein Ziel hatte er binnen zwei Minuten erreicht.

Dass Lady Elizabeth schon etwas älter war, war eine wohlbekannte Tatsache; vor ihrer Ankunft in London war viel über sie spekuliert worden. Allerdings sah sie trotz ihres fortgeschrittenen Alters nicht so altjüngferlich aus, wie er sich erhofft hatte; es hieß sogar, dass sie die Stadt im Sturm eroberte.

Über ihr Äußeres hatte er schon einige Informationen. Der Stallbursche, den er beauftragt hatte, sie auf Schritt und Tritt zu überwachen, war in seiner Beschreibung fast poetisch geworden. Allerdings hatte er nichts anderes erwartet – der Kerl wollte etwas liefern für die Goldmünzen, die er sich verdienen sollte. Eine Schande, dass Lady Elizabeth hübsch war, denn nun würden ihr nicht nur die ganzen Glücksritter nachstellen, sondern es würden ihr auch all die romantischen Dummköpfe den Hof machen und sie mit schrecklichen Gedichten überschütten.

Ärgerlich, eine so öffentliche Figur zu umwerben; seinen Zwecken hätte es viel besser entsprochen, wenn sie klein, plump und sommersprossig gewesen wäre.

Auf dem Weg in den Ballsaal strich Christian sich die Manschetten glatt und erkundigte sich beim erstbesten Gast nach Lady Elizabeth. Wie Christian vorhergesehen hatte, wusste der Dummkopf genau, wo sie zu finden war.

Lady Elizabeth stand zwischen dem Tisch mit den Erfrischungen und den Fenstertüren und war erstaunlicherweise nicht von Verehrern umringt. Christian sah sie sich genau an. Von hinten verhieß ihre Gestalt den Liebreiz, den Christians Bursche gepriesen hatte, eine Erscheinung mit goldenem Haar und sinnlichen Kurven in blauer Seide und cremefarbener Spitze. Ihre Figur war zart und wohlgerundet, das Haar türmte sich in köstlich üppigen goldblonden Locken auf dem Kopf.

Schade, dass eine solche Schönheit eng verwandt mit seinem Feind war, andernfalls hätte er sich ihr durchaus ohne Hintergedanken genähert. Doch das Leben war nur selten gerecht.

Als er näher kam, hörte er Lady Elizabeth über eine Bemerkung ihrer Begleiterin lachen. Er verlangsamte seinen Schritt, versuchte ihre Gesten und Bewegungen zu deuten. Da er jahrelange Erfahrung darin hatte zu beurteilen, wer ein lohnendes Ziel abgeben würde und wer nicht, hatte Christian gewisse Fähigkeiten entwickelt, seine Mitmenschen nach der Art ihrer Bewegungen und Sprechweise einzuschätzen.

Lady Elizabeth war nicht so züchtig, wie zu erwarten gewesen wäre. Ihre Haltung verriet Sinnlichkeit, auch die Art, wie sie beim Lachen den Kopf zurückwarf oder ungeduldig mit der Hand wedelte.

Sie war eine Frau, die sich nach mehr sehnte. Diesen Charakterzug erkannte er sofort, und zu seinem Leidwesen brachte er tief in ihm eine Saite zum Erklingen.

Christians Augen wurden schmal. Sie war ganz anders, als er erwartet hatte. Seine Spione hatten ihm erzählt, sie sei ein Blaustrumpf und gehe keinerlei amüsantem Zeitvertreib nach, außer auf dem Familiengut auszureiten und ihrem Großvater Gesellschaft zu leisten. Eigentlich hatte er eine schüchterne, zurückhaltende Frau erwartet, die ihrem betagten Anverwandten pflichtbewusst ihre Jugendjahre geopfert hatte. Eine bescheidene Märtyrerin wäre einfach zu bezirzen gewesen.

Christian war nicht auf die Idee gekommen, dass sie zudem schön, sinnlich und lebhaft sein könnte.

Was sie auch war, sie stand direkt vor ihm. Er wartete auf eine Gesprächspause, und bei der ersten sich bietenden Gelegenheit sagte er: „Dürfte ich um diesen Tanz bitten?“

Mit wehendem Kleid wandte Lady Elizabeth sich zu ihm um und hob erstaunt den Blick zu seinem. In diesem Augenblick geschah es: Die körperliche Anziehungskraft durchzuckte ihn wie ein Blitz, sodass ihm das Herz in der Brust pochte.

Er konnte sie nur anstarren. Sie war so schön, wie man ihm berichtet hatte, aber nichts hatte ihn auf den tatsächlichen Anblick dieser Schönheit vorbereitet, auf die Leidenschaft, die aus ihren großen braunen Augen sprühte, auf den verlockenden Schwung ihrer üppigen Lippen, auf die sinnliche Linie ihres Halses und ihrer Wangen. Sie verkörperte Leidenschaft und Reinheit, Versuchung und Begehren, Scharfsinn und Sinnlichkeit, und das alles zur selben Zeit. Als hätte sie seine Gedanken gespürt, schob sie die Lippen zu einem entzückenden Schmollen vor, das er am liebsten auf der Stelle weggeküsst hätte.

Christian musste sich zwingen, sie nicht inmitten des Ballsaals in die Arme zu reißen. Und dann dämmerte ihm die Wahrheit: Er war der einen Frau begegnet, die er nie würde berühren können. Der er sich nie hingeben konnte. Der er niemals Zutritt zu seinem Leben oder Zugang zu seinem Herzen einräumen konnte. Die geheimnisvolle Lady Elizabeth war die Enkelin von Christians verhasstem Feind, und das würde er nicht vergessen, egal wie sein verräterischer Körper auf ihre Nähe reagierte.

Verdammt, was passierte nur mit ihm? In all den Jahren der geheimen Verabredungen und hitzigen Flirts mit verführerischen und reichen Damen in luxuriösen Kutschen hatte er nie ein derart unmittelbares Verlangen verspürt.

Auch sie schien etwas gefühlt zu haben, denn sie blinzelte rasch. Sie sagte nichts, doch tief in ihren dunklen Augen glitzerte etwas. Vielleicht hatte sie etwas in ihm erkannt.

Und genau das war es auch, eine merkwürdige Art des Erkennens. Fast als wären sie sich schon einmal begegnet, obwohl das unmöglich war. Eine solche Frau hätte er nie vergessen. Wieder sah er sie an, und sein Verlangen wuchs und verstärkte sich, bis eine Flamme reiner, heißer Lust in ihm loderte.

Was zum Teufel fehlte ihm nur? Lady Elizabeth war keine Frau wie die anderen, die er rasch umwarb, bis er sie im Bett hatte, und dann vergaß. Nein, dies hier war die Enkelin seines größten Feindes.

Vielleicht waren seine Gefühle deshalb bis aufs Äußerste angespannt. Ja, das musste es sein. Erleichtert verneigte er sich. „Ich glaube, ich habe versäumt, mich vorzustellen. Gestatten Sie. Viscount Westerville."

„Ah!", erklärte Lady Elizabeths Begleiterin, die plötzlich munter wurde. Auch wenn sie ein wenig pferdegesichtig war, verrieten ihre Augen Intelligenz. „Westerville! Rochesters Ba…“ Sie errötete. „Ich meinte …“

„Ja“, erwiderte er, nicht im Mindesten aus der Fassung gebracht, dass seine Herkunft anscheinend in Zweifel gezogen wurde. Er hatte keine Geheimnisse. Zumindest nicht diesbezüglich. In der Gesellschaft wurde viel darüber getuschelt, dass sein Vater den Trauschein und die Zeugenaussagen, die Christian und seinen Bruder zu seinen rechtmäßigen Erben erklärten, einfach gefälscht hatte. Sie hatten recht, auch wenn Christian nicht die Absicht hatte, dies irgendwem auf die Nase zu binden. Sein Vater hatte nichts für seine Kinder getan, da schien es nur gerecht, dass der alte Mistkerl wenigstens auf dem Totenbett versucht hatte, es wiedergutzumachen.

Doch jetzt war nicht der geeignete Zeitpunkt, über seine Kindheit nachzugrübeln. Christian verbeugte sich vor der Dame vor ihm, den Blick immer noch auf ihr anziehendes Gesicht gerichtet. Er ergriff ihre Hand und streifte sie mit den Lippen, wobei er die Wärme durch den Handschuh spüren konnte. Gleichzeitig fühlte er sich von ihrem berauschenden Duft umhüllt. Sie roch nach Flieder und Rose – schwere, sinnliche Düfte. Sein Körper spannte sich an, und er musste all seine Selbstbeherrschung zusammennehmen, um einigermaßen gelassen sagen zu können: „Nun, Lady Elizabeth? Wollen wir tanzen?“

Ihre Finger schlossen sich fester um die seinen, beinahe als befürchtete sie, er könnte sich abwenden und weggehen. Dann aber hielt Lady Elizabeth inne, schüttelte den Kopf und entzog ihm ihre Hand. „Nein, danke.“

Er hob die Brauen. „Nein? Sind Sie sicher?“

Ihr Mund verzog sich zu einem leichten Lächeln, und sie sagte mit ihrer weichen, volltönenden Stimme: „Wir sind einander nicht richtig vorgestellt worden. Da kann ich doch nicht mit Ihnen tanzen.“

Christian beschlich der Eindruck, dass sie, auch wenn sie lächelte, etwas aus seiner Reichweite gerückt war, dass sie sich hinter der Mauer ihrer Entschlossenheit verschanzte. Er zwang sich weiterzulächeln, obwohl ihm im Moment wirklich nicht danach zumute war.

Die Lady versteckte sich also hinter den Konventionen. Das stellte nun wirklich eine Herausforderung dar. Er riskierte einen Blick auf die Begleiterin der Dame und sah, dass diese Lady Elizabeth höchst erstaunt betrachtete, so als könnte sie ihren Ohren nicht ganz trauen.

Christian unterdrückte ein Lachen. Vielleicht war die junge Frau doch nicht so spröde, wie sie tat? Nun, bei diesem Spiel konnte er auch mitmachen.

Er verschränkte die Arme vor der Brust und blickte mit leicht gehobenen Brauen auf sie hinunter. „Nein, Mylady. Wir sind uns nicht richtig vorgestellt worden. Im Grunde genommen sind wir uns *ungebührlich* fremd.“ Er verharrte bei dem Wort, liebkoste es verführerisch mit der Stimme.

Sie senkte den Blick, sodass ihre langen Wimpern auf den plötzlich ganz rosigen Wangen ruhten.

„Mylord“, versetzte die Anstandsdame scharf und wedelte so heftig mit dem Fächer, dass er jeden Augenblick davonzufliegen drohte, „es ist üblich, so lang zu warten, bis man durch einen Dritten vorgestellt wird, ehe man eine Dame zum Tanz auffordert.“

„Ja, aber ich hätte nicht gedacht, dass Lady Elizabeth hier zu der Sorte Frauen gehört, die auf derartige Dinge bestehen.“

Das trug ihm erneut einen Blick von Elizabeth ein. „Und für welche Sorte Frau halten Sie mich dann?“

„Die Sorte, die Langeweile nicht toleriert.“

Das schien sie gleichzeitig zu freuen und zu ärgern. Amüsiert beobachtete er den Widerstreit dieser gegensätzlichen Empfindungen. Schließlich schüttelte sie mit leisem Bedauern den Kopf. „Mylord, Sie kennen mich überhaupt nicht.“

„Ähm, Beth?“, begann ihre Begleiterin mit einem warnenden Unterton.

Lady Elizabeth wandte den Kopf. „Ja?“

Die Dame blickte von Elizabeth zu Christian und wieder zurück. „Du … ähm … hast etwas vergessen.“

Lady Elizabeth zog die Brauen zusammen. „Was denn?“

Die Anstandsdame tat nun etwas sehr Merkwürdiges: Sie tippte sich mit dem Finger an die Lippen.

Lady Elizabeth runzelte die Stirn. „Wa… *oh!* Das. Das habe ich ganz vergessen.“ Sie biss sich auf die Lippen und warf Christian einen verstohlenen Blick zu.

Christian hatte Mühe, nicht die Hand auszustrecken und ihre Unterlippe zu berühren, in die sie eben die Zähne gegraben hatte. Verdammt, der Mund dieser Frau war für Leidenschaft wie geschaffen. „Verzeihen Sie, Mylady. Was genau haben Sie denn vergessen? Vielleicht könnte ich Ihnen bei der Suche behilflich sein?"

Lady Elizabeths Begleiterin räusperte sich. „Nichts eigentlich. Lady Elizabeth sollte ihre Stimme heute Abend ein wenig schonen, für den Fall, dass sie später ... ähm ... singt ...", vage winkte sie mit der Hand, „... oder dergleichen."

„Sie soll singen? Hier auf dem Ball?"

Darauf trat verlegenes Schweigen ein.

Christian runzelte die Stirn, noch während er Elizabeths sanft gerötete Wangen betrachtete, den elegant geschwungenen Hals. Sie nur anzusehen war schon die reinste Freude. Schade, dass ihr Großvater ein Verbrecher war.

Er biss die Zähne zusammen. Das durfte er nie vergessen – die Wahrheit über den Duke of Massingale und wie er Christians Mutter dazu verdammt hatte, in einer feuchten Zelle eines schrecklichen Todes zu sterben. Der Gedanke daran, wie seine Mutter dort allein in der Zelle saß, all ihrer Besitztümer und ihrer Würde beraubt, würde jedes zartere Gefühl, das er für die Frau vor ihm empfinden mochte, im Keim ersticken.

Elizabeth wählte genau diesen Augenblick, um ihm durch ihre Wimpern hindurch einen verstohlenen Blick zuzuwerfen. Humor glitzerte in ihren Augen, und noch etwas anderes ... Sinnlichkeit, gepaart mit Unschuld. Christian empfand leises Bedauern und fragte sich, ob er wohl richtig handelte.

Verdammt, was dachte er sich nur? *Natürlich* handelte er richtig – plante er dies nicht schon seit Jahren? Das Leben ließ ihm schließlich gar nichts anderes übrig. Lady Elizabeth war sein Schlüssel zum geheimnisumwitterten Tod seiner Mutter. Aber zuerst musste er seine Pläne anpassen. Er würde nun nicht länger eine einsame Unschuld verführen, sondern eine schöne Frau, der die Verehrer nur so zu Füßen lagen.

Er blickte sich um und fragte sich, warum keiner zu sehen war. Warum auch immer, Christian wusste, dass es sie gab und sie nur den geeigneten Moment abwarteten. Die Frau vor ihm war einfach zu schön und auch zu reich, als dass man sie lange alleine ließ. Er würde sich von den Heerscharen ihrer Verehrer abheben müssen. Am besten wäre es, wenn er versuchte, anders zu sein, interessant und, wenn möglich, selbst begehrenswert.

Er legte den Kopf schief und sah sie direkt an. „Manche sehnen sich nach Sicherheit und Langeweile, andere nach Aufregung und Abenteuer. Zu welcher Sorte gehören Sie, Lady Elizabeth? Sind Sie eine schüchterne Jungfer, die auf Sicherheit aus ist? Oder eine wagemutige Frau voller Geheimnisse?"

Bei dieser persönlichen Bemerkung biss Beth sich auf die Lippen. Schauer rieselten ihr den Rücken herab. Der Mann vor ihr war weder sicher noch langweilig. Nein, er war sehr viel gewandter als alle Männer, die sie bisher kennengelernt hatte, und gewiss auch intelligenter. Sie fühlte sich zu ihm hingezogen und irgendwie auch von ihm herausgefordert.

„Nun?", beharrte er leise und warf ihr ein atemberaubendes schiefes Grinsen zu. „Zu welcher Sorte gehören Sie?"

Beth gestattete sich ein Lächeln – kurzfristig. „Mylord, was ich bin oder nicht bin, g-g-geht Sie nichts an."

Sein Blick flackerte kurz, als er ihr Stottern hörte, und sie wand sich innerlich. Aber auch wenn es bedauerlich war – ihr blieb gar nichts anderes übrig. Gott sei Dank hatte Beatrice sie noch an ihren Fehler erinnert.

Wenn ihr Plan funktionieren sollte, durfte sie nichts falsch machen, zumindest nicht so früh. Sie hatte schon eine ganze Reihe Verehrer abgeschreckt, aber es galt noch einige loszuwerden, und ein paar von ihnen zeigten sich erstaunlich hartnäckig.

Trotzdem ... sie warf dem Mann einen raschen Blick zu und musste eine Spur Bedauern hinunterschlucken. Bei all den Dummköpfen, die ihr bisher den Hof gemacht hatten, war es ihr egal, wenn sie der Sprache kaum mächtig schien, doch bei dem Mann, der jetzt vor ihr stand, war ihr das nicht recht. Ihm hätte sie durchaus etwas zu sagen gehabt, und sobald er eine seiner sarkastischen Sticheleien losließ, brannten ihr auf der Zunge die geistreichsten Antworten.

Anscheinend hatte Beatrice Beths Bedauern bemerkt, denn sie sagte rasch: „Beth, wage ja nicht ..." Mit großer Entschlossenheit ließ sie den federbesetzten Fächer zuschnappen. „Mylord, als Lady Elizabeths Anstandsdame muss ich diese Unterhaltung leider unterbinden, bis Sie einander richtig vorgestellt wurden." Damit nickte sie dem Mann erhaben zu, nahm Beth am Ellbogen und zog sie zum Tisch mit den Erfrischungen.

„Wahrhaftig, Beth!", murmelte Beatrice. „Für dieses kleine Manöver habe ich bei dir jetzt etwas gut. Wenn ich mich nicht eingemischt hätte, hättest du deinen ganzen schönen Plan verdorben."

„Hätte ich nicht", widersprach Beth, doch ihre Stimme klang auch in ihren eigenen Ohren hohl. Sie blickte über die Schulter. Der Viscount stand immer noch dort, eine Hand lässig auf die Hüfte gelegt, und sah ihr nach, ein leises Lächeln um die sinnlichen Lippen.

Zögernd erwiderte Beth das Lächeln.

Die Reaktion kam umgehend: Sein ganzes Gesicht wurde von einem Strahlen erhellt. Beth stockte der Atem, so warmherzig war dieses Lächeln. Was hatte dieser Mann nur an sich, das ihn von allen übrigen Männern im Raum unterschied? Er war so … lebendig. So kraftvoll. Jeder Zoll von ihm sprach von Zielstrebigkeit, Tüchtigkeit und einer kaum unterdrückten Leidenschaft. Er war arrogant und ungestüm, stolz und reuelos. All das und mehr konnte sie an seiner Miene ablesen, und sie war fasziniert wie nie zuvor in ihrem Leben.

Beatrice zog Beth auf die andere Seite des Büfetts. „Endlich in Sicherheit!" Beatrice blickte zurück. „Gut. Lady Cumberland ist unterwegs zu ihm und wird ihn gleich in ein Gespräch verwickelt haben. Sie gehört nicht zu denen, die einen attraktiven Mann so schnell aus den Fängen lassen, wenn sie ihn einmal zu fassen bekommen haben. Wir brauchen nicht zu befürchten, dass er uns folgt."

Beth stellte sich auf die Zehenspitzen. Beatrice hatte recht: Lady Cumberland sprach tatsächlich mit Westerville. Gerade legte sie ihm besitzergreifend die Hand auf den Arm. „Was fällt ihr ein, sich so an ihn zu schmiegen?"

„Das tut sie doch bei jedem Mann, mit dem sie spricht."

„Ich weiß. Es ist nur … oh! Wenn ihr Kleid noch etwas tiefer ausgeschnitten wäre, würde ihr alles rausfallen." Beth zog eine finstere Miene. „Wie kann sie sich nur so zur Schau stellen? Ich würde niemals …"

„Lieber Himmel", sagte Beatrice fassungslos. „Du kannst dich doch nicht zu diesem Mann hingezogen fühlen!"

Widerstrebend riss Beth den Blick vom Viscount los. „Hingezogen? Wer hat gesagt, ich wäre zu ihm hingezogen?"

„Ich sehe es dir am Gesicht an. Allerdings würde ich dir raten, dich ein wenig zurückzuhalten. Westerville mag ein Viscount sein, aber seine Stellung ist undurchsichtig. Es heißt, dass ihm das Vermögen noch gar nicht sicher ist. Eigentlich gehen sogar Gerüchte, dass ..." Beatrice presste die Lippen zusammen. „Vergiss es."

„Was für Gerüchte?"

„Nichts. Gar nichts. Ich ... ich habe nur so dahingeredet."

„Da kannst du mir genauso gut gleich alles erzählen, was du weißt. Ich hole es ja doch aus dir heraus. Du konntest noch nie ein Geheimnis für dich behalten."

Beatrice seufzte. „Ich weiß, ich weiß. Aber nur, wenn du mir versprichst, dass du dich nicht zu diesem Mann hingezogen fühlst. Dein Großvater würde mich umbringen."

„Ich fühle mich nicht zu Lord Westerville hingezogen." Es war mehr als das. „Und was Großvater betrifft, dem ist egal, was ich tue."

Beatrice warf ihr einen betont ausdruckslosen Blick zu.

Beth wünschte sich, ihre Cousine würde ihren Großvater nicht so gut kennen. „Also schön. Großvater würde sich schon bekümmern." Sie sah noch einmal zum Viscount und fragte sich, ob ihr Großvater sich damals, als er seine zukünftige Frau zum ersten Mal gesehen hatte, wohl ebenso gefühlt hatte.

Bei dem Gedanken begann ihr Herz wie wild zu hämmern. Interessiert mochte sie sein, aber sie war *nicht* verliebt – ganz anders als ihr Großvater damals.

„Was für ein Durcheinander", meinte Beatrice kopfschüttelnd. „Beth, zwischen euch ist irgendetwas. Das habe ja sogar ich gespürt."

Beth warf einen weiteren Blick zu Westerville. Er hatte sich zu Lady Cumberland hinuntergebeugt, um ihr zuzuhören. Ihre roten Locken bildeten den perfekten Hintergrund für sein schwarzes Haar.

Aus unerfindlichen Gründen tat Beth plötzlich das Herz weh. Vielleicht war das, was sie empfand, eine rein körperliche Reaktion. Sie beobachtete ihn noch ein wenig. Allmählich keimte Ärger in ihr auf. Sollte sie dieses merkwürdige Gefühl nicht wenigstens näher ergründen? Sichergehen, dass es nichts weiter als körperliche Anziehungskraft war?

„Meine Liebe, bitte tu jetzt nichts Überstürztes."

Beth blinzelte ihre Cousine an. „Wie kommst du darauf, dass ich überhaupt etwas tun möchte?“

„Ich kenne dich seit deiner Geburt, und ich sehe dir an der Nasenspitze an, dass du irgendetwas im Schilde führst. Genau denselben Ausdruck hattest du auch, als du mich überredet hast, Wache zu halten, während du aus dem Stall deines Großvaters einen der neuen Wallache stibitzt hast.“

„Ausgeliehen“, meinte Beth mit einem leichten Grinsen. „Wir wollten das Pferd schließlich zurückbringen, oder? Von Stehlen war keine Rede!“

„Dein Großvater sah das damals anders. Vor allem, nachdem dich das Biest abgeworfen hatte. Himmel, ich war damals felsenfest davon überzeugt, dass du tot warst. Du kannst von Glück reden, dass du nicht mit dem Kopf auf einem Felsen aufgeschlagen bist. Und dein Großvater …“

„Der regt sich dauernd über irgendetwas auf.“

„Genau, sage ich doch! Ich bekomme seinen Ärger schon oft genug zu spüren, mehr kann ich davon nicht gebrauchen.“ Beatrice sah Beth in die Augen. „Was du auch im Schilde führst, ich will dein Wort darauf, dass du es sofort wieder vergisst.“

Beth hätte sich beinahe geweigert. Dann aber entdeckte sie den arroganten Comte Villiers, der sich anschickte, sich auf sie zu stürzen. Wenn sie nicht weiter so tat, als stotterte sie, wäre sie vielleicht bald an einen Mann wie den Comte gebunden. Der Gedanke war, gelinde ausgedrückt, ernüchternd.

Sie warf dem attraktiven Viscount einen letzten bedauernden Blick zu. Er fing den Blick auf, über Lady Cumberlands Kopf hinweg.

Es fiel ihr schwer, doch Beth widerstand dem drängenden Verlangen, alle Konventionen in den Wind zu schlagen und zu ihm zu gehen. Sie riss sich zusammen und wandte sich ab, sodass er nur ihre Schulter zu sehen bekam, während sie ihrer Cousine ein gequältes Lächeln schenkte. „Also schön. Ich verspreche dir, dass ich nichts mehr mit dem Viscount zu tun haben will.“

Beatrice schüttelte den Kopf. Auf ihrer Miene zeigte sich ein Ausdruck fast komischer Bestürzung, als sie zu Westerville hinübersah. „Das Problem ist, dass ich dir keinen Vorwurf machen kann. Er ist wirklich attraktiv, und dass es auch noch heißt, er wäre ein …“ Beatrice warf Beth einen raschen Blick zu.

„Ein was?"

Beatrice seufzte. „Ach, schon gut, früher oder später bekommst du es ja doch heraus. Bevor er den Titel erbte, war Westerville eine Art verlorene Seele auf Wanderschaft. Seine Mutter starb im Gefängnis, wo sie wegen Hochverrats einsaß, und sein Vater war der Earl of Rochester, auch wenn der ihn nie zu sich nahm. Noch schockierender ist, dass dem Earl auf dem Totenbett einfiel, dass er Westervilles Mutter tatsächlich geheiratet hatte und er nun urplötzlich zwei legitime Erben besaß."

„So eine Geschichte glaubt doch bestimmt kein Mensch!"

„Niemand konnte das Gegenteil beweisen. Der Earl konnte Dokumente und Zeugen beibringen, sogar einen Priester, der schwört, er hätte die Zeremonie abgehalten."

„Nein!"

„Oh ja! Am spannendsten ist allerdings, wo der Viscount die Jahre verbrachte, als er noch kein Viscount war." Beatrice senkte die Stimme. „Es heißt, er sei Straßenräuber gewesen."

„Was?" Beth sah zu Westerville. Er redete jetzt mit einer anderen Dame, einer Brünetten mit Saphiren im Haar. Er beugte sich vor, um ihr zuzuhören, und die dunklen Haare fielen ihm in die Stirn. Obwohl er der bestangezogene Mann im ganzen Raum war, hatte er doch etwas an sich … etwas Wildes, Ungezähmtes. Sie zitterte. „Ich sehe ihn förmlich vor mir."

Beatrice nickte. „Ich auch. Es heißt auch … ach, verflixt. Da kommt der Comte. Bitte stottere, so gut du nur kannst. Ich kann diesen Mann nicht ertragen."

Beth schnitt eine Grimasse. „Ein aufgeblasener Esel."

„Der dringend eine reiche Frau braucht. Vielleicht solltest du dir auch noch ein paar Zuckungen zulegen."

„Ich würde einen ganzen Anfall vortäuschen und zu Boden fallen, wenn ich glaubte, es würde etwas helfen. Der Mann ist die reinste Pest."

Der Comte war bei ihnen, ehe Beatrice ihrer Cousine antworten konnte. Die nächsten Augenblicke verbrachte Beth damit, Antworten hervorzustottern und das Kichern zu unterdrücken angesichts von Beatrices deutlichen Hinweisen, dass das Stottern noch zu Beths geringsten Problemen zählte.

Gleichzeitig musste Beth sich aber auch beherrschen, um nicht zum Viscount hinüberzusehen. Insgeheim gestand sie sich ein, dass der Mann eine Gefahr war, wenn auch eine, die leicht zu umschiffen war.

Schließlich tauchte Lady Clearmont aus dem Spielzimmer auf, mit merklich schmalerem Retikül, und scheuchte den Comte davon. Beth war bereit zum Aufbruch. Sie hatte sich mit Beatrice für den nächsten Morgen verabredet, und bald saß sie in Lady Clearmonts Kutsche.

Kurze Zeit später kamen sie im Stadthaus der Massingales an. Beth wünschte Ihrer Ladyschaft gute Nacht und begab sich in ihr Schlafzimmer. Eilig kleidete sie sich aus, bürstete sich das Haar, zog das Nachthemd an, schlüpfte zwischen die kühlen Laken und blies die Kerze aus. Erst als sie in vollkommener Dunkelheit dalag, erlaubte Beth sich, ausführlich darüber nachzudenken, welch verheerende Folgen ein Paar dicht bewimperter grüner Augen und ein charmantes schiefes Lächeln nach sich ziehen konnten.

4. KAPITEL

Wenn er sich Mühe gibt, kann ein guter Diener in den meisten Dingen recht behalten, eine Leistung, die den meisten Dienstherren schwerfallen dürfte.

Leitfaden für den vollkommenen Butler und Kammerherrn von Richard Robert Reeves

Erst Stunden später kehrte auch Christian nach Hause zurück, durchaus zufrieden mit den Ergebnissen dieses Abends. Ihm war nicht entgangen, dass ihn die Dame den ganzen Abend verstohlen beobachtet hatte. Und eines wusste er über die menschliche Natur: Man begehrte, was andere Menschen bewunderten. Und so hatte Christian dafür gesorgt, dass Lady Elizabeth sah, wie er mit allen möglichen Damen flirtete. Dabei spielte es für ihn keine Rolle, wie die Damen aussahen, ob sie groß oder klein, dick oder dünn, hübsch oder hässlich waren – Lady Elizabeth konnte ohnehin keine das Wasser reichen. Ein Umstand übrigens, der ihn ziemlich beunruhigte.

Reeves empfing ihn in der Eingangshalle. Christian ließ sich von ihm aus dem Überrock helfen. „Guten Abend, Reeves!"

„Es ist lang nach Mitternacht, Mylord. Guten Morgen wäre vielleicht angebrachter."

„Um genau zu sein, es ist fast drei. Also dann, guten Morgen", antwortete Christian.

Reeves reichte den Überrock an einen Lakaien weiter und sah dem Mann geistesabwesend nach. Sobald die Halle leer war, wandte Reeves sich an Christian. „Wollen Sie sich sofort zurückziehen, Mylord? Oder möchten Sie noch etwas speisen, damit Sie sich rascher von den Folgen der Trunkenheit erholen?"

Christian grinste. „Ich habe keinen Hunger, und müde bin ich auch nicht. Ich glaube, ich genehmige mir noch ein Glas Portwein."

„Sie haben eine eiserne Konstitution, Mylord", kommentierte der Butler trocken.

„Danke." Er wandte sich zur Bibliothek. „Hat Willie inzwischen von sich hören lassen?"

„Jawohl, Mylord. Auf Ihrem Schreibtisch liegt eine Botschaft."

„Hervorragend." Christian trat zum Schreibtisch, nahm den versiegelten Brief und öffnete ihn.

Reeves wartete in respektvollem Schweigen, während Christian die Botschaft las.

„Gut!" Christian legte den Brief auf einem Seitentischchen ab. In diesem Moment fing er Reeves' Blick auf.

„Tut mir leid, Mylord. Ich bin nur ein wenig überrascht, dass Master William überhaupt in der Lage ist, eine Nachricht zu verfassen."

„Ich habe es ihm beigebracht. Ein nützlicher Kerl, unser Willie."

„Gewiss, Mylord."

„Er kommt morgen und bringt etwas Wichtiges mit." Christian nickte nachdenklich. „Unser Verdacht scheint Frucht getragen zu haben."

Reeves ging zum Kamin, wo bereits Holz aufgeschichtet war. Er nahm die Zunderbox vom Kaminsims, und binnen Kurzem flackerte ein kleines Feuer.

Sobald er die Abzugsklappe justiert hatte, ging der Butler zur Anrichte und goss ein Glas Portwein ein, das er anschließend Christian brachte.

Dankbar nahm Christian das Glas, ließ sich in einem Sessel am Kamin nieder und nahm einen Schluck. Die bernsteinfarbene Flüssigkeit floss so angenehm durch seine Kehle. „Das ist ein hervorragender Tropfen. Fast so gut wie die Ladung, die ich einmal einem italienischen Grafen in der Nähe von Bath gestohlen habe."

„Bitte, Mylord. Reden Sie doch nicht über die alten Zeiten."

Christian grinste. „Ich werde mich bemühen."

„Danke, Mylord. Wo genau befindet sich der Portwein denn jetzt, den Sie, ah, *besorgt* haben?"

„Ich habe ihn getrunken."

Reeves sah ihn empört an. „Allein?"

Christian überlegte. „Nun ja. Größtenteils."

Reeves seufzte. „Manchmal sind Sie wirklich genau wie Ihr Vater."

Christians gute Laune verflüchtigte sich. „Ich möchte Sie bitten, ihn nicht zu erwähnen. Zumindest nicht, ehe ich ein, zwei Flaschen von dem hier intus habe."

Der Butler verneigte sich und sah klugerweise davon ab, dies zu kommentieren. Christian hatte die Zähne so fest zusammengebissen, dass ihm die Kiefer wehtaten. Sein Vater, der verstorbene Earl of Rochester, hatte Christian und seinen Zwillingsbruder nie anerkannt. Er hatte zwar regelmäßig Geld für ihren Unterhalt geschickt, aber das war auch alles gewesen.

Schlimmer noch, als ihre Mutter unschuldig ins Gefängnis geworfen worden war, hatten Christian und sein Bruder Tristan ihrem Vater geschrieben und ihn um Hilfe gebeten, doch er hatte nicht geantwortet. Als sie dann nichts mehr als Lumpen besaßen, hatte ihr Hauslehrer sie an eine Presspatrouille verkauft. Tristan hatte dafür gesorgt, dass sein jüngerer Zwillingsbruder fliehen konnte, war selbst aber nicht mehr davongekommen, sondern schließlich auf hoher See gelandet. Irgendwann, nach vielen Prügeleien und Schlimmerem, hatte er es gelernt, sein neues Leben zu lieben, aber das hatte Jahre gedauert.

Christian war in der Zeit vollkommen verlassen gewesen. Er war zehn und völlig verängstigt, und so hatte er sich nach London durchgeschlagen. Wochenlang war er unterwegs gewesen, wäre manches Mal beinahe verhungert, bis er gelernt hatte, sich zu nehmen, was er brauchte. Als er schließlich am Gefängnis angekommen war, hatte er jedoch erfahren müssen, dass seine Mutter wenige Tage davor gestorben war, an einem schrecklichen Fieber, das auf ihre elenden Lebensumstände zurückzuführen war. Christian lebte fortan als Straßenjunge und musste Tag für Tag kämpfen, nur um den nächsten erleben zu können.

So merkwürdig es auch war, Nacht für Nacht, selbst in jenen verzweifelten Stunden, hatte er davon geträumt, dass sein Vater noch rechtzeitig kam, um seinen Bruder und vor allem seine Mutter zu retten. Und jeden Morgen wachte er auf, nur um festzustellen, dass seine Träume nichts als das waren – Träume.

Jetzt fing Christian den Blick des Butlers auf. „Vergleichen Sie mich nie wieder mit meinem Vater. In meinem eigenen Haus dulde ich keine Beleidigungen."

Reeves seufzte tief. „Ich verstehe ja, warum Sie so schlecht auf Ihren Vater zu sprechen sind, aber er hat durchaus etwas für Sie und Ihren Bruder empfunden."

„Zu wenig, und es kam zu spät."

„Sehr wahr, Mylord. Der Earl war in vielerlei Hinsicht kein sehr verantwortungsvoller Vater. Und er hat sich zu wenig um Sie gekümmert. Aber den Tod Ihrer Mutter können Sie ihm nicht zum Vorwurf machen. Er hielt sich damals außer Landes auf und war sich ihrer Zwangslage nicht bewusst."

„Wenn er sich etwas aus uns gemacht hätte, hätte er schon dafür gesorgt, dass sie ihn erreichen kann. Dass wir ihn erreichen können."

„Der Earl hatte viele, viele Fehler. Als Vater hat er furchtbar versagt, ich kann ihn da nicht in Schutz nehmen. Aber was er seinem Titel und seinem Namen schuldig war, das wusste er tatsächlich. Meiner Ansicht nach sollten Sie das auch lernen. Es wird Ihnen dabei helfen, das Vermögen von den Treuhändern zu erringen."

„Ich bin den Treuhändern bereits begegnet, und sie waren von meinen eleganten Manieren und meinem gesellschaftlichen Schliff sehr angetan", versetzte Christian ein wenig bitter. „Lauter Dummköpfe, alle miteinander, die mehr auf die Falten eines Krawattentuchs schauen als auf den Charakter. Vorausgesetzt, ich stelle mich nicht ganz dumm an, werden sie das Vermögen freigeben."

„Hoffentlich behalten Sie recht, Mylord. Ihre Einschätzung der Treuhänder ist leider nur zu korrekt. Die Freunde Ihres Vaters waren vielleicht nicht die beste Wahl, um die Verteilung des Vermögens zu beaufsichtigen."

Noch ein Beispiel für die grundsätzliche Selbstsucht seines Vaters, dem Testament solch alberne Bedingungen beizufügen. Die Titel gingen in jedem Fall an Tristan und ihn, egal was geschah, aber das Vermögen bekamen sie nur mit Zustimmung der Treuhänder.

Es wurmte Christian, dass er sich mit diesen Schwächlingen abgeben musste. Allein auf sich gestellt, würde keiner von ihnen auch nur einen Tag überleben. Christian hingegen hatte seine Fähigkeiten verfeinert. Außerdem hatte er sich eine harte Schale um sein Herz zugelegt. Auf gewisse Weise hatte sein Vater ihm einen Gefallen erwiesen, als er nicht gekommen war. Das Leben war ein harter, aber gründlicher Lehrmeister.

Christian dachte sich, dass er wohl dankbar sein sollte für den unerwarteten Sinneswandel seines Vaters. In fortgeschrittenem Alter hatte der Earl eine junge Frau geheiratet in der Hoffnung, ein paar Erben in die Welt zu setzen, doch der Nachwuchs wollte sich nicht einstellen. Die Vorstellung, sein Titel und sein Besitz könnte an irgendeinen entfernten Verwandten fallen, war zu viel gewesen für den Stolz des alten Mannes, und so hatte er Dokumente fabriziert und einen „Zeugen" aufgetrieben, die die heimliche Heirat zwischen ihm und Christians Mutter bewiesen. Auf diese Art hatte der Earl die Abstammungslinie der Familie gesichert – mithilfe seiner illegitimen Söhne, die er bisher so erfolgreich ignoriert hatte.

Da die Knaben aber im zarten Alter von zehn Jahren sich selbst überlassen worden waren, befürchtete der Earl, sie könnten möglicherweise nicht über die sozialen Fähigkeiten verfügen, die vonnöten waren, um sich in der Gesellschaft zu bewegen, ohne überall Hohn und Spott zu ernten. Und das war etwas, was der Earl nicht dulden wollte. Daher wurde Reeves ausgeschickt, Rochesters treuster Diener, ausgerüstet mit einem Bündel Geld und der Instruktion, Christian und seinen Bruder salonfähig zu machen.

Christian hasste die Treuhänder und fand es abstoßend, dass er gezwungen war, bei dieser ganzen Heuchelei mitzumachen. Leider brauchte er das Vermögen seines Vaters, und das nicht nur für sich. Sein Bruder Tristan zählte auch auf ihn.

Als ältester Sohn hatte Tristan den Titel des Vaters geerbt, doch die Treuhänder hätten Tristans Ehefrau nicht gebilligt. Aufgrund der Umstände, die den Tod ihres ersten Ehemanns überschattet hatten, war Prudence in einen schrecklichen Skandal verwickelt gewesen. Deswegen konnte sie niemals als geeignete Countess gelten.

Tristan hatte die Prüfung daraufhin an Christian weitergereicht, weil er überzeugt davon war, dass sein Bruder das Vermögen für beide sichern könnte. Diese Verantwortung hätte beinah Christians Pläne zunichtegemacht. Nun war er gezwungen, sich nach den gesellschaftlichen Regeln zu richten.

Reeves schien Christians Gedanken lesen zu können, denn er lächelte ein wenig. „Ich habe noch keinen Mann gesehen, der so freudig auf ein Vermögen verzichtet hat wie Ihr Bruder."

„Ich habe versprochen, dass ich ihm das Heim für verletzte Matrosen finanziere. Ich kann ihn nicht enttäuschen." Christian rang sich ein schwaches Lächeln ab. „Das war das Mindeste, was ich tun konnte. Wenn er mich gelassen hätte, hätte ich ihm auch mehr gegeben."

„Er war durchaus zufrieden damit, wie sich die Dinge letztlich entwickelten." Der Butler schwieg einen Augenblick. „Vielleicht finden Sie auch eine Lady Prudence, Mylord. Das wäre wirklich genau das Richtige."

Das Letzte, was Christian jetzt wollte oder brauchte, war eine Ehefrau. Er lebte frei und ungebunden, zog von einem Gasthaus zum anderen und nahm nur, was er zum Überleben brauchte. Sobald es kompliziert wurde, verabschiedete er sich. Wenn er seinen Plan ausgeführt und seine Rache eingefordert hatte, würde er weiterziehen.

Vielleicht würde er mit seinem Diener Willie nach Schottland reisen, um sich die Gegend anzusehen, nachts mit gezogenem Degen, um sich gegen jede Gefahr zu wappnen. Christian juckte es schon in den Fingern nach seinem glatten, kühlen Degengriff.

Bald. Sobald er hier fertig war ... Er nahm einen Schluck. „Danke für den Portwein, Reeves. Das war jetzt genau das Richtige."

„Ich habe mir erlaubt, etwas von den sorgfältig gehüteten Vorräten des alten Earls für Sie herbringen zu lassen. Ihr Bruder hat darauf bestanden."

Christian blickte auf das Glas. Sein Bruder wohnte nun mit seiner Frau in einem gemütlichen Cottage oben auf den Klippen von Dover. Christian konnte es gut verstehen, wenn man sich nach Gesellschaft sehnte.

Aber Liebe? Wahre Liebe? So schrecklich die Einsamkeit sein konnte, war sie doch nichts im Vergleich zu den Schmerzen des Verrats. Mit eigenen Augen hatte er gesehen, was die „Liebe" einem Menschen antun konnte – wie sie Hoffnungen weckte, die selten, wenn überhaupt je eingelöst wurden. Sich zu verlieben bedeutete, dass man schwach und verletzlich wurde, den Launen eines anderen ausgeliefert. Er hatte mit angesehen, wie seine schöne, zuversichtliche, starke Mutter sich in eine schwächliche, weinerliche Frau verwandelte, die sich von den Ereignissen überrollen ließ, bis sie am Ende nichts mehr hatte und ins Gefängnis geworfen und als Verräterin gebrandmarkt wurde.

Christian nahm einen weiteren Schluck Portwein. Verdammt sollte er sein, wenn er je einen Menschen so nahe an sich heranließ, dass er ihm ausgeliefert war.

Die Uhr schlug. Reeves meinte: „Es wird allmählich spät. Soll ich

Ihr Bett richten lassen?"

„Gleich."

„Natürlich, Mylord."

Christian nahm noch einen Schluck. „Reeves, Sie sind von allen Butlern der beste."

„Das klingt, als hätten Sie auf diesem Gebiet schon weitreichende Erfahrung gesammelt. Wie das, wenn ich fragen darf, schließlich haben Sie einst in einem Gasthaus logiert?"

Christian grinste. „Nicht alle weiblichen Passagiere in den Kutschen haben sich mit einem einfachen Kuss zufriedengegeben. Ich glaube, ich kann mit Fug und Recht behaupten, dass ich die Boudoirs von halb London von innen kenne."

Reeves blickte betont zur Decke.

„Was denn?"

„Nichts, Mylord. Sie wollten doch, dass ich schweige, wenn Sie etwas sagen, was mich an Ihren Vater gemahnt, daher ..."

„Schon gut!", versetzte Christian ungeduldig. Rastlos rutschte er auf dem Sessel herum.

„Jawohl, Mylord." Reeves ging zur Anrichte und holte von dort eine kleine Holzschachtel. Er öffnete sie und präsentierte mehrere dünne gerollte Zigarren. „Mylord? Die habe ich besorgt, als ich heute Morgen auf dem Markt unterwegs war."

Christian nahm eine Zigarre und rollte sie zwischen den Fingern. „Vielen Dank. Sie haben wieder einmal meine Gedanken gelesen."

„Das ist keine besondere Leistung, wenn man erst einmal weiß, dass Ihr Geist so großartige Gedanken beherbergt wie: ‚Jetzt brauche ich etwas zu trinken!', ‚Eine gute Zigarre wäre jetzt genau das Richtige!' und ‚Ob Lady Bertram wohl dieses Seidenhemd mit den kleinen Blümchen trägt?'"

Langsam sah Christian zu seinem Butler auf. „Wie bitte? Wie war der letzte noch mal?"

Reeves spitzte die Lippen. „Welcher letzte?"

„Der letzte Gedanke."

„Nach ‚Eine gute Zigarre wäre jetzt genau das Richtige!'?"

„Ja", erwiderte Christian grimmig.

„Hmm. Mal sehen. Ich glaube, ich sagte: ‚Ob Lady Bertram wohl dieses Seidenhemd mit den kleinen Blümchen trägt?'"

„Woher wissen Sie von Lady Bertram?"

Reeves griff in die Tasche und zog ein kleines gefaltetes Stück Seide heraus. „Hier ist das Hemd Ihrer Ladyschaft. Auf dem Saum ist ihr Name eingestickt. Ich habe es in Ihrer Kutsche unter den Polstern gefunden und waschen lassen. Ich dachte, Sie möchten es vielleicht zurückbringen. Natürlich nur, wenn Lord Bertram wieder einmal nicht in der Stadt weilt."

Christian nahm das Hemd und warf es auf den Tisch neben ihm. „Danke, Reeves", versetzte er trocken. „Ich weiß Ihre Bemühungen zu schätzen."

„Nicht der Rede wert, Mylord. Darf ich mich erkundigen, ob Ihre Bemühungen an jenem Abend von Erfolg gekrönt waren?"

„Allerdings." Christian drehte das Glas zwischen den Fingern. „Wenn ich die Informationen bekomme, nach denen ich suche … das wird der schönste Tag in meinem Leben."

„Ja, eine unschuldige Frau zu verführen verleiht dem Leben eine gewisse Würze, nicht wahr?"

Christian verschluckte sich an seinem Portwein.

Reeves trat näher und versetzte ihm einen ordentlichen Schlag auf den Rücken.

„Aua!" Christian rieb sich den Rücken und funkelte Reeves erbost an.

Reeves nahm die Karaffe, die er auf dem Tischchen abgestellt hatte, und trug sie zur Anrichte zurück. „Ich habe nur versucht, Ihnen ein wenig Klarheit zu verschaffen, Mylord."

„Mir Klarheit zu verschaffen? Wie kommen Sie darauf, dass ich das nötig hätte?"

Reeves hob die Brauen.

„Ich brauche Ihre Hilfe nicht." Christian klemmte sich die Zigarre zwischen die Zähne, machte aber keinerlei Anstalten, sie auch anzuzünden. „Mein Gott, Reeves, wenn Sie etwas zu sagen haben, dann heraus damit."

Reeves rümpfte die Nase. „Es besteht keinerlei Grund für diesen Ton, Mylord."

Christians Miene verfinsterte sich.

„Keine Sorge, Mylord. Ich werde meine Überlegungen für mich behalten, wie es einem Mann in meiner Stellung gebührt. Es liegt mir fern, Sie mit fruchtlosen Kommentaren zu belästigen, die Sie offensichtlich nicht hören wollen."

Darauf hob Christian eine Braue. „Sind Sie jetzt fertig?"

Reeves schürzte die Lippen. „Nein."

„Das habe ich auch nicht angenommen. Was genau empört Sie eigentlich so?"

Der Butler seufzte schwer. „Also schön, Mylord. Aber nur, weil Sie darauf bestehen …"

Christian schnaubte.

„Ich kann mich einfach nicht entscheiden, was mir mehr missfällt, Ihre Absicht, eine Jungfrau zu verführen …", Reeves schloss die Augen und wandte sich ab, „… oder diese Weste."

„Was gibt es denn an meiner Weste auszusetzen? Schwarze Seide ist … Moment mal. Ich habe doch gar nicht die Absicht, eine Jungfrau zu verführen!"

„Ah, was für eine Erleichterung! Dann habe ich Sie wohl falsch verstanden. Ich dachte, ich hätte Sie auf der Fahrt nach London sagen hören, Sie wollten versuchen, sich bei Lady Elizabeth, der Enkelin des Duke of Massingale, einzuschmeicheln. Tut mir wirklich leid, Mylord. Mein Gehör ist auch nicht mehr so gut, wie es einst …"

„Ich will mich tatsächlich bei Lady Elizabeth einschmeicheln, wie Sie es so treffend formuliert haben. Aber das bedeutet noch lange nicht, dass ich sie verführen will."

Reeves wirkte verblüfft. „Ist das die Lady Elizabeth, die diese Saison in die Gesellschaft eingeführt wird?"

„Ja, aber Sie dürfen nicht glauben, dass sie noch ein junges Mädchen von siebzehn Jahren ist. Sie ist fünfundzwanzig. Ihr Onkel starb kurz vor ihrem geplanten Debüt, sodass es sich verzögerte."

Reeves sah ihn unverwandt an.

Christian stellte das Glas ab. „Schauen Sie mich nicht so an. Sie ist kein grünes Ding mehr. Im Gegenteil, sie ist die selbstbewussteste Frau, die ich je kennengelernt habe."

„Tatsächlich?"

„Tatsächlich. Nicht dass es eine Rolle spielte, denn ich habe nicht die Absicht, überhaupt irgendjemanden zu verführen." Es sei denn, es musste sein. Er sah wieder zu Reeves. „Ich will nur so tun, als machte ich ihr den Hof."

„Und wenn Lady Elizabeth Ihren vorgetäuschten Schmeicheleien erliegt?"

„Das wird sie nicht; sie hat einen veritablen Drachen als Anstandsdame. Die Tugend der Dame wird aufs Beste bewacht. Sogar vor mir."

„Ich bin froh, dass Lady Elizabeths Großvater weiß, welche Gefahren einer zarten jungen Dame drohen, wenn sie in eine Stadt voller …", Reeves' Blick huschte zu Christian hinüber, „… Wölfe eingeführt wird."

Christian grinste. „Bezeichnen Sie mich etwa als Wolf, Reeves?"

„Das würde ich nicht wagen, Mylord. Es wäre anmaßend."

„Bis jetzt hat Sie das schließlich auch nicht abgehalten." Christian betrachtete den Butler und seufzte dann. „Vermutlich sollte ich Sie in meinen Plan einweihen, sonst denken Sie noch schlechter von mir, als Sie es ohnehin schon tun, falls das überhaupt möglich ist."

„Ach, möglich ist es schon", versetzte Reeves und schenkte Christian nach, „aber ziemlich unwahrscheinlich."

„Vielen Dank!"

„Gern geschehen, Mylord. Wenn Sie Ehrlichkeit zu anstrengend finden, kann ich mir die Informationen aber auch weiter über die üblichen Kanäle besorgen."

„Die üblichen Kanäle?"

„Hier eine Information, die Sie fallen lassen, Dinge, die mir die anderen Dienstboten hinterbringen, lauschen."

„*Sie* lauschen an der Tür?"

„Ich doch nicht, Mylord", erwiderte Reeves würdevoll. „Die Lakaien."

Christian nahm die Zigarre aus dem Mund. „Die Lakaien lauschen."

„Aber natürlich, Mylord. Als ich noch Lakai war, vor vielen, vielen Jahren, habe ich das auch getan."

„Jetzt, wo Sie Butler sind, überlassen Sie derartig abscheuliche Aufgaben wohl lieber den Untergebenen."

Reeves verneigte sich. „Sie besitzen eine rasche Auffassungsgabe, Mylord."

„Vielen Dank", erwiderte Christian noch einmal, diesmal mit ironischem Unterton. Er schüttelte den Kopf. „Sie sind unverbesserlich.

Ich weiß nicht, wie mein Vater es so lang mit Ihnen ausgehalten hat."

„Ach, das war recht einfach, Mylord. Ich habe ein fürchterliches Gedächtnis. Ihr Vater hat mich recht oft entlassen, nur leider habe ich immer vergessen zu packen. Nach ein, zwei Tagen war er wieder in guter Verfassung und froh, mich zu haben. Ich habe eine gewisse Gabe dafür, für den alltäglichen Luxus zu sorgen. Seine Lordschaft fand das immer sehr tröstlich."

Christian sah auf die unangezündete Zigarre. „Das also ist es, was Sie mit Portwein und Zigarre bezwecken? Ein Versuch, sich unentbehrlich zu machen?"

„Ja", erklärte Reeves in entschuldigendem Ton.

Christian musste lachen. „Sie sind wirklich mit allen Wassern gewaschen, Reeves."

„Danke, Mylord. Von einem ehemaligen Straßenräuber ist das wirklich ein schönes Kompliment." Reeves räusperte sich. „Also, Mylord. Wie war das mit Ihrem Plan?"

„Ach ja." Christian erhob sich und ging zum Schreibtisch. Er öffnete die oberste Schublade. „Es ist ganz einfach. Wie Sie ja wissen, starb meine Mutter im Gefängnis Newgate."

„Dieses traurigen Umstands bin ich mir bewusst, Mylord. Ihr Bruder hat mir berichtet, was Ihnen damals im Alter von zehn Jahren widerfuhr – wie Ihre Mutter ins Gefängnis geworfen und des Hochverrats angeklagt wurde."

„Ja. Eine Weile waren Tristan und ich noch zusammen, aber dann ..." Die Erinnerungen an jenen Tag stiegen wieder in ihm hoch. Er dachte an die kalte, harte Erde, die seinen Fall aus dem Fenster des Gasthauses gebremst hatte. An Tristans Schrei, als er versucht hatte, sich in die Freiheit zu kämpfen, und gescheitert war. An die durchnässten, eiskalten Nächte, die er auf dem Weg nach London durchmachte, immer im Ungewissen über das Schicksal seines Bruders. Und als er London erreicht hatte und sich auf die Suche nach seiner Mutter machte ...

Christian schloss die Augen und versuchte, den schmerzlichen Widerhall der Vergangenheit auszusperren. Langsam schwanden die Erinnerungen. Er atmete tief durch und öffnete die Augen.

Reeves beobachtete ihn ruhig. „Tut mir leid, Mylord."

„Schon gut", erwiderte Christian, vor Verlegenheit kurz angebunden. Er nahm eine alte Kiste aus der Schublade und stellte sie auf den Tisch. „Mein Bruder und ich wurden von unserem spielsüchtigen Hauslehrer verkauft. Tristan hat sich geopfert, damit ich fliehen konnte. Er wurde zur Seefahrt gepresst."

„Während Sie verschwanden."

Christian rang sich ein bitteres Lächeln ab. „Das habe ich wohl irgendwie getan: Ich bin im Untergrund von London verschwunden."

„Ich weiß nicht, was Sie alles durchmachen mussten, aber angenehm war es sicher nicht."

„Angenehm?" Christian lachte. „Sie sind wirklich der Meister der Untertreibung, Reeves."

„Eine notwendige Gabe in meinem Beruf, Mylord. Es freut mich jedoch, dass Sie sich, was Ihnen als Kind auch widerfahren ist, erstaunlich gekonnt durchgeschlagen haben."

Christian zuckte mit den Schultern, eher um die verkrampften Muskeln zu lockern, als um Reeves zuzustimmen.

„Allerdings. Und nun möchte ich beweisen, dass Mutter unschuldig war. Sie saß als Verräterin im Gefängnis; angeblich hatte sie Umgang mit den Franzosen. Später wurde die Anklage fallen gelassen, aber da war sie schon gestorben, allein. Irgendjemand muss sie angezeigt haben. Vermutlich wünschte diese Person ihren Tod und verfiel dann auf diese praktische Methode, ihn herbeizuführen, ohne sich die Hände schmutzig zu machen."

„Darf ich fragen, wie Sie diese Person finden wollen?"

„Natürlich." Christian öffnete die Kiste. Darin lagen eine emaillierte Schnupftabaksdose, ein mit einem rosa Bändchen zusammengehaltener Stapel Briefe und eine zerrissene Uhrkette. „Das ist alles, was meine Mutter bei ihrem Tod hinterließ."

Christian fuhr mit dem Finger an dem Stapel Briefe entlang. „Als ich in London ankam, ging ich sofort nach Newgate. Sie war bereits tot, zwei Wochen davor am Fieber gestorben." Wenn Christian die Hand auf die Kiste legte und die Augen schloss, konnte er die Verzweiflung von damals wieder spüren, hatte wieder den bitteren Geschmack des Todes, der Niederlage im Mund. „Einer der Aufseher hat sich gut an sie erinnert. Er hatte die Kiste und hat sie mir verkauft."

Zehn Pence hatte er dafür hinlegen müssen, jetzt eine lachhafte

Summe. Doch für einen zehnjährigen Knaben kurz vor dem Verhungern hätten es genauso gut tausend Pfund sein können. Aber er hatte unbedingt etwas zur Erinnerung an seine Mutter haben wollen, und so hatte er sich darangemacht, das Geld aufzutreiben. Er hatte alle Anstrengung daransetzen müssen, alle List, deren er fähig war, und er hatte dabei seine Moral und seine Unschuld verloren – doch am Ende hatte er dem Aufseher die Kiste und die Schätze darin abkaufen können.

„Ich bin sicher", sagte Reeves in die entstandene Stille, „Ihre Mutter hätte sich darüber gefreut, dass ihre Besitztümer nun in Ihrer Hand sind."

„Sie war in Newgate, Reeves. Und keiner wollte ihr helfen. Weder ihre angeblichen Freunde noch ihr Liebhaber. Nicht einmal der Mann, der mich und Tristan gezeugt hatte." Christian hob die Hand. „Ich weiß, ich weiß. Mein Vater – wenn man ihn denn so nennen kann – hätte vielleicht gern geholfen, aber er hatte sich so weit aus unserem Leben entfernt, dass er nicht zur Verfügung stand."

Reeves nickte.

„Wie es auch passiert war, sie war allein. Sie verkaufte ihren Schmuck, damit sie eine halbwegs trockene Zelle bekam. Danach verkaufte sie ihre Kleidung und ihre Schuhe. Am Ende hatte sie nichts mehr außer Lumpen …" Seine Gefühle überrollten ihn.

Aus Erfahrung wusste er, dass er nichts tun konnte, als sie hinzunehmen, zu ertragen, den Schmerz durch sich hindurchzulassen. Er atmete tief durch, strich über die Briefe, das rosa Band, mit denen sie sie einst eigenhändig zusammengebunden hatte. Die kleine Geste beruhigte ihn irgendwie.

Reeves räusperte sich. „Gibt es in diesen Briefen irgendwelche Hinweise auf ihre missliche Lage?"

Christian sammelte sich. „Es gibt einen Brief von einem gewissen Sinclair. Ich halte es für einen Decknamen, es ist alles sehr gestelzt formuliert. Der Brief kommt einem Geständnis gleich. Dieser Sinclair gibt zu, dass meine Mutter aufgrund gezielt lancierter falscher Informationen ins Gefängnis kam."

„Jemand sorgte dafür, dass sie ins Gefängnis geworfen wurde, und entschuldigte sich dann?"

„Es war keine Entschuldigung. Der Ton ist höhnisch. Vermutlich war es für meine Mutter die letzte Ironie: Der Brief war ein Beweis, aber nachdem der Schreiber seine Handschrift verstellt hatte, konnte sie ihn nicht nutzen."

„Dann enthält der Brief kaum Anhaltspunkte."

„Oh doch. Dieser Brief führte mich zum Duke of Massingale, Lady Elizabeths Großvater."

„Wie das?"

„Ich habe den Brief einem Freund gezeigt, der sich auf dem Gebiet auskennt."

Reeves runzelte die Stirn. „Mylord?"

Christian lachte. „Mein Freund ist ein Urkundenfälscher, einer der besten."

„Ah."

„Er streute irgendeinen Puder auf die Oberfläche, und dadurch zeigte sich ein Abdruck, der von einem anderen Brief stammte. Es war ein Siegel. Vom Siegelring des Duke of Massingale. Der Brief kam also aus Massingale House."

„Verstehe. Und was hat Master William nun herausgefunden?"

„Er sollte den Priester finden, der Mutter damals auf dem Sterbebett begleitete. Willie ist schon auf dem Weg hierher. Er meint, er hätte etwas Wichtiges entdeckt, das beweisen würde, dass mein Verdacht gegen den Herzog begründet ist."

Reeves schürzte die Lippen. „Ich kann Sie wohl nicht dazu überreden, einen Weg zum Duke of Massingale zu suchen, der nicht über Lady Elizabeth führt?"

„Nein. Der Herzog ist ein Einsiedler. Lady Elizabeth ist meine einzige Möglichkeit." Christian schloss die Kiste und stellte sie sorgsam in die Schublade zurück. „Noch fehlt mir ein schlüssiger Beweis. Das weiß ich auch. Doch mit jeder Schicht, die ich aufdecke, rücke ich näher an Massingales Schwelle." Christian sah den Butler scharf an. „Irgendetwas hat er mit Mutters Tod zu tun. Ich weiß nur noch nicht genau, was."

„Es ist eine sehr schwierige und delikate Angelegenheit, Mylord."

„Sie wissen ja noch nicht alles. Aber ich höre nicht auf zu graben, ehe ich die Wahrheit kenne. Die ganze Wahrheit." Nachdenklich strich er über die raue Kiste. Er war der Wahrheit schon so nahe gekommen, allerdings war sie noch hinter Zeit und Täuschungen verborgen. Christian würde einen Weg finden, sie bloßzulegen. Das war er seiner Mutter schuldig. Plötzlich wurde er sich des abschätzenden Blicks des Butlers bewusst und zwang sich zu einem Lächeln. „Ich sollte zu Bett gehen. Lady Elizabeth reitet jeden Donnerstag im Park aus."

„Sie beobachten ihr Haus?"

„Ich und jeder andere ernsthafte Verehrer. Die Dame ist ziemlich reich. Ich hatte nicht damit gerechnet, dass sie in die Gesellschaft eingeführt wird." Christian zuckte mit den Schultern. „Aber ein Plan, der nicht abgewandelt werden kann, taugt auch nichts."

„Jawohl, Mylord. Sicher hat Ihnen Ihre Wandelfähigkeit im Leben schon oft gute Dienste erwiesen. Aber ich kann mir nicht helfen ... Mylord, was ist, wenn Lady Elizabeth im Lauf Ihres falschen Spiels echte Gefühle für Sie entwickelt? Werden Sie dann jeden Kontakt abbrechen?"

„Wenn Sie sie gestern gesehen hätten, wäre Ihnen klar, dass sie nicht der Typ ist, der sich Hals über Kopf verliebt, ganz unabhängig von meinen Absichten."

„Ich will hoffen, dass dies der Wahrheit entspricht, Mylord." Reeves ging zur Tür. „Ich lasse Ihr Zimmer richten, nachdem Sie am Morgen eine so frühe Verabredung haben." Mit einer schweigenden Verbeugung ging Reeves aus dem Zimmer.

Christian wartete, bis Reeves die Tür zugemacht hatte, und schloss dann die Schublade. Der Verleumder seiner Mutter war in Reichweite. Er spürte, dass es in seiner Macht lag, den Mann zu überwältigen, der sein Leben zerstört und ihn und seine Familie ins Elend gestürzt hatte. Seufzend wandte er sich ab.

Schließlich schnitt er das Kopfende der Zigarre ab und griff nach der Zunderbox. Er lehnte sich im Sessel zurück, legte die Füße auf den Tisch und dachte an die Wochen, die vor ihm lagen. Es kam ihm so vor, als hätte er sich seit seinem zehnten Lebensjahr nur auf diesen Augenblick vorbereitet. Diesen Kampf würde er genießen, er würde sich ihm mit ganzer Kraft, mit Körper und Seele widmen.

Er blies einen Rauchring in die Luft, sah zu, wie der schemenhafte Ring nach oben stieg und zerstob. Obwohl es schon sehr spät war, war er immer noch hellwach vor Aufregung. Dieselbe Erregung verspürte er, wenn er mit donnernden Hufen über die Heide galoppierte,

Degen und Pistole in Reichweite und vor ihm in der Kutsche ein dicker, fetter Adeliger. Diesmal waren seine Waffen jedoch weder Degen noch Pistole, sondern nur seine Klugheit und die Hilfe, die ihm eine schöne Dame unbewusst leisten würde.

Überrascht ertappte er sich bei einem Lächeln. Er lehnte den Kopf zurück und blies noch einen Rauchring, größer diesmal. Langsam stieg der silbergraue Ring zur senfgelben Decke empor und löste sich dann auf.

Befriedigt nickte Christian. Er war bereit. Die Zeit war gekommen. Seine Zeit.

Der Kampf konnte beginnen.

5. KAPITEL

Ein wohlgeborener Gentleman wird seine Bedürfnisse nie über die einer Dame stellen. Es sei denn, es habe mit der Beschaffung seines Dinners zu tun. So traurig es auch ist: Wenn es um ihren Braten geht, werden alle Männer Bürgerliche.

Leitfaden für den vollkommenen Butler und Kammerherrn von Richard Robert Reeves

„Nun schau dir das an!“ Mit raschelnden Röcken wirbelte Beth herum. Sie lächelte ihrer Zofe zu. „Ich bin einfach begeistert von meinen neuen Kleidern!“ Vor allem entzückten sie die vielen Farbschattierungen – die hellen Blautöne, Cremefarben, das warme Rosa und die gedämpften Grüntöne. Sie betonten ihren Teint und ihr Haar, und sie fühlte sich darin frisch wie ein Frühlingslüftchen.

Annie schniefte. „Sie haben genug Kleider für ’n Trousseau, und dabei woll’n Sie das doch gar nicht.“

„Ich will durchaus ein Trousseau. Nur jetzt noch nicht.“

„Keine Ahnung, warum Sie nicht so schnell heiraten woll’n, wie Sie nur können“, meinte Annie. „Einen guten Mann findet man nicht an jeder Ecke. Ich würd’ sofort den nächstbesten nehmen.“

„Weswegen du auch schon vier Mal verheiratet warst.“

„Fünf Mal, wenn man den Dänen in Shrevesport mitzählt.“ Annie schürzte die Lippen. „Ich nehm ihn nicht immer auf die Liste, wo er doch schon am nächsten Tag gestorben ist.“

Um Beths Lippen zitterte ein Lächeln. Sie hatte die mürrische Annie entgegen der Ratschläge ihrer Stiefmutter engagiert und es noch keinen Moment bedauert. Charlotte hatte es missfallen, dass Annie so direkt war und einen manchmal richtiggehend deprimieren konnte. Für die gängigen gesellschaftlichen Normen war die Zofe ziemlich freimütig, und auch ihr Äußeres war reichlich kurios: Von Gestalt war sie groß und schlaksig, und sie besaß ein eckiges, maskulines Gesicht, das von unnatürlich roten Löckchen umgeben war. Doch sie war ein wahres Genie mit der Nähnadel und konnte aus Beths langem blonden Haar verschiedene modische Frisuren zaubern, die ihresgleichen suchten. Alles in allem war sie als Zofe ein Glückstreffer, trotz ihrer Manieren.

„Annie, du hast ganz recht damit, den Dänen nicht mitzuzählen. Ich hätte den Schurken auch ausgelassen. Wenn ein Mann als Gatte lobend erwähnt werden will, sollte er mindestens eine Woche lang durchhalten."

„Find ich auch, Mylady." Annie reichte Beth Hut und Handschuhe. In ihren Augen glomm ein misstrauischer Blick. „Wer ist denn der Mann, den Sie heut im Park treffen möchten?"

Angelegentlich streifte Beth sich die Handschuhe über. „Ich weiß nicht, wovon du redest. Beatrice und ich fahren in ihrem neuen Kabriolett aus. Das ist alles."

„Hmm. Dafür, dass Sie nur mit Ihrer Cousine ausfahren woll'n, schauen Sie aber ein bisschen arg aufgeregt aus." Annie trat zurück und betrachtete Beth von oben bis unten. Dann nickte sie, so heftig, dass ihre roten Löckchen auf und ab tanzten. „Und Ihren besten Reitdress haben Sie auch angezogen. Da ist ein Mann im Spiel, todsicher."

„Du kannst dir so sicher sein, wie du willst, es stimmt trotzdem nicht. Ich habe nicht die Absicht, heute oder an irgendeinem anderen Tag einen Mann im Park zu treffen." Was eindeutig gelogen war; den ganzen Morgen hatte Beth an den dunkelhaarigen grünäugigen Viscount gedacht – seit sie aus einem Traum erwacht war, in dem er sich über sie gebeugt hatte, wie um sie zu küssen. Auch jetzt konnte sie sein attraktives Gesicht vor sich sehen, wenn sie die Augen schloss, seinen warmen Atem spüren, die Erregung kosten, ihm nahe zu sein, so nahe, dass …

„Sie können mir nicht erzählen, dass Sie so gucken, weil Sie sich auf eine Ausfahrt mit Ihrer Cousine freuen", erklärte Annie selbstzufrieden. „Es ist ein Mann."

„Ist es nicht", erklärte Beth freundlich und blickte Annie direkt in die Augen. „Und jetzt möchte ich nichts mehr davon hören."

Annie warf die Hände in die Höhe. „Schon gut, schon gut. Bin schon still. Aber verlassen Sie sich drauf, wenn Annie Brice nicht weiß, wann eine Frau auf Beutezug ist, dann weiß es keine."

Manchmal war es auch ärgerlich, eine so scharfsichtige Frau zur

Zofe zu haben. Beth setzte ihren Hut auf. „Großvater braucht mich zu sehr, für solche Albernheiten ist keine Zeit."

„Er würde es anders nennen." Annie räumte die Frisierkommode auf. „Wie geht es Ihrem Großvater?"

„Charlotte hat geschrieben, dass es ihm seit letzter Woche schlechter geht." Beth begegnete Annies Blick im Spiegel. „Ich mache mir Sorgen um ihn."

„Da verschwenden Sie bloß Ihre Zeit. Der alte Herzog ist zäh wie Büffelleder. Der gibt den Staublappen so schnell nicht ab."

Beth musste lächeln. „Wenn das doch nur wahr wäre."

„Wer sagt denn, dass es das nicht ist?" Die Zofe hob ein Retikül vom Bett hoch und reichte es ihr. „Und jetzt ab mit Ihnen. Hören Sie auf mit der Schwarzseherei. Es ist ein wunderbarer Tag, die Luft schön knackig. Könnt ja sein, dass Ihnen im Park ein hübscher junger Kerl begegnet, der Ihnen gefällt. Und Ihr Großvater würde sich freuen wie ein Schneekönig. Also, es könnte Ihnen einer begegnen, wenn Sie nicht schon sowieso verabredet wären."

Beth nahm das Retikül und hängte es sich über das Handgelenk. „Darauf antworte ich nicht. Bitte halte für heute Abend das rosa Ballkleid bereit. Auf der einen Seite hängt der Saum herunter."

„Ich richte es, bis Sie wieder da sind", erklärte Annie, öffnete die Tür und trat zur Seite. „Gehen Sie nur in den Park und genießen Sie Ihre Ausfahrt. Und Ihren Mann."

Beth rauschte an ihrer Zofe vorbei. „Werde ich, Annie. Allein dir zuliebe." Während sie die Treppe hinuntereilte, fragte sie sich, ob Westerville wohl wirklich im Park sein würde. Möglich war es, da der Tag ungewöhnlich schön war. Bei solchem Wetter kamen die Leute in Scharen aus den Häusern.

Ihr Herz klopfte ein wenig schneller bei dem Gedanken.

Der Viscount interessierte sie. Natürlich nicht als möglicher Ehemann, er war nicht der Typ, mit dem man einen Hausstand gründete. Nein, er gehörte eher zu den gefährlichen Männern, die einem das Herz brachen. Da hatte Beatrice durchaus recht. Zum Glück hatte Beth nicht die Absicht, sich jetzt schon häuslich niederzulassen, und ein netter Flirt wäre sicher angenehmer, als vor einer Gruppe geldgieriger und langweiliger Lords die stotternde Idiotin zu spielen. Das Problem war nur, dass sie nicht beides haben konnte – mit dem Viscount tändeln und gleichzeitig ihre Verehrer abschrecken. Was bedeutete, dass der Flirt einfach nicht infrage kam.

Der Tag verlor gleich etwas von seiner strahlenden Helligkeit. Beths Schritte verlangsamten sich, während sie durch die Eingangshalle zur Tür ging, die ihr ein Lakai bereits aufhielt. Draußen sah sie Beatrice und den Stallburschen neben einem schönen neuen Kabriolett stehen, doch Beth konnte keinerlei Begeisterung aufbringen.

Plötzlich hoffte sie, dass sie dem Viscount nun doch nicht im Park begegnete. Sie setzte ein schwaches Lächeln auf und ging nach draußen.

Die Tür zu Christians Schlafzimmer fiel ins Schloss. Er öffnete die Augen und schlug hastig die Hände vors Gesicht, als die Sonne durch einen Spalt im Vorhang strahlte. Lieber Himmel, wie spät war es denn? Vorsichtig schaute er zur Uhr auf dem Kaminsims, fluchte laut und schlug die Bettdecke zurück.

„Guten Morgen", sagte Reeves vom Schrank her, wo er gerade ein paar Krawattentücher verstaute. „Ihr Morgenmantel liegt am Fußende des Bettes bereit. Ich wüsste es zu schätzen, wenn Sie sich etwas anziehen würden."

„Ich brauche den Morgenrock nicht. Geben Sie mir einfach die Breeches."

Reeves seufzte, reichte Christian aber das gewünschte Kleidungsstück.

Christian zog die Reithose an. „Jetzt dürfen Sie hersehen."

„Danke, Mylord. Ihr Kammerdiener Walters ist heute Morgen leider nicht in der Lage, Ihnen behilflich zu sein. Er leidet an Zahnschmerzen."

Reeves wandte sich zum Kleiderschrank. „Möchten Sie heute die schwarze Weste, die schwarze Weste oder vielleicht doch lieber die schwarze Weste tragen?"

„Mir gefällt Schwarz eben."

„Wie es aussieht, sind Sie völlig vernarrt in diese Farbe, Mylord. Sie sind Ihr förmlich verfallen. Körperlich und geistig …"

„Nun geben Sie mir endlich meine Weste!"

„Jawohl, Mylord." Reeves zog eine Weste aus dem Schrank und betrachtete sie einen langen Augenblick. „Ich frage mich, ob ich Ihnen wohl unrecht getan habe, Mylord. Statt einer beklagenswerten und unerklärlichen Leidenschaft für Schwarz zu frönen, haben Sie vielleicht einen großen Verlust erlitten, vielleicht eines Lieblingspferdes oder eines erstklassigen Jagdhundes, und haben nun das Bedürfnis, die nächsten vierzehn Jahre Trauer für das Tier zu tragen."

„Reeves ..."

„Vielleicht vertragen Sie auch die bunten Färbungen nicht?"

Christian musste grinsen. „Schwarz habe ich schon immer gemocht. Es bedeutet Macht."

Reeves hielt eine schwarze Weste hoch und verglich sie mit einer weiteren. „Sie wirkt wirklich ziemlich mächtig. Wie alle Trauerkleidung."

„Ich wollte mit einem Knall in London ankommen. Ich wollte auffallen, das ist wichtig."

„Ah. Verstehe." Reeves legte eine der schwarzen Westen aufs Bett. „Sie wollen unter lauter bunten Juwelen ein Klumpen Kohle sein. Eine dicke schwarze Taube unter all den farbenprächtigen Pfauen. Ein ..."

„Verdammt und zugenäht, waren Sie zu meinem Vater auch so frech?"

„Leider noch schlimmer, Mylord. Damals war ich ja noch jünger und hatte deswegen ein enormes Durchhaltevermögen."

„Gut. Der alte Hund hat es nicht anders verdient."

„Viele waren der Ansicht, dass es der Earl so schwer wie möglich haben sollte." Der Butler reichte Christian ein frisches Hemd und legte eine gestärkte Krawatte aufs Bett. Nachdem Christian das Hemd übergezogen hatte, nahm er die Krawatte, legte sie sorgfältig um und schlang sie zu einem kunstvollen Knoten.

Er begutachtete sich im Spiegel und senkte ein wenig das Kinn, um den Sitz der Falten zu vervollkommnen.

In respektvollem Schweigen wartete Reeves ab und reichte Christian dann die Weste. „Ob schwarz oder nicht, Ihre Westen sind alle hervorragend gearbeitet. Dieser Brokatstoff ist wunderbar."

Christian schlüpfte in die Weste, ließ die Finger beiläufig über den seidigen Stoff gleiten. „Lange Zeit hatte ich fast nichts. Ein wenig Luxus scheint mir da nicht unangemessen."

„Nein, Mylord. Jetzt ist tatsächlich die Zeit gekommen, sich zu verwöhnen." Reeves öffnete die Schachtel mit den Anstecknadeln und hielt sie Christian hin.

Der wählte eine Krawattennadel mit einem großen Rubin und schob sie sorgfältig in das soeben fertiggestellte Kunstwerk an seinem Hals.

„Ich glaube, diesen speziellen Stil habe ich noch nie gesehen", stellte Reeves fest, sobald die Nadel an Ort und Stelle steckte.

„Ich habe ihn selbst erfunden", erklärte Christian und bewunderte sich im Spiegel. „Ich nenne ihn ‚Vergeltung'."

„Sie werden eine neue Mode kreieren, Mylord." Reeves lächelte verhalten. „Merkwürdig, wie sehr Sie sich von Ihrem Zwillingsbruder unterscheiden, nicht nur äußerlich, auch in Ihrer Art."

„Tristan macht sich nichts aus Mode. Er zieht es vor, sich zu kleiden, als wäre er noch an Bord eines Schiffs."

„Er ist auch durchaus bereit, den Tod Ihrer Mutter ruhen zu lassen."

„Er konzentriert sich mehr auf die Zukunft", erklärte Christian achselzuckend. „So war er schon immer." Außerdem hatte Tristan ihre Mutter nie so verstanden wie er selbst. Christian besaß nicht nur die hellgrünen Augen und die golden schimmernde Haut, sondern auch ihre Wertschätzung der schönen Dinge des Lebens.

Wie hatte sie die Seidenlaken und die schwere spitzenbesetzte Decke auf ihrem Bett geliebt, und er sah immer noch vor sich, wie sie die Finger voll Freude über ein glatt poliertes Möbelstück gleiten ließ. Sie hatte ihr Leben in vollen Zügen genossen, jeden Moment, jede Erfahrung. Das wollte er auch. Vielleicht wäre es ihm möglich, wenn seine Situation einmal geklärt war …

Er runzelte die Stirn. Seltsam, bisher hatte er nie darüber nachgedacht, was er tun wollte, wenn er den Mörder seiner Mutter zur Strecke gebracht hatte. Vielleicht weil es immer ein so weit gestecktes Ziel gewesen war. Und nun … hatte er es in greifbarer Nähe vor sich. Entschlossen straffte er die Schultern.

Reeves nahm den schwarzen Rock vom Bett. „Ihr Vater hielt große Stücke auf Ihre Mutter. Das habe ich ihn mehr als einmal sagen hören."

Christian sah den Butler im Spiegel an. „Versuchen Sie bloß nicht, mich dazu zu bringen, öfter an meinen Vater zu denken, als ich es ohnehin schon tue."

Reeves hielt Christian den Überrock hin. „Das würde ich nicht wagen. Ich kann Ihnen auch nicht verübeln, dass Sie zornig auf ihn sind."

Christian ließ sich in den Überrock helfen. „Ich bin nicht zornig. Meine Mutter und mein Vater sind beide tot. Zorn wäre da nur verschwendet."

„Ich wäre trotzdem zornig. Sehr zornig."

Christian sah in den Spiegel. Mit Ausnahme des schneeweißen Krawattentuchs war er von Kopf bis Fuß in unerbittliches Schwarz gekleidet. Nur der glühende Rubin an seinem Hals und das lebhafte Grün seiner Augen störten das schwarz-weiße Bild.

Er begegnete Reeves' Blick.

Der Butler hob die Augenbrauen. „Sehr flott, Mylord."

„Ich hatte noch nie ein so schön gestärktes Krawattentuch. Sagen Sie nicht, dass Walters das gemacht hat."

„Er wurde schon letzte Nacht krank. Ich habe es dann für ihn übernommen." Nüchtern betrachtete Reeves Christians Erscheinungsbild und nickte schließlich. „Gern gebe ich es nicht zu, aber ich muss sagen, Schwarz verleiht Ihnen ein gewisses verwegenes Etwas."

Christian grinste. „Gut zu wissen, dass all die Jahre auf der Landstraße nicht vergebens waren."

Reeves verzog das Gesicht. „Bitte, Mylord. Ich habe Sie doch gebeten, dass Sie Ihren früheren Beruf nicht erwähnen sollen, obwohl … Sie wissen noch, was Sie mir über das Morden erzählt haben?"

„Dass ich nie im Leben auch nur einer Seele etwas zuleide getan habe."

Der Butler atmete erleichtert auf. „Wie schön, dies zu hören, Mylord."

„Bei mir sind Sie vollkommen sicher, Reeves. Es sei denn, Sie hören nicht auf, meine Kleider zu kritisieren. In dem Fall kann ich für nichts garantieren."

Reeves nickte schwach. „Wenn Sie so lächeln, sehen Sie dem Porträt Ihrer Mutter erstaunlich ähnlich."

„Dem …" Christian sah den Butler an. „Von meiner Mutter existiert ein Porträt?"

„In Rochester House, dem Hauptwohnsitz Ihres Vaters. Es gehört jetzt Ihrem Bruder, falls Sie es sehen möchten."

Tristan würde sich nicht davon trennen, was Christian ihm nicht zum Vorwurf machen konnte. „Ich frage mich, warum Vater das Bildnis einer Frau besaß, die er nicht mal anerkennen wollte."

„Er gab das Gemälde nach ihrem Tod in Auftrag. Der Maler bediente sich einer Miniatur, was man dem Ergebnis aber nicht ansieht." Reeves seufzte. „Tut mir leid. Ihr Vater war ein wenig geizig."

„Geizig?"

„Ja, Mylord. Sowohl mit seinen Mitteln als auch mit seinen Gefühlen, außer wenn es um Mode ging. Ich glaube, später hat er es bedauert."

„Zu spät und zu wenig."

„Ja, in vielerlei Hinsicht. Vor seinem Tod sagte er, von allen Frauen, die er kannte, war Ihre Mutter die schönste, sowohl körperlich als auch geistig."

„Sie war schön", erwiderte Christian harsch, „bis sie im Gefängnis am Fieber dahinsiechte."

„Er hatte immer Schuldgefühle, weil er nicht da war, um sie zu beschützen."

Christian, der sich gerade die Reitstiefel anziehen wollte, hielt inne und drehte sich zum Butler um. „Er hatte Schuldgefühle? Das glauben Sie?"

„Ja. Er weilte außer Landes, in Italien, als sie ins Gefängnis geworfen wurde. Von der Verhaftung Ihrer Mutter erfuhr er erst zwei Monate später. Wegen der Lage auf dem Kontinent brauchte er eine ganze Weile, um nach London zu gelangen."

„Vater reiste nach London, um sie zu retten?"

„So schnell er konnte, aber er kam zu spät." Leise schloss Reeves die Schranktür. „Damals gab er ihr Porträt in Auftrag."

Christian starrte auf seine Reitstiefel. Ihm brannte eine Frage auf der Zunge, eine Frage, die er sich schon oft gestellt, die er indes nie laut auszusprechen gewagt hatte. „Hat er … hat er versucht, Tristan und mich zu finden?"

„Ihr Vater zahlte ein Vermögen an verschiedene zwielichtige Gestalten, die behaupteten, Sie beide finden zu können. Aber Sie und Ihr Bruder waren spurlos verschwunden."

Christian versuchte zu schlucken, konnte jedoch nicht. Früher hatte er sich so gewünscht, glauben zu können, dass sein Vater nach ihnen gesucht hatte, dass er versucht hatte, seiner Mutter zu helfen. Er hatte es so sehr glauben wollen ... doch im Lauf der Jahre war ihm dieser Glaube abhandengekommen. An seine Stelle war eine Bitterkeit getreten, die nun nicht weichen wollte. „Hat Vater an Mutters Unschuld geglaubt?"

Reeves seufzte. „Ich weiß nicht, was er glaubte, ich weiß nur, was man ihm sagte. Es hieß, sie sei schuldig. Dass er ihr auch nicht hätte helfen können, wenn er rechtzeitig nach London gekommen wäre."

„Wer hat ihm denn diesen Blödsinn erzählt?"

„Der König."

Christian klammerte sich am Bettpfosten fest, bis seine Knöchel weiß hervortraten. „Der König?"

„Ihr Vater eilte zu ihm, sobald sein Schiff im Hafen festgemacht hatte. Er nahm sich nicht einmal die Zeit, sich umzukleiden, sondern ritt direkt nach Whitecastle, wo König George zu der Zeit residierte. Obwohl der schon im Bett lag, forderte Ihr Vater eine Audienz."

„Dann hat er ja wirklich versucht, ihr zu helfen", hörte Christian sich voll Staunen flüstern.

„Ich glaube, er hat sich nie verziehen, als ihm klar wurde, dass ihre Entfremdung sie in eine so schutzlose Lage brachte."

„Er hatte allen Grund, sich schuldig zu fühlen."

„Aber er hat ..." Reeves zögerte und sagte dann eilig: „Mylord, was Ihrer Mutter auch passiert ist, die Beweislage war erdrückend. König George war von ihrer Schuld überzeugt."

„Die Beweise müssen gefälscht worden sein. Willie wird uns die Informationen bringen, die wir brauchen, dann wissen wir, wonach wir suchen müssen. Ich erwarte ihn heute zurück." Christian wandte sich zur Tür. „Und jetzt muss ich mich verabschieden. Lady Elizabeth ist diesen Morgen im Hyde Park, wenn man ihrem Lakaien Glauben schenken darf."

„Oh, Lakaien lügen nicht", erklärte Reeves trocken.

Christian lächelte. „Nicht wenn sie entsprechend bezahlt werden. Wie sehe ich aus, Reeves? Elegant genug, um der hartnäckigste Verehrer der Dame zu werden, gleich nachdem sie sich für mich entschieden hat?"

„Sie muss sich zuerst für Sie entscheiden?"

„Liebe ist wie ein Schachspiel, Reeves. Nur dass es um Herzensangelegenheiten geht. Ich habe alle verfügbaren Informationen genau studiert und festgestellt, dass Massingales Enkelin seine einzige Schwachstelle ist, die einzige Person, die er an sich heranlässt."

„Gibt es da nicht auch noch eine Schwiegertochter?"

Christian runzelte die Stirn. „Woher wissen Sie von ihr?"

„Dienstbotenklatsch, Mylord. Nachdem Sie mir freundlicherweise von Ihrem Plan erzählten, habe ich Erkundigungen eingezogen."

„Seit letzter Nacht?"

„*Sie* mögen ja bis zehn geschlafen haben, *ich* aber nicht. Ich bin schon im Morgengrauen aufgestanden und zum Markt gegangen. Ich habe mir die Zeit genommen, das Geflügel an einem Marktstand zu inspizieren, und bin dort mit einer gewissen Mrs. Kimble ins Gespräch gekommen, die zufälligerweise die Haushälterin des Duke of Massingale ist."

„Reeves! Sie ... was haben Sie herausbekommen?"

„Der Duke vergöttert seine Enkelin. Sie ist auch bei den Dienstboten sehr beliebt. Außerdem habe ich in Erfahrung gebracht, dass er seine Schwiegertochter nicht mag und dass sich sein Gesundheitszustand rapide verschlechtert. Tatsächlich heißt es sogar, er habe nicht mehr allzu lange zu leben."

Christian hielt inne. Die schlechte Verfassung des Herzogs war ihm absolut neu. Verdammt, konnte es sein, dass er sein Leben lang davon geträumt hatte, sich an dem Mann zu rächen, der seine Mutter ruiniert hatte, nur um im letzten Augenblick vom Tod besiegt zu werden?

Fragend zog er die Brauen hoch. „Sonst noch etwas?"

„Ja. Es hat den Anschein, als gefiele es Lord Massingale nicht, dass seine Schwiegertochter sich für einen Mann interessiert, einen gewissen Lord Bennington, der Lady Charlotte recht nahe steht. Die Haushälterin schien der Ansicht, dass der Mann irgendeine Bedrohung darstellt, aber ich konnte nicht herausfinden, warum sie das glaubt."

Christian verzog das Gesicht. Welche Ironie, dass er Wochen damit zugebracht hatte, auf Massingales Anwesen vorzudringen, aber trotzdem nicht weiter als bis in die Ställe gekommen war, während Reeves einfach nur zum Markt spazieren und der Haushälterin ein wenig schöntun musste, um in einem kurzen Gespräch ebenso viel

Informationen zu erhalten wie Christian in einem anstrengenden Monat. „Ob alt oder krank, der Duke ist immer noch verantwortlich für den Tod meiner Mutter."

„Ob alt oder krank, er ist *vielleicht* verantwortlich für den Tod Ihrer Mutter", korrigierte Reeves sanft. „Sie sagten selbst, dass Sie noch nicht genügend Beweise gesammelt haben."

„Bald habe ich alles beisammen."

„Natürlich, Mylord."

Verdammt. Christian fuhr sich durchs Haar. Er war wirklich nicht gern ungnädig, aber ... Er warf Reeves einen harten Blick zu. „Sie sagen es mir doch, wenn Sie noch etwas herausfinden?"

„Jawohl, Mylord. Selbstverständlich."

„Danke. Sie sind ein außergewöhnlicher Mensch, Reeves."

„Ich gebe mir Mühe, Mylord."

Nach einem letzten Blick in den Spiegel wandte Christian sich zur Tür. „Dann mache ich mich jetzt mal in den Park auf." Kurz darauf schritt er den Flur hinunter, wo die Morgensonne auf das polierte Parkett fiel. Er konzentrierte sich mit dem ganzen Körper auf das bevorstehende Spiel. Er musste Lady Elizabeths Vertrauen gewinnen. Unbedingt. Auch wenn er diese Aussicht erregend fand, dachte er unwillkürlich, dass er die faszinierende Lady Elizabeth unter anderen Umständen um ihrer selbst willen umwerben hätte können.

Er konnte seine lebhafte Fantasie nicht davon abhalten, sich die üppige, liebreizende Elizabeth in seinem Bett vorzustellen. Allein der Gedanke daran, wie sich ihre geschmeidigen Glieder nackt auf seinem Laken ausstreckten, das honigblonde Haar um sie ausgebreitet, in den Augen jenen amüsierten, vor Intelligenz sprühenden Ausdruck ... bis sie sich vor Leidenschaft verdunkelten ...

Würden sie sich vor Leidenschaft verdunkeln? Vielleicht würden sie zu strahlen beginnen.

Plötzlich erkannte er, dass die Bruchstücke an Informationen, die er im Verlauf der letzten Woche über sie gesammelt hatte, kein sehr genaues Bild ergaben. Beispielsweise wusste er, dass sie die Quadrille allen anderen Tänzen vorzog. Dass sie im Park fast nur in der Kutsche ausfuhr. Dass ihr Komödien lieber waren als düstere Trauerstücke. Aber auch wenn das alles nützliche Informationen waren, die er mit viel Raffinesse und List herausgefunden hatte, sie verrieten ihm nicht, was sie im Leben wollte, wovor sie sich fürchtete oder – und das war vielleicht das Wichtigste – wer sie wirklich war.

Er blieb stehen. Leise Unruhe machte sich in ihm breit. Einen Augenblick stand er nur da und starrte zu Boden.

Plötzlich machte er resolut kehrt und begab sich in die Bibliothek. Er setzte sich an den Schreibtisch, tauchte die Feder ins Tintenfass und schrieb auf einem Zettel eine einzige Zeile nieder. Danach wedelte er mit dem Papier, um die Tinte zu trocknen, räumte Tinte und Feder weg und steckte den Zettel ein. Schließlich kehrte er in die Halle zurück, nahm Hut und Handschuhe vom Lakaien entgegen und verließ das Haus. Draußen auf der Treppe blieb er stehen. Er hatte das Gefühl, als hätte er eine große Entscheidung getroffen.

Und das hatte er auch. Er tat, was getan werden musste. Was der tragische Tod seiner Mutter erforderte. Das war alles.

Mit zusammengebissenen Zähnen ging Christian die breite Marmortreppe hinunter. Jetzt war nicht der richtige Zeitpunkt, die eigenen Motive zu hinterfragen. Wie lächerlich, dass er Reeves erlaubt hatte, seine sorgfältig zurechtgelegten Pläne in Zweifel zu ziehen. Er wusste verdammt genau, was er tat, und konnte gut darauf verzichten, dass ihm der ehemalige Butler seines Vaters moralische Ratschläge erteilte.

So weit war es ja nun wirklich nicht gekommen. Noch nicht zumindest.

Seufzend nahm er vom Stallburschen die Zügel seines Lieblingspferdes entgegen und schwang sich in den Sattel. „Die Belagerung kann beginnen“, stieß er leise aus, presste dem mächtigen Pferd die Schenkel in die Seiten und lenkte es Richtung Park.

6. KAPITEL

Ein guter Dienstbote ist stets diskret, erledigt sorgsam all seine Pflichten und urteilt nie über die Gewohnheiten seines Dienstherrn. Außer vielleicht, wenn sie wahrhaft verwerflich sind.

Leitfaden für den vollkommenen Butler und Kammerherrn von Richard Robert Reeves

Während Christian auf den Park zutrabte, entdeckte er Lady Elizabeth und ihre Cousine Mrs. Thistle-Bridgeton, die Frau, die ihr am Vorabend als Anstandsdame gedient hatte. Ihren Namen in Erfahrung zu bringen war kein großes Kunststück gewesen – nun musste Christian nur noch irgendwie an ihr vorbeikommen.

Völlig unempfänglich für seine Gegenwart, ratterten die Damen in der etwas protzigen Kutsche an ihm vorbei; die Sonne glänzte auf dem schwarzen Chassis ebenso sehr wie auf dem Fell der Rappen.

Die funkelnagelneue Kutsche war schon auffällig genug, doch im Zusammenspiel mit den herrlichen Pferden und Elizabeths Haar, das sich goldglänzend von den roten Samtpolstern abhob, erregten die Damen eine Aufmerksamkeit, die nicht allein auf Geld und Position zurückzuführen war. Lady Elizabeth war ganz einfach eine atemberaubend schöne Frau.

Zum Glück war er gefeit dagegen, mehr für sie zu empfinden, als schicklich war. Die Verbindung zu ihrem Großvater würde für immer verhindern, dass ihre Reize auf ihn irgendeine Wirkung ausübten. Sie war der Schlüssel zur Welt ihres Großvaters, mehr nicht, egal was dieser lästige Reeves andeuten wollte.

Christian beobachtete, wie sie sich ihrer Cousine zuneigte, und befand, dass Lady Elizabeth von Natur aus anmutig war. Er war sich nicht sicher, ob es an ihren Gesten lag, der Art, wie sie den Kopf hielt, oder einfach nur ihrem persönlichen Charme, doch es war schon faszinierend genug, ihr einfach nur zuzusehen.

Wirklich schade, dass sie seine geborene Feindin war. Aber er sah nicht ein, warum er sich dafür schämen sollte, wenn er ihre Schönheit bewunderte. Wie könnte er nicht? Sie bloß anzuschauen, wie sie da in ihrem im russischen Stil gehaltenen kurzen Mantel dasaß, auf dem blonden Haar eine weiße, mit Glockenblumen aufgeputzte Schute, war eine Freude. Sie sah aus wie eine Fee, die sich aus dem Wald hierher verirrt hatte.

Sein verspielter Wallach scheute in vorgetäuschtem Schrecken vor einem Blumenkarren zurück. „Ruhig, Lucifer!“ Das Tier schnaubte und tänzelte, bog den Hals zurück und wieherte. Christian bohrte ihm die Hacken in die Seite und hielt die Zügel kurz. Lucifer erkannte seinen Herrn und Meister und beruhigte sich, allerdings nicht, ohne ein letztes trotziges Schnauben von sich zu geben.

Christian folgte dem Kabriolett und lenkte das Pferd zum Park. Gerade als sie nacheinander durch die Parktore kamen, erhob sich ein Windstoß und wehte eine von Beths goldenen Locken empor. Sofort spannte sich Christians Körper an. Er dachte daran, wie sie gestern auf dem Ball ausgesehen hatte, die vollen Lippen interessiert gespitzt, die Augen voll ungestellter Fragen.

Der Wind spielte mit der Locke, ließ sie wie ein goldenes Banner über die Schute wehen. Christian dachte an ihr Haar, an die alabasterweiße Haut und wie sie sich von seinem dunkleren Teint abheben würde. In seinen Lenden begann es leise zu pochen. Verdammt, er würde eine Menge dafür geben, sie in seinem Bett zu sehen, ohne ihren ganzen Staat, zwischen ihnen beiden nichts als ungezügelte Leidenschaft.

Über diese Albernheiten musste er schließlich doch ein wenig den Kopf schütteln. Er setzte sich im Sattel zurecht, worauf Lucifer den Kopf in den Nacken warf und leise wieherte, als lachte er ihn aus.

Christian beugte sich vor und flüsterte dem Pferd zu: „Das ist nicht witzig.“

Beths Kutsche war am äußeren Fahrweg angelangt. Christian spornte Lucifer an, als sich am Wegrand plötzlich etwas bewegte. Ein paar Männer – etwa fünf an der Zahl –, die bisher recht gelangweilt auf ihren Pferden herumgesessen oder an ihren Kutschen gelehnt hatten, kamen herbeigeeilt. Sie erinnerten ein wenig an Ameisen, die aus einem zertretenen Ameisenhaufen ausschwärmten. Sie sprangen auf die Pferde, kletterten eilig in ihre Kutschen, und dann sprengten sie alle zusammen auf das Kabriolett zu.

Christian runzelte die Stirn. Er hatte mit Verehrern gerechnet … aber nur fünf? Wenn eine Frau so reich wie Elizabeth war, sollte sie im Park jederzeit mit mindestens zwanzig Verehrern rechnen dürfen.

Sehr merkwürdig, fand Christian.

Außerdem waren die fünf Herren, die nun das Kabriolett umringten, allgemein bekannt dafür, dass sie nach einer Erbin Ausschau hielten. Wie konnte das angehen? Elizabeth war nicht nur reich, sondern auch schön und die Enkelin eines Herzogs, verdammt. Es gab doch sicher Männer, die sie nicht nur des Geldes, sondern auch wegen ihrer anderen Attribute umwerben würden, oder?

Christian sah zu Lady Elizabeth hinüber, die sich nicht anmerken ließ, ob sie den Mangel an Verehrern in irgendeiner Weise beklagenswert fand. Bei Zeus, er musste herausfinden, was hier vor sich ging.

Lady Elizabeth amüsierte sich gerade über eine Bemerkung ihrer Begleiterin, und ihr Lachen wurde vom Wind an Christians Ohr getragen. Ihr sanft geschwungener Mund schien ihn herbeizurufen, obwohl er auf dem engen Pfad kaum hätte näher kommen können.

Ungeduld flammte in ihm auf. Einen Augenblick lang wünschte er jeden Mann, der sich in Sichtweite aufhielt, zum Teufel, auch wenn das seinen Plan um einiges verkompliziert hätte. Dieses Gefühl war so spontan, so tiefgreifend, dass er stirnrunzelnd das Pferd zügelte.

Irgendwie, vielleicht weil er sie für seine Pläne benötigte und sich im Lauf des letzten halben Jahres ständig Berichte über sie angehört hatte, schien er zu glauben, Elizabeth gehöre ihm. Er versteifte sich. Was zum Teufel dachte er sich dabei nur? Derartige Vorstellungen konnten zu einer weitaus ernsteren Beziehung führen, als ihm vorschwebte. Warum also saß er hier und kämpfte gegen ein höchst unbehagliches und ungewohntes Gefühl der Bitterkeit an? Ein Gefühl, das fast mit Eifersucht zu vergleichen war?

Unwillkürlich fasste Christian die Zügel fester.

Lucifer scheute. Mit leisem Fluchen brachte Christian das Pferd wieder unter Kontrolle, wendete dabei aber den Blick nicht von Elizabeth. Sie hatte ihre Verehrer gesehen und beugte sich nun vor, um etwas zu ihrem Kutscher zu sagen – vielleicht wollte sie ihn zur Eile antreiben. Doch dazu war es bereits zu spät, der Fahrweg war bereits blockiert.

Zum Teufel mit den Dummköpfen. Ihm blieb nur noch ein Weg:

Lady Elizabeth von ihrer geldgierigen Entourage zu trennen. Was in etwa so war, als wollte man einem hungrigen Wolfsrudel ein besonders saftiges Stück Fleisch entreißen.

Zum Glück war Christian selbst weitaus wölfischer als die anderen. Anders als die verzärtelten Schoßhündchen vor ihm hatte er sich selbst durchgeschlagen, hatte sich sein Essen mit List und Geschmeidigkeit besorgt, die Zähne stets gefletscht.

Er lenkte Lucifer auf einen Nebenweg und brachte das unruhige Tier durch ein niedriges Gebüsch ein Stück den Pfad hinauf. Er sah Elizabeth, und ihre Blicke kreuzten sich für einen kurzen Moment. Befriedigt stellte er fest, dass sie sofort reagierte. Ihre Miene hellte sich auf, in ihren Augen blitzte freudiges Erkennen, und sie öffnete die Lippen, wie um seinen Namen zu sagen.

Doch genauso schnell besann sie sich wieder, biss sich auf die Lippen und wandte den Blick ab.

Das gab den Ausschlag. „Komm, Lucifer", murmelte er. „Man ruft uns." Christian spornte das Pferd mit den Hacken an. Der Wallach setzte sich in Bewegung, und Christian lenkte das Tier zwischen Kabriolett und die anderen Reiter.

Lucifer war kein Pferd gewachsen. Er schnaubte die anderen Pferde an und bleckte die Zähne. Die anderen Tiere, ebenso verwöhnt und behütet wie ihre Besitzer, warfen einen Blick auf den aggressiven Wallach und scheuten zurück, weg vom Kabriolett.

Im nächsten Augenblick ritt Christian neben der Kutsche. „Lady Elizabeth", sagte er, tippte zum Gruß mit der Peitsche an seinen Hut und lächelte auf sie hinunter. „Sie sehen ...", er ließ den Blick über sie schweifen, „... wunderschön aus. Eine Rose in einem Treibhaus voller Gänseblümchen."

Eine gewöhnliche junge Dame wäre Christians Erfahrung nach sofort unruhig und aufgeregt geworden, Lady Elizabeth hingegen war aus härterem Holz geschnitzt.

Ihre Brauen hoben sich kaum merklich, und sie sagte mit ihrer etwas heiseren Stimme: „Verzeihung, aber sind wir uns bereits vorgestellt worden? Ich glaube nicht, dass ich Sie kenne."

In ihren Augen tanzte ein Lächeln, und in einer Wange zeigte sich ein Grübchen.

Einen winzigen Augenblick lang vergaß Christian seine Mission.

Er vergaß, dass er sich im Park befand, auf seinem Pferd. Er vergaß, dass er von Menschen umgeben war. Er vergaß alles bis auf die lächelnden Augen vor ihm.

Er beugte sich vor. „Mylady, mein größter Wunsch wäre, Sie kennenzulernen."

Ihre Lippen verzogen sich zu einem entzückenden kleinen Lächeln. „Nun denn. Vielleicht könnte dieser Wunsch ja in Erfüllung gehen ..."

„Beth!" Ihre Begleiterin, Mrs. Thistle-Bridgeton, ergriff Elizabeths Hand und sagte in warnendem Ton: „Vorsicht!"

Elizabeth warf ihrer Cousine einen unwilligen Blick zu und verzog dann das Gesicht, als erinnerte sie sich an etwas Unangenehmes. „Ach so", sagte sie schließlich ärgerlich. „*Das.*"

Christian hörte nicht auf zu lächeln, doch alle seine Sinne waren geschärft. Worum ging es da? Er spitzte die Ohren.

Neben Christian bemühte sich der Duke of Standwich verzweifelt, seine plumpe Stute zu bändigen. Das normalerweise so milde Tier beäugte Lucifer mit wildem Blick und zog höchst ungebührlich an den Zügeln. „Mylord!", empörte sich Standwich. „Bitte bringen Sie Ihr Pferd unter Kontrolle!"

Christian sah auf Lucifer, der fröhlich neben dem Kabriolett einhertänzelte, sich ansonsten aber recht anständig benahm. „Mein Pferd *ist* unter Kontrolle. Ihre Stute ist es, die sich nicht zu benehmen weiß."

Standwich presste die Lippen aufeinander, während er sich gleichzeitig abmühte, sein rastloses Tier wieder auf den Pfad zu zerren. „Lady Bud würde sich nie so ..."

„Verzeihung", unterbrach Christian, der vergeblich versuchte, ein Grinsen zu unterdrücken. „Haben Sie Ihr Pferd gerade Lady Bud genannt?"

Elizabeth neben ihm lachte amüsiert auf. Christian lächelte ihr zu, und ihre Blicke trafen sich einen kurzen Augenblick.

Standwich errötete. „Ja! Ja, so habe ich sie genannt. Die Stute gehört meiner Mutter, wenn Sie es wissen müssen. Ich habe sie nur ausgeliehen, weil ich dachte, sie würde sich in Anwesenheit einer Dame geziemend benehmen." Der Duke warf Lucifer einen bösen Blick zu. „Im Gegensatz zu *Ihrem* Tier, das sich in der Öffentlichkeit gar nicht sehen lassen dürfte."

Christian rieb Lucifer den Hals, worauf der Wallach die Beine ein wenig höher hob. „Ich finde nicht, dass Sie das Recht haben, mein Pferd zu kritisieren. Oder ich Ihres. Geht mich schließlich nichts an, wenn Sie lieber ein zimperliches Tier reiten."

„Meine Stute mag ja Lady Bud heißen", entgegnete der Herzog hitzig, „aber deswegen ist sie kein schwächliches Tier. Sie heißt nur deswegen … ach, verflixt! Ich muss mich doch nicht vor Ihnen rechtfertigen!" Erbost reckte er die Nase in die Luft. „Außerdem reite ich normalerweise ein anderes Tier. Mein eigenes Pferd ist doppelt so viel wert wie dieses Biest von Ihnen!"

„Wie heißt es denn?"

Der Herzog lief puterrot an. „Das tut hier überhaupt nichts zur Sache …"

„Traut sich nicht, es mir zu verraten", erklärte Christian zufrieden. Fröhlich zwinkerte er Elizabeth zu.

Sie errötete, und um ihre Lippen zitterte ein Lächeln.

Der Duke knirschte laut hörbar mit den Zähnen. „Der Name stammt nicht von mir! Das Tier war schon zwei Jahre alt, als ich es gekauft habe, und …"

„Vielleicht heißt es ja … *Sir* Lady Bud?"

„Nein! Natürlich nicht!"

Christian zuckte mit den Schultern. „Na gut. Dann verraten Sie es uns eben nicht. Wahrscheinlich ist der Name ohnehin nichts Besonderes."

„Er ist zu exotisch! Es heißt Batsheba!"

„Sie haben Ihr Pferd Batsheba getauft?"

„Ich sagte doch, der Name stammt nicht von mir. Nicht dass dies eine Rolle spielte. Ich finde Batsheba sehr hübsch!"

„Ein fürchterlicher Name für ein Pferd. Viel zu exotisch. Diesen Namen sollte eher ein Wesen tragen, das zu Schönheit, Leidenschaft und Begehren fähig ist." Christian lächelte auf die Dame neben ihm hinunter. „Jemand wie Lady Elizabeth."

Elizabeths Wangen röteten sich. Ihre Begleiterin war nicht so dezent und brach in Gelächter aus. „Puh, Beth! Du als Batsheba!"

Der Herzog protestierte entrüstet. „Meine Güte, Westerville, wie ungebührlich, so etwas zu sagen!"

„Unsinn", versetzte Christian und beugte sich zu Elizabeth hinunter, sodass nur sie ihn hören konnte. „Soll ich Sie von diesen Flöhen hier befreien, meine Liebe? Oder haben Sie sich noch nicht ausgiebig genug über sie amüsiert?"

Beth sah ihn warm an. „Flöhe? Das doch sicher nicht."

Kaum hatte sie diese Worte geäußert, räusperte sich ihre Begleiterin vielsagend. Lady Elizabeth sah ihre Cousine an, errötete und nickte.

Interessant. Christian beugte sich noch einmal hinunter, um etwas zu sagen, als Standwichs schwerfälliges Pferd gegen Lucifer stieß.

Sofort fuhr Lucifer zu der unbeholfenen Stute herum, woraufhin diese scheute und davonlaufen wollte. Dabei rempelte sie auch noch die beiden anderen Herren auf ihren Pferden an.

„Verflixt, Standwich", sagte einer der beiden. „Passen Sie doch auf, wo Sie hinreiten!"

Sein Begleiter fügte mit schwerem französischen Akzent hinzu: „Vielleicht sollten Sie hinten in der Gruppe reiten, wenn Sie Ihr Tier nicht besser unter Kontrolle haben!"

Amüsiert stellte Christian fest, dass die anderen Verehrer bereits aufgegeben hatten und zurückgefallen waren. Mittlerweile waren nur noch diese drei übrig, und er hatte den einzigen Platz besetzt, von dem aus man mit der jungen Dame plaudern konnte.

Er wandte sich an Lady Elizabeth. „Wenn Sie diese Kerle nicht als Flöhe bezeichnen wollen, wie wäre es dann mit Ratten? Sie schwärmen in der Gruppe aus, sehen aus, als würden sie mit Freuden an Ihren Zehen knabbern, und einige haben eine Gesichtsbehaarung, die einen an Schnurrbarthaare erinnert."

Elizabeth lachte, worauf sich in den Augenwinkeln reizende Fältchen bildeten. In diesem Moment wirkte sie verdammt attraktiv und gleichzeitig unglaublich feminin.

Sie öffnete schon den Mund, um etwas zu sagen, doch Mrs. Thistle-Bridgeton kam ihr zuvor: „Ich finde, sie sind eher wie kläffende Hündchen, was meinst du, Beth?"

Lady Elizabeth sah ihre Begleiterin scharf an. Nach einer kurzen Pause warf ihre Cousine ihr einen so intensiv warnenden Blick zu, dass Christian die Brauen hob. Was es auch war, das Mrs. Thistle-Bridgeton ihr mitteilen wollte, es entlockte Beth ein Seufzen. Mit einem ziemlich entschuldigenden Blick in Christians Richtung sagte sie: „Und w-w-wie w-w-wollen Sie mich v-v-von dieser P-p-plage erlösen, Mylord?“

Einen Augenblick war Christian zu überrascht, um ihr zu antworten. Lady Elizabeth zuckte zusammen, als sie seine Miene sah, und errötete. Eigentlich war er sich ziemlich sicher, dass sie bei ihren letzten Bemerkungen nicht so gestammelt hatte, aber vielleicht war es ihm auch nur nicht aufgefallen. Ihre Anstandsdame erweckte ja den Eindruck, als wollte sie überhaupt nicht, dass sie etwas sagte.

Es überraschte ihn nicht, als Mrs. Thistle-Bridgeton das Schweigen brach. „Meine Cousine hat manchmal Schwierigkeiten beim Artikulieren, Mylord.“

Christian schob seine Überraschung beiseite und zuckte mit den Schultern. „Es gibt Situationen, in denen ich auch nicht so eloquent bin, wie ich möchte.“ Er fing Lady Elizabeths Blick auf und stellte fest, dass sie die Sache nicht allzu sehr zu bekümmern schien. Mit einem Lächeln nahm er die goldenen und grünen Sprenkel in ihren schönen braunen Augen zur Kenntnis. Gestern auf dem Ball bei Kerzenlicht hatte er das gar nicht bemerkt. „Mylady, ich würde Sie bereitwilligst von der Rattenplage befreien. Seien Sie dessen versichert.“

Mrs. Thistle-Bridgeton nickte. „Beth, vermutlich kann es nicht schaden, wenn du dem Viscount erlaubst, deine anderen Verehrer zu vertreiben. Wenn so viele Leute um uns herumwuseln, kann die Kutsche gar nicht richtig gelenkt werden. Solange ihm klar ist ...“, die ältere Dame fixierte ihn mit einem entschlossenen Lächeln, „dass er sich ebenfalls entfernen muss.“

Lady Elizabeth warf ihm einen raschen Blick zu. „S-s-sie s-s-sind unverbesserlich.“

Christian verneigte sich. Er hätte schwören mögen, dass die wenigen Sätze, die sie zuvor in seinem Beisein geäußert hatte, ohne Gestammel ausgekommen waren. Aber vielleicht hatte es nur an der Wortstellung gelegen.

Was es auch war, er entschied, dass ihn der Sprachfehler nicht weiter störte. Allerdings könnte es den Mangel an Verehrern erklären. Die Männer in London waren wirklich Memmen.

Christian fand es verdammt faszinierend, wie ihre vollen Lippen jedes Wort artikulierten, was scherte ihn da ein leichtes Stottern.

Tatsächlich, erkannte er mit einiger Überraschung, wünschte er sich jetzt nur noch mehr, sie zu küssen.

Er grinste und tippte sich an die Hutkrempe. „Sie, Mylady, sind viel zu schön, als dass Sie hier herumsitzen und sich die leeren Komplimente einer ganzen Schar Dummköpfe anhören sollten."

Beth musste einräumen, dass der Viscount ihre Verehrer akkurat eingeschätzt hatte. Sie störten sie tatsächlich, alle miteinander. Beatrices neues Kabriolett war auf Geschwindigkeit konstruiert, und nur weil sie von Verehrern umzingelt waren, waren sie gezwungen, langsam wie ein Ponywagen einherzuschleichen.

Westerville warf ihr ein amüsiertes Lächeln zu, als könnte er sie nur zu gut verstehen. Sie konnte gar nicht anders, als darauf zu reagieren. Merkwürdig, obwohl sie sich über die übertriebene Selbstsicherheit des Mannes ärgerte, fand sie seine Gegenwart sowohl animierend als auch beruhigend.

Westerville betrachtete die wenigen verbliebenen Verehrer, die alle fest entschlossen schienen, neben dem Kabriolett zu reiten. Nach kurzer Überlegung nickte er, als hätte er einen Entschluss gefasst, und beugte sich vor. Seine hellgrünen Augen waren nun fast auf selber Höhe wie die ihren. „Mylady", sagte er mit tiefer Stimme, „bitte rutschen Sie ein Stück zur Seite."

Beth hob die Brauen. „Zur Seite?"

Beatrice trat sie gegen den Knöchel.

Beth zuckte zusammen und sagte dann mit merkwürdig gelangweilter Stimme: „Ich m-m-meine, zur S-s-seite?"

Im Blick des Viscounts flackerte etwas auf, aber im nächsten Augenblick hatte er die Augen hinter den Wimpern verborgen. Beth verzog das Gesicht. Zum Teufel mit dem Gestotter! Nie dachte sie daran, wenn dieser Mann in ihrer Nähe war. Und doch ... als sie endlich daran gedacht hatte, hatte er sich von ihrem Sprachfehler nicht im Mindesten abschrecken lassen. In vielerlei Hinsicht hatte er besser reagiert als die Hohlköpfe, die ihr nachsetzten.

Tatsächlich hatte kein anderer Gentleman das Stottern so gut akzeptiert wie er. Unter den Wimpern hervor warf sie ihm einen verstohlenen Blick zu und ertappte ihn dabei, wie er sie ansah, freimütig und direkt. In seinen Augen lag ein besonderer Ausdruck, genießerisch und ... wissend. Als wäre er sich gerade über irgendetwas klar geworden und kostete das nun aus. Liebe Güte ... wusste er etwa Bescheid?

Er zwinkerte ihr zu, träge und sinnlich, worauf es sie heiß überlief. Beth konnte ihn nur anstarren. Hatte er ihre List erraten? Wenn ja, war es ihre eigene Schuld. Eigentlich hätte sie sich aufregen müssen. Stattdessen ... zwinkerte sie zurück.

Einen Moment trat eine verblüffte Pause ein, gerade so lange, dass der Viscount erstaunt blinzeln konnte, und dann legte er den Kopf in den Nacken und lachte – lang und laut.

Beatrice sah von ihm zu Beth und wieder zurück. „Was ist? Was ist? Habe ich was verpasst?"

Beth biss sich auf die Unterlippe und versuchte zu verhindern, dass sie in Westervilles Lachen einstimmte. Himmel hilf, der Mann war aus tausend Gründen gefährlich, nicht zuletzt aufgrund seines wunderbaren Sinns für Humor, der so ihrem eigenen glich. Eine kluge und umsichtige Frau würde diesem Mann aus dem Weg gehen.

Aber irgendwie, wenn sie ihn so ansah auf seinem schönen Pferd, die grünen Augen von der Hutkrempe beschattet, den fein gemeißelten Mund zu einem Lächeln verzogen ... Was kann ein weiterer Tag schon schaden?, fragte sie sich.

„Also, wollen Sie jetzt zur Seite rutschen?", fragte er herausfordernd und ein wenig verwegen.

„Kann sie nicht", erwiderte Beatrice und beugte sich vor, vor Röcken und Beschützerinstinkt starrend.

Beths Lächeln wankte nicht. „Oh doch, natürlich."

Wenn Annie das Lächeln ihrer Herrin gesehen hätte, hätte sie Beatrice geraten, sich vorzusehen. Die Zofe wusste nur zu gut: Wenn Lady Elizabeth dieses ruhige, entschiedene Lächeln aufsetzte, war sie zu irgendeinem Entschluss gekommen. Und wenn Lady Elizabeth einen Entschluss gefasst hatte, gab es kein Zurück mehr. Doch Annie war nicht hier, und selbst wenn, hätte Beatrice wohl kaum auf sie gehört.

Stattdessen sagte Beatrice nur noch beharrlicher: „Nein, Beth. Du darfst *nicht* zur Seite rücken. Das erlaube ich nicht."

Das entschied die Sache. Unbeirrt lächelnd raffte Beth die Röcke und rutschte zur Seite. Bevor Beth noch wusste, was der Viscount vorhatte, war er schon vom Pferd geglitten und mit einem anmutigen

Satz auf den Polstern neben ihr gelandet, wobei sein Wallach nicht einmal aus dem Tritt kam.

„Also so was!“, meinte Beatrice mit roten Wangen. Sie funkelte Beth an.

Etwas schuldbewusst fasste Beth die Hand ihrer Cousine. „Tut mir leid. Aber du hast mich ein bisschen geärgert.“

Westerville reichte Lucifers Zügel an den Stallburschen weiter, der sich hinter der Kutsche bereithielt. Folgsam befestigte der Mann die Zügel an einem Haken, und kurz darauf trottete das schöne Tier hinter dem Kabriolett her.

Nun kam Standwich natürlich wieder an die Kutsche heran, doch hatte er herzlich wenig davon. Er ritt nun neben Christian, der allen Verehrern den Rücken kehrte.

„Nun, meine Liebste?“, sagte Westerville, lehnte sich in die Ecke und versuchte die langen Beine in dem beengten Raum unterzubringen. „Wollen wir diese elegante Kutsche mal so richtig austesten?“

Beatrice machte sich von Beth los und warf dem Viscount einen verärgerten Blick zu. „Mylord, bitte reden Sie Lady Elizabeth nicht als ‚meine Liebste‘ an. Das ist höchst ungehörig, wie Sie sicher ganz genau wissen.“

Er blickte Beatrice schief an, und seine Lippen verzogen sich zu einem Lächeln, das seine grünen Augen zum Leuchten brachte. „Madam, vielleicht verhalte ich mich nicht immer so, wie Sie es für schicklich befinden, aber eines kann ich Ihnen versprechen … ich werde weder Lady Elizabeth noch Sie jemals langweilen. Von diesen schäbigen Typen, die noch immer an der Kutsche kleben, kann man dasselbe wohl nicht behaupten.“

„Oh! Was für eine Unverschämtheit!“, protestierte Standwich kläglich, obwohl er von seinem Standort aus von der Unterhaltung in der Kutsche ohnehin ausgeschlossen war.

„Was hat der Mann gesagt?“, erkundigte sich der Franzose, der neben dem Herzog ritt.

Christian sah Beatrice an. „Bitten Sie Ihren Kutscher doch, mal richtig Tempo zu machen. Wie gesagt, lassen Sie uns die Kutsche austesten! Dafür sind Sie schließlich hier, oder nicht?“

Beatrice zögerte kurz und sah zu Beth. Beth nickte ihr ermutigend zu. Warum sollten sie die Ausfahrt nicht genießen? Nach all den

Wochen lähmender Konversation wäre es herrlich, den Wind in den Haaren zu spüren.

Als hätte er ihre Gedanken gelesen, rückte der Viscount sein Bein zur Seite und berührte das ihre durch die Röcke. Es war nur eine leichte Bewegung, zudem lagen zwischen ihnen mehrere Schichten Kleider, dennoch versetzte sie ihr einen Schlag, der sie so in Aufruhr brachte, dass sie die Hände im Schoß zusammenkrampfen musste, um nicht irgendwie darauf zu reagieren. Der Mann war eine Bedrohung für ihre Seelenruhe.

Beatrice bekam davon nichts mit, denn sie war gerade in ein Gespräch mit ihrem Kutscher vertieft. Kurz darauf wandte sie sich heftig um. Empört erklärte sie: „Mein eigener Kutscher erklärt mir, er könnte nicht schneller fahren – und dabei kriechen wir dahin wie zwei alte Weiber in einem Bauernkarren! Also habe ich ihm erklärt, Harry hätte mir das Kabriolett gekauft, damit ich darin Aufsehen errege, und genau das gedenke ich jetzt zu tun!"

„Gut gemacht!", erwiderte Beth. Sie hätte ihrer Cousine noch ausführlicher gratuliert, doch in diesem Augenblick ließ der Kutscher den Leitpferden ihren Willen, und plötzlich jagten sie den Fahrweg hinunter, viel schneller, als es der Anstand erlaubte.

Mit einer Hand klammerte sich Beatrice an der Seite der Kutsche fest, während sie wild schwankend den Pfad hinabratterten, mit der anderen hielt sie ihren Hut fest. Sie reckte das Gesicht in die Sonne und lachte. Mit einem Blick über die Schulter erklärte sie: „Beth, deine Verehrer scheinen ziemlich abgedrängt!"

Beth wandte sich um, aber dann kam eine Kurve, und sie geriet ins Rutschen – bis sie an der Schulter des Viscounts landete.

Lächelnd sah er auf sie herab, in seinen Augen glitzerte es. „Wohin des Wegs?"

Eilig rutschte sie auf ihre Seite zurück, hielt dabei die Schute fest, die ihr ein Windstoß vom Kopf zu reißen drohte. Sie wollte etwas sagen, doch der Gedanke, in einem so herrlichen Moment zu stottern, war ihr unangenehm. Stattdessen lächelte sie nur. Damit schien er durchaus einverstanden, denn er erwiderte das Lächeln. Hell funkelten seine Augen unter der Krempe hervor.

Es war ein wunderbarer Augenblick, fand Beth. Die Bänder ihrer Schute wehten hinter ihr her wie schmale blaue Banner, der Wind kräuselte ihre Röcke und spielte mit ihrem Haar. Beatrice wirkte genauso erfreut, obwohl der Wind ihr um die Ohren pfiff und ihr Haar peitschte, bis sie aussah wie Medusa.

„Himmel!“, rief Beatrice aus, als sie um die Ecke kamen. Ihre Augen glänzten, ihre Miene war spitzbübisch. „Warte nur, bis ich Harry erzähle, wie ich durch den Park galoppiert bin! Den trifft der Schlag!“

Sie fuhren einmal um den Park herum, wobei der Viscount das Schwanken der Kutsche ausnutzte, um so oft wie möglich an Beth heranzurutschen. Sie war sich seiner Nähe nur allzu bewusst, und statt die herrlichen Blumen zu betrachten, die an ihnen vorbeiflogen, warf sie ihm verstohlene Blicke zu. Und jedes Mal stellte sie fest, dass auch er sie beobachtete. Sie bewunderte seinen festen, männlichen Mund, seine breiten Schultern, den köstlichen Kontrast zwischen den hellen Augen und dem dunkleren Teint.

Beatrice und der Viscount plauderten über Nichtigkeiten. Beth sagte nicht viel und stotterte dabei nur so viel, dass Beatrice ihr nicht in die Knöchel stieß. Erst als sie sich schon eine Viertelstunde unterhalten hatten, fiel Beth etwas ziemlich Merkwürdiges auf: Der Viscount erkundigte sich überaus angelegentlich nach ihrem Großvater.

Alarmglocken schrillten in ihrem Kopf. Warum interessierte sich der Viscount so für ihren Großvater? Das mühsam verhohlene Interesse, das in Westervilles Gesicht trat, wenn Beatrice seine Fragen beantwortete, war nicht zu übersehen.

Schließlich erreichte die Kutsche den Ausgangspunkt und wurde langsamer. Beth war froh, dass sich ihre Verehrer mittlerweile zerstreut hatten; sie hatte jetzt andere Dinge im Kopf.

„Na!“, sagte Beatrice lebhaft, während sie versuchte, ihre wirren Löckchen wieder unter die Schute zu stopfen. „Das war wirklich erfrischend. Hoffentlich hat es Ihr Pferd nicht zu sehr ermüdet.“

„Bestimmt hat es den kleinen Trab genossen. Hier in der Stadt bekommt es ohnehin nicht genug Auslauf.“ Der Viscount öffnete den Schlag und sprang leichtfüßig zu Boden. Dann drehte er sich um, schloss die Tür und tippte sich an den Hut. „Mrs. Thistle-Bridgeton. Lady Elizabeth. Danke fürs Mitnehmen.“

„G-g-gern g-g-geschehen“, erwiderte Beth mutlos. Sie konnte nicht abstreiten, dass sie sich zum Viscount hingezogen fühlte. Aber sie konnte auch nicht so tun, als unterschiede er sich nicht von ihren anderen Verehrern. Irgendetwas stimmte da nicht. Etwas war ... verdächtig. Warum hatte er so viele Fragen über ihren Großvater gestellt?

Vom Stallburschen nahm Westerville die Zügel seines Pferdes entgegen, aber bevor er aufstieg, hob er noch Beths Hand, die auf dem Wagenschlag gelegen hatte, und führte sie an die Lippen. Ein prickelndes Gefühl zuckte an ihrem Arm empor und setzte sich in ihren Brüsten fest. Unwillkürlich krampfte sie die Finger zusammen, und er gab sie frei. Dann trat er zurück und schwang sich auf sein Pferd.

Von dort lächelte er noch einmal auf sie hinunter. „Guten Tag, Mrs. Thistle-Bridgeton. Lady Elizabeth. Ich hoffe, wir sehen uns bald wieder."

Beatrice seufzte. „Was für eine wunderbare Ausfahrt. Danke für Ihre Gesellschaft."

Beth sagte nichts.

Das schien den Viscount nicht weiter zu stören. Er lächelte sie nur an, wendete sein Pferd und ritt davon.

Beatrice sah ihm nach und meinte einen Moment später widerstrebend: „Wirklich, ein schöner Mann." Beth hob die Brauen, und Beatrice errötete. „Nun ja", ergänzte sie, „er ist attraktiv, aber absolut unpassend."

Beth schüttelte den Kopf. „Was bist du nur für ein Gänschen. Der Mann braucht dich nur anzulächeln, und schon sinkst du vor ihm in die Knie."

„Ich weiß. Harry sagt, er wagt nicht, je ohne mich zu verreisen, weil zu befürchten stünde, dass ich mich vor seiner Rückkehr in den neuen Lakaien verlieben würde."

„Du würdest Harry doch nie verlassen."

„Ich weiß", stimmte Beatrice zu, sah dem Viscount aber immer noch voll Bewunderung nach.

Beth strich sich die windzerzausten Röcke glatt. Dabei flatterte ihr ein kleines Stück Papier aus der Hand und landete neben ihren Füßen.

Beatrice war immer noch vollauf beschäftigt damit, sich die Locken unter den Hut zu stecken, und sah nicht, wie Beth sich bückte und den Zettel aufhob.

Vorsichtig faltete sie ihn auseinander. In kühnen Buchstaben stand dort geschrieben: *Treffen Sie mich morgen um zehn im Britischen Museum. Wenn Sie es wagen.*

Beth blickte noch einmal zum Viscount, der langsam davontrabte. Er saß so selbstbewusst auf dem Pferd, ein dunkler Reiter, der alle anderen im Park überstrahlte. Mehr als eine Dame sah ihm voll Verlangen nach.

Beth umklammerte das Retikül auf ihrem Schoß. Er war einfach so … köstlich. Ja, es klang merkwürdig, aber er war einfach köstlich, wie Himbeereis oder ein Stück Konfekt. Merkwürdig, aber unter diesem Aspekt hatte sie noch keinen Mann betrachtet. Sie sah zu Beatrice hinüber und ertappte ihre Cousine dabei, wie sie Westerville nachsah, als wollte sie ihn auf der Stelle anbeißen. „Beatrice!"

Beatrice errötete schuldbewusst. „Nur weil ich verheiratet bin, heißt das noch lange nicht, dass ich einen schönen Mann nicht zu schätzen weiß. Vor allem, wenn er so hübsche Augen und ein so umwerfendes Lächeln hat. Oh Beth, er hat fast etwas Engelhaftes an sich."

„Engelhaft? Ich wollte gerade sagen, dass er den Teufel in sich hat."

„Das auch, kein Zweifel. Aber wenn er dann lächelt …" Beatrice seufzte und fächelte sich Luft zu. „Das macht ihn ja so gefährlich, daher werde ich herausfinden, was ich kann."

„Über ihn?"

„Natürlich über ihn! Ein bisschen weiß ich schon, aber das reicht nicht. So attraktiv, wie er ist, und so, wie man ihm seit seiner Ankunft in London nachstellt, gibt es sicher Hunderte von Frauen, die irgendwelche Informationen über ihn haben. Ich werde mit den Witwen anfangen und mich zu den gefallenen Frauen vorarbeiten, und mit allen will ich klatschen, klatschen und noch mal klatschen, bis ich irgendetwas in Erfahrung gebracht habe."

„Was für ein Opfer!"

Beatrice tätschelte Beths Hand. „Für dich tue ich doch alles."

„Aber natürlich."

„Ich habe keinen Zweifel daran, dass dieser Mann jede Menge Leichen im Keller liegen hat. Er strahlt die Gefahr ja förmlich aus, und heißblütige Absichten …" Beatrice erschauerte. „Wahrhaftig, ich muss auf der Stelle nach Hause fahren und Harry sehen. In der Zwischenzeit …", sie fixierte Beth mit ernstem Blick, „… musst du mir versprechen, dass du dich nicht mit Westerville triffst. Nicht bevor ich mich über ihn erkundigt habe. Vielleicht – vielleicht, wohlgemerkt – täusche ich mich ja. Ich meine, bisher weiß ich lediglich, dass seine Herkunft ein wenig zweifelhaft ist. Der Rest ..." Sie zuckte mit den Schultern. „Dabei handelt es sich vermutlich um reine Gerüchte."

Beth beugte sich vor. „Was für Gerüchte?"

„Nun ..." Beatrice sah sich nach allen Seiten um, als befürchtete sie, belauscht zu werden, und flüsterte dann laut: „Der Titel gehört ihm nicht von Geburt an, weißt du. Manche behaupten, der Viscount wäre früher mal ein Straßenräuber gewesen. Andere sagen, er wäre noch an viel gefährlicheren Dingen beteiligt, am Schmuggel oder am Diamanthandel in Afrika. Was es auch war, sicher hat er es getan, weil er das Geld brauchte. Ein unehelicher Sohn ohne Vater ... nun, ganz bestimmt hatte er es nicht leicht. Und jetzt ist er so reich, dass es fast wehtut. Lady Chiltendon sagt, er hätte ebenso viel Geld wie der Prinz, vielleicht sogar mehr." Beatrice seufzte. „Schade, dass seine Herkunft so zweifelhaft ist. Dein Großvater würde ihn nie als Schwiegersohn dulden."

Beth blickte auf ihre Hand hinab, die der Viscount eben noch geküsst hatte. Sie prickelte noch, und ihr Arm war ein klein wenig taub. Er war also reich? Dann stellte er ihr nicht wegen ihrer Mitgift nach. Bei dieser Überlegung durchströmte sie ein merkwürdiges Gefühl der Erleichterung. Bis jetzt hatte sie gar nicht gemerkt, wie sehr sie der Gedanke beunruhigt hatte.

Warum suchte er aber dann ihre Nähe? Stirnrunzelnd sah sie auf ihre Faust, in der das winzige Stück Papier ruhte. Aus irgendeinem Grund fiel ihr sein Gesichtsausdruck ein, als er nach ihrem Großvater gefragt hatte. Von all den Männern, die sie im Verlauf der letzten Wochen kennengelernt hatte, hatte sich kein einziger nach ihrem Großvater erkundigt. Kein einziger. Was die Fragen des Viscounts in einem seltsamen Licht erscheinen ließ.

„Beth? Hörst du mir zu?"

„Entschuldigung, ich war ganz in Gedanken."

Besorgt bat Beatrice: „Versprichst du, dass du dich nicht mit ihm triffst, ehe ich mehr über ihn herausfinden konnte? Ich würde dich nicht darum bitten, wenn ich ihn nicht so attraktiv finden würde, bloß ... Er hat ja sogar mich schon so weit, dass ich mich auf das nächste Wiedersehen freue!“ Beatrice zog eine so komische Miene, dass Beth lachen musste.

„Er ist gefährlich.“ Beth öffnete ihr Retikül, schob den Zettel hinein und verschloss den Beutel wieder. „Offen gesagt, ich glaube, je weniger ich den Viscount zu sehen bekomme – zumindest bis wir mehr wissen –, desto besser wird es für uns alle sein.“

Erleichtert seufzte Beatrice auf. „Danke! Ich weiß, dass es schwer nachzuvollziehen ist, aber es ist besser, der hässlichen Wahrheit gleich ins Gesicht zu sehen als später, wenn es vielleicht schmerzlicher ist. Du bist schließlich eine Erbin, und vielleicht entbehren die Gerüchte von seinem Reichtum jeder Grundlage.“

„Du glaubst das allerdings nicht.“

„Nein“, räumte Beatrice ein. „Aber offen gesagt hat dieser Viscount einiges an sich, was mich verwirrt. Sogar eine ganze Menge.“

Beth rang sich ein Lächeln ab und brachte das Gespräch auf Beatrices neues Kabriolett und wie gut es sich bewährt hatte. Diesem Thema konnte Beatrice nicht widerstehen, und so verbreitete sie sich bald darüber, wie schön es war, dass der liebe Harry ihr so ein luxuriöses Geschenk gemacht hatte, und wie sehr sie sich wünschte, ihr würde für ihn etwas Vergleichbares einfallen.

Beth hörte nur mit halbem Ohr zu, in Gedanken war sie immer noch beim Viscount. Sie würde Beatrice eine Woche Zeit geben, etwas über die Absichten des Viscounts in Erfahrung zu bringen, und wenn sie bis dahin nichts gefunden hatte, würde Beth sich selbst ans Werk machen.

Geheimnisse hatten schon immer einen Reiz auf sie ausgeübt, was einer der Gründe war, warum sie so viel las, und wenn der Viscount etwas zu verbergen hatte, würde sie es herausfinden.

Wie ihr Großvater gern sagte: Fast alles war machbar, man musste nur richtig wollen.

7. KAPITEL

Bevor man die Kleidung eines Gentlemans herauslegt, vergewissere man sich, zu welchem Anlass sie benötigt wird. Auf einer Jagd trägt man andere Dinge als auf einem Ball.

Leitfaden für den vollkommenen Butler und Kammerherrn von Richard Robert Reeves

Das Problem beim Schlafen ist, dass man keinerlei Gewalt über seine Träume hat, dachte Beth, als sie am nächsten Morgen mit schweren Augen erwachte. An und für sich war das ja nicht schlimm, das Problem bestand nur darin, dass das Aufwachen so enttäuschend sein konnte. Fast so, als würde man entdecken, dass es statt Ente in Minzsoße nur dicken, kalten Porridge zum Essen gab.

Jetzt saß sie an ihrer Frisierkommode, bearbeitete ihr Haar mit einer schweren Silberbürste und starrte blicklos in den Spiegel. Sie sollte sich nicht heimlich mit Lord Westerville treffen, vor allem nicht ohne Anstandsdame. Dennoch … es handelte sich schließlich um das Britische Museum, nicht um irgendeine Stätte der Ausschweifung wie eine Spielhölle oder … oder …

Nachdenklich spitzte sie die Lippen. Welche Stätten der Ausschweifung gab es denn noch? Da waren die gewissen öffentlichen Häuser, in denen Frauen von zweifelhaftem Ruf residierten. Und dann … Ja, was gab es noch? Nun, es spielte keine Rolle. Westerville musste wissen, dass derartige Heimlichkeiten Konsequenzen haben konnten. Ernsthafte Konsequenzen. Zum Beispiel, zur Heirat gezwungen zu werden.

Beth kräuselte die Nase. Was für ein schrecklicher Weg in eine Ehe, vielleicht gar unter Androhung von Waffengewalt, wie in einem schlechten Stück. Andererseits, mit einem Mann wie Westerville verheiratet zu sein … Ein leiser Schauder rieselte ihr den Rücken hinab. Das könnte durchaus … interessant sein.

Sie wandte den Kopf und bürstete sich das Haar über die Schulter. Es war so lang, dass es ihr fast bis zum Schoß reichte, und lockte sich in den Spitzen. Sich mit Westerville zu treffen wäre sehr riskant, sehr waghalsig und sehr dumm.

Ihr Blick fiel auf die Uhr, die auf der Kommode stand. Nicht einmal neun Uhr. Noch jede Menge Zeit bis zum Treffen, wenn sie hingehen wollte, aber sie wollte ja nicht.

Oder doch? Obwohl sie die Gefahren kannte, brachte sie es nicht fertig, die Hoffnung ganz fahren zu lassen, dass sie … nun ja, vielleicht doch hinging.

In Wahrheit wollte sie ihn einfach wiedersehen. Und das nicht unbedingt dort, wo Tausende neugieriger Blicke jede ihrer Bewegungen verfolgten. Sie wollte ihn für sich, wollte sehen, ob er vielleicht dasselbe Flattern verspürte wie sie selbst. Vor allem aber wollte sie herausbekommen, warum er sich so für ihren Großvater interessierte. Irgendetwas war hier merkwürdig, sie konnte es beinahe mit Händen greifen. Schon um ihres Großvaters willen musste sie herausfinden, was es mit dem attraktiven Viscount auf sich hatte. Schließlich bestand durchaus die Möglichkeit, dass der Mann schändliche Pläne verfolgte; bei seiner zwielichtigen Vergangenheit lag ein solcher Verdacht geradezu nahe.

Sie hielt inne, die silberne Bürste an der Schläfe, und dachte an ihre Träume von letzter Nacht. Beunruhigend waren sie gewesen. Vage. Sie hatten sich um Westerville gedreht und wie sich sein Mund auf den ihren presste. Was hatte dieser Mann nur an sich? Natürlich war er attraktiv, unglaublich attraktiv. Mit seinen hellgrünen Augen und dem schwarzen Haar war er sogar der Inbegriff eines verwegen schönen Mannes, bei dem jede Frau sich vorstellen konnte, sie sei ihm verfallen.

Aber sie selbst war nicht so. Ihre praktische Art verweigerte sich derartigen romantischen Exzessen. Was sie am Viscount anzog, war auch weniger sein gutes Aussehen, obwohl sie sich dessen natürlich bewusst war, sondern etwas ganz anderes: die Herausforderung. Die Aufregung. Der Ruch der verbotenen Frucht, seiner maskulinen …

„Mylady?"

Beth fuhr zusammen und sah sich rasch um. Annie stand beinahe direkt hinter ihr. Beth presste die Hand an ihr wild klopfendes Herz. „Meine Güte! Hast du mich erschreckt!"

„Kann mir nicht vorstellen, warum, ich red doch schon, seit ich das Ankleidezimmer betreten hab. Geht es Ihnen gut?“

„Gut?“

Annie sah auf Beths Hand, die noch immer bewegungslos an ihrer Schläfe verharrte.

Rasch legte Beth die Bürste auf die Kommode. „Es geht mir gut, vielen Dank. Ich habe nur gerade nachgedacht.“

„Und das ziemlich gründlich, wie es aussieht“, erklärte Annie mit zusammengezogenen Brauen. „Angezogen sind Sie auch schon.“

Beth lächelte, als sie den leisen Tadel in Annies Stimme hörte. „Ich bin durchaus in der Lage, mich selbst anzuziehen, weißt du.“

„Die Frage ist nicht, ob Sie es können, sondern ob Sie es soll'n.“ Annie betrachtete sie von oben bis unten. „Ich hatte recht gestern: Es geht um einen Mann“, verkündete sie dann in einem Ton, der keinen Widerspruch duldete.

Beth sah an ihrem blauen Tageskleid herab. „Wie kannst du das wissen? Ich meine“, verbesserte sie sich hastig, „natürlich geht es *nicht* um einen Mann, aber wie kommst du darauf?“

„Weil Sie noch letzte Woche gesagt haben, der Ausschnitt von dem Kleid wär zu tief. Und jetzt haben Sie es doch angezogen. Na also. Ein Mann.“

Beth gab einen ärgerlichen Laut von sich. „Ich weiß nicht, wovon du sprichst.“

Annie nahm die Bürste in die Hand. „Soll ich Ihnen für Ihren Mann die Haare hochstecken, egal hinter wem Sie her sind?“

„Ich bin hinter keinem Mann her.“ Zumindest hatte sie kein Schäferstündchen im Sinn. Sie wollte die Motive des Viscounts ergründen. Je länger sie darüber nachdachte, desto klarer wurde ihr, dass der Viscount sich ihr nicht nur deswegen genähert hatte, um ihr ein paar Komplimente zu drechseln. Was eigentlich recht bedauerlich war. Wenn er sich ernsthaft für sie interessiert hätte, hätte sie es sich vielleicht noch einmal anders überlegt. Aber das spielte jetzt keine Rolle – schließlich verfolgte er andere Motive, dessen war sie sich sicher.

Obwohl ihr seine Aufmerksamkeiten leider ziemlich schmeichelten, war sie nicht so naiv zu glauben, dass er ihr wegen ihrer schönen blonden Haare oder anderer Albernheiten zu Füßen lag.

Nein, der Mann hatte andere Gründe! Aber wenn er es nicht auf ihr Vermögen abgesehen hatte, worauf dann? Sie runzelte die Stirn. Sobald sie Annies nachdenklichem Blick begegnete, reckte sie die Nase in die Luft. „Ich bin hinter keinem Mann her. Wenn du es unbedingt wissen musst, ich bin der Wahrheit auf der Spur."

Annie drehte Beths Haar zu einem sauberen Nackenknoten auf, steckte ihn fest und verzierte ihn mit einer blauen Seidenrose. „Wenn Sie nicht hinter einem Mann her sind, haben Ihre Pläne, egal wie sie aussehen, wenigstens mit einem Mann zu tun, das steht fest."

Die Zofe trat einen Schritt zurück, um ihr Kunstwerk zu bewundern. „Ist ja nicht schlimm, hinter einem Mann her zu sein. Ich hab auch schon den einen oder anderen verfolgt. Mein zweiter, Clyde Darrow, das war ein fürchterlich schüchterner Kerl. Ich hab mich ihm praktisch an den Hals werfen müssen, sonst hätte der keinen Blick für mich übrig gehabt." Annie tätschelte sich die roten Löckchen. „Aber als er mich dann endlich bemerkt hatte, konnte er gar nicht genug von mir kriegen."

„Klingt wie die wahre Liebe."

„Ach, Liebe war das überhaupt nicht. Eher Lust und ein bisschen Freundschaft. Aber ich war trotzdem mächtig traurig, nachdem er gestorben ist." Annie hielt inne und sah zur Decke, als versuchte sie sich an die Einzelheiten zu erinnern. „Vom Fieber dahingerafft, genau."

„Ich dachte, er wäre vom Dach gefallen, während er einen losen Dachziegel festklopfen wollte."

„Das war mein erster Mann, Peter Pool."

„Ah. Tut mir leid."

„Macht doch nichts. Ich bring sie selber andauernd durcheinander. Nein, Clyde hat sich das Fieber nach einem Hahnenkampf in Stafford-Upon-Wey eingefangen. Stellen Sie sich vor, der Dummkopf hat auf einen Hahn gesetzt, der Pechvogel hieß!" Annie zog ein finsteres Gesicht. „Das ist ja, als würde man dem Schicksal ins Gesicht spucken!"

„Hast du ihn geliebt?"

„Nein, erst nicht. Nach einer Weile konnt' ich ihn dann schon recht gut leiden, mehr aber auch nicht."

„Warum wolltest du ihn dann heiraten?"

Annie wirkte überrascht. „Ich war schließlich eine Witwe. Und er war ledig, hatte gutes Geld, aber keinen, der ihm sein Essen gekocht oder das Bett gewärmt hat. Und wir haben uns wirklich recht gern gemocht."

„Und das hat gereicht? Sich zu ... mögen?"

„Kommt darauf an, was man sonst noch so gemeinsam hat", erklärte Annie mit schelmischem Zwinkern.

„Ich dachte immer, die Liebe wäre Grundvoraussetzung für eine gute Ehe. Zumindest hat das mein Großvater immer gesagt."

„Und Ihr Vater? Was hat der gesagt?"

„Der starb, als ich noch jung war. Alles, woran ich mich bei ihm noch erinnere, ist, dass er anscheinend alle Bücher in Großvaters Bibliothek lesen wollte und ... nun ja, dass er die letzten Jahre nicht sehr gesund war." Glücklich war er auch nicht gewesen, obwohl er sich bemüht hatte, sich das nicht anmerken zu lassen. Und Charlotte ... Beth erinnerte sich, wie oft ihre Stiefmutter mit rot geweinten Augen zu Tisch gekommen war. Es hatte den Anschein, als wäre Charlotte immer wegen irgendetwas unglücklich gewesen, aber vielleicht hatte zwischen ihrem Vater und ihrer Stiefmutter ja auch irgendeine grundlegende Missstimmung geherrscht. Das hätte eine Menge erklärt, fand sie jetzt, wo sie darüber nachdachte.

Einmal hatte sie sogar ihren Großvater danach gefragt. Der hatte erklärt, ihr Vater habe ihre Mutter von ganzem Herzen geliebt und hätte kein zweites Mal heiraten sollen, vor allem nicht so einen Dummkopf wie Charlotte. Beth war bei diesen harten Worten zusammengezuckt, doch insgeheim dachte sie, ihr Großvater könnte vielleicht recht haben. Ihr Vater hatte sich von seiner Einsamkeit verleiten lassen und eine Frau geheiratet, die überhaupt nicht nach Massingale House passte.

„Ob mit oder ohne Liebe", erklärte Annie gerade, „für die Ehe spricht so einiges."

„Was zum Beispiel?"

„Die Kinder bekommen einen Namen."

„Ich weiß, ich weiß, das ist mir klar. Aber aus welchem Grund sollte man sonst heiraten wollen?"

Energisch legte Annie die Bürste auf dem Tisch ab. „Sie wissen nicht, warum die Leute heiraten? Na, weil Gott es so vorgesehen hat, natürlich!"

„Ohne Liebe?"

„Die Liebe kommt, oder sie kommt eben nicht. Solange man einen guten Mann hat und man selber eine gute Frau ist, wird man schon recht glücklich dabei."

Beth wollte diese Antwort nicht ganz gefallen. „Recht glücklich" zu werden war nicht das, was sie für den Rest ihres Lebens anstrebte. Allerdings wusste sie gar nicht so genau, was sie sich für den Rest ihres Lebens wünschte … nur dass „recht glücklich" nicht ausreichte.

Annie schniefte. „Ich hab oft geheiratet, war aber nur einmal richtig verliebt. In meinen dritten Mann, Oliver MacOwen. Das war wahre Liebe."

„Der, der beim Schweinehüten gestorben und dann von ihnen gefressen worden ist?"

„Nein, nein, es war genau anders herum. Nicht die Schweine haben ihn gefressen, er hat eine verdorbene Wurst gegessen, und daran ist er dann gestorben. So kann man doch nicht sterben, ehrlich!"

„Allerdings nicht." Beth fragte sich, wie es wohl wäre, mit Viscount Westerville verheiratet zu sein. Bestimmt wäre ihre Ehe voll Leidenschaft, denn das konnte sie spüren, sobald der Viscount in ihre Nähe kam. Der Viscount empfand es sicher auch. Aber was könnten sie sonst noch teilen? Vielleicht ihren Sinn für Humor, davon hatte sie gestern einige Kostproben serviert bekommen. Aber das wäre dann auch alles.

Ein weiterer Grund, noch ein Stündchen mit dem Mann zu verbringen, entschied sie. Nur um zu beweisen, dass er nicht zu den Männern gehörte, die man heiraten sollte. Diese verquere Logik brachte sie zum Lächeln, denn wenn sie etwas sicher wusste, dann dass der dunkle, gefährliche Lord Westerville kein Mann zum Heiraten war. Dafür war er übermäßig an ihrem Großvater interessiert.

Die Uhr schlug die Viertelstunde. Wenn sie zu dem Treffen ging, setzte sie ihren guten Ruf aufs Spiel. Wenn sie nicht ging, würde sie nie herausfinden, ob Westervilles Interesse an ihrem Großvater etwas Gutes oder etwas Schlechtes bedeutete.

Beth sah zu ihrer Zofe. „Annie, ich glaube, ich gehe heute ins Museum."

„Ins Museum? Schon wieder? Sie sind doch erst vor einer Woche gegangen!"

„Es gibt einen neuen Schaukasten."

Annie schüttelte den Kopf. „Mir ist wirklich schleierhaft, was Sie daran finden, sich Sachen anzuschauen, die mal einem Haufen toter Leute gehört haben. Aber Ihnen muss es ja gefallen."

„Ich liebe das Museum."

„Na, dann nix wie los", erwiderte Annie und rückte die Fläschchen und Bürsten auf der Frisierkommode zurecht. „Und vergessen Sie nicht zu lächeln." Sie schob die Oberlippe vor und tippte sich an die Vorderzähne. „Männern gefällt es, wenn eine Frau schöne Beißerchen hat."

„Wer sagt, dass ich mich mit einem Mann treffe? Ich gehe ins Museum, mehr nicht." Beth stand auf. „Aber wo wir schon darüber reden: Woher weiß man eigentlich, wenn man verliebt ist?"

Annie schnaubte, öffnete den Kleiderschrank und holte eine mintfarbene Pelisse heraus. „Puh, Mylady! Das ist kein Kunststück. Wenn man meint, man hätte sich vielleicht die Grippe eingefangen, hat aber kein Fieber, dann ist man verliebt."

„Es fühlt sich wie Grippe an?" Beth zog die Pelisse an und knöpfte sie zu. „Immer?"

„Meistens."

Liebe Güte. Wie schrecklich. „Kein Wunder, dass die Leute davonlaufen." Beth öffnete die Tür. „Ich komme bald wieder. Bitte leg schon das blau-cremefarbene Tageskleid raus. Heute Nachmittag gehe ich zu Lady Chudrowe."

„Jawohl, Mylady."

Beth ging hinaus. Ihre Gedanken rasten. Sie würde den Viscount nur dieses eine Mal treffen und dann – nie wieder. Wegen dieser einen Begegnung würde sie doch sicher nicht allzu große Gefahr laufen, seinen Verführungskünsten zu erliegen.

Rasch eilte sie die Treppe hinunter und hinaus auf die Straße, wo die Kutsche schon bereitstand. Es war ein grauer, wolkenverhangener Tag; eine Windbö hob ihren Rock hoch und peitschte ihn ihr um die Knöchel. Beth zitterte und zog die Pelisse enger um sich.

„Mylady?", fragte der Stallbursche, als er ihr den Wagenschlag öffnete.

„Zum Britischen Museum."

„Jawohl, Madam." Gleich darauf ratterte die Kutsche durch die dicht befahrenen Straßen Londons. Eine ganze Weile vor zehn Uhr trafen sie am Museum ein. Der Kutscher wirkte unsicher, weil niemand dastand, um sie in Empfang zu nehmen. Beth musste ihn auf recht herablassende Weise davon in Kenntnis setzen, dass ihre Begleitung schon nach drinnen gegangen war, schließlich könne sie nicht erwarten, dass man draußen auf der Treppe auf sie wartete, wenn es nach Regen aussah.

Das stellte ihn zufrieden, und bald war die Kutsche davongefahren. Beth lief die breite Marmortreppe zum Museum empor und ging hinein.

Ein Lakai eilte herbei, um ihr die Pelisse abzunehmen, doch Beth schüttelte den Kopf. Es war kalt im Museum, und sie hatte nicht die Absicht, die nächste halbe Stunde zitternd durch die Räume zu wandern. Außerdem bot ihr der Mantel eine weitere Schutzschicht, und davon konnte sie im Augenblick nicht genug haben.

Beth bezahlte ihre Eintrittskarte, ließ sich eine Broschüre geben und ging dann auf eine Reihe von Schaukästen mit farbenprächtigen chinesischen Seidenfächern zu, die von mehreren Besuchern bewundert wurden.

Sie blieb stehen, heuchelte Interesse, das sie nicht empfand. Innerlich zitternd fragte sie sich, wann der Viscount wohl eintreffen und was er sagen würde. Ungebeten kamen ihr die Bilder ihrer Träume wieder in den Sinn, lebhaft und verstörend.

Ihr Körper reagierte sofort, ihre Haut prickelte, ihre Brüste spannten sich an, und von ihrem Magen ging ein unruhiges Gefühl aus, das sich bis in ihre Knie fortsetzte.

„Ach, Schluss damit!“, schalt sie sich, worauf sie eine Matrone verblüfft ansah.

Beth lief dunkelrot an. Wenn sie nicht aufpasste, würde man sie noch für verrückt erklären. „Ich habe den Verschluss da hinten bewundert“, erklärte sie.

Die Matrone blinzelte.

Beth deutete auf einen der Fächer. „Sehen Sie, der rote. Er hat einen raffinierten Verschluss.“

Die Frau seufzte erleichtert auf. „Und ich dachte, Sie hätten etwas von einem Schuss gesagt! Ich bin schon fürchterlich erschrocken!“ Die Frau grinste verlegen. „Ich bin doch so schreckhaft.“

Beth lachte. „Bitte entschuldigen Sie vielmals, ich wollte Sie wirklich nicht erschrecken.“

Die Frau zuckte mit den Schultern. „Ach, keine Sorge. Ich habe nur …“ Sie riss die Augen auf und fixierte etwas hinter Beths Schulter. Ihr Mund stand offen, und sie rührte sich nicht, bis ihr Begleiter, ein älterer Mann – der nicht allzu erfreut aussah, als er erkannte, worauf ihr starrer Blick gerichtet war –, sich laut räusperte, sie am Arm nahm und auf die andere Seite des Raums zerrte.

Es war Westerville. Wer sonst. Verdammt, warum musste sie sich zu einem Mann hingezogen fühlen, der aussah wie ein gefallener Engel? Den die Frauen einfach anstarren mussten? Wirklich ärgerlich. Die traurige Wahrheit war, dass sie verrückt war. Es war verrückt, hierherzukommen, und verrückt zu glauben, sie könnte Informationen aus einem Mann herausholen, den sie kaum kannte.

Sie sollte einfach gehen. Jede normale Frau würde jetzt gehen. Sie würde gehen und sich nicht einmal umdrehen. Von ihrem sicheren Zuhause aus könnte sie einen netten Brief schreiben und die ganze Sache hinter sich bringen. Dann würde sie allerdings nie erfahren, was er von ihrem Großvater wollte. Und er würde ein derartig selbstherrliches Benehmen vermutlich nicht freundlich aufnehmen, und dann wäre sie für ihn hinfort Persona non grata.

Unverständlicherweise wurde ihr ganz merkwürdig bei der Vorstellung, ihn nie wiederzusehen. Nicht direkt verloren, so gut kannte sie den Mann schließlich nicht. Aber sehnsüchtig, so als hätte sie etwas ganz Besonderes gefunden und es dann wieder aufgeben müssen.

Ein Prickeln im Rücken verriet ihr, dass er näher kam. Rasch tat sie so, als wäre sie in ihre Broschüre vertieft. Hitze stieg in ihr auf und setzte sich zwischen ihren Schulterblättern fest.

Ihr ganzer Körper spannte sich an. Sie durfte sich nicht vergessen, und vor allem durfte sie nicht vergessen zu stottern. Unruhig leckte sie sich die Lippen, straffte die Schultern und versuchte, nicht auf das wilde Pochen ihres Herzens zu achten.

Es war lächerlich, so auf seine Gegenwart zu reagieren. Lächerlich und absolute Zeitverschwendung.

Eine Hand schloss sich um ihren Ellbogen. Hitze schoss ihr den Arm herauf, und in ihren Brüsten begann es zu prickeln.

„Da sind Sie ja.“ Die tiefe melodische Stimme kam näher. „Ich habe nach Ihnen gesucht.“

Beth hielt den Atem an und rang verzweifelt nach Fassung. „W-wirklich?“ Sie versuchte, ihm den Arm zu entziehen.

Er gab ihren Ellbogen frei, aber nur zögernd, sodass die Berührung noch nachklang. „Ich wusste nicht, ob Sie kommen würden.“

Sie nahm sich zusammen und drehte sich um. Mit strahlendem Lächeln sah sie zu ihm auf, wobei sie sich allerdings bemühte, ihm nicht direkt in die Augen zu blicken. „N-n-natürlich b…bin ich gekommen. Einer Herausforderung k-k-konnte ich noch nie widerstehen, und das w-wissen Sie g-g-ganz g-g-genau.“

Er grinste. Dabei sah er fast genauso aus, wie sie es sich vorgestellt hatte – mit einer Ausnahme. Er war etwas ungepflegt, seine Augen glänzten unnatürlich hell, das Haar war zerzaust, er hatte einen leichten Schatten im Gesicht, als ob …

Er trug immer noch seine Abendgarderobe.

„Sie … Sie sind letzte Nacht nicht nach Hause gegangen!“

Seine Zähne blitzten strahlend weiß auf. „Aufmerksames Kindchen, wie?“ Die durchzechte Nacht hatte tiefe Linien in sein Gesicht gegraben, sodass seine Augen aussahen, als lägen sie tief in den Höhlen.

Der freche Kerl besaß nicht einmal den Anstand, so zu tun, als schämte er sich. Beth stemmte die Arme in die Hüften. Ihre nervöse Unruhe wurde hinweggefegt von rechtschaffener Entrüstung. „Mylord!“

„Christian.“

„Mylord!“, wiederholte sie entschieden. „Ich weiß gar nicht, warum ich mich hier mit Ihnen treffe.“

„Ich weiß es.“

Sie hielt inne, als sie die Gewissheit in seiner Stimme hörte. „Warum?“

„Weil Sie neugierig sind.“

„Ja“, sagte sie. „Ja, das stimmt.“ Sie sah ihm direkt in die Augen. „Warum interessieren Sie sich so für meinen Großvater?“

Betretenes Schweigen breitete sich aus, dann lehnte sich der Viscount mit einer Schulter an die Wand und schob die Hände tief in die Taschen.

Beth dachte, er würde erst einmal alles abstreiten oder sein Interesse zumindest herabspielen. Sie war deshalb gefasst auf Ausflüchte, Schwindeleien und Ausreden.

Womit sie nicht rechnete, das war, dass er direkt auf ihren Mund blicken und sagen würde: „Ihr Stottern ist ziemlich ungewöhnlich."

Sie knirschte mit den Zähnen und ballte die Hand mit der unschuldigen Broschüre zur Faust. Verdammt, sie hatte diese dumme Stotterei schon wieder vergessen! „Ung-g-g-gewöhnlich? W-w-wie d-d-das?"

Amüsiert beobachtete Christian, wie seine Begleiterin rot anlief. „Nun ja, es kommt und geht, und das zu den merkwürdigsten Zeiten."

Elizabeth ballte die Fäuste und presste die Lippen zusammen. Offenbar rang sie mit dem Zorn über ihre eigene Vergesslichkeit und dem Unbehagen ob seiner direkten Frage. Eigentlich hatte er nicht vorgehabt, sie so geradeheraus zu beschuldigen, obwohl er am Tag zuvor zu dem Schluss gekommen war, dass ihr Stottern irgendeinem Zweck diente, vermutlich der Abschreckung jener Dummköpfe, die ihr im Park nachgestellt hatten.

An ihrer Stelle hätte er sogar noch weit Schlimmeres getan, um sie alle loszuwerden.

Doch als sie ihn so direkt angesehen und gefragt hatte, warum er sich für ihren Großvater interessiere, waren all seine guten Vorsätze vergessen. Eigentlich hatte er nicht gedacht, dass seine Fragen so leicht zu durchschauen waren. Aber vielleicht waren sie das ja auch gar nicht. Vielleicht hatte er es nur mit einer sehr, sehr scharfsinnigen jungen Frau zu tun.

Er trat vor, sein Arm streifte den ihren. „Bitte tun Sie sich keinen Zwang an, stottern Sie, so viel Sie wollen. Ich finde es ziemlich attraktiv."

Ihr Zorn wich der Überraschung. „Attraktiv?"

„Sehr." Er ergriff ihre Hand, legte sie auf seine Ellenbeuge und geleitete sie hinaus auf den Flur. An der Tür zum nächsten Schauraum hielt er inne, doch dort drängten sich viel zu viele Leute. Er nahm ihr die zerdrückte Broschüre aus der Hand und blätterte sie durch. „Interessieren Sie sich für etruskische Kunst?"

„Wie? Ich … nein. Ich glaube nicht."

„Gut. Ich auch nicht. Ich glaube, dafür interessiert sich auch sonst niemand." Er steckte die Broschüre ein und zog sie den Flur hinunter zur letzten Tür.

„Wohin gehen wir?"

„Sie werden schon sehen.“ Als er die Tür erreicht hatte, blickte er in den Raum und nickte zufrieden. „Ah. Wie ich dachte. Das ist perfekt.“

Sie blieb in der Tür stehen und entzog ihm ihre Hand. „Hier ist ja niemand.“

„Wäre Ihnen denn lieber, wenn jemand da wäre?“ Christian lehnte sich an die Wand und verschränkte die Arme vor der Brust. Bewundernd sah er auf ihre Locken, die im weichen Tageslicht warm aufleuchteten. „Ich meine, außer mir?“

Sie biss sich auf die Lippen, sah zur Tür und im nächsten Moment wieder zu ihm. Er konnte den Kampf förmlich sehen, der hinter ihrer Stirn ausgefochten wurde. Er hatte ihre Neugier geweckt, so viel stand fest. Aber auch ihre Vorsicht.

Sie seufzte. „Ich hätte wissen müssen, dass es sich so entwickelt. Ich hätte nicht ohne Anstandsdame herkommen dürfen.“

„Warum?“, fragte er amüsiert. „Befürchten Sie, ich könnte versuchen, Sie zu verführen?“

Zu seiner Überraschung brachte sie dieser Kommentar keineswegs in Verlegenheit. Stattdessen warf sie ihm nur einen entnervten Blick zu und sagte kühl: „Bei Ihnen kann man nie sicher sein, was Sie tun würden. Sie machen dauernd … Andeutungen.“

„Andeutungen?“

„Ja“, meinte sie streng. „Zweideutige Bemerkungen. Zum Beispiel über … über uns. Tun Sie jetzt nicht so, als wäre Ihnen das völlig neu. Natürlich wissen Sie es.“

Darüber musste Christian lachen. Er hatte die ganze Nacht in einer Spielhölle hier in der Nähe verbracht. Er hatte gespielt und geflirtet und ausgiebig dem Wein zugesprochen und dabei die ganze Zeit versucht, nicht an dieses Treffen zu denken. Es war ihm nicht gelungen. Die blaue Farbe auf den Spielkarten hatte ihn an die blauen Bänder an Elizabeths Hut erinnert, das braune Bier hatte genau denselben Farbton gehabt wie ihre warmen Augen, die Witwe, die versucht hatte, ihn mit nach oben ins Bett zu nehmen, hatte trotz all ihrer offensichtlichen Reize und Verführungskünste hausbacken und langweilig gewirkt, wenn er sie mit Elizabeth verglich. Seine kleine Flucht hatte ihren Zweck verfehlt und sich in einen endlosen Kreis der Erinnerung verwandelt.

Sie war so verdammt faszinierend, und er bedauerte es sehr, dass er sie benutzen musste. Seine Bewunderung für sie war echt. Viel zu echt. So echt, dass er, nachdem er letzte Nacht von einem späten Souper bei White's endlich nach Hause gekommen war, nicht hatte einschlafen können und sich im Bett herumgewälzt hatte. Jedes Mal, wenn er die Augen schloss, sah er ihr Gesicht vor sich, mit diesem verdammt sicheren Lächeln und den warmen braunen Augen.

Es sah ihm gar nicht ähnlich, sich von etwas den Schlaf rauben zu lassen. Von irgendwelchen dummen Gefühlen war er zum letzten Mal als Kind die ganze Nacht wach gehalten worden. Aber dank Reeves und seinem ständigen Gerede von verführten Jungfrauen hatte ihn der Schlaf in der Tat geflohen. Nach einer Stunde unbequemer Grübelei war Christian wieder aufgestanden, hatte sich angezogen und das Haus verlassen. Endlich befreit vom Gewisper in seinem Schlafzimmer, hatte er sich in die nächstbeste Spielhölle begeben und dort bis zum Morgengrauen gespielt und gerade so viel getrunken, dass er nicht wieder ins Grübeln kam.

Nun war er zwar wach, doch immer noch erhitzt vom Brandykonsum der letzten Nacht. Christian stieß sich von der Wand ab und trat direkt vor Elizabeth hin. Auch jetzt wieder war er verblüfft, wie klein sie war; ihr Scheitel reichte ihm kaum bis zur Schulter. Aus irgendeinem Grund wirkte sie immer größer. Elizabeth hob die Brauen, zog sich aber nicht zurück.

Christian hob die Hand und fuhr mit dem Zeigefinger die Bourbonenlilie nach, die auf die Schulterpasse ihrer Pelisse gestickt war. „Ich habe über Ihr bezauberndes Gestotter nachgedacht. Inzwischen bin ich mir sicher, dass Sie damit nur die Promenadenmischungen davonscheuchen wollten, die im Park an Ihren Röcken geschnüffelt haben."

Erstaunen malte sich auf ihrem Gesicht, bevor sie schließlich errötete. „Ich stottere nicht die ganze Zeit."

„Ach, bitte erklären Sie es nicht weg. Mir gefällt Ihr Stottern."

„Wie können Sie das sagen?"

Er grinste. „Weil ich es so reizend finde, wie sich dabei Ihre Lippen kräuseln. Ihr Stottern ist ein Akt der Verführung. Eine Einladung, Ihnen die Lippen mit einem Kuss zu versiegeln."

„Wenn Sie glauben, Stottern sei eine Aufforderung zum Kuss,

kann ich ja von Glück sagen, dass ich nicht rülpsen musste, sonst hätten Sie sich gleich in mein Bett eingeladen gefühlt."

Er warf den Kopf in den Nacken und lachte laut. „Eigentlich glaube ich, dass Sie beides nicht können." Er hob ihr Kinn mit den Fingern an. „Ich würde sogar mein gesamtes Vermögen darauf wetten, dass Sie ebenso wenig stottern wie ich."

„Was glauben Sie denn, wer Sie sind ..." Abrupt schloss sie den Mund und runzelte die Stirn. Wütend funkelte sie ihn an, doch dann seufzte sie und winkte ab. „Ach, zum Kuckuck. Sie haben natürlich recht. Ich stottere nicht. Ich wollte nur verhindern, dass irgendein Dummkopf um meine Hand anhält. Großvater hätte sonst vielleicht ..." Sie hielt inne und machte schmale Augen.

„Was hätte Ihr Großvater vielleicht?"

„Nichts."

Bisher hatte Christian immer geglaubt, braune Augen wären weich und feminin, aber nicht weiter aufregend. Doch Elizabeth belehrte ihn eines Besseren: Ihre Augen waren wild entschlossen, warm, unerbittlich, zornfunkelnd und sehr, sehr aufregend.

Er lachte erfreut. „Da schreckt die schöne Lady Elizabeth also Ihre Verehrer mit einem St-st-stottern nach dem anderen ab."

„Lord Westerville, was ich tue, geht Sie nicht das Geringste an."

„Da bin ich anderer Ansicht", versetzte er leise. Mit dem Handrücken strich er ihr sacht über die Wange. „Was Sie tun, geht mich sogar sehr viel an."

Und so war es auch. Diese Frau hielt den Schlüssel in der Hand – zu seiner Vergangenheit natürlich, und vielleicht auch zu seiner Zukunft. Wegen dieser Verbindung stand Elizabeth ihm irgendwie näher als alle anderen Frauen, die er je gekannt hatte.

Etwas von diesen Überlegungen musste sich in seiner Miene gespiegelt haben, denn sie kniff die Augen zusammen und beugte sich ganz leicht vor. „Warum sehen Sie mich so an?"

Er streckte die Hand nach einer blonden Locke aus, die ihr ins Gesicht fiel. Seidenweich war ihr Haar und dicht, und es schrie förmlich danach, von den Nadeln erlöst zu werden. „Mir liegt an dem, was Sie tun, weil Sie sind, wer Sie sind."

Sie zuckte zurück, sodass die Locke durch seine Finger schlüpfte, und sah ihn zornglühend an. „Weil ich bin, wer ich bin? Sie meinen, die Enkelin des Duke of Massingale? Westerville, es wird Zeit, dass Sie mir erklären, warum Sie sich so für meinen Großvater interessieren."

Christian gelang ein lässiges Schulterzucken. „Ich wollte einfach höflich sein und mich nach Ihrem nächsten Verwandten erkundigen."

„Das glaube ich Ihnen nicht." Unbeirrt fixierte sie ihn, und das leichte Lächeln, das um ihren Mund spielte, drang nicht bis zu ihren Augen vor. „Gestern sind Sie jedes Mal hellwach geworden, wenn Großvaters Name gefallen ist."

Verdammt. Sie besaß wirklich eine schnelle Auffassungsgabe. Fast zu schnell. Was konnte er jetzt sagen?

Sie presste die Lippen zusammen. „Ich weiß, dass Sie mir nicht deswegen nachstellen, weil Sie irgendeine dumme leidenschaftliche Zuneigung zu mir gefasst haben. Für derartigen romantischen Unsinn sind Sie einfach nicht der Typ, und ich auch nicht."

Sie hatte recht. Bei jeder anderen Frau hätte er einfach behauptet, er habe sich Hals über Kopf in sie verliebt; die meisten Frauen wollten derartiges Geschwätz hören und glaubten es auch, egal wie unwahrscheinlich es war.

Doch irgendwie war er der Ansicht, dass Elizabeth aus härterem Holz geschnitzt war. Eine romantische Erklärung würde bei ihr nicht verfangen. Eigentlich schade, denn er war gerade betrunken genug, um etwas Derartiges wünschenswert erscheinen zu lassen. Und ihre Nähe verstärkte die berauschende Wirkung der Getränke nur, mit denen er gestern Nacht gegen die Auswirkungen der Schlaflosigkeit angegangen war. Als Alternative blieb ihm nur die Wahrheit, er hatte allerdings keineswegs die Absicht, sie ihr zu erzählen.

Mit leisem Lächeln verbeugte er sich. „Was ich auch tue, ich werde uns nicht mit romantischem Unsinn langweilen, wie Sie so richtig gesagt haben."

„Danke", versetzte sie, wandte sich ab und ging zum nächsten Schaukasten. Darin befanden sich eine Reihe kleiner Steinfigurinen, die sie nun mit gespieltem Interesse betrachtete. Das Lächeln schien ihr ins Gesicht gemeißelt, ein Umstand, der ihn allmählich beunruhigte. Nach einem Augenblick drehte sie sich zu ihm um. „Ich werde herausfinden, warum Sie so an meinem Großvater interessiert sind."

Der Ernst in ihren Worten war nicht zu verkennen. „Ach ja?"

„Ja“, gab sie entschieden zurück und widmete sich wieder dem Schaukasten.

Er trat neben sie, stützte sich mit einem Arm auf dem Schaukasten auf und bemerkte dabei, dass ihr Nacken bloß lag, als sie sich über die Artefakte beugte. „Wie wollen Sie meine Geheimnisse denn lüften – falls ich überhaupt welche habe?“

Sie sah zu ihm auf. „Mithilfe der Logik. Sie sind ein Mann von Welt mit den entsprechenden Vorlieben. Normalerweise würden Sie nicht mit einer Frau tändeln, die so offensichtlich verheiratet werden soll.“

Er hob die Brauen. „Sie?“

„Tun Sie doch nicht so, als wäre Ihnen das nicht bewusst. Mein Großvater zögerte nicht, die Welt wissen zu lassen, dass ich zu haben und außerdem seine Erbin bin.“ Sie stützte sich mit dem Ellbogen auf den Schaukasten, sodass sie jetzt wie Spiegelbilder standen.

„Lassen Sie mich erklären, was mir bis jetzt merkwürdig vorkommt“, meinte sie sanft. „Erstens: Sie senden die unmissverständliche Botschaft aus, dass Sie an mir interessiert sind.“

Er rückte unwillkürlich näher. Was für üppige Lippen sie hatte! Voll und rosig und in den Mundwinkeln leicht gekräuselt, selbst wenn sie ganz entspannt waren. „Fahren Sie fort.“

„Zweitens: Ihr Interesse an mir ist nicht romantischer Natur. So etwas würde nicht zu Ihnen passen, Mylord.“

Auch ihr Haar war von so sinnlicher Farbe. Er lächelte, als er sich daran erinnerte, wie es sich anfühlte. „Lady Elizabeth, ich finde Sie attraktiv. Das will ich nicht abstreiten.“

„Ja, aber ich bin ledig und heiratsfähig. Unter anderen Umständen würden Sie um mich einen großen Bogen machen.“

Verdammt, sie hatte ihn ziemlich gut durchschaut. Aber es wäre nicht gut, sie auch noch zu ermutigen. „Vielleicht.“ Er musterte sie. „Vielleicht auch nicht.“

„Und drittens“, erwiderte sie energisch, „interessieren Sie sich auch nicht sonderlich für meine Mitgift.“

„Da haben Sie recht. Ich verfüge selbst über ziemlich viel Geld, meine Liebe. Ihres brauche ich da nicht.“ Er zuckte mit den Schultern. „Mein Vater tat mir den Gefallen, ohne legitimen Nachwuchs zu sterben. Mein Bruder und ich haben davon sehr profitiert.“

Sie zog die Brauen zusammen. „Ohne legitimen Nachwuchs? Aber Ihr Bruder hat doch den Titel geerbt, nicht?“

„Ja. Und ich habe den Viscount-Titel geerbt, aber nur, weil mein Vater das Kirchenregister fälschen ließ und dort jetzt steht, er hätte Mutter vor Jahren geheiratet.“

Elizabeth riss die Augen auf. „Das Kirchenregister gefälscht? Machen Sie Witze, Westerville?“

„Würde ich Witze darüber machen, ein uneheliches Kind zu sein?“ Er schüttelte den Kopf. „Ich bin ein Bastard, wenn auch ein reicher Bastard mit Titel. Mein Vater, der Earl of Rochester, hat versucht, mich zu legitimieren, ist dabei allerdings nicht sehr subtil vorgegangen. Die ganze Welt weiß Bescheid. Nicht, dass es etwas ausmachen würde.“

„Ich kann nicht glauben, dass Sie das alles so freimütig zugeben würden, wenn das, was Sie da sagen, tatsächlich der Wahrheit entspräche. Sicher haben Sie noch andere Verwandte, die in dem Fall vortreten würden. Die es auf den Titel und das Vermögen abgesehen hätten.“

„Sie würden sich durch ein Heer von Treuhändern kämpfen müssen, und viele von denen tragen außergewöhnlich große Knöpfe und übertrieben hohe Hemdkragen und nennen viel zu viele kläffende Köter ihr Eigen.“ Christian tat, als schauderte ihn. „Ich persönlich würde ja lieber rohe Schnecken essen.“

Ihre Lippen zitterten. „Ein Schwarm Zuckerpüppchen also?“

„Lauter Stutzer, alle von ihnen.“ Er erwiderte ihr Lächeln. „Ob er ein guter Vater war, war meinem Erzeuger nicht so wichtig, aber er war immer wild entschlossen, nach dem neuesten Schrei gekleidet zu sein.“

„Wie schade.“

Christian zuckte mit den Schultern. „Als er ein paar vertrauenswürdige Ratgeber brauchte, die seine Güter verwalten und seine verlorenen Söhne unterstützen sollten, wen hätte er da wohl nehmen sollen, wenn nicht jene Männer, die seit Jahren seine Krawattentücher kritisierten?“

Sie legte den Kopf schief und betrachtete ihn nachdenklich. „Sie klingen ein wenig bitter.“

„Ich? Bitter?“ Christian winkte ab. „Rochester war seine Modebesessenheit wichtiger als seine väterliche Verantwortung. Damit habe ich keine Schwierigkeiten; aus dem Wenigen, was ich von ihm weiß, schließe ich, dass er darin ohnehin nicht besonders gut gewesen wäre. Aber dass er zugelassen hat, dass meine Mutter im Gefängnis starb, unter einer falschen Anklage ..." Christian presste die Lippen zusammen. „Es fällt mir sehr schwer, das zu vergeben oder zu vergessen."

„Da ginge es mir genauso."

„Sie dürfen jedoch nicht glauben, dass mein Vater vollkommen nutzlos war – in der Verwaltung der Güter war er ohnegleichen. Unter seiner Aufsicht blühte der Besitz, und das hätte ihm kaum einer nachmachen können."

„Mein Großvater ist da ähnlich."

Christian lächelte freudlos. „Und da hört die Ähnlichkeit auch schon wieder auf: Sie sind beide gute Verwalter. Ich habe mir die Bücher ganz genau angesehen, die mein Vater hinterlassen hat; unglaublich, wie viel Zeit und Mühe er investiert hat, um das Familienvermögen zu dem zu machen, was es heute ist."

„Das klingt fast, als bewunderten Sie ihn doch ein bisschen."

„‚Bewundern' ist ein wenig zu positiv. Sagen wir lieber, dass ich seine Fähigkeiten respektiere, die Dinge zu erledigen. Aus den Erfolgen eines Menschen kann man viel lernen, gleichgültig, wer er war."

„Das ist ja alles sehr interessant, Westerville", sagte Beth erstaunlich geduldig. „Aber darum geht es nicht. Was wollen Sie jetzt *wirklich* von mir? Warum interessieren Sie sich so für meinen Großvater?"

Christians Blick wanderte über Beths Wimpern, die stolze Linie ihrer Wangen, das kühne und doch zarte Kinn bis hinab zu ihren Brüsten, die sich unter dem Kleid rundeten. In all den Jahren als Straßenräuber, in denen er den Damen erst die Juwelen geraubt und dann mit ihnen getändelt hatte, war er noch keiner Frau wie dieser begegnet.

Sie war weder übersättigt noch verzogen, sondern einfach nur sie selbst. Diese Frau hatte etwas unglaublich Wohltuendes an sich. Sie ließ einen an ein frisch bezogenes Bett denken, bei dem die Laken noch warm vom Bügeln waren, sie vermittelte einem das Gefühl, nach Hause zu kommen und gleichzeitig auf große Abenteuer zu gehen.

Er streckte die Hand aus und umfasste ihre Wange, strich mit dem Daumen über warme Haut. „Eines will ich zugeben, aber nur das eine: dass Sie schön sind."

Sie packte ihn am Handgelenk und hielt ihn fest, kurz bevor er die Finger nach ihrem Haar ausstrecken konnte. „Und Sie, Westerville, weichen meiner Frage aus."

Beinahe hätte Christian sich seine Ernüchterung anmerken lassen. Er konnte ihre Frage nicht beantworten, ohne sich selbst zu verraten, doch mit seinen Ausweichmanövern machte er sie nur noch misstrauischer.

Also steckte er in der Zwickmühle, und ihm fiel kein Ausweg ein. Da er keine andere Möglichkeit sah, tat er das Einzige, was ihm übrig blieb: Er küsste sie.

8. KAPITEL

Kürzlich las ich in der Zeitung von einem Dienstboten, der seinen Dienstherrn in einem Anfall von Zorn vergiftete. Leider geschieht dergleichen nur allzu oft und ist der endgültige Beweis für eine schlechte Ausbildung. Sollte sich der geneigte Leser je dabei ertappen, wie er die Hand über dem Arsenfläschchen kreisen lässt, möge er den Hammelbraten stehen lassen, auf sein Zimmer gehen, seine Sachen packen und sich schleunigst einen neuen Posten suchen. Es gibt immer einen besseren Weg, um mit einer freudlosen Stellung fertig zu werden.

Leitfaden für den vollkommenen Butler und Kammerherrn von Richard Robert Reeves

Beth hatte keine Zeit zum Nachdenken. Der Kuss war so unerwartet, dass sie darauf reagierte, ohne sich dessen überhaupt bewusst zu sein. Sie konnte gar nicht anders. Sofort umschlang er sie, zog sie an sich, schmiegte sich an sie, und sie bekam ihn zu spüren, als er ihre Lippen auseinanderdrängte. Sie zitterte am ganzen Körper.

Der Kuss wurde heftiger, während er ihr über den Rücken strich, sie noch enger an sich presste. Etwas in ihr regte sich, während sie sich an ihn schmiegte und ihm die Arme um den Hals schlang.

Leidenschaft wallte in Beth auf, sie war nur noch Gefühl. Sie begehrte ihn, sehnte sich nach ihm, bettelte darum, ihm nahe zu sein.

Er drehte sich leicht, drängte sie gegen den Schaukasten, sodass sie das Gestell im Rücken spürte, sogar durch die Pelisse hindurch. Beth war sich dessen aber fast nicht bewusst, spürte kaum seine Hände, als er sie an ihrer Seite hinabgleiten ließ zu ihrer Hüfte. Stattdessen fühlte sie Hitze, Hitze an jeder Stelle, die er berührte, und ihre Knie wurden merkwürdig schwach.

Lieber Gott, er küsste sie. *Er küsste sie.*

Mit einem Schlag kehrte die Vernunft zurück. So hatte sie den Verlauf dieses Treffens nicht geplant. Sie legte Westerville die Hände auf die Brust und bereitete dem Kuss ein Ende, indem sie den Kopf abwandte. Ihr Atem ging stoßweise.

Sie konnte nicht fassen, dass sie sich von ihm hatte küssen lassen. Bebend legte sie die Hände vor die Augen. Es war schierer Wahnsinn. Ein köstlicher, rauer, wilder Wahnsinn, ein Wahnsinn, von dem Beth noch nie gekostet hatte. Wie sie da so in Christians Armen stand und nach Atem rang, die Lippen immer noch feucht, fühlte sie sich ... wunderbar. Unglaublich, unerklärlich wunderbar.

Christian sah auf Beths gesenkten Kopf. Es hatte ihn alle Kraft gekostet, den Kuss zu unterbrechen. Seine Hände ruhten immer noch auf ihr, weil er sie einfach nicht wegziehen konnte. Sie war süß und verführerisch wie eine reife Beere, die ungewöhnlichste Mischung aus Unschuld und Sinnlichkeit, der er je begegnet war. Trotz seiner Absichten musste er zugeben, dass er sich ehrlich von ihr angezogen fühlte. Und das nicht, weil sie ihm eine Gelegenheit bot, die Wahrheit über den Mann herauszubekommen, der für die widerrechtliche Verhaftung seiner Mutter verantwortlich war. Nein, es war mehr. Elizabeth war schön, ungekünstelt sinnlich, intelligent und so furchtbar erpicht darauf, nicht die Kontrolle abzugeben, was in ihm wiederum den Wunsch weckte, selbst die Oberhand zu behalten. Einer so verführerischen Kombination konnte er nicht einfach den Rücken kehren.

Jetzt, da er die Hände immer noch an ihren Hüften liegen hatte, war sie ihm schmerzlich nahe. Dennoch zog er sie nicht an sich. Sie stand mit gesenktem Kopf und hatte die Hände auf die Augen gepresst, wie um die letzten Minuten auszuradieren. Er spürte, wie sie zitterte, sah, wie rasch sich ihre Brust hob und senkte. Offenbar kämpfte sie mit ebenso vielen Gefühlen wie er.

Die Vorstellung gefiel ihm. Wenigstens war sie nicht immun gegen ihn. Im Gegenteil, ihrer leidenschaftlichen Reaktion auf seinen Kuss nach zu urteilen, fühlte sie sich ebenso zu ihm hingezogen wie er sich zu ihr. Er wartete darauf, dass sie sich bewegte, etwas sagte, aber sie stand nur da und hielt sich die Augen zu. Und ... das Lächeln entglitt ihm. Lieber Himmel, sie weinte doch nicht etwa?

Von all den Küssen, die er im Leben gegeben und empfangen hatte, hatte noch keiner in Tränen geendet. Allerdings hatte er auch noch nie mit einer Frau zu tun gehabt, die so offensichtlich noch unschuldig war. Er beugte sich ein wenig vor, um vielleicht hinter die

Hände blicken zu können, doch er sah nichts.

Verdammt, er hatte sie nicht aufregen wollen. Er hatte sie wirklich nur davon abhalten wollen, Fragen zu stellen, die er nicht beantworten konnte.

So ging das nicht. Überhaupt nicht. Vom Flur war eine Stimme zu hören, ein Mann, der zu einem Vortrag über die Komplexität der etruskischen Kunst anhub.

Christian fluchte leise. Er wappnete sich, streckte die Hand zu Elizabeths Kinn aus und hob ihr Gesicht an. Sie ließ die Hände sinken und sah ihn an.

Sie weinte nicht. Im Gegenteil, sie lächelte. Ein weiches, zittriges Lächeln, das ihn nicht nur erleichtert aufatmen ließ, sondern ihn auch sofort veranlasste, sie enger an sich zu ziehen.

Doch davon wollte die schöne Lady Elizabeth nichts wissen. Ruckartig wand sie sich aus seiner Umarmung. „Nein", sagte sie ziemlich atemlos. „Nicht!"

Er schob die Hände in die Taschen und unterdrückte den Wunsch, sie erneut in die Arme zu nehmen. „Keine Angst. Ich gehöre nicht zu den Männern, die sich einer Frau aufdrängen, so schön sie auch sein mag."

„Das habe ich auch nicht angenommen. Mir geht es nicht darum, Ihren Charakter schlechtzumachen, ich bin mir meiner eigenen Charakterstärke nicht ganz sicher. Das alles hätte nicht passieren dürfen. Ich hätte gar nicht herkommen sollen. Ich dachte nur …" Sie schüttelte den Kopf. „Ich habe mich geirrt."

„Haben Sie den Kuss nicht genossen?"

Sie warf ihm einen raschen Blick zu. „Doch. Schon. Aber das heißt nicht, dass es auch richtig war." Ihre Miene wurde resolut, ihr Lächeln eine Spur angespannt. „Wir dürfen nicht mehr allein miteinander sein."

„Nie wieder?"

„Nie wieder", bekräftigte sie und lächelte ihr verflixtes schiefes Lächeln. In ihren Augen leuchtete Entschlossenheit.

Christian wurde ein wenig unruhig. „Elizabeth, ich wollte Sie nicht aufregen. Ich finde Sie hinreißend, und …"

Sie hob die Hand. „Für heute haben wir genug Spielchen gespielt, finden Sie nicht? Vielen Dank für Ihre Einladung ins Museum. Für mich wird etruskische Kunst nie mehr dasselbe wie früher sein."

Darüber musste er lächeln, obwohl er gerade das merkwürdige Gefühl hatte, er habe etwas verloren. Etwas unglaublich Wertvolles. „Elizabeth, wir sollten miteinander reden ..."

„Ich muss jetzt wirklich gehen."

Er tat einen Schritt auf sie zu. „Zehn Minütchen können Sie bestimmt noch bleiben. Wir haben uns noch gar nicht am römischen Fries erfreut."

Das leichte Lächeln auf ihren Lippen veränderte sich nicht, obwohl ihre Wangen rot anliefen. „Darum geht es nicht." Sie rückte das Retikül zurecht, das an ihrem Handgelenk baumelte. „Ich habe Sie gefragt, warum Sie sich so für meinen Großvater interessieren, und Sie haben mit einem Kuss geantwortet, was höchst unpassend war."

„Das ist im Affekt passiert, ich wusste mir nicht zu helfen", erwiderte er.

„Ich glaube Ihnen nicht. Dieser Kuss war nichts anderes als ein Versuch, meiner Frage auszuweichen. Und der Beweis dafür, dass ich mit meinen Verdächtigungen recht habe." Ihr klarer Blick traf den seinen. „Sie interessieren sich für meinen Großvater, und ich muss annehmen, dass es sich dabei nicht um freundliches Interesse handelt. Wenn Ihre Absichten lauter wären, hätten Sie längst alles erklärt."

Christian ballte die Fäuste. Verdammt! So hatte er sich das Treffen nicht vorgestellt. „Ich suche nur nach der Wahrheit."

„Worüber?" Sie hob die Brauen und wartete.

Christian rang sich ein Lächeln ab und kämpfte gegen den Drang an, ihr alles zu erzählen. Doch er konnte nicht einfach damit herausplatzen, dass er ihren Großvater schlimmer Taten verdächtigte, die zum Tod seiner Mutter geführt hatten. Anscheinend war sie ihrem Großvater sehr zugetan. Und wenn dem so war, würde sie jedes Stückchen Information, das er fallen ließ, sofort nach Massingale House tragen, dort die Türen verriegeln und ihrem Großvater alles sagen.

Christian wollte das Überraschungsmoment nicht freiwillig aufgeben, es stellte eine seiner wenigen Waffen dar.

Ihr Blick wurde misstrauisch. „Ich will die Wahrheit, Westerville. Es ist nicht die Anziehungskraft allein, was Sie dazu bringt, mir nachzustellen, das weiß ich genau."

„Sie haben den Kuss genossen."

„Stimmt." Sie zog die Handschuhe an, strich dabei ordentlich jeden Finger glatt, bis sie perfekt saßen. „Deswegen werde ich auch sorgfältig darauf achten, dass ich Ihnen nicht mehr allein begegne. Nie wieder."

„Elizabeth, es besteht keinerlei ..."

„Guten Tag, Lord Westerville. Es liegt auf der Hand, dass Sie nicht vorhaben, Ihre Absichten offenzulegen. Ich hätte mir ein anderes Ende gewünscht, aber so ist es nun einmal. Auf eines jedoch können Sie sich verlassen: Ich werde herausbekommen, was Sie im Schilde führen, und ich werde tun, was ich kann, um Sie aufzuhalten."

Christians Miene verfinsterte sich. Seine gute Laune war wie weggeblasen. „Drohen Sie mir etwa?"

„Oh nein, Mylord. Das ist keine Drohung, sondern ein Versprechen." Mit diesen knappen Worten, das verdammte Lächeln immer noch auf den Lippen, machte sie auf dem Absatz kehrt und ging hinaus.

Christian wollte ihr schon nacheilen, laute Stimmen im Flur ließen ihn jedoch innehalten.

Zur Hölle mit allem, das Treffen war nicht so verlaufen, wie er es sich gewünscht hatte. Ganz und gar nicht. Er kehrte in den Raum zurück, lehnte sich an die Wand und fuhr sich durchs Haar. Sie war der Schlüssel zu Massingale, und nun hatte sie ihn in einem kurzen Gespräch beinahe gezwungen, Farbe zu bekennen.

Was sollte er jetzt nur tun?

Die Tür zum Londoner Stadthaus der Rochesters wurde geöffnet, als Christian die Stufen erklomm.

„Da sind Sie ja, Mylord", sagte Reeves, nahm Christians Überrock entgegen und reichte ihn an einen Lakaien weiter. „Als Sie letzte Nacht nicht zurückgekommen sind, haben wir uns gefragt, ob Sie sich vielleicht verlaufen haben könnten. Wir waren kurz davor, einen Suchtrupp loszuschicken."

„Wenn Sie je einen aussenden, vergessen Sie nicht, ihm eine Flasche meines besten Brandys mitzugeben", versetzte Christian, während er sich in die Bibliothek begab. „Das ist die einzige Methode, wie ich mich nach Hause locken ließe."

„Ich werde daran denken", erwiderte Reeves und folgte Christian in die Bibliothek. „Master William ist gekommen."

Christian blieb stehen. „Wo ist er denn?"

„In der Küche. Er isst dort sein Gewicht in Kohlsuppe. Offenbar ist er die ganze Nacht durchgeritten, wollte sich jetzt aber nicht hinlegen. Ich riet ihm, dass es nicht verkehrt sei, die Kleider zu wechseln, doch ehe er mit Ihnen gesprochen hat, wollte er überhaupt nichts tun."

„Schicken Sie ihn herein."

„Die Freiheit habe ich mir bereits genommen, Mylord."

Die Tür öffnete sich, und ein Lakai brachte ein Tablett. „Ah!", meinte Reeves erfreut. „Ihr Tee."

„Ich habe keinen Tee bestellt."

Der Butler nahm das Tablett entgegen, scheuchte den Mann aus dem Zimmer und stellte das Tablett neben Christian ab. „Ich weiß, dass Sie keinen Tee bestellt haben, aber ich dachte, es könnte Sie nach dieser langen Nacht beleben. Unschuldige Jungfern zu verführen ist ein überaus ermüdendes Geschäft."

Christian hob eine Braue. „Fangen Sie schon wieder damit an?"

„Täusche ich mich denn? Waren Sie nicht mit Lady Elizabeth verabredet?"

„Vielleicht."

„Verstehe. Dann gehe ich einfach davon aus, dass Sie sich wie ein Gentleman verhalten haben."

Christian funkelte den Butler wütend an. „Ich mag keinen Tee."

Reeves, der im Begriff war, eine Tasse einzugießen, hielt inne. „Kein Tee, Mylord?"

„*Nein!*"

„Wie schade. Ich dachte, er könnte Sie ein wenig munter machen. Master William schien voller Neuigkeiten zu stecken, da werden Sie hellwach sein müssen."

Widerstrebend nahm Christian den Tee entgegen, roch misstrauisch daran und nahm schließlich einen kleinen Schluck. Er verzog das Gesicht. „Haben Sie Zucker?"

„Natürlich, Mylord."

Christian stellte die Tasse auf den Tisch zurück. „Drei Teelöffel."

Reeves hielt inne.

Christian ließ den Butler gar nicht zu Wort kommen. „Ja, verdammt. Ich sagte, drei Löffel."

„In eine Tasse?"

„Entweder geben Sie den Zucker jetzt in den Tee, oder ich trinke ihn nicht."

Mit leisem Missfallen gab Reeves Zucker in die Tasse.

„Das waren bloß zwei Löffel. Tun Sie noch einen rein."

Reeves seufzte, tat aber, wie ihm geheißen wurde. „Sie neigen zu Exzessen, nicht wahr, Mylord?"

„Wann immer es möglich ist, Reeves. Wann immer es möglich ist." Vorsichtig nahm Christian noch einen Schluck Tee. Diesmal schmeckte er ihm viel besser, er war kräftig, süß, beinahe gut.

Leises Klopfen ertönte, und dann kündigte ein Lakai Willies Ankunft an. Der Schotte erschien in der Tür, eine riesige Gestalt in langem schwarzem Mantel und dicken schwarzen Lederstiefeln. Sein rotes Haar war im Nacken zum Zopf geflochten, in seinem Gesicht wucherten Bartstoppeln. Er wirkte müde, aber auch freudig erregt.

Christians Hoffnungen stiegen.

Willie hob den Fuß und wollte den Teppich betreten.

„Halt!", kommandierte Reeves.

Der Schotte setzte den schlammverkrusteten Stiefel wieder ab und starrte den Butler wütend an. „Was wollen Sie denn jetzt schon wieder, Sie alte Nörgelsocke?"

Reeves nahm ein kleines Handtuch vom Tablett, ging zu Willie hinüber und legte es vor ihm auf den Teppich. „Bitte stellen Sie sich hier auf das Handtuch, Master William. Und bewegen Sie sich nicht von der Stelle."

„Ich stell mich bestimmt auf kein Handtuch drauf!"

„Dann erklären Sie bitte der Haushälterin, warum alle Teppiche erneut gereinigt werden müssen. Die gute Frau wird der Schlag treffen."

Der Schotte zog ein finsteres Gesicht, aber der Schlamm an seinen Schuhen war nicht zu übersehen. Also stieg er äußerst widerwillig auf das Handtuch.

Seine riesigen Füße bedeckten das winzige Tuch zur Gänze, und einen Augenblick hatte es den Anschein, als bereitete es ihm Mühe, auf einer so winzigen Grundfläche das Gleichgewicht zu halten. Doch mittels der vernünftigen Maßnahme, die Arme vor dem mächtigen Brustkorb zu verschränken und das Gewicht auf die Fersen zu verlagern, gelang es ihm, auf dem Küchenhandtuch stehen zu bleiben.

„Das ist ja so, wie wenn ich meine Großmutter besuchen tät“, knurrte der Schotte. „Die legt auch dauernd irgendwelche Decken auf die Sessel, damit keiner Flecken reinmacht, bis es ausschaut wie im Geisterhaus.“

Christian hob eine Braue. „Was hast du rausgefunden? Hast du den Bischof gefunden?“

Willies Miene hellte sich auf, und seine blauen Augen begannen zu glänzen. „Ich hab einen Brief von ihm.“

Christian beugte sich vor.

„Aye. Selber konnt ich nicht mit ihm reden, weil er sterbenskrank war. Wahrscheinlich macht er es nicht mal mehr diese Woche. Da hab ich die Fragen seiner Tochter gegeben, und die hat gesagt, er hätt hier auf alle geantwortet.“ Willie knöpfte die Lederweste auf und zog aus einer Innentasche ein schmales Päckchen heraus.

Reeves nahm den Brief und brachte ihn seinem Dienstherrn.

Christian betrachtete das sauber zusammengefaltete Stück Papier. Hier war sie, die Antwort auf seine Fragen.

Mit bebenden Händen öffnete er den Brief.

Mein lieber Lord Westerville,
ich kann Ihnen gar nicht sagen, wie glücklich ich mich schätze, Ihre Anfrage bezüglich Ihrer Mutter Mary Margaret zu erhalten. Ich kannte sie, als sie ein junges Mädchen war; ihre Familie gehörte zu der Gemeinde, in der ich damals Prälat war. Sie war einer der großzügigsten, großherzigsten Menschen, die ich je kennengelernt habe. Als ich daher Jahre später erfuhr, dass sie im Gefängnis sitzt, ging ich sie besuchen. Ich wusste, dass es sich bei ihrer Inhaftierung um einen Fehler handeln musste. Und das glaube ich auch heute noch.

Leider konnte ich sie nur wenige Male sehen, ehe sie starb. Sie fragen, ob ich dabei irgendetwas Ungewöhnliches oder Merkwürdiges beobachtet habe, und das muss ich bejahen. Mir fallen dazu sogar mehrere Dinge ein. Als ich Ihre Mutter das letzte Mal besuchte, stand vor dem Gefängnis eine Kutsche mit einem purpurrot-goldenen Wappen …

Christian wandte sich an Reeves. „Welche Farben hat Massingales Wappen?“

Reeves spitzte die Lippen. „Ich glaube, purpurrot und cremeweiß, obwohl …“ Er runzelte die Stirn. „Es könnte auch ein wenig Gold dabei sein.“

„Aye“, stimmte Willie zu. „Der Kutsche bin ich schon oft gefolgt.“

Christian nickte und widmete sich wieder dem Brief.

… obwohl ich nicht sicher sein kann. Bedauerlicherweise habe ich die Person, die in dieser Kutsche gekommen war, nicht gesehen, da ich außer Ihrer Mutter noch andere Leute zu besuchen hatte. Als ich dann bei ihrer Zelle ankam, waren der Besucher und die Kutsche verschwunden. Ihre Mutter war da schon krank, und ihren Bewegungen haftete eine gewisse Fahrigkeit an, was mich damals sehr traurig gemacht hat.

Ich fragte Ihre Mutter, was los sei, doch weil sie bereits am Fieber litt und teilweise irr redete, antwortete sie nicht direkt. Ich tat, was ich konnte, um es ihr bequem zu machen, und breitete eine weitere Decke über sie, die ich extra mitgebracht hatte, doch sie warf sie immer wieder ab und meinte, sie müsse aufstehen. Dass sie ihrem Feind ihren letzten Wertgegenstand überlassen habe – ihr berühmtes Saphircollier. Dafür, so glaubte ihre Mutter, würde ihr Feind die Anschuldigung gegen sie zurückziehen.

Doch etwas an dem Plan war schiefgegangen, denn obwohl sie das Collier hergegeben hatte, wurden die Beschuldigungen nicht zurückgezogen. Ihre Mutter fragte, ob ich für sie einen letzten Brief übermitteln könnte. Sie reichte mir die Nachricht, und ich steckte sie ein. Danach blieb ich noch ein Weilchen bei ihr. Als ich die Zelle verließ, umklammerte sie meinen Arm und flehte mich an, dass ich Sie und Ihren Bruder besuchen sollte. Sie redete oft von Ihnen, Ihnen galt ihre Hauptsorge.

Christian merkte, dass er den Brief so fest umklammerte, dass er ihn beinahe zerknüllte. Er lockerte den Griff und glättete den Brief. In seinem Kopf wirbelte es. Seine Mutter hatte oft nach ihm und Tristan gefragt. Und gewollt, dass nach ihnen gesucht wurde.

Zu dieser Zeit waren er und Tristan natürlich schon gezwungen gewesen auszuziehen, wegen all der Gläubiger, das hatte seine Mutter aber nicht wissen können.

Christian setzte seine Lektüre fort.

Als ich das Gefängnis verließ, sah ich mir den Brief an. Zu meiner Überraschung ging er an die Adresse des Duke of Massingale, an jemanden namens Sinclair. Wie Ihre Mutter gewünscht hatte, gab ich den Brief ab und war ziemlich erstaunt, als der Butler diese merkwürdige Adresse widerspruchslos akzeptierte. Er nahm den Brief entgegen, dankte mir und führte mich hinaus. Am nächsten Tag starb Ihre Mutter.

Ich wünschte, ich hätte mehr Informationen für Sie. Sie fragen nach Beweisen. Alles, was ich dazu sagen kann, ist das – wenn Sie das Collier finden, wissen Sie, wer Ihrer Mutter Böses wollte. Ihre Mutter war eine gute, gottesfürchtige Frau, und ich bin sicher, dass sie am Ende Ihren Weg fand, und Sie werden das sicher auch.

Gott segne Sie, mein Sohn
Vater Joshua Durham

Christian setzte den Brief ab. Sinclair. Wieder dieser Name. War es ein Deckname für den Herzog? Christian atmete tief ein.

„Mylord?“, durchbrach Reeves’ Stimme das Schweigen.

Christian bemühte sich, aus seinen Gedanken aufzutauchen. Seine Mutter war am Ende also doch nicht ganz allein gewesen. Vater Durham hatte sie gefunden und für sie getan, was er konnte. Bis zu diesem Augenblick hatte Christian gar nicht gewusst, was für eine Belastung die Vorstellung von ihrem einsamen Tod für ihn gewesen war.

Reeves’ Stimme schnitt durch den Nebel in Christians Kopf. „Was Seine Lordschaft jetzt braucht, ist noch ein Tässchen Tee.“

„Pah“, meinte Willie. „Lieber einen Brandy.“

Christian faltete den Brief wieder zusammen und legte ihn auf dem Tisch neben sich ab. „Keinen Tee mehr. Brandy auch nicht.“

Reeves verneigte sich. „Darf ich fragen, ob der Brief Ihren Erwartungen entspricht?“

„Ja", versetzte Christian und blickte auf die gefaltete Nachricht. „Irgendwo im Haus des Dukes liegt ein Collier verborgen, das meiner Mutter gehört. Wenn ich es finde, habe ich den Beweis, dass er an der widerrechtlichen Einkerkerung meiner Mutter beteiligt war."

Willie kratzte sich am Ohr. „Was für ein Halsband ist es denn?"

Christian sah auf den Brief und seufzte mutlos. „Ich weiß nicht. Der Bischof schreibt, es wäre berühmt gewesen."

„Ah, das Saphircollier", meinte Reeves.

Christian sah ihn an. „Sie kennen es?"

„Am Tag Ihrer Geburt hat Ihr Vater Ihrer Mutter ein Saphircollier geschenkt. Es war ziemlich auffällig, da es sehr kunstvoll in Silber gefasst war. Ich habe nie etwas Vergleichbares gesehen."

„Glauben Sie, dass Sie eine Zeichnung anfertigen könnten? Ich muss wissen, wie es aussieht."

„Ich weiß sogar noch etwas Besseres. Das Collier wurde nämlich bereits gemalt, auf dem Porträt Ihrer Mutter, das im Landhaus Ihres Vaters hängt. Von hier sind es nur zwei Stunden."

Wie passend, dass das Gemälde, das sein Vater in Auftrag gegeben hatte, Christian dabei unterstützen sollte, den Verräter seiner Mutter zu finden. Irgendwie war das, als würde ihm sein Vater von jenseits des Grabes helfen. Christian schüttelte den Gedanken ab, er glaubte nur an das, was er sehen konnte.

Nun blickte er zu Reeves. „Hervorragend. In einer Stunde brechen wir auf; heute Abend können wir wieder zurück sein. Und dann ...", Christian nickte, „... dann muss ich mich irgendwie ins Haus des Herzogs einschleichen. Jetzt mehr denn je."

„Können Sie nicht einfach hinfahren und ihn besuchen?", meinte Willie hilfreich.

„Er empfängt niemanden. Deswegen ist seine Enkelin für mein Vorhaben ja so wichtig. Nur sie und ihre Stiefmutter kommen an ihn heran, und die Stiefmutter lebt fast so zurückgezogen wie der alte Massingale selbst. Ohne Begleitung eines gewissen Lord Bennington geht sie nirgendwohin."

„Na denn", erklärte Willie gut gelaunt, „dann werden Sie es eben bei der Enkelin probieren müssen."

„Genau das habe ich ja versucht, aber ... jetzt liegen die Dinge nicht mehr so einfach." Christian rieb sich das Kinn. Vermutlich *könnte* er auch ohne Elizabeths Hilfe zurechtkommen, aber *mit* ihr wäre es wirklich sehr viel einfacher.

Er runzelte die Stirn, fragte sich, ob er vielleicht nur nach Gründen suchte, mit ihr zusammen sein zu können. Ihre Begegnung am Morgen hatte ihm Appetit auf mehr gemacht, selbst wenn sie deutlich gemacht hatte, dass sie nie mehr mit ihm allein sein wollte. Unter vier Augen mit ihr zu reden würde sich ab sofort schwierig gestalten, aber es war möglich. Das Problem war nur, ob er nahe genug an sie herankommen und ihr Vertrauen so weit gewinnen könnte, dass er eine Einladung nach Massingale House ergatterte – vor allem, nachdem sie jetzt misstrauisch geworden war. Er dachte an ihr starres Lächeln, als sie ihn im Museum hatte stehen lassen, und seufzte. „Ich weiß nicht, ob es mir gelingt, Lady Elizabeths Vertrauen zu gewinnen."

„Wie das?", fragte Reeves misstrauisch. „Was ist bei Ihrem Rendezvous mit Lady Elizabeth geschehen, Mylord?"

Christian zuckte mit den Schultern. „Im Augenblick will sie nichts mehr mit mir zu tun haben."

„Woher wollen Sie das wissen?"

„Sie hat gemerkt, dass ich nicht nur an ihr interessiert bin, sondern auch an ihrem Großvater, und dann ..." Christian deutete eine schlitzende Bewegung an.

„Meine Güte!", erklärte Reeves mit erfreuter Miene. „Was für eine scharfsinnige junge Dame!"

„Weiber", erklärte Willie abfällig. „Machen einem nix wie Schwierigkeiten, alle miteinander."

Christian stand auf, als ihm plötzlich ein Gedanke kam. Vielleicht wusste er doch einen Weg, um Elizabeths Mithilfe zu gewinnen. „Ich bin noch nicht fertig mit ihr. Lady Elizabeth wird mir helfen, auf die eine oder andere Art."

„Und was ist die andere Art?", erkundigte sich Reeves.

„Die schöne Lady Elizabeth hat Grund, mich zu fürchten, denn ich weiß etwas über sie." Christian lächelte zum ersten Mal seit einer Stunde. „Wussten Sie, dass Ihre Stimme so rein, klar und lieblich ist wie ein murmelnder Bach?"

„Wenn das ihr Geheimnis ist, dann verstehe ich, dass sie Sie fürchtet", erwiderte Reeves trocken.

„Ah, aber sie möchte nicht, dass diese Information bekannt wird.

In der Öffentlichkeit tut sie so, als stottere sie. Es soll sie vor einem Ansturm lästiger Verehrer schützen."

„Wenn Lady Elizabeth Sie schon zur Rede gestellt hat, was Ihre Motive angeht, wäre es vielleicht besser, ihr einfach die Wahrheit zu sagen und um Hilfe zu bitten."

„Boah!", rief Willie aus. „Ich dachte, Sie wär'n auf unserer Seite!"

„Bin ich auch", erwiderte Reeves. „Doch manchmal ist die Wahrheit die beste Wahl."

Christian schüttelte den Kopf. „Sie meinen, ich soll Lady Elizabeth erzählen, ich sei der Meinung, ihr geliebter Großvater habe meine Mutter auf dem Gewissen?"

„Ja, Mylord. Ich glaube, sie wird Ihnen helfen, nach Beweisen zu suchen, nur um Ihnen zu zeigen, dass Sie sich irren."

„Wenn ich ganz verzweifelt bin, werde ich an Ihren Vorschlag denken." Christian nahm den Brief des Bischofs. „Bis es dazu kommt, habe ich aber noch ein paar andere Ideen. Willie, vom Teppich runter. Wasch dich und ruh dich aus. Möglich, dass ich dich bald brauche. Reeves, lassen Sie heißes Wasser auf mein Zimmer bringen. Ich möchte baden, und dann brechen wir auf, um uns das Porträt anzusehen. Ich muss wissen, wie das Collier aussieht, damit keine Verwechslungsgefahr besteht."

„Jawohl, Mylord", erklärte Reeves, während er beobachtete, wie Willie vom Handtuch hüpfte wie eine sehr große und unbeholfene Kröte. Handtuch und Umgebung waren schlammverschmiert. „Wie ich sehe, haben wir alle einen ereignisreichen Nachmittag vor uns."

9. KAPITEL

Wenn sich eine Sache nicht in die gewünschte Richtung entwickelt, lasse man sie vorerst ruhen und widme sich kurzzeitig etwas anderem. Später kann man zur ursprünglichen Aufgabe zurückkehren, der Verstand ist frisch und ausgeruht. Es gibt nur wenige Schwierigkeiten, denen man mit Geduld und harter Arbeit nicht beikommen könnte.

Leitfaden für den vollkommenen Butler und Kammerherrn von Richard Robert Reeves

Mit vernehmlichem Klirren stellte Beatrice die Teetasse ab. „Das, was ich dir gerade erzählt habe, ist von vorn bis hinten erlogen."

Beth blinzelte.

„Du hast kein Wort von alldem mitbekommen!", sagte Beatrice anklagend.

Das stimmte. Beth hatte an ihr gestriges Zusammentreffen mit Lord Westerville gedacht. Seit jenem Morgen hatte sie das ungute Gefühl, dass sie möglicherweise eine Schlacht gewonnen hatte, der eigentliche Krieg aber noch vor ihr lag.

Es war vollkommen richtig gewesen, dem Mann zu sagen, sie wolle ihn nie wiedersehen, da ja schmerzhaft offensichtlich war, dass er durch sie nur an ihren Großvater herankommen wollte. Das Problem war, dass dies ihr Interesse an ihm um kein Jota verringerte. Wenn überhaupt etwas, dann war es sogar noch gewachsen.

Laut seufzte sie auf. „Tut mir leid, Beatrice. Ich bin leider furchtbar unaufmerksam. Großvater schilt mich deswegen auch andauernd."

Beatrice strich eher heftig als elegant Butter auf ihren Toast. „Es macht mir nichts aus, wenn du mich vor dem Tee ignorierst, aber danach erwarte ich deine ungeteilte Aufmerksamkeit. Vor allem, wenn ich über etwas Wichtiges rede."

Harry senkte die Zeitung und linste darüber hinweg. „Du hast über Hüte geredet."

Beatrice errötete. „Hüte sind wichtig."

Er hob die Brauen. „Warum?"

Sie öffnete den Mund. Und schloss ihn wieder, die Stirn nachdenklich zerfurcht. Plötzlich begann sie auf ihrem Stuhl herumzuhüpfen. „Hüte sind wichtig, weil wir ohne sie vielleicht scheußliche Sommersprossen bekommen würden!"

Beth lachte, doch alles, was Beatrices Gatte dazu sagte, war: „Pah!"

Harry war ein attraktiver Mann, doch bei Weitem nicht so umtriebig wie seine Frau. Im Gegensatz zu ihr war er es durchaus zufrieden, mit einem dicken Buch zu Hause zu sitzen, bei seinem Klub vorbeizuschauen oder eine der vielen Wissenschaftsvereinigungen zu besuchen, die ihm so am Herzen lagen. Sie sind ein sehr gegensätzliches Paar, dachte Beth sehnsüchtig, aber einander von Herzen zugetan. Es tat gut, den beiden zuzusehen.

Gerade lehnte Beatrice sich über den Tisch und zog eine Ecke von Harrys Zeitung herunter. Ihre schmollenden Lippen drückten amüsierte Empörung aus. „Harry, wenn du etwas zu sagen hast, so sag es, statt einfach diese unverschämten Geräusche hinter deiner Zeitung zu machen."

Mit seinen blauen Augen, noch betont von der Nickelbrille, die auf seiner Nase saß, blinzelte er ein wenig angesichts dieses Ausbruchs. Gehorsam senkte er die Zeitung. „Meine Liebe, es ist nicht recht von dir, von Beth zu erwarten, dass sie dir ihre ganze Aufmerksamkeit schenkt, wenn du dich ewig über einen Hut ergehst. Ich hätte eine derart gewichtige Konversation auch nicht ausgehalten."

Beatrice sah ihren Gatten stirnrunzelnd an, ehe sie sich wieder Beth zuwandte. „Ich habe dich gefragt, ob du dir den reizenden Hut ansehen möchtest, den ich gestern in der Bond Street entdeckt habe, den mit den blauen Blumen und den silbernen Glöckchen. Er ist hinreißend und würde dir hervorragend stehen. Ich dachte, wenn du ihn sehen möchtest, könnten wir …"

„Uns dort ergehen." Harry lachte. „Vielen Dank, dass du mir zustimmst."

Beatrice warf sich herum. „Beth, verstehst du jetzt, womit ich zu kämpfen habe? Welche Härten ich erdulden muss? Welcher Kritik ich ausgesetzt bin? Ich werde hier so gemaßregelt, dass ich nicht mehr weiß, ob ich ein Männlein oder ein Weiblein bin."

Harry lachte und hob die Zeitung wieder an. „Da besteht wohl kein Zweifel, meine Liebste."

„Ich bin außer mir. Da gibt es nur eins, was mich aufmuntern kann."

„Beth", meldete sich Harry hinter der Zeitung, „bitte begleite meine arme, verlassene Frau in die Bond Street. Sie wird vergehen, wenn sie nicht auf der Stelle etwas von meinem sauer verdienten Geld ausgeben kann."

„Mit Vergnügen", meinte Beth und stand auf. „Ich hole mein Retikül."

„Wunderbar!", erklärte Beatrice und lächelte ihre Cousine an. „Ich lasse die Kutsche vorfahren, und dann sage ich Harry, was für ein schrecklicher Ehemann er geworden ist. Wir sehen uns in zehn Minuten in der Eingangshalle."

Beth verabschiedete sich von Harry und ging in ihr Zimmer, wo sie sich rasch umzog. Zu guter Letzt schnappte sie sich ihr Retikül und eine grün gestreifte Pelisse, die farblich genau zu den gestickten Blättern auf ihren Schuhen passte. In der Eingangshalle hielt sie inne, um ihr Kleid aus weißem Musselin zu bewundern. An einer Schulter war es mit rosa und grünen Blumen aufgeputzt. Ein breites grünes Band betonte die hoch angesetzte Taille, und die Röcke flossen bis zum Boden. Die Schulterpartie war trügerisch schlicht gearbeitet, mit winzigen Ärmelchen, die ihr hervorragend standen.

„Bewunderst du dein Kleid?"

Beth drehte sich um und sah Beatrice direkt hinter sich, einen wissenden Blick in den blauen Augen. „Was denn?", fragte Beth hitzig. „Das Kleid? Das ist doch nichts Besonderes ..."

„Spar dir das Getue. Hast du vergessen, wer ich bin? Ich frage mich nur noch, wen du in der Bond Street zu treffen hoffst. Westerville vielleicht?"

„Mir ist vollkommen egal, was Westerville von diesem Kleid hält, oder wer auch immer."

„Natürlich ist es das nicht. Übrigens habe ich über unseren Freund etwas sehr Interessantes in Erfahrung gebracht."

„Wie schön", versetzte Beth und wich Beatrices Blick aus. Sie wusste, dass sie nicht nachfragen sollte. Je weniger sie über den Viscount wusste, desto besser.

„Möchtest du nicht wissen, was ich herausgefunden habe?“

„Ach nein, eigentlich nicht.“ Beth holte die Handschuhe aus ihrem Retikül und streifte sie über. „Wollen wir los? Ich muss den Hut sehen, in den du dich so verliebt hast.“

Beatrice hob die Brauen. „Beth, du willst doch ganz bestimmt wissen, was ich über den Viscount erfahren habe.“

„Nun, will ich nicht. Können wir jetzt einkaufen gehen? Ich brauche Abendschuhe zu dem neuen seidenen Ballkleid, das Großvater mir geschickt hat.“

Beatrice betrachtete Beth von oben bis unten. „Hmm. Ich sehe schon, was los ist. Du bist wütend. Auf Westerville.“

„Bin ich nicht.“

„Doch, bist du wohl. Anders kann ich mir nicht erklären, warum dich der Klatsch über ihn nicht interessiert. Du musst wütend auf ihn sein. Und das heißt natürlich wiederum, dass du ihn seit unserem letzten Gespräch noch einmal gesehen hast.“

„Ah!“, sagte Beth erleichtert, als draußen vor dem Haus die Kutsche zu hören war. „Da ist dein Kabriolett. Bist du fertig?“

„Beth, ich will wissen, was passiert ist. Hat er etwas zu dir gesagt? War er unverschämt, oder hat er etwas Unanständiges gesagt? Hat er …“ Beatrices Augen weiteten sich. „Er hat dich *geküsst,* stimmt's?“

„Nein!“, widersprach Beth, die sich der Lakaien sehr bewusst war, die mit ausdrucksloser Miene in der Halle standen. Sie packte ihre Cousine bei der Hand und zog sie zur Eingangstür. „Komm. Wir reden im Kabriolett weiter.“

„Allerdings“, entgegnete Beatrice, nicht im Mindesten verlegen. Sie hängte sich bei Beth ein und ging mit ihr zur wartenden Kutsche hinaus.

Kaum dass sie unterwegs waren, wandte Beatrice sich an Beth. „Also dann. Erzähl mir alles. Womit hat Westerville dich verärgert?“

Verflixt, würde Beatrice denn nie Ruhe geben? Beth knirschte mit den Zähnen. „Ich habe dir doch schon gesagt, dass ich nicht wütend auf ihn bin, es ist nur … ach, zum Kuckuck. Dann erzähl mir eben, was du über den Viscount herausgefunden hast.“

Beatrice seufzte. „Was für eine Geheimniskrämerin du bist. Ich frage mich, warum mir das noch nie aufgefallen ist.“ Sie rutschte ein wenig näher und beugte sich zu Beth. „Als ich angefangen habe, Erkundigungen über deinen Freund einzuziehen, habe ich zwar eine Reihe merkwürdiger Blicke geerntet, aber sagen wollte keiner etwas. Oh, es gab natürlich die üblichen Gerüchte, zum Beispiel, dass er was mit Mrs. Edlesworth hatte, was mich nicht weiter wundert, denn das passiert anscheinend jedem Mann, der neu in London ist. Bei ihr herrscht mehr Verkehr als auf der London Bridge. Man sollte die Frau einfach zur Sehenswürdigkeit erklären und eine Tafel an ihrem Haus anbringen mit der Inschrift: ‚Hier wohnt Louisa Edlesworth, in ganz London berüchtigt für ihre Männerbekanntschaften.' Dafür würde ich sogar Geld spenden, und ich könnte mir vorstellen, andere Frauen auch, wenn ..."

„Beatrice."

Beatrice blinzelte. „Was?"

„Was hast du über den Viscount herausgefunden, abgesehen davon, dass ihm eine Liaison mit Louisa Edlesworth nachgesagt wird?"

Aufgeregt schlang Beatrice die Hände ineinander. „Also! Über den Viscount gehen die merkwürdigsten Gerüchte um ..."

„Ja, ja. Du hast mir schon erzählt, dass er ein Straßenräuber gewesen sein soll. Ich glaube das ja nicht, aber ..."

„Ach, die Leute erzählen alles Mögliche. Anscheinend war er mehrere Jahre wie vom Erdboden verschluckt. Da hieß es dann, er hätte etwas ...", Beatrice senkte die Stimme, „... Illegales getan."

„Das würde mich nicht überraschen."

„Mich auch nicht." Beatrice schauderte kunstvoll zusammen. „Der Mann hat etwas Gefährliches an sich. Lady Chudrowe wurde gelb vor Neid, als ich ihr erzählte, er wäre mit uns in meinem neuen Kabriolett ausgefahren." Beatrice seufzte glücklich. „Und Lady Thimpkinson konnte kaum noch an sich halten, sobald sie entdeckte, dass ich ..."

„Beatrice, ich bin mir sicher, dass alle dich wahnsinnig bewundern. Was hast du sonst noch über Westerville herausgefunden?"

„Nun, manche behaupten, er hätte vor der französischen Küste einen Schmugglerring organisiert. Andere munkeln, eine italienische Gräfin würde ihn als ihren Liebhaber halten ..."

„Also, in meinen Ohren klingt das alles grotesk", meinte Beth in hochmütigem Tonfall, obwohl sie sich den Viscount, wenn sie ehrlich war, in all diesen schneidigen Rollen gut vorstellen konnte. Er schien völlig furchtlos, und dass er gern Risiken einging, hatte sie ja gesehen.

Sie runzelte die Stirn. Eigentlich wusste sie ja nur, wie er zu sein *schien*, hatte aber keine Ahnung, wie er wirklich *war*. Der Mann war ein einziges Geheimnis. Sie wusste lediglich, dass er ihr mit einem einzigen Kuss weiche Knie bescheren konnte. Nun ja, ein wenig mehr wusste sie schon. Zum Beispiel, dass er aus irgendeinem unerfindlichen Grund an ihrem Großvater interessiert war. Dass er einen warmherzigen Sinn für Humor besaß. Dass sich um seine Augen ganz entzückende Fältchen bildeten, wenn er lächelte. Dass seine Lippen fest und …

„Beth? Nun geht das schon wieder los! Ich habe in der letzten Minute nicht weniger als drei wichtige Dinge gesagt, und du hast nichts davon gehört."

„Tut mir leid", erklärte Beth zerknirscht. „Was hast du denn gesagt?"

„Lady Jersey hat berichtet, Westerville hätte sie gefragt, ob er mit ihr unter vier Augen über seine Mutter reden kann."

„Über seine Mutter?"

„Ja. Ich kenne natürlich nicht die ganze Geschichte, aber Lady Jersey glaubt, er ist in irgendeiner Mission unterwegs, die mit seiner Vergangenheit zu tun hat."

Beth blickte hinab auf ihre Hände, die sie locker im Schoß verschlungen hatte. Westerville hatte so etwas Ähnliches gesagt wie, er wolle die Wahrheit finden. Aber welche Wahrheit?

Vielleicht die Wahrheit über seine Mutter?

Beatrice spitzte die Lippen. „Ich glaube, mir gefällt die Geschichte mit der italienischen Gräfin am besten, obwohl ich ihn mir auch gut als Straßenräuber vorstellen kann. Schwarz steht ihm so gut."

„Wie allen guten Straßenräubern", meinte Beth trocken. „Beatrice, hast du noch etwas herausgefunden? Etwas Handfesteres?"

„Nun ja … er kleidet sich gut und tanzt einfach göttlich. Lady Hemplewaite meinte, sie sei wahnsinnig in ihn verliebt, und Miss Lucinda Garner hat ihrem Vater – der nichts als ein dicker Emporkömmling ist – erklärt, sie heirate Westerville oder keinen."

Aus irgendeinem Grund verdarb die Erwähnung so vieler Bewunderinnen Beth die Laune. „Ja, ja. Die Liste seiner Verehrerinnen ist endlos. Lady Hemplewaite und Mrs. Edlesworth und Miss Sofia Longbridge und Julia Carslowe und ..."

„Die kleine Carslowe? Die mit den riesigen Schneidezähnen? Ich wusste gar nicht ..."

„Beatrice, ich glaube, es wäre einfacher, die Frauen aufzuzählen, die ihn *nicht* bewundern, als andersherum."

Beatrice schürzte die Lippen. „Da fällt mir nur eine ein. Du."

„Wenn du ihn so gut kennen würdest wie ich, fändest du ihn auch nicht mehr so besonders aufregend."

Beatrice hob die Brauen. „Beth, wie gut kennst du ihn denn?"

Beth spielte mit den Bändern ihres Retiküls. „Schon möglich, dass ich nach der Ausfahrt noch einmal mit ihm gesprochen habe."

„Wusste ich es doch!"

„Es war aber nichts Ernstes. Ich bin ihm im Britischen Museum begegnet."

„Wann?"

„Gestern."

Beatrice machte schmale Augen. „Du warst allein?"

„Nein! Natürlich nicht. Es waren jede Menge andere Leute da. Ich habe vor einem Schaukasten gestanden und mich mit einer Frau über einen der ausgestellten Fächer unterhalten, und plötzlich war er da."

„Verstehe. Hast du länger mit ihm gesprochen?"

Beth hoffte, dass ihre Wangen nicht so rot waren, wie sie sich anfühlten. „Nein, nicht besonders lang. Er ... er weiß jetzt, dass ich nicht stottere."

„Gott sei Dank!", rief Beatrice aus.

Beth runzelte die Stirn. „Das ist aber gar nicht gut."

„Für mich schon", entgegnete Beatrice freimütig. „Je früher du dieses Stottern ablegst, desto besser. Es ist höchst mühsam, dir zuzuhören."

„Sobald die Verehrer weg sind, höre ich auf damit."

„Ich weiß, ich weiß. Und ich mache dir auch keinen Vorwurf daraus, dass du mit dem Stottern angefangen hast. Für eine Siebzehnjährige ist der Heiratsmarkt eine feine Sache, aber du bist schon zu reif, um dich derartigen Anstrengungen auszusetzen. Dein Großvater hätte stattdessen ein paar ruhige Hausgesellschaften auf eurem Landsitz veranstalten sollen. Hausgesellschaften sind heutzutage der letzte Schrei. Vielleicht sollte ich das erwähnen, wenn ich ihm das nächste Mal begegne. Sicher würde er ..."

„Nein, Beatrice, bitte nicht. Massingale House ist mein Zuhause, und ich liebe es, weil es so friedlich dort ist. Das wäre es nicht mehr, wenn sich dort diese unmöglichen Verehrer einfinden, meine Blumengärten zertrampeln, Wein auf meine Teppiche schütten und mir keinen Moment Ruhe lassen würden."

Beatrice sah sie merkwürdig an. „Beth, willst du denn gar nicht heiraten?"

„Doch, natürlich. Aber es muss ... jemand Interessantes sein."

„Und keiner deiner Verehrer ist interessant? Wie steht es mit dem Viscount? Der schien dir ja recht gut zu gefallen. Ich habe mir schon Sorgen gemacht, dass du vielleicht etwas Übereiltes tust, dich zum Beispiel allein mit ihm triffst oder heimlich mit ihm korrespondierst. Das hätte dich bei deinem Großvater in ziemliche Schwierigkeiten bringen können. Andererseits ...", Beatrice warf Beth einen schlauen Blick zu, „... wäre dein Großvater vielleicht der Ansicht, dass der Viscount genau der Richtige für dich ist."

„Du hast mir erzählt, es gehe das Gerücht, dass er ein Straßenräuber ist."

„Er *war* ein Straßenräuber. Oder auch ein Schmuggler, je nachdem, wen du fragst. Jetzt scheint er ja zur *Crème de la Crème* zu gehören, und alle sind ganz entzückt von ihm. Beth, ich war richtig fassungslos, wie viele Leute ihn zu sich einladen."

„Mich überrascht das nicht. Der Mann hält sich für einen Charmeur."

„Er hat aber tatsächlich hervorragende Manieren. Ich habe gehört, dass eine der Bedingungen für das Vermögen lautet, er dürfe in keinen Skandal verwickelt sein. Jetzt, wo ich ein wenig darüber nachgedacht habe, kann ich mir natürlich vorstellen, dass er vor Antritt des Erbes vielleicht in einer verzweifelten Lage war. Keiner weiß, was ich gemacht hätte, wenn man mich mit zehn im Stich gelassen hätte."

Beth hob die Brauen. „Im Stich gelassen?"

„Seine Mutter wurde unter Anklage des Hochverrats ins Gefängnis geworfen. Später stellte sich heraus, dass es ein Irrtum war, aber da war er schon auf sich gestellt. Er und sein Bruder Tristan, der jetzt der neue Earl of Rochester ist."

Beth biss sich auf die Unterlippe und dachte an Westervilles Miene, als er von seiner Vergangenheit gesprochen hatte. Irgendetwas Dunkles lauerte da, etwas Dunkles und unsagbar Trauriges. Sie fragte sich, ob sie ihn vorschnell weggeschickt hatte. Vielleicht brauchte er nur ein wenig Verständnis.

Aber nein. Sie konnte sich nicht von ihrem Mitgefühl leiten lassen. Es war richtig gewesen, ihm aus dem Weg zu gehen, für sie bedeutete es ein Akt der Selbsterhaltung. Er war zu attraktiv, zu anziehend, als dass sie ihm hätte gestatten können, in ihrem Leben ein und aus zu gehen. Vor allem, da sie wusste, dass er sie nicht um ihrer selbst willen umwarb. Seine Motive mochten im Dunkeln liegen, aber sie war sich sicher, dass sie nur wenig mit ihr zu tun hatten.

Was sie immer noch verwirrte. Vielleicht sollte sie ihren Großvater fragen, was er über den Viscount und seine Familie wusste. Vermutlich wäre dies das Beste. Sie fing Beatrices Blick auf und hob das Kinn. „Was den Viscount angeht, hast du ja wirklich einen Sinneswandel vollzogen."

„Eigentlich nicht. Ich halte ihn immer noch für gefährlich. Aber ein Mann, der gefährlich und gleichzeitig *unpassend* ist, ist etwas ganz anderes als einer, der gefährlich und *passend* ist. Es kann nicht schaden, wenn du mit Westerville gesehen wirst, allerdings rate ich dir ab von allem, was darüber hinausgeht."

Das Kabriolett hielt vor der Modistin in der Bond Street, in deren Schaufenster ein erstaunliches Sortiment an Hüten ausgestellt war. Beatrice nahm ihr Retikül und strich sich den Rock glatt. „Übrigens, ich habe eine wichtige Entscheidung zu treffen. Für morgen Abend sind zwei Veranstaltungen angesetzt, was ich unmöglich finde, weil beide schon als die Ereignisse der Saison gefeiert werden."

„Das werden sie doch immer."

„Ja, meist von einer Freundin der Gastgeberin. Jedenfalls müssen wir entscheiden, wohin wir gehen wollen – auf den Crossforth-Ball oder auf die musikalische Soiree der Devonshires. Die Veranstaltungen liegen so weit auseinander, dass man nicht auf beide gehen kann."

„Dann den Crossforth-Ball. Die Devonshires mag ich nicht so besonders. Die neue Duchess ist schrecklich."

„Ich kann sie auch nicht ausstehen. Außerdem sind sie alle in die

Politik verstrickt, und das ist für mich noch ein Grund, nicht hinzugehen." Der Kutscher öffnete die Tür, und Beatrice lüpfte die Röcke und sprang behände hinaus in die Sonne. „Also, dann gehen wir zum Crossforth-Ball."

Beth ließ sich aus der Kutsche helfen. Die Sonnenstrahlen wärmten sie, obwohl ein Windstoß ihren Rocksaum kräuselte. Es war ein herrlicher Tag.

Beatrice hängte sich bei Beth ein. „Da ist er ja!" Beatrice zog Beth zu dem großen Schaufenster, in dem Hüte in allen Größen und Formen ausgestellt waren. „Hier ist die bezaubernde Schute, die ich gestern entdeckt habe. Beth, das wäre genau das Richtige für dich."

Beth heuchelte Interesse an dem Strohhut vor ihr. Er war tatsächlich auffallend hübsch, das sah sie, obwohl sie nur halb bei der Sache war. Sie musste einräumen, dass Beatrice wieder einmal recht behalten hatte. Der Hut war ganz entzückend mit blauen und silbernen Bändern, Blümchen und Glöckchen aufgeputzt.

Doch noch während sie dieses Kunstwerk betrachtete, ging sie in Gedanken die Informationen durch, die Beatrice ihr gegeben hatte. So viele Frauen, die sich für Westerville interessierten. Kein Wunder natürlich. Er besaß Vermögen, einen Titel und war wirklich angenehm anzusehen. Ob diese Frauen wohl wussten, wie gut er küssen konnte ... Beth mochte sich nicht vorstellen, wie sehr man dem Viscount dann nachstellen würde.

Sie war sich nicht sicher, wie lange sie so dastand und blicklos ins Schaufenster starrte, bevor sie sich bewusst wurde, dass sie gar nicht auf die Hauben und Hüte schaute, sondern auf die Spiegelungen in der Fensterscheibe. Sie und Beatrice standen nebeneinander, der Wind zauste ihre Kleider. Doch ihre Aufmerksamkeit galt ganz der Gestalt, die sich neben ihnen abzeichnete.

Beth fuhr herum und sah sich Viscount Westerville gegenüber.

Er stand direkt hinter ihr, wie üblich ganz in Schwarz gekleidet, im Gesicht ein schiefes Lächeln. Lächelnd ergriff er Beths Hand, beugte sich darüber und hauchte einen Kuss auf ihren Handschuh. Prompt rieselte Beth ein Schauer den Rücken herab. Sie entriss ihm ihre Hand und verbarg sie ohne nachzudenken hinter sich.

Er lachte leise über die kindliche Geste, worauf Beth rot anlief und die Hand wieder nach vorne brachte.

Beatrice hörte den Viscount lachen und wandte sich von den Hüten zu ihm um. „Viscount Westerville! Was führt Sie hierher?"

Er verneigte sich und tippte sich verwegen an den Hut. „Ich kaufe ein, Mrs. Thistle-Bridgeton."

„Wir auch!"

Sein Blick fand Beths. Sie sah, dass er versucht war, sie zu necken, und das ging keineswegs an. Beatrice würde aufpassen wie ein Luchs, einmal weil sie hinterher vor all ihren Freundinnen damit angeben wollte, aber auch, weil sie immer noch ein wenig besorgt war, was Beth für den geheimnisvollen Viscount empfinden mochte.

In diesem Moment hätte Beth ihre Cousine beruhigen können – jetzt wollte sie nur möglichst weit und möglichst schnell weg von ihm. Sie wünschte sich von Herzen, dass sie unempfänglich für den Mann wäre, doch leider war sie das ganz und gar nicht. Sobald er in ihre Nähe kam, zog sich ihr Magen zusammen, ihre Lippen prickelten in Erinnerung an den Kuss, und sie sehnte sich danach, ihn zu berühren.

Sein Blick begegnete dem ihren, und sie glaubte, darin leisen Spott zu entdecken, doch er sagte nur: „Ich möchte etwas für eine Bekannte kaufen. Eine *Freundin*."

„Oh!" Beatrices Miene hellte sich sofort auf. „Da könnten wir Ihnen helfen."

Beth biss die Zähne aufeinander, damit ihr das Lächeln nicht entglitt. Sicher stellte Beatrice sich bereits vor, wie gefragt sie ab sofort wäre, wenn sie am nächsten Morgen herumerzählen könnte, dass sie dem hinreißenden Viscount bei der Auswahl eines Geschenks für seine Liebste geholfen hätte. Alle würden sie einladen wollen, zu ihren Bällen und Gesellschaften, zu speziellen Veranstaltungen in Vauxhall, in ihre Loge im Theater.

Nun, das würde Beth zu verhindern wissen. „Lord Westerville, ich wünsche Ihnen viel Glück bei Ihren Einkäufen, aber meine Cousine und ich haben noch sehr viel zu erledigen. Wir müssen jetzt wirklich los."

Beatrice runzelte die Stirn. „Müssen wir nicht. Harry erwartet uns erst in Stunden zurück, und wir sind nur hier, damit du den Hut aufprobieren kannst, von dem ich dir erzählt habe."

„Den Hut?", erkundigte sich der Viscount und warf Beatrice einen schrägen Blick zu. „Vielleicht kann ich behilflich sein. Ich gelte gemeinhin als Experte, wenn es darum geht, Frauen bei ihrer Garderobe zu beraten."

Beatrice sog schockiert die Luft ein, dann aber lachte sie. „Höchstwahrscheinlich."

Beth fand das nicht halb so amüsant wie ihre Cousine. „Komm, Beatrice. Der Viscount hat sicher viel zu tun, und ..."

„Ja, allerdings", stimmte er glatt zu. „Ich habe sehr viel zu tun. Zum Beispiel hier in diesem Laden nach einem Hut suchen." Er lächelte auf Beatrice hinab und bot ihr den Arm. „Zufällig bin ich auf der Suche nach einem besonderen Hut für eine Bekannte. Eine Freundin der Familie, könnte man sagen."

„Was für eine glückliche Fügung!", rief Beatrice lächelnd und errötend aus, während sie sich beim Viscount einhängte. Gleichzeitig sah sie sich nach allen Richtungen um, so als hoffte sie, dabei beobachtet zu werden. Nachdem sie niemanden hatte entdecken können, sagte sie zu Beth: „Vielleicht kann Westerville uns auch sagen, was er von dem Hut für dich hält, wenn wir schon mal da sind."

Beth musste ihren steifen Lippen ein Lächeln abringen. Etwas anderes konnte sie kaum tun, ohne unhöflich zu erscheinen. Mit genau dem richtigen Maß an Widerstreben – Westerville sollte schon wissen, was sie davon hielt – folgte sie Beatrice in den Laden. Der Viscount schritt mit Beatrice durch die Tür und gab ihren Arm frei, sobald sie eingetreten waren.

Während Beatrice sich auf die Suche nach einer Bedienung machte, stellte sich der Viscount neben Beth, ein wenig zu dicht für ihren Seelenfrieden.

Eine junge Dame kam hereingeeilt, gefolgt von Beatrice. Gemeinsam traten sie ans Fenster und nahmen den Hut heraus. Während die beiden beschäftigt waren, zischte Beth leise zu Westerville: „Sie, Mylord, sind unverbesserlich!"

Sein Blick war so unschuldig, dass ihre Lippen zu zucken begannen. Er musste ihr Amüsement bemerkt haben, denn sein unschuldiges Gehabe wich einem Lächeln. „Ich weiß nicht, wovon Sie reden. Ich kaufe hier nur ein."

„Für eine Frau?"

„Ja. Eine *ältere* Frau."

Das verblüffte sie ein wenig. Sie blickte zu Beatrice, um sicherzugehen, dass diese sich immer noch außer Hörweite befand, und flüsterte zurück: „Lady Jersey vielleicht?"

Seine Brauen schossen in die Höhe. „Lady Jersey würde das aber gar nicht gern hören, dass man sie als ‚ältere Frau' beschreibt."

In diesem Augenblick kehrte Beatrice zurück, den Hut triumphierend in die Höhe gereckt. „Hier, Beth. Probiere ihn doch auf! Ich würde ihn ja selber kaufen, aber die Farben würden sich schrecklich mit meinen Augen beißen."

Beth hob die Braue. „Der Hut ist blau aufgeputzt."

Beatrice errötete. „Und?"

„Deine Augen sind blau. Der Hut würde dir hervorragend stehen."

„Aber er ist genau richtig für *dich* – Westerville? Ah, da sind Sie ja. Sie müssen Beth sagen, dass dies der schönste Hut ist, den Sie je gesehen haben, und dass sie einfach bezaubernd damit aussehen wird!"

Westerville nickte und verbeugte sich, wobei er Beth genau musterte. „Mit dem größten Vergnügen!"

Beth verkniff sich eine Grimasse. Doch sie hatte keine Wahl. Sie nahm den Hut entgegen, trat vor den Spiegel und probierte ihn an, wobei sie sich der Nähe des Viscounts nur allzu bewusst war. Es war wirklich unangenehm, in seiner Anwesenheit irgendetwas zu erledigen. Sie hatte das Gefühl, als wären ihre Arme und Beine irgendwie schief angewachsen, als wären ihre Gliedmaßen zu groß für ihren Körper.

Dennoch zwang sie sich, vor dem Spiegel zu verharren und den Hut aufzusetzen. Sie band die Schleife schräg unter dem Kinn und drehte sich um. „Na?"

Westerville verschränkte die Arme vor der Brust, legte den Kopf schief und betrachtete sie ausgiebig. Obwohl er eigentlich gebeten worden war, den Hut zu beurteilen, wanderte sein Blick praktisch überallhin. Beth trat von einem Fuß auf den anderen, und ihr wurde heiß. „Westerville, wenn Sie zu dem Hut keine Meinung haben …"

„Aber ich habe eine Meinung. Dieser Hut …" Er beugte sich vor und klopfte sich an die Lippen. Seine Miene war zwar ernsthaft, doch seine Augen lachten sie an. „Ich glaube, er gefällt mir recht gut. Er lässt Sie jünger wirken."

Beth machte schmale Augen. „Offensichtlich haben Sie von Hüten *keine* Ahnung."

„Beth!", fuhr Beatrice auf. „Bestimmt weiß Lord Westerville einfach alles über Damenhüte." Sie blinzelte. „Ich meine, ich glaube nicht, dass er alles darüber weiß, aber ..."

„Ich weiß mehr als der Durchschnittsmann", kam Westerville ihr zu Hilfe.

Sie strahlte ihn an. „Genau! Daher solltest du dir seine Meinung anhören. Ich für meinen Teil finde den Hut jedenfalls bezaubernd! An dir noch mehr als im Schaufenster, und dabei ist es bei mir normalerweise genau andersrum. Ich weiß nicht, ob es an der Farbe liegt oder der Krempenform, aber er steht dir wirklich ausnehmend gut."

Westerville nickte. „Mrs. Thistle-Bridgeton, Sie haben einen hervorragenden Geschmack. Sie haben ein Bild purer Schönheit kreiert, das mich noch tagelang begleiten wird."

Beth konnte genau erkennen, in welchem Augenblick ihre Cousine dahinschmolz. Sie merkte es an ihrem Lachen, als er eine Verbeugung in ihre Richtung andeutete. Kein Wunder – mit einer einzigen knappen Bemerkung hatte er Beatrice einen ausgezeichneten Sinn für Mode bescheinigt. Vermutlich wurde sein prägnanter Spruch sogar sprichwörtlich, da Beatrice ihn gewiss landauf, landab wiederholte.

Der Viscount warf Beth unter langen Wimpern hervor einen Blick zu. „Lady Elizabeth, was halten Sie denn von diesem reizenden Hut?"

Sie löste das Band und nahm ihn ab. „Ich weiß nicht, ich neige nicht zu übereilten Entscheidungen." Sie reichte den Hut der Verkäuferin, die in der Nähe gewartet hatte und ihn nun enttäuscht entgegennahm. „Ich werde ein paar Tage darüber nachdenken, und wenn ich den Hut dann haben will, werde ich wiederkommen und ihn kaufen."

Aufmerksam betrachtete er sie. „Und wenn nicht?"

„Wenn er mir die Zeit und Mühe nicht wert ist, werde ich ihn im Fenster lassen, damit ihn eine Frau mit nicht so anspruchsvollem Geschmack kaufen kann."

Beatrice keuchte auf. „Aber wenn ihn eine andere Frau entdeckt, ehe du dich entschieden hast, und ihn dir vor der Nase wegschnappt, wo bleibst dann du?"

„Ja", stimmte Westerville zu, und seine Lippen verzogen sich zu einem wissenden Lächeln, „wo bleiben Sie?"

„Genau da, wo ich jetzt bin", versetzte Beth und wandte sich zur Tür. „Und vollkommen glücklich auch *ohne* den Hut." Damit trat sie auf die Straße hinaus. Westerville und Beatrice holten sie draußen ein.

Bedauernd sah Beatrice auf das Schaufenster zurück, wo die Verkäuferin eben den Hut zurück auf den Ständer setzte. „Diese Entscheidung wirst du noch bereuen. Erlaube mir doch wenigstens, den Hut jetzt zu kaufen. Wenn er dir später doch nicht gefällt, kannst du ihn ja deiner Stiefmama schenken."

„Charlotte würde er gefallen", meinte Beth, „obwohl das Blau für sie zu kräftig ist. Zu ihr passen eher Pastellfarben."

„Vermutlich hast du recht", sagte Beatrice und seufzte bedauernd.

„Der Hut ist im Schaufenster besser aufgehoben, wo alle ihn bewundern können." Beth warf Westerville einen schrägen Blick zu. „Ich könnte mir vorstellen, dass ihm das gefällt."

„Sicher, wem würde das nicht gefallen?", meinte der Viscount. „Selbst Sie genießen es, bewundert zu werden."

Beth reckte die Nase in die Luft.

„Oh, ich weiß genau, wenn Sie etwas genießen, Mylady." Er rückte ein Stückchen näher und raunte ihr zu: „Ich kann es auf Ihren Lippen schmecken."

Empört keuchte Beth auf.

„Wie bitte?", meinte Beatrice eifrig und beugte sich vor. „Was haben Sie gesagt?" Sie blickte zu Beth. „Was hat er gesagt? Ich habe es nicht verstanden."

„Nichts", versetzte Beth mit hochrotem Gesicht. Sie warf dem Viscount einen wütenden Blick zu. „Westerville hat nur geniest."

Er hob die Brauen, und um seine Lippen zuckte es amüsiert. „Allerdings. Ich fürchte, ich bin allergisch gegen schöne Frauen. Zwischen Ihnen beiden zu gehen ist beinahe zu viel für mich."

Zu Beths ungläubigem Erstaunen begann Beatrice affektiert zu kichern. Verärgert funkelte Beth den Viscount an.

Dem glitzerte ein verwegener Schalk in den Augen, bei dessen Anblick Beths Herz wie wild zu hämmern begann, weil sie wieder an den Kuss denken musste. Wenn sie diesen vermaledeiten Augenblick nur vergessen könnte! Natürlich war der Wunsch, etwas zu vergessen, durchaus etwas anderes, als es auch tatsächlich aus den Gedanken zu verbannen. Das wurde ihr in diesem Augenblick nur zu schmerzlich bewusst.

„Was ist?", fragte Beatrice, die verwirrt von einem zum anderen blickte. „Das war kein Niesen. Was haben Sie nur gesagt, Westerville? Beth ist ja ganz rot geworden!"

Er rückte seinen Hut zurecht. „Nichts, Mrs. Thistle-Bridgeton. Überhaupt nichts. Meine Damen, es war mir eine Freude, Ihnen zu begegnen. Gehen Sie morgen Abend auch auf den Crossforth-Ball?"

„Nein", erklärte Beth, während Beatrice im selben Augenblick mit einem „Ja!" herausplatzte.

Westerville lachte. „Dann hoffe ich, Sie dort zu sehen. Guten Tag, meine Damen." Er tippte sich an den Hut, drehte sich um und schlenderte pfeifend die Straße hinunter.

Beth sah ihm nach, die Hände zu Fäusten geballt. Was für ein arroganter, unerträglicher, unverschämter ...

„Ich dachte, wir wollten zum Crossforth-Ball", zischte Beatrice, deren Blick ebenfalls noch auf den Viscount gerichtet war. Er hatte vor einem Schaufenster mit Uhren und Schnupftabaksdosen haltgemacht und wurde schon wieder von sämtlichen Passantinnen beäugt.

„Ursprünglich ja", erwiderte Beth. „Jetzt nicht mehr. Jetzt gehen wir auf die musikalische Soiree der Devonshires."

Beatrice seufzte. „Ich wünschte, du würdest dich endlich entscheiden."

„Habe ich doch", entgegnete Beth und fing einen letzten Blick des Viscounts auf. Er lächelte, diesmal ein langsames, träges Grinsen, das die Lachfältchen um die Augen vertiefte. Er wirkte beinahe unbeschwert.

Beth reagierte nicht. Sie machte auf dem Absatz kehrt und zog Beatrice mit sich fort. „Wollen wir nach einer Pelisse suchen? Ich habe nichts, was zu meinem neuen Morgenkleid passt."

Beatrice ließ sich leicht ablenken. Als sie ein Stück weiter den Laden einer Modistin betraten, sah Beth sich noch einmal zu der Stelle um, an der sie den Viscount zuletzt gesehen hatte. Er war verschwunden; anscheinend war er in den Laden gegangen.

Das war gut, befand sie, denn nun brauchte sie ihn nicht noch einmal zu sehen. Morgen würden sie zur musikalischen Soiree gehen und kein einziges Mal an den Viscount denken, gleichgültig, was es sie kostete. Sie würde bald genug herausfinden, was der Mann plante, doch auf ihre eigene Weise und in ihrem eigenen Tempo. Sie durfte ihn einfach nicht öfter als unbedingt nötig sehen, da die Spannung zwischen ihnen mit jeder Begegnung größer zu werden schien. Außerdem wäre der Andrang auf dem Crossforth-Ball sicher riesig, und alle Blicke würden auf dem Viscount ruhen.

Beth würde Ort und Zeit selbst wählen, und dann gnade Gott dem Mann. Sie würde keine Gnade kennen. Überhaupt keine.

10. KAPITEL

Die Führung eines Haushalts lässt sich mit einer erfolgreichen militärischen Kampagne vergleichen. Man sollte gut planen, sich gut vorbereiten und mit ganzem Herzen bei der Sache sein. Nur wenn man diesen Prinzipien folgt, kann man jede Schlacht gewinnen.

Leitfaden für den vollkommenen Butler und Kammerherrn von Richard Robert Reeves

Oh nein", murmelte Beatrice. „Ich glaube, sie wird noch mal auftreten."

Beth schlug das Programmheft auf und fuhr die lange Liste mit dem Finger ab. Als sie in der Mitte angekommen war, zuckte sie zusammen. „Miss Temple ist nicht für ein, sondern sogar noch für zwei Lieder eingeplant."

„Das überlebe ich nicht", stöhnte Beatrice. Sie blickte zur Seite, wo Harry saß und, die Beine an den Knöcheln überkreuzt, die Arme vor der Brust verschränkt, das Kinn im Krawattentuch versenkt, während ihm die Brille von der Nase zu rutschen drohte, friedlich schlummerte.

Sie hob schon den Ellbogen, um ihm einen Rippenstoß zu versetzen, sah dann aber doch davon ab. Seufzend wandte sie sich an Beth. „Ich kann nicht. Er sieht so friedvoll aus."

„Er ist mitgekommen, obwohl er eigentlich gar nicht wollte", gab Beth zu bedenken. „Ich finde, er hat ein Nickerchen verdient."

„Das haben wir alle", erwiderte Beatrice ein wenig erbittert. „Leider sind wir nicht alle mit einer Konstitution gesegnet, die uns gestattet, eine derartig grauenvolle Katzenmusik einfach zu verschlafen."

Beth biss sich auf die Lippe. „So schlimm ist Miss Temple nun auch wieder nicht. Sie singt nur ein klein wenig falsch, und auch nur bei den hohen Tönen."

„Das letzte Lied hat aber nur aus hohen Tönen bestanden, und ich kann dir zum Beweis meine Gänsehaut zeigen! Wenn ich mir noch mehr von diesem grausamen Lärm anhören muss, werde ich sterben.

Beth, es war ein Fehler, hierherzukommen." Beatrice wand sich auf ihrem Stuhl. „Die Leute laufen in Scharen davon. Können wir nicht auch ..."

„Nein. Ich gehe nicht zum Crossforth-Ball. Wenn du und Harry noch hingehen wollt, ist mir das recht, denn ich kehre auch sehr gern nach Hause zurück." Ein Abend voll Ruhe und Frieden wäre jetzt genau das Richtige. Nicht dass sie viel Ruhe bekommen würde, denn London schlief so gut wie nie. Sie seufzte. Massingale House fehlte ihr genauso sehr wie ihr Großvater.

Der letzte Brief, den sie von dem alten Herrn erhalten hatte, war ebenso griesgrämig gewesen wie Charlottes Brief lang. Beth schloss daraus, dass ihr Großvater allmählich die Geduld verlor und Charlotte den Großteil seiner Launen abbekam. Schade, dass die beiden nicht miteinander auskamen. Was für ein Segen, dass Lord Bennington zur Hand war, um Charlotte ein wenig auszuführen, das würde ihr sehr gut tun. „Ich glaube, ich gehe jetzt nach Hause und schreibe an Großvater. Er hat schon eine ganze Weile keinen Brief mehr von mir bekommen."

„Den letzten hast du vor zwei Tagen losgeschickt, ich habe es gesehen." Beatrice verzog das Gesicht, als Miss Temple sich zur Vorbereitung auf die nächste Runde das Kleid glatt strich. „Wir bleiben. Außerdem, wenn wir jetzt gehen, muss ich Harry wecken, und er wird grantig, wenn er nicht mindestens eine Stunde schlafen kann."

Sie erduldeten zwei weitere musikalische Versuche seitens der enthusiastischen Miss Temple. Der letzte Ton – zitternd und grausam falsch – klang durch den Raum, prallte von den Gläsern ab und waberte wie ein grässlicher Nebel durch die Köpfe der Anwesenden.

Harry wachte vor Schreck auf. Erschrocken sprang er auf, die Brille flog ihm von der Nase, während er versuchte, das Gleichgewicht wiederzuerlangen. Einen Augenblick stand er mit wild rudernden Armen da, Augen und Mund weit aufgerissen. Beatrice packte ihn am Ärmel und zog ihn auf den Sitz zurück, allerdings nicht bevor ein paar Leute in ihrer Nähe über seine Miene schieren Entsetzens in Gelächter ausgebrochen waren.

„Harry!", zischte Beatrice, während das Publikum Miss Temple am Ende ihres Vortrags matt, aber höflich applaudierte.

„Lieber Himmel! Was war das nur für ein entsetzlicher Lärm?"

Ein Mann in der Reihe vor ihnen drehte sich zu ihnen um und meinte: „Genau das frage ich mich auch schon seit mindestens einer halben Stunde!“

„Huntley!“, schalt die Frau an seiner Seite, die ein wenig verlegen wirkte. „Bitte nicht so laut.“

„Nicht so laut? Ich war nicht diejenige, die gekreischt hat wie eine Katze, der man auf den Schwanz getreten hat.“ Der Mann erhob sich. „Mary, ich liebe dich von Herzen, aber dieses Grauen tue ich mir keine Sekunde länger an. Ich gehe nach Hause.“ Er machte sich auf den Weg zur Tür. Seine Gemahlin warf Beatrice einen gehetzten Blick zu, ehe sie ihre Sachen zusammenraffte und ihm nacheilte.

Harry stand ebenfalls auf. „Huntley – wer er auch sein mag – ist ein Genie. Beatrice, ich will nach Hause. Such deine Sachen zusammen.“ Er wollte ebenfalls zur Tür gehen, doch der Weg wurde ihm von seiner Gattin versperrt.

„Wir können Beth nicht hier allein lassen.“

Harry blickte zu Beth. Seine schläfrigen blauen Augen blickten hoffnungsvoll. „Hast du für heute Abend genug Musik gehört, meine Liebe?“

„Mehr als genug.“ Beth hob ihr Retikül vom Boden auf und erhob sich. Sie lächelte. „Ich weiß nicht, wie das angehen kann, aber ich habe heute Abend ein wenig Heimweh.“

„Oh Beth!“, rief Beatrice aus. „Das tut mir ja so leid! Haben wir nicht genug zusammen unternommen?“

„Ach, das ist es nicht. Ich vermisse einfach Großvater und das Haus. Meine Rosen werden schon geblüht haben, und ich bin nicht da, um darauf zu achten, dass sie einwandfrei gestutzt werden, und Großvater isst nicht richtig, wenn keiner da ist, um auf ihn aufzupassen. Aber …“, Beth straffte die Schultern, „… bald gehe ich ja nach Hause. Ich habe ihm versprochen, diese eine Saison zu bleiben, mehr bekommt er nicht.“

„So vergraben auf dem Land könnte ich nie glücklich sein“, meinte Beatrice mit einem reuigen Lächeln. „Du hingegen warst dort schon immer gern.“

„Wenn du Großvater das nur verständlich machen könntest!“

Sie gingen weiter Richtung Tür und hatten sie gerade erreicht, als in der Eingangshalle Unruhe aufkam. Bevor sie ihn noch sah, wusste

Beth bereits, wer der Neuankömmling war – Westerville.

Es war tatsächlich der Viscount, doch er kam nicht allein. Begleitet wurde er von einer großen, gut gebauten, ziemlich pferdegesichtigen Dame. Bei ihrem Eintritt wurden die beiden sofort von anderen Gästen umringt.

„Das bei Lord Westerville ist ja Sally Jersey!“, sagte Beatrice. „Ich muss schon sagen, die lässt auch keinen attraktiven Mann an sich vorübergehen, was?“

„Anscheinend nicht“, meinte Beth. Sie war mehr denn je entschlossen, die Veranstaltung zu verlassen.

Harry blieb im Gang stehen. „Gerade drängen zu viele Leute von außen herein, verdammt. Der Gang ist vollkommen dicht. Wahrscheinlich haben die, die gehen wollten, es sich noch einmal anders überlegt, als sie Westerville und Lady Jersey reinkommen sahen.“

Beatrice nickte. „Nach Westerville richtet sich offenbar die ganze Gesellschaft.“ Sie blickte über die Schulter und verzog das Gesicht. „Oh nein, gleich fängt die nächste Vorführung an. Wir können wirklich nicht hier im Gang herumstehen. Ich fürchte, dass wir die paar Minuten bis zur nächsten Pause bleiben müssen.“

Harry fluchte leise in sich hinein, doch selbst er war gezwungen zuzustimmen, denn den Weg zum Ausgang versperrten ihnen nun viel zu viele Menschen. Seufzend wandte er sich zu den Plätzen um, die sie soeben verlassen hatten. Beth setzte sich neben Beatrice, während Harry in Vorbereitung auf das nächste Schläfchen schon wieder die Beine ausstreckte, obwohl seine Frau ihn bestürmte, stattdessen die Musik zu genießen. Harry tätschelte ihr nur die Hand und gähnte ausgiebig. Im nächsten Moment war er bereits eingeschlafen.

Beth zwang sich derweil, nach vorn zu blicken, weg von Christian. Sie konnte seine Anwesenheit fast körperlich spüren, für sie lag sie fast wie ein Gewitter in der Luft. Ihre Haut prickelte, und in ihrem Nacken kribbelte es. Sie musste all ihre Selbstbeherrschung zusammennehmen, um sich nicht umzudrehen und nachzusehen, wo der attraktive Viscount mit seiner Begleiterin Platz genommen hatte. Zum Glück waren die Damen vor ihr nicht so umsichtig. Sie drehten und wanden sich und konzentrierten sich schließlich auf einen Fleck direkt hinter Beth.

Es war schrecklich, so still sitzen zu müssen. Schrecklich und gleichzeitig ziemlich erregend. Aus irgendeinem unerfindlichen Grund empfand sie nicht nur Ärger, sondern auch Vorfreude. Er würde zu ihr kommen, das wusste sie. Sobald das nächste Musikstück vorüber war und sie sich zum Gehen anschickten, würde er sich ihr in den Weg stellen und …

Eine warme Hand legte sich auf ihre Schulter, und Hitze zuckte ihr wie ein Blitz den Arm entlang. Eine tiefe, vertrauliche Stimme drang an ihr Ohr. „Ich glaube, Sie haben etwas fallen lassen."

Beth blickte auf ihren Schoß. Sie hatte die Hände zu Fäusten geballt. Es bedurfte eines Moments der Willensanstrengung, sie zu lösen und sich dann umzudrehen.

Westerville war nur wenige Zoll hinter ihr, seine grünen Augen kamen so nahe, dass sie die winzigen goldenen Flecken darin sehen konnte. Er lächelte sie an und hielt ihr ein gefaltetes Programmheft hin, wobei er ihren bloßen Arm streifte. „Das lag neben Ihrem Stuhl auf dem Boden; es muss von Ihnen sein."

Beth nahm es, ohne nachzudenken. „Ich … ich …" Lieber Himmel, sie wusste nicht, was sie sagen sollte.

Er lachte leise, und seine weißen Zähne blitzten. „Bei mir brauchen Sie nicht mehr zu stottern. Ich finde Ihren Mund göttlich, egal was Sie damit anstellen."

Beth versuchte sich an einem wütenden Blick, doch er wollte ihr nicht gelingen. Sie konnte ihn nur anstarren. Seine Augen waren so ausdrucksstark, so faszinierend.

Westervilles Lächeln vertiefte sich, und ihr Blick richtete sich wie von selbst auf seinen schön geschnittenen Mund. In schmerzlich lebhaften Details erinnerte sie sich daran, wie sein Kuss sich angefühlt, wie er geschmeckt hatte. Wie sein Mund sich auf den ihren gelegt hatte, wie er ihre Lippen sanft auseinandergedrängt hatte und sie mit seiner Zunge geneckt hatte.

Bei dem Gedanken stockte ihr der Atem. Sie konnte weder sprechen noch denken, stattdessen stürmten heiß und ungestüm die Erinnerungen auf sie ein.

„Westerville? Was um alles in der Welt machen Sie da mit Lady Elizabeth?" Die amüsierte weltgewandte Stimme war wie ein eisiger Guss, der den Zauber brach und Beth erkennen ließ, wie albern sie ausgesehen haben musste. Sie zwang sich, den Blick von Westerville abzuwenden, und schaute zu seiner Begleiterin. „Lady Jersey. Wie nett, Sie zu sehen."

„Ganz meinerseits, meine Liebe", erwiderte Sally Jersey. Von Haus aus eine vermögende Frau, war sie glücklich mit Lord Jersey verheiratet, dessen Mutter die „besondere Freundin" des Prinzregenten war. Wegen ihrer Verbindung zum Königshaus und auch wegen ihres Reichtums hatte Lady Jersey eine Stellung in der Gesellschaft erlangt, die ihresgleichen suchte. Dies zeigte sich auch, als sie eine der Patronessen von Almack's wurde, dem berühmtesten aller Heiratsmärkte, wo kein wohlhabender Junggeselle vor den hungrigen Augen geldgieriger Mütter und ihrer verzweifelten Töchter sicher war.

Es verstand sich von selbst, dass Beth von Almack's herzlich wenig hielt, denn dort wurden Stunden über Stunden nur Kontertänze und hin und wieder eine Quadrille gespielt. Zudem beschränkten die Erfrischungen sich auf scheußlich altbackenen Kuchen und langweiligen Ratafia, für den sie nichts übrig hatte.

Sie nickte Lady Jersey zu. „Mylady, wie geht es Ihnen?"

„Ach! Ich bin erschöpft. Ich habe Lord Westerville gebeten, mich zum Crossforth-Ball zu begleiten, aber was tut er? Er dreht eine Runde im Ballsaal, und dann besteht er darauf, dass wir hierherfahren! Ich bin sehr verärgert, vor allem, nachdem ich von zwei Leuten draußen in der Eingangshalle gehört habe, dass es der Unterhaltung hier leider an Qualität mangelt."

Beth wand sich innerlich, da Lady Jerseys Stimme ziemlich durchdringend war. Man witzelte allgemein, dass Lady Jersey eigentlich „Stille" heißen sollte, eine Anspielung auf ihre Neigung zum Klatsch und ihr wenig friedvolles Organ. Sie selbst fand den Spitznamen ziemlich amüsant. Kein Gerücht war ihr zu gering, als dass sie es nicht mit ihrer spektakulären Stimme heraustrompetet hätte.

Beatrice hatte sich ebenfalls umgedreht und strahlte nun, als sie sah, mit wem ihre Cousine gerade sprach. „Lady Jersey!", verkündete Beatrice mit erregter Stimme. „Wie schön, Sie zu sehen!"

„Mrs. Thistle-Bridgeton", erwiderte Lady Jersey und beäugte Beatrices schlafenden Gatten. „Wie ich sehe, ist es Ihnen gelungen, Ihren Mann aus dem Haus zu locken. Haben Sie ihn von den Dienstboten schon so hertragen lassen, oder ist er vom vielen Applaudieren müde geworden?"

Beatrice lachte. „Der Abend war vielleicht ein wenig öde, aber jetzt wird es sicher besser. Das nächste Stück soll recht gut sein."

Bevor sie noch etwas sagen konnte, ertönte ein Triller auf dem Pianoforte, und die Musik begann. Beth und Beatrice drehten sich wieder um. Beatrice beugte sich vor und flüsterte: „Lady Jersey ist ein hervorragender Kontakt für dich. Sie kennt alle heiratsfähigen Junggesellen von London."

„Und trotzdem kam sie mit Westerville. Begreife einer die Launen der Menschen", murmelte Beth.

Beatrice betrachtete ihre Cousine erstaunt, doch die Lautstärke der Musik hinderte sie daran zu antworten. Die Musik war tatsächlich besser geworden, und unter anderen Umständen hätte Beth die Vorstellung durchaus genossen. Doch im Augenblick war sie sich des Mannes hinter ihr viel zu bewusst, und der sorgte seinerseits dafür, dass sie ihn nicht vergaß. Er streckte die Beine so weit aus, dass seine Schuhspitzen zu beiden Seiten ihres Stuhls zu sehen waren, und wenn er sich bewegte, ruckte er hin und wieder auch an ihrem Stuhl.

Sie war froh, als die Musik endlich aufhörte. Beth klatschte noch lauter als die anderen und war als Erste auf den Beinen. Rasch sammelte sie ihre Sachen ein und drängte Beatrice, sich zu beeilen und Harry zu wecken. Doch bevor Beth wusste, wie ihr geschah, beugte Lady Jersey sich über die Lehne.

„Meine liebe Mrs. Thistle-Bridgeton, wären Sie so freundlich, mich zum Tisch mit den Erfrischungen zu begleiten? Ich sterbe beinahe vor Durst, und mein Begleiter weigert sich frecherweise, mir etwas zu bringen."

Westerville grinste. „Von wegen."

Lady Jerseys Lächeln war ebenso breit wie seines, und einen Augenblick erhaschte Beth ein Stück jenes Charmes, der sie so beliebt beim *ton* machte. „Ihr Mangel an Begeisterung war all die Weigerung, derer ich bedurfte." Ihr Blick wanderte zu Beth. „Lady Elizabeth, ich gebe Lord Westerville in Ihre Obhut, während Ihre Cousine sich mit mir auf die Suche nach einem Glas Limonade macht. Bitte geben Sie gut auf ihn acht, denn er ist viel zu attraktiv, als dass man ihn länger allein lassen könnte."

Beth wusste nicht, was sie zu diesem ziemlich plumpen Kuppelversuch sagen sollte. Hilfesuchend blickte sie zu Beatrice, doch ihre

Cousine war so beschäftigt damit, sich zum Ende ihrer Stuhlreihe zu Lady Jersey vorzukämpfen, um Lady Jersey zu treffen, dass sie Beths stilles Flehen übersah.

Kurz darauf sah Beth verärgert zu, wie die beiden Damen zum Tisch am anderen Ende des Raums schlenderten.

„Das war ja erstaunlich einfach", sagte eine tiefe Stimme an Beths Ohr.

Sie fuhr zu Westerville herum. „Das haben Sie geplant!"

„Ich habe nur Sallys Einladung angenommen, sie heute Abend zu begleiten. Der Rest ist allein ihr zuzuschreiben."

Beth musterte ihn misstrauisch. „Sie hilft Ihnen?"

„Ich weiß nicht, ob ich es so ausdrücken würde." Ernst hob er die Brauen. „Tut sie das?"

„Nein." Beth blickte zu Harry, der immer noch fest schlief, die Arme verschränkt, das Kinn auf die Brust gesenkt. Sie war allein mit einem Mann, den sie ohne Zögern als Wolf bezeichnen würde. „Nun, Sie können ja hierbleiben, wenn Sie möchten, aber ich muss mich entschuldigen. Ich habe meinen Volant abgerissen und muss ihn reparieren." Sie wandte sich zur Tür, doch er hielt sie mit einem einzigen Wort auf. „Angst?"

Sie drehte sich nur kurz zu ihm um. „Ja."

Damit ließ sie ihn stehen. Sicher wäre er nicht lang allein; schon jetzt beobachteten viel zu viele Frauen jede seiner Bewegungen. Beth sagte sich, dass ihr das egal war, auch wenn sie wusste, dass es nicht stimmte.

Sobald sie den Saal verlassen hatte, ging sie nach oben, wo sich die Damen versammelten. Der Raum, der für die weiblichen Besucher reserviert war, war so überfüllt, dass Beth keinen klaren Gedanken fassen konnte. Sie wollte einfach ein stilles Plätzchen, um die nächste Nummer auf dem Programm abzuwarten. Das würde jedes Gespräch mit Westerville verhindern, und danach wäre es wieder sicher, zu ihrem Platz zurückzukehren.

Beth sah sich um und entdeckte rechts eine Tür, die einen Spalt offen stand. Dahinter sah sie Bücherregale an den Wänden und in der Mitte des Raums einen Billardtisch.

Sie sah sich um. Niemand achtete auf sie, und so schlüpfte sie in das Zimmer und schloss die Tür hinter sich.

Sobald sie allein war, seufzte sie erleichtert auf. Im Raum roch es nach Leder, Brandy und einem Hauch Zigarrenrauch. Offensichtlich war dies der Zufluchtsort für die Männer des Haushalts, doch im Augenblick würde es Beth als solcher dienen. Westerville so nah zu sein war vieles, aber beruhigend war es nicht.

Das Alleinsein tat ihr gut. Langsam schlenderte sie zum Tisch und ließ die Finger über den grünen Filz gleiten. Morgen würde sie nach Massingale House fahren und ihren Großvater besuchen. Sie war schon viel zu lange weg, ein Besuch könnte nicht schaden.

Beth nahm die weiße Kugel und wog sie abwesend in der Hand.

„Spielen Sie?"

Sie fuhr herum zur Tür, die jetzt wieder offen stand. Ihr Herz begann heftig zu klopfen, als sie Christian entdeckte, eine dunkle, gefährlich attraktive Gestalt in Schwarz. „Gütiger Himmel, Westerville! Muss das sein?"

Um seine Mundwinkel spielte ein leises Lächeln. Der Saphir, der in seinem weißen Krawattentuch glitzerte, war die einzige Farbe, die er an sich hatte – bis auf das Grün seiner Augen. „Muss was sein?", fragte er und trat in den Raum hinein. „Ihnen Fragen stellen?"

„Es stört mich nicht, wenn Sie mir Fragen stellen, aber ich muss dagegen protestieren, wie Sie sich an mich heranschleichen." Sie presste sich die Hand ans Herz, das immer noch wild in ihrer Brust schlug.

Sein Blick folgte der Geste und heftete sich schließlich anerkennend auf den Ausschnitt ihres Kleides. „Ich habe mich nicht angeschlichen. Obwohl ich das auch könnte, wenn es Sie amüsiert ..."

Sie senkte die Hand. „Oh! Sie machen aus allem, was ich zu Ihnen sage, eine anzügliche Andeutung. Sie sind unerträglich."

Er lachte. „Und Sie, meine Süße, sind viel zu schreckhaft. Ich räume ja ein, dass ich nicht angeklopft habe, aber die Tür stand schließlich offen."

„Die Tür war zu, und das wissen Sie ganz genau. Ich habe das Schloss nicht gehen hören, daher müssen Sie sehr vorsichtig gewesen sein."

Er gab vor, die Tür zu begutachten, die er nicht nur geöffnet, sondern auch lautlos wieder geschlossen hatte. „Vielleicht ist das Schloss kaputt."

„Unsinn. Das Schloss ist in Ordnung, so viel steht fest."

Er grinste, und seine weißen Zähne blitzten. „Vielleicht. Fest steht auf alle Fälle, dass die Türangeln gut geölt sind.“

„Das habe ich gemerkt.“ Beth betrachtete den Mann scharf. Ihr war klar, dass sie ihre angegriffenen Nerven beruhigen musste, wenn sie die Contenance wahren wollte. Der Kerl war erst seit ein paar Augenblicken im Raum, und schon waren ihre Handflächen feucht, und ihr Herz schwankte, als wäre es betrunken. Zum Glück befand er sich auf der gegenüberliegenden Seite des Zimmers, während sie sich hinter dem breiten Tisch aus Mahagoni und Filz verschanzen konnte. Das war gut, sehr gut.

Als hätte er ihre Gedanken gelesen, stieß Christian sich vom Türrahmen ab, baute sich auf der anderen Seite des Billardtisches auf und beobachtete sie. Sofort wurde der Raum kleiner, irgendwie intimer. Sein Blick ruhte immer noch auf ihr, und er streckte den Arm aus und … griff sich die schwarze Billardkugel.

Beth klammerte sich am glatten Holzrand des Tisches fest. „Das ist unmöglich“, sagte sie und zuckte zusammen, weil sie hörte, wie heiser sie klang. „Bitte öffnen Sie die Tür.“

„Warum? Möchten Sie, dass andere Leute hören, was wir zu sagen haben?“

„Ich möchte meinen Ruf wahren, Mylord. Wenn Sie die Tür nicht öffnen, könnte das Folgen haben, Mylord, Folgen, die weder Ihnen noch mir gefallen.“

Seine Augen glitzerten. „Woher wollen Sie wissen, was mir gefällt?“

Das war in der Tat eine interessante Frage. Beth sah ihn lange an. „Wir haben uns schon darauf geeinigt, dass Sie mir nicht aus romantischem Interesse nachstellen, sondern weil Sie irgendetwas über meinen Großvater in Erfahrung bringen möchten. Was Sie auch wissen möchten, ich kann mir nicht vorstellen, dass es Ihnen die Preisgabe Ihrer Freiheit wert wäre. Wenn wir zusammen erwischt werden, wird es uns beide aber genau das kosten.“

Er warf die Kugel in die Luft und fing sie mit einer Hand auf. „Was wäre, wenn ich mich entschlossen hätte, Ihnen zu verraten, warum ich mich nach Ihrem Großvater erkundigt habe? Was dann?“

Sie machte schmale Augen. „Haben Sie das denn?“

Wieder warf er die Kugel in die Höhe. Sie beschrieb einen Bogen und landete mit festem Klatschen in seiner Hand. „Vielleicht."

„Spielen Sie mit mir, Westerville?"

„Noch nicht", entgegnete er ruhig.

Sie runzelte die Stirn. „Sie sind mit Lady Jersey gekommen. Sie ist eine sehr faszinierende Frau."

„Ja, allerdings", stimmte er mit schleppender Stimme zu. Sein Blick glitt über Beth, hielt bei ihren Augen inne, ihrem Mund, ihrem Kleid. „Nur bei Weitem nicht so faszinierend wie Sie."

Beth musste sich ein sehr undamenhaftes Grinsen verkneifen. „Ich bin sicher, dass sie eine vortreffliche Person ist und angenehm anzusehen."

„Sie ist eine amüsante Begleiterin, mehr nicht. Ich schätze ihren Ehemann viel zu sehr, als dass sie für mich etwas anderes sein könnte."

„Wie ehrenhaft von Ihnen", erklärte Beth mit einer Spur Sarkasmus in der Stimme.

„Es ist mir eher ein Bedürfnis. Sally ist eine Frau, die einen ebenso gut verschlingen wie lieben könnte. Auf eine Frau, die das nicht sicher auseinanderzuhalten weiß, würde ich mich nicht einlassen wollen."

„Ich weiß nichts von Lady Jerseys Neigungen in diese Richtung."

„Sie ist unwichtig, meine Liebe. Ich bin nicht zum Musikabend gekommen, um Sally Jersey zu sehen." Er legte die Kugel auf den Tisch, verschränkte die Arme vor der Brust und lehnte sich mit einem Oberschenkel gegen den Billardtisch. „Ich bin hier, um Sie zu sehen, niemanden sonst."

Eigentlich hätte sie sich über diese Neuigkeit nicht freuen dürfen, aber sie tat es. Sogar sehr.

„Ich wusste gleich, dass Sie hier sind, weil ich Ihre Kutsche sah. Sie trägt Ihr Familienwappen."

Sie verzog das Gesicht. „Es ist schrecklich grell, finden Sie nicht? Großvater sagt immer …" Sie hielt inne, als sie bemerkte, wie sein Blick scharf wurde. Die Enttäuschung verlieh ihrer Stimme einen bitteren Beiklang. „Jetzt sind wir wieder an diesem Punkt angelangt, ja? Sie möchten, dass ich von meinem Großvater erzähle. Warum, Westerville? Warum interessieren Sie sich so für ihn?"

Christian hörte den beinahe klagenden Unterton heraus. Dabei hatte er so große Pläne für diesen Abend geschmiedet. Er hatte ihr Komplimente machen wollen, sie necken, ihr vielleicht das eine oder andere Lächeln entlocken wollen. Er hatte sie umwerben wollen, und sie dann … wenn sie nicht daran dachte … dazu bringen, von ihrem Großvater zu reden. Doch jetzt, als er sie über den Billardtisch hinweg ansah, ihrem ehrlichen Blick begegnete … „Verdammt noch mal."

Sie hob die Brauen. „Wie bitte?"

Wütend und enttäuscht, doch ohne Möglichkeit, seinen Gefühlen angemessen Ausdruck zu verleihen, griff er sich die schwarze Kugel und ließ sie mit einer geschickten Handbewegung über den Tisch kreiseln. „Reeves hatte recht, zum Kuckuck mit dem Kerl!"

Das verwirrte sie. „Reeves?"

„Mein Butler. Ich habe ihn von meinem Vater geerbt."

„Ah." Sie dachte kurz darüber nach. „Und was hat er gesagt, womit er recht behalten hat?"

„Dass ich keine unschuldige Jungfer in meine Pläne verwickeln dürfte."

Sie versteifte sich, und ihr Blick wurde noch misstrauischer. „Woher will er wissen, dass ich eine unschuldige Jungfer bin?"

Langsam hob Christian die Brauen.

Ihre Wangen wurden von einer bezaubernden Röte überflutet. „Ich bin es natürlich. Ich habe mich nur gefragt, woher er es wissen … oder zu wissen glaubte … obwohl er doch nicht sicher sein konnte …"

„Sie sind einfach hinreißend." Er lehnte sich an den Tisch, stützte die Hände auf den Mahagonirand und lächelte sie sanft an. Seine Wut verlor sich allmählich.

Sie biss sich auf die Lippen und rang unbewusst die Hände.

„Elizabeth, meine Liebe. Ich tue jetzt, was ich von Anfang an hätte tun sollen. Allein schon deswegen, weil Sie viel zu klug sind, um mich mit all meinen Ausflüchten davonkommen zu lassen. Ich will Ihnen alles erzählen, und dann hoffe ich, dass Sie mir helfen."

„Es hat mit meinem Großvater zu tun."

„Ja, es hat sehr viel mit Ihrem Großvater zu tun."

Sie betrachtete ihn eine lange Weile. Er konnte fast sehen, wie es hinter ihrer Stirn arbeitete.

Schließlich richtete sie sich auf. Sie sah ihm in die Augen und nickte. „Ich höre. Erzählen Sie mir, was Sie wollen."

Christian atmete tief durch. Alles hing jetzt von diesem Moment ab. Wenn er Beths Hilfe erwirken könnte ... mehr brauchte er nicht. „Es ist eine lange Geschichte, aber ich möchte, dass Sie alles erfahren. Es geht um meine Mutter."

„Ah." Sie nickte. „Das dachte ich mir schon."

Er sah sie an. „Sie wissen von meiner Mutter?"

Sie schüttelte den Kopf. Ihre Wangen hatten sich gerötet. „Nein, nicht direkt. Ich meine, ich weiß nicht viel. Ich habe nur gehört ..." Sie biss sich auf die Lippen.

„Als ich zehn Jahre alt war, wurde meine Mutter wegen Hochverrats ins Gefängnis geworfen. Jemand hatte der Krone Beweise geliefert, dass sie Handel mit Frankreich trieb, während wir Krieg führten. Sie war unschuldig, hatte niemandem etwas zuleide getan, und doch ..." Er zuckte zusammen, als er die Härte in seiner Stimme hörte. „Tut mir leid. Ich kann Ihnen gar nicht sagen, wie sehr mich das schmerzt – zu wissen, dass sie ein so schlimmes Ende erleiden musste, wenn ihr einziges Vergehen darin bestand, anderen zu sehr zu vertrauen."

Beth wandte den Blick nicht von ihm. „Ich verstehe. Bitte fahren Sie fort."

„Jemand lieferte dem König also ‚Beweise'. Jemand, der ihr Böses wollte."

„Und Sie glauben, mein Großvater weiß, wer das war."

Christian antwortete nicht. Abwesend griff er nach einer weiteren Billardkugel, diesmal nach der weißen. Glatt und kühl lag sie in seiner Hand. „Nicht ganz."

„Sie können doch nicht annehmen ...", hauchte sie. Sie war bleich geworden. „Sie glauben, Großvater war derjenige, der die falschen Beweise lieferte."

„Ich habe gute Gründe für diese Annahme."

„Nein", erklärte sie mit tödlicher Ruhe. „Er war es nicht. So etwas würde er nicht tun. Niemals."

„Ich kann es aber beweisen."

„Wie?"

Er sah zu der verschlossenen Tür. „Wir können hier nicht lang reden, und es ist kompliziert. Würden Sie mich irgendwo anders treffen? Ich sage Ihnen alles, was ich weiß."

„Und dann?"

„Und dann liegt es bei Ihnen. Ich wünsche mir, dass Sie mir helfen, Elizabeth. Aber ob nun mit oder ohne Ihre Hilfe, ich werde finden, wonach ich suche."

„Wonach suchen Sie denn?"

„Es gibt ein Collier, das einmal meiner Mutter gehörte. Es ist ein ganz besonderes Schmuckstück. Kurz vor ihrem Tod entdeckte sie, wer sie verraten hatte. Man bot ihr an, die Lüge richtigzustellen, wenn sie im Tausch dafür ihr Halsband hergab."

„Wurde es richtiggestellt?"

Er legte die Kugel auf den Tisch zurück. „Nein. Der Verräter behielt das Halsband, und meine Mutter … starb."

Elizabeth presste die Hand an die Stirn. Ihr Blick war umwölkt. „Sie glauben, dass Großvater das Collier hat."

„Ja."

„Nun, ich nicht", versetzte sie laut.

Er hob die Brauen. „Elizabeth, es gibt kein schönes Bild ab. Doch zumindest kennen Sie nun den Grund, warum ich mehr über Ihren Großvater erfahren will. Ich war ehrlich zu Ihnen."

Sie biss sich auf die Lippen und runzelte die Stirn. „Ich möchte jetzt noch nicht in den Musiksaal zurück. A…aber ich glaube, ich muss." Sie rieb sich die Schläfen. „Ich kann nicht glauben, dass mein Großvater so etwas tun würde."

„Ich habe Beweise, dass jemand aus Ihrem Haushalt meine Mutter verraten hat. Es kann niemand sonst gewesen sein."

„Nein! Sie müssen sich täuschen!" Abrupt wandte sie sich ab, stieß dabei aus Versehen mit dem Ellbogen gegen das Gestell mit den Queues. Klappernd fielen sie zu Boden.

„Oh!", sagte sie und presste die Hände zusammen.

„Lassen Sie nur", meinte Christian und begann die Queues aufzuheben und der Reihe nach in das geschnitzte Holzgestell zurückzuräumen. „Ich wollte Ihnen das alles nicht erzählen, aber ich brauche Ihre Hilfe."

„*Meine* Hilfe?"

„Das Collier muss irgendwo in Massingale House verborgen sein, dessen bin ich mir sicher."

„Meinen Großvater habe ich nie mit einem Halsband gesehen."

„Dann haben Sie nichts zu befürchten. Wenn er es nicht hat, hat es vielleicht jemand anderes."

Sie sah ihn an. Ihr Blick war ruhig und direkt. „Und wenn Sie das Collier doch bei uns finden? Was dann?"

Sein Kinn verhärtete sich. „Dann ist Ihr Großvater schuldig."

Darauf trat langes Schweigen ein.

„Westerville, ich weiß nicht, was ich sagen soll. Was ich denken soll. Ich weiß nur, dass Großvater nie einem anderen etwas zuleide täte. Das weiß ich einfach."

„Ich kann Ihnen die Informationen zeigen, die ich bis jetzt zusammengetragen habe, und dann sehen wir weiter." Mit ernstem Blick sah er sie an. „Beth, werden Sie sich wieder mit mir treffen, mich erklären lassen, warum ich Ihren Großvater für schuldig halte? Warum ich glaube, dass jemand aus Massingale House für den Tod meiner Mutter verantwortlich ist?"

„Jemand aus Massingale House? Woher wissen Sie, dass es nicht einer der Dienstboten war? Oder Charlotte?"

„Keiner der Dienstboten hätte meine Mutter im Gefängnis mit einer Kutsche besucht, auf der das Wappen der Massingales prangt."

Sie verzog das Gesicht. „Verstehe. Und Charlotte?"

Christian schürzte die Lippen und runzelte nachdenklich die Stirn. „Ich hatte sie eigentlich ausgeschlossen, weil ich dachte, sie sei zu so etwas nicht fähig. Glauben Sie, dass ich mich da vielleicht irre?"

Beth ließ die Schultern hängen. „Nein. Sie kommt kaum mit Großvater zurecht. Die meiste Zeit verbringt sie auf ihrem Zimmer oder mit Lord Bennington."

Christian nickte. „Nun? Wollen Sie sich noch einmal mit mir treffen und meine Beweisstücke ansehen?"

„Das muss ich wohl."

„Und wenn ich Sie überzeugen kann, dass mein Verdacht begründet ist?"

Sie schwieg lange Zeit. Schließlich nickte sie langsam, als hätte sie eine Entscheidung getroffen. „Dann werde ich jetzt dafür sorgen, dass Sie zu uns nach Hause eingeladen werden, damit Sie nach dem Halsband suchen können."

Das überraschte ihn. „Ja?“

„Natürlich“, erwiderte sie kühl. „Ich werde alles tun, um Großvaters Unschuld zu beweisen. Ich weiß, dass er es nicht getan hat, was also sollte ich befürchten?“

„Sie vertrauen ihm zutiefst.“

„Das würden Sie auch, wenn Sie ihn kennen würden. Großvater kann es nicht ausstehen, wenn jemand Lügen erzählt. Ich kann mir nicht vorstellen …“ Sie biss sich auf die Lippen und senkte den Blick. Abwesend strich sie über den Mahagonirand des Billardtisches.

Christian beobachtete sie eine Weile. Sie wirkte weniger verstört als nachdenklich. Er wünschte, er wüsste einen Weg, ihr alles besser zu erklären, bloß gab es keinen. Seine Finger krampften sich um den Queue. Eigentlich hatte er ihr das alles gar nicht erzählen wollen, doch als er in ihre ehrlichen braunen Augen geblickt hatte, war ihm irgendwie klar geworden, dass er nichts anderes tun konnte.

Das Schweigen breitete sich zwischen ihnen aus, aufdringlich und unbehaglich. Der Wunsch, die unsichtbare Mauer zwischen ihnen zu durchbrechen, wurde immer größer.

Aber bevor er noch einen Weg finden konnte, hob sie den Kopf und sah ihn an. „Sie sollten wissen, dass Großvater nicht gesund ist.“

Christian versuchte, sich ein wenig Mitleid abzuringen, was ihm indes nicht gelingen wollte. „Ich weiß, dass er schon ziemlich alt ist.“

„Ja, aber geistig ist er noch voll auf der Höhe.“ Elizabeth biss sich auf die Lippe. „Westerville, wenn ich Ihnen nicht helfe, was würden Sie tun?“

„Dann werde ich einen anderen Weg finden, nach den Beweisen zu suchen, die ich brauche.“

„Wenn Sie das gewaltsam versuchen, wird noch jemand verletzt werden.“

„Das ist bereits geschehen. Meine Mutter starb in dem Gefängnis. Sie hat die Wahrheit verdient, und ich auch.“

Elizabeth schüttelte den Kopf. „Ich wusste, dass Sie das sagen würden. Lassen Sie sich gesagt sein: Meine Hilfe kostet etwas.“

„Was denn?“

„Von jetzt an werden Sie mich in jeder Hinsicht an Ihrer Suche beteiligen.“

„Moment mal …“

„Sie werden nichts tun – keinen Brief schreiben, niemanden aufsuchen, der Informationen haben könnte –, ohne mir das vorher mitzuteilen und mich, wenn möglich, mitzunehmen."

„Sonst noch etwas?", fragte Christian grimmig und legte den Queue auf den Tisch.

„Nein. Nicht wenn Sie Zutritt zu Massingale House bekommen wollen."

Christian rieb die Finger aneinander. Sein Gehirn arbeitete fieberhaft. Er wollte Beth nicht an seinen Plänen teilhaben lassen. Das war nicht nur unbequem, es war auch gefährlich. „Und wenn ich mich weigere?"

„Dann werde ich Ihnen nicht nur nicht helfen, sondern gehe auch schnurstracks zu Großvater und erzähle ihm alles, was Sie mir gesagt haben." Herausfordernd sah sie ihn an. „Wenn Sie nicht zustimmen, werden Sie niemals einen Weg nach Massingale House finden."

„Zum Teufel mit Ihnen!" Die Worte waren ausgesprochen, bevor er sich dessen bewusst war.

Sie errötete, worauf er seinen Ausbruch sofort bedauerte. „Tut mir leid", sagte er. „Sie scheinen zu glauben, dass ich Ihrem Großvater grundlos Böses will. Ich will niemanden verletzen, nur die Person, die schuld ist am Tod meiner Mutter."

Lange sah sie ihn an, bevor sie schließlich nickte. „Vermutlich würde ich dasselbe tun, wenn es meine Mutter gewesen wäre. Zumindest in dieser Hinsicht verstehen wir uns."

„Dann sind wir also Partner", sagte Christian lächelnd.

„Widerstrebend."

„Ach, mit der Zeit wird es sicher leichter. Wir müssen uns nur aneinander gewöhnen." Sein Blick fiel auf den Billardtisch. „Haben Sie je gespielt?"

„Was?"

„Billard. Haben Sie das je gespielt?"

„Oh. Mein Großvater hat einen Tisch, aber ich habe ihn seit Monaten nicht mehr angerührt."

„Wir könnten jetzt eine Partie spielen."

Das schien sie zutiefst zu bestürzen. „Jetzt?"

„Warum nicht? Wenn wir uns auf ein gemeinsames Abenteuer einlassen, wäre es doch sicher ratsam, wenn wir uns ein bisschen näher kennenlernen würden. Und auf welche Weise ginge das besser als mit einer Partie Billard?“

„Westerville, eben haben Sie mir erzählt, Sie verdächtigen meinen Großvater, der Krone falsche Beweise gegen Ihre Mutter geschickt zu haben, Beweise, die sie ins Gefängnis brachten, wo sie schließlich starb. Das weckt in mir nicht gerade den Wunsch, Billard mit Ihnen zu spielen.“

„Im Moment haben wir keine Antworten, daher könnten Sie genauso gut eine Partie mit mir spielen.“ Er legte ihr die Hand auf die Schulter und drehte sie zum Tisch. Inzwischen stand er direkt hinter ihr, ihr Po streifte beinahe seine Beine. „Erste Lektion – wie man den Queue hält.“

Christian griff um sie herum, gab ihr den Stock in die Hand und arrangierte ihre Finger darum. Sein Oberkörper drängte gegen ihren Rücken.

Beth musste gegen die Hitze ankämpfen, die durch ihre Röcke kroch. Ihr schwindelte immer noch von den Anklagen, die er gemacht hatte. Der einzige Grund, warum sie nicht die Stimme erhoben und ihn einen Lügner geschimpft hatte, war seine absolut ruhige, todsichere Gewissheit. Selbst wenn er sich täuschte – er glaubte fest an das, was er sagte. Das war ernüchternd und auch eine winzige Spur beängstigend.

Sie wusste, warum er die Billardstunde vorgeschlagen hatte, denn für sie war das Schweigen ebenfalls schwer zu ertragen gewesen. Doch sie war nicht mit dem Herzen dabei. „Mylord, mir ist jetzt einfach nicht nach Spielen ...“

„Psst“, sagte er. Er griff immer noch von hinten um sie herum, und nun schlossen sich seine Finger warm um ihre Hand auf dem Queue. „Es ist mir eine Ehre, einer so hinreißenden Frau behilflich zu sein.“ Seine Stimme fächelte über sie hinweg, sodass sie an tausend Stellen erzitterte.

Beth biss sich auf die Lippen und starrte blicklos auf seine Hand. Sie war groß und schön geformt, und sie bedeckte die ihre ganz und gar. Sie bewegte die Finger ein wenig und wurde damit belohnt, dass er ihre Hand mit der seinen rieb.

„I...ich ...“ Beth schluckte. „Ihre Haut ist rau, Mylord.“ Sie blickte über die Schulter zurück. „Das ist nicht die Hand eines Gentlemans.“

Sie hatte es nicht beleidigend gemeint. Eigentlich fand sie es angenehm, wie sich seine Haut anfühlte – lebenserfahren, von namenlosen Taten gezeichnet.

Doch sein Blick flammte bei ihren Worten auf, seine Lippen wurden erschreckend schmal, und seine Hand krallte sich beinahe schmerzhaft um die ihre. „Ich habe die Hände, die mir das Schicksal gegeben hat." Damit nahm er die Finger von ihrer Hand herunter und fasste den Queue ein Stück weiter unten an.

Das war die ganze Erklärung, die er zu geben gewillt war. Mehr würde sie von ihm nicht erfahren. Dennoch wusste sie irgendwie, dass sie ihn verletzt hatte, auf eine Weise, die sehr viel tiefer ging, als es den Anschein hatte. Spontan hob sie den Queue an und seine Hand mit. Dann schmiegte sie die Wange an seine Finger. Beth schloss die Augen und wünschte den Schmerz weg, den sie in seiner Stimme gehört, in seinem Blick gesehen hatte.

Lange Zeit stand Christian nur da und starrte auf sie hinab, zu verwirrt, um etwas zu tun.

Er war schon mit vielen Frauen zusammen gewesen. Hatte Lachen mit ihnen geteilt und Gespräche bei Kerzenlicht auf dem Kopfkissen. Er hatte sie stundenlang geliebt und ihren Geschichten gelauscht, den frohen und den traurigen. Aber noch nie hatte er sich einer Frau so nahe gefühlt wie in diesem Moment, wo er vollständig bekleidet dastand und – bis jetzt – dem Diktat des guten Tons folgte.

Es war das merkwürdigste, schmerzlichste, schönste Gefühl, das er je empfunden hatte. Er konnte nur dastehen und auf sie hinabstarren, wie sie ihre weiche, warme Wange an seinen Handrücken drückte, während ihre eigenen Finger unterhalb der seinen um den Queue geschlungen waren.

Sie seufzte, und ihr Atem strich ihm warm über die Haut. Schließlich hob sie den Kopf. Ihre braunen Auen waren dunkler geworden, erfüllt von einem geheimnisvollen Gefühl. „Es tut mir leid. Ich wollte damit nichts Gemeines andeuten. Ich wollte nur …"

„Es hat nichts zu bedeuten. Gar nichts", sagte er, während er sich verzweifelt bemühte, einen klaren Kopf zu behalten. Was wollte er hier eigentlich? Ach ja, er war gekommen, um sie zu verführen, um sie dazu zu bewegen, ihre Geheimnisse zu offenbaren. Stattdessen war er mit der Wahrheit herausgeplatzt und hatte sich von ihr Bedingungen für eine Partnerschaft diktieren lassen. Und nun verlor er vollends die Kontrolle über seinen Plan.

Kopfschüttelnd bewegte er den Queue, bis er auf den Billardtisch zeigte. „Sind Sie bereit für eine Partie? Es ist ein vertracktes Spiel, aber man kommt gar nicht los davon."

Enttäuschung flackerte in ihrem Blick, doch sie nickte. „Natürlich. Ich habe es schon gespielt, wenn auch nicht oft."

„Ich zeige Ihnen ein paar Tricks." Wieder beugte er sich nach vorn, und seine Beine drückten sich gegen die ihren. Es war merkwürdig, aber sie wirkte immer um so vieles größer, als sie tatsächlich war, ihr Kopf reichte kaum bis zu seinem Kinn. Der süße Duft nach Jasmin und Lavendel stach ihn in die Nase, sodass er am liebsten das Gesicht in ihren dichten honigblonden Locken vergraben hätte.

Wenn er sich noch ein bisschen vorbeugte, könnte er gerade eben mit der Wange an ihr Haar …

Lieber Himmel! Was war nur los mit ihm? Christian rief seine Gedanken zur Ordnung und unterdrückte die haltlosen Fantasien. Er hatte eine Aufgabe vor sich, und die beinhaltete nicht, dass er eine Jungfrau zu seinem Vergnügen verführte, verdammt. Wenn sie zusammenarbeiten und das Geheimnis um seine Mutter lüften wollten, konnte er es nun wirklich nicht gebrauchen, wenn sie sich in seiner Gegenwart unwohl fühlte.

„Westerville?"

Ihre Stimme war weich, beinahe zaghaft. Er holte tief Luft, atmete ihren Duft ein und nahm ihn tief in sich auf. „Ja?"

Ein Zwinkern stand in ihren braunen Augen. „Sollen wir eine Wette daraus machen? Um, sagen wir, zehn Pfund?"

„Worauf wollen Sie denn setzen?"

Sie zeigte zum Billardtisch. „Auf diesen Stoß. Er sieht aus, als wäre er ziemlich leicht."

Er blickte nach unten. „Auch wenn es so aussehen mag, ist dieser Stoß alles andere als leicht."

„Ich muss doch nur dafür sorgen, dass die Kugel dahin …", sie nahm den Queue, um eine Stelle an der gegenüberliegenden Bande anzuzeigen, „… hinrollt und dann dorthin." Sie wies auf die mit einem Netz gesicherte Ledertasche in der Ecke des Billardtischs, wobei ihr Po sich ganz sanft an ihm rieb.

Christian musste sich kurz sammeln, ehe er erwiderte: „Den Stoß schaffen Sie nicht."

Lächelnd wandte sie sich zu ihm um. „Ich glaube schon. Wollen wir wetten? Dann lohnt sich die Anstrengung."

Er musste über ihre Unschuld lächeln. „Der Schuss ist weitaus schwieriger, als er aussieht ... aber wenn Sie darauf bestehen ..."

Sie beugte sich vor, betrachtete aufmerksam den Tisch, und dann stieß sie die Kugel mit dem Queue an.

Die Kugel begann zu rotieren, zu rollen, und im nächsten Moment sprang sie so sauber in die Ecktasche, dass es kein Glück gewesen sein konnte.

Triumphierend drehte Beth sich zu ihm um und warf ihm unter den Wimpern hervor einen Blick zu. „Sie schulden mir zehn Pfund."

Er war reingelegt worden. Man hatte ihn getäuscht und ihm dann das Fell über die Ohren gezogen. Einen Augenblick lang konnte er es nicht glauben, nicht akzeptieren. Plötzlich war er wieder auf der Straße unterwegs, ein verlorener, verängstigter kleiner Junge, der tagtäglich um das schimmelige Brot kämpfen musste, das er stehlen hatte können. Damals hatte er gelernt, was Hohn und Kaltherzigkeit waren, er kannte das entsetzliche Gefühl, jemandem zu vertrauen, nur um am nächsten Morgen aufzuwachen und festzustellen, dass auch die letzten Besitztümer verschwunden waren.

Mit Zähnen und Klauen hatte er gekämpft, um Sieger zu werden, nicht der Besiegte. Der dünne Schleier der Zivilisation, den er so lange getragen hatte, zerriss plötzlich in tausend Fetzen. Plötzlich wollte er mehr. Mehr als ein Lächeln. Mehr als einen Kuss.

Er presste sich an sie, schob sie zurück, drängte sie gegen den Tisch.

Ihre Augen weiteten sich. „Westerville, was ..."

Christian küsste sie. Nicht sanft, wie zuvor. Dieser Kuss war von Leidenschaft und Not geschürt, von dem Bewusstsein, dass er sich ihr geöffnet und sie ihn im Gegenzug verspottet hatte. Der Kuss war harsch und leidenschaftlich, ein feuriger Ausbruch, der sich gegen jene Kräfte richtete, die sein Leben in einen Schraubstock aus Sehnsucht und Begierde gepresst hatten.

Wie durch einen roten Schleier bekam er mit, dass Elizabeth sich ebenfalls gegen ihn presste, dass sie sich mit derselben Lust, mit derselben Verzweiflung an ihn klammerte. Ihre Reaktion fachte seine

Leidenschaft zu noch hellerer Flamme an, sie überwand seine Willenskraft und feuerte ihn an.

Sie krallte sich an seinem Rock fest. Er spreizte die Hand über ihrem Rücken, ließ sie nach unten wandern, presste sich dichter an sie, drängte mit seiner Männlichkeit gegen sie. Keuchend drang ihr Atem an sein Ohr, ging stoßweise wie der seine. Er hob sie hoch, setzte sie auf dem Billardtisch ab und spreizte ihre Schenkel mit den seinen.

Sie keuchte an seinem Ohr, er neigte den Kopf über ihren Hals und bahnte sich mit den Lippen einen brennenden Weg über ihre empfindsame Kehle. Ihr Kopf sank in den Nacken, ihre Knie hoben sich ein winziges Stück an. Er drückte sie an sich, fuhr ihr mit der Hand ins Haar. Es war wild, ungezügelt, hart. Sie gehörte ihm, verdammt. Hatte ihm schon immer gehört.

Er spürte ihr heftig schlagendes Herz, die Hitze, die durch ihr dünnes Seidenkleid drang. Er fragte sich, wie sie wohl ohne das Kleid aussähe. Sofort stellte er sich vor, wie sie in seinem Bett lag, die Kissen unter ihr aufgetürmt, ihr dichtes blondes Haar wie ein Honigfluss auf der Matratze ausgebreitet.

Ihre Haut würde weißer leuchten als die Laken, und ihre Augen wären dunkel vor Leidenschaft, während er sie an den Höhepunkt und darüber hinaus trug.

Wellen heißer Lust überrollten ihn. Er ließ eine Hand über ihren Oberschenkel gleiten, genoss die weiche Üppigkeit. Elizabeth war eine so *sinnliche* Frau. So köstlich, so reif. Christian konnte sich nicht vorstellen, dass er dieser Köstlichkeit je müde werden könnte. Dieser mutwilligen Leidenschaft.

Er hob den Kopf lang genug, um ihr in die von Leidenschaft umflorten Augen zu sehen. „Deswegen hat uns das Schicksal zusammengeführt." Er rieb sich an ihr. „Dafür wurden wir gemacht."

Beth keuchte, als die Wogen der Leidenschaft über ihr zusammenschlugen, der Verstand ihr den Dienst versagte und ihr Körper von einer schier unerträglichen Hitze erfüllt wurde. Sie sollte ihm widerstehen. Sie wusste es. Aber irgendwie konnte sie nicht. Alles, was sie wollte, war, ihn zu spüren, die Wildheit zu genießen, die mit ihm in ihr Leben getreten war, die Freiheit zu schmecken, die immer auf seinen Lippen war.

Sie zog ihn an sich, verlor sich mit einer Wildheit in ihrem Kuss, die sich von Moment zu Moment noch verstärkte. Zuerst war er es gewesen, der diese Nähe gesucht hatte, doch binnen Sekunden schmiegte sie sich an ihn, presste die Hüften an ihn, strich mit den Händen über ihn, zog und zerrte. Sie wusste nicht, was genau sie wollte, nur, dass der Kuss ein Feuer entfacht hatte. Sie wollte mehr, obwohl sie sich nicht ganz sicher war, worin dieses „mehr" eigentlich bestand.

Christian seinerseits war überwältigt. Sie erstrahlte unter seinen Liebkosungen, schien mit jeder Berührung mächtiger, weiblicher zu werden. Es war berauschend, unerträglich und unglaublich sinnlich.

Er wusste, dass er aufhören sollte. Aber er konnte nicht. Er stand in Flammen, brannte innerlich und äußerlich danach, sie zu kosten. Er stöhnte unter ihren Lippen, umfasste ihren Po mit den Händen und drückte sie an sich, damit sie die Härte seiner Männlichkeit zu spüren bekam.

Es war ein kühner Zug, einer, bei dem jede ängstliche junge Frau geflüchtet wäre. Doch Beth war nicht ängstlich. Statt zurückzuzucken, stöhnte sie und bewegte unwillkürlich die Hüften vor und zurück.

Christian hielt den Atem an. Bei Zeus, sie war herrlich. Er konnte seine Erregung, sein Begehren kaum im Zaum halten.

Sie zerrte drängender an seiner Taille, zog ihn immer dichter an sich, feuerte seine Leidenschaft mit der ihren an. Ihre Röcke rutschten nach oben, und sie schloss die Beine um ihn. Alles, was ihm noch zu tun blieb, war, die Schnürung seiner Breeches zu lösen, seine Männlichkeit vom Stoff zu befreien, und dann wäre sie sein. Er streckte schon die Hand aus, als …

Die Tür ging auf. „Lieber Gott! Geben Sie sie sofort frei!"

Christian zog Elizabeth vom Tisch, legte den Arm um sie und verbarg ihr Gesicht. Der Nebel der Lust, der ihm den Verstand verschleiert hatte, löste sich umgehend auf. In der Tür stand Beths Cousine mit ihrem Ehemann. Ihre Mienen spiegelten Schock und Entsetzen wider.

Doch es war das Gesicht, das über die Schulter der beiden blickte, das Christian zum Zähneknirschen verleitete. Es handelte sich um Sally Jersey, die schlimmste Klatschtante des *ton.* Sie schien eher vor Zorn als vor Entsetzen zu glühen.

Ein schmales grausames Lächeln spielte um ihre Lippen. „Nun, Westerville? Wenn ich gewusst hätte, dass Sie so gern Billard spielen, hätte ich Ihnen den Tisch bei mir zu Hause angeboten."

11. KAPITEL

Das Leben spielt mitunter grausame Streiche. Für den Fall, dass der geneigte Leser einmal in eine ausweglos scheinende Lage kommt, gebe ich hier den Rat, die Gedanken zur Ruhe kommen zu lassen und die Hände zu beschäftigen. Es überrascht immer wieder, wie viele Lösungsmöglichkeiten einem unter diesen Umständen einfallen.

Leitfaden für den vollkommenen Butler und Kammerherrn von Richard Robert Reeves

Christian betrat die Eingangshalle seines Hauses und stellte fest, dass sie verwaist dalag. Er zog sich den Überrock aus und warf ihn über einen Stuhl, dann wandte er sich zur Bibliothek. „Reeves!", schrie er, dass es durchs ganze Haus hallte.

Beinahe unmittelbar darauf waren gemessene Schritte zu hören. Reeves erschien, gerade als Christian die Tür zur Bibliothek erreicht hatte. Der Butler folgte ihm in den Raum. „Mylord, wir haben Sie erst in einigen Stunden zurückerwartet! Ist etwas geschehen?"

Christian goss sich großzügig Portwein ein und stürzte ihn hinunter. Dann schenkte er sich nach.

Reeves hob die Brauen. „Nun", sagte er schließlich in die Stille hinein, „wenn es so schlimm ist, sollten Sie mir besser berichten, was passiert ist."

Christian warf dem Butler einen düsteren Blick zu. „Ich möchte nicht darüber reden."

„Ach so. Dann haben Sie mich gerufen, damit ich Ihnen beim Trinken zusehe." Der Butler faltete die Hände ineinander. Seine Miene war sehr interessiert. „Fahren Sie bitte fort."

Donnernd stellte Christian das Glas auf dem Tisch ab. „Die Sache ist nicht zum Lachen. Ich habe genau das gemacht, was Sie vorhergesagt haben. Ich habe sie ruiniert, Reeves."

Der Butler hob die Brauen. „Lady Elizabeth?"

Christian nickte. „Wir waren auf dem Musikabend bei den Devonshires, und …" Er ließ sich in einen Sessel fallen.

Reeves trat an die Anrichte und wählte eine Karaffe aus. Er trug sie zu Christian hinüber, goss ihm ein und stellte die Karaffe dann auf dem Tisch ab. „Hier, Mylord. Versuchen Sie das einmal."

Christian nahm einen großen Schluck – und fing prompt an zu husten und nach Luft zu schnappen.

Reeves schlug ihn auf den Rücken.

„Au!" Wütend starrte Christian den Butler an. „Müssen Sie so hart zuschlagen?"

„Ja."

Christian deutete auf das Glas. „Was zum Teufel haben Sie mir da eingeschenkt?"

„Ratafia."

„Rataf… Verdammt und zugenäht, wollen Sie mich umbringen?" Ratafia war ein dickflüssiger Likör, sehr süß und einfach abscheulich.

„Nein, Mylord. Ich hielt es nur für unklug, dass Sie den Duke of Massingale in volltrunkenem Zustand aufsuchen und um die Hand seiner Enkelin anhalten." Reeves verkorkte die Karaffe und trug sie zurück zur Anrichte. „Seine Gnaden würde ein derartiges Schauspiel nicht zu würdigen wissen."

Christians Miene verfinsterte sich. „Ich werde nicht um Lady Elizabeths Hand anhalten."

„Nein?" Ruhig begegnete Reeves seinem Blick. „Was meinen Sie wohl, was die Treuhänder von einem derartigen Betragen halten?"

Christian fuhr sich durchs Haar. Zum Teufel mit den Treuhändern. Reeves hatte wieder einmal recht, zur Hölle mit diesem verflixten Butler. Christian blieb keine Wahl, überhaupt keine. Spätestens in einem Tag würde der Duke of Massingale über das Stadthaus der Rochesters hereinbrechen, Satisfaktion verlangen und jede Menge Lärm schlagen. Die Geschichte wäre ohnehin bald in der ganzen Stadt herum, es sei denn, Christian hatte den Zorn in Lady Jerseys Augen missdeutet.

„Verdammt, verdammt, verdammt." Christian bedeckte die Augen mit den Händen. Warum nur hatte er seiner Lust alle Zügel schießen lassen? Warum hatte er sich nicht beherrschen können? Leider sah er auch mit den Händen vor den Augen und Portwein im Magen immer noch Beths Gesicht vor sich, als ihre Cousine ins Billardzimmer geplatzt war und sie ertappt hatte.

Was hatte er sich nur gedacht? Nichts, um die Wahrheit zu sagen. Überhaupt nichts. Er hatte komplett die Beherrschung verloren, etwas, was er sich seit seiner Jugendzeit nicht mehr gestattet hatte.

Und dabei hatte er die Schlacht in vielerlei Hinsicht schon gewonnen. Reeves hatte recht behalten – Elizabeth die Wahrheit zu sagen hatte ihm neue Türen geöffnet, nicht verschlossen. Und ihm war dazu nichts anderes eingefallen, als sich von seinen Begierden leiten zu lassen? Allerdings, wenn man mit einer Frau wie Elizabeth – so üppig und verdammt intelligent – zusammen war, bedurfte es größerer Selbstbeherrschung, als er sie besaß, um die nötige Distanz zu wahren. Sie lockte ihn mit jedem Schwung ihrer runden Hüften, forderte ihn mit jedem scharfen Kommentar oder Blick heraus. Es war mehr, als ein Mann ertragen konnte.

Christians Gesicht verfinsterte sich. „Reeves, ich hasse es, wenn Sie recht behalten."

„Jawohl, Mylord. Das ist auch für mich eine schwere Last. Sie werden aber sicherlich zu dem Schluss kommen, dass kein Grund zur Verzweiflung besteht, sobald Sie sich alles noch einmal durch den Kopf haben gehen lassen, dessen bin ich sicher. Lady Elizabeth ist eine wunderbare Frau. Die meisten Männer wären entzückt über so eine Verbindung."

„Ich möchte aber nicht heiraten", erklärte Christian störrisch. „Und wenn, würde sie es nicht wollen."

„Warum nicht? Sie sind ziemlich attraktiv, meist auch wohlerzogen und baden öfter als jeder andere Mann, den ich kenne."

„Danke", versetzte Christian trocken. „Leider halte ich ihren Großvater aber auch für einen Lügner und Mörder."

„Und sie weiß das?"

„Sie weiß es. Ich habe ihr alles erzählt und sie gebeten, mir bei der Suche nach Beweisen zu helfen."

„Was hat sie gesagt?"

„Sie hat sich bereit erklärt, obwohl ihr Ziel natürlich war, die Unschuld ihres Großvaters zu beweisen. Trotzdem … ich habe endlich Zutritt zu Massingale House gefunden, und nun würde ich das am liebsten rückgängig machen."

Reeves schürzte die Lippen. „Eine sehr komplizierte Situation."

Christian lachte freudlos. „Beth liebt ihren Großvater von Herzen, ich sehe es ihr an, wenn sie von ihm spricht." Er blickte auf seine Hand, die auf seinem Knie lag, zur Faust geballt. „Mit einem Mann, der so über ihren Großvater denkt, wird sie keine Verbindung eingehen wollen."

Reeves hielt inne; seine blauen Augen blickten aufmerksam. „Das macht Ihnen Sorgen."

Christian zögerte nicht. „Ja. Ja, das tut es, obwohl ich nicht weiß warum."

Ein merkwürdiges Gefühl von Einsamkeit überkam ihn, lastete schwer auf seinen Schultern. Er wünschte sich, dass seine Mutter noch am Leben wäre, irgendwie glaubte er, dass sie Beth gemocht hätte. Stirnrunzelnd spürte er seinen Gedanken nach. Lieber Himmel, er wurde allmählich sentimental! „Genug davon."

Er stand auf und begann, auf und ab zu gehen. Himmel, was für ein Durcheinander. Was für ein furchtbares, schreckliches Durcheinander. Aber ihm blieb nichts anderes übrig. Er blieb vor Reeves stehen. „Heute Abend gehe ich zum Herzog."

„Bis zu seinem Landsitz ist es ungefähr eine Stunde."

Christian blickte Reeves an.

Der Butler lächelte und zuckte mit den Schultern. „Ich habe mich erkundigt, für den Fall, dass Sie die Reise doch unternehmen möchten."

„Ich nehme Lucifer. Dann dauert es nicht so lange."

„Jawohl, Mylord. Was werden Sie dem Herzog sagen? Sie haben seine Enkelin kompromittiert, da wird er Sie kaum mit offenen Armen empfangen."

„Sicher wird er mich verfluchen. Aber dann wird er meinen Heiratsantrag akzeptieren, schließlich ist ihr Ruf vollkommen ruiniert." Christian dachte an Lady Jerseys entzückte Miene. Schon jetzt verbreitete sich die Geschichte wie ein Lauffeuer durch London. Besser als jeder andere kannte er den Preis, den die Gesellschaft jenen abverlangte, die in Ungnade gefallen waren. Er würde nicht zulassen, dass Elizabeth dieselbe Schande erleben müsste wie seine Mutter. „Ich werde sie heiraten, sobald es möglich ist."

„Aber was ist, wenn sich Ihr Verdacht gegen ihren Großvater als richtig herausstellt? Das wird sie Ihnen vielleicht nie verzeihen."

„Verdammt, Reeves! Glauben Sie, das wüsste ich nicht? Mir bleibt keine andere Wahl, und ihr auch nicht. Wenn ich denjenigen, der meine Mutter verraten hat, nicht zur Rechenschaft ziehe, werde ich mir das auch nie verzeihen."

Reeves spitzte die Lippen. „Mylord, dürfte ich einen Vorschlag machen?"

„Nicht nachdem Sie mir Ratafia ins Glas gegossen haben."

Reeves lächelte. Er ging zur Anrichte, holte dort ein sauberes Glas und eine Karaffe mit Portwein und stellte sie vor Christian auf den Tisch. „Erlauben Sie, dass ich Wiedergutmachung leiste."

Dankbar schenkte Christian sich Portwein ein, diesmal aber nur ein wenig. Er seufzte, als ihm die Flüssigkeit die Kehle hinabrann.

„Mylord, ich schlage vor, dass Sie bei Massingale dieselbe Strategie verwenden wie bei seiner Enkelin. Wenn Sie ihn um ihre Hand bitten, sagen Sie ihm, dass Sie sich zu ihr hingezogen fühlen."

„Ihnen habe ich jedenfalls nicht gesagt, dass ich sie anziehend finde."

„Das war auch nicht nötig. Ich habe es Ihnen längst angehört. Deswegen habe ich Sie auch dauernd davor gewarnt, unschuldige Jungfern zu benutzen."

Christian rieb sich das Gesicht. „Wenn ich nur gemerkt hätte, wie groß diese Anziehungskraft ist! So etwas habe ich noch nie empfunden ... Reeves, es ist wirklich verblüffend."

Der Butler nickte. „Ja, die Liebe überrascht uns manchmal."

Christian warf dem Butler einen erstaunten Blick zu. „Liebe?", knurrte er. „Von Liebe habe ich nichts gesagt."

„Nein, Mylord. Haben Sie nicht. Ich glaube, das war mein Beitrag."

„Auf solche Beiträge kann ich verzichten."

„Jawohl, Mylord", erklärte Reeves gehorsam. „Der Herzog wird aufgrund dessen, was mit seiner Enkelin passiert ist, zornig auf Sie sein, aber wenn Sie ehrlich zugeben, dass Sie sich zu ihr hingezogen fühlen, wird er schon verstehen. Vermutlich hält er ebenso große Stücke auf Lady Elizabeth wie sie auf ihn."

Christian seufzte. „Sie haben recht. Verdammt! So habe ich das nicht geplant!"

„Nein, Mylord. Sie sind viel zu intelligent, um auf so einen wirren Plan zu verfallen."

„Danke." Christian gestattete sich ein Lächeln, obwohl er wusste, dass es bitter und hart geriet. „Die Lage ist nur vorübergehend. Sobald ich die Beweise für die Niedertracht ihres Großvaters beisammen habe, werden Lady Elizabeth und ich uns trennen."

Reeves runzelte die Stirn noch heftiger. „Mylord?"

Christian sah Reeves in die Augen, eine merkwürdige Verzweiflung im Herzen. „Sie wird es nicht anders wollen. Dessen bin ich mir sicher."

Harry ging vor dem Kamin auf und ab, die Hände auf dem Rücken verschränkt. Bei jedem dritten Schritt blieb er stehen, sah zu Beth, schloss die Augen, wie um ihren Anblick zu verscheuchen, und nahm dann düster den Weg wieder auf.

Es war schrecklich. Jedes Mal, wenn er sie ansah, wünschte Beth sich, dass sich der Boden unter ihrem Stuhl auftäte und sie mit Haut und Haaren verschlang, aber dieses Glück war ihr nicht beschieden.

So bedauerlich Harrys Reaktion auch war, sie war nicht halb so schlimm wie Beatrices. Nachdem Beth und Westerville auf der musikalischen Soiree der Devonshires eng umschlungen auf dem Billardtisch ertappt worden waren, hatte Beatrice einen Schrei ausgestoßen und war zu Lady Jerseys Füßen in Ohnmacht gefallen.

Nichts hätte fataler sein können. Beatrices Schrei erregte Aufmerksamkeit, sodass noch mehr Leute in den Raum spähten, wo Beth verzweifelt versuchte, ihre Kleider zu richten, während Westerville das Publikum mit einem weißglühenden Zorn betrachtete, bei dem ihr noch jetzt ein Schauder über den Rücken lief.

Die ganze Zeit war er entsetzlich schweigsam gewesen, bis auf den Moment, als Harry Lady Jersey in ziemlich steifem Ton um Stillschweigen gebeten hatte. Der Viscount hatte diese Bitte mit einem höhnischen kurzen Lachen unterbrochen, was die Lady ziemlich verärgert hatte. Das war dumm gewesen, denn die Boshaftigkeit, die angesichts dieser Ablehnung in Lady Jerseys Blick glitzerte, hatte man nicht übersehen können.

Die nächste Stunde war wie im Traum vergangen. Westerville hatte sich geweigert, Harry Satisfaktion zu gewähren, hatte sich vor Beth verneigt, ihr gesagt, er werde sie bald besuchen, und sich dann entfernt. Langsam hatte sich auch die Menge zerstreut, einschließlich der ekelhaften Lady Jersey. Nachdem sie sich mit recht roten Gesichtern von ihren Gastgebern verabschiedet hatten, waren Beth, Beatrice und Harry schließlich nach Hause zurückgekehrt.

Dort hatten sie sich in den Salon begeben, und hier waren sie nun, kauten das schreckliche Ereignis immer wieder durch und sehnten sich nach einer Lösung. Es wollte ihnen keine einfallen. Beth musste zu ihrem Großvater fahren und ihm die Wahrheit sagen.

So schlimm die Nacht auch gewesen war, der Tag danach sollte noch länger werden. Beth wusste nicht, ob sie lachen oder weinen sollte, befürchtete aber, jeden Moment beides zu tun.

Beatrice lag laut stöhnend auf dem Sofa, in einer Hand das Riechfläschchen. „Ich kann es nicht fassen. Ich kann es einfach nicht fassen."

Beth rieb sich den Kopf, der angefangen hatte zu schmerzen. Sie konnte es ebenfalls nicht fassen. Schließlich hatte sie doch gewusst, dass sie dem Viscount aus dem Weg hätte gehen sollen. Sie hatte es gewusst, und trotzdem hatte sie es irgendwie versäumt, auch danach zu handeln. Wenn sie ehrlich war, musste sie zugeben, dass es zwischen ihr und Westerville eine tiefe sinnliche Verbindung gab. Wie sie diese Verbindung beschreiben sollte, wusste sie nicht … nur dass sie da war.

Dennoch erklärte das noch lange nicht, was im Billardzimmer passiert war. Müde rieb Beth sich die Schläfen. Vermutlich waren die Ereignisse auf eine Mischung aus Leidenschaft, Anziehungskraft und – merkwürdigerweise – Zorn zurückzuführen. Es war eine berauschende, durch und durch unwiderstehliche Mixtur gewesen.

Beatrice stöhnte. „Ich kann es nicht fassen. Alles ist vorbei."

„Nein", widersprach Harry und legte an Tempo zu. „Irgendetwas müssen wir doch unternehmen können. Ich kann einfach nicht glauben, dass alles verloren ist."

„Es ist aber verloren, Harry", meinte Beatrice laut schniefend und wedelte mit dem Taschentuch. „Verloren, verloren, alles verloren! Sobald er hört, was passiert ist, wird mein Großonkel über uns hereinbrechen, und … oh, ich weiß nicht, was er dann tut!" Tränen traten ihr in die Augen. „Aber er wird so zornig auf mich sein, weil ich nicht richtig auf Beth aufgepasst habe!"

„Er wird überhaupt nicht zornig auf dich sein", meinte Beth ruhig. „Und auf dich auch nicht, Harry. Er weiß, dass ich kein grünes Ding mehr bin, das gleich auf den Erstbesten hereinfällt. Was ich getan habe, habe allein ich zu verantworten, niemand sonst wird dafür zur Rechenschaft gezogen."

Beatrices Lippen zitterten. „Der Herzog wird mir vorwerfen, dass ..."

„Wird er nicht! Ich sorge schon dafür, dass er erfährt, dass alles meine Schuld ist."

„Nein", erwiderte Harry grimmig, „es ist Westervilles Schuld, und genau das wird auch dein Großvater sagen."

„Ich bin kein Kind mehr, das man vom rechten Weg abbringen kann. Ich wusste genau, was ich tat." Sie war verloren gewesen in einem Nebel der Leidenschaft, von dem sie nicht gewusst hatte, dass er existierte. Doch sie hatte es gewollt, sie hätte der Sache jederzeit ein Ende bereiten können. Man konnte Westerville viel vorwerfen, aber nicht, dass er sich ihr je gegen ihren Willen aufgedrängt hätte. Seine Nähe war vielleicht ein *wenig* überwältigend, ein *wenig* fordernd – genau das war ja auch das Köstliche daran –, aber mehr nicht.

Sie seufzte. „Ich werde mit Großvater reden, und ..."

„Nein!", erklärte Beatrice, schwang die Beine auf den Boden und ließ sich in die Kissen auf dem Sofa sinken. „Überlass das Harry. Er wird gleich nach dem Frühstück nach Massingale House reisen und dem Duke erzählen, was passiert ist."

Harry blieb stehen und wandte sich zu Beth. „Ja. Ich sage dem Duke, dass ... dass ... dass dieser Kerl dich verleitet hat ..."

Beth erhob sich. *„Nein.* Das wirst du Großvater *nicht* erzählen, weil es nicht stimmt. Ich wusste *genau,* was ich tat."

Harrys Miene wurde weich. „Beth, mein Liebes, Westerville ist ein erfahrener Frauenheld. Du weißt nicht, wie diese Dinge funktionieren, aber glaube mir, er ist nicht der, für den du ihn hältst."

„Ich weiß genug, um zu erkennen, dass das, was du sagst, nicht stimmt. Es war überhaupt nicht Westervilles Schuld. Ich habe nur ..."

„Beth!", explodierte Beatrice und sprang auf. „Wie kannst du bloß so dastehen und diesen Mann auch noch verteidigen? Er ist einfach verschwunden! Ohne ein Wort! Nicht mal eine Entschuldigung ... oder ..." Beatrice presste die Hände an die Wangen. „Sieh mich nicht so an, Beth. Ich weiß, wovon ich rede. Ein ehrenhafter Mann wäre gleich bei Sonnenaufgang hergekommen, um alles in Ordnung zu bringen. Aber wo ist er, frage ich dich?"

„Ich will nicht ..."

„Ich sage dir, wo er ist", fuhr Beatrice mit harter Miene fort. „Er ist irgendwo da draußen und verführt eine andere Frau. Für Männer wie ihn kann es gar nicht genug Frauen auf der Welt geben."

Beth ballte die Hände zu Fäusten. Bevor sie allerdings noch etwas erwidern konnte, ging die Tür auf, und der Butler trat ein. „Sir. Madam. Mylady." Er machte eine kunstvolle Pause. „Der Duke of Massingale und Viscount Westerville."

Beth wirbelte zur Tür herum. Beatrice presste die Hand an ihr Herz, während Harry irgendeinen ungeduldigen Fluch murmelte und einen Schritt nach vorn tat.

Auf seinen mächtigen Stock mit Goldknauf gestützt, humpelte der Herzog in den Raum. Er gönnte Beth keinen Blick, nahm sich aber die Zeit, Beatrice und Harry ausführlich anzufunkeln. Beth brach es fast das Herz, doch sie unterdrückte die Tränen mit Macht.

Westerville folgte ihrem Großvater. In einen unerbittlich schwarzen Reitdress gekleidet, das Gesicht angespannt, wirkte er so dunkel und gefährlich wie eh und je. Er ist ja auch gefährlich, dachte sie elend.

Er blickte sich im Raum um, entdeckte Beth fast sofort. Sie versuchte, in seiner Miene zu lesen, doch sie konnte es nicht. Was hatte das zu bedeuten? Im Gegensatz zu den anderen wusste sie, dass Westerville einen besonderen Grund hatte, ihren Großvater aufzusuchen, und nun hatte sie ihm, aufgrund ihrer Dummheit, den perfekten Vorwand dazu geliefert.

Ihre Augen wurden schmal, als ihr ein schrecklicher Gedanke kam. Hatte er das von Anfang an so geplant? Vielleicht hatte Harry ja doch recht. Vielleicht hatte Westerville sie voll Berechnung verführt, um Zugang zu ihrem Großvater zu erlangen. Sie biss die Zähne zusammen.

Ihr Großvater ging zu dem großen Sessel am Kamin und ließ sich stöhnend darin nieder. „Dieses verdammte Bein." Er warf Harry einen erbosten Blick zu. „Na? Nun stehen Sie hier nicht so rum. Holen Sie mir einen Brandy."

Harry wollte zu dem kleinen Tisch in der Ecke des Zimmers gehen, blieb dann jedoch stehen. „Brandy?"

„Verdammt, ja! Und beeilen Sie sich gefälligst."

„Aber … es ist noch nicht einmal sieben Uhr früh!"

Der Herzog funkelte ihn erbost an. „Was denn? Trinkt ihr in diesem Haus erst ab acht? Was seid ihr bloß für Weichlinge!"

Harry warf Beatrice einen verblüfften Blick zu, worauf diese nur schwach mit den Schultern zuckte. „Na schön", meinte Harry, immer noch eine Spur Unsicherheit in der Stimme. „Ein Glas kann wohl nichts schaden."

„Natürlich schadet es nichts! Als ich vor einer Stunde zwei Gläschen getrunken habe, hat mir das ja auch nichts geschadet, oder? Also macht es jetzt auch nichts." Wütend blitzte er Westerville an. „Verflixt, eigentlich könnte ich noch mehr vertragen nach diesem ganzen Affentheater."

Der durchdringende Blick des Herzogs fiel auf seine Enkelin. Etwas huschte über sein Gesicht, eine Spur … war es Unsicherheit? Was es auch war, es war im nächsten Augenblick schon wieder verschwunden und machte der üblichen bärbeißigen Miene Platz. „Da bist du ja. Hast ein ganz schönes Durcheinander angerichtet, was?"

Beth atmete tief durch. „Großvater, eigentlich wollte ich heute Morgen zu dir kommen …"

„Aber erst wollte ich rausfahren", erklärte Harry leicht verzweifelt. Er reichte dem Duke ein Glas Brandy. „Euer Gnaden, es ist etwas passiert. Etwas Schreckliches. Und ich finde es vollkommen inakzeptabel, schließlich habe ich Ihre Enkelin in meinem Haus aufgenommen und dachte, ich könnte sie beschützen …"

„Schon gut, schon gut, man kann nicht überall gleichzeitig sein, nicht wahr?", erwiderte Beths Großvater in unerwartet mildem Ton. „Verflixt guter Brandy, Thistle-Bridgeton. Besser als meiner."

Darauf trat benommenes Schweigen ein. Harry sah zu Beatrice, die hilflos mit den Schultern zuckte. „Euer Gnaden", versuchte Harry es noch einmal. „Gleich nach dem Frühstück wollte ich zu Ihnen fahren …"

„Nach dem Frühstück, was? Na, da sind Sie ein bisschen spät dran. Sie hätten wissen müssen, dass Westerville nicht wartet, bis Sie kommen und den Dreck für ihn wegkehren. Er hat es selber gemacht. Ist gestern Nacht noch gekommen und hat mir alles erzählt."

Beth blieb der Mund offen stehen. „*Alles?*"

Ihr Großvater fixierte sie kurz. „Aye. Wie er sich daran machte, dich zu verführen, und es auch beinahe getan hätte. Ich will nicht so tun, als wäre ich darüber glücklich, das bin ich nicht. Westerville hat sich wie ein Schuft benommen."

Der Viscount lächelte ihren Großvater spöttisch an und verneigte sich dann. „Ich habe meine Entschuldigung vorgebracht. Mein Benehmen war indiskutabel."

Der Duke of Massingale schnaubte und warf Westerville unter borstigen Brauen einen harten Blick zu. „Das ist ja noch lang nicht alles. Sie haben Glück, dass Sie jung, reich und von Adel sind. Andernfalls hätte ich Sie gestern Abend erschossen."

Westerville presste die Lippen aufeinander, und diesmal verneigte er sich nur schweigend.

Beth bekam heiße Wangen. „Großvater, hat … hat der Viscount dir erzählt, warum er es gemacht hat?"

Westerville erwiderte: „Ich habe mich darangemacht, Sie zu verführen, weil ich mir nicht anders zu helfen wusste." Sein Blick strich über sie. „Sie sind eine schöne Frau, meine Liebe, und ich bin leider auch nur ein Mensch."

Der Dummkopf. Beth starrte ihn wütend an.

Der Duke stellte das leere Glas ab. „Sie sieht aus wie ihre Mutter, ist ihr wie aus dem Gesicht geschnitten."

Westerville hatte ihrem Großvater also nicht alles erzählt. Offensichtlich spielte er immer noch ein doppeltes Spiel, daran bestand kein Zweifel. Ein Spiel, an dem sie keinerlei Anteil wünschte. Aber was konnte sie tun? Allen verkünden, dass er sie nur deswegen verführt hatte, weil er nach Beweisen für ein weit zurückliegendes Verbrechen suchte und Zutritt zu Massingale House brauchte? Das würde auch keine Lösung bedeuten. Wenn sie etwas über Westerville wusste, dann dass er hartnäckig war wie kein zweiter.

Sollte sie protestieren, würde er ihre Einwände einfach zurückweisen, und da er jetzt Großvater auf seiner Seite hatte … Nein, jetzt war nicht der richtige Zeitpunkt. Wenn sie zu sehr darauf drängte, sich durchzusetzen, bestand die sehr reale Möglichkeit, dass ihr Großvater sie zwang, den Viscount zu heiraten. Sie würde warten, bis sie ihn allein zu fassen bekam, und dann würde sie ihn zur Vernunft bringen. Denn im Augenblick, im Beisein von so vielen Leuten, waren ihr die Hände gebunden.

Aber während sie wegen der Umstände vor Wut nur leise vor sich hin schäumte, konnte man von Westerville mit Fug und Recht behaupten, dass es in ihm brodelte. Sein ganzer Körper schien angespannt vor unterdrücktem Zorn, und sie wusste, wie sehr es ihm gegen den Strich gegangen sein musste, ihrem Großvater zu beichten, was geschehen war. Unruhig betrachtete sie ihn. Er stand an der Tür, die Arme vor der Brust verschränkt, und wippte auf den Fersen zurück. Das schwarze Haar fiel ihm in die Stirn, seine grünen Augen blitzten, als wäre er zu jeder Herausforderung bereit.

Er lächelte Harry an, ein kaltes, beleidigendes Lächeln. „Ich war schneller als Sie, was? Sie hätten auch noch letzte Nacht nach Massingale House reiten sollen, so wie ich."

Mit geballten Fäusten ging Harry auf ihn zu.

Ihr Großvater stieß Harry den Knauf des Stockes zwischen die Beine.

„Euer Gnaden! Geben Sie den Weg frei!"

„Nein, verdammt", fuhr der Herzog ihn an. „Solange ich hier bin, werden Sie nicht das Raufen anfangen!"

Mühsam brachte Harry sich unter Kontrolle. „Euer Gnaden, Sie kennen den Charakter dieses Mannes nicht!"

„Ich kenne ihn recht gut." Ihr Großvater betrachtete Westerville kritischen Auges. „Ich will nicht behaupten, dass ich diesen Emporkömmling mag, das tue ich nicht. Aber eines will ich ihm zugutehalten: Er hat mehr Biss als die meisten anderen Hohlköpfe, die heutzutage einen Titel tragen. Und redegewandter ist er auch."

„Euer Gnaden!", rief Harry mit puterrotem Gesicht. „Es gibt Gerüchte … ich muss Ihnen sagen … Sie müssen wissen, dass es heißt, er wäre einmal ein gewöhnlicher Straßenräuber gewesen!"

„*Das*", erklärte Westerville, „ist eine Lüge. Ich gebe zu, dass ich früher mal Straßenräuber war, aber gewöhnlich war ich nie!"

Ihr Großvater lachte. „Seht ihr? Seht ihr, warum er als Schwiegerenkel halbwegs erträglich ist? Diese Geschichte hat er mir schon letzten Abend erzählt. Hat mir von all den ruchlosen Taten berichtet, die er begangen hat. Hat mich zu Tode gelangweilt, aber vermutlich war es am besten so."

Beatrice legte die Hand ans Herz und starrte Westerville mit weit aufgerissenen Augen an. „Sie meinen … es ist wahr? Sie waren – ich kann das nicht glauben!“

Er verbeugte sich, auf den Lippen ein ironisches Lächeln. „Gentleman James, Mylady.“

Harrys Lippen wurden schmal. „Verdammter Angeber.“

„Ja, ein Angeber ist er tatsächlich, da gebe ich Ihnen recht“, stimmte der Herzog zu. Sein Blick ruhte auf Beth, und zum ersten Mal entdeckte sie die Entschlossenheit in seinem Blick. „Aber er ist auch der Verlobte meiner Enkelin.“

Ihr *Verlobter*? Beth blinzelte. Beatrice schrie leise auf. Harry starrte sie an. Während Westerville einfach dastand und sie alle anlächelte.

12. KAPITEL

Für einen Dienstboten ist es die größte Freude, auf das Äußere und das Benehmen seines Dienstherrn stolz sein zu können. Habe ich zumindest gehört.

Leitfaden für den vollkommenen Butler und Kammerherrn von Richard Robert Reeves

Drei Tage später winkte Jameson dem Lakaien, das Teetablett zu senken, damit er es inspizieren könne. Kritisch beäugte der Butler die kleine Silberkanne, die mit duftendem, dampfendem Tee gefüllt war. In der Mitte des Tabletts standen Milchkännchen und Zuckerschale, begleitet von einem silbernen Teelöffel, der mit einer rankenden Rose graviert war.

Auf einer Seite stand eine dünnwandige Porzellantasse mit blauem und gelbem Blumenmuster, auf der anderen ein kleiner Teller mit einer verlockenden Auswahl von Teekuchen.

Der Butler sah sich das Tablett genau an, fügte dann eine Serviette aus schneeweißem Leinen hinzu und eine einzelne Rose. Zufrieden darüber, dass nun alles so war, wie es sein sollte, nickte er. „Folgen Sie mir."

Er ging in den Garten voraus. Fröhlich blitzte die Sonne hinter den Bäumen hervor. Ein laues Lüftchen regte sich und kühlte die Luft auf genau die richtige angenehme Temperatur herunter.

Der Butler ging den Hauptweg entlang, durch ein kleines Törchen auf der Seite und trat dann unter eine Pergola. An deren Ende sah er Lady Elizabeth auf einer niedrigen Marmorbank sitzen.

Jameson hielt inne, als er sie entdeckte, denn sie sah bildschön aus – der Wind spielte mit ihrem weißen Kleid, und die dunkelgrüne Hecke hinter ihr gab einen perfekten Rahmen für ihr blondes Haar ab. Ihre Mundwinkel allerdings neigten sich nach unten, ein ungewöhnlicher Anblick, bei dem sich ihm das Herz im Leibe umdrehte.

Die letzten drei Tage hatte eine düstere Wolke über dem Haushalt gelegen. Erst diesen Morgen war eine Zofe grundlos in Tränen ausgebrochen, und einer der Stallburschen – ein beherzter Kerl, der schon seit Jahren in Diensten des Herzogs stand und in all der Zeit niemals Anlass zur Sorge gegeben hatte – hatte im Stall einen Streit vom Zaun gebrochen und war mit gebrochener Nase auf dem Boden gelandet.

„Die Herrin ist eine wunderschöne Frau", sagte der Lakai leise. „Schade nur …"

Jameson warf ihm einen empörten Blick zu.

Der Mann verstummte und lief rot an.

„Hier entlang, Master Charles. *Falls* Sie ganz fertig mit Klatschen sind."

Der Gescholtene nickte elend. Jameson ging indes zur Marmorbank voraus. „Mylady?"

Beth blickte auf und hob die Brauen, als sie das Teetablett sah. „Oh! Ach, vielen Dank, aber … ich habe gar nicht nach Tee verlangt."

„Nein, Mylady, ich habe mir herausgenommen, Ihnen welchen zu bringen. Ich dachte, dann könnten Sie die Sonne vielleicht ein wenig länger genießen."

Ihr Gesicht wurde weich. „Wie nett von Ihnen."

„Mylady, wir sind einfach froh, Sie wieder bei uns zu haben." Jameson wies den Lakaien an, den Tee auf eine Bank zu stellen, und scheuchte den Mann danach entschlossen davon. Der Butler machte sich ein letztes Mal am Tablett zu schaffen. „Der Tee ist noch recht heiß, Mylady."

Sie lächelte, allerdings drang das Lächeln nicht bis zu ihren Augen vor. „Im Gegensatz zu Großvater mache ich Sie nicht persönlich verantwortlich dafür, wenn der Tee zu heiß oder zu kalt ist."

„Vielen Dank, Mylady. Das ist in der Tat eine große Erleichterung."

Normalerweise hätte ihr diese trockene Bemerkung ein Lächeln entlockt. Heute konnte sie sich kaum zu einem Nicken aufraffen, bevor sie wieder in Schweigen versank.

Jameson musste ein Seufzen unterdrücken. Lady Elizabeth war einfach nicht mehr dieselbe, seit sie aus London zurückgekehrt war, verlobt, aber in Ungnade gefallen. Der Gedanke, dass ein bloßer Besuch in London eine solche Wirkung auf eine so vernünftige junge Dame ausüben konnte, war erschreckend. Man munkelte, Lady Elizabeth sei von einem Wüstling bedrängt worden. Jameson hatte die Ankunft des jungen Mannes mitten in der Nacht höchstpersönlich mitbekommen und dazu noch die Strafpredigt gehört, die der Herzog anschließend vom Stapel gelassen hatte.

Jameson schauderte, wenn er daran dachte, obwohl sich der junge Mann nicht schlecht geschlagen hatte. Als der später die Bibliothek verließ, war er zwar bleich und in seinen Augen funkelte unterdrückte Wut, doch er war ungebrochen.

Schade, dass sich die Dinge so entwickelt hatten; alle hatten gehofft, dass Lady Elizabeth einen netten, ruhigen Herrn kennenlernen und sich in ihn verlieben würde. Nach einem Blick in Lady Elizabeths Gesicht fragte Jameson sich allerdings allmählich, ob nicht doch stärkere Gefühle im Spiel waren.

Natürlich stand es ihm nicht zu, derartige Dinge anzudeuten. Daher beschränkte er sich darauf, seiner Herrin eine Tasse Tee einzugießen und genau so zuzubereiten, wie sie es mochte – mit Sahne und großzügig Zucker.

Obwohl Jameson es niemals zugegeben hätte, machte er sich Sorgen. Die Dinge in Massingale House standen nicht zum Besten. Seine Gnaden war in letzter Zeit ungewöhnlich ruhig gewesen und verbrachte einen Großteil der Zeit in der Bibliothek am Fenster, wo er in den Garten hinausstarrte. Lady Charlotte blieb noch öfter als sonst auf ihrem Zimmer und wirkte rastloser und unruhiger als zuvor. Doch am schlimmsten war es um Lady Elizabeth bestellt: Sie hatte ihr Lächeln verloren, und Jameson hätte nie im Leben damit gerechnet, dass es einmal so weit kommen konnte.

Der Butler wartete noch einen Augenblick, wobei er sich angelegentlich damit beschäftigte, die anderen Marmorbänke mit dem Taschentuch abzustauben. Er wünschte, er könnte die richtigen Worte finden, um Lady Elizabeth wissen zu lassen, dass er und die übrigen Dienstboten im Geiste immer bei ihr waren. Aber da ihm keine brillante Eingebung kam, blieb ihm nichts anderes übrig, als sich mit freundlichem Lächeln und schwerem Herzen zurückzuziehen. Hoffentlich würde wenigstens der Tee sie ein wenig beleben.

Beth hörte gar nicht, wie er wegging. Dazu war sie viel zu sehr in Gedanken; sie rang mit den Folgen der größten Dummheit ihres Lebens, wie sie es inzwischen nannte.

Nachdem er die Neuigkeit verkündet hatte, dass Beth nun verlobt war und heiraten sollte, hatte ihr Großvater befunden, es sei an der

Zeit, dass sie nach Hause fuhr – nach Massingale House. Beth war erleichtert, zurückkehren zu können, obwohl es sie ärgerte, dass Westerville keine Einwände erhob. Er hatte sich nur über ihre Hand gebeugt und gesagt, er werde sie ja bald sehen.

Das lag nun drei Tage zurück, und seither hatte sie von diesem Schurken nicht mal eine einzige Zeile erhalten. Zum Teufel mit dem Kerl, das war doch die Einladung, auf die er gewartet hatte, der Zutritt zu Massingale House. Eigentlich hatte Beth erwartet, dass Westerville gleich am nächsten Morgen auf der Schwelle stehen würde.

Doch der Tag war vergangen, ohne dass er sich meldete. Dann der nächste. Und noch einer. Allmählich fragte sie sich, ob irgendetwas nicht in Ordnung war.

Sie hob die Hand zu einer Rose, die in der Brise schaukelte. Die samtenen Blütenblätter wärmten ihr die Finger; in der Luft lag schwerer Rosenduft. Sie atmete tief durch und versuchte ihren inneren Aufruhr zu beruhigen. Es war alles so schnell geschehen. Selbst jetzt konnte sie den Stand der Dinge nicht recht akzeptieren. Wenn ihr Großvater sich durchgesetzt hätte, wäre sie bereits verheiratet. Erst heute Morgen hatte er sie und Charlotte mit der Ankündigung überrascht, dass die Schneiderin bald eintreffen würde, um die Arbeit an Beths Hochzeitskleid aufzunehmen.

Beth hatte natürlich protestiert. Sie kam sich vor wie eine Kugel auf abschüssigem Gelände, ohne Kontrolle darüber, in welche Richtung sie rollte.

Seufzend lehnte sie sich auf der Bank zurück. Was immer Westerville auch zu ihrem Großvater gesagt hatte, es hatte dem alten Mann eine Spur Respekt eingeflößt. Natürlich nicht viel, mehr als ein bisschen war den nicht blutsverwandten Familienmitgliedern noch nie zugestanden worden, man sehe sich nur Charlotte an. Dennoch … alles in allem betrachtet, war sogar diese winzige Spur widerstrebende Bewunderung erstaunlich.

Über Beth raschelte es. Sie drehte sich um und entdeckte Lord Bennington, der den Laubengang soeben betreten hatte und nun verlegen dastand. Beth rang sich ein Lächeln ab.

Er verneigte sich und lächelte schwerfällig. „Lady Elizabeth, bitte verzeihen Sie mein Eindringen. Ich dachte nur, Charlotte könnte ebenfalls hier sein.“

„Nein, ich glaube nicht, dass sie schon aufgestanden ist." Bennington sah auf seine Uhr und runzelte verstimmt die Stirn. „Es ist bereits nach eins. Sollte nicht heute Morgen der Arzt zu ihr kommen?"

„Ja, aber sie hat ausrichten lassen, dass sie schlecht geschlafen hat und sie ihn stattdessen nächste Woche konsultieren will."

Benningtons Missfallen war beinahe mit Händen zu greifen. Wieder einmal staunte Beth über die Tiefe der Gefühle, die jener Mann für ihre Stiefmama hegte.

„Charlotte sollte den Arzt empfangen, wenn er kommt." Er schwieg und spielte mit den Handschuhen herum, die er in der Hand hielt. Plötzlich platzte er heraus: „Charlotte geht es aber doch gut, nicht wahr?"

Beth verbarg ein Lächeln. Was Bennington an Eloquenz vermissen ließ, machte er mit besorgten Ausbrüchen wett. „Ja, allerdings. Seit Sie immer wieder Ausflüge mit ihr machen, geht es ihr schon sehr viel besser."

Zu ihrer Überraschung lief er tiefrot an. „Das glaube ich auch. Tatsächlich habe ich Ihren Großvater gefragt, ob ..." Bennington warf Beth einen verstohlenen Blick zu und überlegte es sich offenbar anders. „Tut mir leid. Ich sollte Sie nicht mit meinen Überlegungen belasten."

„Schon gut. Sie gehören doch fast zur Familie."

Eifrig trat er vor. „Ja! So empfinde ich das auch! Tatsächlich wäre es sehr nachlässig von mir, wenn ich Ihnen nicht sagte ... ich meine, Ihnen anböte ... Lady Elizabeth, ich habe von Charlotte erfahren, was in London passiert ist."

Beths Wangen röteten sich. „Wie freundlich von ihr, Sie zu informieren."

Bennington schüttelte den Kopf. „Sie meinte es nicht böse. Sie war um Ihretwillen sehr bekümmert. Wissen Sie, sie hält große Stücke auf Sie, und vom Viscount ist sie nicht sehr angetan. Eigentlich hat sie sogar ..." Bennington hielt inne. „Was ich sagen wollte, ist, dass sie Sie sehr gern hat."

„Ich weiß. Tut mir leid, ich wollte nicht so heftig reagieren."

„Durchaus verständlich. Ich weiß, dass Ihr Großvater diese Ehe für Sie arrangiert hat. Natürlich kenne ich den Viscount nicht, aber wenn Sie aus irgendeinem Grund einmal eine Zuflucht brauchen, lassen Sie es mich wissen. Ich habe in Brighton eine unverheiratete Tante. Ihr Großvater würde nie erfahren, wo Sie sind, und doch wären Sie in Sicherheit und gut versorgt."

Beths Herz schwoll an. „Ich weiß gar nicht, was ich sagen soll. Ich ... danke, Lord Bennington. Das ist wirklich furchtbar nett. Ich werde Ihr Angebot im Kopf behalten, falls es ganz unerträglich werden sollte."

Ein langsames, fast erfreutes Lächeln huschte über Benningtons Gesicht. „Das hoffe ich, Lady Elizabeth. Ihr Vater war für mich ein ganz besonderer Mensch, und auch Ihre Stiefmutter bedeutet mir viel. Charlotte war immer ..." Er fing Beths Blick auf und zuckte zusammen. Sein steifes Benehmen kehrte zurück. „Tut mir leid. Ich sollte ins Haus gehen und nachsehen, ob Charlotte schon aufgestanden ist. Sie erwartet mich."

„Natürlich." Beth legte den Kopf schief. Fuhr da am Hintereingang eine Kutsche vor? Merkwürdig, die hintere Auffahrt wurde so gut wie nie benutzt. Es sei denn ... Sie richtete sich auf.

Lord Bennington verneigte sich. „Ich bitte Jameson, sie für mich zu suchen. Danke, Lady Elizabeth. Ich werde Sie jetzt Ihrem Tee überlassen."

Ein leises Wiehern und das Klimpern eines Zaumzeugs ließ Beth aufmerken. Es war tatsächlich eine Kutsche! Unter Aufbietung all ihrer Selbstbeherrschung nickte sie Bennington ruhig zu. „Danke, Mylord. Vielleicht sollten Sie mit Charlotte ausreiten? Die frische Luft könnte sich als belebend erweisen."

Seine Miene hellte sich auf. „Eine hervorragende Idee! Danke, Lady Elizabeth. Ich wünsche Ihnen einen angenehmen Nachmittag." Er verbeugte sich nicht ganz so förmlich wie sonst, drehte sich um und ging zurück zum Haus.

Beth sah ihm nach, obwohl sie sich immer noch auf die Geräusche von der Kutsche konzentrierte.

„Haben Sie mich vermisst?", ertönte da eine leise tiefe Stimme direkt hinter ihr.

Beth fuhr zusammen. Die Hand auf das wild klopfende Herz gepresst, wirbelte sie herum. Christian stand im Garten, die Lippen zu einem boshaften Lächeln verzogen.

„Meine Güte, Westerville! *Muss* das sein?“

„Haben Sie die Kutsche nicht gehört?“

„Doch, aber erst vor einem Moment. In der kurzen Zeit können Sie es nicht von dort bis zur Bank geschafft haben.“

„Habe ich auch nicht. Ich habe den Kutscher gebeten, mich am Seiteneingang abzusetzen.“

„Ah.“ Nervös schlang sie die Hände ineinander. Erst in diesem Moment wurde ihr bewusst, wie sehr sie sich danach gesehnt hatte, ihn wiederzusehen. „Ich habe mich schon gefragt, ob ich verlassen werden soll, noch bevor ich vor den Traualtar getreten bin.“

Christian sah sie aufmerksam an. Etwas Warmes blitzte in seinen Augen auf. „Man kann mir viel vorwerfen, aber ich bin kein Mensch, der ein Versprechen bricht.“

Aus irgendeinem Grund hatte Beth plötzlich das Gefühl, als hätte sie zu viele Hände. Ihr Blick fiel auf das Teetablett, das immer noch auf der Bank stand, und sie ging hinüber. „Möchten Sie etwas Tee? Ich kann eine weitere Tasse bringen lassen.“

„Nein, danke, ich kann das Zeug nicht ausstehen.“

„Dann trinke ich eine Tasse.“ Sie goss sich ein und fügte Sahne und Zucker dazu. Beim Umrühren blickte sie über die Schulter. „Wir sitzen schön in der Patsche.“

Er lächelte, dass seine Zähne weiß aufblitzten. „Allerdings.“

„Ich muss fragen, ob das zu Ihrem Plan dazugehörte. Haben Sie mich durch einen Trick gezwungen, mich mit Ihnen zu verloben, damit ich Sie auch ja nicht von Massingale House fernhalten kann?“

Sie hatte die Frage nicht so direkt stellen wollen, doch sie war ihr entschlüpft, ehe sie sich dessen richtig bewusst war.

Sein Lächeln erlosch. „Ich hatte nicht die geringste Absicht, Sie zu kompromittieren. Außerdem hatten Sie bereits zugestimmt, mir zu helfen.“ Er zuckte mit den Schultern. „Warum hätte ich dann noch etwas unternehmen sollen?“

Beth hielt inne, die Teetasse auf halbem Weg zum Mund. Er hatte recht, sie hatte sich tatsächlich schon bereit erklärt, ihm zu helfen. Erleichterung durchströmte sie, und sie ertappte sich zum ersten Mal seit Tagen bei einem Lächeln.

Er grinste zurück. „Das hatten Sie nicht bedacht.“

„Nein. Irgendwie wurde ich einfach den Verdacht nicht los, dass

Sie mich von vornherein verführen wollten."

„Das schon. Aber nicht aus diesem Grund. Elizabeth, Sie sind eine verdammt attraktive Frau. Ich hätte es nicht tun sollen, aber kein Mann könnte mir einen Vorwurf machen."

Beth wusste nicht, was sie sagen sollte. Sie zwang sich, einen Schluck Tee zu nehmen, ehe sie ihm antwortete. „Ja, schön, aber wir sitzen immer noch in dieser schrecklichen Klemme. Großvater ist fest entschlossen, dass wir heiraten sollen."

„Sollte er auch", erklärte Westerville und lehnte sich mit verschränkten Armen an einen Baum. „Sie sind ruiniert."

Sie zuckte mit den Schultern und nahm noch einen Schluck Tee. Die Wärme des Gebräus beruhigte ihre Nerven ein wenig. „Ich fühle mich aber gar nicht so."

Sein Blick verfinsterte sich. „Sie haben keine Ahnung, was es bedeutet, wenn man aus der Gesellschaft verstoßen wird. Wie die Seele darunter leidet."

Sie zuckte mit den Schultern. „Es bedeutet, dass die Leute tuscheln."

„Sie werden nicht nur tuscheln, sie werden Sie auch auslachen. Erst vergisst man, Sie auf Gesellschaften einzuladen. Und irgendwann vergisst man Sie dann ganz."

Mit sanftem Klirren stellte sie die Tasse ab. „Wie bei Ihrer Mutter."

„Ja."

Beth nickte. Ihre Miene war nachdenklich. Nach einem Augenblick hob sie die Tasse wieder an die Lippen. Der Anblick, wie sie den Rand des zarten Porzellans streiften, warf Christian beinahe um. Jedes Mal, wenn er in ihrer Nähe war, konnte er sich auf gar nichts anderes mehr konzentrieren. Weswegen er sich mit dem Besuch drei Tage Zeit gelassen hatte. Er hatte gedacht, die Zeit würde das Feuer in seinem Blut abkühlen, das sie in ihm entfacht hatte, doch da hatte er sich getäuscht. Gründlich getäuscht.

Gerade senkte sie die Tasse und blickte zu ihm auf. Sie saß auf einer breiten hellgrauen Marmorbank, die Seidenröcke um sich ausgebreitet, und die Sonne ließ ihr goldenes Haar aufleuchten. Christian spürte, dass sich unter ihrem ruhigen Äußeren immer noch Entsetzen über das Geschehene verbarg, und das schmerzte ihn.

Er fuhr sich durch das Haar und lehnte sich etwas schwerer an den Baum. Bei Zeus, wie hatte er es nur so weit kommen lassen können? Es war unerträglich. Er hatte sie doch nur dazu bringen wollen, ihm zu helfen. Niemals hatte er daran gedacht, sie zu kompromittieren.

Plötzlich wurde ihm klar, dass sich seine Ziele irgendwann geändert hatten. Ganz zu Anfang war er durchaus bereit gewesen, sie zu benutzen, um an ihren Großvater heranzukommen. Jetzt ... jetzt würde er nur nehmen, was unumgänglich nötig war. Er wollte Elizabeth nicht verletzen. Eigentlich wollte er etwas ganz anderes ...

Diesen Gedanken unterdrückte er sofort. Zum Teufel mit seiner Arroganz. Lady Elizabeth war nicht für ihn bestimmt. Sie hatte einen freundlichen und sanften Mann verdient, der sie umhegte und beschützte. Er war für sie nicht der Richtige.

Er begegnete Beths besorgtem Blick und zwang sich zu lächeln. „Die Lage ist allerdings ungünstig."

„Was für eine Untertreibung." Die Teetasse zitterte in ihrer Hand, und so setzte sie sie rasch ab.

„Wie fühlt sich Ihr Großvater inzwischen?"

„Wütend", erwiderte sie und lächelte reuig. „Und erfreut. Beides zugleich."

Christian runzelte die Stirn. „Wütend? Misshandelt er Sie?"

Mit zornrotem Gesicht betrachtete sie ihn. „Nein! Wie können Sie so etwas nur sagen?"

„Ich kenne ihn ja kaum, und ... Nun ja, ich will mich eben vergewissern, dass es Ihnen gut geht."

„Mein Großvater würde mir niemals etwas zuleide tun. Er würde überhaupt niemandem etwas zuleide tun."

„Mit Großvätern habe ich wenig Erfahrung, mit Vätern eigentlich auch kaum. Das Wenige, was ich von meinem weiß, ist, dass er sich nie die Mühe machte, mich kennenzulernen."

Sie runzelte die Stirn. „Ihr Vater war der Earl of Rochester. Ich habe ihn einmal im Theater gesehen." Sie legte den Kopf schief. „Sie sehen ihm überhaupt nicht ähnlich."

„Mein Bruder Tristan schon."

„Das habe ich vom neuen Earl auch schon gehört."

„Er hat für unseren Vater sogar noch weniger übrig als ich."

Christian grinste. „Tris hasst es, wenn man ihn Rochester nennt, deswegen tue ich es bei jeder sich bietenden Gelegenheit."

Ihre Lippen zuckten. „Das überrascht mich nicht. Sie haben den Teufel im Leib."

Christian folgte einem Impuls, stieß sich vom Baum ab und setzte sich neben sie auf die Bank. „Elizabeth – Beth, was passiert ist, tut mir leid. Ich habe das nicht gewollt."

Sie atmete tief ein. „Ich auch nicht. Aber es ist geschehen. Westerville, meinen Sie ..."

„Christian." Er ergriff ihre Hand und drehte sie um, wobei ihm auffiel, dass sie keinerlei Schwielen hatte. Ihre Finger waren lang und zart, die Spitzen rosig und schön geformt. Er fuhr mit dem Daumen über ihre Handfläche, fasziniert, wie weich sie war. „Die ganzen Förmlichkeiten können wir jetzt doch beiseitelassen. Außerdem glaube ich, dass ich gern meinen Namen von deinen Lippen hören würde."

Sie errötete, doch sie sagte einigermaßen gefasst: „Also schön, Christian. Glauben Sie ... glaubst du, wir könnten uns eine glaubwürdige Geschichte einfallen lassen für das, was im Billardzimmer passiert ist? Vielleicht wenn wir Großvater erzählen ..."

„Nein, können wir nicht. Das weißt du doch ganz genau. Und überhaupt, egal was wir glauben, die Gesellschaft hat dank Lady Jersey schon längst entschieden, was sie von den Ereignissen hält."

„Warum bist du nur mit dieser schrecklichen Frau zu der musikalischen Soiree gegangen?"

„So schrecklich ist sie gar nicht. Nur redselig. Außerdem wollte ich zu der Soiree gehen, um dich zu sehen, und ich hatte keine Einladung."

Beth blinzelte, dass ihre langen Wimpern flatterten, und sah auf. „Du bist mit Sally Jersey dort hingegangen, nur um mich zu sehen?"

Christian hob Beths Hand an die Wange. „Ja."

„Wusste Lady Jersey das?"

„Sie hat es sich wohl ziemlich schnell zusammengereimt. Zuerst war sie amüsiert, aber später fühlte sie sich wohl ein wenig zurückgesetzt." Christian zuckte mit den Schultern. „Schade."

Beth lachte leise, dass man ihre Zähne weiß leuchten sah. Christian musste gegen den Wunsch ankämpfen, sie zu küssen.

Stattdessen küsste er sie auf die Hand.

Sie lächelte. „Du vergeudest deine Zeit. Mich kannst du nicht bezirzen."

„Nein?" Er fragte sich, warum sie ein so strahlender Mensch war. Wärme und Humor gingen von ihr aus. Er zwang sich, den Blick abzuwenden, und sah stattdessen zum Haus.

Sie folgte seinem Blick. „Ach ja. Du möchtest es durchsuchen, nicht?"

„Ja." Er wandte sich wieder zu ihr um. „Aber nicht jetzt."

„Das würde vermutlich Verdacht erregen."

„Allerdings. Ich habe zwanzig Jahre auf diesen Moment gewartet, da spielen ein paar Tage oder Wochen hin oder her keine Rolle." Er blickte zum Haus. „Ich kann euren Butler sehen, er schaut aus dem Fenster."

„Jameson." Suchend beugte sie sich vor. „Sein Beschützerinstinkt ist ziemlich ausgeprägt."

„Hast du schon immer hier gelebt?"

„Ja. Mein Vater und ich sind nach dem Tod meiner Mutter hierhergezogen, damit Großvater nicht so allein ist."

„Erinnerst du dich noch an sie?"

„Nein. Ich war auch noch ganz klein."

Er strich mit dem Daumen über ihr Handgelenk. „Hast du deinem Vater nahegestanden?"

„Eher nicht. Er war sehr intelligent und hatte dauernd die Nase in irgendeinem Buch stecken. Wenn er an einer Übersetzung gearbeitet hat, hat er tagelang nicht geredet." Sie lächelte. „Großvater hat es irgendwann aufgegeben, ihn für den Besitz zu interessieren. Schade, denn jetzt gibt es niemanden, der sich darum kümmert."

Er strich an ihrem Daumen hinab bis zum Handgelenk und wieder zurück. „Was ist mit dir?"

Sie verzog das Gesicht. „Großvater hat sehr entschiedene Ansichten, was die Rolle der Frau in der Gesellschaft betrifft."

„So ein Dummkopf."

Zu ihrer Überraschung erkannte Beth, dass er es ernst meinte. Sie sah auf ihre Hand, die so warm in Christians lag. Ein züngelndes Flämmchen schien von der Stelle auszustrahlen und wärmte ihr den Arm, die Schulter und den Busen. Sie spürte, wie ihre Brüste unter dem leichten Seidenleibchen prickelten und die Spitzen fest wurden. Enervierend war das, sich so zu ihm hingezogen zu fühlen. Es war so ... körperlich.

Sie unterdrückte ein Seufzen. Wie sehr sie sich wünschte, dass ihre Mutter noch am Leben wäre und ihr diese Dinge erklären könnte, obwohl ... konnte man einer Mutter so etwas überhaupt anvertrauen? Ganz bestimmt konnte Beth sich nicht vorstellen, mit ihrem Großvater über so etwas zu reden. Und was Charlotte anging, so hatte sie ihr nie sonderlich nahegestanden.

Sanft entzog Beth ihm die Hand und rang sich ein etwas steifes Lächeln ab. Wenn sie einen Ausweg aus dieser Verlobung finden wollte, musste sie einen kühlen Kopf bewahren. „Christian, ich habe nachgedacht."

In seinem Blick glitzerte es, doch er hob nur fragend die Brauen.

„Da wir diese Heirat beide nicht wollen, müssen wir Großvaters Zorn irgendwie besänftigen."

Christian wirkte amüsiert. „Ich könnte meinem Leben ein Ende setzen. Das würde ihn bestimmt erleichtern."

„Unsinn. Er ist keineswegs dumm. Sicher wäre ihm klar, dass dies den Skandal nur verschlimmern würde."

Um Christians Lippen zuckte es. „Das wäre aber auch schrecklich, nicht wahr?"

Nur mühsam konnte Beth ein Lächeln unterdrücken. „Schrecklich, allerdings."

„Dann setze ich meinem Leben eben kein Ende."

„Am besten, wir heben es uns als letzten Ausweg auf."

„Danke", erwiderte er trocken.

„Bis dahin müssen wir jedoch etwas tun, um Großvater zu beruhigen. Nicht viel, nur so viel, dass er nicht hingeht und eine Anzeige in die Zeitung setzt. Wenn ich ihn irgendwie davon abhalten kann, das Aufgebot verlesen zu lassen, würden wir Zeit gewinnen, in der wir ihn davon überzeugen können, dass diese Hochzeit nicht stattfinden sollte."

„Beth, die Gesellschaft wird nicht zulassen, dass er es sich so einfach anders überlegt. Du bist ruiniert."

„Das ist mir egal. Ich wollte ohnehin nie in die Gesellschaft eingeführt werden. Außerdem, wenn Großvater stirbt, erbe ich all sein

Geld. Und eines weiß ich über die Gesellschaft: Solange man nur genügend Geld besitzt, wird einem beinahe alles vergeben."

„Du wärst aber nicht glücklich mit einem Ehemann, der dich nur wegen deines beträchtlichen Vermögens geheiratet hat."

„Schau her, Westerville", sagte sie ein wenig erbittert. „Ich will doch gar keinen Ehemann. Ich weiß nicht, warum jeder davon ausgeht, dass ich einen brauche. Alles, was mir ein Mann geben könnte, habe ich schließlich längst hier."

Christian hob die Brauen und blitzte sie belustigt an.

Beth errötete. „Also gut, fast alles."

Christian lachte.

„Ach, hör auf!" Sie atmete tief durch und drehte sich zu ihm um. „Christian, hör zu. Ich habe entschieden, dass wir tun müssen, was wir können, um diese Ehe zu verhindern. Bist du nun auf meiner Seite oder nicht?"

13. KAPITEL

Es ist interessant, wie sich ein Dienstherr vom anderen unterscheidet, und das nicht nur in Größe und Gewicht. Die einen sind gutmütig, die anderen nicht. Die einen trennen sich nicht gern von ihrem Geld, die anderen geben es mit vollen Händen aus. Die einen wissen ihre Dienstboten zu schätzen, die anderen essen kaltes Hammelfleisch und tragen zu steif gestärkte Hemden. Ach ja, die Unterschiede sind wahrhaftig groß.

Leitfaden für den vollkommenen Butler und Kammerherrn von Richard Robert Reeves

Christian machte den Mund auf, um zu antworten, aber er brachte kein Wort heraus. Natürlich wollte er nicht heiraten, vor allem nicht die Enkelin des Mannes, der für den Tod seiner Mutter verantwortlich war. Trotzdem, während er Beth ansah, wie sie so auf der Bank saß, von Blumen umgeben, das Seidenkleid ein perfekter Kontrast zu ihrem honigblonden Haar und den braunen Augen, kam ihm plötzlich ein höchst erstaunlicher Gedanke – warum sollte er sie eigentlich nicht heiraten? Ein Leben an Beths Seite würde voller Aufregungen und Herausforderungen stecken. Sie war schön und charmant. Und es bestand diese tiefe Verbindung zwischen ihnen, etwas, was er so noch nie erlebt hatte.

Selbst erschrocken von seinen Gedankengängen, rang er sich ein Lächeln ab. „Ich bin mir nicht sicher, ob ich dir folgen kann."

„Ich wüsste einen Weg, wie ich uns aus dieser Klemme befreien könnte, nur brauche ich dazu deine Unterstützung. Hilfst du mir?"

„Wie sieht dieser Weg denn aus?"

„Wir müssen diese Verlobung einfach als einen vorübergehenden Rückschlag betrachten. Dann brauchen wir nur noch Großvaters Befehlen zu folgen, aber nur so tun, als wollten wir heiraten. Kurz bevor die ernsthaften Planungen beginnen oder das Aufgebot verlesen wird, löse ich die Verlobung." Ihr Lächeln erlosch. „Allerdings wirst du dann als bedauerlich frivol dastehen."

Er lachte leise. „Meine Liebe, du hingegen bist tatsächlich frivol.

Ich habe dich noch nie dasselbe Paar Schuhe zwei Mal tragen sehen."

Ihre Wangen wurden rot. „So viele Paar Schuhe besitze ich gar nicht!"

Christian lachte. „Friss mich nicht. Es sind ja alles reizende Schuhe." Er beugte sich vor, streifte sie dabei mit der Schulter, was die Luft zwischen ihnen zum Glühen brachte. „Besonders gut gefallen mir die blauen Satinschuhe mit dem goldenen Flitterbesatz. Eines Tages wirst du sie für mich tragen ..."

Beth gelang ein Lächeln. „Es wäre mir eine Ehre."

„... und sonst gar nichts."

Einen Augenblick konnte sie ihn nur anstarren. „Sonst gar nichts? Das ist ... das ist ... das ist ja ..."

„Sinnlich? Erregend? Berauschend?"

„Obszön."

„Unsinn. Das ist vollkommen einwandfrei." Er lehnte sich zurück und legte den Arm auf die Lehne hinter ihr, sodass seine Schulter ihr verlockend nahe kam. Nun, er war schließlich verlobt mit ihr, warum also nicht? Warum sollte er nicht den Arm um sie legen?

„Diese Unterhaltung schickt sich nicht."

„Unsinn", wiederholte er und legte nun tatsächlich den Arm um sie. Genießerisch atmete er den Duft ein, der von ihr ausging und so frisch und rein war wie der Blumenduft ringsum. „Wir sind verlobt, meine Liebste. Da ist das alles vollkommen einwandfrei."

Sie ergriff seine Hand, hob sie sich über den Kopf und legte sie auf seinen Schoß. „Du, mein Lieber, nutzt eine sehr bedauerliche Situation schamlos aus."

„Ich genieße nur den glücklichen Zufall, das ist alles. Darf ich das denn nicht? Den Dingen etwas Positives abgewinnen?"

„Diese Dinge haben nichts Positives an sich. Wir müssen einen Weg finden, Großvater davon zu überzeugen, das Aufgebot nicht verlesen zu lassen. Sonst ..." Beth presste die Lippen aufeinander, nicht willens, diesen Gedanken weiterzuverfolgen. „Wir müssen es probieren."

Er sah sie lange an. Seine Augen waren umschattet, verborgen. Sie fragte sich, was er wohl dachte, welche Gedanken ihn von einer Antwort abhielten.

Schließlich zuckte er mit den Schultern. „Na schön. Wir werden ja sehen, ob dein Plan funktioniert."

„Das wird ganz leicht. Wir können einfach das Datum nach hinten verschieben – ich werde anführen, dass ich ein schöneres Kleid brauche oder dass die Lilien noch nicht blühen, und dann, wenn der Skandal verblasst ist, werden wir einen riesigen Streit anzetteln und dem Spuk ein Ende bereiten. Wir werden nie wieder miteinander reden müssen."

Er antwortete nicht.

„Wes… ich meine, Christian. Was meinst du? Findest du den Plan machbar?"

„Auf alle Fälle ist er verzweifelt", entgegnete er ausdruckslos. „Aber ich kann dir wohl keinen Vorwurf machen. Unter solchen Umständen würde vermutlich niemand heiraten wollen."

Ihr wurde eng in der Brust. „Nein, allerdings nicht. Ich dachte nur … auf die Art können wir die Hochzeit umgehen, und du hast trotzdem noch Gelegenheit, das Haus zu durchsuchen. Alle werden glauben, dass du mich besuchst. Großvater hält sich meist in der Bibliothek auf; ohne Hilfe kommt er nicht die Treppe hinauf. Und Charlotte bleibt meist auf ihrem Zimmer. Wir sollten also in aller Ruhe und ohne Störung suchen können. Das einzige Problem sind die Dienstboten."

Christian begegnete ihrem Blick. „Du hast an alles gedacht, nicht?", meinte er.

„Ich habe mir Mühe gegeben", erwiderte sie.

Er nickte, enthielt sich aber jeden Kommentars, obwohl er nicht gerade erfreut wirkte.

Beth biss sich auf die Lippe. Sie wollte ihm wirklich helfen. Sobald erst feststand, dass das Collier nicht in Massingale House war, hätte sie Christian gern anderswo bei der Suche unter die Arme gegriffen. Irgendwo musste es Hinweise geben, die er übersehen hatte, irgendeinen Beweis, den er falsch interpretiert und auf ihren Großvater als Täter gebracht hatte.

„Westerville, was meinst du? Wärst du bereit, Großvater dazu zu überreden, noch ein wenig abzuwarten?"

„Mein Name ist Christian, meine Liebe." Sein Blick war aufgebracht, doch er lächelte. „Ich bin froh, dass du dich bereit erklärt hast, das Lösen der Verlobung zu übernehmen. Wenn ein Mann das tut, gilt er als Schurke. Wenn eine Frau eine Verlobung löst, heißt es, sie wäre gerade noch rechtzeitig zu Sinnen gekommen und hätte sich aus einer bösen Situation befreit."

Ihre Lippen begannen zu zittern, was Christian ermutigte hinzuzufügen: „Ich weiß nicht, warum das so ist, doch ich habe es immer wieder erlebt."

Das Lächeln erstrahlte nicht zur vollen Blüte, aber etwas von der Anspannung war aus ihrer Miene gewichen. „Tut mir leid. Ich will gar nicht so feige sein."

„Du? Feige?" Er winkte ab. „Vergiss es."

„Ja, schön ... du scheinst mit alldem viel besser zurechtzukommen als ich."

„Vielleicht kann ich meine Furcht nur besser verbergen. Egal wer man ist, es erschreckt einen doch, wie leicht man vor den Altar gezwungen werden kann."

Sie sah ihn eine lange Weile an. Er nutzte die Gelegenheit, ihre sanft geschwungenen Wimpern zu bewundern, die dicht und dunkelbraun waren und ganz erheblich zum Reiz ihrer blonden Haare beitrugen.

„Mein Lieber, ich kann mir nicht vorstellen, dass irgendwer dich zu etwas zwingen könnte, was du nicht willst, vor allem nicht zu etwas so Wichtigem wie einer Heirat."

„Dich kann sicher auch niemand zu etwas zwingen, es sei denn, du willst es tun. Um ehrlich zu sein, als ich mit deinem Großvater gesprochen habe, war er überhaupt nicht sicher, ob er dich dazu bringen könnte, seinen Wünschen zu entsprechen."

Sie lächelte ein wenig. „Ich hätte mich natürlich weigern können, das weiß er. Aber es wäre in eine ziemlich heftige Schlacht ausgeartet."

„Zwei störrische Leute, die ineinander verkeilt sind. Vermutlich wäre dies ein Anblick, der sich lohnen könnte."

Ein Kichern entfuhr ihr, und um ihre Augen bildeten sich reizende Lachfältchen. „Der Anblick würde sich nicht im Mindesten lohnen. Er würde mit puterrotem Gesicht herumtoben und mit dem Stock auf den Boden schlagen, während ich ihn erbost anfunkeln und nach ihm schnappen würde wie eine zornige Schildkröte."

Die Vorstellung entlockte ihm ein Lachen.

Sie lehnte sich auf der Bank zurück. In ihrem Gesicht zeigte sich eine plötzliche Einsicht. „Du hast aber recht. Großvater kann mich nicht zwingen zu heiraten. Ich will mich nur herauswinden, ohne dass es zu einer Auseinandersetzung mit ihm kommt. Es … es geht ihm nicht besonders gut."

Christian nickte. Als er dem Mann zum ersten Mal gegenübergestanden hatte, hatte er dasselbe gedacht. „Die ganze Episode war für dich und für mich ein ziemlicher Schock. Bei dem Gedanken an die Ehe wird mir ganz komisch. Eigentlich ist mir jetzt schon schlecht."

In ihren Augen blitzte es amüsiert. „Von wegen."

„Wirklich! Mir wird ganz elend bei dem Gedanken, dich heiraten zu müssen." Er grinste. „Kreuzelend."

Sie reckte die Nase in die Luft. „Ich mache dir nicht den geringsten Vorwurf; es wäre wirklich fürchterlich, mit mir verheiratet zu sein."

„Ach? Warum das?"

„Morgens vor dem Frühstück habe ich schreckliche Laune."

„Ich auch."

„Ich niese jedes Mal, wenn ich in den Garten gehe."

„Wie entsetzlich."

„Auch im Rasentennis bin ich nicht besonders gut."

Er hob die Brauen. „Sonst noch etwas?"

Diesmal sah sie ihn an. „Ich würde es nicht hinnehmen, wenn mein Ehemann fremdgeht."

„Als Ehemann würde ich auch nicht fremdgehen."

„Niemals?" Offensichtlich glaubte sie ihm kein Wort.

„Niemals. Deswegen bin ich ja auch nicht verheiratet und habe auch nicht die Absicht, es je zu tun."

Sie spitzte die Lippen. „Ein großes Wort."

„Und tief empfunden. Sag mal ehrlich: Kennst du eine Ehe, der nachzueifern es wert wäre?"

„Die meiner Eltern. Ich kann mich an nicht viel erinnern, doch selbst mein Großvater sagt, sie hätten sich sehr geliebt. Nach Mutters Tod hat Vater einfach … aufgehört."

„Er hat aber wieder geheiratet, nicht?"

„Ja. Charlotte. Jahre später." Sie lächelte reuig. „Es ist mir schwergefallen, meine Stellung als einzige Dame des Hauses aufzugeben. Ich war wohl ein bisschen verzogen und habe es ihr anfangs recht schwer gemacht."

„Ungefähr um diese Zeit wurde meine Mutter ins Gefängnis geworfen."

Beths Blick verdüsterte sich. „Das muss ungleich schwerer gewesen sein. Es tut mir leid, Christian."

Er schüttelte den Kopf. „Wir haben von dir gesprochen. Ist deine Stiefmutter nett zu dir?"

„Ja. Wir stehen uns aber nicht sehr nahe, dazu sind wir viel zu verschieden. Aber wir kommen ganz gut zurecht. Großvater sagt, Vater hätte Charlotte nie so geliebt wie meine Mutter." Ein bekümmerter Blick trat in ihre Augen. „Ich war immer der Ansicht, dies sei der Grund, warum Charlotte ..." Sie fing Christians Blick auf und errötete. „Ist ja egal. Das willst du sicher nicht wissen."

Aber er wollte es wissen. Er wollte alles über Beth erfahren, was es zu erfahren gab. Merkwürdig, aber je öfter er sie sah, desto mehr wollte er alles über ihre kleinen Schwächen herausfinden, ihre Vorlieben und Abneigungen, welche Farben ihr gefielen, welche Blumen sie mochte ... er wollte alles über sie erfahren, als würde ihm das helfen, einen kleinen Teil ihrer Persönlichkeit einzufangen. Etwas, was er mitnehmen konnte, wenn er schließlich gehen musste.

Der Druck in seiner Brust verstärkte sich. Sie war so süß, so besonders. Und es hatte fast den Anschein, als wäre sie sich dessen nicht einmal bewusst ...

Etwas in ihm löste sich, brach. Gefühle überfluteten ihn, drängten ihn vorwärts. Er beugte sich über sie und drückte sanft seine Lippen auf die ihren. Bereitwillig hob sie das Gesicht und nahm den Kuss entgegen. Verglichen mit den anderen Küssen, die sie schon geteilt hatten, war dieser erstaunlich keusch. Und doch sinnlich.

Für Beth bedeutete er noch etwas anderes: ein Versprechen. Das Siegel für eine Kameradschaft.

Warm und fest lagen seine Lippen auf den ihren, und sie sog seinen Duft ein und sehnte sich nach ... etwas. Etwas Neuem. Etwas Aufregendem.

In letzter Zeit hatte ihr Leben nur aus Träumen bestanden. Stets geschniegelt und gebügelt, hatte sie in den schönsten Kutschen gesessen, die besten Soireen und Bälle besucht. Aber irgendwie war das kein richtiges Leben. Sich in der vornehmen Gesellschaft zu bewegen hatte mehr mit schönem Schein zu tun, weniger mit wahrem Sein. Und einmal im Leben wollte sie mehr. Sie wollte einfach sein.

Der Kuss des Viscounts war *mehr.* Sie beobachtete nicht länger nur die anderen. Stattdessen fühlte sie sich auf einmal lebendig wie nie zuvor. Dieses neue Bewusstsein spürte sie am ganzen Körper, ihr Geist war erfüllt von Leidenschaften und neuen Gedanken, die sie vorantrieben. Bevor sie wusste, was sie tat, erwiderte sie den Kuss, schlang die Arme um Christians Hals und drängte sich an ihn. Sie wollte mehr davon, mehr von ihm.

Ein tiefes Stöhnen stieg aus seiner Kehle auf, und dann umfasste er ihren Kopf und ihren Rücken und zog sie an sich. Er vertiefte den Kuss, öffnete den Mund ein wenig, und seine Lippen fühlten sich warm und fest an.

Die verschiedensten Empfindungen brannten sich durch ihren Körper. Beth erschauerte, als Christian mit der Zunge über ihre Zähne strich. Ihre Muskeln spannten sich an, ein Prickeln überlief sie, und es wurde ihr abwechselnd heiß und kalt.

Seine Hand glitt zu ihrer Schulter, dann an ihrem Rücken hinab, hinterließ eine Spur brennender Leidenschaft. Dieser Mann mit seiner wilden Schönheit und dem verletzten Ausdruck tief in den Augen brachte sie dazu, dass sie sich nach seinen Berührungen ebenso sehnte, wie sich ein Verhungernder nach Nahrung sehnte.

Plötzlich gab er sie frei. Er erhob sich von der Bank und entfernte sich ein kleines Stückchen.

Beth ließ er halb liegend auf der Bank zurück, mit aufgelöstem Haar und heftig klopfendem Herzen.

Zwei Dinge erkannte sie in schneller Folge. Erstens hatte sie nicht gewollt, dass Christian aufhörte. Und zweitens fiel ihr nicht *ein* Grund ein, warum er hätte aufhören sollen, selbst jetzt nicht, da sein warmer Mund sie nicht mehr ablenkte. Sie waren schließlich verlobt. Bei Verlobten waren derartige Begegnungen doch sicher normal, oder etwa nicht?

Er warf ihr einen Blick zu und runzelte die Stirn, als er ihr zerzaustes Haar sah. „Du brauchst einen Kamm."

Mit leicht zitternder Hand strich Beth sich das Haar glatt. „Ich sehe eben aus, als wäre ich geküsst worden, und genau das ist ja auch passiert. Wenn mich mein Verlobter nicht küssen darf, wer dann?"

Er lächelte nicht. Stattdessen fuhr er sich mit der Hand über das Gesicht und seufzte. „Beth, wir müssen damit aufhören. Ich kann es nicht jedes Mal rechtzeitig beenden."

„Ich weiß." Sie biss sich auf die Lippen. „Christian, es tut mir leid. Ich dachte nur, nachdem wir verlobt sind …"

„Aber doch nicht richtig!" Harsch tönte seine Stimme ihr entgegen.

Sie versteifte sich. Ihre Wangen waren dunkelrot. „Ich weiß."

Tiefes Schweigen erfüllte den Garten. Irgendwo in der Ferne schlug ein Vogel, dann herrschte wieder Stille.

Schließlich seufzte Christian. „Tut mir leid. Ich bin nicht hergekommen, um mit dir zu streiten oder …" Er schüttelte den Kopf. „Ich wollte dir etwas geben." Langsam griff er in die Tasche und holte ein Päckchen heraus, das er ihr dann reichte. „Das sind die Informationen, von denen ich dir erzählt habe. Ich habe einen Begleitbrief dazu geschrieben, in dem erklärt wird, was die einzelnen Dokumente zu bedeuten haben. Ich möchte, dass du verstehst, warum ich das Haus durchsuchen muss. Warum ich überzeugt bin, dass sich dein Großvater eines schweren Verbrechens schuldig gemacht hat."

Sie nahm das Päckchen entgegen. Das Papier fühlte sich kühl und glatt an. Sie rieb über das Band, das die Papiere zusammenhielt.

„Ich brauche das Päckchen aber wieder." Christian nickte zu den Briefen. „Die Briefe sind gewissermaßen alles, was mir von meiner Mutter geblieben ist."

Beth nickte. „Ich passe gut darauf auf, das verspreche ich dir."

„Danke. Ich muss jetzt gehen."

„Möchtest du nicht mit reinkommen?" Beth stand auf und schob die Briefe in eine Tasche ihres Rocks. „Großvater hat nach dir Ausschau gehalten."

„Wenn ich mich nicht täusche, hat er mich auch gesehen. Seit meiner Ankunft schaut er aus dem großen Fenster am anderen Ende des Hauses."

Beth lächelte. „Was für ein Glück, dass uns die Pergola vor neugierigen Blicken versteckt."

„Allerdings. Beth, ich … danke dir, dass du die Briefe lesen willst und dir anhörst, was ich zu sagen habe. Das bedeutet mir eine Menge."

„Ich habe mich bereit erklärt, dich bei der Suche nach dem Mörder deiner Mutter zu unterstützen. Wir werden die Abmachung aus dem Billardzimmer einhalten."

Er schwieg einen langen Augenblick. Als er ihr schließlich antwortete, klang seine Stimme belegt. „Danke. Ich muss gehen." Er wandte sich um.

„Aber Großvater …"

„Ich rede morgen mit ihm", warf Christian über die Schulter zurück und beschleunigte seine Schritte. Nur zu bald war er außer Sichtweite. Seine Schritte konnte sie noch hören, dann das Klicken der Pforte am Seiteneingang, und schließlich eine Kutsche, die im Eiltempo davonfuhr.

Beth sank auf die Bank zurück. Ihr wirbelte der Kopf. Plötzlich entdeckte sie die leere Teetasse. An irgendeinem Punkt war sie von der Bank gestoßen worden und lag nun im Gras auf der Seite. Sie hob die zarte Tasse auf und stellte sie auf das Tablett zurück.

Morgen, hatte er gesagt. Das wäre auch bald genug. Sie griff in die Tasche und holte das Päckchen Briefe heraus. Langsam entfernte sie das Band.

Tief in Gedanken stieg Christian aus der Kutsche. Jedes Mal, wenn er Beth körperlich nahe kam, band sie ihn auch auf andere, weniger klare Weise an sich.

Doch was ihn wirklich beunruhigte, war die Art, wie sie mit ihm redete, als wären sie … ebenbürtig. Gefährten. Partner.

Auf der obersten Stufe blieb er stehen. Die Kutsche stand immer noch am Straßenrand, sah er. Stirnrunzelnd sah er zum Kutscher hinunter. „Sie können den Wagen in die Remise fahren, ich brauche ihn heute nicht mehr."

Der Lakai und der Kutscher tauschten einen erschrockenen Blick. Sie wirkten so entsetzt, dass Christian ein wenig verärgert die Zähne zusammenbiss. Lieber Himmel, hielt ihn denn jeder hier für einen Tunichtgut und Verschwender?

Der Lakai räusperte sich. „Mylord, sind Sie sicher, dass wir nicht einfach warten sollen? Es ist noch recht früh, und vielleicht möchten Sie ja noch ausgehen, und …"

„Bringen Sie die Kutsche in die Remise. Für heute habe ich genug."

„Aber … es ist doch erst vier Uhr nachmittags, Mylord!"

„Verdammt, ich habe selbst eine Uhr!"

Der Lakai sprang einen Schritt zurück und begann, sich mehrmals zu verbeugen. „Jawohl, Mylord! Tut mir leid, Mylord! Ich wollte doch nicht …"

Reeves öffnete ihm die Tür. Er blickte von dem aufgeregten Lakaien zu Christians strenger Miene und trat bedächtig beiseite. „Willkommen zu Hause, Lord Westerville. Dachte ich doch, dass ich Stimmen höre."

Christian betrat das Haus und legte Hut und Handschuhe ab. „Ich hatte gerade eine Diskussion über meine abendlichen Gewohnheiten."

„Aber ja", meinte Reeves beruhigend. Er blickte die Stufen hinab zum Kutscher und dem Lakaien, die immer noch wie vom Donner gerührt auf dem Gehsteig standen. „Seine Lordschaft ruft Sie, wenn er Sie braucht." Damit schloss er energisch die Tür und wandte sich zu Christian. „Ich werde dem Koch mitteilen, dass Sie den heutigen Abend zu Hause verbringen. Er wird ebenfalls schockiert sein, aber vielleicht findet er ja etwas, was Ihres Dinners würdig ist."

„Danke", brummte Christian und wandte sich zur Bibliothek.

Der Butler gab einem Lakaien ein paar Anweisungen und folgte Christian dann. „Da Sie heute Abend zu Hause bleiben, möchten Sie, dass im Speisesaal ein Feuer entzündet wird?"

„Wie Sie wollen." Christian setzte sich ans Fenster und starrte blicklos auf Kutschen und Pferde hinaus, die dort vorbeikamen.

Reeves beobachtete ihn einen Augenblick und trat dann zum Kamin, um Holz nachzulegen. Nach kurzem Schweigen sagte er: „Haben Sie Lady Elizabeth zu Hause angetroffen?"

„Ja. Im Garten, um genau zu sein."

„Und der Herzog?"

„Den habe ich nicht gesprochen. Als ich die Auffahrt entlangkam, habe ich Lady Elizabeth bei den Rosen gesehen, deswegen bin ich gleich dorthin gegangen." Verdammt attraktiv hatte sie ausgesehen, wie sie da so inmitten des Grünzeugs gesessen hatte. Er rieb sich über das Gesicht und fragte sich, warum die Dinge auf einmal um so vieles komplizierter erschienen. Eigentlich waren sie das doch gar nicht. Eigentlich hatte sich doch alles zum Besseren gewendet. Sie hatte sich bereit erklärt, die Verlobung rechtzeitig zu lösen, und hatte ihm angeboten, ihm bei der Suche nach dem Collier zu helfen. Das war doch sicher ein Anlass zum Feiern, oder nicht?

Stattdessen kam er sich vor wie der schlimmste Schuft auf Erden.

„Mylord, Sie wirken beinahe bedrückt.“ Reeves trat zu Christian ans Fenster. „Ich muss annehmen, dass Ihr Treffen mit Lady Elizabeth nicht gut verlief.“

„Nein, alles lief gut. Bestens sogar. Es ist nur ...“ Christian stützte die Ellbogen auf die Knie und beugte sich vor. „Reeves, Sie hatten recht. Ich hätte Lady Elizabeth nie benutzen dürfen, um an ihren Großvater heranzukommen. Das war nicht ehrenhaft.“

Reeves antwortete nicht.

„Ich habe einen schrecklichen Irrtum begangen, und ich kann ihn nicht wiedergutmachen. Und nun sollen wir heiraten, obwohl sie glaubt, sie könne es noch schaffen, die Verlobung zu lösen.“

„Tut sie das, Mylord?“

„Ja. Ich kann ihr das natürlich nicht gestatten. Sie wäre ruiniert. Andererseits ist sie auch ruiniert, wenn sie mich heiratet. Ich eigne mich nicht zur Ehe ... ich kann einfach nicht.“ Christian barg das Gesicht in den Händen und wartete. Nach einer Weile hob er den Kopf und fragte: „Haben Sie mich gehört?“

„Ja, Mylord. Sie sagten, ich hätte recht gehabt und Sie unrecht und wenn Sie es ungeschehen machen könnten, würden Sie es tun.“

Christian runzelte die Stirn. „Das habe ich nicht direkt gesagt.“

„Vielleicht habe ich es mir nur vorgestellt. Ich neige manchmal zu Tagträumen, müssen Sie wissen.“

„Nun, ich würde es tatsächlich rückgängig machen. Aber ich kann nicht. Sie sollen nur wissen, dass ich von jetzt an mehr auf Ihren Rat hören werde.“

Reeves’ Blick richtete sich auf Christians Weste. „In der Tat, Mylord?“

„Außer wenn es um Kleidung geht.“

Reeves seufzte. „Ich wusste, dass es einen Vorbehalt geben würde, Mylord. Den gibt es immer.“

Trotz allem musste Christian lächeln, wenn das Lächeln auch nicht gerade strahlend ausfiel. „Ich sage Ihnen noch etwas.“

„Ich warte mit angehaltenem Atem, Mylord“, versetzte Reeves.

„Sie hatten auch recht mit Lady Elizabeth. Sie ist etwas ganz Besonderes."

„Allerdings, Mylord. Man braucht sie nur anzusehen, um sich darüber im Klaren zu sein. Unschuld ist etwas, was man nicht verbergen kann."

Unschuld. Christian ließ sich das eine Weile durch den Kopf gehen. Sie war wirklich unschuldig. Doch sie war auch klug, sinnlich und großzügig. Er dachte, dass es gerade dieser letzte Charakterzug war, der ihn so anzog; sie gab ohne Anstrengung – ihre Gedanken, ihre Fähigkeiten, ihr Herz.

Aber unschuldig? Das erfasste nicht ganz die Tugend, die ihr dieses sanfte Strahlen verlieh. Er hätte es eher als Herzensgüte beschrieben.

Für jemanden, der einmal in den kalten, dreckigen Gassen und Höfen Londons gehaust hatte und dessen ganzes Leben von Elend bestimmt gewesen war, für jemanden, der seine Seele schon zigmal verkauft und längst alle Hoffnung aufgegeben hatte, sie je wiederzubekommen, war Beths Großzügigkeit einfach überwältigend. Und dennoch ... sehnte er sich danach. Sehnte sich nach ihr.

Christian fing Reeves' fragenden Blick auf. „Sie ist eine der schönsten Frauen, die ich je gesehen habe."

„Dem muss ich zustimmen", meinte Reeves nachdenklich. „Lady Elizabeth ist wirklich sehr schön, vielleicht die schönste Frau, die ich je kennenlernen durfte."

„Haben Sie denn viele kennengelernt?"

„Ihr Vater war ein bekannter und beliebter Mann. Ihm fehlte es nie an weiblicher Gesellschaft."

Christians Miene verfinsterte sich. „Dann können sie ihn nicht sehr gut gekannt haben."

„Genau, Mylord. Und sobald sie ihn kennenlernten, sind sie gegangen."

Christian runzelte die Stirn. „Wie meine Mutter?"

Reeves verneigte sich.

„Wirklich? Ich dachte immer, er hätte sie verlassen."

„Er flehte sie an, zu ihm zurückzukommen, aber sie wollte nicht. Und ich mache ihr, offen gesagt, keinen Vorwurf daraus. Er war von Grund auf selbstsüchtig. Ich glaube nicht, dass er sich ändern hätte können, selbst wenn er gewollt hätte." Reeves hielt inne. „Ich habe mir schon oft gedacht, dass die Gabe, sich zu ändern, sich zu bessern, gar nicht hoch genug eingeschätzt werden kann. Sie ist es, die uns Erlösung finden lässt."

Christian ließ sich das durch den Kopf gehen. „Vielleicht war ich ein wenig starrsinnig, obwohl ich ja immer noch glaube, dass Beths Großvater schuld ist am Tod meiner Mutter. Die Beweise ... ich glaube, Beth wird mir zustimmen müssen, wenn sie erst einmal alles gelesen hat."

Rastlos rutschte Christian auf dem Stuhl herum, wünschte sich, er könnte sie jetzt sehen. Er blickte auf die Uhr und runzelte die Stirn. Es war noch früh. Wieder einmal rieb er die Finger aneinander. Wie beschwerlich Ehrbarkeit doch war. Gott, wie er es vermisste, über die Heide zu galoppieren, den Glanz des Degens im Mondlicht, die Schreie der Vorreiter.

Es gab nichts Aufregenderes. Oder doch? Auf einmal sah er Beth vor sich, wie sie am Nachmittag im Garten gesessen hatte, wie der Wind in ihrem Haar gespielt hatte und es überall nach Lilien und Rosen geduftet hatte. Was sie jetzt wohl tut?, fragte er sich. Er stellte sich vor, wie sie im Garten saß und die Briefe las, die er ihr übergeben hatte. Ob sie wohl schockiert wäre, wenn sich herausstellte, dass ihr Großvater tatsächlich ein Verbrechen auf dem Gewissen hatte?

Er runzelte die Stirn. Er hoffte, dass sie das nicht zu sehr verstörte. Wegen Beth und ihrer ureigenen Art, das Leben zu erfahren, kam er allmählich zu der Überzeugung, in seinem eigenen Leben fehlte irgendetwas.

Etwas regte sich in seiner Brust, etwas Warmes, das sich ausdehnte. Etwas, das ein wenig an die Liebe erinnerte.

Bei Zeus, wie zum Teufel kam er jetzt auf diese Idee? Christian schüttelte den Kopf, um den lächerlichen Gedanken zu verscheuchen.

„Mylord?" Reeves wirkte besorgt. „Geht es Ihnen gut? Haben Sie Kopfschmerzen?"

„Nein, nein, alles in Ordnung. Mir ist da nur gerade ein dummer Gedanke gekommen, das ist alles."

„Ah. Und welcher Gedanke, wenn ich fragen dürfte, Mylord? Ich nehme nicht an, dass es etwas mit der schwarzen Weste zu tun hat, die Sie da tragen?"

„Mit Kleidung hatte es überhaupt nichts zu tun."

„Schade", meinte Reeves mit langmütigem Seufzen. „Wenn Sie nicht an Ihre Kleidung denken, dann muss es wohl mit Lady Elizabeth zu tun haben."

„Reeves, ich werde es Ihnen nicht verraten."

„Jawohl, Mylord." Reeves ging zur Tür. „Obwohl es natürlich schade ist …"

„Was ist schade?"

„Dass Sie um so viel Schlaf gebracht werden. Unruhige Gedanken gären in der Nachtluft, und am Ende wälzt man sich schlaflos im Bett herum. Das habe ich schon oft gesehen." Mit dieser fröhlichen Prophezeiung öffnete Reeves die Tür. „Ich warte draußen, für den Fall, dass Sie doch noch über die Angelegenheit sprechen möchten."

Wütend funkelte Christian auf die Tür, die sich hinter Reeves geschlossen hatte, rief den Butler indes nicht zurück. Vermutlich hatte Reeves recht, und er würde diese Nacht nicht viel Schlaf bekommen. Doch Christian hatte nicht die Absicht, über einen derart absurden Einfall zu sprechen, der zweifellos nur auf die schwierige Lage zurückzuführen war, in der Beth und er sich befanden.

Er musste sich darauf konzentrieren, das verflixte Collier zu finden. Danach konnte er sich aus Beths Leben verabschieden, das wäre für alle Beteiligten das Beste. Morgen, wenn er sie wiedersah, wollte er ganz sachlich bleiben. Nie wieder würde er der Versuchung nachgeben, sie zu küssen.

14. KAPITEL

Wenn der Dienstherr schlechter Stimmung ist, ziehe man nicht voreilig den Schluss, das Hammelfleisch sei verbrannt gewesen oder das Krawattentuch zu steif gestärkt. Nur Narren entschuldigen sich ohne Grund.

Leitfaden für den vollkommenen Butler und Kammerherrn von Richard Robert Reeves

„Was machst du da?"

Beth blickte vom Fenster der Bibliothek zu ihrem Großvater, der, schwer auf seinen Stock gestützt, in der Tür stand. „Wie du siehst, schaue ich aus dem Fenster."

„Du wartest auf diesen Fant, nicht wahr?"

Das war mal wieder typisch für ihren Großvater – den Mann einen Fant zu nennen, den er gezwungen hatte, um ihre Hand anzuhalten. Ironisch schüttelte Beth den Kopf. „Falls du damit meinen Verlobten meinst, ja."

„Verlobter, pah!" Er musterte sie finster unter buschigen Brauen hervor und ging zu seinem Lieblingssessel am Kamin. Schwerfällig ließ er sich darin nieder, zog die Decke von der Armlehne und breitete sie über seinen Schoß.

Beth ging zu ihm, um ihm zu helfen und darauf zu achten, dass er gut zugedeckt war.

Er sah zu ihr auf. „Und? Wie gefällt es dir, verlobt zu sein?"

„Spielt das denn eine Rolle?" Sie setzte sich in den Sessel gegenüber. „Großvater, bitte vergiss nicht, dass *du* derjenige bist, der wollte, dass ich heirate."

„Ja, aber *du* warst diejenige, die sich so zum Gespött der Leute machte, dass mir gar nichts anderes übrig blieb, als darauf zu bestehen", entgegnete er säuerlich. „Du hast uns beiden keine große Wahl gelassen."

„Ein Umstand, den du zu deinem Vorteil genutzt hast. Du wolltest doch schon lang vor dem Skandal, dass ich heirate."

„Wir hatten Glück im Unglück, obwohl ich wünschte, du hättest besser auf unseren guten Namen geachtet." In seinem Blick flammte echter Zorn auf.

Beth verspürte einen Stich Reue. „Tut mir leid. Du hast recht."

„Ja. Unser Name hat schon genug Schaden gelitten, als ..." Er presste die Lippen aufeinander. „Ach, ist ja egal. Wie gesagt, am Ende hatten wir wohl noch Glück."

„Westerville ist vermutlich ganz in Ordnung", meinte Beth, wobei sie versuchte, ihrer Stimme einen neutralen Klang zu verleihen. „Es ist ja nicht so, als würden mir Hunderte von Verehrern die Tür einrennen."

Seine Brauen zogen sich noch weiter zusammen. „Das kann ich mir wirklich nicht erklären. Ein so hübsches Mädchen wie du, vernünftig, wie aus dem Ei gepellt und dann noch diese enorme Mitgift – ich verstehe einfach nicht, was da schiefgelaufen ist."

Beth blickte auf ihre Schuhspitzen. „Wer weiß? Männer sind schwer zu verstehen."

„Nein, sind wir nicht", widersprach ihr Großvater und stieß den Stock auf den Boden. „Wir Männer sind ganz schlichte Kreaturen. Es gibt keinen Grund, warum du keinen Anklang gefunden hast."

Beth biss sich auf die Lippen. „Nun ja ... eigentlich gibt es schon einen Grund."

„Was?"

„Ich ... ah, nun ja, ich wollte nicht, dass die Männer, die ich kennenlerne, dich mit Anträgen und dergleichen bestürmen." Sie zupfte an den Fransen eines Kissens herum, das unter ihrem Ellbogen lag.

„Weiter", sagte ihr Großvater grimmig und mit gesträubten Augenbrauen.

„Daher dachte ich, ich könnte dem doch abhelfen."

„Was hast du gemacht?"

„Gestottert."

„Du hast *was* gemacht?"

„Gestottert. S-s-so w-w-wie jetzt."

Er warf eine Hand in die Höhe. „Nein!"

Sie senkte den Kopf, sah dann aber verstohlen zu ihm auf. Um ihre Lippen zitterte ein Lächeln. „Doch."

Ihr Großvater ließ die Hand sinken. „Du hast gestottert. Und alle sind davongerannt wie ..."

„Wie die Narren, die sie waren? Ja."

Er schüttelte den Kopf, doch in seinen Augen blitzte es amüsiert auf. „Du bist unverbesserlich. Ich hoffe, Westerville weiß, was er sich mit dir eingehandelt hat!"

Beth war so klug, darauf nicht zu antworten. Die Wahrheit war, von all den Männern, die ihr in London begegnet waren, hatte sie keiner auch nur im Entferntesten interessiert. Bis auf Westerville. Was hatte der Viscount nur an sich? Attraktiv war er, aber es war mehr als das. Es war die Art, wie er sie ansah, so als wäre er aufgebracht und fasziniert zugleich. Die Hartnäckigkeit, mit der er den Verräter seiner Mutter suchte.

Beth schob die Hand in die Tasche. Das Päckchen Briefe steckte immer noch darin. Sie hatte sie gestern im Garten gelesen und dann noch zwei Mal in ihrem Zimmer, bevor sie schlafen gegangen war. Stunden später hatte sie immer noch hellwach im Bett gelegen, über den Inhalt nachgegrübelt und sich die Notlage der Frau vorgestellt, die den Großteil der Briefe geschrieben hatte, hatte das tiefe Mitleid in dem Brief des Bischofs gehört. Die Briefe waren herzzerreißend und plausibel; sie verstand, warum Christian so überzeugt davon war, dass ihr Großvater die Hand im Spiel hatte.

Und doch gab es Details, die irgendwie nicht echt klangen. Warum sollte ihr Großvater Christians Mutter Böses wünschen? In den Briefen war nichts zu finden, was auf eine Verbindung zwischen den beiden hingedeutet hätte. Außerdem besaß ihr Großvater außerordentlich viel Geld und mochte Juwelen nicht besonders; er selbst trug nur einen Siegelring. Was sollte er mit einem Collier anfangen?

Irgendein Stück der Geschichte fehlte. Dennoch musste Beth einräumen, dass Christians Verdacht nicht vollkommen aus der Luft gegriffen war. Die Beweise reichten zwar nicht für eine Überführung, aber sie erschienen selbst ihr bedeutsam. Auch wenn sie mit seinen voreiligen Schlussfolgerungen nicht einverstanden war, musste sie doch bewundern, wie unermüdlich er sein Ziel verfolgte.

Und dann kam noch dazu, welche Gefühle er in ihr weckte ... An diesem Morgen hatte sie eine gute halbe Stunde damit zugebracht, Annie über die beunruhigende Wirkung zu befragen, die Westervilles Gegenwart auf sie ausübte. Annie schien der Ansicht, dass Beth eine beneidenswerte Frau sei.

War sie das denn? War sie zu beneiden?

„Beth?"

Sie blickte auf und begegnete dem Blick ihres Großvaters. „Ja?"

„Warum willst du nicht heiraten?"

„Ich glaube nicht, dass ich je gesagt habe ..."

„Erzähl mir nichts! Ich weiß, was du denkst, und du willst nicht heiraten, nicht einmal Westerville." Er beugte sich vor. „Warum nicht?"

„Weil ..." Sie biss sich auf die Lippen. Um ehrlich zu sein, irgendwo tief in ihrem Herzen stellte sie sich dieselbe Frage. Wie es wohl wäre, mit Christian verheiratet zu sein? Neben ihm aufzuwachen? Mit ihm zu frühstücken? Die Zeitung und den Klatsch mit ihm zu teilen? Sie sah sich in der Bibliothek um und versuchte ihn sich dort vorzustellen.

Merkwürdigerweise gelang ihr das. Es würde ihm Spaß machen, mit ihrem Großvater über Politik zu reden, dessen war sie sich sicher. Und er hatte bereits zugegeben, dass ihn die Verwaltung der Ländereien interessieren würde – er hatte seinen Vater für dessen Fähigkeiten auf diesem Gebiet sogar bewundert. Sie seufzte. „Ich will nicht heiraten, weil ich keinen Fehler machen will." Sie fing den Blick ihres Großvaters auf. „Wie Vater und Charlotte. Ich kann mich an nicht viel erinnern, aber er war nie glücklich mit ihr."

Ihr Großvater verzog das Gesicht. „Dein Vater bereute die Hochzeit vom ersten Tag an."

„Warum hat er sie dann geheiratet?"

„Er war einsam. Und er dachte, es wäre gut für dich, obwohl man die Frau nur anzusehen braucht, um zu wissen, dass sie keinen Funken Mütterlichkeit im Leib hat."

Beth seufzte. „Ich hätte gern einen liebevollen Ehemann, aber dann wiederum ... kann ich mir das gar nicht vorstellen."

Zu ihrer Überraschung fing ihr Großvater an zu lachen. „Das ist normal, mein Mädchen. Völlig normal. Im Leben gibt es keine Garantie. Du musst nehmen, was du kriegen kannst, und es genießen, solange du es hast. Das hat dein Vater nicht getan." Das Gesicht des Dukes umwölkte sich. „Nach dem Tod deiner Mutter zog er sich zurück, übersetzte dies und das und vergaß dabei zu leben. Ich will auf keinen Fall, dass dir das auch passiert."

„Er hat die Literatur geliebt."

„Er hätte das Leben lieben sollen. Und dich. Du warst das Beste, was ihm je passiert ist, bloß war er die ganze Zeit viel zu beschäftigt damit, den Verlust deiner Mutter zu betrauern, um es zu merken. Und als ihn dann doch etwas wachgerüttelt hat und er sich wieder lebendig fühlte, war es zu spät. Er hatte sich bereits entschieden für …" Er hielt inne und presste die Lippen zusammen.

Beth runzelte die Stirn. „Großvater, was willst du damit …"

Die Tür ging auf, und Jameson trat ein. „Verzeihen Sie, Euer Gnaden, aber es ist elf Uhr."

Der Herzog schob die Decke beiseite. „Zeit für mein Nickerchen." Er nahm den Stock und humpelte auf den Butler zu. „Beth, du solltest auch ein wenig schlafen. Du musst ausgeruht sein, falls dieser Verlobte jemals auftauchen sollte. In letzter Zeit wirkst du ein wenig erschöpft."

„Ich werde Charlotte bitten, mir etwas von ihrer Medizin abzugeben. Ich werde schon so fahrig wie sie."

„Kaum. Selbst nach zwei schlaflosen Wochen wärst du immer noch wacher als dieser Dummkopf."

„Großvater! Du bist so unfreundlich zu Charlotte. Eigentlich zu jedem. Sogar zu Lord Bennington …"

„Der ist ja noch dümmer. Er nutzt Charlotte aus, und sie lässt es zu."

„Ich weiß nicht, wie du darauf kommst. Bennington war doch immer nur nett zu ihr."

„Du kennst beide längst nicht so gut wie ich", versetzte ihr Großvater scharf.

Beth seufzte. Es wäre nicht gut, ihren Großvater aufzuregen. Sie stand auf. „Ich sollte wohl auch nach oben gehen. Vielleicht wäre ein Schläfchen jetzt genau das Richtige. Übrigens, wenn Westerville heute kommt, würdest du dir bitte ein wenig Mühe geben, nett zu ihm zu sein?"

„Ich bin nett zu ihm! Ich hab ihm schließlich befohlen, dich zu heiraten, oder nicht?"

„Das würde ich kaum nett nennen. Wenn du möchtest, dass ich heirate, könntest du ein bisschen mehr Respekt zeigen, wenn ich von meinem Verlobten spreche."

„Ich zeige durchaus Respekt."

„Von wegen! Ich kann froh sein, dass du mir nicht vor die Füße gespuckt hast, als ich seinen Namen erwähnt habe."

In den blauen Augen ihres Großvaters erschien ein widerstrebendes Zwinkern. „Na ja, letztlich habe ich dann ja doch nicht gespuckt, oder? Das ist immerhin etwas, oder nicht?"

Beth musste lächeln. „Du musst mir versprechen, höflich zu sein. Das ist mir sehr wichtig."

Der Blick ihres Großvaters wurde scharf. „Ach, so ist das also, ja?"

Sie wurde rot. „Ich weiß nicht, wovon du sprichst."

Er lachte, höchst erfreut über irgendetwas. Dann humpelte er zur Tür, die Jameson immer noch höflich aufhielt. „Nein, meine Liebe. Vermutlich nicht. Aber du wirst es schon noch erfahren." Mit diesen geheimnisvollen Worten verschwand er im Flur.

Annie lehnte am Fenster, die Wange platt gedrückt, und versuchte, ums Eck zu linsen.

„Siehst du etwas?", erkundigte sich Beth zum hundertsten Mal, während sie sich ein Band ins Haar flocht.

„Nein. Gar nichts." Annie seufzte und richtete sich auf. „Man möchte meinen, Ihr Kerl hätte längst mal bei Ihnen vorbeischauen können."

„Er kam gestern, als ich im Garten war."

„Hui, das haben Sie mir ja gar nicht erzählt!"

„Ich muss dir auch nicht alles erzählen. Heute kommt er auch."

„Es wird allmählich spät, was?"

„Er ist wohl noch die Londoner Zeiten gewohnt." Außerdem hatte sie ihm an diesem Morgen eine Nachricht geschickt, er solle erst nach elf Uhr kommen. Um diese Zeit hielt ihr Großvater immer sein Schläfchen. Auf die Art hätten sie ein wenig Zeit für sich, ehe ihr Großvater sich zu ihnen gesellte.

„Londoner Stunden", spöttelte Annie. „London hier und London da. Ich würd Ihnen für die Stadt nicht mal zehn Pennys geben!"

„Hat es dir dort denn nicht gefallen, Annie?"

„Überhaupt nicht, Mylady. Ich war noch nie so froh wie an dem Tag, wo ich in mein eigenes Zimmer und in mein eigenes Bett zurückkonnte." Annie schüttelte den Kopf. „Dort gibt es mehr Männer, das muss ich zugeben. Aber sie sind nicht von einer Qualität, wie ich sie empfehlen tät."

Beth hantierte mit der versilberten Bürste auf der Frisierkommode. „Annie, du hast mir einmal gesagt, man könnte erkennen, ob man verliebt ist, wenn man sich fiebrig fühlt, aber kein Fieber hat. Also ... was wäre, wenn ich mich nicht direkt so fühle, als hätte ich Fieber, bloß eher so ... zittrig."

„Oh ja, Mylady. Zittrig ist auch nicht schlecht. Man muss sich anders als sonst fühlen, und manchmal auch irgendwie ängstlich."

„Ah."

„Aye. Irgendwie prickelig. Und es juckt einen an Stellen, von denen ich jetzt lieber nicht sprechen möchte."

Beth blinzelte. „Es juckt?"

„Manche würden vielleicht sagen, man spürt eine stille Sehnsucht. Aber ich, ich sag, es juckt."

Das war sehr interessant – und informativer, als Beth sich gewünscht hatte. „Verstehe. Na gut. Ich werde es mir merken." Sie dachte ein paar Minuten nach. Christian würde bald da sein. Und er sorgte tatsächlich dafür, dass es sie ein wenig „juckte", wenn sie Annie richtig verstand.

Sie sah zu ihrer Zofe auf. „Ich möchte dich bitten, etwas für mich zu tun."

„Aye?"

„Wenn Seine Lordschaft kommt, könntest du die Lakaien aus der Halle locken?"

Annie strahlte. „Ein Stelldichein, was? Na, nachdem Sie mit dem Kerl ja verlobt sind, wüsst ich nicht, was dagegen spräche. Ein bisschen Vergnügen hat noch keinem geschadet."

Beth wollte ihre Zofe schon korrigieren, überlegte es sich dann aber anders. „Also, ja. Danke, Annie."

„Ach, gern geschehen." Annie presste erneut die Wange an die Scheibe. „Ich glaube ... aye, da kommt er ja!" Breit grinsend richtete sie sich auf. „Ach, er schaut wirklich erstklassig aus, wie 'n Prinz."

„Ich gehe gleich nach unten."

„Warten Sie doch, Mylady! Sie woll'n ja nicht übereifrig wirken."

„Aber ..."

„Glauben Sie mir. Es tut denen gut, wenn man sie ein bisschen zappeln lässt. Dann sind sie ganz verrückt drauf, einen zu sehen."

„Verrückt wohl, aber das halte ich für keine gute Idee. Außerdem will ich hinuntergehen, bevor Großvater erfährt, dass er da ist."

„Ihr Großvater hält sein Nickerchen. Bis der wieder auf ist, vergeht bestimmt eine halbe Stunde."

„Genau das meine ich. *Nur* eine halbe Stunde. Vergiss nicht, die Lakaien rauszulocken. Zumindest für ein paar Minuten." Damit verließ sie das Zimmer. Sie kam nach unten, gerade als Jameson die Tür öffnete und Christian in die Halle bat.

Er sah sie im selben Augenblick, und eine verlegene Stille trat ein. Beth fragte sich, ob sein Anblick immer diese Wirkung auf sie haben würde, ob ihr immer die Knie weich würden und es ihr das Herz im Leibe umdrehte. Sie sammelte sich und brachte einen halbwegs anständigen Knicks zustande, ehe sie sich zum Butler wandte, der inzwischen Westervilles Hut und Handschuhe entgegengenommen hatte.

„Jameson, ich nehme Seine Lordschaft in den Vorderen Salon mit. Sie brauchen Großvater noch nicht davon in Kenntnis zu setzen, dass Lord Westerville hier ist."

Christian hob die Brauen, und in seinen grünen Augen stand eine Frage.

Beth lächelte ihn an und schüttelte beinahe unmerklich den Kopf.

Jameson verneigte sich. „Wünschen die Herrschaften Tee?"

„Nein, vielen Dank", befand Beth, hängte sich bei Christian ein und führte ihn in den Salon.

Der Butler sprach kurz mit einem der Lakaien in der Eingangshalle und begab sich dann den Flur hinunter zu den Dienstbotenquartieren.

Sobald der Butler außer Hörweite war, sah Christian auf Beth hinunter. „Na, meine Liebste? Entführst du mich zu irgendwelchem gesetzlosen Treiben? Ich habe fast das Gefühl, als hätte ich mich in das Boudoir einer verheirateten Dame geschlichen, nur um festzustellen, dass ihr Gatte noch zu Hause ist."

Beth hob die Brauen. „Das Boudoir einer verheirateten Dame?"

Sein Lächeln verlor ein wenig an Strahlkraft. „Vielleicht war das ein schlechtes Beispiel."

„Ja, vielleicht", stimmte sie steif zu und staunte über den Ansturm der Gefühle, den diese Andeutung in ihr auslöste.

Er verzog das Gesicht. „Ich habe nicht daran gedacht, wie das klingen würde. Ich wollte nur …"

„Schon gut", versetzte sie kurz angebunden. Sie griff in die Tasche und holte die Briefe heraus, die er ihr tags zuvor gegeben hatte. „Hier." Sie reichte sie ihm. „Die gehören dir."

Er nahm sie entgegen, doch sein Blick ließ ihr Gesicht nicht los. „Und?"

Beth zögerte. Seine Miene war gespannt; man sah, dass er diesem Augenblick entgegengefiebert hatte. „Du hast recht, wenn du sagst, jemand in Massingale House ist für das Schicksal deiner Mutter verantwortlich. Ich kann nur nicht glauben, dass es Großvater war."

„Wer hätte es sonst sein sollen?"

„Vater war schon tot, als deine Mutter verhaftet wurde."

„Ich weiß. Glaubst du, Charlotte könnte zu so einer Intrige fähig sein?"

„Nein. Dazu ist sie nicht stark genug, und ich kann mir auch nicht vorstellen, dass sie so herzlos sein könnte. Ich weiß nicht, wer das Verbrechen auf dem Gewissen hat. Ich weiß nur, dass es eine Verbindung zwischen Massingale House und der ungerechten Kerkerhaft deiner Mutter gibt, und ich werde dir helfen, so gut ich kann." Ein Geräusch lenkte ihren Blick zur Tür.

„Beth, ich …"

„Psst!", zischte Beth. Auf Zehenspitzen schlich sie zur offenen Tür und sah hinaus. Die beiden Lakaien standen in stoischem Schweigen.

„Was ist denn?", flüsterte Christian direkt hinter Beth, und sein Atem strich ihr warm und unerwartet über die Wange.

Sie musste ein Zittern unterdrücken, und sie konnte gerade noch flüstern: „Warte!"

Draußen war alles still, bis Beth hinter einer entfernten Tür Annies Stimme hörte. Sie wurde immer lauter, bis Beth erkannte, dass ihre Zofe mit Jane redete, einem Dienstmädchen, das ihr Großvater immer als „schrecklich kokett" bezeichnete.

Sobald Annie und Jane in Hörweite der Eingangshalle waren, begannen sie, den Lakaien Grüße zuzurufen.

Christian und Beth sahen durch die Tür zu, wie die beiden Zofen mit den Lakaien flirteten und sie baten, ihnen beim Tragen der Wäschekörbe zu helfen.

„Das funktioniert nie“, flüsterte Christian. „Die werden ihren Posten nicht verlassen.“

„Da kennst du Annies Kräfte nicht.“ Kurz darauf verschwanden Annie und ein Lakai tatsächlich im Flur, gefolgt von Jane und ihrem Beau.

Beth packte Christian bei der Hand. „Wir haben nicht viel Zeit!“

„Zeit? Zeit wofür?“

Sie zog ihn hinter sich her, aus dem Salon und in die Bibliothek ihres Großvaters. Beth öffnete die Tür, schob Christian hinein und folgte ihm, nachdem sie sich noch einmal vorsichtig umgesehen hatte.

Sobald die Tür zu war, drehte Beth sich zu Christian um, verschränkte die Arme vor der Brust und lächelte ein wenig gezwungen. „Na?“

Er sah sich um, und ihm dämmerte eine Erkenntnis. „Das ist die Bibliothek deines Großvaters!“

„Ja. Wenn er irgendetwas versteckt hätte, dann sicher hier.“

Er entdeckte den Schreibtisch und trat darauf zu, hielt dann aber inne. Stattdessen ging er zu Beth und drückte ihr einen sanften Kuss auf die Lippen. „Danke“, sagte er einfach.

Ihr ganzer Körper stand in Flammen, und ihr schwante, was Annie mit ihrem „Jucken“ gemeint haben könnte. „Beeil dich besser. Er hält sein Nickerchen. Normalerweise schläft er eine Stunde, aber man weiß ja nie.“

Er nickte knapp, sah aus, als wollte er noch etwas sagen, überlegte es sich dann aber anders. „Komm.“

Sie schaute sich um. „Soll ich anfangen, die Bücherregale nach einer Buchattrappe oder einem verborgenen Schränkchen zu durchsuchen?“

Amüsiert sah er sie an. „Beth, das hier ist kein Roman. Wenn dein Großvater etwas zu verbergen hat, wird es dort sein, wo er seine anderen Wertsachen aufbewahrt.“

„Oh“, meinte sie. Es wäre so nett gewesen, ein Geheimversteck zu finden oder zumindest einen verborgenen Safe.

Christian lachte leise. „Schau nicht so enttäuscht. Das hier ist meine Sache. Nicht deine. Ich möchte nicht, dass du irgendetwas tust, was dich bei deinem Großvater in ein schlechtes Licht rücken könnte."

„Zum Beispiel, mich in seine Bibliothek schleichen, während er ein Schläfchen hält?"

Christian hielt inne. „Du gehst für mich ein ganz schönes Risiko ein, nicht wahr?"

„Nein, ich gehe *mit dir* ein Risiko ein. Das ist viel gefährlicher."

„Ich werde dich nicht enttäuschen, Beth." Er ging zum Schreibtisch, strich über die Oberfläche und setzte sich dann in den mächtigen Ledersessel. „Das Collier muss ja irgendwo sein."

„Vielleicht hat derjenige, der es genommen hat, es einfach verkauft?"

„Das können wir ausschließen. Es war ein ganz auserlesenes Stück. Ich habe Erkundigungen eingezogen, und bisher ist es in keiner Privatsammlung aufgetaucht." Christian zog am Griff der obersten Schreibtischschublade. Sie glitt ein winziges Stück heraus und blockierte dann. Unter dem Druck ächzte das Schloss. „Verdammt."

Beth hatte damit begonnen, die Bücherregale auf der Suche nach irgendetwas Außergewöhnlichem abzutasten. Sie sah zu ihm herüber. „Was ist denn?"

„Der Schreibtisch ist abgeschlossen."

„Natürlich ist er das."

„Was ist daran natürlich?"

Sie runzelte die Stirn. „Weil Großvater den Schreibtisch immer abschließt."

Verflixt und zugenäht. Christian zog noch einmal an der Schublade. Sie rührte sich nicht. Er fluchte und warf Beth einen finsteren Blick zu. „Kommt dir das nicht seltsam vor? Dass er seinen Schreibtisch so sorgfältig absperrt?"

„Nein", meinte sie knapp. „Schließt du deinen Schreibtisch denn nicht ab?"

Er besann sich. Natürlich schloss er ab. Im Haus hielten sich Dienstboten auf, von denen man manche nie zu Gesicht bekam, zum Beispiel den Kaminkehrerjungen oder den Teppichklopfer. Christian kannte sie nur deswegen, weil er ein, zwei Mal unangekündigt in die Bibliothek gegangen war und diese Individuen dort überrascht hatte.

„Ja, ich schließe wohl ab", gab er widerstrebend zu.

„Kein halbwegs vernünftiger Mann würde das anders handhaben." Sie verschränkte die Arme vor der Brust und lehnte sich mit der Schulter ans Bücherregal. „Deswegen solltest du deine Theorie auch nicht allein überprüfen. Du brauchst jemand Unparteiischen, der dir hilft."

Er hob eine Braue.

„Dir, mein Lieber, ist die Fähigkeit abhandengekommen, Menschen und Sachverhalte unvoreingenommen zu beurteilen."

„Ist sie nicht!"

„Doch", erwiderte sie unverwandt gut gelaunt. „Du möchtest so gern glauben, dass mein Großvater diese schreckliche Tat begangen hat, dass du alles, was du herausfindest, so lange drehst und wendest, bis es deine Annahme bestätigt."

Er versuchte es mit einer zweiten Schublade und musste feststellen, dass auch sie verschlossen war. Er rüttelte ein paar Mal daran und warf Beth einen düsteren Blick zu. „Noch habe ich deinen Großvater mit seiner vermeintlichen Tat nicht konfrontiert, oder?"

Sie presste die Lippen zusammen und sah ihn nachdenklich an. „Noch nicht. Doch sobald du etwas findest – egal was, egal wie windig es ist –, wirst du nicht einfach nur vorschnell, sondern mit Riesenschritten zu dem Schluss kommen, er sei schuldig."

„Glaube mir, so vernebelt ist mein Verstand nicht."

Sie hob die Brauen und schwieg, dieses verdammt verführerische überlegene Lächeln auf den Lippen. Christian lehnte sich zurück. Es gab mehr als eine Möglichkeit, einer Katze das Fell über die Ohren zu ziehen, und mehr als einen Weg, die fehlgeleitete Zuversicht einer attraktiven Frau zu zerstören. „Vermutlich glaubst du, du kannst besser räsonieren als ich."

„In diesem Fall, ja."

Er ließ den Blick über sie wandern, hielt erst bei ihren vollen Brüsten inne, dann bei ihren runden Hüften.

„Westerville, hör sofort damit auf!"

„Womit?", fragte er, so unschuldig er konnte.

„Aus allem eine Verführung zu machen. Ich bin hauptsächlich hier, um meinen Großvater zu schützen. Ein oder zwei schmachtende Blicke von dir werden daran nichts ändern."

Christian gefiel die Art, wie sie sagte, sie sei *hauptsächlich* hier, um ihren Großvater zu schützen. Nun grinste er sie an. Ihm war seltsam eng in der Brust geworden. „Ich habe dir keine schmachtenden Blicke zugeworfen."

„Wie würdest du es denn dann ausdrücken?"

„Ich habe nur deine … ah, Pluspunkte gewürdigt."

„Ja, schön, ich könnte bei dir dasselbe machen, nur dass …"

„Nur dass?"

„Nur dass sie alle unter dem Schreibtisch sind."

Einen Augenblick herrschte Stillschweigen, und dann lachte Beth. Es handelte sich dabei nicht um ein dezentes leises Lachen, sondern um eine schallende Lachsalve, die ihm köstlich und kühl über die Ohren perlte.

Er stand halb auf und winkte ihr, doch ruhig zu sein. Schockiert stellte er fest, dass seine Wangen heiß geworden waren. „Still! Sonst hört man dich noch!"

Sie schlug sich die Hand vor den Mund, doch in ihren Augen tanzte immer noch das Gelächter. Nachdem sie sich wieder im Griff hatte, sagte sie: „Sollen sie mich doch hören. Im Gegensatz zu dir darf ich die Bibliothek ja betreten. Mein Großvater würde nichts weiter dabei finden, wenn ich mich in der Bibliothek aufhalte."

Er kehrte zum Schreibtisch zurück. „Du hast mich hier hereingeschmuggelt. Ich würde nicht wollen, dass all deine harte Arbeit und deine List am Ende umsonst gewesen sind."

„Das wäre bedauerlich", stimmte sie zu, und ihre herrlichen Lippen verzogen sich zu einem Lächeln. „Aber die Sache vielleicht auch wert."

Er schüttelte den Kopf, unwillkürlich doch amüsiert. „So kenne ich dich noch gar nicht. Im einen Moment ganz wie eine strenge Gouvernante, und im nächsten …" Er musste selbst grinsen. „Ich glaube, das gefällt mir."

„Hoffentlich nicht zu sehr. Derartig empörende Dinge spreche ich normalerweise nicht aus."

„Nein, aber vermutlich denkst du sie."

Ihr freches Grinsen war Antwort genug. „Siehst du, wie schrecklich ich als Gastgeberin irgendwelcher hochvornehmen Partys wäre? Ich bin in der Bibliothek, allein mit meinen amüsanten Gedanken, weitaus besser aufgehoben." Ihre Lippen zitterten. „Ich wünschte, du hättest dein Gesicht sehen können. Ob dich wohl je jemand schockieren kann?"

Natürlich nicht. Das war seine Rolle als Straßenräuber – zu schockieren und zu überraschen. Und doch schien es irgendwie richtig, dass ihn diese Frau mit ihrer Intelligenz, ihrer ungewöhnlichen Kühnheit, ihren ungekünstelten Manieren und der kompletten Missachtung ihrer eigenen Schönheit immer neue Rätsel aufgab.

Er musste schlucken, als er sie ansah. Sie war sein ... und dann doch nicht. Das Leben war zu den Llevanths noch nie besonders freundlich gewesen. Er wandte sich wieder dem Schreibtisch zu, und das Herz wurde ihm noch schwerer.

Wieder rüttelte er an den Schubladen, doch nichts geschah.

„Irgendwo ist ein Schlüssel."

Er blickte zu ihr hoch. „Irgendwo bestimmt."

„Nein, ich meine, auf dem Schreibtisch." Sie lehnte immer noch am Bücherregal, die Arme vor der Brust verschränkt. Das Gelächter von vorhin war verschwunden. Stattdessen betrachtete sie ihn nachdenklich, als wollte sie ihn einschätzen.

Ein letztes Mal rüttelte er an der Schublade, dann begann er nach einem Brieföffner zu suchen.

Anmutig stieß sie sich vom Bücherregal ab und trat zu ihm an den Schreibtisch. „Westerville, hättest du Lust auf eine Wette?"

Eine Wette. Mit Beth. Es war eine spielerische Geste, eine, die Elizabeth mehr als alles andere charakterisierte. Wie von selbst bewegten sich seine Mundwinkel nach oben. Diese Frau war die reinste Freude. Eine aufreizende, herausfordernde Frau, die weitaus mehr verdiente, als das Schicksal ihr zugeteilt hatte. Wenn die Schuld ihres Großvaters bewiesen und ihre Beziehung beendet war, wäre dies alles, was ihm bleiben würde ... die Erinnerung an Momente wie diese. „Meine Liebste, wie soll die Wette denn aussehen?"

Ihre Augen wurden schmal. „Ich bin nicht deine Liebste."

„Im Augenblick schon."

Sie atmete hörbar ein und sagte dann: „Wir wetten folgendermaßen: Jedes Mal, wenn du aus irgendwelchen neuen Anhaltspunkten vorschnelle Schlüsse ziehst, bekomme ich einen Punkt. Zum Beispiel, als du angedeutet hast, es sei ungewöhnlich, seinen Schreibtisch abzuschließen, während das in Wirklichkeit doch ganz normal ist."

„Ich ziehe nicht immer so vorschnelle Schlüsse."

„Bei meinem Großvater schon. Du warst von vornherein von seiner Schuld überzeugt, daher interpretierst du alle Fakten in diesem Sinne."

„Das stimmt doch gar nicht", knurrte er.

„Wenn es nicht stimmt, wirst du die Wette gewinnen. Bleiben wir dabei: Jedes Mal, wenn du ein vorschnelles Urteil fällst, bekomme ich einen Punkt. Und jedes Mal, wenn du einen Beweis findest, der *wirklich* gegen meinen Großvater spricht, bekommst du einen Punkt."

Das schien gerecht. Er gab es ja nicht gern zu, aber was seine Reaktion auf den verschlossenen Schreibtisch anging, hatte sie recht. Er fragte sich, worin er sich beim Tod seiner Mutter sonst noch getäuscht haben mochte. Was, wenn er komplett falschlag? Wenn ihr Großvater tatsächlich unschuldig war?

Christian nickte. „Also schön. Die Wette gilt. Worum wetten wir? Oder darf ich das bestimmen? Wenn ja …", er ließ den Blick über sie gleiten, „… kannst du dir sicher denken, was ich als Preis fordere."

Sie errötete, sah ihm jedoch mutig in die Augen. „Was denn?"

„Dich. In meinem Bett."

Beth blieb der Mund offen stehen. Doch sie erholte sich rasch wieder und meinte mit einem zögerlichen Zwinkern: „Vermutlich wäre es weicher als der Billardtisch."

Er lachte, und ihm wurde klar, dass es vermutlich das war, was er am meisten vermissen würde – all die Verheißung, die im Zusammensein mit Beth steckte. Momente wie diese, die die Zukunft bereithalten würde, Momente voll Liebe, voll Lachen. Momente der Nähe, körperlich wie seelisch.

Doch das alles war nur ein Traum. Gott, wie ihm das alles verhasst war. Wenn sich herausstellte, dass ihr Großvater schuldig war, was sollte er dann tun? Die Ehre gebot ihm, Rache zu nehmen, den Mann, der seine Mutter getötet hatte, mit dem Leben bezahlen zu lassen. „Nein. Keine Wette. Vergiss es", hörte er sich sagen. Dann wandte er sich wieder dem Schreibtisch zu.

„Nein", sagte sie atemlos. „Ich bin mit deinem Vorschlag einverstanden."

Rasch sah er auf. „Das brauchst du nicht."

Sie begegnete seinem Blick. „Ich will aber.“ Schweigen trat ein. Er sah das Begehren in ihrem Blick, und ihn überlief ein Schauer. Binnen Sekunden war sein Körper hart und bereit. „Beth. Du brauchst nichts zu tun …“

„Ich bin kein Kind. Ich weiß, was ich will. Ich will diese Wette.“ Sie lächelte. „Außerdem, wieso bist du dir so sicher, dass du gewinnst?“

Sie musste wissen, was sie mit ihm machte. Sie musste es einfach wissen. Er atmete tief durch. „Also schön. Welchen Preis suchst du dir aus, nachdem du jetzt meinen kennst?“

„Wenn ich gewinne und du tatsächlich die Dinge so hinbiegst, dass sie deine Theorie stützen, wirst du mir ein schönes Rubincollier kaufen. Nennen wir es ein Hochzeitsgeschenk.“

„Wir heiraten aber nicht.“

Sie lächelte, ihre vollen Lippen teilten sich und enthüllten ihre weißen Zähne. „Das heißt noch lange nicht, dass du mir nicht ein schönes Geschenk kaufen kannst. Wenn du möchtest, sagen wir dazu eben Nichthochzeitsgeschenk.“

„Das wäre mir wesentlich angenehmer.“ Obwohl er sich da nicht mehr so sicher war …

„Mir wäre es auch angenehmer“, erwiderte Beth so unbekümmert, dass Christian zusammenzuckte. „Machen wir es doch so: Sobald du mir das Collier gekauft hast, löse ich die Verlobung.“

Er hätte beinahe gelacht; sie war ungeheuer anziehend, wenn sie ihn so spitzbübisch ansah.

Beth ging zum Schreibtisch und nahm den Brieföffner in die Hand. Über den Tisch hinweg reichte sie ihn Christian. „Bitte, mach die Schubladen auf.“

Er strahlte sie an. „Die Wette gilt“, sagte er leise.

„Die Wette gilt“, bestätigte sie.

Sie blieben, wo sie waren, und sahen sich an. Eine Welle heißen Begehrens überlief sie, setzte sich in ihrem Bauch und tiefer fest.

Im selben Moment überkam Beth die Erinnerung. Wieder spürte sie Christian auf sich, den grünen Filz unter sich. Ein Prickeln durchzuckte sie, und sie musste sich zwingen, ruhig zu atmen, damit er nicht merkte, wie erregt sie plötzlich war.

Langsam wandte Christian sich wieder dem Schreibtisch zu. Er schob den Brieföffner in das Schloss und drehte um. Mit lautem Klicken sprang das Schloss auf. Das Herz schlug ihm bis zum Halse. Vorsichtig zog er die Schublade auf. Drinnen lagen diverse Papiere und Lederbeutel.

Er durchwühlte die Sachen, untersuchte dabei jedes Stück, so schnell er konnte.

Beth stand mit geneigtem Kopf und lauschte Richtung Tür. Von draußen war nichts zu hören, obwohl anzunehmen war, dass die Lakaien zurückgekehrt waren.

Als Christian einen leisen Fluch ausstieß, drehte sie den Kopf. „Was?"

„Nichts."

„Hervorragend!", erwiderte sie.

Er ließ den Brieföffner in das nächste Schlüsselloch gleiten. Und ins nächste. Eines nach dem anderen brach er die Schlösser auf. Jedes Mal fand er in den Schubladen nichts.

Schließlich hatte er die letzte Schublade geknackt, die ganz unten. Beth blickte zum Schreibtisch, sah aber nur Christians Hinterkopf. Er begann im Inhalt der Schublade zu wühlen. Plötzlich ertönte ein erstickter Schrei.

Er stand auf. Seine Miene war wie betäubt. Er hielt etwas in den Händen, ein Objekt, über das er nun fast liebevoll mit dem Finger strich. Schließlich blickte er auf und sah Beth in die Augen. „Ich glaube, dieser Punkt geht an mich."

Beths Herz setzte einen Schlag aus und begann dann umso heftiger zu klopfen. Er konnte nichts gefunden haben, was Großvater in die Sache verwickelte. Das war schlichtweg unmöglich. Sie würde es nicht glauben. Schließlich ging sie zu ihm hinüber.

Eine Miniatur lag in seiner Hand. Darauf war eine Frau mit dichtem schwarzen Haar zu sehen und herrlichen grünen Augen … „Deine Mutter", hauchte Beth und strich über das Bildnis. „Du siehst genauso aus wie sie. Aber wie … warum sollte Großvater eine Miniatur deiner Mutter besitzen?"

„Ich weiß es nicht", entgegnete Christian grimmig. Er fing Beths Blick auf. „Glaubst du mir jetzt? Dein Großvater hat mit ihrem Tod zu tun. Dessen bin ich mir sicher."

Sie wollte ihm antworten, doch die Kehle war ihr wie zugeschnürt.

Wie konnte das sein? War es wirklich möglich? Beth konnte es einfach nicht glauben. „Großvater würde nie …“

In der Eingangshalle erhob sich Lärm. Jameson erteilte Befehle, und im Hintergrund hörte man einen Stock auf den Boden klopfen, ein Geräusch, das beständig näher kam. Dann beschwerte sich eine verdrossene Stimme über die Kälte.

Beth packte Christian am Rock. „Großvater! Er ist aufgewacht!“

15. KAPITEL

Ein richtiger Butler klopft an, ehe er einen Raum betritt. Dies zu vergessen kann alle möglichen Malheurs nach sich ziehen, von denen die meisten jedoch nicht für eine Schilderung in gedruckter Form geeignet sind.

Leitfaden für den vollkommenen Butler und Kammerherrn von Richard Robert Reeves

Der Stock des Herzogs tappte immer näher, und seine Stimme bebte vor Zorn, als er einem der Lakaien auftrug, etwas wegen einem Teppich in der Eingangshalle zu unternehmen.

Christian packte Beth am Handgelenk. „Unter den Schreibtisch."

„Was?" Sie blickte zum Schreibtisch und dann auf ihr Kleid. „Ich will nicht ..."

Sein Griff wurde fester. „Kriech sofort unter den Schreibtisch."

Bevor Beth wusste, wie ihr geschah, hatte Christian sie zu sich hinter den Schreibtisch gezogen. Die Tür zur Bibliothek knarrte, während er sich unter die Knieöffnung zwängte und Beth neben sich schob.

Christian legte den Arm um sie und drückte sie an sich. Es war erstaunlich geräumig unter dem Schreibtisch, da die Schubladen relativ klein ausfielen. Trotzdem saßen sie ziemlich zusammengepfercht, vor allem, weil Christians Schultern so breit waren.

Beth zappelte ein bisschen, versuchte es sich halbwegs bequem zu machen, und stieß Christian aus Versehen in die Rippen.

Sie hörte sein erschrecktes Stöhnen, erstarrte und hielt den Atem an.

Ihr Großvater schien zu stutzen und murmelte dann: „Verdammte Rohre. Zahlt man ein Vermögen für die Dinger, und dann ächzen und stöhnen sie wie ein altes Weib."

Beth begegnete Christians Blick und musste sich die Hand vor den Mund halten, um nicht laut aufzulachen.

Der Stock des Dukes kam näher, immer näher. „Jameson!", rief der alte Herr, so nah am Schreibtisch, dass Beth zusammenfuhr.

„Jameson!“, rief ihr Großvater noch einmal.

Diesmal antwortete der Butler. „Ja, Euer Gnaden?“

„Bringen Sie mir einen Grog.“

Beth funkelte die Unterseite des Schreibtisches an. Ihr Großvater sollte keinen Rum trinken, da er davon Schmerzen im Bein bekam. Zum Glück wusste Jameson, dass …

„Jawohl, Euer Gnaden“, sagte der Butler. „Soll ich ihn in einer Tasse servieren, damit Lady Elizabeth es nicht sieht?“

Christian legte rasch die Hand auf Elizabeths Mund, weil sie empört aufkeuchte.

Wütend schob sie seine Hand weg.

„Ja“, sagte ihr Großvater gerade wenig verbindlich. „Und diesmal bitte mit so viel Rum, dass man ihn herausschmecken kann. Und sehen Sie zu, dass Sie mir nicht noch mal so ein Spülwasser wie beim letzten Mal servieren, sonst muss ich wieder die Tassen an die Wand schmeißen. Ich muss sie schließlich bezahlen!“

„Jawohl, Euer Gnaden.“ Jamesons Stimme wurde leiser; anscheinend war er unterwegs zur Tür. „Euer Gnaden, Viscount Westerville ist gekommen.“

„Wird ja auch höchste Zeit!“

„Jawohl, Euer Gnaden. Er ist mit Lady Elizabeth im Salon. Soll ich Ihren ‚Tee‘ dort servieren?“

„Im Salon, was? Wie lang sitzen sie denn schon dort?“

„Vielleicht zwanzig Minuten.“

„Gut. Sorgen Sie dafür, dass sie nicht gestört werden.“

Beth blieb der Mund offen stehen.

Ihr Großvater lachte in sich hinein. „Tut denen vielleicht ganz gut, wenn sie bisschen Zeit miteinander verbringen!“

„Jawohl, Euer Gnaden. Ach, und Lady Charlotte hat gefragt, wann Sie aufstehen würden.“

„Was will sie denn?“, erkundigte sich ihr Großvater. Sein Ton klang reizbar und ungeduldig.

„Ich weiß es nicht, Euer Gnaden. Sie schien ziemlich außer sich. Ich habe ihr vorgeschlagen, doch mit Lady Elizabeth zu reden, das wollte sie aber nicht.“

„Na wunderbar“, entgegnete der Herzog düster. „Worum es auch geht, ich hoffe, sie fängt nicht an zu weinen. Konnte es noch nie ausstehen, wenn eine Frau beim geringsten Anlass zu greinen anfängt. Ich weiß wirklich nicht, was mein Sohn sich dabei gedacht hat, mir so eine Frau ins Haus zu bringen."

„Ich hole jetzt Ihr Getränk", meinte Jameson nur ausdruckslos. „Benötigen Sie sonst noch etwas?"

„Nein, nein. Nur den Grog."

„Jawohl, Euer Gnaden." Die Tür schloss sich hinter dem Butler, und Beth lauschte mit klopfendem Herzen, wie der Stock ihres Großvaters näher tappte, direkt zu der Stelle, wo sie und Christian sich verbargen.

Sie warf Christian einen alarmierten Blick zu.

Der zog sie näher an sich, bis sie auf Augenhöhe saß. „Wenn er uns findet", flüsterte er ihr zu, so nah, dass seine Stimme ihr Ohr kitzelte, „sagen wir einfach, die Leidenschaft hätte uns übermannt, so ähnlich wie auf dem Billardtisch."

Beth konnte sich die Miene ihres Großvaters beinahe vorstellen, wenn sie ihm dies eröffneten. Sie musste sich auf die Lippe beißen, um nicht aufzulachen. Zu ihrer Erleichterung nahm ihr Großvater aber nur die Zeitung vom Schreibtisch und humpelte wieder zurück, wobei sein Stock dumpf auf dem Teppich aufschlug. Sein Lieblingssessel knarrte, als er sich hineinsetzte, und dann knisterte die Zeitung.

Erneut wurde die Tür geöffnet.

„Darf ich reinkommen?" Es war Charlotte.

„Verdammt noch mal, kann ich nicht einmal meine Ruhe haben?", fuhr der Herzog sie an.

„Ich muss mit dir reden. Es ist wichtig."

Kurzes Schweigen trat ein. Beth stellte sich vor, wie ihr Großvater ihre Stiefmama mit wütenden Blicken maß. „Nimmst du deine Arznei?"

Beth schüttelte den Kopf. Es war immer dasselbe mit ihrem Großvater: Charlottes Medizin war ihm wichtiger als seine eigene Gesundheit.

„Ja, ja. Natürlich. Es geht nicht um mich, es geht um Bennington."

„Um Bennington?"

Zu Beths Überraschung nahm die Stimme ihres Großvaters einen ernsteren Ton an.

„Was will er denn diesmal?“

„Du siehst also, warum ich mich aufrege? Er ist so herrschsüchtig, dauernd versucht er mich zu kontrollieren, daher …“

„Diese Suppe, mein Kind, hast du dir ganz allein selbst eingebrockt. Also löffle sie aus und hör auf, deswegen herumzuheulen.“

„Er …“

„Nein. Kein Wort mehr.“

„Aber er erkundigt sich nach Elizabeth!“

„Was ist mit ihr?“

„Bennington hat neulich mit ihr im Garten gesprochen. Ich … ich hab die beiden von meinem Fenster aus gesehen. Natürlich habe ich ihn später gefragt, worüber sie sich unterhalten haben, aber er war sehr geheimnistuerisch. Schwiegervater, ich glaube, sie hat ihm Fragen gestellt, vor allem, wo sie jetzt doch mit Westerville verlobt ist. Ich muss mich wirklich wundern! Was hast du dir nur dabei gedacht, ausgerechnet diesem Mann zu erlauben, sie zur Frau zu nehmen?“

„Sie war ruiniert“, fuhr der Herzog sie an. „Und er war derjenige, der sie ruiniert hat. Was ist mir denn anderes übrig geblieben?“

„Ich weiß nicht. Ich befürchte nur, dass sie Fragen stellen wird … du willst doch sicher nicht, dass sie es erfährt, oder?“

Schweigen trat ein. Beth sah Christian an, und ihr sank der Mut. Wovon in alles in der Welt redete Charlotte?

„Um Beth kümmern wir uns, wenn es so weit ist.“

„Aber Schwiegervater, du verstehst nicht, sie ist …“

„Charlotte! Ich will kein Wort mehr hören!“ Seine Stimme überschlug sich vor Zorn.

„Aber …“ Charlottes Stimme zitterte. „Ich habe Angst.“

„Geh auf dein Zimmer. Ich lasse dir von Jameson ein wenig von deiner Medizin bringen.“

„Aber ich …“

„Jetzt gleich!“, donnerte der Duke.

Mit einem erstickten Schrei rannte Charlotte aus dem Zimmer.

Anscheinend war sie an Jameson vorbeigekommen, denn als Nächstes war die Stimme des Butlers zu hören. „Euer Gnaden?“

„Hat Lady Charlotte den Arzt empfangen?“

„Als er beim letzten Mal vorbeischaute, hat sie geschlafen.“

„Das kommt nicht wieder vor, hören Sie? Schicken Sie nach dem

Dummkopf und sagen Sie ihm, dass er Lady Charlotte noch heute Nachmittag besuchen soll. Und sagen Sie ihm, er soll sich unbedingt vergewissern, dass meine Schwiegertochter ihre Medizin auch nimmt!"

„Jawohl, Euer Gnaden. Soll ich den Grog hier abstellen, neben Ihrem Sessel?"

„Nein. Sie können ihn mir direkt in die Hand geben. Ich werde ihn gleich austrinken, und danach sehe ich nach meiner Enkelin."

„Jawohl, Euer Gnaden."

Kurzes Schweigen trat ein, als der Butler tat, wie man ihm geheißen hatte, und dann war ein schlürfendes Geräusch zu hören.

Beth biss sich auf die Lippen. War es denn möglich, dass Charlotte Großvaters Geheimnis kannte? War das der Grund, warum er immer so erbittert von ihr sprach und darauf bestand, dass sie ihre Medizin nahm?

Sie blickte zu Christian und erkannte an seiner Miene, dass er ähnliche Gedankengänge verfolgte wie sie.

„Ah!", sagte der Herzog. „Jetzt geht es mir schon viel besser! Danke, Jameson. Sie wissen eben, wie man einen Grog zubereitet!"

„Danke, Euer Gnaden. Ist das dann alles? Soll ich Lady Elizabeth davon in Kenntnis setzen, dass Sie sie jetzt sehen möchten?"

Ein weiteres Schlürfen war zu hören. „Nein, nein. Lassen Sie den beiden noch ein wenig Zeit zum Plaudern. Ich könnte mir vorstellen, dass sie jede Menge zu bereden haben."

„Jawohl, Euer Gnaden. Bitte klingeln Sie, wenn Sie noch einen ‚Tee' wünschen." Die gemessenen Schritte des Butlers entfernten sich, hinter ihm schloss sich leise die Tür.

Beths Schulter war an Christians Brust gedrückt, sie spürte seinen gleichmäßigen Herzschlag. Als sie den Kopf ein winziges Stück drehte, begegnete sie seinem Blick, der dunkler war als sonst.

Sie waren einander so nahe, beide verborgen an einem Ort, wo sie nicht gefunden werden konnten. In Sicherheit ... und dann doch wieder nicht. Die Angst vor Entdeckung schien alle ihre Sinne zu schärfen. Beth zitterte, war sich der Hitze seines Oberschenkels überaus bewusst, der sich in ihren Rücken drückte.

In den Romanen, die sie so gerne las, fielen die Damen immer in Ohnmacht, wenn jemand sie küsste. In keinem dieser Bücher wurde erwähnt, wie wunderbar es war, von starken Armen umfangen zu werden. Wie warm sich eines Mannes raue Haut unter den Fingerspitzen anfühlen konnte. Welch starkes Begehren man empfinden konnte, wie erregend es war, auf dem Schoß eines Mannes zu sitzen und seine Reaktion zu spüren.

Die Heldinnen in ihren Romanen schienen ständig unter panischer Angst zu leiden, doch sie fürchtete sich nicht. Ihr Atem mochte schneller gehen, und ihr Körper war vor Erregung angespannt, aber Angst hatte sie nicht. Kein bisschen.

Eigentlich fühlte sie sich ziemlich ... behaglich. Als gehörte sie hierher. Erregt und gleichzeitig behaglich. Wieso hatte keine ihrer Geschichten diesen Aspekt je erwähnt? Dass man in den Armen eines Mannes sowohl Erregung als auch Behaglichkeit empfinden konnte?

Die Zeitung raschelte. „Verdammte Tories." Da dies von einem seligen „Ahh" gefolgt wurde, als der Herzog einen weiteren Schluck Grog schlürfte, durfte man annehmen, dass Großvaters verhasste Tories sich in den letzten Tagen einigermaßen benommen hatten.

Wenn alles vorbei war, würde Beth ein, zwei Worte mit Jameson reden. Doch im Moment konnte sie ihre augenblickliche Lage genauso gut genießen. Es würde nicht mehr viele Gelegenheiten geben, wo sie Christian so nahe war. Weniger, als ihr lieb waren.

Sie hob die Finger und strich Christian über das Gesicht. Er bekam ihre Hand zu fassen und presste sie an die Lippen, warm und fest.

Wieder raschelte die Zeitung des Herzogs.

Christian sah Beth durch seine Wimpern hindurch an. „Soll ich dich loslassen?", flüsterte er.

„Nein", erwiderte sie.

Seine Lippen zuckten, und sie hatte das dringende Bedürfnis, ihn zu küssen.

Stattdessen lehnte sie den Kopf an seine Schulter, wobei sie in seiner Brusttasche eine Beule spürte. Ach ja, die Miniatur. Beth runzelte die Stirn. Warum sollte ihr Großvater eine Miniatur von Christians Mutter in seinem Schreibtisch liegen haben?

Mit dem Finger fuhr sie die Kontur des kleinen kreisrunden Bildnisses nach. Es war aus Elfenbein gefertigt, ein zartes, reizendes

Kunstwerk, das man nicht einfach so wegwerfen würde.

Ihr Blick begegnete Christians. Als hätte er ihre Gedanken gelesen, beugte er sich zu ihr herunter und raunte: „Weil er ein schlechtes Gewissen hat."

Beth konnte es immer noch nicht akzeptieren. Es musste eine Erklärung geben. Sie beugte sich vor und brachte die Lippen dicht an Christians Ohr. „Ich wünschte, Großvater hätte Tagebuch geführt. Dann wüssten wir sicher, was es zu bedeuten hat."

Christian schüttelte den Kopf und wisperte zurück: „Dazu ist er viel zu intelligent."

Beth nickte. Einen Augenblick schwiegen sie, fühlten sich einander sehr nahe. Beth versuchte tief einzuatmen, um seinen Duft zu inhalieren. Er war so dicht bei ihr, seine Hüfte ruhte an ihrer, sie lag in seinen Armen. Wenn sie sich nur ein winziges Stück vorbeugte, würde sie sich an seine Brust schmiegen und wieder seinen Herzschlag spüren.

Plötzlich hätte sie sich am liebsten zu ihm gebeugt. Hätte am liebsten ihre Hüften an den seinen gewärmt und seinen Herzschlag gespürt, gemeinsam mit ihrem eigenen. Wenn alles vorüber war, wenn sich herausgestellt hatte, dass Großvater unschuldig war, würde Christian gehen. Bei dem Gedanken wurde ihr ganz eng in der Brust.

Etwas von diesen Gefühlen musste sich irgendwie in ihrer Miene gezeigt haben, denn Christian nahm sie noch fester in den Arm. Beth legte den Kopf in den Nacken und sah ihn an.

Etwas flammte auf, schlug Funken. Langsam, ganz langsam, als befürchtete er, sie zu erschrecken, senkte er seinen Mund zu dem ihren herab.

Langsam stieg Hitze in ihr auf, als er ihr über die Unterlippe leckte, sie lockte mit der Verheißung von anderen faszinierenden Dingen.

Es war unglaublich sinnlich, sich in absoluter Stille zu küssen. Sie konnte nicht stöhnen, nichts sagen, durfte nicht einmal schneller atmen. Sie rang um Kontrolle, während sie gleichzeitig die Versuchung auskostete, sie zu verlieren.

Er strich ihr über den Arm und die Schulter und umfasste dann ihre Brust. Mit dem Daumen liebkoste er die Brustspitze, bis sie sich unter dem Hemd und dem Kleid aufrichtete und Beth ein tiefes Stöhnen kaum unterdrücken konnte. Ihre Schenkel spreizten sich, während sie sich näher an ihn drängte und sich in dem engen, dunklen Raum an ihn presste.

So war sie noch nie geküsst worden. Noch nie so sinnlich berührt und liebkost. Ihr Körper glühte vor Entzücken, und sie schmiegte sich weich und nachgiebig an ihn. Sie wollte ihn, sie begehrte ihn, sie liebte ihn.

Sie erstarrte. Sie liebte ihn. Oh Gott, wann war das geschehen? Und warum? Sie versuchte es sich zu erklären, doch im nächsten Moment ruhten Christians Hände auf ihren Brüsten, und sie vergaß alles, während sie sich ihm entgegendrängte. In ihrem Bauch flammte Hitze auf. Sie wollte ihn, wollte es. Und das Bewusstsein, dass sie ihn liebte, weckte in ihr irgendwie das Bedürfnis, sich nur noch enger an ihn zu pressen.

Sie strich ihm über die Schultern, über den Hals, über die Wangen, die eine Spur kratzig waren. Dann zog sie ihn zu sich herunter und gab ihm einen langen, sehnsuchtsvollen Kuss.

Seine Hände verkrampften sich, fast brutal hielt er sie fest.

Aus Großvaters Sessel ertönte lautes Schnarchen. Das Geräusch durchbrach den Zauber, der Christian und Beth umfangen hatte.

Christian warf einen ärgerlichen Blick in die Richtung, wo der herzogliche Sessel zu vermuten war. Hastig ergriff er Beths Hand. „Wir sollten uns davonschleichen, solange wir die Chance haben."

„Jetzt? Aber ..."

„Komm mit", flüsterte er, schob sich leise aus ihrem Versteck hervor und zog sie hinter sich her.

Sie kamen hinter dem Schreibtisch heraus und sahen den Duke tief und fest in seinem Sessel schlafen. Ein Sonnenstrahl brachte sein weißes Haar zum Leuchten, sodass es ihm fast wie ein Heiligenschein um den Kopf stand. Christian legte den Zeigefinger auf die Lippen und schlich mit Beth auf Zehenspitzen zur Tür. Leise öffnete er die Tür, und gemeinsam schlüpften sie beide hinaus.

Draußen sahen sie sich den Lakaien und Jameson gegenüber, die sie höchst erstaunt betrachteten.

Oh nein! Christian machte schon den Mund auf um etwas zu sagen, doch Beth entzog ihm ihre Hand und trat rasch vor. Sie lächelte den Butler ruhig an und hoffte dabei, dass er nicht merkte, wie sehr sie außer Atem war. „Jameson?"

Er richtete sich sofort auf. „Jawohl, Mylady?"

„Ich habe meinen Großvater soeben schlafend im Sessel vorgefunden, eine leere Tasse in der Hand. Die Tasse roch nach Rum."

Der Butler bekam rote Ohren. „Wirklich, Mylady? Wie … wie furchtbar."

„Ich möchte, dass Sie herausfinden, wer dafür verantwortlich ist. So etwas kann ich nicht dulden!"

„J…jawohl, Mylady. Ich, ah, kümmere mich gleich darum."

Beth wandte sich um und ging zum Salon. „Lord Westerville? Würden Sie mir bitte einen Augenblick Ihrer Zeit schenken, ehe Sie gehen?"

Christian folgte ihr, sehr amüsiert über ihre arrogante Haltung und immer noch voll brennendem Verlangen nach ihr. Sie hatte ihn beinahe wahnsinnig gemacht vor Begierde, und als er jetzt hinter ihr herging und sah, wie verführerisch sie sich in den Hüften wiegte, begann sich seine Männlichkeit heftig zu regen.

Er wollte diese Frau. Nicht nur einmal. Sondern immer und immer wieder. Doch das Gewicht der Miniatur in seiner Tasche sagte ihm, dass ihre gemeinsame Zeit begrenzt war. Wenn sie erst einmal die Wahrheit über ihren Großvater entdeckt hätte, würde sie ihn mit anderen Augen ansehen. Dies hier war ihre einzige Chance.

Sobald sie den Salon erreicht hatten, wusste er, dass er sie nehmen musste. Sie schloss die Tür und drehte sich zu ihm um, mit dem Rücken gegen das eichene Türblatt. Ihr Blick brannte vor Verlangen, und er zögerte keine Sekunde. Im nächsten Augenblick war er bei ihr, drückte sie gegen die Tür und gab ihr den Kuss, den er zurückhielt, seit sie die Bibliothek verlassen hatten. Gleichzeitig ließ er die Hände über ihre Hüften und ihren flachen Bauch wandern. Gott, sie fühlte sich so gut an. So richtig. Er konnte die Hände nicht mehr von ihr lassen.

Beth stöhnte, schlang ihm die Arme fest um den Hals und rieb die Hüften an seinen. Es war beinahe mehr, als er ertragen konnte. Er musste sie nehmen. Wenn dies ihr letzter gemeinsamer Tag war, ihre letzte Möglichkeit, von ihrer Leidenschaft zu kosten, ehe sie sich trennen mussten, war daran nichts zu ändern. Zumindest wäre das Erlebnis es wert, sich daran zu erinnern.

Er unterbrach den Kuss und sank vor ihr auf die Knie. Ihre Hände ruhten auf seinen Schultern, ihre Augen waren dunkel vor Leidenschaft und Neugier.

Endlich kniete er vor ihr, hob ihren Rock hoch und ließ die Hände über ihre seidenbestrumpften Beine gleiten.

„So wunderschön", murmelte er, während er ihre Wade umfasste und dabei mit den Fingern ihre Kniekehle streifte.

Zitternde Erregung erfasste Beth.

Sie keuchte auf, als seine Hand weiter emporwanderte. Er schob ihr Kleid nach oben, bauschte es um ihre Schenkel, hob es noch weiter empor. Ein tief verwurzelter Sinn für Schicklichkeit versuchte sich Luft zu verschaffen und führte dazu, dass sie die zitternden Hände zu ihrem Rock ausstreckte. Sie kämpfte gegen das Bedürfnis, ihr Kleid wieder nach unten zu ziehen, sich vor der Leidenschaft zu verstecken. Der Leidenschaft, die er soeben zu neuem Feuer anfachte.

Er sah zu ihr auf. In seinen Augen schimmerte die Glut, das schwarze Haar hing ihm wirr in die Stirn. Er war so schön, und in diesem Augenblick gehörte er ihr. Nur für diesen Augenblick. Nur zu bald würden sie die Antworten finden, welche auch immer, und danach wäre er fort.

Die Kehle wurde ihr eng, und die Brust tat ihr weh. Ihre Finger schlossen sich um den Saum ihres Kleides … und sie hob es höher, über die Schenkel zu den Hüften. Kühl drang die Luft durch ihre dünnen Beinkleider, worauf ihr ein Schauder nach dem anderen über die Haut jagte.

Beth warf den Kopf in den Nacken und schloss die Augen. Die Geste sprach für sich selbst.

Sie hörte ihn atmen, als er ihr die Hände auf die Hüften legte. Inzwischen lag sie fast auf der Tür, hatte den Rücken fest am Türblatt, die Beine leicht gespreizt. Das Kleid bauschte sich um ihre Hüften, während er vor ihr kniete.

Plötzlich spürte sie ihn durch das Beinkleid an ihrer geheimsten Stelle. Er küsste sie durch den dünnen Stoff.

„Christian!", keuchte sie, doch ihre Hüften drängten sich ihm wie von selbst entgegen. Er fuhr fort, sie mit dem Mund, mit der Zunge warm zu liebkosen.

Sie wand sich, zerknüllte den Stoff ihres Musselinkleides mit den

Händen, und ihr Atem ging stoßweise. Es fühlte sich so sinnlich an, so sündhaft gut.

Beth drängte vorwärts, legte die Hand auf sein weiches Haar, zog ihn noch näher zu sich. Immer noch näher.

Eine Welle der Leidenschaft brach über ihr zusammen, und sie keuchte. Ihre Hüften stießen nach vorn, und Christian hielt sie fest, trieb sie schier in den Wahnsinn, liebkoste sie, bis das Gefühl anschwoll und sie schließlich überflutete.

Keuchend hielt sie inne, ihre Knie waren weich, und das Blut dröhnte in ihren Ohren vor Lust.

Er stand auf und nestelte seine Breeches auf. Ohne Warnung hob er sie hoch und schob noch einmal ihr Kleid nach oben. Bevor sie wusste, wie ihr geschah, hatte er den Arm um sie gelegt und drückte sie gegen die Tür. Sie packte ihn an den breiten Schultern, schlang die Beine um ihn und zog ihn an sich.

Seine Männlichkeit drängte gegen sie, und sie nahm die Unterlippe zwischen die Zähne. Sie erschauerte ein wenig, weil er so hart war, eine Spur Unsicherheit stahl sich in das sinnliche Liebesspiel. Doch im nächsten Moment senkte sich sein Mund auf den ihren, und alle Gedanken waren ausgelöscht. Die Leidenschaft überwand ihre Ängste. Mit den Beinen umfasste sie ihn fester, und dann ließ sie sich ganz langsam auf ihn herab, Zoll für Zoll.

Christians Miene war angespannt, seine Hände krampften sich um ihre Taille. Noch nie hatte Beth so viele Dinge gleichzeitig gespürt. Sie glaubte, jeden Augenblick wahnsinnig zu werden von all dem Entzücken, das sie durchdrang.

Sie spürte einen leichten Druck, und auf einmal glitt er in sie hinein, so plötzlich, dass sie einen Schrei nicht unterdrücken konnte. Beth keuchte und warf den Kopf zurück, sie fuhr ihm über die Brust, über die Schultern, versuchte wie wild, ihn noch enger an sich zu ziehen.

Christians Atem wurde harscher, schwerer, seine Hände schlossen sich noch fester um ihre Taille, und dann hob er sie hoch.

Er stöhnte, als sie nach oben glitt. Er hielt sie dort einen Augenblick fest, und ihr Atem verschmolz. Verstohlen sah sie ihn an. Seine Miene zeigte eine Mischung aus Schmerz und Leidenschaft, und seine Stirn war gerunzelt.

Irgendein urzeitlicher Instinkt sagte ihr, dass sie nun die Beine anspannen sollte, und so glitt sie wieder auf ihn herab, umfasste ihn, bis er die Augen schloss, als litte er Schmerzen, und ihren Namen stöhnte.

Der Anblick erfüllte sie mit Macht. Sie weckte diese Gefühle in ihm, sie brachte ihn dazu, hungrig zu keuchen, sie zu begehren und niemanden sonst.

Gemeinsam begannen sie sich zu bewegen. Mit jedem Stoß wurden die Bewegungen fließender, mächtiger. In Beths Bauch und weiter unten ballte sich die Hitze.

Vage nahm sie auch die kleinsten Details wahr, das kalte Holz im Rücken, den festen Druck seiner Hände an ihrer Taille, seine bloße Haut an der Innenseite ihrer Schenkel.

Die Hitze entwickelte sich zur Flamme. Beth keuchte auf, als er sie immer wieder hochhob, sie mit jeder Bewegung erfüllte und dann wieder verließ. Ihre Schenkel wurden feucht, ihr Atem kam stoßweise. Es war, als hätte man ein heißes Stück Kohle in sie gelegt und sie könnte von dieser Hitze gar nicht genug bekommen, so sehr sie sich auch daranschmiegte.

Jeder neue Stoß brachte sie näher an diese Hitze heran, bis sie vor Begehren ganz verrückt wurde. Jeder neuerliche Rückzug trug sie an den Rand des Wahnsinns und darüber hinaus.

Plötzlich verkrampfte sie sich um ihn. Sie rief seinen Namen, spannte die Schenkel an und drückte den Rücken durch, als die Wellen der Erlösung sie überliefen.

Christian gab sie nicht frei, hörte auch nicht auf mit seinen Bewegungen. Während sich ihr Herz allmählich wieder beruhigte, hörte sie, wie sein Atem schwerer ging, wie seine innere Spannung wuchs.

„Gefällt es dir?“, flüsterte sie ihm ins Ohr. Ihr Herz begann wieder zu rasen.

„Mein Gott, Beth“, stieß er zwischen zusammengebissenen Zähnen hervor. Seine Haut war feucht, sein Herz pochte so heftig, dass es beinahe zu hören war. „Tu das … noch mal.“

Sie zog sich an seinen Schultern ein Stück hoch und glitt dann wieder nach unten, an seiner Männlichkeit entlang.

Irgendein Kobold musste sie geritten haben. Sie ließ sich von Christian noch einmal hochheben, doch im nächsten Moment presste sie die Beine zusammen und warf sich auf ihn, so hart sie konnte.

Diesmal tat Christian mehr als nur keuchen. Er stieß einen Schrei aus und presste sie an sich. Sie spürte, wie er sich in ihr aufbäumte und sich zuckend in ihr verströmte.

Zitternd und eng aneinandergedrückt blieben sie stehen, wo sie waren. Nur langsam beruhigte sich sein Atem wieder. Christian beugte sich vor und drückte sie ein letztes Mal mit dem Rücken gegen die Tür. Er hielt sie immer noch mit beiden Händen fest, aber nun lag seine Stirn an der ihren, und sie spürte seinen Herzschlag.

Lange Zeit schmiegten sie sich so aneinander, zu erschöpft, um sich zu bewegen. Christian hatte die Ellbogen an der Tür aufgestützt, sein Kopf war Beth zugeneigt, und dort, wo sie sich berührten, war seine Haut feucht.

Widerstrebend löste sie die Knöchel, die sie an seiner Taille verhakt hatte, und ließ die Beine zu Boden gleiten. Sie wären unter ihr eingeknickt, wenn er sie nicht festgehalten hätte. Leise lachend fing er sie auf.

Er drückte sie an sich, küsste sie auf den Hals, die Wangen, das Haar, während er sie zum Sofa hinübertrug. Dort setzte er sich und ließ sie auf seinen Schoß gleiten, wobei er mit der einen Hand ihre Röcke ordnete und sie mit der anderen festhielt.

Christian drückte einen Kuss auf ihre Stirn. Etwas Schöneres hatte er noch nicht gesehen. Ihr Gesicht war ihm zugewandt, und sie hatte die Augen geschlossen, sodass ihre Wimpern seidige Halbkreise bildeten.

Ihr Teint war erhitzt vor Leidenschaft, und ein dünner Schweißfilm lag auf ihrer Haut. Er beugte sich vor und streifte ihre Wange mit den Lippen, wobei er den leichten Salzgeschmack begrüßte.

Sie war so sinnlich, so lebendig. Sie roch nach Leben und nach Lust, nach Gelächter und Verheißung. Er seufzte tief und strich ihr über das seidige Haar.

Beth schlug die Augen auf und lächelte. Es war ein träges Lächeln, das Lächeln einer Frau, die ganz und gar befriedigt worden war. Sie schlang ihm die Arme fester um den Hals und drückte ihm einen Kuss auf die Wange. „Danke“, flüsterte sie. „Diese Erinnerung wird mir bleiben, wenn wir miteinander fertig sind.“

Das Herz erstarrte ihm in der Brust. *Wenn wir miteinander fertig sind.* Die Worte rissen ihn mit einem schmerzhaften Ruck zurück in die Realität.

Er wurde sich des Gewichts der Miniatur bewusst, die immer noch schwer und kalt in seiner Tasche lag. Fröstelnd schloss er die Augen. Eigentlich sollte er nun darum bitten, den Herzog zu sehen. Jetzt, wo Christian das Porträt hatte, war er bereit, dem Feind entgegenzutreten. Auch wenn es nicht das Collier war, hatte es doch einen sehr wichtigen Zweck erfüllt – es hatte Beth davon überzeugt, dass an seinem Verdacht etwas dran war. Der Duke mochte ihn anlügen, aber es würde Massingale sicher schwerfallen, seiner geliebten Enkelin etwas vorzumachen.

Christian rieb die Wange an Beths Haar. Still saßen sie da und hielten sich fest, als hätten sie Angst loszulassen. Die Wahrheit war: Er hatte tatsächlich Angst. Er mochte Beth gern, und die Vorstellung, sie zu verlieren, wieder allein zu sein – er barg das Gesicht an ihrer Halsgrube und schloss die Augen. Seine Gefühle drohten ihn beinahe zu überwältigen.

Er wollte sie noch nicht verlieren. Morgen würden sie der Wahrheit ins Gesicht sehen. Wenn er nicht mehr so durcheinander vor Leidenschaft war, würde er das tun können, was zu tun er sich schon so lange geschworen hatte.

Morgen würde er wiederkommen und gemeinsam mit Beth mit dem Herzog sprechen. Bewaffnet mit der Miniatur, würde er den alten Mann dazu zwingen, die Wahrheit zu sagen. Und dann … Christian drückte Beth einen Kuss auf die Stirn und zog sie noch enger an sich. Fürs Erste wollte – nein, konnte – er nicht über diesen Augenblick hinausdenken.

Wieso war das alles so kompliziert geworden? Ihm war so elend wie nie zuvor. Wieso?

Doch im Grunde seines Herzens wusste er die Wahrheit. Irgendwie war es Beth gelungen, an den Mauern vorbeizuschlüpfen, die er so sorgfältig rings um sein Herz errichtet hatte.

Zum Teufel mit Reeves, dass er schon wieder recht behielt.

16. KAPITEL

Egal welche Stellung man im Leben bekleidet, es gibt immer Dinge, die einen überraschen. Es liegt an einem selbst, ob man darauf mit Empörung oder Entzücken reagiert.

Leitfaden für den vollkommenen Butler und Kammerherrn von Richard Robert Reeves

„Christian?“

Er seufzte tief auf. Beth konnte den Luftzug am Ohr spüren. Er legte die Wange an ihr Haar.

„Ja?“

„Großvater wacht sicher bald auf.“

Wieder seufzte er. „Ich weiß.“

Doch er löste die Umarmung nicht.

Sie schloss die Augen und sog seinen Geruch tief ein, genoss die Wärme und seine Nähe. Dieser Augenblick schien so kostbar, so wertvoll. Sie wünschte, sie könnten immer so bleiben, abgeschieden von der Außenwelt. Aber es sollte nicht sein.

Seufzend öffnete sie die Augen. Sie konnte den Umriss von Christians Kinn sehen, das an ihrer Wange ruhte. „Christian?“

Er öffnete die Augen und sah auf sie hinab. Als sich ihre Blicke trafen, lächelte er. „Ja?“

„Wir müssen reden.“

Sein Griff wurde fester.

„Über Großvater.“

„Ich weiß.“ Er lehnte sich auf dem Sofa zurück und lockerte die Umarmung ein wenig.

Beth setzte sich auf. Ihr Körper summte immer noch, ein sanftes Glühen wärmte sie von Kopf bis Fuß. Es war traurig, ausgerechnet jetzt über etwas Schmerzvolles reden zu müssen, wo sie sich ihm so nahe fühlte. Aber es musste sein. Großvater konnte jeden Moment aufwachen und zu ihnen ins Zimmer kommen.

„Ich muss aufstehen.“ Sie wollte sich erheben, Christian dachte allerdings gar nicht daran, sie freizugeben.

„Nein.“ Er zog sie enger an sich und barg das Gesicht an ihrem Nacken. „Ich will, dass du hier bei mir bleibst. Zumindest jetzt noch.“

„Ich will ja auch bleiben. Aber Großvater könnte jeden Moment auftauchen und uns so finden.“

„Was soll er groß tun? Uns zur Hochzeit zwingen?“

Oh. Ja. Sie grinste. „Daran habe ich noch gar nicht gedacht.“ Glücklich seufzte sie auf und schmiegte sich wieder an ihn. „Vermutlich können wir auch so reden. Ich gebe es wirklich nicht gern zu, doch hier braut sich irgendetwas zusammen. Es gefällt mir nicht, aber ich glaube, ich verliere meine Wette.“

Ihm verging das Lachen, und er sah sie sehr ernst an. „Beth, vergiss die Wette. Dein Großvater ist der Mann, den ich suche.“

„Nein“, widersprach Beth gedankenvoll. „Alles, was du aufzuweisen hast, ist die Miniatur deiner Mutter in seinem Schreibtisch. Die beweist aber nur, dass er sie gekannt hat, nicht, dass er sie verleumdet hat und sie somit ins Gefängnis schickte.“

„Mir reicht es. Wenn man dazu noch die Aussage des Pfarrers nimmt, der meine Mutter im Gefängnis besucht hat, und ihre eigenen Briefe … Das ist schon eine ganze Menge an belastender Information.“

„Die dennoch nicht auf irgendeine bestimmte Person hinweist. Christian, du ziehst deine Schlüsse aus sehr wenig Beweismaterial. Dafür schreibe ich mir einen Punkt für unsere Wette gut.“

Seine Kinnmuskeln verhärteten sich. „Du irrst dich. Und bald wirst du es auch einsehen müssen.“

Sie strich über seine Wange und küsste ihn auf das Kinn. „Darf ich die Miniatur noch einmal sehen? Ich hatte noch keine Gelegenheit, sie ausgiebig zu betrachten.“

Mit grimmiger Miene fischte er sie aus der Brusttasche.

Beths Finger schlossen sich um das kühle Elfenbein. Lange Zeit betrachtete sie das Bildnis. „Sie war wunderschön.“

„Und nicht nur das.“

„Es ist ein herrliches Porträt. Du bist ihr wie aus dem Gesicht geschnitten.“

„Danke.“

„Aber ich sehe immer noch nicht, wie diese Miniatur zweifelsfrei beweisen soll, dass es mein Großvater war, der deine Mutter ans

Messer geliefert hat." Sie betrachtete sie aus der Nähe, drehte sie um und untersuchte die Rückseite. „Hier steht überhaupt nichts. Und selbst wenn Großvaters Name hier stünde, würde das immer noch nichts beweisen, ehe wir wüssten, wer es dort hingeschrieben hat und warum."

Seine Hand schloss sich um die ihre und bog ihre Finger um die Miniatur. „Beth, sag mir einen guten Grund, warum dein Großvater eine Miniatur meiner Mutter besitzen sollte. Nur einen einzigen."

Die Ränder des kleinen Porträts waren abgerundet und fühlten sich glatt an. Sie biss sich auf die Lippen, während sie fieberhaft nachdachte. „Womöglich kannte er sie von klein auf und hatte sie gern. Oder vielleicht fand er das Bildnis in einem Antiquitätenladen, und es hat ihm gefallen. Oder er hat es auf einer Auktion erstanden und …"

Sein Griff wurde fester. „Das ist nichts als Spekulation, und das weißt du auch ganz genau!"

„Genau wie deine Theorie." Sie streckte die Hand aus und berührte Christian am Kinn. „Wir müssen ihn fragen. Das ist der einzige Weg herauszufinden, was geschehen ist, woher er deine Mutter kennt."

„Ich habe es vor. Morgen."

„Warum nicht heute?"

Seine Arme schlossen sich fester um sie. „Ich muss noch ein paar Dinge erledigen, bevor ich dazu bereit bin. Ich komme gleich morgen früh wieder, und dann fragen wir ihn."

Sie lächelte und nickte, obwohl sie in Wirklichkeit alles andere als glücklich darüber war. Schließlich waren sie dabei, ihren Großvater eines schrecklichen Verbrechens anzuklagen. Doch es führte kein Weg daran vorbei. „Also schön. Wir setzen uns morgen früh mit ihm zusammen."

„Hervorragend. Nachdem das geklärt ist, kann ich dich ja vielleicht verleiten, heute noch ein wenig Zeit mit mir zu verbringen."

„Oh! Hast du noch eine Spur, der wir folgen müssen?"

„Nein. Das hat nichts mit meiner Mutter zu tun. Ich dachte, es wäre schön, wenn wir zusammen ausreiten könnten. Nur du und ich."

Beth hob die Brauen. „Nur wir zwei? Aber … warum?"

Zu ihrer Überraschung röteten sich seine Wangen ein wenig. „Kann ich meine Verlobte nicht fragen, ob sie mit mir ausreiten möchte, ohne aufgezogen zu werden? Als hätte *ich* um halb zwölf Uhr früh einen Grog bestellt?"

Beth lachte. „Natürlich kannst du das. Ich war nur ... mir war nicht ganz klar, wie du das meinst." Seltsam erfreut, sah sie auf ihr zerdrücktes Kleid. „Ich muss mich umziehen."

Er küsste sie auf die Nase. „Natürlich. Ich auch. Soll ich um sechs Uhr wiederkommen?"

„Das wäre schön."

Christian nickte und freute sich an ihrem Lächeln, trotz des Aufruhrs, in dem sich seine Gefühle befanden. Sein ganzes Leben lang hatte er auf diese Konfrontation hingearbeitet, hatte davon geträumt, dem Verleumder seiner Mutter entgegenzutreten. Aber nicht jetzt. Gegen seinen Willen überkam ihn Unsicherheit. Nicht was den Herzog anging. Christian war sich sicher, dass er den richtigen Mann verdächtigte. Aber verdammt, warum hatten sie das Saphircollier nicht finden können? Den einzigen unumstößlichen Beweis, den es gab.

Doch selbst das hätte ihn geschmerzt. Er zog Beth ein letztes Mal an sich und rieb die Wange an ihrem Haar. In einem Moment würde er sie freigeben. Er würde nach Hause zurückkehren und den Abend abwarten. Und morgen würde er ihren Großvater zwingen, sein Verbrechen zuzugeben. Danach ... Er biss die Zähne zusammen. Schließlich schob er Beth sanft zur Seite, was ihn jede Unze Kraft kostete, die er besaß, schloss die Hose und richtete seine Kleider.

Sie machte keinerlei Anstalten, es ihm gleichzutun, sondern sah ihm zu; ihr Blick folgte all seinen Bewegungen. Ihr Kleid und ihre Haare waren ganz reizend zerzaust.

„Ich muss gehen." Er rang sich ein kurzes Lächeln ab, obwohl ihm das Herz wehtat, als hätte ihm jemand ein Messer hineingerammt.

„Ich weiß." Sie nahm ein Kissen und drückte es an sich. „Ich sehe dich dann um sechs."

Er zwinkerte ihr zu und war schon auf halbem Weg zur Tür, als ihre Stimme ihn noch einmal zurückhielt.

„Christian?"

Er hielt inne, die Hände nun zu Fäusten geballt.

„Was wirst du tun, wenn du entdeckst, dass es tatsächlich Großvater war?"

Christian konnte sie nicht ansehen. Stattdessen öffnete er die

Hand und starrte auf die Miniatur. Sie war warm von Beths Händen, und an seinen Fingerspitzen spürte er immer noch ihr seidiges Haar. Doch so sehr er Beth liebte, er war seiner Mutter etwas schuldig. „Das kann ich dir nicht beantworten."

„Verstehe." Ihre Stimme war rau. „Und … was ist dann mit uns?"

Die Frage durchbohrte ihn förmlich. Er biss die Zähne zusammen.

Langsam ballte er die Hände wieder zu Fäusten und richtete sich auf. „Ich sehe dich dann heute Abend."

Mit diesen Worten verließ er das Zimmer und ging davon. Beth blieb auf dem Sofa sitzen, umklammerte das Kissen fester und starrte blicklos auf die Tür. In ihren Augen standen Tränen.

Beth schnitt eine Rose und legte sie in den Korb, den sie über dem Arm trug. Im Lauf des Nachmittags hatte sich der Himmel zugezogen, und der Wind hatte aufgefrischt und zerrte nun heftig an ihren Röcken und dem Korb. Der Wind fuhr ihr ins Haar, und die Locken, die Annie so sorgsam aufgesteckt hatte, drohten sich zu lösen. Beth hob das Gesicht in den Wind.

Sie wünschte, Christian würde sich beeilen; sie wollte ein weiteres Mal mit ihm über die Miniatur reden, wollte noch ein paar andere Stellen im Haus vorschlagen, an denen sie nach Beweisen suchen konnten. Vielleicht fand sie doch noch *irgendetwas,* was die Begegnung zwischen Christian und ihrem Großvater abwenden würde. Obwohl sie wusste, dass das Gespräch stattfinden musste, hatte sie trotzdem das Gefühl, dass sie nur das eine fehlende Beweisstück finden müsste, das dieses ganze Durcheinander in Ordnung bringen würde, bis alles wieder wie früher wäre.

Das war es, was sie sich wünschte. Sie dachte daran, wie sie Christian gefragt hatte, was geschehen würde, wenn sein Verdacht sich als begründet herausstellte. In seiner Stimme hatte ein kalter, beinahe hoffnungsloser Ton gelegen. Und was dann aus ihr und Christian wurde …

Sie schloss die Augen und ließ sich vom Wind gründlich durchpusten.

Was würde Großvater tun, wenn Christian ihn auf die Miniatur ansprach? Würde er gestehen? Hatte er überhaupt etwas zu gestehen?

Oder würde er eine Szene ganz anderer Art machen?

Beth rieb sich die Augen. Jedes Mal kam sie zu demselben Schluss: Christian hatte recht, Großvater hatte tatsächlich etwas mit der Verhaftung seiner Mutter zu tun.

Und doch … sie konnte sich nicht mit dem Gedanken anfreunden, dass er dafür tatsächlich verantwortlich sein sollte. Ein dumpfer Schmerz presste gegen ihre Stirn, und ihre Gedanken waren ebenso schwarz wie die Wolken, die sich am Himmel zusammenballten. Dazu kam, dass Beth nicht nur ständig über ihren Großvater nachgrübelte, sie musste auch dauernd an ihre Begegnung mit Christian denken. Etwas war zwischen ihnen – eine Leidenschaft, die alles andere überstieg.

Sie liebte ihn. So sehr. Von Herzen. Komisch, aber sie hatte immer gedacht, dass sie eine solche Leidenschaft als schwindelerregend und erschütternd erleben würde. Stattdessen empfand sie dieses Gefühl als tief und beständig, als etwas Festes, eine Gewissheit, die einen trug. Sie liebte ihn, aber … liebte er sie auch? Manchmal glaubte sie, in seinem Blick eine Wärme aufblitzen zu sehen, die über eine reine Freundschaft weit hinausging. Nur was hätte es sonst sein sollen?

Es war alles so verwirrend, so nervenaufreibend. Christian mit seiner Mission, ihr Großvater mit seinen Geheimnissen, und …

„Beth?“

Beth wandte sich um und sah Charlotte auf der Terrasse stehen, die Arme verschränkt, um sich gegen den Wind zu schützen. „Was treibst du bei diesem Wetter hier draußen? Gleich bricht der Sturm los.“

„Ich weiß.“ Beth bückte sich, schnitt eine letzte Rose ab und legte Messer und Blume in ihren Korb. Sie hatte ungefähr zwei Dutzend, genug, um ein schönes Gesteck für den Mahagonitisch im Speisezimmer zu fertigen.

Donner grollte über ihnen, und der Wind zerrte rastlos an den Bäumen. Beth hob die Röcke an und lief zu Charlotte auf die Terrasse. Zusammen gingen sie ins Haus.

Charlotte beugte sich vor und schnupperte an einer Rose. „Die sind herrlich.“

„Ich dachte, wir könnten ein Blumenarrangement für den Tisch stecken.“ Beth stellte den Korb auf einem Stuhl ab und zog die Gartenhandschuhe aus.

Sie legte sie in den Korb über das Messer und trat zum Spiegel über dem Kamin, um sich die Haare zu richten. „Ach herrje! Ich sehe ja aus wie Medusa!"

„Ach, so schlimm ist es gar nicht", meinte Charlotte, legte den Kopf schief und lächelte nervös. „Hier und da eine Haarnadel, und alles ist wieder so gut wie neu."

Draußen donnerte es so heftig, dass die Fensterscheiben erzitterten. Charlotte zuckte zusammen und fuhr sich mit der Hand an die Kehle.

„Das kam ein bisschen plötzlich", erklärte Beth. Ihre Stiefmama schien noch nervöser als sonst. „Du hast Gewitter ja noch nie gemocht. Ich weiß noch, du hattest immer schreckliche Angst."

Charlotte rieb sich abwesend die Arme und sah hinaus auf den Himmel, der sich rasch verdunkelte. „Ich habe Gewitter schon immer gehasst. Dein Vater wurde deswegen immer sehr ungeduldig mit mir. Er liebte Unwetter."

„Ja, und manchmal stand er draußen auf der Terrasse und wurde klatschnass. Ich habe mich immer gefragt, warum er eigentlich nie vom Blitz getroffen wurde."

Charlotte nickte abwesend.

Beth strich sich das Haar glatt, das der Wind so gezaust hatte, und dachte an das Gespräch zurück, das sie mit Christian unter dem Schreibtisch belauscht hatte. Charlotte kannte Großvaters Geheimnis. Aber warum hätte ihr Großvater sich ausgerechnet Charlotte anvertrauen sollen? Er hielt sie doch für einen Dummkopf und noch Schlimmeres.

Charlotte musste zufällig über die Information gestolpert sein. Das schien die einzig sinnvolle Möglichkeit. Und das würde auch erklären, warum ihr Großvater sich immer Sorgen machte, ob sie auch ihre Medizin nahm – weil er befürchtete, sie könnte verraten, was sie entdeckt hatte.

Beth wurde übel. Es gab so viel, was sie nicht wusste. So viele Geheimnisse überall. Sie wünschte sich von Herzen, dass Christian sich irrte.

Wieder donnerte es, und der Blitz blendete Beth einen Augenblick. Charlotte schrie auf und bedeckte die Augen mit den Händen.

Beth trat zu Charlotte und legte ihr den Arm um die dünnen

Schultern. Ihre Stiefmutter fühlte sich heiß an. Beth runzelte die Stirn. „Komm. Setz dich. Ich lasse Tee kommen, und …"

„Nein", erklärte Charlotte und reckte entschlossen das Kinn, obwohl sie von Kopf bis Fuß zitterte. „Es wird Zeit, dass ich mich nicht mehr fürchte."

Beth lächelte. „Bravo! Du wirst sehen, hier gibt es nichts, was dir wehtun könnte. Soll ich dir ein Gläschen Ratafia holen? Vielleicht wäre das besser."

„Ja. Da hätte ich gern eines."

Beth goss ihrer Stiefmutter ein Glas von dem süßen Likör ein. Sie brachte es zu Charlotte und wartete, bis sie ein paar Schlückchen getrunken hatte und ruhiger wirkte. „Charlotte, darf ich dich etwas fragen?"

Die Augen immer noch in die Finsternis draußen gerichtet, nickte Charlotte.

„Kanntest du die Mutter meines Verlobten?"

Charlotte riss die Augen auf, gerade als draußen ein mächtiger Blitz niederging. Im grellen Licht sah Beth, dass Charlottes Gesicht kalkweiß und vor Panik verzerrt war.

Ohne nachzudenken, ergriff sie den Arm ihrer Stiefmutter, doch Charlotte riss sich los und ließ das Glas fallen, während sie rückwärts zur Tür ging. „Lass mich in Ruhe!"

Beth blinzelte. „Aber Charlotte! Ich habe dich nur gefragt, ob du …"

„Nein! Hör auf!" Charlotte legte die Hand vor den Mund. „Du darfst den Namen dieser Frau nicht aussprechen. Bennington sagt …" Sie presste die Finger auf den Mund. „Ich mache es nicht!"

Bennington? An ihn hatte Beth nicht gedacht, aber er war ein sehr enger Freund ihres Vaters gewesen. Gut möglich, dass dieser düstere Lord die Kutsche der Massingales benutzt hatte. Schließlich verwendete er sie jetzt auch, zum Beispiel wenn er zu ihnen geritten kam und sich das Wetter abrupt verschlechterte, so wie jetzt. Beths Herz schlug schneller. War es das? War Bennington das fehlende Glied zwischen Christians Mutter und Massingale House?

Beth legte Charlotte beruhigend die Hand auf den Arm. „Was sagt Bennington dazu, Charlotte? Was hat er mit der … Dame, die ich erwähnt habe, zu schaffen?"

„Nichts. Er und dein Großvater, sie wollen nichts von ihr hören. Jedes Mal, wenn ich ihren Namen erwähne, schreien sie mich an und zwingen mich, noch mehr Medizin zu nehmen.“ Charlotte schüttelte den Kopf, und in ihren Augen glänzten Tränen. „Ich will das nicht mehr tun, Beth. Die Medizin tut mir nicht gut. Ich werde davon furchtbar müde, und ich kann überhaupt nicht mehr richtig denken und so.“

„Charlotte! Das ist ja schrecklich! Warum nimmst du sie denn dann?“

„Dein Großvater sagt, wenn ich sie nicht nehme, kann ich nicht hier wohnen bleiben. Dass ich irgendwo anders hin muss, ganz allein. Beth, ich habe deinen Vater geliebt, auch wenn er meine Gefühle nicht erwidert hat. Hier kann ich ihm nahe sein, und … und ich *brauche* das.“ Charlotte umklammerte Beths Arm. „Verstehst du? Bitte sag, dass du mich verstehst und deinem Großvater nichts von unserem Gespräch erzählst. Er würde mich fortschicken, und das könnte ich nicht ertragen.“

Beth war ganz übel. Ruhig fragte sie: „Hat dir Großvater das gesagt, Charlotte? Dass er dich wegschicken würde, wenn du … *ihren* Namen erwähnst?“

Charlotte nickte mit weit aufgerissenen Augen. „Ich traue mich nicht, mich gegen ihn zu wehren. Egal was passiert, er wird sagen, es wäre meine Schuld. Deswegen will er auch, dass ich das Laudanum nehme.“ Ein verschlagener Blick trat in Charlottes Augen, der Beth ziemlich überraschte. „Manchmal nehme ich es, und manchmal …“, sie beugte sich vor und flüsterte, „… manchmal nehme ich es nicht.“

Beth betrachtete Charlotte unbehaglich. „Hast du es heute genommen?“

Charlotte lächelte; sie sah dabei absurd hübsch und jung aus. „Natürlich.“ Sie legte den Kopf schief, sodass ihr die blonden Löckchen über die Wange fielen. „Du weißt gar nicht alles, nicht? Ich dachte, du weißt alles, aber das stimmt nicht.“

„Ich weiß nur, dass Christians Mutter zu Unrecht ins Gefängnis geworfen wurde und dort starb. Charlotte, hat Großvater sie dorthin gebracht? Hat er sie ins Gefängnis geschickt?“

Charlotte starrte sie aus riesigen Augen an. Langsam nickte sie und sagte schließlich leise. „Ja.“

Der Raum drehte sich um Beth, und irgendwie gelang es ihr, auf dem Sofa Platz zu nehmen. Das Blut rauschte hinter ihren Augen, und ihr Herz klopfte wie wild. Christian hatte recht! Er hatte die ganze Zeit recht gehabt. „I…ich kann mir nicht vorstellen, dass Großvater so etwas getan haben könnte."

„Vielleicht kennst du ihn nicht so gut, wie du dachtest."

„Ich kenne ihn besser als alle anderen."

„Nein, du kennst seine freundliche Seite besser als alle anderen. Aber er hat noch andere Seiten … Selbst dein Vater hat sich in seiner Gegenwart nicht ganz wohl gefühlt."

Leises Donnergrollen lenkte Beths Blick zum Fenster. „Das Gewitter verzieht sich", sagte sie abwesend. In ihrem Kopf wirbelte es von all den neuen Informationen.

Charlotte nickte. Ihr Blick ruhte fest auf Beth. „Schade, dass du es herausgefunden hast, aber früher oder später musste das wohl passieren."

„Vermutlich. Christian kommt heute Abend her. Wir werden Großvater morgen nach der Wahrheit fragen. Wir haben nach einem Collier gesucht, das seine Mutter …"

„Nein!" Charlotte umklammerte Beths Arm. „Das könnt ihr nicht machen! Er wird euch beide wegsperren oder noch Schlimmeres!"

Beth schüttelte Charlottes Hände ab. „Unsinn. Selbst wenn Großvater schuldig ist, weiß ich doch, dass er mir nichts tun würde."

„Du kennst ihn nicht!" Charlotte runzelte die Stirn. Sie biss sich auf die Lippen, und ihr Blick huschte flackernd umher. Plötzlich nickte sie. „Ich weiß, was du brauchst." Charlotte sah sich um, wie um sicherzugehen, dass niemand sie hören konnte, und dann beugte sie sich vor und flüsterte: „Das Collier, das du erwähnt hast. Ich weiß, wo es ist."

Beth atmete tief ein. „Ich muss es sehen."

„Dann lass uns gehen. Es ist nicht weit von hier. Wir können zu Fuß hin. Lord Bennington hat es für deinen Großvater versteckt, außerhalb des Hauses, damit keiner es findet."

„Was hat Bennington denn damit …"

Charlotte nahm Beth am Ellbogen und zog sie zur Tür. „Ich erkläre es dir unterwegs."

Beth widersetzte sich. „Charlotte, ich kann nicht. Bald kommt Christian, und …"

„Du bist wieder da, ehe er kommt." Sie nahm Beths Hand und drückte sie. „Bitte?"

Beth sah, dass ihre Stiefmutter Tränen in den Augen hatte. Die arme Charlotte trug dieses Geheimnis schon so lange mit sich herum. Beth drückte Charlotte die Hand und sah auf die Uhr.

In einer halben Stunde wäre Christian da. Bis dahin könnte sie das Halsband haben. Sie würde ihn an der Tür erwarten und ihm das letzte Beweisstück übergeben, nach dem er gesucht hatte – das Beweisstück, das ihren Großvater in Christians Augen auf immer verdammen würde.

Beth war das Herz schwer. Was würde Christian dann tun? Was würden sie alle tun?

„Du willst Westerville heiraten, stimmt's?"

Die schlichte Frage ließ Beth innehalten. „Ja", sagte sie schließlich, und ihre Stimme war so leise, dass Charlotte sie kaum verstand.

„Dann musst du die Lösung des Rätsels finden, sonst könnte das Leben des Viscounts auch in Gefahr sein. Der einzige Grund, warum der Duke eine derartige Ehe dulden würde, ist, dass er Westerville dann genau unter Beobachtung halten könnte."

„Nein! Charlotte, Großvater ist nicht …"

Charlotte seufzte und ließ Beths Hand sinken. „Du glaubst mir nicht. Ich selbst gehe jetzt los und hole das Collier. Aber du musst versprechen, dass du mich vor deinem Großvater beschützt. Wenn er wirklich zornig wird …" Charlotte schauderte.

Beth biss sich auf die Lippe. Sie durfte ihre Stiefmutter nicht allein gehen lassen, Charlotte war nie allein unterwegs, es sei denn, Lord Bennington … Beth stutzte. War *das* der Grund, warum Bennington Charlotte überallhin begleitete? Weil ihr Großvater ihn ins Vertrauen gezogen hatte und sie befürchteten, sie könnte reden, wenn man sie allein losziehen ließ?

Alles wirkte auf einmal so bedrohlich. Beth kam einfach nicht mit der Vorstellung zurecht, dass ihr Großvater in Wirklichkeit ein ganz anderer war als der Mensch, den sie immer gekannt hatte.

Charlotte ging zur Tür. „Ich lasse dich jetzt allein und …"

„Nein." Beth trat zu ihr. „Ich komme mit. Aber wir sollten lieber durch die Terrassentür gehen, damit die Dienstboten nicht merken, dass wir weg sind."

Charlotte rang sich ein zittriges Lächeln ab. „Ich hole unsere Pelissen."

Beth ergriff ihre Hände. „Sei vorsichtig. I…ich habe irgendwie ein ungutes Gefühl."

Charlotte nickte. „Das habe ich schon seit über zwanzig Jahren." Sie drückte Beth die Hand und schlüpfte aus dem Zimmer.

Beth blickte zum verhangenen Himmel empor. Über dem Land ballten sich riesige Gewitterwolken und warfen dunkle Schatten auf ihren schönen Garten. Eine düstere Vorahnung beschlich sie. Vielleicht fanden sich beim Collier noch andere Beweisstücke. Etwas, was ihren Großvater entlasten würde. Beth straffte die Schultern. Sie würde die Sache durchstehen. Für Christian *und* für ihren Großvater. Jetzt half ihnen nur noch die Wahrheit.

Sie wappnete sich, trat zur Terrassentür und sah hinaus. Schließlich blieb sie neben dem Korb mit Blumen stehen. Nachdenklich nahm sie eine Rose heraus. Wenn nur alles so einfach wäre wie die Blumen.

Kurz darauf kam Charlotte zurück. Eine Pelisse hatte sie angezogen, die andere trug sie über dem Arm. Beth stand am hintersten Fenster, kehrte jedoch um, als ihre Stiefmama den Raum betrat. „Es hat noch nicht angefangen zu regnen."

„Gut!" Charlotte hielt ihr die graue Pelisse hin. „Das ist eine alte von mir. Annie war in deinem Zimmer, und ich wollte nicht, dass sie mich sieht."

Beth nahm die Pelisse und streifte sie über.

„Bist du so weit?", fragte Charlotte und öffnete die Terrassentür.

Beth nickte. Kurz darauf hatten sie den Garten durchquert und verließen ihn durch die Hintertür. Charlotte hüpfte beinahe vor Aufregung, während Beth schwerfällig einen Fuß vor den anderen setzte. Ihr Herz war ebenso schwer wie die Regenwolken am Himmel über ihnen.

Eine halbe Stunde später kam Christian auf Lucifer die lange, gewundene Auffahrt von Massingale House entlanggeritten. Der Himmel sah nach Regen aus.

Er blickte nach oben, als fernes Donnergrollen ertönte. „Noch nicht“, murmelte er. „Bitte warte noch bis zum Dinner.“

Auch wenn es albern sein mochte, die Wolken anzusprechen, sie hörten auf ihn und ließen keinen einzigen Tropfen fallen. Christian kam um zehn vor sechs in Massingale House an, übergab Lucifers Zügel einem Stallburschen und lief leichtfüßig die Vordertreppe hinauf. Er konnte es gar nicht erwarten, Beth wiederzusehen. Es war merkwürdig, wie sehr man ein Ereignis herbeisehnen und sich gleichzeitig davor fürchten konnte, wie schnell es vorüber wäre.

Jameson empfing ihn in der Eingangshalle und nahm Überrock, Hut und Handschuhe entgegen. „Mylord. Wir haben heute nicht mehr mit Ihnen gerechnet.“

„Lady Elizabeth wollte mit mir ausreiten. Ist sie schon so weit?“, wollte Christian wissen.

„Ich schicke einen Lakaien hinauf in ihr Zimmer.“ Der Butler sah den nächstbesten Livrierten auffordernd an, worauf dieser sich verbeugte und sofort davoneilte. Danach wandte sich der Butler wieder Christian zu. „Möchten Sie im Salon auf Lady Elizabeth warten?“

„Natürlich.“

Jameson drehte sich um und führte Christian zum Salon.

Hinter ihnen ertönte ein dumpfes Tappen. „Ah! Westerville!“, rief der Herzog aus der Bibliothek. Er stützte sich auf seinen Stock und betrachtete Christian scharfsichtig. „Dachte ich doch, dass ich Ihre Stimme gehört hab. Kommen Sie, trinken Sie einen Brandy mit mir.“

Ohne eine Antwort abzuwarten, drehte sich der Herzog um und humpelte in die Bibliothek zurück.

Christian unterdrückte ein Seufzen. Eigentlich wollte er nichts anderes als Beth sehen. Doch die Einladung – wenn man es denn so nennen wollte – des Dukes konnte er wohl schlecht ausschlagen. Er folgte dem alten Mann in die Bibliothek.

Massingale setzte sich in seinen Sessel am Kamin. „Jameson, zwei Gläser Brandy bitte.“

„Jawohl, Euer Gnaden.“ Der Butler goss ihnen ein.

„Nun, Westerville? Wir hatten noch keine Gelegenheit, uns zu unterhalten, nicht? Vielleicht ist jetzt der Moment dazu gekommen.“

Christian tat der Kiefer weh, so fest biss er die Zähne aufeinander. Trotzdem blieb ihm nichts anderes übrig, als zu nicken.

„Ihr Brandy, Euer Gnaden." Jameson reichte dem Herzog ein Glas und wandte sich dann zu Christian. „Und Ihrer, Mylord."

Christian nahm das Glas entgegen. In diesem Moment ging die Tür auf, und der Lakai kehrte zurück.

„Ah!", meinte Jameson. „Master Charles! Haben Sie Lady Elizabeth gesagt, dass sie Besuch hat?"

„Nein, Sir. Lady Elizabeth ist nicht auf ihrem Zimmer."

Christian runzelte die Stirn. „Bei meiner Ankunft habe ich sie auch nicht im Garten gesehen."

Der Herzog sah Christian an. „Wusste sie, dass Sie kommen?"

„Ja, Euer Gnaden. Wir haben es heute Morgen vereinbart."

Jameson runzelte besorgt die Stirn. „Normalerweise kommt sie doch eher zu früh."

Der Lakai öffnete den Mund, zögerte und sagte schließlich: „Ihre Zofe ist auch ein bisschen verstört. Sie hat erzählt, Lady Elizabeth hätte sie gebeten, ihr Reitkleid herauszulegen, doch sie wäre nicht gekommen, um es anzuziehen."

Nun wirkte auch der Herzog besorgt. „Verdammt! Wo zum Teufel steckt sie bloß?"

Der Lakai zuckte hilflos mit den Schultern. „Ich weiß nicht, Euer Gnaden. Einer der Stallburschen sagte, Lord Benningtons Pferd steht im Stall. Er ist allerdings auch nirgendwo zu finden."

„Bennington?", wiederholte der Herzog. „Wo zum Teufel steckt *der*?"

Irgendetwas stimmte da nicht. Christians Instinkt, geschärft durch die vielen Jahre auf der Landstraße, schlug Alarm. „Finden Sie Lady Elizabeth", befahl er und stellte sein Glas auf einem Beistelltischchen ab. „Lassen Sie alle Räume durchsuchen. Wir müssen sie finden."

Der Lakai drehte auf dem Absatz um und eilte aus der Bibliothek, Jameson hingegen warf dem Herzog einen fragenden Blick zu.

„Was soll das?", fragte Massingale und richtete sich im Sessel auf. Sein Gesicht war rot angelaufen. „Westerville, was zum Teufel fällt Ihnen ein? Für wen halten Sie sich, dass Sie meine Dienstboten herumkommandieren, als wären Sie der König?"

Christian beugte sich vor. „Wissen *Sie* denn, wo sie ist? Ist sie in Sicherheit?"

Massingale runzelte die Stirn. „In Sicherheit? Warum sollte sie nicht in …" Er hielt inne, und sein Gesicht wurde ein wenig bleich. Er fuhr zu Jameson herum. „Was stehen Sie hier noch herum? Haben Sie den Viscount nicht gehört? Machen Sie sich sofort auf die Suche nach Lady Elizabeth. Und finden Sie mir auch Lady Charlotte, wenn Sie schon dabei sind. Ich will von beiden wissen, wo sie sind."

„Jawohl, Euer Gnaden." Jameson verneigte sich. „Ich werde in wenigen Minuten berichten."

„Tun Sie das."

Sie werden sie schon finden. Sie müssen sie finden. Etwas anderes konnte Christian nicht erlauben. Ungeduldig fuhr er sich mit der Hand durchs Haar. Seine Brust schmerzte, als trüge er ein eisernes Band. Vermutlich war sie nur spazieren und ließ sich all die schwierigen Probleme durch den Kopf gehen, die vor ihnen lagen. Er zuckte zusammen, als er sich vorstellte, wie sie verstört durch die Gegend wanderte.

Er hatte Beth versprochen, abzuwarten und ihren Großvater nur in ihrem Beisein mit seinem Verdacht zu konfrontieren. Aber würde ihnen das nicht allen noch mehr Schmerz bereiten? Es wäre besser, jetzt mit dem alten Mann zu reden, während Beth nicht dabei war und die schreckliche Wahrheit nicht hören könnte.

Christian schob die Hand in die Tasche. Darin trug er die kleine Andenkenschachtel seiner Mutter, in der er die Briefe aufbewahrte. Er zog die Schachtel heraus und legte sie auf das Beistelltischchen, auf der schon der Brandy stand.

Einen Augenblick war nur das Ticken einer Uhr zu hören. Langsam streckte der Duke die Hand aus, hob die Schachtel hoch und öffnete sie. Sorgfältig sah er den Inhalt durch. Seine Finger zitterten, vor allem, als er die Briefe berührte.

Er hob den Blick. „Woher haben Sie die?"

„Vom Gefängniswärter meiner Mutter."

Massingale schloss die Schachtel und stellte sie auf den Tisch zurück. „Ich bin froh, dass Ihnen etwas von ihr geblieben ist."

Christian griff in die andere Tasche und holte den Brief des Bischofs und die Miniatur heraus. Er legte die Sachen auf die Schachtel seiner Mutter.

Der Duke starrte ihn erbost an. „Sie waren ohne mein Wissen an meinem Schreibtisch!"

„Ja. Warum haben Sie eine Miniatur meiner Mutter?"

Die Miene des Herzogs verfinsterte sich und wurde beinahe mürrisch. „Ich hatte sie nicht, sie gehörte meinem Sohn. Er hielt sie in der Hand, als er starb. Da hatte er hohes Fieber, und die letzten Tage erkannte er uns nicht mehr." Der Herzog nahm die Miniatur und betrachtete sie. Plötzlich wirkte er sehr schwach. „Aber an sie erinnerte er sich. Jedes Mal, wenn sein Blick auf das Bild fiel, rief er nach ihr."

„Woher kannte er meine Mutter?"

Abrupt legte der Herzog die Miniatur wieder hin. „Das ist eine komplizierte Geschichte." Er schaute auf die Briefe und meinte gereizt: „Westerville, was genau wollen Sie mit den ganzen Sachen?"

Christian nahm den Brief des Bischofs. „Vielleicht sollten Sie den hier lesen."

Der Herzog nahm das Stück Papier entgegen. Bis auf das Knistern des Feuers und hin und wieder ein fernes Donnergrollen war es totenstill, während er las.

Schließlich seufzte er und legte den Brief wieder auf den Tisch. Er warf Christian einen zutiefst unglücklichen Blick zu. „Ich wollte dieses Gespräch nicht, wusste aber, dass es irgendwann kommen würde."

Christian sah, wie der alte Mann fröstelte. Um etwas zu tun und zu verhindern, dass er vor Sorge um Beth verrückt wurde, trat Christian an den Kamin und stocherte im Feuer herum, bis es hell aufloderte und das Zimmer rasch aufheizte.

„Danke", sagte der Herzog unerwartet. „Das Altwerden ist eine Last, weil man so vieles nicht mehr selbst tun kann." Er seufzte. „Sie wollen vermutlich alles über Ihre Mutter erfahren."

„Ja."

Der Herzog warf Christian einen verstohlenen Blick zu. „Ihre Mutter war wunderschön, wissen Sie. Atemberaubend schön. Darüber hinaus war sie auch intelligent und hatte ein wunderbares Lachen. Ich bin ihr nur einmal begegnet, doch ihr Lachen werde ich nie vergessen."

Christian nickte.

„Mein Sohn hat sie natürlich viel öfter getroffen. Ich hatte mit der Gutsverwaltung zu tun, er hat sich nie dafür interessiert. Er war ein Büchernarr. Ihre Mutter auch. Sie haben sich in der Leihbibliothek kennengelernt und wurden Freunde."

„Freunde?"

„Mehr nicht, nur Freunde, sehr zum Kummer meines Sohns." Der Herzog schüttelte den Kopf. „Nach dem Tod seiner geliebten Frau hat mein Sohn viele Jahre keinerlei Interesse an Frauen gezeigt. Schließlich war er überzeugt, dass er nie wieder lieben könnte, und heiratete Charlotte. Ich glaube, der Dummkopf dachte, sie wäre eine gute Mutter für Beth. Jedenfalls waren sie nicht glücklich miteinander, auch wenn sie recht friedlich nebeneinanderher lebten, bis …"

„Bis er meiner Mutter begegnete."

„Sie wollte nichts weiter mit ihm zu tun haben, weil er verheiratet war. Er hat den Kontakt schließlich abgebrochen, aber danach war er nicht mehr der Alte. Er hat sich immer mehr in sich zurückgezogen. Charlotte hat sich verzweifelt nach ein bisschen Aufmerksamkeit gesehnt. Ich glaube wirklich …"

„Euer Gnaden?" Jameson stand in der Tür, das Gesicht grau vor Sorge. „Lady Elizabeth ist nicht im Haus."

„Haben Sie im Garten nachgesehen?"

„Wir haben den Garten und den Keller durchsucht."

Christian trat einen Schritt vor. „Wo kann sie sein?"

„Und", fuhr Jameson mit bedeutungsschwangerer Stimme fort, „Lady Charlotte können wir auch nicht finden."

Christian entspannte sich. „Dann ist Beth bei Charlotte."

Beths Großvater kämpfte sich auf die Beine. „Ja", meinte er harsch, „sie ist bei Charlotte. Wir müssen sie sofort finden!"

Christian runzelte die Stirn. „Aber warum …" Plötzlich setzte sich ein kalter Gedanke in ihm fest und ließ ihn einen Moment erstarren. Schlagartig wurde ihm alles klar. „Es war Charlotte. Sie kannte meine Mutter auch."

„Sie hat sich bei Ihrer Mutter eingeschmeichelt, nachdem sie entdeckte, wem die Leidenschaft meines Sohnes wirklich galt. Charlotte kann sehr reizend sein. Sie schrieb ihr Briefe und gab vor, die beste Freundin Ihrer Mutter zu sein."

„Sie ist ‚Sinclair'."

„Der Name ihrer Großmutter, einer der alten Sinclairs." Der Herzog hinkte bereits zur Tür, den Stock in der zittrigen Hand. „Wir müssen uns beeilen. Schnell, man kann ihr nicht trauen …" Er stolperte über den Teppich und fiel hin.

Christian fing ihn auf, bevor er auf dem Boden aufkam. Der Herzog klammerte sich an Christians Rock fest, und dann begegneten sich ihre Blicke. Dem Herzog standen Tränen in den Augen. „Sie müssen sie einholen. Charlotte ... geht es nicht gut."

„Nicht gut?"

„Es geht ihr nicht gut. Fragen Sie Bennington. Er weiß alles über sie, was ihn nicht davon abgehalten hat, sich ihretwegen lächerlich zu machen. Er liebt sie eben, obwohl sie verrückt ist."

Christians Herz tat einen Satz. „Verrückt?"

„Vollkommen."

Christian wandte sich zu Jameson. „Fehlt irgendeine Kutsche?"

„Nein, Mylord. Und auch die Pferde stehen alle noch im Stall."

„Dann schicken Sie Ihre Männer aus, alle! Sie sollen alles absuchen. Weit können sie noch nicht sein."

Er geleitete den Herzog zu seinem Sessel und wandte sich zum Gehen.

Massingale packte ihn am Arm. „Sie müssen wissen, wie sie ist. Wozu sie fähig ist. Charlotte war diejenige, die mit den Franzosen korrespondierte. Sie tat es schon eine ganze Weile, einfach, um ein wenig Geld außer der Reihe zu verdienen. Sie nahm ihre eigenen Briefe und kopierte sie, wobei sie die Handschrift Ihrer Mutter fälschte. Dann brachte sie die Briefe dem König; sie tat so, als hätte sie sie gefunden, während sie Ihrer Mutter bei irgendwelchen Einladungen für eine Dinnergesellschaft half. Nachdem allseits bekannt war, dass Charlotte Ihrer Mutter sehr nahestand, stellte niemand die Geschichte infrage."

„Sie wussten das?"

Die Augen des Herzogs füllten sich mit Tränen. „Einen Tag nach der Verhaftung Ihrer Mutter wurde mir klar, was passiert war."

Christian verhärtete das Herz gegen den alten Mann. „Warum haben Sie niemandem die Wahrheit gesagt?"

„Verstehen Sie mich doch. Wenn ich Charlotte bloßgestellt hätte, wäre der Name unserer Familie beschmutzt gewesen. Stattdessen schrieb ich Ihrem Vater und berichtete ihm, was passiert war. Er besaß die entsprechende Stellung und den Reichtum, um sie zu retten." Ein gequälter Ausdruck huschte über das Gesicht des Herzogs. „Mir war nicht bewusst, dass er sich außer Landes aufhielt, und dann war es zu spät. Sie war bereits krank. I…ich ging sie besuchen, aber selbst ich konnte sehen …" Der Duke schüttelte den Kopf. „Es gab keinen Grund, den Namen meiner Familie in den Dreck zu ziehen, ihre Tage auf Erden waren gezählt."

Christian schluckte die Bitterkeit hinunter, die bei diesem Bericht in ihm aufstieg. „Darüber reden wir später. Jetzt muss ich Beth suchen."

Mühsam sammelte sich der Herzog. „Ja, ja! Wenn Charlotte meint, Beth könnte ihrer Stellung schaden, könnte sie irgendwie in Verlegenheit bringen, wozu ein paar Fragen nach Ihrer Mutter schon ausreichen würden …"

„Wo könnten sie nur sein?"

„Ich weiß es nicht. Die Kutsche haben sie nicht genommen, also müssen sie noch in der Nähe sein. Charlotte wandert hier überall herum." Die Miene des Herzogs hellte sich auf. „Die Ruine! Am See steht eine alte Ruine! Dort treibt Charlotte sich häufig herum. Sie durchqueren den Garten und die hintere Auffahrt. Von dort aus sieht man es dann schon …"

Der Herzog hielt inne, denn er war plötzlich allein im Raum. Christian lief schon durch das Haus. Soeben hatte er die rückwärtige Terrassentür entdeckt, rannte mit laut klappernden Stiefeln darauf zu.

17. KAPITEL

Eines lasse sich der geneigte Leser gesagt sein: Man gerate nie zwischen einen Mann und seinen Hund, einen Mann und sein Abendessen oder einen Mann und die Frau, die er anbetet.

Leitfaden für den vollkommenen Butler und Kammerherrn von Richard Robert Reeves

Am Rand der Lichtung blieb Beth stehen. Auf einer Seite stand die alte Ruine, mächtig und weinumrankt. Daneben lag der See. Viele Leute bauten sich heutzutage ihre eigenen Ruinen, wobei sie versuchten, griechische Tempel und Ähnliches nachzubilden, doch Massingale House besaß eine echte Ruine. Sie war im romanischen Stil gehalten und überaus interessant.

„Da war ich ja seit Monaten nicht mehr", meinte Beth, während sie sich dem verfallenen Bauwerk näherten.

Charlotte ging voran, wobei sie die Röcke im hohen Gras vorsichtig lüpfte. „Beeil dich!", rief sie über die Schulter zurück. „Es sieht nach Regen aus, und ich möchte nicht nass werden."

Beth folgte beinahe im Laufschritt. Sie wünschte, Charlotte würde sich nicht so beeilen, doch da am Himmel wirklich ein drohendes Unwetter heraufgezogen war, war es wohl ganz gut. Außerdem wurde es höchste Zeit, dass die Wahrheit enthüllt wurde, komme, was wolle. Sie wappnete sich und beschleunigte ihren Schritt.

Als sie näher zur Ruine kamen, wendete Charlotte sich zur Seite. „Hier drin." Sie verschwand um eine Ecke des Gebäudes.

Beth folgte ihr und kam kurz darauf zum Stehen. „Charlotte!"

„Hier unten!" Charlottes Stimme klang vom Weinkeller herauf, der auf einer Seite des Säulenportals in die Erde gegraben worden war.

Beth stieg die Steinstufen hinunter, bis sie an eine schwere Tür gelangte, durch die ein muffiger Geruch nach draußen drang. Die Tür war viel kleiner als üblich, und sie musste den Kopf einziehen, als sie hindurchging.

Charlotte war dort, am anderen Ende des Raums. Sie kniete vor einem staubigen Regal und tastete nach irgendetwas.

„Hier war ich ja noch nie!"

„Die Gärtner haben den Keller früher als Lagerraum benutzt, doch seit dein Großvater das neue Gewächshaus bauen ließ, lassen sie sich hier nicht mehr blicken." Charlotte sah über die Schulter. „Ich liebe Massingale House. Ich glaube, ich war schon in jedem Winkel, und sei er noch so verborgen."

„Ich liebe das Haus auch", erwiderte Beth, ein wenig verletzt angesichts der indirekten Kritik. „Aber ich bin nicht gerade versessen darauf, in so kleine Löcher wie dieses hier zu kriechen."

„Ah!" Charlotte zog ein kleines lederumhülltes Bündel hervor. „Da ist es ja!" Sie hielt es Beth hin.

Beth ergriff das Bündel und kniete sich auf den Boden. Im Lederbeutel war ein unmissverständliches Klimpern zu hören. Langsam zog sie den Beutel auf und keuchte. Ein filigranes Saphircollier glitt ihr in die Hände. Selbst in dem schwachen Licht, das durch die halb offene Tür drang, konnte sie sehen, dass das Halsband ein Meisterwerk war. Die silberne Fassung war kunstvoll gearbeitet, zwischen den atemberaubend schönen Saphiren glänzten große Perlen. Doch am herrlichsten war der große Saphir, der in der Mitte hing. „Oh, Charlotte, das ist ja wunderschön. Wie um alles in der Welt bist du nur an dieses Schmuckstück …"

Ein scharrendes Geräusch unterbrach ihren Satz. Plötzlich wurde es stockdunkel im Raum.

Beth sprang auf, das Halsband vergessen, während sie panisch versuchte, zur Tür zu finden. Sie lief in eine zerbrochene Weinkiste und stieß sich schmerzhaft das Schienbein, ehe sie endlich die Hand auf den Türrahmen legen konnte. „Charlotte!"

Von der anderen Seite der Tür ertönte unmissverständlich Gelächter.

Beth legte die Hände auf die Tür und drückte mit aller Kraft, doch die Tür bewegte sich nicht.

„*Charlotte!*"

„Brauchst es gar nicht erst zu versuchen! Die ist für immer zu!", erwiderte Charlotte. Ihre Stimme klang ungewohnt energisch und klar.

Beth trat einen Schritt zurück, versuchte tief durchzuatmen, zu denken, etwas zu *unternehmen.* „Charlotte! Die Tür …"

„Ist abgesperrt. Ich bin nur noch ein paar Augenblicke hier, dann gehe ich nach Massingale House zurück und sage allen, dass du außerhalb des Parks spazieren gegangen bist und ganz offensichtlich außer dir warst. Wenn ich weg bin, wird dich keiner finden. Du wirst hier sterben, allein und weit weg von allen deinen Lieben. Auch von Westerville, aber der wird dich ohnehin bald vergessen haben."

Beth presste die Hand auf den Mund. „Charlotte, das kann doch nicht dein Ernst sein."

„Oh doch." Charlotte stieß ein Lachen aus, das nicht ganz fest klang. „Beth, du willst deinen Großvater gegen mich einnehmen, ihn an meine Fehler erinnern, Fehler, für die ich bereits vor so vielen Jahren bezahlt habe …"

„Fehler?" Beth lehnte sich gegen die schwere Holztür und drückte dagegen, so fest sie konnte. Christian würde nach ihr suchen, das wusste sie ganz sicher. Wenn sie Charlotte in ein Gespräch verwickeln konnte, würde ihn das anlocken.

Ihr sank der Mut. Verlassen konnte man sich darauf nicht. Doch etwas anderes blieb ihr nicht. Panisch dachte sie nach. „Charlotte … du warst diejenige, die Christians Mutter verleumdet hat!"

„Ich habe die Hexe nur dorthin gebracht, wo sie hingehörte. Ich habe dafür gesorgt, dass sie für immer weggesperrt wurde, damit die Männer nicht länger ihrer kranken Schönheit verfallen können. Ja, ich war das. Du hast sie nicht gekannt, aber sie war böse. Immer hat sie Männer in ihren Bann geschlagen und sie dann verlassen."

Beth presste die Stirn gegen die glatte, kühle Tür. „Warte! Vater hat sie geliebt?"

„Er war verrückt nach ihr! Aber sie wollte nichts mit ihm zu tun haben. Nichts! Bevor sie daherkam, hat er mich geliebt. Oder war auf dem besten Weg dazu; das habe ich gesehen. Als er krank wurde, hat er mich gebraucht. Ich dachte, er hätte endlich erkannt, was es bedeutete, von mir geliebt und umsorgt zu werden. Stattdessen hat er immer öfter nach ihr gerufen, je kränker er wurde. Es war, als *existierte* ich für ihn gar nicht." Beim letzten Satz brach Charlottes Stimme.

Beth verzog das Gesicht. Das war typisch für ihren Vater – er war immer mit sich beschäftigt, versponnen in seine eigene kleine Welt.

„Du hast herausbekommen, was er für Christians Mutter empfand, und danach die Beweise gefälscht."

„Oh, so einfach war es nicht. Ich musste mich in ihr Leben schleichen, ihre beste Freundin werden. Alle dachten, wir wären unzertrennlich. Sie hat mich Sinclair genannt, weil mein Familienname so lautete, und ich nannte sie Titania, nach der Feenkönigin. Sie dachte, es wäre ein Kompliment, aber das war es nicht."

„Warum hast du dir überhaupt die Mühe gemacht?"

„Ich musste doch ihre Handschrift einüben. Ich musste die Buchstaben so setzen, dass sie aussahen wie ihre. Außerdem, von mir als bester Freundin würde man wohl kaum glauben, dass ich lüge, als ich mich gezwungen sah, die Beweise gegen sie einzureichen, die ich in ihrem Schreibtisch ‚gefunden' hatte."

Beth wandte der Tür den Rücken zu und spähte in den Keller. Sie musste nachdenken. Sie konnte sich nicht erinnern, ein Fenster gesehen zu haben, aber ... vielleicht gab es irgendeine Lüftungsklappe? Und wenn es nur eine kleine war. Wie blind begann sie im Keller auf und ab zu gehen, während sie die Wände mit den Händen abtastete. „Du warst sehr klug, Charlotte!", rief sie laut. „Klüger, als ich dir zugetraut hätte."

„Niemand achtet auf mich. Normalerweise ist mir das ganz recht, auch wenn es mir nicht gefällt, dass dein Großvater mich für dumm hält. Da werde ich zornig."

„Mich würde es auch zornig machen. Wie hat er denn alles herausgefunden?" Beth stolperte über irgendetwas in der Dunkelheit und schlug sich schmerzhaft das Bein an. Sie tastete danach; es war ein Weinfass. Unwillkürlich schöpfte sie neue Hoffnung. Eifrig stellte sie das Fass auf, wobei sie ein wenig stöhnte vor Anstrengung. Vielleicht konnte sie sich darauf stellen und ...

Draußen vor der Tür ertönte ein dumpfer Schlag.

Beth hielt inne. „Was war das?"

„Ich dachte, ich sollte die Tür zudecken. Nur für den Fall, dass jemand dich suchen kommt."

„Die werden mich schreien hören."

„Nur wenn sie genau da stehen, wo ich jetzt stehe, direkt an der Tür." Ein weiterer Schlag donnerte gegen die Tür.

Beth biss die Zähne zusammen und stellte sich auf das Fass. Sie suchte den oberen Teil der Wand nach irgendeiner Öffnung ab, wischte aber nur Spinnweben und jahrhundertealten Staub weg. Wo war die Öffnung? Wo war … Ah! Mit den Fingern streifte sie eine kleine Einbuchtung in der Wand.

Es war eine kleine Öffnung, kaum groß genug, dass sie die Finger durchstecken konnte. „Charlotte? Woher weiß Großvater von deinen Geheimnissen?"

Der Lärm draußen setzte kurz aus. „Was?" Wieder schlug etwas gegen die Tür.

„Ich habe dich gefragt, wie Großvater dein Geheimnis entdeckt hat."

„Lord Bennington. Er fand heraus, was passiert war, und hat deinem Großvater alles erzählt. Die beiden haben entschieden, es wäre am besten, mich wegzusperren, um jeden Skandal schon im Keim zu ersticken."

Bennington wusste Bescheid? Beth konnte sich gar nicht vorstellen, dass der gesetzte Lord mit einer Frau Zeit verbrachte, die er eines solchen Verbrechens für schuldig hielt. Mit den Fingern fuhr sie an dem schmalen Schlitz entlang, der sich weit über Kopfhöhe in der Wand befand und voll uraltem Dreck, Schimmel und Schutt steckte. Etwas davon rieselte auf sie herab, als sie versuchte, den Lüftungsschlitz auszuräumen, doch sie zog nur den Kopf ein und machte weiter. Wenn sie ihn freibekommen könnte, könnte sie vielleicht einen Streifen von ihrem Rock abreißen und zu dem Fensterchen hinaushängen, um Aufmerksamkeit zu erregen. Es war kein besonders Erfolg versprechender Plan, aber alles, was ihr übrigblieb.

Bis dahin musste sie Charlotte in Atem halten. „Charlotte, wie hat Bennington denn herausbekommen, was passiert ist?"

„Er fand einige der Briefe, die ich zur Übung gefälscht hatte. Das war ein schrecklicher Abend. Vor allem, nachdem er mich gezwungen hatte, deinem Großvater alles zu erzählen."

Draußen vor der Tür ging der Krach weiter. „Was tust du draußen?"

„Du wirst schon sehen", erwiderte Charlotte mit viel zu ruhiger Stimme.

Beth biss sich auf die Lippe. Selbst wenn sie sich auf Zehenspitzen stellte, war sie zu klein, um den Lüftungsschlitz richtig zu säubern.

Sie brauchte irgendein Hilfsmittel. Sie kletterte von dem Fass herunter, kniete sich auf den Boden und begann blind herumzutasten. Vielleicht fand sie etwas, was sich nutzen ließ. Ihre Finger wühlten sich durch Stroh und Dreck, doch schließlich schlossen sie sich um einen kleinen Holzpflock, der früher in der Wand gesteckt haben mochte, um daran Kräuter zu trocknen. Viel war es nicht, aber es würde ausreichen müssen.

„Was machst du da drin?“, fragte Charlotte misstrauisch.

„Ich frage mich, warum mein Vater dich nicht so zu schätzen wusste, wie du es verdient hättest. Das ist doch kriminell.“

„Mehr als das“, meinte Charlotte säuerlich. „Ich war die vollkommene Ehefrau. Ich war jung und hätte ein Kind bekommen können und liebte ihn so sehr.“

„Was für ein Verlust für ihn.“

Ein weiterer Schlag erschütterte die Tür. „Er hat mich nicht geliebt.“

„Er war sehr krank.“

Beth presste die Hände zusammen in der Hoffnung, dass sie aufhören würden zu zittern. *Ich muss weitermachen. Ich kann nicht zulassen, dass Charlotte schon wieder gewinnt. Für mich. Für Christian. Für Vater.* Mit schier übermenschlicher Anstrengung wischte Beth sich die Tränen aus den Augen, hob den Pflock auf und begann mit neuer Kraft an der Öffnung herumzukratzen.

„Charlotte? Was tust du da?“

Beth hielt inne. Es war Lord Bennington! Sie lief zur Tür und hämmerte mit den Fäusten dagegen, erreichte damit jedoch nur, dass sie sich an dem harten Holz die Hände aufschlug. „Bennington! Helfen Sie mir! Charlotte hat mich hier gefangen, und ich kann nicht …“

„Charlotte! Was hast du …“

„Sie weiß, was ich mit Westervilles Mutter gemacht habe.“

Langes Schweigen trat ein.

„Bennington!“, rief Beth noch einmal. „Bitte helfen Sie mir!“

Ein gedämpfter Seufzer war zu hören. „Charlotte, ich kann dir das wirklich nicht erlauben.“

„Wenn ich sie rauslasse, erzählt sie allen von ihrem Verdacht, und dann komme ich ins Gefängnis. Ist es das, was du willst? Dass ich ins Gefängnis komme?“

„Nein, nein. Natürlich nicht. Aber das hier … Charlotte, ich kann nicht erlauben …"

Ein dumpfer Schlag ertönte, und plötzlich sackte ein schweres Gewicht gegen die Tür. Benningtons Stimme war nicht mehr zu hören.

Beth wandte sich ab, die Hand auf den Magen gedrückt, der heftig zu rebellieren begann. Gott gebe ihr Kraft, sie wusste nicht mehr, was sie tun sollte. Sie kniete sich wieder auf den Boden. Ein Signal. Das war es, was sie brauchte. Ihre Finger ertasteten einen Stock. Wenn sie den anzünden und aus dem Lüftungsschlitz stecken könnte, bestand die Möglichkeit, dass jemand vom Haus den Rauch sehen würde.

Beths Herz tat einen Satz. Doch genauso rasch wie die Hoffnung keimte plötzlich Angst in ihr auf. Denn es quoll bereits von außen Rauch in den Keller, *unter* der Tür hindurch.

Charlotte hatte Feuer gelegt. Die kleine Öffnung sorgte nun für einen guten Zug, sodass sich der Raum rasch mit beißendem Qualm füllte.

„Ich gehe jetzt, Beth! Zumindest stirbst du nicht allein, Bennington leistet dir Gesellschaft."

Beth konnte Charlottes Stimme kaum noch ausmachen. Sie klang, als käme sie von ganz weit weg. Rasch hielt Beth sich ihren regenfeuchten Rock vors Gesicht. Ihre Augen brannten. Nun würde sie also doch nicht verhungern.

Die Augen voller Tränen, sah Beth sich um. Was sollte sie jetzt nur tun? *Christian, beeil dich!*

Christian eilte die Stufen der Terrasse hinunter und rannte durch den Garten. Sein Blick fiel auf die Bank, auf der er Beth geküsst hatte. *Schau nicht hin. Lauf weiter.* Er erreichte das kleine Tor an der rückwärtigen Seite des Gartens und riss es auf.

Charlotte stand auf der Lichtung. Ihr Kleid war durchnässt, Rindenstücke und Blätter klebten an ihr. Ihre Miene war leicht benommen, und an einer Wange hatte sie einen schwarzen Streifen.

Er packte sie bei den Schultern. „Wo ist sie?"

„Jemand hat sie entführt! Wir sind die Straße entlanggegangen, und …"

Ungeduldig schüttelte er sie. „Zum Teufel mit Ihnen! Sie sagen mir jetzt sofort, wo sie ist, sonst …"

Hinter ihrer Schulter sah er es. Eine dünne Rauchsäule. Sie stieg in den Himmel und verschwand in der grauen Luft.

Christian zog Charlotte näher und sagte mit zusammengebissenen Zähnen: „Wenn ihr irgendetwas passiert ist, werden Sie die Nächste sein, und bei Gott, keine Macht auf Erden kann Ihnen dann noch helfen!“

Er stieß sie weg und rannte weiter, rannte in großen Sätzen. Äste schlugen ihm ins Gesicht, zerschnitten ihm die Wangen und den Hals, aber er spürte es nicht. Er wusste nur, dass Beth in Reichweite war.

An der Ruine blieb er stehen. Die Rauchsäule hatte sich verdichtet, inzwischen quollen große Rauschschwaden in den Himmel.

„Verdammt!“ Er rannte um die Ruine herum und blieb stehen. Vor ihm führten ein paar Steinstufen steil nach unten – in eine Art Keller anscheinend. Unten an der Treppe lag ein mannshoher Haufen aus Kleinholz und Ästen. Der Haufen schwelte und knisterte, und die Flammen schlugen immer höher.

„Beth!“, rief er.

Niemand antwortete. Er versuchte sich weiter vorzuarbeiten, doch der dichte Rauch raubte ihm den Atem. Hustend zog er den Rock aus und machte kehrt, rannte zum See. Er weichte den Rock ein und lief zurück zum Keller. Die Arme mit dem Rock umwickelt, begann er, große Stücke brennenden Holzes von der Tür wegzuziehen.

„Mylord?“

Er wandte sich um und sah Jameson und den Lakaien Charles, deren Gesichter vom Laufen rot waren.

„Mehr Wasser! Schnell!“

Jameson nickte und wandte sich zum See, wobei er unterwegs den Rock auszog. Charles folgte ihm. Christians Rock wurde schon wieder trocken, und die Hitze von den brennenden Ästen versengte ihm die Hände.

„Beth!“, rief er verzweifelt. Die Arme schmerzten ihn vor Anstrengung.

Aus großer Entfernung, schien ihm, hörte er etwas rufen. Er hielt inne, rief noch einmal, doch nun hörte er nichts mehr. Christian biss die Zähne zusammen. Er warf seinen Rock über einen brennenden Knüppel, zog daran und riss ihn aus dem brennenden Haufen. Dabei entdeckte er unter dem Haufen Holz einen Stiefel. Ihm sank der Mut. Es war ein Herrenstiefel. *Bennington.*

Christian packte den Fuß und zerrte daran. Zwei kleinere Äste rollten aus dem Feuer und spuckten Asche und Glut. Schließlich lag Bennington vor ihm, bleich und reglos, in der Stirn eine klaffende Wunde. Sein Rock war blutbesudelt.

Verdammt! Eilig riss Christian sich das Krawattentuch herunter und band es dem Mann um den Kopf. Dann lief er zurück zum brennenden Holzhaufen. Jetzt hatte auch die Tür Feuer gefangen, er sah es durch die brennenden Äste hindurch. Der Rauch brannte ihm in der Lunge, brannte in seinen Augen, dennoch machte er einfach weiter. Er musste einfach zu ihr gelangen. Er liebte sie mehr als alles andere auf der Welt. Mehr als das Leben. Mehr als seine Rache. *„Beth!"*

Diesmal kam eine Antwort, erstickt und verzweifelt. Etwas Süßeres hatte er noch nie gehört. *„Christian!"*

Jameson kehrte zurück. „Hier!" Er drückte Christian seinen köstlich kühlen, nassen Rock in die versengten Hände. Christian bedeckte das Gesicht mit dem Rock und nahm einen langen Ast, der noch nicht brannte. „Kümmern Sie sich um Bennington. Er ist schwer verwundet."

Der Butler nickte und drehte sich um.

Christian wandte sich zu dem brennenden Holzhaufen. Er hievte den dicken Ast auf seine Schulter und rammte damit die Tür.

Im nächsten Augenblick stand der Lakai neben ihm, ebenfalls geschützt durch einen tropfnassen Rock.

„Zusammen!", befahl Christian.

Sie stellten sich hintereinander und benutzten den Ast als Rammbock. Ringsum schlugen die Flammen hoch, und der Rauch raubte ihnen die Sicht.

Sie husteten und würgten, ließen den Ast aber nicht los.

„Jetzt!", schrie Christian.

Der Ast donnerte gegen die Tür. Mit lautem Krachen zerbarst sie. Rauchschwaden quollen aus der Öffnung und hüllten Charles von Kopf bis Fuß ein.

Christian zog den nassen Rock enger um sich, während Charles auf der Suche nach frischer Luft davontorkelte. Christian ging in das schwarze Loch. Einen Augenblick konnte er vor Rauch überhaupt nichts erkennen. Plötzlich aber sah er auf dem Boden etwas Weißes aufblitzen. Dort lag Beth, mit ausgestreckten Armen, so als hätte sie die Tür erreichen wollen, es allerdings nicht mehr geschafft.

Das Herz schlug ihm bis zum Hals. Er bückte sich und hob sie auf, hielt nur kurz inne, um auch ihr ein Stück des nassen Rocks über den Kopf zu legen, und schließlich rannte er, die Schulter voran, aus dem Gebäude.

Draußen hielt gerade die Kutsche des Herzogs. Der Stallbursche stieg ab, und nach ihm der Herzog.

Jameson tauchte an Christians Seite auf. „Legen Sie sie auf den Boden, Mylord."

Christian tat, wie geheißen; er konnte sich selbst kaum noch aufrecht halten. Er hustete und würgte, beugte sich vor, während ihm Rauchtränen über die Wangen rollten.

„Kommen Sie, mein Junge!", sagte der Herzog und zog ihn beiseite. „Jameson kann ..."

„Nein!", erklärte Christian, der endlich wieder zu Atem gekommen war. Er schob sich zu Beth und ließ sich neben ihr zu Boden sinken. Dann stützte er sich auf einen Ellbogen und sah auf ihr Gesicht hinunter.

Ihr Atem ging schwer. Jameson wischte ihr mit einem nassen Lappen das Gesicht ab. Christian nahm dem Butler den Lappen aus der Hand und rieb ihr damit sanft über das Kinn und die Stirn.

Eine Wange war schmutzverkrustet. Ihr Kleid war zerrissen und unglaublich dreckig. Doch Christian hatte noch nie etwas so Schönes gesehen. „Beth ..." Er bekam einen Hustenanfall.

Sobald er endlich wieder atmen konnte, stützte er sich wieder auf die Arme und blickte auf Beth hinunter. Sie lag so ruhig da. So still. Er fuhr ihr mit dem Finger über die Wange, wo sich eine Strieme bildete. „Beth. Bitte ..." Er konnte nicht fortfahren, aber nicht, weil er husten musste. Diesmal saß ihm ein Kloß im Hals. Er würde sie nicht sterben lassen. Das würde er einfach nicht zulassen.

Er kniete sich hin, streckte die Arme nach ihr aus und zog sie auf seinen Schoß. Zärtlich legte er die Wange an die ihre. „Beth", flüsterte er. Zum ersten Mal, seit er mit zehn Jahren im Stich gelassen worden war und er sich allein hatte durchkämpfen müssen, fing Christian Llevanth an zu beten. „Bitte, lieber Gott."

Beth hustete, ihr ganzer Körper bäumte sich auf. Christian hielt sie noch fester, strich ihr über das Haar, während sie dank der frischen Luft neue Kraft schöpfte.

Endlich öffnete Beth die Augen. Sie waren rot gerändert, voll Tränen und wunderschön. Beth hustete noch mehr, und er hob sie ein bisschen an, um ihr die Krämpfe zu erleichtern. „Entspann dich", murmelte er. „Es ist nur der Rauch. Du hustest ihn dir gerade aus den Lungen."

Sie nickte, hustete noch heftiger, keuchte dazwischen immer wieder und zwickte die Augen zusammen.

Er drückte sie an sich, murmelte alberne Koseworte, kleine Zärtlichkeiten und liebevolle Scheltworte. Er liebte sie so sehr ... mehr als das Leben.

Schließlich gelang es ihr, tief durchzuatmen, ohne zu husten. Sie öffnete die Augen und sah ihn an. Und sie lächelte. „Ich wusste, dass du kommen würdest." Er zog sie an sich und barg das Gesicht an ihrem Haar.

„Sind Sie jetzt fertig?", erhob sich die griesgrämige Stimme des Herzogs über das Knistern des Feuers.

Christian hob den Kopf und sah dem Duke in die Augen. Obwohl die Worte des alten Mannes harsch waren, hatte der sehr echte Tränen in den Augen. „Nein, Euer Gnaden. Ich fürchte, ich werde nie damit fertig sein, Ihre Enkelin in den Armen zu halten. Weder jetzt noch nächstes Jahr oder das Jahr darauf." Er sah auf sie hinunter und berührte sie an der Wange. „Sie bedeutet mir alles."

„Christian!" Beth hielt ihn am Handgelenk fest. „Deine Hände!"

Er blickte auf die Blasen und Verbrennungen. „Ach, das ist doch gar nichts, meine Liebste."

„Gar nichts ..." Sie wollte sich aufsetzen, doch er ließ sie nicht. „Christian! Das Collier! Es ist unten im Keller, und ..."

„Vergiss es."

„Aber ..."

„Beth, es ist mir egal."

Sie blinzelte. In ihrem Blick lag Unsicherheit.

Er hob den nassen Lappen und wischte ihr einen Rußfleck aus dem Gesicht.

Wieder umfasste sie sein Handgelenk. „Christian, du musst dir

Salbe auf die Hände machen lassen! Sicher tun sie schrecklich weh!"

„Hier habe ich all die Linderung, die ich brauche." Wieder schloss er sie in die Arme und drückte sie an sich. „Beth, als ich dich da auf dem Boden liegen sah, habe ich gedacht …"

Sie schob ihn von sich. „Christian, ich muss es dir sagen. Es war Charlotte, die …"

„Ich weiß."

„Wir müssen sie aufhalten!"

„Mach dir Charlottes wegen keine Sorgen", mischte sich ihr Großvater ein. „Sie hat versucht, auf Benningtons Pferd zu fliehen. Ich habe einem Stallburschen befohlen, sie in die Sattelkammer zu sperren, und ihm Prügel angedroht, wenn er sie entwischen ließe."

„Lord Bennington!", rief Christian aus. Fragend sah er Jameson an.

Der Butler wischte sich die Hände an einem blutigen Stofffetzen ab. „Ich glaube, die Wunde hat aufgehört zu bluten. Ich habe Charles zum Arzt geschickt." Jameson sah zum Herzog. „Euer Gnaden, ich fürchte, wir müssen auch den Konstabler benachrichtigen. Es wird eine Untersuchung geben."

Der Herzog wand sich. „Wir können doch sicher einfach …"

„Massingale", sagte Christian ruhig, „es *wird* eine Untersuchung geben."

Die Miene des Dukes verfinsterte sich, doch dann sah er seine Enkelin so still in Christians Armen liegen, und sein Blick wurde weich. Nach einem langen Moment des Schweigens nickte er. „Es wird Zeit, dass alles ans Tageslicht gebracht wird. Ich begrüße eine Untersuchung."

„Was wird mit Charlotte passieren?", fragte Beth, an ihren Großvater gewandt.

„Wenn man es uns erlaubt, werde ich darum bitten, dass sie an einen Ort geschickt wird, wo sie anderen keinen Schaden mehr zufügen kann." Der Herzog verzog das Gesicht. „Beth, es tut mir so leid … an allem ist nur mein abscheulicher Stolz schuld. Ich wollte unseren guten Namen schützen. Aber am Ende konnte ich überhaupt niemanden schützen."

„Wir haben alle mit unserem Stolz zu kämpfen", meinte Christian. „Ich fürchte, er war auch mein größter Fehler." Er wischte Beth eine Träne von der Wange. „Es tut mir leid um Lord Bennington."

„Er kann froh sein, dass er mit dem Leben davongekommen ist. Es war wirklich dumm von ihm zu glauben, dass Charlotte jemals so gesund sein könnte, seine Liebe zu erwidern."

Beth seufzte. „Er hat sie wirklich geliebt, nicht wahr?"

„Zu sehr", versetzte ihr Großvater.

Christian strich ihr das Haar aus der Stirn. „Beth, es tut mir leid."

Sie sah ihn verwirrt an. „Was denn?"

„Ach, ich war so ein Dummkopf. Ich dachte, das Wichtigste in meinem Leben ist es, die Person zu finden, die für den Tod meiner Mutter verantwortlich ist. Und jetzt wird mir klar, dass du es bist, die wirklich zählt."

Ihr stockte der Atem. Sie blinzelte zu dem Mann empor, den sie mehr liebte als ihr Leben. „Du liebst mich."

„Von Herzen. Wahnsinnig. Wie verrückt. Und wenn wir erst einmal verheiratet sind, werde ich dich noch mehr lieben."

„Aber … deine Mutter …"

Er seufzte. „Ich weiß nun, was mit meiner Mutter passiert ist. Leider ändert das nichts an ihrem Schicksal. Allerdings kann mein Wissen nun *mein* Schicksal ändern. Mit der Vergangenheit bin ich fertig. Du bist meine Zukunft. Du, unsere Liebe und die Kinder, die wir bekommen. Das ist alles, was ich will. Alles, was ich je brauchen werde."

Beth brachte kein Wort heraus. Sie streckte einfach nur die Arme aus und zog ihn zu sich. Das Gesicht an seinem Hals geborgen, schluchzte sie erstickt auf.

Hinter ihnen schniefte ihr Großvater vernehmlich.

„Was für ein schönes Paar, Euer Gnaden", fand Jameson und suchte nach einem frischen Taschentuch, das er dem Herzog reichte.

„Allerdings", stimmte der Duke zu und schnäuzte sich vernehmlich. „Noch schöner werden sie, wenn sie endlich verheiratet sind."

Beth fasste sich wieder und blickte zu Christian empor. Mit dem zerrissenen Ärmel ihres Kleides wischte sie sich die Augen. „Ich brauche ein Bad."

Er lachte. „Du riechst nach Rauch, wie ich."

Der Herzog drehte sich langsam um, wobei er sich schwer auf seinen Stock stützte. „Jameson, öffnen Sie uns den Schlag. Wir fahren jetzt zum Haus zurück."

Beth lächelte zu Christian empor. „Liebster, wollen wir ins Haus zurück, damit du dir die Hände salben kannst und wir ein Bad nehmen können?"

Seine Augen leuchteten auf. „Ein Bad?"

Der Herzog schnaubte. „Jemand reite nach London und besorge umgehend einen Ehedispens. Sofort!" Er ließ sich vom Butler in die Kutsche helfen und scheuchte alle nach einer Decke für Lady Elizabeth herum.

„Gute Idee", meinte Christian. „Wenn möglich, würde ich dich am liebsten morgen früh heiraten."

Beth blinzelte. „Morgen früh?"

„Ist das zu bald? Wie wäre es dann mit morgen Nachmittag? Ich schicke einen Boten und lasse Reeves die passenden Kleider packen." Er zwinkerte. „Ich muss dich wirklich mit Reeves bekannt machen."

Verwirrt sah sie ihn an. „Deinem Butler?"

„Dem besten, den es gibt." Christian stand auf, bückte sich und hob seine Liebste hoch. Ihre Proteste erstickte er mit seinen Küssen. „Mein Vater hat ihn ausgeschickt, die verlorenen Söhne zu zivilisieren, die er ein Leben lang vernachlässigt hatte, aber eigentlich hat er nichts anderes getan, als uns zu verheiraten."

„Ach herrje, wie schrecklich!"

Christian sah lächelnd in Beths Augen, als er sie zur wartenden Kutsche trug. „Wenn das schrecklich ist, dann hätte ich gern mehr davon." Sanft setzte er sie auf den Polstern ab. „Viel, viel mehr."

EPILOG

Ah, die Freuden des Waschtags! All der Schmutz, all die Schrecken der vergangenen Woche werden in einem Bottich mit heißem Wasser und dem frischen Duft der Seife einfach hinweggespült.

Leitfaden für den vollkommenen Butler und Kammerherrn von Richard Robert Reeves

Sie haben nach Brandy verlangt, Mylord?"

Christian sah vom Schreibtisch auf. „Ja. Die Karaffe ist leer."

Reeves trug die neue Karaffe herein und stellte sie auf den Tisch. „Mein Fehler, Mylord. Sie leeren sie nicht mehr so oft wie früher, da habe ich einen Moment lang nicht aufgepasst."

Christian verschränkte die Hände hinter dem Kopf und lehnte sich in seinem Stuhl zurück. „Nun, Reeves. Es war ein Abenteuer, nicht wahr?"

„Allerdings, Mylord. Sind Sie mit der Entwicklung der Dinge zufrieden?"

Christian grinste. „Ich bin mit der schönsten aller Frauen verheiratet. Wie könnte ich da nicht zufrieden sein?"

„Was wird jetzt mit Lady Charlotte geschehen?"

„Sie ist nach Bedlam überwiesen worden. Der Herzog zahlt ein Vermögen, damit sie es dort bequem hat, aber dafür ist sie jetzt sicher verwahrt. Sie wird niemandem mehr schaden."

„Es tut mir leid, dass Ihr Abenteuer so eine schmerzliche Erfahrung war."

„Mir auch. Aber manchmal muss man eben den beschwerlichen Weg nehmen, um ans Ziel zu gelangen. Ich habe herausgefunden, wer meine Mutter auf dem Gewissen hat, und die Mörderin wurde in gewisser Weise zur Rechenschaft gezogen. Vor allem jedoch habe ich erkannt, dass meine Zukunft – und Beth – wichtiger sind als die Vergangenheit, die ich hätte haben können."

„Gewiss, Mylord", bestätigte Reeves. „Das ist eine sehr wichtige

Lektion." Er nahm die leere Karaffe und stellte sie auf das Tablett. „Wünschen Sie sonst noch etwas?"

Christian seufzte. „Sie werden nichts sagen, nicht wahr?"

„Mylord?"

Christian stand auf und breitete die Arme aus. „Meine Kleidung."

Reeves musterte Christian von Kopf bis Fuß. „Etwas ist verkehrt, Mylord."

„Verkehrt?"

„Ihre Sachen sind nicht schwarz."

Christian grinste. Er trug ein schneeweißes Krawattentuch und Hemd. Seine Weste war aus tiefrotem Damast. „Gefällt es Ihnen? Ich trage sie zu meiner Zusammenkunft mit den Treuhändern. Heute überschreiben sie mir das Vermögen."

„Sie sehen sehr elegant aus, Mylord. Ich muss der Viscountess sofort zu ihrem hervorragenden Geschmack gratulieren. Sie sind wahrhaftig zu beglückwünschen. Ihre Gattin ist nicht nur eine wunderbare Frau von liebenswürdigem Wesen und außergewöhnlicher Intelligenz, sie kleidet Sie auch viel besser, als Sie selbst es je taten."

Christian seufzte. „Müssen Sie das? Müssen Sie mir den ganzen Glanz nehmen?"

„Sie brauchen es nicht mehr lange mit mir auszuhalten, Mylord", erklärte Reeves lächelnd. „Ich muss Sie bedauerlicherweise davon in Kenntnis setzen, dass ich Sie bald verlassen werde."

Christians Lächeln erlosch. „Aber … warum denn?"

„Während ich Ihre Krawattentücher stärkte und Ihnen beistand, Ihr Fehlverhalten zu erkennen, habe ich Zeit gefunden, ein Buch zu schreiben."

„Ein Buch? Worüber?"

„Darüber, wie man ein vollkommener Butler und Kammerherr wird."

Christian seufzte. „Und ich war für Sie nur das Studienobjekt, ja, Reeves?"

Um Reeves' Lippen zuckte es. „Ich werde das Buch Ihnen und Ihrem Bruder widmen. Ich muss sagen, ehrenwerteren Männern als Ihnen habe ich noch nicht gedient."

„Vielen Dank, Reeves. Mein Bruder wird Ihnen später sicher noch mehr danken als ich."

„Warum fragen Sie ihn nicht selbst, ob dem so ist?"

Christian hielt inne. „Tristan? Er ist ..."

„Der Earl und die Countess befinden sich im Salon. Ich habe ihre Kutsche gesehen, als ich Ihnen die Karaffe gebracht habe."

Christian war schon auf halbem Weg zur Tür.

„Mylord?", rief Reeves ihm nach. „Ihr Rock ..."

Doch Christian blieb nicht stehen. Er rannte die Treppe hinunter und platzte in den Salon. Tristan lehnte dort am Kaminsims, einen Stock in der Hand. Er war groß, breitschultrig und blond, und sein wettergegerbtes Gesicht verriet den Seemann.

Seine wunderbare Frau Prudence saß neben Beth auf dem Sofa.

Beth erhob sich, als Christian mitten im Salon zum Stehen kam. „Da bist du ja", sagte sie und ging auf ihn zu. „Ich habe gerade deinen Bruder und seine Countess kennengelernt!"

Christian legte den Arm um Beth. Sie trug ein herrliches Gewand aus weinroter Seide, und die Sonne, die zum Fenster hereinströmte, brachte ihr blondes Haar zum Leuchten. Ihr Anblick wärmte ihn vom Kopf bis in die Zehen. „Ich wusste nicht, dass wir Besuch haben."

„Das wird wohl auch der Grund sein, warum du nur halb angezogen bist", warf sein Bruder ein. Seine tiefe Stimme, die es gewohnt war, auf Deck eines Schiffes Befehle zu rufen, die das Tosen der Wellen übertönten, polterte und grollte. „Ich hätte nie gedacht, dass ich einmal den Tag erlebe, an dem ich schicker gekleidet bin als du, aber hier ist er."

Christian grinste. „Hier ist er! Was führt dich in unser bescheidenes Heim, du alter Teufelsbraten?"

Tristan richtete sich zur vollen Größe auf. Er war weitaus breiter und schwerer gebaut als sein Bruder. „Chris, Prudence und ich haben für unseren Besuch zwei Gründe."

Eine reizende Röte stahl sich in Prudences Wangen. „Hauptsächlich sind wir gekommen, um deine Frau kennenzulernen."

„Ja", meinte Tristan, und sein Gesicht strahlte vor Stolz. „Außerdem wollen wir dir mitteilen, dass du bald einen neuen Titel bekommst. Den eines Onkels nämlich."

„Onkel?" Christian blickte von seinem Bruder zu seiner Schwägerin. „Aber ... wie das?"

Prudence lachte, und Beth stimmte mit ein.

Tristan schüttelte ironisch den Kopf. „Ich erkläre dir später, wie es geht."

„Nein, nein! Das meinte ich doch nicht. Ich wollte nur ... seit wann wisst ihr es denn schon?"

„Wir haben es gerade eben erst entdeckt", meinte Prudence. Sie warf ihrem Gatten einen liebevollen Blick zu. „Ich hoffe, es wird das erste einer ganzen Schar sein."

Tristan streckte den Arm aus, ergriff ihre Hand und drückte einen Kuss darauf. „Eine ganze Schiffsladung, wenn du das möchtest, meine Liebste."

„Immer ein Besatzungsmitglied nach dem anderen", sagte Prudence spitzbübisch und zwinkerte ihrem Ehemann zu.

Christian gab Beth frei und ging zu seinem Bruder, um ihn herzhaft zu umarmen. „Das ist ja wunderbar!"

Tristan erwiderte die Umarmung und klopfte ihn auf den Rücken. „Ihr seid jetzt ein, zwei Wochen verheiratet. Wann wollt du und deine wunderbare Viscountess uns mit einer ähnlichen Nachricht erfreuen?"

Kinder? Christian wandte sich zu Beth. „Irgendwann vielleicht. Im Moment möchte ich meine Frau ganz für mich haben."

Beth strahlte ihn an. „Das sollst du auch, Liebster."

Tristan setzte sich zu Prudence aufs Sofa, ergriff ihre Hand und küsste sie. „Christian, ich darf dir mitteilen, dass das Heim für verletzte Matrosen mächtig gewachsen ist." Er sah Beth an. „Wussten Sie, dass Ihr Ehemann ein Wohltäter ist?"

„Ja, allerdings", bestätigte Prudence mit einem reizenden Lächeln. „Inzwischen sind dort schon über siebzig Männer untergebracht."

„Ohne dich wäre das nicht möglich, Christian", sagte Tristan.

Christian zuckte mit den Schultern. „Alles, was ich tue, ist, jedes Quartal einen Wechsel zu senden. Die ganze Arbeit machen doch Prudence und du."

Beth schlang Christian den Arm um die Taille. „Ich hatte ja keine Ahnung, dass du ein Wohltäter bist, Liebster."

„Lord Westerville." Alle drehten sich zu Reeves um, der in der Tür stand, einen Rock in der Hand. „Sie haben einen Teil Ihres Anzugs vergessen."

„Oh nein!“, meinte Beth. „Nun hast du Reeves’ Feingefühl verletzt!“

„Jawohl, Mylady. Mein Feingefühl ist tatsächlich verletzt.“ Reeves trat vor und half Christian in den Rock. Er strich ihn über der Schulter glatt, trat zurück und nickte. „Hervorragend. Jetzt geht es mir schon besser. Mylady, Sie haben einen sehr guten Einfluss auf Lord Westerville. Er hat die düstere Welt des reinen Schwarzen verlassen und nimmt nun auch andere Farben des Spektrums an.“

Beth spähte zu Christian empor. Als er ihr Grübchen sah, küsste er sie auf die Stirn. „Ich hoffe, dass er für meinen Einfluss noch viele, viele Jahre bereit ist.“

Christian zog sie enger an sich. „Du beeinflusst jeden meiner Atemzüge, meine Liebste. Daran wird sich nie etwas ändern.“

„Genug davon!“ Tristan legte den Arm um seine Frau. „Reeves, Sie haben wahre Wunder gewirkt.“

Reeves lächelte die beiden Paare an. „Der alte Earl wäre erfreut gewesen.“

Christian hob Beths Gesicht an. Ganz sanft küsste er sie auf die weichen Lippen. Es war wirklich ein Wunder. Das Wunder wahrer Liebe.

– ENDE –